ELIZABETH KOSTOVA

Das dunkle Land

GOLDMANN
Lesen erleben

Buch

Alexandra Boyd kommt eigentlich nach Sofia, um dort Englisch zu unterrichten. Doch kurz nach ihrer Ankunft wirft ein Missgeschick ihre Pläne über den Haufen: Als Alexandra einem älteren Paar in ein Taxi hilft, bemerkt sie zu spät, dass versehentlich eine Tasche der beiden zurückgeblieben ist. Sie entdeckt darin eine kunstvoll mit Schnitzereien verzierte Holzschatulle, die offensichtlich die Asche eines Verstorben enthält. Auch der Name des Toten ist eingraviert: Stoyan Lazarov. Ein Versuch, die Polizei einzuschalten, um die Urne ihren Besitzern zurückzugeben, scheitert. Und so macht sich Alexandra schließlich selbst auf die Suche nach der Familie des Toten. Dabei hilft ihr der bulgarische Taxifahrer »Bobby«. Die beiden beginnen eine Reise tief hinein in das so schöne wie geheimnisvolle Land. Auf ihren Stationen liegen alte Klöster, entlegene und scheinbar der Zeit enthobene Bergdörfer und ein vor der Öffentlichkeit verborgener Ort mit grausamer Vergangenheit. Nach und nach enthüllt sich auf den Stationen ihrer Reise das Schicksal des Verstorbenen, eines begnadeten Musikers, dessen Leben von den Katastrophen des 20. Jahrhunderts und von einer großen Liebe bestimmt war …

»Die Idee zu diesem Roman kam in Gestalt eines Traums zu mir: Ich sah, wie jemand einer jungen Frau eine Schatulle mit der Asche eines Verstorbenen überreichte. Noch im Traum wusste ich, dass es die Aufgabe dieser Frau war, dem Toten sein Leben zurückzugeben, indem sie seine Geschichte aufdeckte. Die Kraft dieser Ausgangssituation trieb meine Arbeit über all die Jahre an.« *Elizabeth Kostova*

Autorin

Elizabeth Kostova, geboren 1964 in Connecticut, ist die Autorin der internationalen Bestseller »Der Historiker« und »Schwanendiebe«. Sie verbrachte bereits in ihrer Jugend viel Zeit in Europa und lernte später bei einem Bulgarienaufenthalt ihren künftigen Mann kennen. Sie ist Mitbegründerin der Elizabeth Kostova Foundation für kreatives Schreiben in Bulgarien und gehört dem Hochschulrat der American University of Bulgaria an.
Mehr Information zu Elizabeth Kostova und ihrem Werk finden Sie unter www.elizabethkostova.com

ELIZABETH KOSTOVA

Das dunkle Land

Roman

Aus dem Englischen von
Thomas Mohr

GOLDMANN

Die Originalausgabe erschien 2017 unter dem Titel
»The Shadow Land« bei Ballantine Books,
an imprint of Random House,
a division of Penguin Random House LLC, New York

Dieses Buch ist auch als E-Book erhältlich.

MIX
Papier aus verantwortungsvollen Quellen
FSC® C014496

Verlagsgruppe Random House FSC® N001967

1. Auflage
Taschenbuchausgabe Juni 2020

Umschlaggestaltung: UNO Werbeagentur, München,
nach einem Entwurf von Caroline Teagle
Cobermotive: Gate © Ben Perini, Mountains © Maya Karkalicheva/Getty Images,
Pathway © Robert Ter Weijden/Getty Images
Redaktion: Regina Carstensen
AB · Herstellung: AS
Satz: Buch-Werkstatt GmbH, Bad Aibling
Druck und Bindung: GGP Media GmbH, Pößneck
Printed in Germany
ISBN: 978-3-442-49075-2
www.goldmann-verlag.de

Besuchen Sie den Goldmann Verlag im Netz

ЗА ГЕОРГИ
НОЕМВРИ *1989*
С ОБИЧ

für Georgi
November 1989
in Liebe

DENKE DU,
WIE DIR'S GEFÄLLT;
DOCH IHN BEGRAB ICH.

Sophokles, *Antigone*

Dieses Buch ist ein altmodischer Zug mit vielen Waggons, der bei Nacht schwerfällig über die Schienen rollt. Ein Wagen birgt einen kleinen Kohlevorrat, der sich auf den Gang ergießt, wenn die Innentür geöffnet wird. Allenthalben häuft sich ölig-schwarzer Grus. Ein anderer Waggon enthält für den Export bestimmtes Getreide. Einen Wagen haben Musiker mit ihren Instrumenten und billigen Reisetaschen in Beschlag genommen, fast ein halbes Orchester, das, streng getrennt nach Freund und Feind, die Abteile der zweiten Klasse bevölkert. Ein weiterer Waggon ist voller böser Träume. Der letzte Wagen hat keine Sitze, und dicht gedrängt im Dunkeln liegen Schlafende auf ihren Mänteln ausgestreckt.

Die Tür dieses Waggons ist von außen zugenagelt.

ERSTES BUCH

Eins

Sofia, das Jahr: 2008. Der Monat: Mai. Es herrschte strahlendes Frühlingswetter, und die Göttin Kapitalismus saß auf ihrem bröckelnden Thron. Auf der obersten Stufe der Vortreppe des Hotel Forest stand eine junge Frau, eigentlich eher Mädchen als Frau, Fremde und Fremdkörper zugleich. Vom Hotel blickte man auf das NDK, den Kulturpalast des früheren kommunistischen Regimes, einen gigantischen Betonklotz, der jetzt von Teenagern umlagert wurde; ihre gegelten Spikes glitzerten in der Sonne, die auf den belebten Platz herabschien. Alexandra Boyd, erschöpft von einem schier endlosen Flug, sah den bulgarischen Kids auf ihren Skateboards zu und versuchte, sich das lange glatte Haar hinter das Ohr zu streichen. Zu ihrer Rechten erhoben sich graue und ockerfarbene Mietskasernen neben moderneren Gebäuden aus Glas und Stahl sowie eine Plakatwand mit dem Bild einer Bikinischönheit, deren Brüste sich nach einer Flasche Wodka reckten. Unweit der Reklametafel blühten imposante Bäume in Weiß und Magenta – Rosskastanien, die Alexandra von einem Studientrip nach Frankreich kannte, ihrer einzigen anderen Europareise. Sie hatte trockene Augen, und der Schweiß auf ihrer Kopfhaut juckte. Sie musste dringend essen, duschen, schlafen – ja, schlafen, nach dem letzten Flug von Amsterdam, bei dem sie alle paar Minuten aus ihrem Dämmer gerissen worden war, zurück in ihr selbst gewähltes Exil in den Wolken. Sie sah auf ihre Füße, um sich zu vergewissern, dass sie noch da waren. Bis auf ein Paar hellrote Sneakers war sie schlicht gekleidet – dünne Bluse, Jeans, eine um die Hüften geknotete Strickjacke –, sodass sie sich neben den maßgeschneiderten Röcken und High Heels, die an ihr vorüberstöckelten, geradezu schäbig vorkam. An ihrem linken Handgelenk trug sie ein breites schwarzes Armband, dazu passend lange Obsidianohrringe. Sie umklammerte die Griffe eines Rollkoffers und einer dunklen Satchel-Bag, in der sich ein Reiseführer, ein Wörterbuch und Kleider zum Wechseln befanden. An ihrer Schulter baumelten ihr Laptop und die bunte Umhängetasche, in der ihr Notizbuch und ein Gedichtband von Emily Dickinson steckten.

Vom Flugzeug aus hatte Alexandra eine von Bergen umringte Stadt gesehen, flankiert von Wohntürmen, die wie Grabsteine in die Höhe ragten. Als sie mit ihrer neuen Kamera in der Hand aus der Maschine gestiegen war, hatte sie ungewohnte Luft geatmet – Kohle und Diesel, dann ein Windstoß, der nach frisch gepflügter Erde roch. Sie war mit dem Flughafenbus zum Ankunftsterminal gefahren und hatte die nagelneuen Zollkabinen bestaunt, die schweigsamen Beamten, den exotischen Stempel in ihrem Pass. Ihr Taxi war eine Zeit lang durch die Außenbezirke Sofias gekurvt, ehe es ins Herz der Hauptstadt vorgestoßen war – ein unnötiger Umweg, wie sie jetzt vermutete –, vorbei an Straßencafés und Laternenmasten, an denen entweder Werbung für Sexshops oder Wahlplakate hingen. Durch das Taxifenster hatte sie uralte Opels und

Fords fotografiert, neue Audis mit getönten Scheiben wie im Gangsterfilm, große, sich träge dahinschleppende Busse und Straßenbahnen wie scheppernde Megalosaurier, deren Räder grelle Funken schlugen. Mit Verwunderung hatte sie festgestellt, dass die Stadtmitte gelb gepflastert war.

Doch der Fahrer hatte sie offenbar irgendwie missverstanden und sie hier abgesetzt, am Hotel Forest, nicht an dem Hostel, wo sie schon vor Wochen ein Zimmer gebucht hatte. Das allerdings hatte Alexandra erst bemerkt, nachdem er davongefahren und sie die Vortreppe hinaufgestiegen war, um sich das Hotel aus der Nähe anzusehen. Jetzt war sie allein, so allein wie noch nie in ihren sechsundzwanzig Lebensjahren. Mitten in einer Stadt mit einer Geschichte, von der sie allenfalls eine vage Ahnung hatte, unter Menschen, die zielstrebig an ihr vorübereilten, und sie fragte sich, ob sie die Treppe wieder hinabsteigen und nach einem Taxi Ausschau halten sollte. Sie bezweifelte, dass sie sich diesen Monolith aus Glas und Beton würde leisten können, der hinter ihr in den Himmel ragte, mit seinen dunklen Fenstern und krähengleichen Gästen in grauen Anzügen, die unablässig ein und aus hetzten oder vor dem Eingang standen und rauchten. Eins schien gewiss: Hier war sie an der falschen Adresse.

Alexandra hätte vielleicht noch ein paar Minuten lang so dagestanden, doch plötzlich glitt die Tür hinter ihr auf, und als sie sich umdrehte, verließen drei Personen das Hotel. Ein weißhaariger Mann im Rollstuhl, auf dessen Schoß sich mehrere Reisetaschen stapelten. Ein hochgewachsener Mann mittleren Alters, der sich mit einer Hand an dem Stuhl und mit der anderen an einem Handy festhielt; er telefonierte. Neben ihm stand ihre Begleitung, eine alte Frau, O-beinig in ihrem schwarzen Kleid; mit einer Hand umfasste sie den Ellbogen des hochgewachsenen Mannes, an der anderen baumelte eine Handtasche. Ihr Haar war rötlich braun, durchsetzt mit grauen Strähnen, die strahlenförmig von einem schmerzlich kahlen Scheitel ausgingen. Der Mann mittleren Alters beendete sein Telefongespräch. Die alte Frau sah zu ihm hoch, und er beugte sich zu ihr hinab und raunte ihr etwas ins Ohr.

Alexandra trat beiseite, beobachtete, wie die drei sich mühsam auf die Treppe zubewegten, und verspürte, wie schon so oft, einen Anflug von Mitleid für das Schicksal anderer Menschen. Anders als zu Hause gab es hier weder einen Behindertenzugang noch eine Rollstuhlrampe. Doch der dunkelhaarige, hochgewachsene Mann schien übermenschliche Kräfte zu besitzen; er bückte sich und hob den alten Mann mitsamt dem Gepäck aus seinem Rollstuhl. Und die Frau schien in ihrem leeren Blick zum Leben zu erwachen, lange genug, um den Stuhl mit ein paar geübten Handgriffen zusammenzuklappen und ihn langsam die Treppe hinunterzutragen – auch sie war kräftiger, als sie aussah.

Alexandra ließ sich von ihrer Energie anstecken, nahm ihre Taschen und ihren Koffer und folgte ihnen. Am Fuß der Treppe setzte der hochgewachsene Mann den Alten wieder in seinen Rollstuhl. Sie ruhten sich einen Moment lang aus; Alexandra stellte sich zu ihnen an den Taxistand. Ihr fiel auf, dass der Mann eine schwarze Weste und ein blütenweißes Hemd trug, zu warm, zu förmlich für einen Tag wie heute. Auch seine Hose war ein wenig zu glänzend, seine schwarzen Schuhe etwas zu blank poliert. Sein dichtes, silbrig schimmerndes dunkles Haar war streng aus der Stirn gekämmt. Ein markantes Profil. Aus der Nähe sah er jünger aus, als sie zunächst angenommen hatte. Er runzelte die Augenbrauen, sein Gesicht war gerötet, sein Blick messerscharf. Er mochte achtunddreißig sein, vielleicht aber auch schon fünfundfünfzig. Trotz ihrer Erschöpfung kam ihr der Gedanke, dass er extrem gut aussah, breitschultrig und elegant in seiner irgendwie altmodischen Kleidung, die Nase lang und aristokratisch, schmale, strahlende Augen über hohen Wangenknochen, als er sich leicht in ihre Richtung drehte. Zarte Grübchen umspielten seinen Mund, als habe er noch ein anderes Gesicht, mit dem er zu lächeln pflegte. Er war wohl doch etwas zu alt für sie. Seine Hand hing schlaff herab; zwei Schritte, und sie hätte sie berühren können. Tatsächlich verspürte sie ein leises Verlangen und wich unwillkürlich ein Stück zurück.

Nun ging der hochgewachsene Mann zum Fenster des ersten Taxis und begann mit dem Fahrer zu verhandeln, der lauthals protestierte; Alexandra fragte sich, ob sich aus alldem vielleicht etwas lernen ließ. Während sie noch zusah, befiel sie mit einem Mal ein leichter Schwindel, und der Verkehrslärm ebbte ab zu einem unangenehmen Summen in den Ohren, nur um gleich darauf mit umso größerer Lautstärke zurückzukehren – Jetlag. Der hochgewachsene Mann und der Fahrer schienen sich nicht einigen zu können, auch nicht, als die alte Frau hinzutrat und ihrer Empörung wortreich Ausdruck verlieh. Der Fahrer winkte ab und kurbelte das Fenster hoch.

Der hochgewachsene Mann nahm das Gepäck, drei oder vier Stoff- und Nylontaschen, und ging zum nächsten Taxi, nur ein paar Schritte von Alexandra entfernt. Sie nahm sich vor, es bei dem ersten Fahrer gar nicht erst zu versuchen. Nach kurzem Feilschen öffnete der hochgewachsene Mann den Fond des preiswerteren Taxis. Er stellte das Gepäck auf den Gehsteig und half der gebeugten Gestalt aus dem Rollstuhl in den Wagen.

Alexandra hätte sich ihnen wohl nicht genähert, wenn die Frau bei dem Versuch, sich neben den alten Mann auf den Rücksitz zu zwängen, nicht plötzlich gestolpert wäre. Alexandra streckte die Hand aus und packte die Frau am Oberarm, fester, als sie es sich zugetraut hätte. Durch den schwarzen Stoff des Ärmels spürte sie einen Knochen, erstaunlich warm und fragil. Die Frau wandte den Kopf und starrte sie an, dann rappelte sie sich hoch und sagte etwas auf Bulgarisch, worauf der hochgewachsene Mann Alexandra zum ersten Mal anblickte. Er war vielleicht doch nicht ganz so attraktiv, überlegte sie; aber seine Augen waren bemerkenswert – größer, als sie von der Seite ausgesehen hatten, die Iris bernsteinfarben, wenn ihm die Sonne ins Gesicht schien. Er und die alte Frau bedachten sie mit einem Lächeln. Er half seiner Mutter behutsam in den Fond des Taxis und streckte die andere Hand nach dem Gepäck, ganz so, als wüsste er, dass Alexandra ihnen ein weiteres Mal zu Hilfe kommen würde. Was sie auch tat; sie nahm sämtliche Taschen auf einmal und reichte sie ihm. Plötzlich schien er es eilig zu haben. Sie umklammerte ihre Satchel-Bag, ihren Laptop und besonders ihre Umhängetasche etwas fester, für alle Fälle.

Er richtete sich auf und betrachtete die Taschen, die sie ihm gereicht hatte. Wieder sah er sie an.

»Haben Sie vielen Dank«, sagte er auf Englisch mit starkem Akzent – war es so offensichtlich, dass sie hier fremd war?

»Kann ich Ihnen helfen?«, fragte sie und kam sich töricht vor.

»Sie haben mir doch schon geholfen«, sagte er. Nun war seine Miene traurig, sein Lächeln verflogen. »Machen Sie Ferien in Bulgarien?«

»Nein«, sagte sie. »Ich unterrichte. Sie sind wohl nicht aus Sofia?« Kaum hatte sie die Worte ausgesprochen, wurde ihr klar, wie unhöflich sie geklungen hatte. Zwar wirkten er und seine alten Eltern in dieser Umgebung in der Tat nicht sonderlich kosmopolitisch. Aber sie hatte seit fast zwei Tagen mit niemandem mehr gesprochen und wollte sich noch ein wenig mit ihm unterhalten, obwohl der alte Mann und die alte Frau im Taxi auf ihn warteten.

Er schüttelte den Kopf. In ihrem Reiseführer hatte sie gelesen, dass bei den Bulgaren ein Nicken »nein« bedeutete und ein Kopfschütteln »ja«, aber beileibe nicht alle an dieser Tradition festhielten. Sie fragte sich, in welche Kategorie der hochgewachsene Mann wohl fallen mochte.

»Eigentlich … wollten wir zum Kloster Velin«, sagte er. Er warf einen Blick über die Schulter, als hielte er nach einem Verfolger Ausschau. »Es ist sehr schön und berühmt. Sie müssen es sich ansehen.«

Sie mochte seine Stimme. »Ja, ich werde es mir merken«, sagte sie.

Nun lächelte er doch – schwach, nur eine Andeutung von Grübchen. Er roch nach Seife und nach frisch gewaschener Wolle. Er wollte sich eben abwenden, als er jäh innehielt. »Gefällt es Ihnen in Bulgarien? Man sagt, dass hier alles passieren wird. Passieren *kann*«, verbesserte er sich.

Alexandra war noch nicht lange genug in Sofia, um sich ein Urteil über das Land bilden zu können.

»Es ist wunderschön«, sagte sie und musste an die Berge denken, die sie beim Anflug auf die Stadt gesehen hatte. »Wirklich wunderschön«, setzte sie mit etwas mehr Nachdruck hinzu.

Er legte den Kopf schief, verbeugte sich knapp – höfliche Menschen, diese Bulgaren – und wandte sich zum Taxi.

»Darf ich Sie fotografieren?«, fragte sie hastig. »Natürlich nur, wenn Sie nichts dagegen haben. Sie sind die ersten Bulgaren, mit denen ich spreche.« Sie wollte ein Foto von ihm – von dem interessantesten Gesicht, das sie je gesehen hatte und das sie vermutlich niemals wiedersehen würde.

Der Mann neigte sich bereitwillig zu der offenen Wagentür, auch wenn er ein wenig beklommen wirkte. Sie hatte den Eindruck, dass er in Eile war. Die alte Frau hingegen beugte sich aus dem Fenster und schenkte Alexandra ein strahlendes Lächeln: ein Gebiss, zu weiß und regelmäßig. Der alte Mann rührte sich nicht; er saß im Fond des Taxis und starrte stur geradeaus. Alexandra zog die Kamera aus ihrer Umhängetasche und drückte rasch auf den Auslöser. Sie überlegte, ob sie ihnen anbieten sollte, ihnen das Bild später zu schicken, aber sie wusste nicht, ob alte Leute – oder elegant gekleidete Männer mittleren Alters – hierzulande Fotos per E-Mail auszutauschen pflegten, zumal mit Ausländern.

»*Mersi*«, sagte sie. Das war die bulgarische Kurzform für »danke«; sie wagte es nicht, das längere, sehr viel kompliziertere Wort in den Mund zu nehmen, das sie sich einzuprägen versucht hatte. Der hochgewachsene Mann starrte sie einen Augenblick lang an, und seine Miene schien jetzt noch trauriger als zuvor. Er hob die Hand zum Abschied und schloss den Fond des Taxis. Dann schwang er sich auf den Beifahrersitz. Ihr Gespräch hatte nur wenige Minuten gedauert, dennoch hatte ein Fahrer weiter hinten die Geduld verloren und hupte. Der Chauffeur der kleinen Familie brauste mit quietschenden Reifen davon und war gleich darauf im reißenden Verkehrsstrom verschwunden.

Zwei

Und nun? Der Fahrer des nächsten Taxis hatte sie offenbar bemerkt; er kurbelte das Fenster herunter und sah derart aufgeweckt zu ihr herüber, dass er sie bestimmt zu ihrem Hostel bringen würde.

»Taxi?«, rief er. Sie betrachtete sein hübsches Gesicht und seine weit auseinander stehenden Augen, die ersten blauen Augen, die sie seit ihrer Ankunft in Sofia gesehen hatte. Er hatte glattes helles Haar, das ihm in einem Pony in die Stirn fiel, ähnlich wie die Pilzköpfe der Beatles. Als sie ihm den Zettel hinhielt, auf dem sie in kyrillischen Schriftzeichen die Adresse notiert hatte, nickte er sofort und hob die Finger, um ihr den Fahrpreis in Lewa anzuzeigen. Ein ehrlicher Typ, und anscheinend meinte er ja, wenn er nickte. Er stieg aus, nahm ihren großen Koffer und verstaute ihn im Kofferraum.

Alexandra zwängte sich eilig in den Fond des Taxis. Obwohl sein Gesicht im Spiegel recht sympathisch wirkte, sprach er kein weiteres Wort mit ihr; offenbar wusste er bereits alles, was er über sie zu wissen brauchte. Sie stellte die Taschen neben sich auf den Rücksitz. Endlich konnte sie sich zurücklehnen. Der Fahrer fädelte sich in den Verkehr ein und bog um die nächste Ecke, und plötzlich waren sie mitten im Getümmel.

Sie sah hoch aufgeschossene Pappeln am Straßenrand, dahineilende Passanten in dunkler Kleidung oder Jeans, Teenager in knalligen, englisch bedruckten T-Shirts, funkelnde Glasscherben und Abfall in den schlammigen Rinnsteinen, als sei dies Großstadt und schäbige Provinz in einem. Es war eine andere, eine neue Welt, doch sie hatte keinen Zweifel, dass sie hier gut zurechtkommen würde, vorausgesetzt, sie konnte die Tür hinter sich zumachen und ein paar Stunden schlafen.

In diesem Augenblick bemerkte sie die Tasche des hochgewachsenen Mannes – oder war es die des Vaters? –, die neben ihren Taschen auf dem Sitz stand, die Gurte ein wirres Knäuel in ihrem Schoß. Bei ihrem Anblick durchzuckte sie ein leiser Schauder – schmuckloser schwarzer Stoff, lange schwarze Griffe, schwarzer Reißverschluss. Sie betrachtete sie von allen Seiten. Nein, sie gehörte ihr nicht. Zwar ähnelte sie ihrer kleineren Tasche, aber sie gehörte ihm oder besser ihnen, und sie waren im Dickicht der Stadt verschwunden.

Sie fuhr mit der Hand über die Tasche. Weder der Stoff noch die Griffe trugen eine Aufschrift oder dergleichen. Nach kurzem Zögern öffnete sie den Reißverschluss und suchte im Innern nach einem Adressschild oder Etikett. Sie spürte etwas Hartes, Eckiges, gehüllt in schwarzen Samt. Als sie auch im Innern keinen Hinweis auf den rechtmäßigen Besitzer finden konnte, tastete sie so lange blind umher, bis sie das rätselhafte Objekt von seiner Hülle befreit hatte.

Es war eine kleine Kiste aus Holz – die Oberseite mit kunstvollen Schnitzereien verziert, der Rest wunderschön poliert –, und hier war endlich auch ein Namensschild oder vielmehr eine dünne hölzerne Plakette mit kyrillischer Gravur. Zwei

Wörter, das eine länger als das andere: Стоян Лазаровv. Sie spürte, wie das Taxi um eine Ecke bog. Da weiter nichts draufstand, sagte sie die Wörter ganz langsam vor sich hin, mit Hilfe des Alphabets, das sie geübt hatte. *Stoyan Lazarov.* Keine Daten. Das Ende des zweiten Wortes deutete – nach allem, was sie in ihrem Reiseführer gelesen hatte – darauf hin, dass es sich um einen Nachnamen handelte. Wie betäubt durchsuchte Alexandra die Tasche, doch es war nichts weiter darin. Ohne es wirklich zu wollen, hob sie den mit Scharnieren versehenen Deckel der kleinen Kiste an. Im Innern steckte ein durchsichtiger, fest verschlossener Plastikbeutel. Er war gefüllt mit Asche – dunkelgrau, hellgrau, dazwischen hier und da gröbere weiße Partikel. Sie berührte das Plastik mit der Fingerspitze; unter normalen Umständen hätte ihre Handbewegung wie eine pietätvolle Geste ausgesehen, und trotz ihrer schrecklichen Bestürzung verspürte sie in der Tat so etwas wie ein Gefühl der Pietät.

Alexandra blickte sich um, nach vorn und hinten, auf die undeutliche, verschwommene Stadt. Sie wusste nicht, was tun. Jack hätte es gewusst. Jack, der demnächst achtundzwanzig geworden wäre. In Momenten wie diesen brauchte man einen Bruder. Sie hätten gemeinsam durch Europa wandern können, Seite an Seite, mit geschulterten Rucksäcken.

Sie streckte die Hand über den Sitz, ergriff die knochige Schulter des Fahrers und schüttelte ihn – schüttelte ihn mit aller Kraft.

»Halt!«, rief sie. »Bitte halten Sie an!« Dann fing sie an zu weinen.

Drei

Mein Bruder und ich wuchsen in einer Kleinstadt in den Blue Ridge Mountains auf. Meine Mutter unterrichtete Geschichte an einem örtlichen College, mein Vater Englisch an der Highschool. Kurz nach ihrer Hochzeit hatten sie beschlossen, in die Provinz zu ziehen, und so verbrachten wir einen Großteil meiner Kindheit in einem sehr alten Farmhaus auf dem Land. Dort lebten wir in den Neunzigerjahren fast genau wie die Menschen hundert Jahre zuvor. Das Haus hatte eine umlaufende Veranda mit grau gestrichenen Dielen. Gleich vor der Tür knarrte eine Diele wie eine Art Klingelersatz; Jack, der zwei Jahre älter war als ich, versuchte diese Diele immer wieder zum Sprechen zu bewegen. Dabei hatte das Haus durchaus eine – wenn auch etwas ungewöhnliche – Klingel: einen Messingschlüssel im Türrahmen, den man drehen musste, worauf ein lautes, freundliches Schrillen durch die beiden Stockwerke hallte. Hinter dem Haus, nach Süden hin abfallend, befand sich ein Obstgarten oder vielmehr das, was davon noch übrig war – knorrige, fast menschenähnliche Bäume, die Stämme von Winterstürmen gespalten, der Boden übersät mit glitschigen Äpfeln, die im Sommer Wespen anzogen.

Die hohen Räume waren mit Secondhandmöbeln vollgestopft. Ich sehne mich bis heute zurück in dieses Haus mit seinen Johannisbeersträuchern und Rhabarberbeeten, seinen uralten Schwertlilien, deren flache Zwiebeln Triebe bildeten, die so dick waren wie mein Unterarm, und dem hohen Gras, in dem Jack und ich liegen konnten, ohne selbst gesehen zu werden – oder selbst mehr sehen zu können als die blauen Umrisse der Berge. In der hinteren Stube stand ein bauchiger Kanonenofen, den mein Vater im Winter mit Apfel- und Eichenholz befeuerte. Wenn wir eingeschneit waren und sie mit dem Truck den Berg weder herauf- noch hinunterkamen, saßen wir am Ofen, und meine Eltern lasen uns vor.

Da die meisten Kinder, mit denen wir in der Dorfschule Freundschaft geschlossen hatten, weit weg wohnten, waren wir oft einsam und allein auf diesem Hügel, redeten, kochten, perfektionierten unsere Halma-Strategie, durchforsteten die Plattensammlung meines Vaters mit Aufnahmen der großen europäischen Sinfonieorchester oder erkundeten die Bergwelt. Haben Sie schon einmal eine LP in der Hand gehabt, eine dieser schwarzen Vinylscheiben, deren Rillen mit einer Nadel abgetastet werden und die immer leicht verkratzt klingen? Und im Wohnzimmerregal standen mehrere Bücher, die uns besonders lieb und teuer waren. Darunter ein dickes Lexikon, aus dem wir uns gegenseitig obskure Wörter vorlasen, deren Bedeutung der andere dann erraten musste, und ein Band mit Rembrandts Selbstporträts, dessen Gesicht von Seite zu Seite wissender – aber nicht unbedingt weiser – wirkte.

Kein anderes Buch jedoch faszinierte uns so sehr wie ein Atlas von Osteuropa. Ich weiß nicht, wie er in unser Regal gekommen war, und ich vergaß, meine Mutter oder meinen

Vater rechtzeitig danach zu fragen; wahrscheinlich stammte er von irgendeinem Grabbeltisch im College. Wir fragten einander nach den Namen von Ländern oder Regionen, in denen niemand, den wir kannten, je gewesen war und deren Grenzverlauf sich über die Jahre und Jahrhunderte ständig verändert hatte. Jack deckte mit der Hand einen Ortsnamen ab oder klappte das Buch bisweilen sogar zu und sagte: »Okay, das kleine rosafarbene Land in der Mitte, 1850. Fünf Punkte.« Wer als Erster fünfzig Punkte beisammenhatte, musste für den anderen Kekse backen, obwohl am Ende zumeist ich allein am Ofen stand und er sich verdrückte, um Wespen zu erschlagen oder unter der Veranda ein Loch zum Hineinpinkeln zu graben. Jeder von uns hatte ein Lieblingsland – meins war Jugoslawien nach dem Ersten Weltkrieg, ein Teppich aus kleinen bunten Flicken, die auf der nächsten Seite wie durch ein Wunder zu einer einheitlichen gelben Fläche zusammengewachsen waren. Jack mochte die Länder am liebsten, die sich wie ein Ring um das Schwarze Meer schlossen – zumindest theoretisch konnte man mit dem Schiff von einem zum anderen fahren, und genau das wollte er eines Tages auch tun. Das blassgrüne Bulgarien hatte es ihm besonders angetan; wenn ich ihm sämtliche Nachbarländer nennen konnte, gab er mir zehn Extrapunkte.

Wir lasen natürlich auch für uns, *Narnia* und *Mittelerde*, Arthur Conan Doyle und die *National Geographic*-Hefte, die sich im Hinterzimmer stapelten, wo auch der Ofen stand. Ich verschlang eine Reihe von Mädchenbüchern, für die Jack nichts als Verachtung übrighatte, zum Beispiel *Nancy Drew*. Meine Eltern zogen das Radio dem Fernseher vor, und die Stadtbibliothek wurde zu unserem zweiten Zuhause, bis ein Schulfreund erst Jack und später auch mich in eine Spielhalle mitnahm – und uns langsam, aber sicher schwante, dass man mit den Computern im Informatikraum der Schule auch ganz andere, wunderbare Dinge anstellen konnte. Ich fand die Spielhalle nicht ganz so toll wie Jack und hatte zum ersten Mal das Gefühl, dass mir Jack allmählich fremd wurde.

Jack und ich ärgerten einander wie die meisten Geschwister. Und doch waren wir unzertrennlich in unserer Zweisamkeit, kühn und erfinderisch. Wir konnten ein Zelt aufbauen, ein Lagerfeuer machen, auf einem Grashalm pfeifen, sicher über vereiste Felsen kraxeln und wussten, dass man nur einem Wasserlauf bergab zu folgen brauchte, um zu einer Siedlung zu gelangen, wenn man sich verlaufen hatte. Wir hatten gelernt, ausdrucksvoll vorzulesen, auch wenn Jack sich oft dagegen sträubte. Wir konnten den Hühnerstall ausmisten, in den Keramiktassen unserer Mutter Muffins backen und Kartoffeln ernten. Ich brachte mir Häkeln und Nähen bei. Ich besserte nicht nur meine, sondern auch Jacks Kleider aus, da er daran wenig Interesse zeigte; seine Hosen scheuerten zumeist an den Knien durch, und ich entwarf passende Flicken in dunklen, gedeckten Farben. Wir konnten spielen, wo wir wollten, solange wir uns von den Häusern am Ende der Straße mit den Privatmüllhalden und den großen Kettenhunden fernhielten. »Ein guter Zaun macht gute Nachbarn«, pflegte mein Vater zu sagen, der sie im Vorbeifahren dennoch immer freundlich grüßte.

Eigentlich hätte ich glücklich sein müssen, und zumeist war ich das auch, denn ich liebte unser Haus auf dem Hügel und das Zusammensein mit meinem Bruder über alles. Aber wie es in Familien manchmal so ist, kam es von Jacks frühester Kindheit an immer wieder zu Reibereien zwischen ihm und unseren Eltern; sie schienen ihm einfach nichts recht machen zu können. Schon mit sieben oder acht ergriff eine seltsame Zerstörungswut von ihm Besitz: Wenn wir im Garten Unkraut jäteten, riss er absichtlich ganze Bündel von Karotten mit heraus. Mussten wir den Hühnerstall ausmisten, legte ich mich schwer ins Zeug; für mich gab es nichts Schöneres, als die Hennen an einem heißen Nachmittag in ihren Ecken glucksen zu hören, frisch gelegte Eier zu entdecken und von meinem Vater für die getane Arbeit mit Lob überhäuft zu werden. Jack vertrieb sich derweil die Zeit damit, ein Loch in die Stallwand zu schlagen, was dazu führte, dass ein Fuchs ein paar Tage später ein veritables Blutbad anrichtete. Jack schrieb mit einem verkohlten Ast »Ihr könnt mich allemal« an die Wand über seinem Bett. Als er eines Nachmittags einen Baum im Obstgarten anzündete und das Feuer auf das Haus überzugreifen drohte, erteilte mein Vater ihm eine Woche Hausarrest – auch wenn das in den Bergen wenig Sinn hatte –, und meine Mutter musste sich am College einen Vormittag freinehmen, um bei seiner Vertrauenslehrerin vorstellig zu werden.

In der Mittelschule wurde es noch schlimmer. Jack rauchte an der Bushaltestelle, bis ein anderer Junge ihn verpetzte, und statt der Risse von den Brombeersträuchern musste ich nun münzgroße Brandlöcher in seinen Hosen stopfen. Er stutzte seine roten Locken, rasierte sich die Augenbrauen ab und erklärte meinen Eltern, dies sei eine ihrer viel gerühmten Sparmaßnahmen (statt uns zum Friseur zu schicken, schnitt unsere Mutter uns die Haare). Im Jahr darauf eröffnete er meinen Eltern, dass er weglaufen werde, »ohne Scheiß«, wenn sie ihn nicht einmal die Woche in die Stadt chauffierten, damit er »mit den Jungs abhängen« konnte – anderen dürren Siebtklässlern mit hässlichen Frisuren. Während mein Vater ihn ermunterte, seine Drohung wahrzumachen, fuhr meine Mutter ihn schweren Herzens jeden Samstag in die Stadt; jetzt, wo wir langsam größer würden, meinte sie, bräuchten wir einen Freundeskreis, und dann spendierte sie mir ein Eis. Ich hatte ständig Angst, dass die Auseinandersetzungen zwischen Jack und meinen Eltern weiter eskalieren würden. Ich hingegen genoss seine Zuneigung und sein Vertrauen. Als er mir erzählte, dass er und die Jungs gelegentlich billige Taschenmesser oder eine Tüte Beef Jerky klauten, bewahrte ich sein Geheimnis – dieses kleine Opfer brachte ich gern, nicht zuletzt, weil er mir Süßigkeiten und Comichefte schenkte, die er angeblich von seinem Taschengeld bezahlt hatte.

Wir lebten auf dem Land, bis Jack in die neunte und ich in die siebte Klasse kam. Da verkauften unsere Eltern das Haus und erwarben eine Wohnung in der wiederbelebten Innenstadt von Greenhill; dort konnten sie zwar kein Gemüse anbauen, dafür konnten wir die Schule bequem zu Fuß erreichen. Nach dem Umzug in die Stadt gingen mein Bruder und ich immer häufiger getrennte Wege; ich besuchte die Mittelschule, einen Stall voll schrecklich aufgedonnerter Mädchen und rätselhafter Jungs, und Jack schaffte es in die Leichtathletik-

und Basketballmannschaft der Highschool und trieb sich mit seinen muskelbepackten neuen Sportsfreunden herum. Unsere Eltern waren sichtlich erleichtert – er war einfach zu beschäftigt, um Dummheiten zu machen, und da er schon frühmorgens zu trainieren anfing, fiel er jeden Abend todmüde ins Bett. Jenes erste Jahr in der Stadt verlief ohne besondere Zwischenfälle, ebenso der Beginn des zweiten. Doch er fehlte mir, genau wie unser Haus in den Bergen; es war, als habe Jack sich unbemerkt aus meinem Leben gestohlen. Er war netter zu mir als damals, als wir noch Kinder gewesen waren, aber auch distanzierter. Am schönsten fand ich es, wenn er abends in mein vollgestopftes Zimmer kam, oft während ich Hausaufgaben machte.

»Ach, an diese Gleichungen kann ich mich gut erinnern«, sagte er dann. »Soll ich dir helfen?« Oder er trat ohne anzuklopfen ein, die Haare noch nass vom Duschen, und sank ächzend auf die Kante meines Bettes. »Ich bin fix und fertig. Sondertraining.« Doch diese Augenblicke währten nur kurz, denn früher oder später versetzte er mir eine zärtliche Kopfnuss und trottete in sein Zimmer, um seine Hausaufgaben zu erledigen oder mit einer Freundin zu telefonieren.

Meine Eltern nahmen all das widerspruchslos hin, weil sie es für die normale Entwicklung eines jungen Mannes hielten, der sich allmählich von seinem Elternhaus abnabelte; zum Ausgleich bestanden sie jedoch auf dem einen oder anderen Ritual unseres früheren Lebens, allem voran der Wanderung, die wir einmal im Monat zusammen unternahmen. Gewöhnlich warteten wir das richtige Wetter ab – einen sonnigen, klaren Samstag- oder Sonntagmorgen, an dem die hohen Berge sich scharf gegen den wolkenlosen Himmel abhoben, egal zu welcher Jahreszeit. An solchen Tagen waren wir wieder eine richtige Familie und ließen den Blick gemeinsam über die blauen Gebirgsgipfel schweifen, die sich bis zum Horizont erstreckten.

Noch wussten wir nicht, dass wir ihn bald verlieren würden.

Vier

Als Alexandra die Urne öffnete, brach sie in Tränen aus, und das nicht etwa, weil sie Angst vor den sterblichen Überresten eines Menschen hatte, sondern weil es ihr schlicht zu viel war, der Tropfen, der das Fass zum Überlaufen brachte. Sie war in einem fremden Land, schon jetzt ging alles schief, und in ihrem jugendlichen Hang zur Übertreibung hatte sie das Gefühl, dem Schicksal hilflos ausgeliefert zu sein – ein bloßer Spielball finsterer Mächte, die vielleicht gut, vielleicht aber auch böse waren.

Sie musste den Fahrer zweimal an der Schulter packen und »Halt!« rufen, bevor er sich zu ihr umdrehte. Als er ihre kummervolle Miene bemerkte, schlängelte er sich eilig durch den dichten Hauptstadtverkehr und bog in eine Seitenstraße. Zwei junge Kätzchen und eine räudige Katze stoben davon, als das Taxi am Bordstein hielt; Alexandra sah, dass sie an einem blutigen Kadaver genagt hatten. Der Gehsteig lag im Schatten großer Bäume, von denen sie noch nicht wusste, dass es sich um *lipa* handelte – Linden, über und über behangen mit grünlich weißen Blüten. Nach dem breiten Boulevard und dem Hotel war es in dieser Straße seltsam still. Alexandra wartete und versuchte ihr Schluchzen zu ersticken, während der Fahrer den Gang herausnahm und den Motor laufen ließ.

»Stimmt etwas nicht?«, wollte er wissen. Sie fragte sich, weshalb er so gut Englisch sprach und warum er ihr das bislang verheimlicht hatte.

»Bitte entschuldigen Sie«, sagte sie. »Es tut mir leid, aber dieses Gepäck gehört mir nicht.«

Das ging ihm offenbar etwas zu schnell, oder ihre Stimme bebte zu sehr. Er sah sie stirnrunzelnd an. »Was? Alles okay?«

»Ja, aber ich habe eine fremde Tasche bei mir.«

»Fremd?«, fragte er und beugte sich mit gerecktem Hals über den Sitz. Sie deutete, wortlos diesmal, auf die Urne und tätschelte sie behutsam.

»Das ist nicht Ihre?« Er starrte sie an, würdigte die Tasche keines Blickes – war es womöglich typisch für Bulgaren, ihrem Gegenüber erst einmal in die Augen zu sehen, bevor sie sich mit einem Problem befassten? Der hochgewachsene Mann hatte sie auf dieselbe Art und Weise gemustert, vielleicht aber auch nur, weil sie Ausländerin war.

Er stieg aus, riss ihre Tür auf, streckte den Kopf herein und inspizierte ihr Gepäck. »Wem gehört die Tasche?«, fragte er.

Auch sie starrte ihn nun an, weil er ihr so dicht auf die Pelle rückte. In diesem Moment sah sie ihn zum ersten Mal nicht in seiner Funktion als Taxifahrer, der sie in ihr Hostel brachte, sondern als Person, als einen Mann, der kaum älter war als sie – vielleicht neunundzwanzig oder höchstens Anfang dreißig. Wieder bemerkte sie sein Gesicht, bleich und vierschrötig, das hinter seinem hellen Haar verschwand, wenn er sich vornüberbeugte. Und er hatte tatsächlich blaue und nicht blaugrüne Augen. Er war eher schmal, und seine Bewegungen, seine feingliedrigen Hände hatten etwas Sinnliches, Graziles.

»Ich verstehe nicht ganz«, sagte er. »Wie ist das passiert?«

»Ich habe sie dem Mann auf der Hoteltreppe abgenommen, den alten Leuten. Der große Mann und der alte Mann im Rollstuhl und die alte Frau.« Sie versuchte, möglichst deutlich zu sprechen.

»Sie haben ihnen die Tasche gestohlen?« Aus seinem Blick sprach eher Verwunderung als Missbilligung. Sie begriff, dass auch er die alten Leute auf ihrem Weg zum Taxistand gesehen hatte.

»Nein.« Wieder war sie den Tränen nahe. »Ich habe sie aus Versehen an mich genommen, als ich ihnen ins Taxi geholfen habe. Aber ich glaube … Sehen Sie hier.«

Sie öffnete den Deckel der Urne und zeigte ihm den Plastikbeutel darin. Er beugte sich noch näher zu ihr – sie hatte das Gefühl, ihn völlig verwirrt zu haben – und berührte ihn, genau wie sie es getan hatte. Er runzelte die Stirn. Seine Finger suchten, genau wie zuvor die ihren, an der Außenseite der Kiste nach einem Hinweis auf ihren Besitzer, glitten forschend über das polierte Holz. Er zog das Samtsäckchen etwas weiter herunter, und diesmal sah sie, dass es sich bei der Schnitzerei um ein Laubgewinde handelte, rechts und links flankiert von einem Tierkopf. Bevor sie ihn darauf aufmerksam machen konnte, hatte er den Namen auch schon gefunden und las ihn laut.

»Ich glaube, das ist ein Mensch«, sagte er. »*War* ein Mensch – ein Mann.«

»Ich weiß«, sagte sie und musste an den Mann im Rollstuhl denken. Sie spürte, wie ihr das Blut aus den Wangen wich. Vielleicht hatte der Alte seinen anderen Sohn verloren? Oder seinen Bruder?

»Verstehen Sie? Das ist die Leiche eines Mannes«, wiederholte der Taxifahrer.

»Ich *weiß*«, wiederholte sie. »Aber nicht die Leiche, sondern die *Asche.*«

»Ja, Asche.« Seine Stimme war schneidend. »Auf Bulgarisch nennen wir es *prah.* Staub.« Rau drang das Wort aus seiner Kehle. »Sie sollten sie so schnell wie möglich zurückgeben.«

»Ja, natürlich«, jammerte sie. »Aber ich weiß weder, wie sie heißen, noch, wohin sie wollten. Wahrscheinlich gehe ich am besten zur Polizei.« Sie stellte sich vor, wie ein Polizist den Namen in den Computer eingab, fündig wurde, die Urne pietätvoll an sich nahm und ihr versprach, sie ihren rechtmäßigen Besitzern zurückzugeben. Vielleicht würden sie ihr aber auch die Adresse nennen, sodass sie das selbst erledigen konnte. Sie malte sich aus, wie sie den Leuten gegenübertreten würde, deren kostbarsten Schatz sie gehütet hatte. Bei dem Gedanken schnürte sich ihr die Kehle zu – sie suchten vermutlich in der ganzen Stadt nach ihr. Aber als sie ihr Taxi bestiegen hatte, waren sie längst fort gewesen; womöglich hatten sie noch gar nicht entdeckt, dass die Tasche fehlte? Ach was, sie hatten es bestimmt sofort bemerkt.

»Nein – bringen Sie mich lieber zum Hotel zurück«, verbesserte sie sich. »Wenn überhaupt, suchen sie vermutlich dort nach mir.«

»Das ist eine gute Idee«, sagte er. Sein Englisch wurde von Minute zu Minute biegsamer und flüssiger, doch seine Miene blieb skeptisch. Sein Akzent war schwer einzuordnen – britisch, Cockney beinahe. »Kommen Sie. Wir fahren am besten gleich los.« Trotz ihres Elends gefiel es ihr, wie seine schmalen, wohlgeformten Lippen die Worte fanden. Seine Vorderzähne waren ein wenig schief, und einer von ihnen hatte einen dunklen Kariesfleck wie eine Sommersprosse. Seine Wangenknochen trugen ihren Namen zu Recht – Knochen, breit und markant –, und seine Gesichtshaut war milchweiß und ohne jeden Makel, bis auf eine kleine Ansammlung hellbrauner Leberflecken in einem Mundwinkel. Behutsam schloss er den Urnendeckel und zog den Reißverschluss der Tasche zu. Dann setzte er sich wieder hinters Steuer und legte den Gang ein, bevor sie sich bei ihm bedanken konnte.

Fünf

Der Windy Rock Trail war einer der schönsten Wanderwege in den Blue Ridge Mountains North Carolinas. Und das ist er vermutlich immer noch. Ich bin zuletzt 2007 mit meiner Mutter dort gewesen – eine schmerzliche Erinnerung.

Der Windy Rock gehörte zu den Lieblingswanderwegen meiner Familie, aber Jack hatte an diesem Oktobermorgen schlechte Laune – warum, weiß ich bis heute nicht. Vielleicht, wie ich noch Jahre später spekulierte, weil er am Tag zuvor sechzehn geworden war. Zum Geburtstag hatten meine Eltern ihm zwar den Führerschein geschenkt, nicht aber ein Auto. Sie waren übereingekommen, sich mit ein paar hundert Dollar zu beteiligen, mehr nicht, den Rest müsse er sich selbst hinzuverdienen. Er hatte zwar etwas gespart, aber längst nicht genug für einen auch nur halbwegs verkehrstüchtigen Wagen.

Vielleicht war das die unmittelbare Ursache für die Spannungen zwischen Jack und meinem Vater, vielleicht war er aber auch nur sauer, weil er zu seinem Ehrentag keinen fahrbaren Untersatz bekommen hatte. Er kam schlaftrunken und mürrisch an den Frühstückstisch getrottet, und ich hütete mich, ihn auch nur anzusprechen. Als wir unsere Stiefel und Jacken anzogen, unternahm er einen halbherzigen Versuch, sich in letzter Minute noch aus der Affäre zu ziehen. Offenbar machte meine Mutter ein trauriges Gesicht, vielleicht warf mein Vater ihm aber auch nur einen gestrengen Blick zu, jedenfalls gab Jack keine weiteren Widerworte.

Auf der Fahrt über den Blue Ridge Parkway saß er schweigend neben mir. Um mich von seiner miesen Laune nicht anstecken zu lassen, sah ich aus dem Fenster auf die herbstlichen Bäume, die Pappeln, deren blassgoldenes Laub sich allmählich braun verfärbte, und die erstaunlich roten Beeren der Ebereschen, die zwischen den grauen Zweigen hervorlugten. Es war ein herrlich klarer Tag, vor mir erstreckte sich ein Meer von Gipfeln, und ich fragte mich, wie ich es schon als kleines Mädchen getan hatte, weshalb sie von fern so blau aussahen, während sie aus der Nähe in allen Farben schillerten. Als ich auf dem Balkan zwölf Jahre später das erste Mal Berge sah, erschienen sie mir seltsam fremd und zugleich seltsam vertraut: Sie ragten steil empor, statt in sanften Hügeln zu verlaufen, und ihre bedrohlichen Hänge, dunkelgrün und schwarz, waren von vernarbten Felsschrunden durchzogen. Aber wie meine Berge daheim boten sie einen prachtvollen Anblick, stoisch, massiv, beruhigend.

Mein Vater stellte den Wagen auf dem Wanderparkplatz ab, und wir stiegen aus und schulterten unsere Daypacks. Jack schnürte sich die Stiefel auf der hinteren Stoßstange des Autos; seine Miene war düster. Obgleich er ganz wie er selbst aussah, schien er gleichsam über Nacht erwachsen geworden zu sein – seine hoch aufgeschossene Gestalt, an die ich mich nur schwer gewöhnen konnte, die breiten Schultern und die kräftigen Beine, die aus seinen khakifarbenen Cargoshorts ragten, der schwere Lederstiefel mit den gestreiften Senkeln, den er fest gegen die Stoßstange stemmte. Er hob den Blick, bedachte mich mit dem letzten Lächeln, das wir jemals tauschen sollten, und bedeutete mir mit einem Nicken, schon einmal vorauszugehen – in unserer Familie war es Sitte, dass mein Vater als Erster losmarschierte, dann meine Mutter, dann ich. Seit er muskulös und sportlich war, bildete Jack das Schlusslicht. Hätte uns etwas den Weg hinaufgejagt, hätte es erst einmal mit Jack fertigwerden müssen, weshalb ich mir um ihn ein wenig Sorgen machte, während ich mich in trügerischer Sicherheit wähnte.

Auf halber Strecke zum ersten Gipfel rief er plötzlich: »Warte mal«, und als ich mich umdrehte, sah ich, wie er sich auf einem Felsvorsprung den Stiefel zuband. Ich blieb stehen, wartete schweigend, während er mürrisch hervorstieß, er habe ohnehin nicht mitkommen wollen.

»Ich habe tausend Dinge zu erledigen.« Er zerrte an dem Schnürsenkel, während ich sein gebräuntes Profil betrachtete, das dem unseres Vaters so ähnlich war. Sein Zorn richtete sich sogar gegen seine Stiefel. »Bist du es nicht langsam leid, ständig Berge hinaufzukraxeln, nur weil Mum und Dad es so wollen?«

»Aber wir sind doch immer schon gewandert«, erwiderte ich unbeholfen. »Eigentlich macht es mir Spaß.«

»Sie scheinen zu vergessen, dass ich inzwischen etwas zu alt bin, um mich herumkommandieren zu lassen. Was soll ich hier, am Arsch der Welt?« Er richtete sich auf und wies mit ausgestrecktem Arm auf das weite Panorama von Bergen und Himmel. Ich liebte diesen Ausblick.

Und dann sagte ich etwas, das ich nicht hätte sagen sollen.

Plötzlich packte mich die Wut, weil er uns den schönen Tag verdarb. Weil er so hässliche Dinge über unsere Eltern sagte, die womöglich vieles falsch sahen, es aber (trotz allem) immer gut mit uns meinten. Weil er mich schon so oft im Stich gelassen hatte und seine Zeit lieber mit Freunden, Mädchen und Basketball verplemperte, als sie mit mir zu verbringen.

»Wenn du unbedingt den Miesepeter spielen willst«, sagte ich aufgebracht, »warum haust du dann nicht einfach ab?«

In seinem Gesicht machte sich ein ungläubiger Ausdruck breit – Gott, wie ich dieses Gesicht liebte, sogar wenn ich die Wut darin selbst entfacht hatte, und ich liebe es noch heute. Er sagte nur zwei Sätze. Erstens, ich solle mich verpissen. Und zweitens, genau das werde er jetzt auch tun.

Das waren seine Worte, und ich werde sie nicht in Anführungszeichen setzen. Es waren vermutlich die letzten Worte, die er je mit einem Menschen gesprochen hat. Ich kämpfte mit den Tränen – nicht nur, weil ich meine Gemeinheit bereute, sondern weil ich zutiefst getroffen war. Ich kehrte ihm den Rücken zu und marschierte weiter; ich verfiel in einen grimmigen Rhythmus und ignorierte die Stille, die ich rasch hinter mir ließ. Seine Schritte waren nicht mehr zu hören; ich redete mir ein, es geschehe ihm ganz recht, wenn ich ihn stehen ließ. Ich überquerte einen Bach oder besser der Bach querte unseren Weg, und ich musste von einem Stein zum anderen hüpfen, um trockenen Fußes über das rauschende Wasser zu gelangen. Nach ein paar Minuten hatte ich meine Eltern wieder eingeholt; sie wanderten schweigend vor sich hin, und ich heftete mich an ihre Fersen.

Jack war nirgends zu sehen, als wir beim ersten großen Aussichtspunkt eine Trinkpause einlegten: ein gewaltiges Schauspiel wogender Gipfel wie die Zacken einer riesigen rauchblauen Krone, das den gesamten Horizont einnahm. Das Tal lag zwölfhundert Meter unter uns, gleich hinter den weinroten Blättern der Blaubeersträucher am Wegesrand. Meine Mutter lächelte mir aufmunternd zu und hielt nach meinem Bruder Ausschau, und dann setzten wir uns, streckten die Beine aus und warteten ein paar Minuten.

»War Jack hinter dir?«, fragte mein Vater nach einer Weile. Ich erklärte ihm, dass er stehen geblieben sei, um sich die Schnürsenkel zu binden, erwähnte unseren Streit jedoch mit keinem Wort. »Na ja, er wird schon kommen«, sagte mein Vater. Meine Mutter wirkte wohl ein wenig unruhig, denn mein Vater setzte hinzu: »Er ist ein großer Junge.«

Wir gingen weiter, wenn auch etwas langsamer als zuvor. Ich fragte mich, ob meine Eltern ahnten, wie übel er es ihnen nahm, dass sie ihn hierher verschleppt hatten, bevor ich mich anderen Dingen zuwandte: dass ich mir die gleiche Frisur schneiden lassen wollte wie die beiden Mädchen aus meinem Gemeinschaftskundekurs, der Geschichte, die wir für den Literaturunterricht am Montag lesen mussten. Es war eine Nacherzählung von »Rotkäppchen«, mit Jugendlichen als Protagonisten, und ich hatte das Gefühl, dass sie irgendwie nicht so recht funktionierte. Ich trug mich mit dem Gedanken, eine eigene Version davon zu schreiben, nur um herauszufinden, ob ich es besser konnte. Ich starrte auf meine abgetragenen Wanderstiefel, die einst Jack gehört hatten (meine Mutter hatte mir versichert, es seien Unisex-Stiefel, und solange ich damit nicht zur Schule gehen musste, konnte ich damit leben).

Beim nächsten Aussichtspunkt machten wir Rast, und meine Mutter schlug vor, schon einmal unsere Lunchpakete auszupacken und etwas zu essen, bis Jack zu uns aufgeschlossen war. Mein Vater willigte ein und streifte sein Daypack von den Schultern. Meine Mutter fand eine flache Stelle ein Stück abseits des Weges, und ich half ihr, die kleine karierte Picknickdecke auszubreiten. Sie hatte meine Lieblingsspeise eingepackt, gefüllte Eier, dazu ein paar Scheiben von dem leckeren selbst gebackenen Brot meines Vaters und für jeden von uns eine Flasche Zitronenlimonade, die es in unserem eher ärmlichen Haushalt sonst nur zu feierlichen Anlässen gab. Jacks Flasche lehnte sie an einen Felsen. Mein Vater sah keinen Grund zu warten, und so fingen wir an zu essen. Doch das Brot schmeckte trocken, als hätte ich schon jetzt schwer an den Worten zu kauen, die ich meinem Bruder im Zorn ins Gesicht geschleudert hatte, und mir fiel auf, dass meine Mutter alle paar Minuten den Weg hinuntersah. Damals hatten wir noch keine Handys – sie waren eine relativ neue Erfindung –, die schafften wir uns erst ein paar Jahre später an.

Schließlich legte mein Vater ihr die Hand auf die Schulter. »Keine Sorge, Clarice«, sagte er. »Jack ist ein erfahrener Wanderer. Er wollte wahrscheinlich nur eine Weile allein sein. Er wird langsam erwachsen.«

»Ich weiß, dass er langsam erwachsen wird.« Sie klang beinahe gereizt, was nur sehr selten vorkam.

»Soll ich ein Stück zurückgehen und ihm winken?« Mein Vater klaubte die Überreste unseres Picknicks zusammen, ohne den Wildvögeln auch nur einen Krümel zu gönnen: Bitte hinterlassen Sie diesen Ort so, wie Sie ihn vorzufinden wünschen.

»Ja, wärst du wohl so nett?« Meine Mutter lächelte, in der Hoffnung, so jeglicher Beunruhigung ein Ende machen zu können. »Wir beide warten hier auf euch.«

Nach etwa einer halben Stunde kehrte mein Vater allein zurück, aus seiner Miene sprach Verdruss.

»Ich bin bis zur großen Biegung zurückgelaufen«, sagte er. »Ich habe sogar ein paarmal nach ihm gerufen, ohne Erfolg. Ich fürchte, er ist allein zum Wagen zurückgegangen.« Ich kannte diesen Unterton in seiner Stimme: Er zeigte an, dass Jack gegen die Wanderregeln verstoßen hatte und deshalb mit ernsthaften Konsequenzen rechnen musste. Außerdem hatte Jack inzwischen den Führerschein – und einen Schlüssel für unser Auto, ein Zugeständnis meines Vaters zum Geburtstag seines Sohnes.

»Wir haben dich nicht rufen hören«, sagte meine Mutter zweifelnd. »Sehr laut kannst du also nicht gerufen haben.«

»Laut genug.« Mein Vater setzte sich einen Augenblick. »Was haltet ihr davon, wenn ihr langsam weiterlauft und die Aussicht genießt, und ich gehe zurück zum Auto?« *Falls es noch da ist,* aber das sprach er nicht laut aus. »Wenn ich nicht spätestens in einer Stunde wieder bei euch bin, kehrt ihr um, und wir treffen uns auf dem Parkplatz.« *Und selbst wenn der Wagen noch da ist, wird Jack sein blaues Wunder erleben.*

Ich sah meiner Mutter an, dass sie nicht weitergehen wollte, solange sie nicht wusste, wo Jack abgeblieben war; Jahre später erst wurde mir klar, dass sie vermutlich glaubte, dass dann alles wieder gut werden oder zumindest eine Zeit lang Normalität einkehren würde. Das allerdings begriff ich erst, nachdem ich selbst Mutter geworden war – dieses verzweifelte Feilschen mit dem Schicksal, mit unseren eigenen Ängsten.

Mein Vater marschierte zurück zum Parkplatz, und meine Mutter und ich setzten uns langsam wieder in Bewegung und nahmen seinen Rucksack mit, in dem die restlichen Wasserflaschen steckten. Bald waren wir weiter nichts als zwei Frauen, die sich unter dem weiten Himmel klein und nichtig vorkamen; der Wanderweg mündete auf eine Wiese und überquerte eine natürliche Lichtung, die ich besonders mochte, weil dort lauter Baumruinen standen, silbrig und verwittert. Von Zeit zu Zeit sah meine Mutter auf die Uhr und räumte schließlich widerstrebend ein, dass es wohl das Beste sei, den Rückweg anzutreten.

Sechs

Als der Fahrer den Wagen wendete, um zum Hotel zurückzufahren, sah Alexandra, dass die Straße, in der sie gehalten hatten, recht kurz war, gesäumt von heruntergekommenen Mietskasernen; Wäscheleinen spannten sich von Balkon zu Balkon über die Fahrbahn. Jetzt, wo sie Hilfe hatte, konnte sie sich endlich in Ruhe umschauen. Ihre Schönheit verdankte die Stadt nicht zuletzt ihren Bäumen: schwere Blätterbaldachine, geschmückt mit gelblichen Blüten, wie Tausende von Insekten mit gefalteten Flügeln, durch die das Sonnenlicht auf die geparkten Autos fiel. Sie sah einen langhaarigen Mann mit einem Rucksack auf dem Rücken, der sich unter den Bäumen die Zähne putzte. In einem Hauseingang versuchte eine mit prallen Einkaufstaschen beladene Frau in einem braunblau gestreiften Kleid den Schlüssel ins Schloss zu schieben. Zwei alte Männer im Anzug wanderten vorbei und suchten sich vorsichtig einen Weg über den löchrigen Gehsteig. Alexandra fragte sich, warum in einer so wunderschönen Stadt wie dieser die Gehwege nicht ausgebessert wurden. Die beiden Männer waren ins Gespräch vertieft und fuchtelten wild mit den Händen. Alle hier schienen lebendiger als anderswo, vielleicht gestikulierten sie aber auch nur ein wenig mehr, oder sie war bereits halbtot vor Müdigkeit. Sie hielt die fremde Tasche auf ihrem Schoß mit beiden Armen umklammert, weil sie sie nicht wie einen gewöhnlichen Gegenstand neben sich auf dem Rücksitz stehen lassen mochte. Sie würde sie erst aus der Hand geben, wenn sie die rechtmäßigen Besitzer gefunden hatte, obwohl das schiere Gewicht der blank polierten Urne unter dem Stoff ihr ein mulmiges Gefühl gab.

Kurz darauf schwammen sie wieder mit dem Verkehrsstrom auf dem breiten Boulevard. Alexandras Fahrer hielt am Taxistand vor dem Hotel und sprang aus dem Wagen. Auch Alexandra stieg aus und ließ ihr Gepäck auf dem Rücksitz zurück, ohne es auch nur eine Sekunde aus den Augen zu lassen. Der schlanke, muskulöse Fahrer lief die Vortreppe hinauf. Sie war ihm für seine tatkräftige Unterstützung dankbar; er trug Bluejeans, ein schwarzes T-Shirt und schwarze Tennisschuhe und strich sich im Laufen die Haare aus den Augen. Er verschwand durch die gläsernen Schiebetüren im Hotel.

Doch als er Minuten später wiederkehrte, war seine Miene ausdruckslos und leer. Er wandte sich erst vor dem Eingang, dann auf der Treppe hilfesuchend an Passanten. Schließlich kam er zum Taxistand zurück und trat vor sie hin.

»Es tut mir leid«, sagte er. »Ich habe alle gefragt, und einige Angestellte erinnern sich an die Familie mit dem Rollstuhl. Diese Leute sind jetzt aber nicht mehr hier. Bevor sie gegangen sind, haben sie im Hotelrestaurant mit einem Mann Kaffee getrunken. Einer der Angestellten sagte, der jüngere Mann sei mit dem Mann, mit dem sie Kaffee getrunken haben, in Streit geraten – der Mann, mit dem sie sich dort getroffen haben, sei ein im Hotel wohlbekannter Journalist.

Der Journalist sprang wütend auf und verschwand durch die Hintertür, und dann haben der große Mann und die alten Leute das Gebäude durch den Haupteingang verlassen.« Er vollführte eine Reihe lebhafter Gesten, wies mit den Händen nach allen Seiten.

Und dann, dachte Alexandra, hatte sie am Fuß der Vortreppe mit ihnen gesprochen.

Das Taxi hinter ihnen begann zu hupen. Alexandras Fahrer setzte sich ans Steuer, und nach kurzem Zögern stieg auch sie wieder ein. Er ließ den Motor an, scherte aus der Warteschlange aus und hielt ein paar Meter weiter am Bordstein.

»Was haben Sie jetzt vor?«, fragte er. Aus seiner Stimme und seiner Körperhaltung sprach eine gewisse Skepsis – als habe er Angst, ihre Antwort könnte ihm nicht gefallen –, aber auch Neugier.

»Ich glaube, ich gehe damit zur Polizei«, sagte Alexandra. »Könnten Sie mich hinbringen?«

Er schwieg einen Augenblick. »Okay«, erwiderte er schließlich. »Aber ich will Ihnen keine falschen Hoffnungen machen. Die Polizei hier ist nicht immer eine große Hilfe, es sei denn, es geht um Geld, zum Beispiel, weil Sie zu schnell gefahren sind oder am Steuer telefoniert haben, dann ist sie sofort zur Stelle.« Seine Miene hatte sich verfinstert. »Aber wenn Sie möchten, kann ich Sie gern aufs Revier bringen. Das ist wahrscheinlich das Beste. Vielleicht können die Beamten einiges über den Namen auf der Urne herausfinden, aber ich bezweifle, dass sie etwas unternehmen werden.«

Im Herzen der Altstadt, ein paar Häuser entfernt von einem großen Betonbau mit Glastüren, hielt er an. »Das ist das nächstgelegene Revier«, sagte er und wies unauffällig auf das Gebäude. »Wahrscheinlich müssen Sie am Eingang Ihren Pass vorzeigen.«

»Könnten Sie mir eventuell helfen, den Polizisten die Sache zu erklären? Sie sprechen vielleicht kein Englisch.«

Er schüttelte den Kopf. »Bitte entschuldigen Sie, wenn ich Sie nicht begleite. Ich würde Ihnen ja gern behilflich sein, aber …« Plötzlich schien er sich seiner mangelnden Ritterlichkeit zu schämen. Er drehte sich um und sah ihr in die Augen. »Ich hatte vor Kurzem Ärger mit der Polizei, darum komme ich nur ungern hierher.«

Alexandra verließ der Mut. Es wurde immer grotesker: Noch keine zwei Stunden in Bulgarien, und schon war sie an die falschen Leute geraten und hatte eine fremde Tasche auf dem Schoß. Sie konnte sich die Reaktion ihrer Eltern lebhaft vorstellen; Jack hingegen hätte sie mit ziemlicher Sicherheit verstanden. Aber das änderte nun auch nichts mehr.

Ihr Taxifahrer schien eine Antwort zu erwarten. »Und, äh …«, sagte sie. »Was haben Sie …?«

»Ich bin kein *Krimineller*«, sagte er und reckte das Kinn. »Bitte halten Sie mich nicht für kriminell. Ich wurde letzten Monat bei einer Demonstration festgenommen. Es war zwar nur eine Öko-Demo, aber wir haben uns nicht widerstandslos abführen lassen. Es kam zu ein paar kleineren Rangeleien, und sie wollten ein Exempel an mir statuieren, darum habe ich drei Tage im Gefängnis gesessen.«

Sie atmete auf. »Wogegen haben Sie demonstriert?«

»Die Regierung will mehrere Bergwerke in Zentralbulgarien wieder in Betrieb nehmen – diese Gruben waren jahrelang geschlossen, weil es dort regelmäßig zu schweren Unfällen kam und weil sie ein schreckliches Gift in einen unserer größten Flüsse eingeleitet haben, aus dem viele Städte ihr Trinkwasser beziehen. Die Regierung glaubt, die Sache ist vergessen, und einige Geschäftsleute sind offenbar derselben Meinung. Aber wir wissen, dass sich dort gar nichts ändern wird und es ihnen einzig und allein ums Geld geht. Verstehen Sie?« Er schnaubte. »Die Polizei hat mir und einigen anderen damit gedroht, dass wir das nächste Mal in ein richtiges Gefängnis kommen.« Wieder schwieg er einen Moment. »Ich habe viele Gründe, sie nicht sonderlich sympathisch zu finden.«

»Aha«, sagte Alexandra erleichtert. Sie war selbst bei der einen oder anderen Demonstration mitmarschiert, auf dem College, gegen verschiedene Kriege. »Dann verstehe ich, warum Sie mich nicht begleiten können.«

Er rieb sich das Kinn. »Es gibt durchaus ein paar anständige Polizisten, aber auch viele, die glauben, dass man Leute einfach so zusammenschlagen kann, selbst in einer Demokratie.«

Sie nickte. »Ich weiß.« Obwohl sie derlei allenfalls vom Hörensagen kannte. »Gut. Oder … warten Sie …« Sie hielt inne. »Wie hieß das noch gleich auf Bulgarisch – die Asche?«

»*Prah*«, antwortete er geduldig.

Sie sagte es leise vor sich hin. »Jetzt weiß ich zwar noch immer nicht, wie ich zu meinem Hostel komme, aber das kriege ich schon heraus, falls Sie Wichtigeres zu erledigen haben. Soll ich Sie jetzt gleich bezahlen?«

Er machte eine wegwerfende Handbewegung, als würde ihn Geld nicht interessieren. »Später. Sie sind ohnehin todmüde, und ich habe Ihr Gepäck im Kofferraum«, sagte er wie ein Vater oder älterer Bruder. Dann schüttelte er den Kopf. »Keine Angst. Ich werde ihn schon nicht stehlen.«

»Ich glaube Ihnen«, sagte Alexandra. Es war die Wahrheit.

»Wir treffen uns hier wieder. Es wird mindestens eine halbe Stunde dauern, bis Sie vorgelassen werden, aber keine Sorge, ich kaufe mir eine Zeitung.«

Sieben

Beim Wandern kommt einem der Rückweg meist nur halb so lang vor, ob es bergab geht oder nicht, und diesmal ging es hauptsächlich bergab. Wir schlugen ein zügiges Tempo an, und an den gefährlichen Stellen warf ich immer wieder einen verstohlenen Blick die steile Felswand hinab ins Tal. Ich hatte das Gefühl, dass meine Mutter hinter mir dasselbe tat. Mein Vater erwartete uns auf dem Parkplatz; schweigend und mit verschränkten Armen stand er gegen den Wagen gelehnt. Als er schließlich den Mund aufmachte, klang seine Stimme düster. »Ich habe anderthalb Stunden nach ihm gesucht und mir die Lunge aus dem Hals geschrien. Wenn er glaubt, dass ich das witzig finde, dann hat er sich geschnitten.«

»Ihm wird doch nichts passiert sein?«, sagte meine Mutter mit zitternder Stimme. Wenn wir Jack fanden, würde es ein Riesentheater geben, und wenn wir ihn nicht fanden oder erst nach Stunden – aber das durfte ich nicht einmal denken.

»Unsinn«, blaffte mein Vater. »Aber wir werden ein ernstes Wörtchen miteinander reden müssen. Es ist nicht komisch, anderen einen Schrecken einzujagen.«

»Ich glaube nicht, dass er uns Angst einjagen wollte«, sagte ich mit meinem dünnen Stimmchen.

Plötzlich schien ihnen wieder einzufallen, dass ich ihn als Letzte gesehen hatte.

»Schätzchen«, sagte mein Vater, »hat Jack gesagt, ob er sich noch ein bisschen umsehen oder zum Wagen zurückgehen wollte, als du mit ihm gesprochen hast?«

»Nein«, sagte ich traurig, »aber er hatte ziemlich miese Laune.« Das Schlucken fiel mir schwer. »Ehrlich gesagt, haben wir uns gestritten.«

»Worüber?« Meine Mutter machte ein erstauntes Gesicht, denn Jack und ich gerieten einander eigentlich nur noch selten in die Haare.

»Na ja, er hatte keine Lust zu wandern und war stinksauer, weil er nicht den ganzen Tag ›am Arsch der Welt‹ verplempern wollte. Und als ich gesagt habe, er soll den Mund halten, da habe ich ihn einfach stehen lassen und bin weitergegangen.«

»Das war alles?« Mein Vater schüttelte ratlos den Kopf.

»Ja«, sagte ich, denn ich brachte es nicht über mich, ihnen die ganze Geschichte zu erzählen. Ich hatte ihnen verschwiegen, dass ich zu Jack gesagt hatte, er solle sich verziehen. Und dass er gesagt hatte, vielleicht werde er genau das tun.

»Und wenn er uns überholt hat und noch dort draußen herumirrt?« Meine Mutter schien sich an diesen Gedanken geradezu zu klammern, obwohl sie ihn bereits mehrmals verworfen hatten.

»Ausgeschlossen.« Missmutig trat mein Vater nach einem Stein. »Wir sind die ganze Zeit dem Wanderweg gefolgt. Da hätten wir ihn ja sehen müssen.«

»Dann warten wir eben noch ein Weilchen«, sagte sie. Und

das taten wir dann auch. Wir lehnten uns gegen den Wagen, setzten uns auf die niedrige Mauer am Rand des Parkplatzes, vertraten uns auf dem Grünstreifen die Beine. Das alles schien sich über Stunden hinzuziehen, dabei dauerte es keine fünfundvierzig Minuten, bis mein Vater sich ins Auto setzte und von einer nahe gelegenen Pension aus die Polizei anrief. Er war noch nicht wieder zurück, als gleich drei Ranger aufkreuzten, meine Mutter befragten und das Gelände und den angrenzenden Wald absuchten. Ihre Walkie-Talkies knisterten zwischen den Bäumen. Nach einer Weile brachen sie die Suche ergebnislos ab.

»Solche Fälle haben wir öfter«, erklärte ein Ranger meiner Mutter. Mein Vater legte ihr den Arm um die Schultern. »Dem Sohnemann passt irgendwas nicht, und er schlägt sich in die Büsche. Früher oder später taucht er wieder auf, entweder weil er Hunger hat oder weil es ihm leidtut, oder er landet auf dem Parkway, ein Stück die Straße runter. Neulich hatten wir einen Burschen, der ist von Pisgah bis nach Boone getrampt; seine Eltern sind vor Angst fast umgekommen. Aber so sind Jungen in dem Alter nun mal.«

War Jack tatsächlich *so* geworden?, überlegte ich. Er hatte zwar eine rebellische Ader, aber dumm war er nicht. Als kleines Mädchen war ich mit ihm oft durch die Wälder und Felder rings um unser altes Haus gestreift, und er wäre nie auf die hirnrissige Idee gekommen, sich ins Nachbarcounty abzusetzen, nur um uns eins auszuwischen. Der Jack, den ich kannte, hätte sich mit meinen Eltern vielleicht gestritten, aber er wäre geblieben, auch wenn er mehrmals gedroht hatte, abzuhauen. Selbst, so sagte ich mir mit einem kalten Kloß im Hals, wenn ihm jemand im Zorn entgegenschleuderte, er solle sich verziehen. Veränderten sich Menschen tatsächlich so sehr, wenn sie erwachsen wurden?

Trotz der Beteuerungen des Rangers tauchte Jack an diesem Nachmittag nicht wieder auf. Gegen Abend war ich genauso sauer auf ihn wie meine Eltern, obwohl ich nicht recht wusste, ob meine Bauchschmerzen von Wut, Angst oder – mein neuester Begleiter – schlechtem Gewissen herrührten. Er war auch nicht zu Hause, wie meine Mutter und ich feststellten, nachdem der Forest Service uns in die Stadt zurückgebracht hatte, wo wir all seine Freunde anriefen, die uns jedoch nicht sagen konnten, wo er steckte, während mein Vater auf dem Parkway zurückgeblieben war, um die Suche fortzusetzen. Und er blieb auch am nächsten Morgen verschwunden. Das Licht, das durch die Fenster unserer Wohnung fiel, meißelte tiefe Schatten in das Gesicht meiner Mutter, und als mein Vater schließlich nach Hause kam, sah er nicht viel besser aus. Als ich sie so dasitzen sah, wusste ich plötzlich, dass ich ihnen unter keinen Umständen erzählen durfte, wie das Gespräch zwischen Jack und mir verlaufen war. Außerdem spielte es letztlich ohnehin keine Rolle – die Ranger suchten so oder so überall nach ihm. Wenn sie ihn nicht finden konnten, hätte das Wissen um unseren Wortwechsel den Schmerz meiner Eltern nur unnötig vertieft. Und wahrscheinlich hätten sie mir Vorwürfe gemacht, wenn auch nicht halb so viele wie ich selbst.

Leider blieben die Suchmannschaften des Forest Service und des Sheriff's Department ebenso erfolglos wie ihre Spürhunde oder die vielen Freiwilligen, die sich uns bald angeschlossen hatten. Weder war er einem Wasserlauf gefolgt –

wie man es uns von frühester Kindheit an beigebracht hatte, falls wir uns verirrten –, der ihn in eines der Täler des National Forest oder die winzigen Ortschaften an seinen Rändern geführt hätte. Noch war er im Museum der Cradle of Forestry oder in einem der Läden an der Hauptstraße von Brevard aufgekreuzt.

Wir warteten zu Hause, fuhren den Parkway x-mal hinauf und hinunter. Aber Jack erschien weder zum Biounterricht am Montagmorgen noch zum Basketballtraining am Montagnachmittag, das er nie ausfallen ließ, nicht einmal, wenn er schwer erkältet war. Er tauchte auch nicht Wochen später, schmollend, aber triumphierend, bei einem Freund in West Greenhill, in einem Supermarkt in Tennessee oder gar an Bord eines Greyhound-Busses Richtung Westen auf. Niemand erkannte ihn in New Mexico, Oregon oder Südalaska, nachdem meine Eltern mit Hilfe aller nur erdenklichen Behörden eine »Vermisstes-Kind«-Kampagne gestartet hatten (obwohl mein Vater steif und fest darauf beharrte, dass sein Sohn erwachsen sei). Er bestieg auch kein Schiff nach Russland, Honduras oder Brindisi. Und zum Glück – wie ich noch heute glaube – wurde sein wunderschöner, junger, muskulöser Körper auch nicht zerschmettert am Fuß einer Felswand in den Blue Ridge Mountains entdeckt.

Anfangs hatte ich geschwiegen, weil ich hoffte, dass man ihn finden würde. Später schwieg ich, weil man ihn nicht gefunden hatte. Der National Forest war riesig, wie uns die Ranger täglich ins Gedächtnis riefen, und es kam durchaus vor, dass die gesuchte Person (sie nannten ihn jetzt »die Person«) im Wald umkam, ohne je gefunden zu werden, auch wenn manche nach

Jahren doch noch entdeckt wurden. Neben den steilen Klippen, die über den Bäumen aufragten, gab es tiefe Felsspalten; es gab reißende, eiskalte Flüsse, die Wasserfälle bildeten und in unterirdischen Höhlen verschwanden. Und als wir endlich eine Trauerfeier für ihn abhielten, über ein Jahr später, gab es keinen Toten, den wir hätten begraben können. Meinen Eltern und mir blieben weiter nichts als unsere Tränen und das leere Feld in der Nähe unseres alten Hauses in den Bergen, die viel zu jungen Freunde, die sich in ihrem Sonntagsanzug sichtlich unwohl fühlten, und die hilflosen Verwandten, die uns ihr Beileid aussprachen. In jener Nacht träumte ich von einem schwarzen Bären, der die lang gestreckten Bergrücken des Blue Ridge entlanglief, mir immer weit voraus, bis ich ihn schließlich aus den Augen verlor.

Lange Zeit war ich fest davon überzeugt, dass Jack sich nie und nimmer etwas hätte antun können; dafür hing er viel zu sehr am Leben, an den einfachen Freuden wie dem Basketball in seiner Hand, war ihm von Natur aus vor allem daran gelegen, das Leben zu genießen und endlich seine Unschuld zu verlieren. Das wusste ich ebenso sicher, wie ich wusste, dass ich sehr, sehr alt werden würde. Wenn er tatsächlich tot in irgendeiner Schlucht lag, dann, weil ihm in seiner Wut ein Versehen, ein Fehltritt unterlaufen war und er den Halt verloren hatte. Ich wusste auch, dass er zwar meine Eltern, zumindest zeitweise, nie aber mich verlassen hätte, nicht so lange vor der Zeit. Er wäre zu uns zurückgekommen, geknickt, aber ungebrochen. Aber wer weiß, vielleicht hatte ich ihn an den Rand der Gefahr getrieben. Mit den Jahren begann ich daran zu zweifeln, dass er das Leben liebte. Immer wenn ich meine Eltern ansah oder einem von Jacks Freunden begegnete, fragte ich mich, ob ich nicht vielleicht doch hätte reden sollen, bis mir einfiel, dass ich geschworen hatte, ihnen weitere Schmerzen zu ersparen.

Er war schlicht und einfach nicht mehr da, und er hatte unseren Frieden mitgenommen.

Acht

Die Urne vorsichtig im Arm haltend, schlang Alexandra sich die Handtasche über die Schulter und glitt aus dem Fond des Taxis. Sie ging bis zur nächsten Straßenecke und stieg die vier Betonstufen hinauf. In der Eingangshalle des Gebäudes saßen zwei Wachbeamte hinter einer Glasscheibe an einem zerschrammten Holztresen. Der eine goss aus einem Wasserkocher heißes Wasser in eine Tasse. Der andere, jüngere, öffnete sein Sprechglas und musterte sie mit sichtlich verhaltenem Interesse.

»*Dobar dan*«, sagte sie. Die Silben hinterließen einen seltsamen Geschmack auf ihrer Zunge. »Sprechen Sie Englisch?«

Er wies mit einem Achselzucken zu seinem Kollegen, der von seinem Tee aufblickte und sie ansah.

»Nein«, sagte der Teetrinker.

»Ein wenig«, sagte der Jüngere, als sei ihm das eben wieder eingefallen.

»Ich bin Amerikanerin – Lehrerin – und mache Urlaub in Bulgarien. Ich bin heute Morgen in Sofia angekommen und habe versehentlich fremdes Gepäck an mich genommen.« Sie richtete sich auf und straffte die Schultern, während sie ihren Pass aus der Tasche zog. »Ich möchte den rechtmäßigen Besitzer ausfindig machen, damit ich es ihm zurückgeben kann.«

Der jüngere Polizist nahm ihren Pass entgegen, schlug ihn auf und kratzte sich nachdenklich im Genick. Sein blaues Uniformhemd war so akkurat gebügelt, dass sein muskulöser Oberkörper darin wie der einer Kleiderpuppe aussah. »Vielleicht Sie müssen fragen an Sofia Flughafen. Wir hier nicht können helfen mit Gepäck.«

Sie klemmte sich die Tasche zwischen die Beine und hielt sie mit den Knöcheln aufrecht; sie wollte sie nicht auf den Boden stellen, doch sie wurde einem rasch zu schwer. »Es handelt sich nicht um Fluggepäck. Ich habe in einem Hotel einen Mann kennengelernt und aus Versehen eine seiner Taschen mitgenommen.«

»In Hotel?« Ein Ausdruck des Argwohns – oder war es Verachtung? – huschte über sein glatt rasiertes Gesicht, und ihr wurde klar, dass sie etwas Falsches gesagt hatte. »Eine Mann? Sie wissen seine Name?«

»Nein – aber ich habe einen Namen, der uns vielleicht weiterhelfen könnte. Ich glaube, die Tasche enthält die Asche eines Toten.« Nur mit Mühe gelang es ihr, neuerliche Tränen zurückzuhalten.

Der ältere Polizist trat näher, als habe er nichts Dringenderes zu tun, als einer Sprache zu lauschen, die er nicht verstand.

»Ah-schä?«, fragte der Jüngere. »Was ist das?«

»Asche«, wiederholte sie. Ihre müden Füße waren bleischwer, und ein Gefühl der Verzweiflung machte sich in ihrem Körper breit. »Von einem Menschen, wenn er gestorben ist – eingeäschert. Ich meine, verbrannt. Staub.« Sie versuchte, sich an das Wort zu erinnern, das ihr der Taxifahrer beigebracht hatte. Da die beiden verständnislos die Stirn runzelten, holte sie ihr Wörterbuch hervor und schlug es umständlich nach. »*Prah.*« Sie deutete mit dem Finger darauf.

Der jüngere Polizist richtete eine knappe Bemerkung an seinen Kollegen, und der schüttelte den Kopf. Hieß das nun ja oder nein?, überlegte Alexandra. Der junge Polizist strich sich über den kurz geschorenen Schädel, als schämte er sich für sie oder den Verstorbenen, dessen Asche sie gestohlen hatte. »Zeigen.«

Sie hievte die schwarze Tasche auf den Tresen. »Sie ist da drin, aber ich würde sie hier nur ungern aufmachen.« Ihr kam der Gedanke, dass sie womöglich dachten, sie habe etwas Gefährliches bei sich – eine Waffe oder eine Bombe. Die beiden Polizisten verließen ihre Kabine, und zwei Frauen, die eben das Gebäude betreten hatten, wandten den Kopf und starrten sie an.

»Sie müssen aufmachen Tasche, sonst wir nicht können helfen«, sagte der Jüngere bestimmt.

Alexandra zog den Reißverschluss auf und öffnete das Samtsäckchen, sodass der Deckel des polierten Behälters sichtbar wurde. Sie konnte ihren Abscheu nur schwer verhehlen. Ein Menschenleben, dem kalten Blick der Bürokraten schutzlos ausgeliefert.

»Sehen Sie? Auf dem Behälter steht ein Name.« Sie enthüllte die Gravur und zeigte sie dem jungen Polizisten, der sie wiederum dem älteren zeigte, dessen Lippen sich beim Lesen stumm bewegten. Dann packte sie den Behälter vorsichtig wieder ein und zog den Reißverschluss der Tasche zu. Der

Flug schien schon so lange zurückzuliegen, dass sie das Gefühl hatte, nicht erst am Morgen dieses langen, taumelnden Tages, sondern in einem anderen Jahr hier gelandet zu sein.

»Okay«, sagte der Jüngere. »Sie müssen kommen mit mir, und wir müssen sprechen mit jemand für vermisste Leuten. Sie haben Computersystem für zu finden vermisste Leuten. Kommen mit.«

Der Ältere hatte das Interesse verloren; er setzte sich wieder hinter den ramponierten Tresen und widmete sich seinem Tee. Stoyan Lazarov, dachte Alexandra, wird nicht vermisst, er ist tot, aber das behielt sie wohlweislich für sich. Sie folgte dem muskulösen, frisch gebügelten und gestärkten Rücken des jüngeren Beamten zum Fahrstuhl. Nach allem, was ihr der Taxifahrer über die gewalttätige bulgarische Polizei erzählt hatte, fühlte sie sich ein wenig unbehaglich; dieser Polizist hätte ihr mit einer beiläufigen Geste ohne Weiteres das Genick brechen können. Was, wenn sie zu dem Schluss gelangten, dass sie die Asche – oder auch nur die Tasche – eines Fremden gestohlen hatte, und sie in eine Gefängniszelle warfen? Sie hatte vermutlich nicht genügend Geld, um eine Kaution zu hinterlegen oder was auch immer man hier zu bezahlen hatte, um auf freien Fuß gesetzt zu werden – eine Buße, Schmiergeld? Ob das English Institute sie nach alldem überhaupt noch unterrichten lassen würde? Vielleicht, überlegte sie, hätte sie sich lieber an die US-Botschaft wenden sollen, aber dazu war es nun zu spät.

Der Polizist hielt ihr die Fahrstuhltür auf, dann trat er neben sie, massierte sich den Nacken und sah zu, wie die antiquierte Nadel die richtige Etage suchte.

Neun

Nach Jacks Verschwinden ackerte ich mich in rasendem Tempo durch die Highschool, machte ein Jahr früher als geplant den Abschluss und ging aufs College, wo ich Anglistik studierte. Ich legte meinen ersten Vornamen ab, mit dem meine Familie mich stets gerufen hatte, und nahm meinen zweiten Vornamen an: Alexandra. Das tat nicht ganz so weh; Jack hatte ihn nie in den Mund genommen. Auf dem College begann ich in meiner Freizeit Gedichte und Geschichten zu verfassen, auch wenn ich nie über tote Teenager schrieb, und bereitete mich, wie so viele Jungautoren, ziel- und gedankenlos auf das Großwerk vor, das ich eines Tages zu verfassen gedachte. Ich arbeitete als Spülkraft in der Mensa und als Aushilfe in der Unibibliothek, wo ich bisweilen das Gefühl hatte, dass Jack mir zur Hand ging. Und ich übte mich, mehr schlecht als recht, in meiner neuen Kunst.

Während meine Liebe zu Büchern sich dabei noch vertiefte, fiel es mir zunehmend schwer, mich in Menschen zu verlieben, selbst wenn ich es wollte. In meinen wenigen Beziehungen zu Männern – oder vielmehr Kommilitonen – ging es um Erotik, Gespräche, manchmal auch Verhütung, aber nie um dauerhafte Zuneigung. Heute ist mir klar, dass nichts mir größere

Befriedigung verschaffte, als mit ihnen Schluss zu machen, ihr Gesichtsausdruck, wenn ich sie bat, mich nicht mehr anzurufen, und das Strahlen in ihren Augen erlosch. Auch die Ehe meiner Eltern ging in die Brüche – schuld daran waren nicht etwa Streitereien, sondern Sprachlosigkeit. Mit Sprachlosigkeit kannte ich mich aus; ich kannte die Symptome. Sie teilten es mir gemeinsam mit, beide mit roten, verweinten Augen, in den Semesterferien, und von da an wohnte ich abwechselnd bei meinem Vater und meiner Mutter, die beide in kleinere Wohnungen gezogen waren. Sie wüssten, dass es mir gegenüber ungerecht sei, sagten sie, schließlich treffe mich keine Schuld. Sie waren so nett zu mir wie nie zuvor; auch wenn sie miteinander telefonierten, waren sie nett, und ich wünschte, ich hätte Jack bitten können, das Wohnzimmer in Brand zu setzen oder ihre blitzsauberen getrennten Küchen zu verwüsten.

Nach dem Grundstudium zog ich zu meinen Eltern nach Greenhill und sortierte in der Stadtbibliothek Bücher ein. So hatte ich jede Woche ein paar Stunden Zeit, um an der örtlichen Montessori-Schule ehrenamtlich zu unterrichten, für den Fall, dass ich – ein reichlich unausgegorener Gedanke – später Lehrerin werden wollte, und ich hatte Zeit zum Lesen und zum Schreiben. Ich wusste, dass sich meine Eltern Sorgen machten, weil ich »nicht loslassen« konnte, und wenn wir zusammen frühstückten oder zu Abend aßen, mied ich ihre Blicke. Im Sommer ging ich manchmal mit Freunden aus der Highschool weg, die in den Ferien ihre Eltern besuchten. Meine Freunde fragten nie nach Jack, und ich redete nie über ihn, wahrscheinlich stellten sie deshalb keine Fragen – ein perfektes Arrangement.

Ich erinnere mich an diese Abende, als wäre es gestern gewesen. Meine Freunde und ich fuhren vor Sonnenuntergang den Parkway hinauf und setzten uns an einen Aussichtspunkt, bis es so dunkel war, dass man die Bäume auf den Bergrücken in der Ferne nicht mehr sehen konnte. Sie tranken Bier, und ich fuhr sie – nüchtern – in die Stadt zurück. Wenn ich in ihre Gesichter sah und sie lachen und dummes Zeug reden hörte, erschienen sie mir nicht halb so real wie der Junge auf dem Wanderweg, seine behaarten Teenagerarme, sein hübsches, stets missmutiges Gesicht. Manchmal, wenn ich so im Gras saß und die verblassenden Gipfel betrachtete, bohrte ich mir unauffällig einen spitzen Stock ins Bein. Eines Abends fiel mir auf, dass wir am Rande eines steilen, bewaldeten Abhangs saßen, wie geschaffen, um ein Auto in die Tiefe zu stürzen. Das Geräusch des Aufpralls, das laute Scheppern, mit dem es gegen die Baumstämme krachte, erschien mir wirklicher als die Gesichter meiner Freunde – ja, und einen Moment lang sogar wirklicher als mein Bild von Jack.

Noch am selben Abend, im Gästezimmer meiner Mutter, zog ich ein Küchenmesser langsam über die Innenseite meines Oberarms, so fest, bis Blut kam. Der Schmerz, nach dem ich mich gesehnt hatte, verschaffte mir keine Erleichterung, aber er brachte mich schlagartig zur Besinnung: wie schäbig, wie klischeehaft. Es dauerte eine Weile, bis ich das Blut beseitigt hatte, und der Gedanke, Hilfe rufen zu müssen, machte mich schwindlig vor Scham. Doch es gelang mir, den Blutfluss zu stillen und meinen Arm notdürftig zu verbinden. Ich versuchte es nicht noch einmal und trug fortan stets lange Ärmel; nicht einmal meine Eltern bemerkten etwas davon. Die Narbe war leicht und wog doch so schwer, dass ich sie bei jeder Bewegung spürte. Seltsamerweise brachte sie mich auch dazu, mit dem Schreiben aufzuhören, als seien die Geschichten und Gedichte, an denen ich mich versucht hatte, mit meinem Blut verronnen.

Nachdem ich mir den Arm aufgeschnitten hatte, blieb ich noch fast drei Jahre in Greenhill – ich arbeitete, las und leistete meinen Eltern Gesellschaft, ohne zu begreifen, dass ihnen meine Trauer keinen Trost zu bieten vermochte. Ich war noch nicht bereit dafür, mein Studium fortzusetzen, doch eines Morgens im Herbst, auf dem Weg zu meiner Arbeit in der Bibliothek – inzwischen ein ermüdender Acht-Stunden-Job –, wurde mir klar, dass ich meine Erinnerungen nicht mehr lange würde ertragen können. Bald darauf bewarb ich mich online um Auslandsstellen für Englischlehrer: zum Beispiel in Bulgarien, das mein Interesse geweckt hatte, weil es unser Geheimnis war, der blassgrüne Sehnsuchtsort, den Jack so sehr geliebt hatte und den er nun nicht mehr bereisen konnte.

Zehn

In den oberen Etagen des Polizeireviers schien buchstäblich alles aus poliertem grauem und beigefarbenem Granit zu bestehen – Wände, Fußböden, Treppen, die hässlichen, klobigen Säulen, ja selbst die Bänke, auf denen Leute saßen und Zeitung lasen. Sie sehen aus, als warten sie auf einen Bus, der niemals kommen wird, dachte Alexandra. An den Wänden hingen Schwarz-Weiß-Porträts von Männern, darunter Plaketten mit Namen und Daten; die Jahreszahlen schienen ihre Amtszeit zu bezeichnen, vermutlich als Revierleiter oder dergleichen: 1961–1969, zum Beispiel. Sie reichten immer weiter in die Vergangenheit, je länger sie dem Beamten über den Korridor folgte: 1934–1939, 1932–1934.

Alexandra musste daran denken, was sie im Flugzeug in ihrem Reiseführer über die Geschichte des Landes gelesen hatte: 1878 die Unabhängigkeit Bulgariens vom Osmanischen Reich und die Anfänge der modernen bulgarischen Monarchie, die Kommunisten und Anarchisten verfolgt und sich in beiden Weltkriegen auf die Seite der Deutschen geschlagen hatte. Dann, 1944, der Beginn des kommunistischen Regimes, das Kommunisten und Nicht-Kommunisten gleichermaßen schikaniert hatte. Und natürlich, 1989, der Fall der Berliner

Mauer und der Zusammenbruch des Regimes. Seitdem: eine parlamentarische Monarchie, wirtschaftliches Chaos, die rasche Rückkehr ehemaliger kommunistischer Führer und ihrer Nachkommen in neue Machtpositionen, gelegentlich die Wahl einer fortschrittlichen Regierung. Die Männer auf den Fotos wirkten bedeutend, als seien sie keine bloßen Polizisten, sondern Direktoren oder dergleichen gewesen. Je tiefer sie in die Vergangenheit vordrangen, desto häufiger trugen die Porträtierten mächtige dunkle Schnurrbärte, Pomade im Haar und altmodische Vatermörder. Alexandra fragte sich, ob der Gang sie bis ins Jahr 1878 zurückführen würde.

Doch der junge Polizist klopfte an eine Tür zwischen zwei Fotografien aus den frühen Zwanzigerjahren. Er hielt einen Moment inne, bevor er die Tür öffnete und ihr den Vortritt ließ. Sie kam in ein tristes Amtszimmer voller Aktenschränke und Bücherregale. Auf dem Fußboden lag ein abgetretener Teppich, und im Licht, das durch die hohen Fenster fiel, saß eine Frau an einem Computer, die bei ihrem Eintreten den Blick hob und ihre Zigarette in einem Aschenbecher ausdrückte. »*Da?*«

Der muskulöse Polizist wirkte in ihrer Gegenwart seltsam verschüchtert. Er deutete mit gesenktem Kopf auf die Tasche und erklärte auf Bulgarisch, was es damit auf sich hatte; das Wort *amerikanka* fiel. Die Frau schürzte die Lippen, stand auf und sah Alexandra stirnrunzelnd an. Sie trug einen halblangen schwarzen Rock, schwarze Pumps und eine rosa Rüschenbluse. Das dunkelrote Haar fiel ihr in einem wie in Beton gegossenen Bob bis zum Kinn, und weit geschwungener blauer Lidschatten verunzierte ihr ältliches Gesicht. Alexandras jugendliche

Erscheinung war ihr offenbar ein Dorn im Auge – ihre Jeans, die Sneakers, ihr ungewaschenes Haar. Alexandra wünschte, sie hätte ihr erklären können, dass ihre letzte Dusche eine halbe Ewigkeit zurücklag.

Die Frau drehte sich um und klopfte an eine mit Messingnieten beschlagene Tür, die sie ins Nebenzimmer führte, wo ein Mann hinter einem langen Schreibtisch saß, am Ende eines noch längeren Tisches. Alexandra musste unwillkürlich an den großen und mächtigen Zauberer von Oz denken. Der Mann war fast kahl, und unter seinen buschigen grauen Brauen funkelten freundliche braune Augen. Er stand wortlos auf, und an seinem Gürtel hing ein leeres Holster, dabei trug er keine Uniform, sondern ein weißes Hemd mit Krawatte. Seine Waffe bewahrte er vermutlich in einer Schublade auf. Adern pochten an seinen Schläfen; eines seiner Lider zuckte und flatterte, als sie ihm die Hand gab.

»*Dobar den*«, sagte sie.

Er fragte sie auf Bulgarisch, ob sie Bulgarisch spreche.

»*Ne*«, antwortete sie etwas zu laut.

»Bitte nehmen Sie Platz«, sagte er in nahezu akzentfreiem Englisch. Vor dem Schreibtisch stand ein kleiner Stuhl. Er entließ den jungen Polizisten und den Drachen mit einem Nicken. Alexandra wollte, wenigstens der Polizist hätte bleiben dürfen, da sie ihn schon jetzt als Verbündeten empfand.

Der Zauberer setzte sich wieder hinter seinen Schreibtisch und starrte sie über die riesige Holzplatte hinweg an. »Also, Sie haben ein Gepäckstück, das nicht Ihnen gehört.«

»Das stimmt«, sagte sie und legte die Hände auf die Tasche. »Aber ich habe es nicht absichtlich mitgenommen.«

»Sie sind Amerikanerin?«

Sie vermochte seinen Tonfall nicht zu deuten. »Ja.«

»Ihren Pass bitte, Miss.«

Sie reichte ihn über den Tisch, und er inspizierte ihn mit geschultem Blick; wieder bemerkte sie das zuckende Auge, das vermutlich auf ihrem nagelneuen Visumsstempel ruhte. Er notierte etwas auf einem Block.

»Wie ist es zu der Verwechslung gekommen?«

Alexandra erzählte ihm rasch ihre Geschichte und beschrieb das Trio am Fuß der Hotelvortreppe, die gebrechliche alte Frau mit der Handtasche am Arm, den jüngeren, schwarz gekleideten Mann – wie für ein Begräbnis? Als sie fertig war, stützte der Zauberer die Ellbogen auf die Schreibtischplatte und presste die Handflächen zusammen wie zum Gebet. Das Licht, das durch die Fenster fiel, spiegelte sich auf seiner Glatze. »Verstehe. Sie wollen die Tasche also zurückgeben. Und auf dem Behälter steht ein Name, haben Sie gesagt?«

Sie zeigte ihm die Gravur. »Ich habe auch ein Foto von den Leuten.« Sie holte ihre Kamera hervor, und als sie das Bild gefunden hatte, vergrößerte sie den Ausschnitt und hielt ihm die Aufnahme hin. Die Schönheit des hochgewachsenen Mannes kam darauf nicht richtig zur Geltung. Der Zauberer warf einen flüchtigen Blick darauf, scheinbar ohne das geringste Interesse.

»Also, Stoyan Lazarov«, sagte er. »Dieser Name dürfte in Bulgarien ziemlich häufig sein. Sie sagen, die Familie kommt nicht aus Sofia. Vielleicht hilft uns das weiter.« Er wandte sich dem Computer auf seinem Schreibtisch zu, verzog den Mund zu einem Lächeln – das wohl eher dem Bildschirm galt als ihr – und begann zu tippen.

Sie wartete, die Tasche fest umklammernd, aber es dauerte ein paar Minuten. Er las etwas, drückte eine Taste und las weiter. »Nein, das ist jemand aus Sofia. Noch jemand aus Sofia. Der hier kommt zwar nicht aus Sofia, ist aber noch am Leben, nein, und der hier lebt auch noch.«

Er hielt inne, stützte den Ellbogen auf und beugte sich langsam nach vorn, mit einem jäh erwachten Interesse, das sie nie vergessen sollte. Wieder drückte er eine Taste. Er hob den Blick. »Sie wissen nicht zufällig, wann diese Person gestorben ist?«

»Nein. Vor Kurzem, nehme ich an«, sagte sie und strich mit der Hand über die Tasche. »Aber das weiß ich nicht, ich wusste ja noch nicht einmal, dass die Tasche die Asche eines Toten enthielt, als ich sie mitgenommen habe. Hat sich vielleicht jemand danach erkundigt?«

Der Zauberer ließ ihre Worte einen Augenblick lang auf sich wirken und schüttelte dann den Kopf. »Dürfte ich das Foto bitte noch einmal sehen?« Leicht beklommen reichte sie ihm die Kamera. Er betrachtete die drei Gestalten; sein Auge schien nicht mehr zu zucken. Um nicht unhöflich zu erscheinen, wartete Alexandra einen Moment, bevor sie die Hand nach der Kamera ausstreckte.

»Kommen Ihnen die Leute irgendwie ungewöhnlich vor?«, fragte sie. »Ich fand sie eigentlich ganz … normal.«

Er fasste sich ans Kinn. »Entschuldigen Sie mich. Ich muss nur rasch telefonieren. Vielleicht kann ich Ihnen helfen.«

Er zog ein Handy aus der Jackentasche, wählte und drehte sich zum Fenster, als müsse er sich konzentrieren. Mit einem Gefühl der Ohnmacht lauschte sie seinem Wortschwall.

Es war ein sonderbarer Gedanke, dass sie in einem halben Jahr, wenn sie nur fleißig lernte, Freunde fand und die Ohren spitzte, einem Gespräch wie diesem womöglich ohne Weiteres würde folgen können. Er nickte stumm und sprach dann weiter in ruhigem, gesetztem Ton. Sie beobachtete, wie sein Kiefer sich bei jedem Wort bewegte. Er beendete das Telefonat, setzte sich, hackte eine Weile auf seine Tastatur ein. Dann hob er den Blick und sah sie an. Sie hatte das Gefühl, dass es ihm Spaß machte, sie warten zu lassen.

»Ich muss Ihnen leider mitteilen, dass wir die Leute, die Sie suchen, nicht finden konnten«, sagte er. »Aber wenn Sie möchten, können wir Ihnen eine Adresse geben, unter der Sie sich nach ihnen erkundigen können. Es ist ein Stück außerhalb von Sofia. Da es sich um eine private Angelegenheit handelt, ist es vielleicht besser, wenn Sie persönlich hinfahren und das Missverständnis aufklären, sofern Ihre Zeit es erlaubt.«

Er deutete eine Verbeugung an; wer in solch schmuddeligen Klamotten herumlief, musste viel zu tun haben. »Sie machen sich vermutlich große Sorgen.« Wieder die betenden Hände über der Schreibtischplatte. An seinem rechten Ringfinger, wie in Europa üblich, steckte ein breiter Ehering aus Silber. »Oder« – er hielt inne – »wenn Sie möchten, können wir die Tasche hier sicher für Sie aufbewahren, bis Sie den rechtmäßigen Besitzer gefunden haben. Das ist vielleicht sogar die bessere Lösung.«

Alexandra zögerte. Auch wenn sie sich mit der schweren Urne auf dem Schoß nicht recht wohlfühlte, konnte sie unmöglich zulassen, dass sie in irgendeinem Lagerraum verschwand. Was, wenn sie im Labyrinth der Bürokratie verloren ging? Gesetzt den Fall, sie fand das alte Ehepaar oder den Mann mit den schönen Augen und brachte sie hierher, nur um erfahren zu müssen, dass ihr kostbarer Besitz verschollen oder gar vernichtet worden war. Wie viel wäre ihre Entschuldigung dann noch wert? Sie umklammerte die Tasche mit beiden Händen. Die lange Narbe, die sie sich in den Arm geritzt hatte, begann zu jucken, und sie zwang sich, nicht zu kratzen.

»Falls Sie nichts dagegen haben«, sagte sie, »nehme ich lieber die Adresse – ich glaube, mir wäre wohler, wenn ich ihnen die Asche persönlich überbringen könnte.«

Er musterte sie ernst; sein Auge vollführte jetzt wilde Sprünge, als sei es Teil eines anderen Nervensystems. Er spreizte die Finger auf dem Tisch und zuckte mit den Schultern.

»Wie Sie wollen«, sagte er. Wieder schlug er ihren Pass auf und notierte ihre Personalien. Dann zog er ein frisches Blatt Papier aus der Schublade, zeichnete ihr mit präzisen Strichen den Weg auf und setzte ein paar Worte darunter. »Das ist die Strecke. Der Ort liegt etwas außerhalb von Sofia. Haben Sie ein Automobil?«

Den Sarkasmus hätte er sich sparen können, dachte Alexandra. Gleich bot er ihr womöglich noch an, sie in einem Streifenwagen hinbringen zu lassen.

»Äh, nein«, sagte sie hastig. »Aber ich habe einen Freund, der mich fahren kann.«

Er nickte. Vielleicht wollte er sie auch nur loswerden. »Würden Sie mich anrufen, wenn Sie die Tasche zurückgegeben haben? Nur damit ich weiß, dass sich der Fall erledigt hat. Hier ist meine Visitenkarte. Haben Sie eine Adresse oder Telefonnummer in Bulgarien?«

»Nein – tut mir leid«, sagte sie. »Noch nicht. Aber ich wollte mir so bald wie möglich ein Telefon anschaffen.« Sofern ihr Budget das erlaubte, dachte sie, doch das behielt sie wohlweislich für sich. »Ich werde am Central English Institute unterrichten.« Er machte sich eine Notiz. Seine Visitenkarte war mit kyrillischen Schriftzeichen bedruckt, und sie schob sie in ihr Portemonnaie, zu den neuen bulgarischen Zehn- und Zwanzig-Lewa-Scheinen.

»Danke«, sagte sie und streckte die Hand aus. Er schüttelte sie freundlich und brachte sie ohne ein weiteres Wort zur Tür. Wieder fragte sich Alexandra, ob sie sich sein plötzliches Interesse am Ende nur eingebildet hatte – vielleicht wollte er mit solchen Bagatellen einfach nicht belästigt werden. Der Drache stand nicht auf, um sie hinauszubegleiten.

Auf dem Flur sah Alexandra sich an, was er ihr aufgeschrieben hatte: eine Adresse, erst in kyrillischen, dann in lateinischen Buchstaben. Die Skizze stellte eine Straße dar, die von Sofia aus zu einem schwarzen Punkt im Osten führte; *120 km,* hatte er in säuberlicher Schrift hinzugesetzt – nicht weit, allerdings sehr viel weiter, als Alexandra angenommen hatte. Seltsam, dass er ihr keinen Namen genannt hatte, aber sie hatte nicht vor, noch einmal an eine dieser Türen zu klopfen, um ihn danach zu fragen. Sie hatte auf den Namen eines hochgewachsenen Mannes gehofft, der wie für eine Beerdigung gekleidet war.

Draußen auf der Straße war es sonnig und warm; sie hatte das unheimliche Gefühl, einer dunklen Gruft entstiegen zu sein, als sei sie von den Toten auferstanden. Sie war so erschöpft, dass ihr Bäume und Häuser vor den Augen verschwammen. Da blickte der Taxifahrer von seiner Zeitung auf und winkte ihr durch die Windschutzscheibe, und einen Moment lang fühlte sie sich fast wie zu Hause.

Elf

Als sie ins Taxi stieg, sagte der Fahrer: »Sie haben sie ja noch.« Sein Gesicht im Rückspiegel wirkte gelassen, doch seine Augen waren wachsam.

»Ja«, sagte Alexandra. »Ein Polizeibeamter hat die Adresse der Familie herausgefunden. Ich wollte die Urne lieber nicht hierlassen.« Sie reichte ihm die Visitenkarte des Polizisten.

»Hmm«, machte er und gab sie ihr zurück. Dann zeigte sie ihm die Wegskizze. »Bovech«, sagte er.

»Was?«, fragte Alexandra.

»So heißt der Ort. Ein kleines Dorf. Ich bin noch nie dort gewesen.«

Alexandra schüttelte den Kopf. »Ich habe keine Ahnung, was ich tun soll – ich weiß nicht, ob diese Leute in Sofia nach mir suchen oder ob sie ohne die Urne abreisen. Womöglich sind sie noch gar nicht wieder zu Hause. Und fahren erst morgen oder übermorgen zurück.« Sie nahm ihm die Skizze aus der Hand und faltete sie wieder zusammen. »Vielleicht sollte ich die Tasche doch lieber der Polizei übergeben, dann würden die Leute sie zurückbekommen, wenn sie sich auf dem Revier danach erkundigen.«

Der Fahrer schüttelte den Kopf. »Das halte ich für keine

gute Idee«, sagte er fast schon verärgert über diesen ganz und gar absurden Gedanken. »Was halten Sie davon, wenn ich Sie in Ihr Hotel bringe, und Sie ruhen sich ein wenig aus? Sie könnten einen Tag warten und dann nach Bovech fahren. Zu dumm, dass die Polizei Ihnen keine Telefonnummer gegeben hat. In Sofia werden Sie sie so leicht nicht finden, selbst wenn sie noch hier sein sollten. Dafür ist die Stadt zu groß.«

Alexandra beugte sich vor und legte die Hand auf die Rückenlehne des Fahrersitzes. »Der große Mann hat mit mir gesprochen, bevor ich ihnen das Gepäck gereicht habe«, sagte sie. »Er hat mich gefragt, ob ich in Bulgarien Urlaub machen wolle. Er hat gesagt, sie wollten das Kloster Velin besichtigen – den Namen kannte ich aus meinem Reiseführer. Er sagte, es sei wunderschön und berühmt, und ich müsse es mir bei Gelegenheit unbedingt ansehen.«

Die Miene des Fahrers hellte sich auf. »Sie wollten zum Velinski *manastir?* Das ist ganz in der Nähe. Wahrscheinlich wollten sie in der Klosterkirche einen Trauergottesdienst für diesen Mann abhalten. Vielleicht sollten Sie doch heute noch hinfahren, weil sie wissen, dass *Sie* wissen, dass sie das vorhatten.« Er sah auf sein Handy. »Wir haben nur etwa fünfzig Minuten verloren – es sei denn, sie haben den Bus genommen, aber dann sind wir ohnehin schneller als sie. Soll ich Sie hinbringen?«

»Ja, bitte«, sagte sie. »Wenn Ihnen das nicht zu weit ist, eine Fahrt aufs Land.«

Er wandte den Kopf und sah sie an; die Augen unter seinem Pony strahlten.

»Bis hierher stelle ich Ihnen nur die Benzinkosten in Rechnung«, sagte er. »Es ist schließlich nicht Ihre Schuld. Und Sie brauchen mich nur für die Fahrt zum Kloster und zurück zu bezahlen. So um die fünfundvierzig, fünfzig Lewa.«

Das war noch immer ziemlich viel, aber sie hatte keine Lust, eine Wechselstube zu suchen oder um den Preis zu feilschen. Weitaus besorgniserregender fand sie den Umstand, dass sie sich und ihr Gepäck einem jungen Mann anvertraute, der ihr ebenso fremd war wie seine Kultur. Vermutlich trübte der Jetlag ihr Urteilsvermögen. Er war sehr großzügig, wirkte jedoch mitunter etwas gereizt – war er insgeheim womöglich ein jähzorniger oder gar gewalttätiger Mensch?

Andererseits war er ein Profi, und wie sonst sollte sie die Tasche ihren rechtmäßigen Besitzern überbringen? Der erwartungsvolle Blick des Taxifahrers machte Alexandra nervös, und sie fragte sich, ob ihr die alten Leute wohl verzeihen würden, falls es ihr denn überhaupt gelang, sie ausfindig zu machen. Sie redete sich ein, dass ihre Dankbarkeit den Ärger über ihren, Alexandras, Fauxpas vergessen machen würde. Vielleicht würden sie sie sogar einladen, zur Beerdigung zu bleiben, nachdem sie ihnen die Urne zurückgegeben hatte. Sie würde freundlich dankend ablehnen, damit sie ungestört sein konnten. Er würde ihr die Hand drücken, bevor er sich zum Gehen wandte. Die alte Dame würde Tränen in den Augen haben. Alexandra würde sich still und respektvoll verabschieden und den Taxichauffeur bitten, sie auf schnellstem Wege in ihr Hostel in der Stadt zurückzufahren. Danach konnte ihr eigentlicher Bulgarienaufenthalt beginnen. Zunächst jedoch musste sie diese leidige Pflicht hinter sich bringen. *»Weil ich für ihn nicht halten konnt …«*, murmelte sie, *»der Tod hielt an für mich …«*

»Wie bitte?« Der Fahrer starrte sie ratlos an.

»Nichts«, erwiderte sie eilig. »Danke. Das ist wirklich nett von Ihnen.«

»Ich kann sehr schnell fahren«, versicherte er.

»Oh, bitte nicht«, sagte Alexandra. Wieder fragte sie sich, wozu Jack ihr in dieser Situation wohl geraten hätte. Doch er war nicht da. Sie verspürte einen Anflug von Groll, fast schon Verachtung. »Na, dann los«, setzte sie rasch hinzu.

Der Fahrer gab ihr die Hand. »Ich heiße übrigens Asparuh Iliev«, sagte er. Sie konnte den Lauten keinen Sinn abringen, und er legte nachsichtig den Kopf schief. »Asparuh ist hierzulande ein berühmter Name – der König, der im Jahre 681 den ersten bulgarischen Staat gegründet hat. Aber er hängt selbst mir zum Hals heraus. Sie können mich bei meinem Spitznamen nennen, Bobby.« Er sprach ihn *Bobi* aus. Wieder bemerkte Alexandra seinen seltsamen Akzent – er klang wie ein Londoner Taxifahrer im Film, nicht wie ein Bulgare. Sie nickte und hielt seine Hand einen Moment länger als nötig. Sein Handteller war warm und trocken, seine Hand schmal, aber angenehm wulstig wie eine Affenpfote.

»Alexandra Boyd«, sagte sie. »Ich hätte mich schon früher vorstellen sollen.«

»Alexandra von Makedonien«, sagte er lächelnd. »Wissen Sie, was Ihr Name bedeutet?«

»Nein.« Eigentlich hätte sie es wissen müssen, nachdem sie schon so lange damit lebte.

Er nickte. »Er bedeutet ›die Männerverteidigerin‹. Werden Sie mich beschützen?«

Diesmal lächelte Alexandra. »Aber sicher«, sagte sie.

Zwölf

Auf der Fahrt durch die Sofioter Innenstadt bot sich ihr eine bizarre Szenerie. Überall hingen Schilder, und da es nur schleppend voranging, konnte Alexandra sie ausgiebig studieren: Kyrillisch, Englisch, hier und da auch Französisch, Griechisch oder Deutsch. Schilder, die den Auto- und Fußgängerverkehr regelten, Schilder, die auf kleine Hotels oder Schlüsseldienste, Fahrradwerkstätten oder Metzgereien hinwiesen, Preisschilder in Eimern voller Blumen, Messingtafeln an Ehrenmalen für Soldaten oder Statuen von in hehren Posen erstarrten Männern in langen Gehröcken; der eine oder andere Denkmalsockel war mit grellbunten Graffiti beschmiert.

Wenn Bobby an einer Ampel hielt, betrachtete sie die Anschlagzettel, die mit Klebeband an den Laternenmasten befestigt waren, und versuchte zu ergründen, was darauf stand: Wählen Sie noch heute diese Nummer, wenn Sie Englisch lernen, abnehmen, einen Rollstuhl erwerben, nach Griechenland oder in die Türkei reisen wollen oder Ihnen ein herrenloser Hund zugelaufen ist – Letzteres war offensichtlich, denn unter dem Text prangte ein grobkörniges Schwarz-Weiß-Foto des Tieres. Jetzt erst fiel ihr auf, wie viele Hunde es hier gab; sie schienen niemandem zu gehören, sondern streunten wild umher, bezeigten wenig Angst vor dem Verkehr, pinkelten gegen den Bordstein, beschnüffelten einander, beschnüffelten Passanten – die mit erhobenen Händen zurückwichen und ihre Einkäufe vor ihnen in Sicherheit zu bringen versuchten. Für Alexandra sahen sie aus wie Wölfe, die in Rudeln die Parks und Grünanlagen durchstreiften, ohne sich darum zu kümmern, was um sie herum passierte.

Aber es gab natürlich nicht nur Hunde, sondern vor allem Menschen, und sie konnte nicht anders, als sie ungeniert anzustarren: Sie verstopften die Gehsteige, bevölkerten die Geschäfte, saßen in Straßencafés, verhökerten an überdachten Ständen alte Bücher, verkauften in edlen Boutiquen neue Schuhe, bettelten um Münzen oder zerrten ihre Kinder von den Bettlern fort. Menschen strömten aus den Universitätsgebäuden und den Wechselstuben, den Bäckereien und den Kirchen, mit Büchern unter dem Arm, einer Zigarette im Mundwinkel oder einer alten Plastiktüte in der Hand. Sie sahen auf ihr Handy oder ihre Armbanduhr, prüften in einem Schminkspiegel ihren Lidstrich oder Lippenstift, stiegen in andere Taxis oder die blau-gelben Obusse, die unter einem undurchdringlichen Gewirr von Oberleitungen ihre Kreise zogen. Es gab alte Männer in abgetragenen, aber sorgfältig gepflegten Jacketts, die einander von ferne grüßten oder stehen blieben, um sich die Hand zu schütteln. Sie sah junge Frauen in engen Jeans, mit glänzenden Locken und unfassbar langen Wimpern; Großmütter in bedruckten, braun und orange gemusterten Kleidern, mit einem Kind an jeder Hand; junge Männer, die, einen Fuß gegen die Wand eines Bankgebäudes gestemmt, in die Sonne sahen und rauchten;

Frauen mittleren Alters, die auf Stöckelschuhen wer weiß wohin eilten.

In den Außenbezirken weitere Wohnhäuser, einige von ihnen jüngeren Datums, die meisten jedoch mindestens ein Jahrhundert alt. Sie fuhren an einem Park entlang; mehrere Denkmäler zogen so schnell vorbei, dass sie die Einzelheiten nicht erkennen konnte, aber sie erhaschte einen Blick auf einen gewaltigen steinernen Sockel, auf dem sich Bronzefiguren mit Gewehren drängten.

»Entschuldigen Sie«, sagte sie, doch Bobby schien sie nicht zu hören. Da fiel ihr ein, dass dieses Bild zu den wenigen gehörte, die sie bereits aus ihrem Reiseführer kannte – ein Ehrenmal für die Rote Armee, die das Land im September 1944 besetzt hatte. *»Einmarsch der Sowjetunion – oder kommunistische Revolution, je nachdem, mit wem man spricht«*, hieß es in dem Buch. Sie fragte sich, mit wem sie wohl sprechen würde und ob die Leute tatsächlich noch immer über dieses Thema diskutierten, und wenn ja, wo. In der Schlange an der Supermarktkasse? Auf Partys? Zu Hause war der Zweite Weltkrieg – außer in Hollywood – ein alter Hut, tote Geschichte, in Ehren begraben. Ihr kürzlich verstorbener Großonkel hatte fast noch als Teenager Bombenangriffe auf Rumänien und Bulgarien geflogen; sie fragte sich, ob seine Maschine je eine Bombe auf den Park geworfen hatte, in dem das Denkmal stand.

Auf einem breiten Boulevard nahm Bobbys Taxi endlich Fahrt auf, und sie ließen das Stadtzentrum rasch hinter sich. Am Straßenrand heruntergekommene Geschäfte: Möbel, Stoffe, Kleider und allerlei andere Waren standen vor den Eingängen oder lagen in den schmutzigen Schaufenstern. Und da waren auch die riesigen Wohnsiedlungen, die sie ein paar Stunden zuvor erst aus der Luft gesehen hatte. Bobby zeigte mit dem Finger darauf und sagte etwas, und das Brausen des Fahrtwindes und der Verkehrslärm waren so laut, dass sie sich vorbeugen musste, um überhaupt ein Wort verstehen zu können. Das Taxi schien keine Klimaanlage zu haben, vielleicht schaltete er sie aber auch nur ungern ein; er hatte die Vorderfenster heruntergelassen.

»Wie bitte?«, brüllte sie.

»Hier bin ich aufgewachsen«, brüllte er zurück. Sie wandte den Kopf und erblickte eine Ansammlung gigantischer Wohntürme; aus der Nähe betrachtet, wirkten sie fragil, umgeben von wild wucherndem Unkraut, hier und da ein paar krüppelige Birken, Bauschranken auf den Parkplätzen. Sie waren nicht weiß, wie sie im Flugzeug irrtümlich angenommen hatte. Und obwohl sie eindeutig modern waren, sahen sie schon jetzt aus wie eine riesige Ruine; die Außenwände waren rissig, und an vielen Stellen bröckelte der Putz.

»*Panelki.* Plattenbauten – so heißen sie bei uns«, brüllte er; es sollte noch Tage dauern, bis sie das Wort gelernt und begriffen hatte, was er ihr hatte sagen wollen. »Weil sie aus vorgefertigten Platten zusammengesetzt wurden.« Sie sah keine Platten – nur unzählige Reihen von eisernen Balkons, auf einigen hing Wäsche, andere quollen förmlich über von Blumen und Topfpflanzen.

Wieder winkte er ihr über die Schulter. »Offiziell werden sie *blokove* genannt. Ich bin gleich da drüben groß geworden.« Für Alexandra sahen sie alle schrecklich gleich aus; kleine, malerische Dörfer wären ihr lieber gewesen. Noch lieber freilich wäre ihr gewesen, er hätte auf den Verkehr geachtet.

Die Straße führte in zwei durch eine brüchige Betonplanke getrennte Spuren aus der Stadt hinaus, kein Vergleich zu einem amerikanischen Highway. Häuser zogen vorbei, ein Vorort – gipsverputzte Schuhkartons in verschiedenen Farben und Stadien des Verfalls, die meisten mit roten Ziegeldächern, viele von Maschendrahtzäunen oder Zementmauern umgeben. Vor einem Haus zwei wild bellende Kettenhunde. In einem anderen Garten ein treu dreinblickender Esel, der über eine Mauer glotzte, und sie fragte sich, ob sie die Stadtgrenze inzwischen hinter sich gelassen hatten. Alexandra spielte mit dem Gedanken, einige ihrer Eindrücke schriftlich festzuhalten, doch wozu? Sie würde diese Notizen jetzt, wo sie keine Geschichten mehr zu erzählen hatte, ohnehin niemals verwerten.

Stattdessen lehnte sie sich mit ihrer Kamera aus dem Fenster und fotografierte die Häuser, die frisch belaubten Apfel- und Pfirsichbäume. Überall blühten und gediehen Küchengärten, wüchsige Kartoffelpflanzen, Erbsen und Bohnen, die sich an Schnüren emporrankten, Tomatensträucher, an denen schwellende grüne Früchte reiften. Ein altes Ehepaar stand in seinem Garten; die Frau stemmte die Hände in die Hüften, der Mann stützte sich auf seine Sense. Alexandra bemerkte, dass das Taxi das einzige Auto auf dieser Straße war.

Sie beugte sich vor und schrie Bobby ins Ohr: »Wie weit ist es bis zum Kloster? Ich meine, wie lange dauert es noch?«

»Die Zeit?« Plötzlich stieg Bobby auf die Bremse. Fünf oder sechs Hühner stolzierten gemächlich über die Straße. Er drückte die Hupe.

»Ja.« Sie musste sich noch weiter vorbeugen, um ihn verstehen zu können.

»Wollen Sie nicht lieber vorne sitzen?«, rief er. Er hielt neben einer Mauer, die ebenso schwarz-weiß gesprenkelt war wie die Hühner. Sie wollte die Tasche mit der Urne nicht unbeaufsichtigt lassen, doch dann stellte sie sie hinter dem Fahrersitz auf den Boden und sicherte sie mit ihrem eigenen Gepäck, damit sie nicht umfiel.

Als sie aus dem Taxi stieg, schien mit einem Mal alles anders, innerlich wie äußerlich. Ihre Erschöpfung war wie weggeblasen oder einer flirrenden neuen Mattigkeit gewichen. Sie verspürte den Drang, die Bäume zu berühren, die sich über die Mauer zu ihr herüberneigten, zwei Trauerbirken und ein Pfirsichbaum mit verholzten, walnussgroßen Früchten. Die Luft war mild und frisch und roch, im Vergleich mit Sofia, sauber. Alexandra atmete tief ein und kletterte neben Bobby auf den Beifahrersitz. Es war ein seltsames Gefühl, einem anderen Menschen an diesem neuen, ungewohnten Ort so nahe zu sein, seinem jeansbehosten Knie, seiner Hand am Schaltknüppel. Sie nahm sich vor, sofort die Tür aufzustoßen und hinauszuspringen, falls diese Hand sie irgendwo berührte. Der Beifahrersitz war zwar sauber, aber weitaus verschlissener als die Rückbank; unter ihren Schenkeln quoll die Polsterung durch die geplatzten Nähte. Er hatte einen Rosenkranz um den Rückspiegel geschlungen, an dem eine antike Silbermünze hing. Sie erkannte eine Eule auf der einen Seite der Münze – und dann, als sie sich zu drehen begann, das Profil einer Frau, die das Haar im Nacken zu einem Dutt geknotet trug.

Bobby lenkte den Wagen auf die Straße zurück. »Sie brauchen sich nicht anzuschnallen«, wies er sie scharf zurecht. Sie tastete nach dem Sicherheitsgurt. »Ich bin ein sehr guter Fahrer.«

»Das sehe ich«, erwiderte sie. Er war anscheinend ein seltsamer Vogel, ständig gereizt, aber irgendwie auch reizend, und sie musste unwillkürlich an Jacks launischen Charakter denken. »Ich habe meiner Mutter versprochen, mich immer anzuschnallen«, sagte sie, »selbst wenn ich eines Tages zum Mond fliegen sollte.«

Lachend wandte er sich in ihre Richtung. Sein Gesicht wirkte plötzlich älter, vielleicht weil winzige Fältchen um seine Augen spielten, sodass das Blau beinahe verschwand. Sie war erleichtert, als er den Blick wieder auf die Straße richtete.

»Das habe ich meiner Mutter auch versprochen«, sagte er. »Nicht, dass ich eines Tages zum Mond fliegen werde – nur, dass ich mich immer anschnalle. Zumal ich jeden Tag Taxi fahre.«

»Machen Sie das hauptberuflich?«

Stirnrunzelnd gab Bobby Gas. Am Rande der Vororte erstreckten sich rechts und links der Straße offene Felder. In der Ferne erkannte sie einen Höhenzug, steiler als die Berge rings um Sofia. Im Seitenspiegel des Taxis erhaschte sie einen Blick auf ihr vertrautes Ich, das bleiche, sommersprossige Oval ihres Gesichts, die ernsten grünen Augen und die schmalen Lippen, die rostroten Wimpern und Brauen, die sie von ihrem Vater geerbt hatte, ihre spitzen Obsidianohrringe. Es war, als würde man in ungewohnter Umgebung einem alten Freund begegnen. Wie immer blickte ihr aus ihrem Spiegelbild auch Jack entgegen, wenngleich ihr Haar nicht rot war, sondern braun und sie einen helleren Teint hatte als er. Aber sie hatten die gleichen Augen.

Bobby reckte die Arme und machte es sich hinter dem Steuer bequem. »Hauptberuflich? Nein, das kann man so nicht sagen. Vielleicht fünfunddreißig Stunden die Woche.«

Das hörte sich für Alexandra doch stark nach einem Vollzeitjob an – vielleicht musste er sich etwas hinzuverdienen, die Wirtschaftslage war nicht eben rosig. Da sie es nicht wagte, weiter in ihn zu dringen, nickte sie nur. »Wie lange, haben Sie gesagt, brauchen wir noch bis zum Kloster?«

Er lächelte. »Das habe ich nicht gesagt. Noch eine knappe Stunde.«

Alexandras Magen machte einen Satz. »Eine Stunde? Aber wir sind doch schon mindestens eine halbe Stunde unterwegs, oder?«

»Ja, äh … natürlich.« Sie fragte sich, ob er sie auf den Arm nehmen wollte. »Bis zum Velinski *manastir* ist es eigentlich nicht besonders weit. Das Problem ist die Straße. Sehr kurvig, mit vielen Serpentinen. Es liegt da oben, in den Ausläufern des Rila-Gebirges.« Er zeigte durch die Windschutzscheibe auf den Hochwald. »Es kommt gleich in Sicht. Aber die Strecke ist kompliziert.«

»Ihr Englisch ist wirklich gut«, sagte sie, teils um sich von der Bergstraße abzulenken, teils um ihrer Dankbarkeit dafür Ausdruck zu verleihen, dass er sie für verhältnismäßig wenig Geld zum Kloster fuhr. »Ich würde gern ein wenig Bulgarisch lernen. Bis jetzt kenne ich nur fünf oder sechs Wörter.«

»Da haben Sie ja noch einiges vor sich«, sagte er. »Bulgarisch ist eine schwere Sprache. Vor allem die Verben haben es in sich.« Er lachte – er war sichtlich stolz darauf, dass seine Verben Ausländer zur Verzweiflung trieben.

»Das klingt aber gar nicht gut«, sagte Alexandra. Sie grinsten sich an. Sie klammerte sich mit beiden Händen an ihren Sitz. Ein Auto kam frontal auf sie zugerast, auf derselben Spur wie sie. Sie zwang sich, nicht zu schreien, versuchte, sich nicht an Bobby festzuhalten. Sie musste schlagartig an ihre Eltern denken, und dann schwenkte der Wagen in seine Spur zurück, und sie sah, dass er nur ein langsameres Fahrzeug überholt hatte. Das Herz schlug ihr bis zum Hals, und ihre Schläfen pochten.

»Alles in Ordnung?«, fragte Bobby.

»Dieser Wagen«, sagte Alexandra mit schwacher Stimme. »Fast hätte er uns gerammt.«

»Nein, nein – er hat nur überholt. Sonst wäre ich rechtzeitig ausgewichen.«

Alexandra wusste nicht, was sie sagen sollte. Sie hatte das Gefühl, dass sich die beiden Autos praktisch berührt hatten. Sie hatte den Fahrer des anderen Wagens deutlich gesehen, einen Mann im hellgrünen T-Shirt – seine Augen, seine konzentrierte Miene. Bei dem Tempo war er inzwischen vermutlich schon ein, zwei Kilometer weiter. Zu Hause, auf der Interstate, hätte ihn die Polizei längst angehalten und ihm ein saftiges Bußgeld aufgebrummt.

»Hm«, machte Alexandra. »Ich bin amerikanische Straßen gewohnt. Obwohl auch da natürlich oft zu schnell gefahren wird.« Um ihre Nerven zu beruhigen, konzentrierte sie sich auf den Anblick der Felder.

Nach einer Weile fragte Bobby: »Woher kommen Sie, in den USA, meine ich?«

»North Carolina«, antwortete sie. »Das ist im Süden.«

»Ich habe davon gehört.« Sie sah ihm an, dass ihm der Name ebenso wenig sagte wie *Bulgarien* ihr und Jack.

»Und was treibt eine Amerikanerin hier so?« Er schaltete herunter; vor ihnen erhob sich eine Anhöhe, und die Straße hielt nun auf die sanften dunklen Hügel zu, in denen das Kloster lag.

»Ich werde Englisch unterrichten.« Sie versuchte, sich zu beruhigen. »An einer Sprachschule. Ich fange Ende Juni an. Ich wollte ein paar Wochen früher kommen und ein wenig herumreisen, bevor ich meine neue Stelle antrete.«

»Und jetzt sind Sie kaum hier und schon auf Reisen«, sagte er. »Wo ist die Sprachschule? In Sofia?«

»Ja – das Central English Institute«, entgegnete sie und suchte in seinem Gesicht nach einem Zeichen der Missbilligung, wurde jedoch nicht fündig.

»Super. Es hat einen hervorragenden Ruf und viele Schüler. Erstklassig.« Sie kamen in ein schattiges Waldgebiet und ließen die weiten Felder und die kleinen Dörfer hinter sich, die in der Ferne zu roten und beigefarbenen Flecken verschwammen. Die Sonne stach durch die dunklen Bäume – moosbewachsene Fichten, Eichen und Birken – und warf ein Schattenmuster auf den Asphalt.

»Dann lässt es sich in Sofia gut leben?«, fragte sie zögernd.

»Und nur dort«, sagte er feierlich. »Man kann eine Menge unternehmen, ins Theater gehen, Lesungen und Konzerte besuchen. Das ist natürlich nicht immer ganz billig.«

»Haben Sie jemals woanders gelebt – in Bulgarien, meine ich – außer in Sofia?«

Er schüttelte den Kopf. »Nein.«

»Oder ganz woanders? Im Ausland?«

Kaum hatte sie die Frage ausgesprochen, bereute sie es auch schon; wahrscheinlich hatte er nie Gelegenheit dazu gehabt. Zu ihrem Erstaunen antwortete er: »Ja, in England.«

»Warum ausgerechnet England?«

»Ich habe dort auf dem Bau gearbeitet.«

»Im Ernst?«, entfuhr es ihr. Daher der Akzent.

»Wissen Sie, ich bin ein typischer Hauptstadt-Intellektueller«, sagte er schmunzelnd. »Und wir arbeiten eben manchmal in England auf dem Bau. Ich habe mein Studium für ein Jahr unterbrochen. Liverpool. Freunde von mir haben das organisiert. Ich habe da drüben übrigens auch viel Polnisch gelernt.«

Der Jetlag machte es ihr nicht eben leichter, das zu verarbeiten. Er war ein typischer Hauptstadt-Intellektueller und fuhr Taxi? Und warum nannte er sich einen Intellektuellen? War das hierzulande vielleicht eine Art Titel?

»Das war bestimmt sehr interessant«, sagte sie, weil ihr nichts Besseres einfiel. »Sprechen Sie deshalb so gut Englisch?«

»So gut ist es gar nicht«, sagte Bobby. Plötzlich klang er fast ebenso schroff wie zuvor. »Außerdem habe ich an der Universität von Sofia Anglistik studiert. Wenn Sie wollen, kann ich Ihnen einen Vortrag über George Bernard Shaw halten. Aber ich habe viele Vokabeln vergessen.«

Sie starrte ihn an. Er musste lachen. »Haben Sie Hunger?« Er musterte sie – als suchte er nach Anzeichen für akute Unterernährung und nicht etwa, als fände er sie attraktiv.

»Ja, ein wenig. Vor allem aber bin ich hundemüde.« Da fiel ihr etwas ein. Sie öffnete den Sicherheitsgurt, beugte sich über die Rückenlehne ihres Sitzes und ergriff den Henkel ihrer Handtasche. Darin steckte ein Tütchen Salzbrezeln, das sie im Flugzeug bekommen hatte. Sie hielt es ihm hin, und er griff beherzt zu.

»Danke. Wenn Sie möchten, können wir später irgendwo eine Kleinigkeit essen«, sagte er. »Ich möchte nur nicht unnötig Zeit verlieren.«

»Ich auch nicht.« Sie wollte, sie hätte eine Flasche Wasser bei sich gehabt, und hoffte, dass aus der »Kleinigkeit« kein Abendessen oder gar ein Zimmer für die Nacht werden würde. Wenn er sie belästigte, würde sie sich die Urne unter den Arm klemmen und sich anderweitig zum Kloster durchschlagen.

Er musterte sie amüsiert. »Ich dachte, Sie hätten Ihrer Mutter versprochen, sich anzuschnallen.«

»Äh, ja – schon passiert«, sagte sie. Sie war erleichtert. Obwohl sie keine Armeslänge von ihm entfernt saß, verhielt er sich ihr gegenüber höflich und korrekt – keine Annäherungsversuche, nur die eine oder andere freundliche Frage.

Sie schwiegen eine Weile. Sie träumte von einer warmen Mahlzeit, einem sauberen Bett und einer heißen Dusche, letztlich jedoch war sie froh, dass sie nichts im Magen hatte, denn es ging immer höher hinauf in die Berge.

Dreizehn

Gegen Ende ihrer Fahrt bog Bobby in ein schmales Sträßchen; Alexandra sah ein braunes Schild mit der Aufschrift ВЕЛИНСКИ МАНАСТИР/VELINSKI MANASTIR, daneben ein weißes Symbol, eine Kirche oder eine Burg. Der planierte Feldweg wand sich zwischen felsigen Abhängen hindurch, die halb hinter Bäumen verschwanden. Inzwischen war sie schon so lange wach, dass ihr das Wachsein nichts mehr ausmachte.

»Da wären wir«, sagte Bobby, während sie ein von zwei steinernen Säulen flankiertes Eisentor passierten, das sperrangelweit offen stand. Er lenkte den Wagen durch eine Allee von riesigen, abblätternden Platanen. Die jahrhundertealten Mauern des Klosters ragten vor ihnen auf, abweisend und einladend zugleich, ein Anblick, der Alexandras Herz rasch höherschlagen ließ – genau so hatte sie sich Bulgarien vorgestellt. Da und dort waren die Steine von Schlingpflanzen überwuchert. Oberhalb der Mauerkrone sah man kleine Türmchen und Schieferdächer.

Alexandra suchte den Parkplatz ab, auf dem vier oder fünf Autos standen, doch Bobby war schneller. »Kein anderes Taxi weit und breit«, sagte er bestimmt.

»Vielleicht haben sie den Fahrer nach Sofia zurückgeschickt«, gab sie zu bedenken. »Oder sie sind mit dem Bus gekommen.«

»Ja, natürlich.« Er zog die Handbremse an. »Sehr wahrscheinlich sogar. Vor allem, wenn sie ein paar Tage im Kloster übernachten wollen.« Er blickte zweifelnd drein. »Was sie ohne die Urne aber wohl kaum tun werden. Sie werden entweder nach Ihnen suchen oder nach Hause fahren und warten.«

»Dann kann man hier übernachten? Auch wenn man kein … Mönch ist?«, fragte sie und dachte von neuem an ein Bett, eine abschließbare Tür.

»Ja«, sagte er. »Wenn Sie rechtzeitig reservieren, können Sie bis zu vier Wochen bleiben. Manche Leute tun das, um sich zu erholen oder aus religiösen Gründen. Wenn Ihre Leute tatsächlich den Bus genommen haben, müssen wir hier eine Weile auf sie warten, mindestens eine halbe Stunde.«

Sie nahm die Urne und ihre Handtasche, und Bobby legte ihren Laptop zu ihrem restlichen Gepäck in den Kofferraum. Die Urne schien an Gewicht zugelegt zu haben – vor dem Hotel, als sie noch nicht gewusst hatte, was in der Tasche steckte, war sie ihr nicht annähernd so schwer vorgekommen. Sie dachte an ein Menschenleben, ein Gesicht, das sie nie gesehen hatte und sich auch nicht vorstellen konnte, einen warmen, lebendigen Körper, geprägt und gezeichnet von Erfahrungen, Erinnerungen. Und nun das. Vielleicht war er jung gewesen, mit markantem Kinn und blendendem Lächeln. Vielleicht hatten der alte Mann und die alte Frau ihren anderen Sohn verloren oder einen halbwüchsigen Enkel. Und jetzt war er Asche in den Armen einer Fremden. Sie dachte an den hochgewachsenen Mann, der neben seinem Sohn stand und ihm stolz die Hand auf die Schulter legte. Der Sohn war ein wenig kleiner, aber noch schöner; der Mann liebkoste ihn mit großer, starker Hand. Einen Augenblick lang glaubte sie, ihre Wärme auf ihrer Schulter spüren zu können. Der Sohn lächelte schüchtern. Wie hatte es nur so weit kommen können: Alexandra trug seine Urne über einen Parkplatz, an einem heiligen Ort, im Schatten dieser majestätischen Bäume. Tränen der Wut brannten in ihren Augen.

Bobby hatte eine Jeansjacke angezogen, die ebenso abgetragen war wie seine Hose – hier war es kühler als in den Straßen Sofias. »Da entlang«, sagte er, und sie sah, dass das Klosterportal offen stand – rauchgeschwärztes Holz, umrahmt von einem steinernen Bogen. Über der Tür hing ein handgemaltes Schild mit kyrillischer Aufschrift, die sie beim besten Willen nicht entziffern konnte.

Bobby half ihr auf die Sprünge. »Da steht so etwas wie: ›Dieses Kloster ward erbaut zum Ruhme Gottes und der Heiligen Jungfrau Maria Anno Domini 1349.‹ Damals wurde der älteste Teil errichtet. Der Rest ist etwas neuer, frühes neunzehntes Jahrhundert.« Eine Gruppe von Touristen hatte sich um sie geschart und starrte ebenfalls auf die Inschrift. Sie sprachen Französisch, und die Frauen schoben sich die Sonnenbrillen in die Stirn.

»Kommen Sie«, sagte er.

Abgesehen von den überdachten Galerien im ersten und zweiten Stock war der Innenhof sonnendurchflutet. In seiner Mitte hockte wie eine Henne eine kleine Steinkapelle, umstanden von einer Reihe spitzer Zypressen. Der Kreuzgang war mit Kopfsteinen gepflastert, und sie bemerkte eine Hündin mit geschwollenen Zitzen, die sich in der Sonne aalte. Am Eingang stand eine verglaste Kabine – die eindeutig nicht aus dem Mittelalter stammte –, an der ein Schild hing: POLITSIYA, entzifferte sie. In der Kabine saß eine Gestalt in Uniform.

Hier und da wanderten Leute umher oder betraten die Kapelle, doch sie sah weder einen alten Mann im Rollstuhl noch eine alte Frau mit grausträhnigem Haar, geschweige denn einen aufrechten, hochgewachsenen Mann in schwarzer Weste, der nach der Ausländerin Ausschau hielt, die ihre Tasche mitgenommen hatte. Sie hatte fest damit gerechnet, sie hier anzutreffen, und konnte es kaum fassen, dass sie nirgends zu entdecken waren.

Bobby fasste sie am Ellbogen, besann sich jedoch eines Besseren und ließ die Hand wieder sinken. Was Alexandra nur recht war. »Vielleicht sind sie in der Kapelle«, sagte er. »Um nachzusehen, ob Sie da sind. Oder um zu beten.«

Dass ihnen ihr kostbarer Besitz zurückgegeben werde, dachte sie. Sie umklammerte die Tasche etwas fester und folgte ihm. Die Kapelle hatte einen kleinen hölzernen Vorbau; nimbierte Heiligenporträts flankierten die Tür, ein Mann mit einem langen schwarzen Bart und ein Mann mit einem langen weißen Bart – Zwillingswächter. Sie trat zwischen ihnen hindurch in den dunklen, von schummrigem Kerzenlicht erhellten Raum. Im düsteren Eingang bot eine Frau in einem Käfig Bücher, Postkarten und dünne gelbe Kerzen feil. Alexandra kam sich schrecklich einsam vor. Die Luft in der Kapelle war kühl und feucht wie der Odem einer Höhle. Ja: Einmal waren sie und Jack in den Dixie Caverns in Virginia gewesen, auf einer der wenigen Reisen mit ihren Eltern, und genauso hatte es dort unten gerochen, als sie sich, ängstlich aneinandergedrängt, zentimeterweise über die hölzernen Laufstege geschoben hatten. Der Bauch der Erde, kalter Stein und tropfendes Wasser. Wenn es eine Hölle gibt, überlegte sie, dann muss sie kalt sein wie der Hades, ein Land der Schatten, erfüllt von dieser fürchterlichen Stille, die aus dem Nichts zu kommen scheint. Die Griechen hatten den Nagel auf den Kopf getroffen – kein Feuer, nur der frostige Atem des Styx, eines unterirdischen Flusses, über den die Seelen der Verstorbenen ins Totenreich gelangten, das Platschen der Riemen, die leise ins dunkle Wasser tauchten.

Vor dem Käfig blieb Bobby stehen und kaufte gleich mehrere Kerzen. »Eine ist für Sie«, sagte er mit sanfter Stimme, als habe er ihre Gedanken erraten.

Sie folgte ihm ins Kirchenschiff und erlebte eine weitere Überraschung – ein hoher Raum, zur Gänze ausgemalt mit undeutlichen Figuren. Durch die darüberliegende Kuppel sickerte Licht herein. Es gab keine Kirchenbänke, nur eine Reihe hoher Stühle, die Thronen gleich die Wände säumten. Am anderen Ende ein mit goldenen Zweigen und Blättern verzierter Lettner, purpurfarbene Samtvorhänge, gekrönte Häupter, fromme, gottergebene Mienen. Hier und da standen Leuchter, in denen die gelben Kerzen vor sich hin schmolzen; es roch nach Weihrauch und Feuer, Bienenwachs. Vier weitere Personen hielten sich in der Kapelle auf – ein junger Mann im Jogginganzug, zwei Frauen in schwarzen Röcken und Stöckelschuhen, die sich vor einer Ikone bekreuzigten, und ein kleiner Junge in kurzer Hose, der ein Bein um das andere schlang. Und hinter ihnen Alexandra mit der Urne im Arm und Bobby –

Asparuh –, dem Jeans und Jacke so etwas wie Würde zu verleihen schienen. Sie sahen sich an. Alexandra spürte, wie die lange Narbe an ihrem Arm zu schmerzen begann. Um sich zu beruhigen, legte sie ihre freie Hand darauf.

»Wir können im Kloster weitersuchen«, sagte Bobby. Erst jedoch trat er vor einen Leuchter, entzündete eine der gekauften Kerzen und steckte sie in einen Halter.

»Die hier oben sind für die Lebenden«, erklärte er mit leiser Stimme. »Und die da unten« – er deutete auf einen Blechkasten voller Sand, der zu Alexandras Entsetzen im ersten Augenblick wie Asche aussah – »sind für die Toten.« Er hielt ihr eine zweite Kerze hin. »Die ist für Sie«, sagte er. »Wohin soll ich sie stellen?«

Alexandra wich zurück.

»Wo soll ich sie anzünden?«, wiederholte er geduldig.

»Da unten, bitte«, sagte Alexandra. »Im Sand.«

Draußen drehten sie eine Runde durch den Hof und suchten in jeder Ecke, jedem Winkel. Ein Mönch eilte einen der holzbedachten Wandelgänge entlang – nicht zu fassen, dachte Alexandra, wie alt hier alles aussah, selbst der Mönch, der ebenso aus der Zeit gefallen wirkte wie die Fresken in der Kirche. Er trug eine hohe schwarze Mütze, die ihm wie ein umgestülpter Schornstein auf dem Kopf saß und geradewegs seinem schwarzen Haar und seinem schwarzen Bart, seinen dunklen Gewändern zu entsprießen schien. Bobby sprach ihn an. Alexandra wahrte Distanz; sie meinte irgendwo gelesen zu haben, dass manche Mönche sich weigerten, mit Frauen auch nur zu sprechen, um nicht in Versuchung zu geraten. Bobby zeichnete mit den Händen etwas in die Luft. Die Hände des

Mönchs hingen schlaff herab; er hielt sie ganz still, als habe er zwei Vögel darin gefangen.

Der Mönch sagte etwas, und Bobby schüttelte den Kopf. Er kam langsam zu ihr zurück.

»Sie sind nicht hier«, sagte Alexandra.

»Es ist seltsam. Sie haben Ihnen gesagt, dass sie das Kloster besichtigen wollten, und sie sind nicht ins Hotel zurückgekehrt. Wenn sie auf schnellstem Weg hierhergekommen sind, müssten sie mindestens eine halbe Stunde vor uns losgefahren sein. Und der Priester hat mir gerade gesagt, dass heute gar kein Bus fährt – der geht nur an bestimmten Wochentagen. Also haben sie entweder ein Taxi genommen, oder sie haben sich ein Auto gemietet. Aber dann müssten sie eigentlich längst hier sein. Außerdem hat er mir gesagt, dass sich niemand, der so aussieht wie diese Leute, für eine Übernachtung eingetragen hat.«

»Aha«, sagte sie. Sie wollte, sie hätte die Tasche stehen lassen, sie heimlich, still und leise in einer Ecke der Kapelle abstellen können, wo irgendjemand – vielleicht sogar der Mönch – sie finden und sich ihrer annehmen würde. Vermutlich würde er sie einfach hier beisetzen oder auf dem Friedhof, so es hier einen gab. Im Großen und Ganzen sprach eigentlich nichts dagegen.

»Vielleicht sind sie ja zur Polizei gegangen, als ich schon wieder weg war.« Sie hatte einen vertrauten Geschmack im Mund – der Wanderweg hinter ihr leer, niemand, der wutentbrannt über die Baumwurzeln stapfte. Auch damals war es ihr nicht gelungen, das Richtige zu tun.

»Ich finde, wir sollten uns im Rest des Gebäudes umsehen, für alle Fälle«, sagte Bobby.

»Dürfen wir das denn?«

Er zuckte die Achseln. »Wenn es jemandem nicht passt, wird er uns das schon sagen.«

Sie folgten dem ebenerdigen Wandelgang und sahen in alle offenen Räume. Die Fußböden waren steingefliest, die Türstürze aus massivem Stein, die Türen selbst aus wurmzerfressenem dunklem Holz. Es gab eine Bibliothek voller halb zerfallener Bücher und einen kahlen, schmucklosen Raum mit einem langen Tisch und Stühlen, vermutlich das alte Refektorium. Manche Räume waren leer, andere verriegelt.

Sie kamen zu einer hölzernen Treppe und stiegen zur Galerie im ersten Stock hinauf. Dort entdeckten sie ein großes, hallendes Dormitorium sowie ein Badezimmer mit uralten Porzellanbecken und Spinnweben in den Ecken. Alexandra ließ Bobby vorausgehen und benutzte eine der Toiletten; um zu spülen, musste man an einer langen Kette ziehen, die von der Decke hing.

Alle anderen Türen im ersten Stock waren verschlossen. »Hier oben wohnen wahrscheinlich die Mönche«, raunte ihr Bobby zu.

Über eine andere Treppe gelangten sie ins Parterre zurück. Dort gab es nur eine weitere offene Tür, die in zwei hintereinanderliegende Räume mit Glasvitrinen voller brüchiger Dokumente und Kirchenutensilien führte – offenbar ein Museum zur Geschichte des Klosters. Die halb vergilbten Karteikarten neben den Ausstellungsstücken waren mit der Maschine beschriftet, in Englisch, Französisch und Bulgarisch. Es waren keine anderen Touristen oder Mönche in der Nähe. Bobby schüttelte den Kopf und eskortierte sie zurück zum Eingang.

Die Tür, durch die sie das Museum betreten hatten, war verschlossen, obwohl Alexandra genau wusste, dass sie sie hatten offen stehen lassen. Bobby drückte die Klinke. Zerrte daran. Er sah sie an.

»Was ist?«, fragte sie.

»Ich glaube, sie ist abgeschlossen.« Wieder drückte er die Klinke. Sie war alt und schwer, ins Holz genietetes Eisen, und quietschte wirkungslos.

»Aber wir sind doch gerade hier hereingekommen«, sagte sie.

Bobby runzelte angestrengt die Stirn; Alexandra war so erschöpft und verwirrt, dass sie es kaum wagte, ihn anzusehen.

»Verfluchte Scheiße«, sagte er, und sein Tonfall ließ nichts Gutes ahnen. »Jemand hat sie von außen verriegelt.«

Vierzehn

Alexandra war nicht nur sehr müde, sondern auch sehr jung, an Jahren wie an Erfahrung. Zwar hatte der Verlust ihres Bruders sie bis zu einem gewissen Grad auf die Unvollkommenheit der Welt vorbereitet, doch wurde dieses traurige Ereignis für sie nicht zuletzt dadurch relativiert, dass ihm eine ebenso behütete wie unkomplizierte Kindheit vorausgegangen war: Jules Verne, Gartenarbeit und die fürsorgliche Liebe ihrer Eltern. In den vergangenen Jahren hatte sie – dank ihres Studiums an einem renommierten College und ihrer Arbeit als Aushilfsbibliothekarin – ein vages Gefühl der Freiheit gewonnen, das durch nichts getrübt wurde als durch ihr inneres Elend.

Will sagen, sie war in keiner Weise darauf vorbereitet, mit einem Fremden in einem Klostersaal eingesperrt zu sein, fünftausend Meilen weit entfernt von den heimatlichen Blue Ridge Mountains, im Arm eine Urne mit der Asche eines Unbekannten. Plötzlich war sie nicht mehr nur müde und verängstigt, sondern noch dazu eine Diebin, eine Obdachlose und eine Gefangene. Insofern war es kaum verwunderlich, dass sie zu Tode erschrak, als Asparuh (dessen aristokratischer Vorname in ihren Ohren weiter nichts war als eine Aneinanderreihung kryptischer Nuschellaute) ihr eröffnete, sie säßen in der Falle.

Er war alles andere als ein netter Kerl; er hatte die Tür selbst verriegelt. Er hatte ein Springmesser in der Tasche und eine perverse Vorliebe für kleine Amerikanerinnen. Er hatte nur so getan, als ob, und jetzt – was? Er war ihr so höflich und hilfsbereit erschienen, wenn auch vielleicht ein wenig schroff. Sie wich einen Schritt zurück. Doch es führte kein Weg daran vorbei: Sie musste sich eigenhändig vergewissern. Rasch ging sie zur Tür und drückte die Klinke. Sie war tatsächlich verschlossen – ihr fiel ein Stein vom Herzen.

Sie sah Bobby an. »Könnte es nicht sein, dass sie bloß klemmt?«

Zu ihrem Erstaunen hob er einen Finger an die Lippen, legte das Ohr an das Schloss und lauschte. Dann schüttelte er den Kopf.

»Nein«, flüsterte er. »Nein. Eben habe ich draußen Schritte gehört, und jetzt ist alles still.«

»Vielleicht wird das Museum um diese Tageszeit geschlossen«, flüsterte sie zurück. »Sollen wir an die Tür klopfen, bis uns jemand hört?«

Er brachte sie mit erhobener Hand zum Schweigen. »Wir haben uns hier ganz normal unterhalten, sodass uns jeder hören konnte«, murmelte er. »Lassen Sie mich kurz überlegen.«

Er schob demonstrativ die Daumen in die Hosentaschen seiner Jeans und dachte nach – Alexandra sah ihm dabei zu und fühlte sich ihm seltsam verbunden. Aber warum, in drei Teufels Namen, hämmerte er nicht einfach mit den Fäusten gegen die Tür, bis jemand bemerkte, dass sie eingeschlossen waren? War er von Natur aus paranoid, oder war ihr vielleicht etwas entgangen, das er verstanden hatte?

»Ich glaube, es gibt noch eine zweite Tür«, sagte er schließlich. Er machte auf dem Absatz kehrt und ging noch einmal durch die beiden Räume; Alexandra folgte ihm mit der Urne. Dunkle Vorhänge bedeckten die Rückwand des hinteren Saals, wie um die Ausstellungsgegenstände vor zu starker Sonneneinstrahlung zu schützen. Und tatsächlich: Halb versteckt hinter den letzten Vitrinen mit Reliquien und vermodernden Manuskripten gab es eine Tür, die sie zuvor nicht bemerkt hatte. Das Schloss wirkte modern, mit einem gewöhnlichen Schlüsselloch und stählerner Klinke. Bobby ging auf die Knie, spähte durch das Loch und drückte die Klinke vorsichtig herunter. Auch diese Tür war eindeutig verschlossen, und wieder verspürte Alexandra einen Anflug von Panik. Vielleicht war er ja doch verrückt, und sie war hier mit ihm eingesperrt, auch wenn er die Türen nicht selbst verriegelt hatte. Er tastete im Innenfutter seiner Jeansjacke umher und förderte einen Gegenstand zutage, der wie ein winziger Schraubenzieher aussah. Er schob ihn in das Schloss und machte sich mit der anderen Hand behutsam an der Klinke zu schaffen. Nach ein paar Sekunden hörte sie ein Klicken.

Doch die Tür gab nicht nach. »Mist«, flüsterte er. »Von außen ist ein großer … Riegel vorgelegt.«

Er sah Alexandra an. »Kommen Sie. Wir suchen einen anderen Weg nach draußen, aber seien Sie leise, okay?«

Sie starrte ihn ungläubig an – *er konnte Schlösser knacken?* –, dann nickte sie, und er begann mit der Überprüfung der langen Fenster und Simse. Alles war entweder zugenietet oder zugenagelt. Plötzlich blieb er stehen, und sie hörte Schritte draußen auf dem Wandelgang, die sich der Tür zu nähern schienen.

Durch die Öffnung zwischen den beiden Räumen behielt sie die Tür im Auge. Es waren keine Stimmen zu hören, niemand sprach ein Wort, nur das Geräusch des Schlüssels, der behutsam in das Schloss geschoben wurde. Jemand hatte Probleme mit dem Riegel und versuchte es ein zweites Mal, und in diesem Augenblick streckte Bobby die Hand aus und zog Alexandra hinter den Vorhang. *Aber da ist nicht genug Platz für uns beide,* wollte sie sagen.

Zu ihrem – und vermutlich auch Bobbys – Erstaunen stolperten sie in einen größeren Raum, der offenbar als Bühne für Vorführungen und dergleichen diente – mehrere Reihen von Plastikstühlen, eine Videoleinwand, Poster mit Fotos des Klosters. Am anderen Ende zwei weitere Türen. Bobby riss die erste auf und zerrte Alexandra mit sich. Sie fanden sich in einer kleinen Kammer wieder, in der ein paar Kartons und ein Besen standen. Lautlos zog er die Tür ins Schloss, und sie drängten sich im Dunkeln aneinander; Bobby machte sich an der Klinke zu schaffen – wie es schien, verschloss er die Tür von innen. Sie spürte sein Ausatmen eher, als dass sie es hörte.

Da plötzlich das Donnern schwerer Schritte – dem Geräusch nach zu urteilen, waren es mindestens zwei Personen. Alexandra klemmte die Urne zwischen ihren Bauch und Bobbys Rücken und fragte sich, warum sie sich überhaupt versteckten. Das Herz schlug ihr bis zum Hals, und sie betete, dass er die Gelegenheit nicht dazu benutzen würde, sie zu begrapschen, an ihr herumzufummeln wie zuvor an dem Schloss. Doch er rührte sich nicht und lauschte. Sie war ihm so nah, dass sie ihn riechen konnte – leichter Schweißgeruch, vermischt mit einem Hauch von Aftershave, als sei er sehr auf Reinlichkeit bedacht. Sie hoffte, dass er ihr alles erklären würde, wenn das hier vorüber war. Die Dunkelheit legte sich über ihre Augen, ihr Gesicht, und sie fragte sich, ob sie womöglich in einem unendlichen Traum gefangen war. Vielleicht lag sie in Wirklichkeit in einem Hostelbett in Sofia oder daheim in Greenhill, in der Wohnung ihrer Mutter; alles andere war einfach zu bizarr, um echt zu sein.

Doch da Bobby keinen Laut von sich gab, wagte sie es nicht, sich zu bewegen. Von draußen waren keine Stimmen zu hören – nur feste Schritte, die immer wieder innehielten. Sie kamen näher. Jetzt war jemand im Vorführraum, sie hörte, wie er gegen ein Möbelstück stieß. Ein paar schreckliche Sekunden lang war plötzlich alles ruhig, und sie stellte sich vor, wie die Leute dort draußen, genau wie sie und Bobby, mit angehaltenem Atem in die Stille horchten. Dann wieder Schritte, und jemand rüttelte mit aller Kraft an der Tür zu ihrer Besenkammer. Sie hatte Angst, im Dunkeln ohnmächtig zu werden; Bobby schloss die Finger um eines ihrer Handgelenke, wie um sie zu ermahnen, sich unter keinen Umständen zu rühren. Von draußen war ein Grunzen zu hören, dann schienen die unsichtbaren Hände die Tür neben der Besenkammer aufzureißen, die sich jedoch auch nicht öffnen ließ. Ihre Knie begannen zu zittern, und sie presste sie fest zusammen. Schließlich entfernten sich die Schritte. Alexandra hörte, wie die Eingangstür geöffnet und wieder zugeschlagen wurde – das Klirren eines Schlüsselbundes, das Quietschen der Klinke, das Klappern des Riegels.

Sie warteten so lange in der Dunkelheit, dass Alexandra

schon befürchtete, sie könnte eindösen. Schließlich schloss Bobby die Tür zur Besenkammer behutsam auf. Er öffnete sie einen Spaltbreit und steckte den Kopf hindurch, um sich zu vergewissern, dass die Luft rein war, bevor er Alexandra winkte, ihm zu folgen. Lautlos atmete sie tief durch. Der Vorführraum war leer, doch zwei Stühle standen nicht mehr in der Reihe. Bobby drückte die Klinke der Tür neben der Besenkammer – wie schon ihre Verfolger hatten feststellen müssen, war sie verschlossen, aber er zog das geheimnisvolle Werkzeug aus der Jackentasche und stocherte so lange damit im Schlüsselloch herum, bis die Tür aufsprang. Wieder steckte er zuerst den Kopf hindurch, dann bedeutete er Alexandra, dicht hinter ihm zu bleiben.

Die Tür führte auf einen kurzen, dunklen Gang. An seinem Ende befand sich eine größere und dem Anschein nach sehr alte Tür, die sie geradewegs ins grelle Sonnenlicht entließ. Alexandra erhaschte einen Blick auf krüppelige Bäume und einen steinernen Brunnen. Sie folgte Bobby einige Stufen hinab und gab sich alle Mühe, nicht zu stolpern. Berge ragten über ihnen auf, und jetzt erst begriff sie, dass sie in einem Obstgarten waren – überall grünende Apfelbäume.

Bobby ging an der Außenmauer des Klosters entlang, hielt sich hinter den Bäumen und stützte sich mit einer Hand an der Mauer ab, als er um ein Haar gestürzt wäre. Alexandra hoffte, dass sie durch die Fensterschlitze von oben niemand beobachtete, denn sie machten vermutlich einen verdächtigen Eindruck, auch wenn sie nichts dafürkonnten, dass sie eingeschlossen worden waren. Sie folgte seinem Beispiel, hielt sich dicht an der Mauer und versuchte, nicht zu dem riesigen Gebäude hinaufzustarren. Er machte einen großen Bogen um die anderen Autos auf dem Parkplatz und schloss ohne Hast sein Taxi auf. Vorsichtig ließ er den Motor an und blickte um sich.

Erst als sie wieder auf der Hauptstraße waren, fand Alexandra den Mut, ihm eine Frage zu stellen. »Was war …?«

Sofort fiel er ihr ins Wort. »Wenn ich Sie nervös gemacht habe, tut es mir leid«, sagte er, und sie bemerkte, wie seine nüchternen blauen Augen sie prüfend musterten. Sie war automatisch hinten eingestiegen, doch darüber verlor er kein Wort. Er sah mehrmals in Rück- und Außenspiegel, als habe er Angst, dass sie jemand verfolgte; sie drehte sich um, doch die Straße hinter ihnen war leer.

Bobby umfasste das Steuer mit beiden Händen und setzte sich auf. »Ich hatte kein gutes Gefühl, was die erste Tür angeht. Jemand hat uns dort gehört und uns mit voller Absicht eingeschlossen. Wir haben uns im Museum ganz normal unterhalten und waren die ganze Zeit in der Nähe der Tür. Und dann hat uns jemand gesucht, wahrscheinlich dieselben Leute.«

»Ja … ich habe es auch gehört.« Alexandra streckte den Arm aus und tastete nach der Urne, die zwischen ihren Beinen stand. »Aber warum haben sie uns eingeschlossen?«

Sie sah, wie Bobbys Blick von neuem zum Rückspiegel schnellte; diesmal sprach er, ohne sie anzusehen. »Das weiß ich nicht.«

»Und warum mussten wir uns dann verstecken?«

Bobby strich sich mit einer Hand das Haar aus der Stirn. »Wenn mich jemand einschließen will, möchte ich nicht unbedingt seine Bekanntschaft machen.«

»Und was, glauben Sie, hätten sie mit uns angestellt, wenn sie uns gefunden hätten?«, fragte Alexandra. »Wer auch immer *sie* sind?«

Bobby antwortete mit einer Gegenfrage, und ihr wurde klar, dass aus ihm nicht mehr herauszubekommen war. »Und was jetzt?«, sagte er. »Soll ich Sie nach Sofia zurückbringen?«

Alexandra faltete die Hände im Schoß. »Ich fahre vielleicht am besten zu der Adresse in Bovech, die mir die Polizei gegeben hat. Ich glaube, das liegt auf der anderen Seite von Sofia, ein ganzes Stück von hier.« Sie konnte es kaum fassen, dass sie das tatsächlich gesagt hatte, aber wohin sollte sie die Urne sonst bringen? Bobby schien noch schneller zu fahren als auf dem Weg zum Kloster; vielleicht hatte er einfach nur die Nase voll und wollte sie in Sofia absetzen, damit er in Ruhe seiner Arbeit nachgehen konnte. Im Nachhinein kam ihr die Tatsache, dass sie dicht aneinandergedrängt in einer dunklen Besenkammer gestanden hatten, ebenso irreal vor wie zuvor ihre Ankunft in Sofia.

»Dann wollen Sie zu ihnen nach Hause fahren?«, fragte er.

»Na ja, einen Versuch ist es wert«, sagte sie. »Meinen Sie nicht auch?«

»Doch, doch«, bekräftigte er. »Wenn es um die Beerdigung *meines* Großvaters ginge, wäre ich Ihnen unendlich dankbar. Aber Sie machen mir einen ziemlich erschöpften Eindruck. Vielleicht sollten Sie sich vorher ein wenig ausruhen.«

»Woher wussten Sie, wie man das Schloss aufbekommt?«

Diesmal bedachten seine Augen sie im Spiegel mit einem Lächeln. »Eine Tür meines Taxis klemmt manchmal. Genau wie meine Wohnungstür. Deshalb habe ich immer entsprechendes Werkzeug bei mir. Ach, übrigens, haben Sie Hunger?«

»Ob ich Hunger habe?«, erwiderte, nein, schrie sie beinahe, und er fing an zu lachen. Sie bemerkte, dass er die Hauptstraße verlassen hatte, bereits zweimal abgebogen war und jetzt vom Gas ging.

Fünfzehn

Sie kamen zu einem Holzbau mit einem Schotterparkplatz davor; links und rechts des Eingangs rankten sich Topfreben an Spalieren empor.

»*Dvorut*«, las sie laut. »Was heißt das?«

»Es bedeutet ›Atrium‹. Der Name dieses Restaurants. Ich hoffe, es hat geöffnet.«

Bobby ging voran in einen großen Raum mit vielen Fenstern und sonnenbeschienenen Tischen; Alexandra sah einen Wildbach, der den steilen Abhang gleich hinter dem Restaurant hinunterstürzte. Über der Registrierkasse hing ein Fernseher, und aus einem Lautsprecher in der Ecke drang leise Volksmusik. Zwei Kellner lehnten am Tresen und starrten auf den Bildschirm, und ein paar Schritte weiter saß eine Frau mit gebleichtem Haar und tippte etwas in ihr Handy. Einige Fenster standen offen, und das Rauschen des Wassers und die frische, grüne Bergluft wehten herein. Sie waren die einzigen Gäste und konnten sich ihre Plätze offenbar selbst aussuchen.

Bobby entschied sich für einen Tisch an der Rückseite des Restaurants, plumpste auf den Stuhl ihr gegenüber und reckte die Arme.

»Sie müssen doch auch todmüde sein«, sagte sie.

»Natürlich. Ich stehe jeden Morgen um vier Uhr auf.«

Und bist soeben in einem Kloster eingesperrt worden, setzte sie im Stillen hinzu. »Und fahren Taxi?«

»Nein«, erwiderte er. »Und ich bin nicht halb so müde wie Sie. Wie lange hat die Reise von Amerika hierher gedauert? Vierundzwanzig Stunden?«

»Fast«, sagte sie. »Ich lebe in einer Kleinstadt, also musste ich erst in eine Großstadt fliegen, von dort aus nach Amsterdam und dann weiter nach Sofia. Ungefähr zwanzig Stunden. Einschließlich der Wartezeiten zwischen den Flügen.« Sie hätte gern gewusst, weshalb er morgens so früh aufstand, aber er gab anscheinend nur ungern Auskunft über sich. Das war hoffentlich kein schlechtes Zeichen.

»Ich war noch nie in Amerika«, sagte Bobby. Er sah sich um, als werde jeden Augenblick jemand hereinkommen, den er nicht mochte. Jetzt erst wurde ihr klar, dass sie niemanden kannte, der so aufgeweckt, so wachsam war wie er – eher wie ein Vogel oder ein wildes Tier als wie ein Mensch. Er zog sein Handy aus der Tasche und las ein paar SMS, ohne sie jedoch zu beantworten. Ein Kellner trat lustlos an ihren Tisch und reichte ihnen zwei Speisekarten. Als er gegangen war, erklärte Bobby ihr die Gerichte.

»Gibt es hier Forelle?«, fragte sie.

»Forelle? Ja. Auf Bulgarisch nennt man sie *pusturva.* Woher wussten Sie, dass es hier Forelle gibt?«

»Ich komme aus den Bergen«, sagte sie. »Der Bach sieht genauso aus wie die bei uns zu Hause. Wahrscheinlich eiskaltes, sauberes Wasser. Aber ich wollte eigentlich gar keine Forelle.«

Am Ende bestellte er für sie – eine dünne Rinderbrühe mit

Gemüseeinlage (»Die wird Ihnen nach der langen Reise guttun«, sagte er, und sie beschloss, ihm zu verschweigen, dass sie normalerweise kein Fleisch aß), einen großzügig mit Feta bestreuten Gurken-Tomaten-Salat sowie eine Portion Pommes frites. Er selbst nahm einen Teller Fleischklößchen, den gleichen Salat wie sie und drei Tassen dampfenden schwarzen Kaffee, eine nach der anderen. Außerdem bestand er darauf, Alexandra eine Coca-Cola zu bestellen, trotz ihres Einwands, nicht alle Amerikaner tränken Cola.

»Die wird Ihnen Kraft geben«, sagte er, und am Ende leerte sie das Glas in einem Zug mit einem Anflug von Nostalgie für ihre Kindheit – als Cola eine seltene Ausnahme gewesen war, ebenso wie Pizza. Sie erzählte Bobby davon, und er lachte. »Hier können Sie beides haben, jederzeit und überall. In Bulgarien gibt es an jeder Ecke Pizza. Und Cola sowieso. In meiner Kindheit war das ganz anders. Da hatten wir eine bulgarische Cola namens Altay. Die für die Zähne aber vermutlich genauso schädlich war.« Er blickte hastig um sich, als habe er einen Augenblick lang vergessen, auf der Hut zu sein. »Als die Wende kam, war ich schon fünfzehn, insofern erinnere ich mich noch recht gut an die Getränke von damals. Von anderen Dingen nicht zu reden.«

»Die Wende?« Alexandra war noch immer bei ihrem Salat, der ihr hervorragend schmeckte.

»1989, als unser kommunistischer Diktator entmachtet wurde. Und unser Wechsel zur Demokratie im Jahr darauf – oder besser zu einer neuen Art von Kapitalismus«, sagte er. »Erst hatten wir die Türken, dann hatten wir die Russen, und jetzt haben wir Coca-Cola.« In seinen Augen war das eine offenbar ebenso gut oder schlecht wie das andere. »Und unsere sonstigen Probleme haben wir bis jetzt auch nicht lösen können.«

»Ja, ich habe über 1989 gelesen«, sagte sie. »Ich wusste allerdings nicht, dass es einen Namen dafür gibt, ich kannte nur den Fall der Berliner Mauer.«

»Das war weit weg von hier«, sagte Bobby. »Vielleicht etwas zu weit. Ich fand es immer schon komisch, dass sich damals nicht nur Ronald Reagan, sondern auch die kommunistischen Machthaber auf unserer Seite des Eisernen Vorhangs zum Fall der Mauer gratulierten. Dabei ging der in Wahrheit auf das Konto von Pink Floyd. Sie haben die Mauer aufgebaut und sie dann Stück für Stück wieder eingerissen.«

Alexandra verstand kein Wort, doch sie sah ihm an, dass er es nicht ganz ernst meinte, und lächelte. Er war so redselig geworden, dass sie ihm ein zweites Mal die Frage stellte, die sie, neben der Rückgabe der Urne, am stärksten belastete.

»Im Kloster«, begann sie vorsichtig. »Als wir eingeschlossen wurden. Sie meinten, das war kein Zufall. Wer also steckt Ihrer Meinung nach dahinter?«

Bobby seufzte. »Das habe ich Ihnen doch schon gesagt – ich habe keine Ahnung, aber die Sache schmeckt mir nicht. Wenn man jemanden einsperrt, möchte man ihn festhalten. Deshalb wollte ich so schnell wie möglich von dort weg. Vielleicht wollte uns aber auch nur jemand einen Schreck einjagen.«

Alexandra war immer noch verwirrt. »Aber wenn uns jemand dort festhalten wollte, aus welchen Gründen auch immer, warum ist dieser Jemand uns dann nicht gefolgt?« Sie blickte um sich, wie Bobby es ständig tat, seit sie Platz genommen hatten. Vielleicht, dachte sie, ist jemand, der im Kommunismus aufgewachsen ist, ja von Natur aus paranoid. Eine ansteckende Krankheit, wie es schien.

»Es ist uns niemand gefolgt – und hier würde uns auch niemand suchen«, sagte er. »Das Restaurant liegt ziemlich versteckt abseits der Straße – und sie gehen vermutlich davon aus, dass wir auf schnellstem Weg nach Sofia zurückgefahren sind. Ich nehme an, sie sind uns deshalb nicht gefolgt, weil sie uns anderswo im Kloster vermuteten.«

Alexandra wollte ihn fragen, ob wegen seiner Beteiligung an Demonstrationen vielleicht die Polizei hinter ihm her sei, doch jetzt starrte er zu dem Fernseher in der Ecke; es lief eine bulgarische Nachrichtensendung.

»Pssst«, machte er unwirsch.

Das Rauschen des Baches war so laut, dass sie das unverständliche Kauderwelsch kaum hören konnte. Männer und Frauen mit Kameras und Mikrofonen drängten sich um einen breitschultrigen Mann im Anzug. Sein bleiches, ältliches Gesicht wurde von einem Bart mit Schnauzer beherrscht. Das lockige kastanienbraune Haar fiel ihm fast bis auf die Schultern – eine gebändigte, ordentlich gestutzte Mähne, die irgendwie unecht wirkte. Alexandra hielt sie für gefärbt. Er fühlte sich offenbar bedrängt, denn er kehrte den Reportern den Rücken zu, drehte sich dann jedoch noch einmal um und sagte etwas in ihre Mikrofone. Schließlich winkte er zum Abschied in die Kameras und stieg eilig in eine Limousine. Ein Schnitt auf die Nachrichtensprecherin im Studio, hinter ihr ein Foto von einer verwüsteten Gebirgslandschaft und Baumaschinen – Schaufellader und Bulldozer, Lastwagen, die Erde auf einen großen Haufen kippten. Mit einem geringschätzigen Lächeln legte sie ein Blatt Papier beiseite. Es folgte ein Werbespot für Waschmittel, wie selbst Alexandra unschwer erkannte: Eine Mutter verwandelte einen Stapel Schmutzwäsche im Handumdrehen in blütenweiße Strampler für ihre Zwillinge. Dann ein idyllisches Alpenpanorama, und die Mutter richtete den Blick empor, zum ersten Mal in ihrem Leben außer sich vor Glück.

»Was war das?«, wollte Alexandra wissen.

Bobby trank einen Schluck Kaffee. »Ein Beitrag über Kurilkov. Er ist unser Verkehrsminister, ein sehr mächtiger Mann. Zusammen mit dem Innenminister will er die stillgelegten Bergwerke wieder in Betrieb nehmen, von denen ich Ihnen erzählt habe – dagegen haben wir damals demonstriert –, und zu diesem Thema hat er heute eine Pressekonferenz gegeben.«

Ein Ausdruck des Ekels huschte über Bobbys Gesicht. »Dann sind diese Bergwerke ein Umweltproblem?«, fragte Alexandra.

»Unter anderem. Das Wasser wird verschmutzt, der Boden vergiftet. Kurilkov soll von diversen Firmen bestochen worden sein, damit er die Bergwerke wieder in Betrieb nimmt und sie sich den Profit teilen können, aber das bestreitet er. Die Gruben liegen in einer unzugänglichen Region unseres Zentralgebirges, schlechte Straßen – um das Projekt durchführen zu können, müssen sie neue Straßen bauen, und Kurilkov wird die Genehmigung dafür erteilen.«

Alexandra dachte an die Demonstrationen daheim – MTR-Tagebau, Mindestlohn, das Atomkraftwerk, das in einem Flusstal im Süden North Carolinas entstehen sollte. »Kann ihn denn niemand daran hindern? Die Regierung?«

»Da er sehr reich und beliebt ist, wagt es keiner in der Regierung, ihm etwas abzuschlagen. Außerdem haben die Leute Angst vor seinen Verbindungen und seinem Hang zu … ich weiß nicht, wie ich das auf Englisch ausdrücken soll. Er ist sehr ordentlich und korrekt und kennt keine Gnade; wer sich ihm in den Weg stellt, muss früher oder später seinen Hut nehmen. Er nennt sich ›der Bär‹.« Bobby schüttelte nachdenklich, missbilligend den Kopf.

»Und warum versuchen andere Politiker dann nicht, ihn loszuwerden?«

Bobby zuckte die Achseln. »Die meisten sind davon überzeugt, dass er eines Tages Premierminister wird, darum will es sich mit ihm niemand verderben. Seine ganze Karriere fußt auf der Behauptung, dass er, anders als die anderen, nicht korrupt ist, obwohl er unter den Kommunisten im Parlament gesessen hat. Daher auch die seltsame Frisur, um zu demonstrieren, dass er anders ist. Und wenn sich ihm jemand widersetzt, beschuldigt er ihn, seinerseits korrupt zu sein.« Bobby klopfte mit seinem Löffel auf den Tisch. »Er nennt das die ›neue Sauberkeit‹. Alle wissen, dass er Dreck am Stecken hat, aber niemand kann ihm etwas nachweisen. Und weil sie es prima finden, dass ein Bär seine schützende Hand über sie hält, gehen ihm die Leute auf den Leim. So funktioniert unser System, Alexandra.«

Alexandra hatte das Gefühl, dass sie sich auf dünnes Eis begeben hatte, und war zu müde, um weiter in ihn zu dringen. Eins jedoch stand für sie fest: Bobby war wie die Leute, mit denen sie groß geworden war – ihre Eltern, ihre Tanten und Onkel, ihre Lehrer und Professoren, die ständig über Geschichte und Politik gesprochen hatten. Insofern fühlte sie sich ihm seltsam verbunden.

Der Kellner, der die ganze Zeit nicht ein einziges Mal gelächelt hatte, kam durch den leeren Raum an ihren Tisch und präsentierte ihnen die Rechnung. Alexandra schnappte sie sich und kramte nach ihrem Portemonnaie.

Bobby machte ein langes Gesicht. »Aber *Sie* sind hier der Gast«, sagte er. Siedend heiß fiel ihr ein, dass sie nicht nur sein Gast, sondern auch sein Fahrgast war. »Das geht auf mich.« Er schob ihr Geld behutsam beiseite, zog ein paar Scheine aus der Hosentasche und beschwerte sie in der Tischmitte mit Münzen. Sie saß da wie angewurzelt und überlegte, ob sie protestieren sollte. Was hatte das zu bedeuten? War sie ihm jetzt etwas schuldig?

Doch er lächelte nur freundlich. »Gar nicht so übel, unser bulgarisches Essen, oder?«

Sechzehn

Als sie in Sofia ankamen, verstopfte der Feierabendverkehr die Straßen, Pendler, die am Ende eines langen Arbeitstages in Massen aus der Hauptstadt flohen. Ihr Hostel erwies sich als eine alte, hellblau gestrichene Mietskaserne mit einem kleinen Café im Garten.

Erst als Bobby sie sanft am Arm fasste und wachrüttelte, merkte Alexandra, dass sie eingeschlafen war. Sie schnappte erschrocken nach Luft.

»Soll ich Ihre Sachen nach oben bringen?«, fragte er.

»Nein, nein. Bitte.« Während sie ihr Gepäck zusammenklaubte, wurde ihr klar, dass sie die Urne würde mitnehmen müssen.

Er holte ihren Koffer aus dem Kofferraum. »Den nehme ich.«

Sie folgte ihm in das blaue Gebäude und stützte sich auf den Empfangstresen, während er ihr ihren Pass abschwatzte und ihn einem jungen Mädchen mit grünen Haaren und lila Ohrringen reichte. »Netter Laden«, sagte er aufmunternd. »Hier werden Sie sich wohlfühlen. Manchmal finden im Garten Vorträge und Lesungen statt.«

Alexandra starrte auf den Zimmerschlüssel in ihrer Hand.

Sie erinnerte sich vage, dass man mit Schlüsseln Türen öffnete. Irgendwie hatte Bobby ihr Gepäck bereits nach oben gebracht und war wieder heruntergekommen. Sie war dankbar dafür, dass er keinerlei Anstalten gemacht hatte, ihr Zimmer zu betreten, und sei es nur, um ihr Gepäck dort abzustellen; sie wusste nicht mehr, ob er ein alter Freund war, ein Verbrecher oder schlicht ein Fremder.

»Ich schulde Ihnen noch Geld«, sagte sie und öffnete ihr Portemonnaie.

»Sie sind schrecklich müde.« Ohne Vorwarnung drückte er ihre Schulter, was sie wider Erwarten als angenehm empfand. »Und morgen wollen Sie in eine andere Stadt – Bovech, nicht wahr? Okay, dreißig Lewa für die heutige Fahrt, wenn das Ihr Gewissen beruhigt.« Er nahm ihr die Scheine aus der schlaffen Hand und zählte die geforderte Summe ab. »Es ist nicht allzu weit nach Bovech. Acht Uhr morgen früh, okay?«

Plötzlich hatte sie Angst, allein zu sein. »Haben Sie eine Handynummer? Ich habe noch kein Telefon, aber …«

Bobby schrieb sie ihr auf einen Zettel, zusammen mit seinem vollen Namen, in lateinischen Buchstaben. »Sie sollten sich so schnell wie möglich hinlegen. Hier haben Sie eine Flasche Mineralwasser, damit Sie kein Leitungswasser trinken müssen.« Selbst daran hatte er offenbar gedacht. Er sah sie einen Augenblick an mit schief gelegtem Kopf. »Dann bis morgen. Acht Uhr. Nicht vergessen.«

Sie wusste nicht, wie sie das hätte vergessen können, es sei denn, sie wachte nie mehr auf, was sie für durchaus möglich hielt.

Doch als sie schließlich allein in ihrem ersten bulgarischen

Bett lag – einem schmalen Doppelbett mit grobem, aber blitzsauberem Laken und einer karierten Decke –, konnte sie erst einmal nicht schlafen. Ihr Gepäck stapelte sich in einer Ecke des ersehnten Zimmers, und nur der Koffer, aus dem sie Schlafanzug und Zahnpasta hervorgekramt hatte, stand offen. Da es draußen noch hell war, hatte sie die Jalousien heruntergelassen und die Vorhänge zugezogen. Es lag eine knisternde Spannung in der Luft – ein leises elektrisches Summen, das von der Tasche in der Ecke, von der polierten Urne auszugehen schien. Sie hatte Angst, doch zugleich gefiel es ihr hier, in diesem neuen Land – sie war jedenfalls froh, dass sie nicht zu Hause geblieben war. Als ihr die Augen zuzufallen drohten, zwang sie sich, so lange wie möglich wach zu bleiben, denn sie wollte nicht allein sein mit einem Toten, einem Mann, aus dem der letzte Lebensfunke gewichen war, oder Erinnerungen, die sie sich nicht einmal ansatzweise auszumalen wagte.

Dann übermannte sie der Schlaf, ein reißender Strudel, der sie in die Tiefe zog.

Am nächsten Morgen wartete Bobby bereits im Gartencafé auf sie, als sie mit der Tasche auf die Terrasse kam. Alexandra musterte ihn unsicher, weil sie so benommen gewesen war, als sie ihn zuletzt gesehen hatte. Sie hatte sich ordentlich ausgeschlafen, heiß geduscht und frische Kleider angezogen, und sie fühlte sich wohl. Außerdem hatte sie ihren Eltern eine E-Mail geschrieben: *Wohlbehalten in Sofia angekommen. Es ist wunderschön hier, jede Menge interessanter alter Gebäude. Heute mache ich mit ein paar Kollegen einen Tagesausflug.* Damit ihre Eltern sich nicht unnötig sorgten, hatte sie aus Bobby nicht nur einen, sondern gleich eine ganze Gruppe von Kollegen gemacht. Auch dem English Institute hatte sie mitgeteilt, dass sie angekommen sei und Ende Juni wie geplant ihre Stelle antreten werde.

Als sie an seinen Tisch trat, stand Bobby höflich auf. Er trug eine andere Jeansjacke als gestern, schwarz, mit ausgefransten Ärmeln, dazu gebügelte Khakis, und er wirkte frisch rasiert und gekämmt. Er war kleiner und schmaler, als sie ihn in Erinnerung hatte, seine Haare waren länger, seine Ellbogen spitzer.

»Wie geht es Ihnen heute Morgen?«, fragte er. »Wir können zusammen frühstücken. Ich hoffe, Sie haben schon wieder Hunger.«

Lächelnd ließ sie sich ihm gegenüber nieder. Ein Baum ragte über ihren Tisch, und sie waren ganz allein im Garten. Die junge Frau mit den grünen Haaren kam heraus, um ihre Bestellung aufzunehmen, nur dass ihre Haare jetzt lila waren und ihre Ohrringe rot. Bobby sagte etwas, worauf sie ihnen zwei Tassen Tee brachte. Auf jeder Tasse lag zum Warmhalten eine kleine Untertasse mit einer Zitronenscheibe, einem Päckchen Zucker und einem Plastikrührstäbchen darauf, ein feierliches Arrangement, das Alexandras neu erwachte Aufmerksamkeit minutenlang gefangen nahm. Bobby zog eine Papierserviette aus der Tasche und wischte den Tisch damit sauber, ehe er die beiden Käsetoasts vor sie hinstellte, die ihnen das Mädchen nach dem Tee servierte. Er gab Alexandra sein zweites Stück Toast und eine Gurkenscheibe. »Wie haben Sie geschlafen?«

Alexandra dachte nach. »Gut – sehr gut sogar –, aber da war dieses entsetzliche Geheul, das mich bis in den Schlaf verfolgt hat.« Sie hatte es im Traum gehört, durchs Fenster, und sich gefragt, ob es sich um das Kreischen eines Babys oder die Schreie einer Frau handelte. Zweimal war sie davon aufgewacht, bis sie begriffen hatte, dass es Katzen waren, die sich gegenseitig anfauchten. »Straßenkatzen«, sagte sie. *Vermutlich rollig.*

Bobby spießte eine Tomatenscheibe auf. »Und? Bereit für unseren heutigen Ausflug?«

»Ja. Ich möchte das hinter mich bringen. Ich muss die Urne so schnell wie möglich zurückgeben – sonst kann ich an nichts anderes mehr denken.«

»Verstehe.« Er gab eine Zuckerlawine in seinen Tee. »Sie können von Glück sagen, dass die Polizei Ihnen die Adresse gegeben hat. Die Leute sind wahrscheinlich nach Hause gefahren, um dort auf Nachricht zu warten, und werden sich riesig freuen, Sie zu sehen.«

»Hoffentlich.« Alexandra platzte schier vor Neugier auf das, was sie und Bobby in der kleinen Stadt erwarten würde – in was für einem Haus die alten Leute lebten und ob ihr Sohn bei ihnen wohnte. Vielleicht hatten er und seine Familie aber auch ein eigenes Haus ein paar Türen weiter. Es sei denn, es war die Asche seines einzigen Sohnes. Oder er hatte seine Frau verloren und war nun schrecklich einsam und allein. Während sie auf ihrem Toast herumkaute, stellte sie sich vor, wie überrascht, wie dankbar sie sein würden. Die alte Frau würde vielleicht die eine oder andere Träne zerdrücken und mit ihren geschwollenen, arthritischen Fingern Alexandras Hand umklammern. Der hochgewachsene Mann würde die Arme um seine gebrechlichen Eltern legen und Alexandra fragen, womit er sich revanchieren könne. Sie würden gemeinsam ins Kloster

Velin fahren und in der kleinen Kirche eine Kerze für Stoyan Lazarov entzünden. Dann würde der hochgewachsene Mann sie auf die Wange küssen und leise fragen, ob er sie zum Dank in Sofia zum Essen ausführen dürfe. Aber vielleicht fehlte ihm dazu das Geld, oder er kam gar nicht erst auf die Idee. Andererseits würde er ihr, wie Bobby, vermutlich niemals erlauben, ihr Essen selbst zu bezahlen. Sie legte die Hand an ihre Wange, um die Glut darin zu spüren.

»Alexandra?« Bobby fuhr sich mit den Fingern durch das Haar und strich es sich vergeblich aus dem Gesicht, und sie bemerkte seinen klugen, scharfsichtigen Hundeblick – er erinnerte sie an einen dieser staunenswerten sibirischen Huskys mit den eisblauen Augen, die sie aus *National Geographic* kannte. »Miss Boyd«, setzte er hinzu und ließ sich ihren Nachnamen auf der Zunge zergehen. »*Boyd* war doch richtig, oder? Alexandra – sind Sie Russin?«

Sie lachte. »Nein. Meine Eltern hatten eine Vorliebe für altmodische Namen. Und Boyd ist Englisch, aus England, meine ich.«

»Boyd«, sagte er. »Das klingt wie *Bird,* und Sie erinnern mich ein wenig an einen kleinen Vogel. Darf ich Sie so nennen?«

»Wenn Sie möchten«, sagte sie, obwohl sie nicht recht wusste, was sie davon halten sollte – war das nicht ein bisschen sehr vertraulich? Bobby stand auf. »Kommen Sie, Bird. Sie sind doch fertig, oder?«

Diesmal nahm sie auf dem Beifahrersitz des Taxis Platz und stellte die Tasche zwischen ihre Füße, wobei ihr Blick von neuem auf das Medaillon fiel, das am Rückspiegel baumelte. Er setzte den Wagen geschickt aus der Lücke und suchte sich einen Weg zwischen den geparkten Autos hindurch; nicht wenige standen schräg zur Straße, sodass das Heck in den Verkehr ragte. Sie hatte sich für eine Woche in dem Hostel eingemietet, was ihr ausreichend Zeit bot, die Stadt zu erkunden; danach konnte sie sich überlegen, wohin sie weiterreisen würde, vielleicht mit dem Zug ans Schwarze Meer, im Gepäck ihren Badeanzug und ein gutes Buch, oder vier Wochen Wandern. Auf alle Fälle musste es billig sein, billiger, als jeden Tag mit dem Taxi in abgelegene Ortschaften zu fahren, aber wenigstens war das Hostel selbst nicht allzu teuer, und es schien sauber und vertrauenswürdig.

»Wie lange dauert die Fahrt nach Bovech?«, fragte sie ihn.

»Nicht besonders lange. Zwei Stunden, vorausgesetzt, es ist nicht so viel Verkehr.«

Sie bogen auf einen breiten Boulevard, gesäumt von rußigen Fassaden, Läden, ein Schaufenster voller hochhackiger Sandalen. Für Alexandras Geschmack herrschte entschieden zu viel Verkehr, doch Bobby pfiff munter vor sich hin und justierte den Spiegel, als sei er mit sich und der Welt im Reinen. Sie betrachtete die Leberflecken in seinem Mundwinkel. Irgendetwas an ihm zog sie an – vielleicht seine Unrast. »Ich habe ein schlechtes Gewissen, weil ich Ihnen Ihre Zeit stehle.«

»Schon gut«, sagte er fröhlich. »Es ist mir ein Vergnügen. Ich helfe Ihnen gern, die Tasche ihrem rechtmäßigen Besitzer zurückzugeben. Mein Leben ist ziemlich langweilig, müssen Sie wissen.«

»Das bezweifle ich«, sagte sie. »Was machen Sie eigentlich sonst so, außer Taxi fahren und gegen Umweltverschmutzung demonstrieren?«

Er musterte sie einen Augenblick lang. »Ich gehe zu vielen Demonstrationen, nicht nur gegen Umweltverschmutzung. Es wird Zeit, dass wir unser Land zurückerobern. Meine Generation muss es selbst in die Hand nehmen, für bessere Arbeitsbedingungen und ein geregeltes Kulturleben zu sorgen, damit wir uns wie richtige Europäer fühlen können und nicht wie … verlorene Seelen.« Er schnallte sich an.

»Aber Sie haben mir noch immer nicht verraten, was Sie den ganzen Tag so treiben«, sagte Alexandra. »Bis jetzt weiß ich nur, dass Sie fünfunddreißig Stunden die Woche hinter dem Steuer sitzen.«

Er runzelte die Stirn. »Stimmt, ich habe Ihnen nur gesagt, woran ich den ganzen Tag so *glaube,* nicht aber, was ich mache. Okay, wenn ich nicht gerade Taxi fahre, organisiere ich Vorträge und schreibe Petitionen, außerdem bin ich Mitherausgeber einer Zeitschrift für Politik und Literatur. Ich treffe mich fast jeden Tag mit Freunden. Um mich fit zu halten, gehe ich laufen, und ich habe mir ein Ziel gesetzt. Ich möchte einmal durch jede Straße in Sofia laufen, bevor ich sterbe.«

»Im Ernst?«, fragte sie. »Als Taxifahrer müssten Sie doch eigentlich schon alle Straßen kennen.« Wahrscheinlich traf er sich auch jeden Tag mit seiner Freundin, gesetzt den Fall, er hatte eine.

»Sie sind ein intelligentes Mädchen.« Er schwieg einen Moment, schaltete lächelnd in den nächsten Gang. Alexandra überlegte, ob sie sagen sollte: *Ich bin kein Mädchen mehr.* Oder vielleicht: *Sie haben ja keine Ahnung, was ich schon alles für Dummheiten gemacht habe. Und einen schrecklichen Fehler.*

Er schüttelte den Kopf. »Nein, Sofia wird mir nie langweilig. Ich möchte jede Straße zu Fuß sehen, nicht nur von meinem Auto aus. Sofia ist für mich wie eine zweite Haut, wie ein Panzer. Ein Viertel der Straßen in der ganzen Stadt habe ich schon abgelaufen. Sie denken wahrscheinlich, das ist nicht viel, aber einige von ihnen sind sehr lang, und die Stadt ist sehr groß. Ich habe sie auf dem Stadtplan markiert. Ich habe vor drei Jahren damit angefangen.«

»Ich bin beeindruckt«, sagte sie. »Und wann laufen Sie? Um vier Uhr morgens?«

»Manchmal.« Er lächelte. »Aber normalerweise habe ich um vier Uhr morgens Wichtigeres zu tun.«

Aha. Also doch eine Freundin. Das erklärte vielleicht auch seine vornehme Zurückhaltung. Er redete anscheinend lieber über seine politischen Ansichten als über sein Privatleben. Sie fragte sich, wie dieses Leben wohl aussah, wenn er sich ohne Weiteres die Zeit nehmen konnte, eine wildfremde Frau durch die Lande zu kutschieren. Wollte denn niemand wissen, wo er steckte?

»Und wann finden Sie dann Zeit zum Laufen?«, fragte sie.

»Spätabends, nach der Arbeit, oder vor dem Frühstück, manchmal auch beides.«

Alexandra beobachtete ihn, während er den Boulevard entlangraste. Die Adern an seinen Unterarmen traten hervor, und nun wusste sie, warum er so zäh und hager wirkte; man sah ihm buchstäblich an, dass er gern lief. Sie musste an die weitaus stämmigere, kompaktere Erscheinung ihres Bruders denken, wenn er ihr am Abendbrottisch gegenübergesessen hatte. Alexandra stieß den gewohnten Verlustschmerz mit aller Macht beiseite. Nicht hier, in diesem neuen Land, jedenfalls nicht in den ersten Wochen; sie war hierhergekommen, um noch einmal ganz von vorne anzufangen. Die Trauer würde sie noch früh genug einholen.

»Dieser Mann«, sagte sie, »der große Mann, dem die Tasche gehört – er meinte, Bulgarien ist ein Ort, an dem alles passieren kann.«

Bobby hielt den Blick nach vorn gerichtet, auf das verschlungene Gewirr von Straßen.

»Ja«, sagte er, »und wo vieles normalerweise nicht passiert.« Doch anders als der hochgewachsene Mann lächelte er.

Siebzehn

Als sie von neuem aus Sofia hinausfuhren, schien es, als würden sie sich von den Bergen wegbewegen, obwohl die ganze Zeit blaugraue Gipfel am Horizont zu sehen waren. Wenn man Bobby glauben durfte, fuhren sie nach Osten. An der Ampel vor der Autobahnauffahrt erblickte Alexandra zwei junge Frauen in schwarzen Miniröcken, die auf ihren High Heels wippten und sich unterhielten. Eine von ihnen streckte kurz den Daumen heraus und ließ den Arm dann wieder sinken.

»Wollen die beiden mitgenommen werden?«, fragte sie.

Bobby schüttelte den Kopf. »Nein. Sie warten auf Kundschaft.«

Alexandra war entsetzt und gab sich alle Mühe, sie nicht anzustarren. Sie waren noch sehr jung, bestenfalls Teenager, und die eine hatte hüftlanges schwarzes Haar. Das andere Mädchen stemmte den hochbehackten Fuß gegen einen Haufen Ziegelsteine und beschäftigte sich mit seinem Handy. In der schmuddeligen, von halb verdorrtem Gestrüpp gesäumten Auffahrt wirkten sie wie Fremdkörper, als habe man sie aus einer Bar in der Stadt hierher gebeamt.

»So weit draußen?«, fragte sie. »Tut die Polizei denn nichts dagegen?«

»Nein«, antwortete Bobby knapp. »Die gehört wahrscheinlich auch zu ihrer Kundschaft.« Wie um diesen Gedanken abzuschütteln, schaltete er die Stereoanlage ein. Eine vertraute amerikanische Reibeisenstimme erfüllte das Taxi.

»Ist das Radio?«, fragte Alexandra erstaunt.

»Nein.« Er schüttelte den Kopf, als sei ihre Bemerkung geradezu absurd. »CD. Der andere Bobby. Mögen Sie Bob Dylan?«

»Na klar«, sagte Alexandra, die mit Mozart und Vivaldi groß geworden war.

»I'll say this, I don't give a damn about your dreams«, knarzte Dylan. Alexandra sah die Industrievororte Sofias vorbeiziehen und gelangte – nicht zum ersten Mal – zu dem Schluss, dass der Mann im Grunde gar nicht singen konnte. Doch plötzlich wurde ihr klar, dass das eigentlich keine Rolle spielte.

Draußen vor der Stadt hatte sich hinter einem mit Ästen und Zweigen beladenen Karren, der von einem müden Pferd gezogen wurde, eine Schlange gebildet. Als die Gegenspur endlich frei war, scherte sie aus und überholte ihn. Auf dem Bock des Karrens saßen ein Mann und eine Frau in ausgebleichten blauen Mänteln, die einmal zu einer Uniform gehört haben mochten. Die Frau trug ein geblümtes Kopftuch, der Mann eine schwarze Hose, die er in seine Stiefel gestopft hatte. Die Seitennaht der Hose war aufgerissen, sodass man seine nackten Knie sehen konnte. Als das Taxi vorbeifuhr, wandten sie den Kopf; ihre Gesichter waren tief gebräunt, und Alexandra sah etwas Silbriges im Mund der Frau aufblitzen.

»Zigeuner«, sagte Bobby. »Sie sammeln Holz wie früher, mit Pferdekarren statt mit Lastwagen. Keine schädlichen Emissionen. Es ist schon komisch – eigentlich sind sie uns in puncto

Umweltschutz ein paar Schritte voraus. Wir müssen ja unbedingt mit unseren lächerlichen Autos durch die Gegend rasen.«

Kurz darauf entdeckte Alexandra auf einem Feld eine ganze Ansammlung solcher Karren. Die Pferde waren lose an Bäume gebunden und grasten in ihrem Schatten, während Leute in alten Kleidern, die Frauen mit Kopftuch, am Rande eines kleinen Wäldchens Zweige vom Boden aufsammelten und sie auf die Karren luden. Noch mehr Zigeuner – Roma, wie sie ihrem Reiseführer entnommen hatte.

»Wo leben sie?«, wollte sie von Bobby wissen.

»Vor der Stadt. In eigenen Siedlungen wie im Ghetto. Die hier kommen wahrscheinlich aus einem Vorort von Sofia. Die Kinder gehen nur selten zur Schule.«

Bobby fuhr jetzt durch ein Tal. In der Ferne standen frisch ergrünte Bäume, was darauf hindeutete, dass nicht weit von hier ein Fluss verlief. Rechts und links der Straße erstreckten sich weite Felder, einige von ihnen gepflügt und bestellt, andere brachliegend, dann lang gezogene verfallene Gebäude – Klinker und Holz, die Dächer eingesunken, die Balken verfault, die Fundamente von Unkraut überwuchert.

»Was ist das?«, fragte sie.

Bobby sah an ihr vorbei. »Die Überreste kommunistischer Kolchosen, kollektivierte Bauernhöfe. Einige der Felder sind inzwischen verpachtet, aber die Gehöfte will niemand mehr beziehen. Sehen Sie nur, das ganze alte Zeug.« Er wies mit ausgestrecktem Arm auf die verrosteten Maschinen im Schatten der Gebäude: Die bröckelnden Zähne einer alten Egge ragten gen Himmel, Unkraut und Kletterpflanzen verschlangen einen Traktor. *Brontosaurier*, dachte Alexandra.

»Die Leute schlachten sie aus, wenn sie nicht gar zu verrostet sind«, sagte Bobby. »Aber das meiste davon wird wieder zu Erde. In tausend oder fünftausend Jahren.«

Sie kamen durch mehrere Dörfer. Auf einem leeren Grundstück entstand ein neues Haus – Beton, Stahlträger, ganze Baumstümpfe. »Nach Bovech ist es offenbar doch weiter, als ich angenommen habe«, sagte sie.

Bobby schien in Gedanken versunken; er wandte den Kopf und sah sie geistesabwesend an. »Wir sind gleich da«, sagte er, und sie stellte keine weiteren Fragen.

Sie entdeckte das Ortsschild von Bovech noch vor Bobby, weil der Name sowohl in lateinischen als auch in kyrillischen Buchstaben geschrieben war. Neben dem Schild hing ein zweites, ganz in Blau, mit einem Ring aus gelben Sternen. Das Symbol der Europäischen Union, wie Bobby ihr erklärte, das vor einem Jahr erst aufgestellt worden sei; trotzdem nagte bereits der Rost an seinen Rändern. Bovech wirkte größer als die Dörfer, durch die sie gefahren waren, eine sich rasch ausbreitende Siedlung in einer flachen Ebene, deren äußerste Gebäude verwaist schienen. Alexandra sah einen großen schwarz-weiß gefiederten Vogel, der in seinem Nest saß und seine mächtigen Schwingen spreizte. Das Nest ruhte auf der Spitze eines hölzernen Pfahls.

Auch Bobby hatte ihn entdeckt. »Das ist ein … *shturkel,* wie sagt man noch gleich? *Storch* – ein Storch. Normalerweise bauen sie ihr Nest auf Schornsteinen und Kaminen, aber das kann zum Problem werden, deshalb stellen die Leute diese Pfähle für sie auf.«

»Und? Bringen sie Babys?«, fragte Alexandra.

»Also, hierzulande bringen sie vor allem Glück. Und sie bringen uns den Frühling – wenn sie Anfang März zurückkehren, wissen wir, dass der Frühling endlich da ist. Wenn sie im Herbst wieder fortziehen, macht mich das jedes Mal ein bisschen traurig.«

Jetzt balancierte der Vogel auf einem Bein; er schlug einmal mit den Flügeln, dann legte er sie wieder an und machte es sich in dem riesigen Nest bequem. »Wohin fliegen sie?«

»Zum Überwintern? Nach Nordafrika. Wenn nicht sogar bis Südafrika.«

Alexandra hielt den Atem an und ließ sie auf sich wirken, die unendliche Weite dieser neuen Welt, die sich über Griechenland, über den gesamten Mittelmeerraum bis zu einem anderen Kontinent erstreckte.

In der Ortsmitte hielt Bobby an, ließ sich von Alexandra die Adresse geben und stieg aus, um einen Mann, der an einer Bushaltestelle wartete, nach dem Weg zu fragen. Der Mann hob die Hand und schien eben die Straße hinaufzeigen zu wollen, dann warf er einen zweiten Blick auf die Adresse und zuckte mit den Schultern. Worauf Bobby eine Frau ansprach, die in jeder Hand eine schwere Einkaufstüte trug wie ein mit einem Joch beladener Ochse. Sie senkte nachdenklich den Kopf, stieß einen kurzen, abgehackten Wortschwall hervor und wies mit dem Kinn in die richtige Richtung.

Mit zufriedener Miene kehrte Bobby zurück. »Die Straße liegt am anderen Ende des Ortes. Aber sie ist nicht schwer zu finden.«

Wie sich herausstellte, war sie ganz im Gegenteil sogar sehr schwer zu finden, und auf ihrer Irrfahrt durch die Stadt hielten sie nach – allzu seltenen – Straßenschildern Ausschau und sahen nur wenige Leute, die sie nach dem Weg fragen konnten. Wie es schien, war Bovech, selbst an einem ganz normalen Vormittag unter der Woche, ein verschlafenes Nest. Überall hingen zerfetzte Plakate mit riesigen Gesichtern, Ausrufezeichen und ein paar kyrillischen Wörtern darauf, die selbst Alexandra entziffern konnte, unter anderem *Bulgarien!* – wahrscheinlich für eine längst vergangene Wahl. Sie holte ihre Kamera hervor und widerstand dem Drang, sich ihr Foto des hochgewachsenen Mannes noch einmal anzusehen. Die Häuser in diesem Teil der Stadt waren gepflegt und zeugten von bescheidenem Wohlstand. In einem Garten saß eine ganz in Schwarz gekleidete alte Frau im Schatten und strickte. Als das Taxi vorbeifuhr, hob sie den Blick und bedachte Alexandra mit einem Lächeln. Alexandra spürte, wie ihr ohne besonderen Grund die Tränen kamen, und versuchte das Lächeln zu erwidern. Auf der Vortreppe eines anderen Hauses hatte sich, hinter einem niedrigen Zaun, eine Mutter mit zwei Kindern in roten Schuhen niedergelassen, die um sie her tobten und tollten. Die Gehwege waren holprig und von Unkraut überwuchert, die Straße mit Schlaglöchern übersät – ein harscher Kontrast zu den frisch getünchten Mauern und Zäunen, den aufgeräumten Vorgärten und herausgeputzten Kindern.

»Da ist es. Hoffe ich«, sagte Bobby und hielt an. Sie stiegen aus und verglichen die Adresse mit der auf ihrem Zettel; das Haus gleich neben dem der jungen Mutter war von einer Kieselmauer umgeben, und das Gartentor trug die richtige Nummer. Alexandra war so nervös, dass ihr ganz flau im Magen wurde. Sie suchten am Tor nach einer Klingel, und als sie keine finden konnten, stießen sie es auf und durchquerten den Vorgarten, bis sie vor der grünen Haustür standen. Das Haus war weder besonders alt noch besonders neu; verwittert und vermutlich mehrmals renoviert, war es allem Anschein nach vor Kurzem erst gestrichen worden, sodass es in der Nachbarschaft nicht weiter auffiel. Zu Alexandras Erleichterung arbeitete niemand im Garten oder schielte durch die verschossenen Vorhänge in den Fenstern. Sie hielt die Urne fest umklammert; sie wagte es nicht, sich die Tasche über den Arm zu hängen, geschweige denn sie auf der fleckigen Vortreppe neben den Topfpflanzen abzustellen.

Bobby zog seine Jacke glatt und straffte die Schultern. Dann hob er die Hand und drückte die Klingel.

Achtzehn

Sie warteten. Sie konnten die spielenden Kinder im Garten nebenan zwar hören, aber nicht sehen. Alexandra konnte Bulgarisch nicht von Japanisch unterscheiden, und so lenkte sie sich damit ab, die fremden Laute in ihr vertraute Wörter zu übersetzen: »Herd«, »Buddhist«, »Melone«, »weinrot«. Trotzdem schlug ihr das Herz bis zum Hals.

Doch im Haus schien die Klingel niemand gehört zu haben, deshalb drückte Bobby sie noch einmal, diesmal ein wenig länger. Alexandra fragte sich, ob die beiden alten Leute vielleicht taub waren. Die Urne in ihren Armen wurde ihr allmählich schwer.

»Sie sind nicht zu Hause«, befand Bobby. »Sie sind wahrscheinlich noch nicht aus Sofia zurück.«

Sie trat von einem Bein aufs andere und verspürte leisen Unmut. »Woher wollen Sie das wissen? Könnten sie nicht auch im oberen Stockwerk sein?«

»Dieses Haus hat heute noch niemand verlassen«, sagte er. »Bei so schönem Wetter würden sonst Schuhe vor der Tür stehen, oder es würde Erde an dem Ding da kleben.« Er deutete auf den Fußabstreifer neben der Treppe. »Die Tür ist doppelt verriegelt. Außerdem sind die Blumen in diesen Töpfen schon ewig nicht mehr gegossen worden. Ich glaube nicht, dass diese Leute zu Hause sind. Sie sind noch nicht wieder aus Sofia zurück. Und irgendetwas stimmt hier nicht.« Er schüttelte den Kopf, und Alexandra starrte ihn an; sie fragte sich, weshalb er um vier Uhr morgens aufstand und so ein Geheimnis um sein Leben machte.

»Vielleicht sind sie nur einkaufen gegangen und kommen gleich wieder«, gab sie zu bedenken.

Bobby wandte sich wortlos ab. Sie folgte ihm zurück auf die Straße, und er zog behutsam das Gartentor zu. Er ging zum Nachbarhaus und klopfte an das Tor. Die junge Mutter stellte Brötchen und Saft auf einen Holztisch und setzte ihre Kinder in zwei Hochstühle. Dem kleineren Kind hatte sie ein Lätzchen umgebunden; es war offenbar ein Junge, obwohl beide wallende dunkle Locken hatten. Sie kam ans Tor und machte ihnen auf. Ihr Gesicht war ebenso hübsch wie die Gesichter ihrer Kinder – neugierig, mit sanften Augen; sie sah selbst ein wenig wie ein kleines Mädchen aus. Während Bobby sich mit ihr beratschlagte, sah die Frau wiederholt zu seiner ausländischen Begleitung, wie um sie in das Gespräch einzubeziehen.

Schließlich dolmetschte er für Alexandra: »Ich habe sie gefragt, ob nebenan eine Familie Lazarovi wohnt. Die Asche habe ich nicht erwähnt. Sie sagt, sie hätten bis vor drei Monaten hier gewohnt und dass sie selbst erst vor einem halben Jahr hierhergezogen ist. Sie kennt sie nicht besonders gut, aber sie haben eine Adresse in Plovdiv und eine Handynummer hinterlassen. Sie sagt, es waren ein alter Mann und eine alte Frau und ein jüngerer Mann, der aber auch langsam alt wird, weil er nie eine Frau gefunden hat. Es ist seine Handynummer. Er hat sie hier nur ab und zu besucht – er arbeitet woanders, möglicherweise an der Küste. Sie weiß es nicht genau.«

Bobby verstummte und hörte der Frau weiter zu. Sie strich sich das lockige Haar mit beiden Händen aus den Schläfen; ihre Fingernägel waren rosa lackiert, und sie trug einen schmalen Goldring. Bobby wandte sich wieder an Alexandra. »Jetzt sieht sie im Haus nach dem Rechten und hält es sauber, gegen eine kleine Bezahlung, bis sie es verkaufen können. Vielleicht haben sie es aber auch schon verkauft – sie weiß es nicht genau. Sie hat schon lange nichts mehr von ihnen gehört. Sie will wissen, ob wir das Haus kaufen wollen. Sie kann es uns zeigen, wenn wir möchten.«

»Oh«, machte Alexandra. Sie hatte das Gefühl, gegen eine innere Wand gelaufen zu sein. Sie wünschte, sie hätte die Urne doch der Polizei übergeben. Wie war sie nur auf die törichte Idee gekommen, es auf eigene Faust zu versuchen, obwohl sie so gut wie keine Informationen hatte? Aber der Zauberer auf dem Revier war sich hundertprozentig sicher gewesen, dass die Adresse stimmte – und das tat sie ja auch, nur dass die Familie nicht mehr hier wohnte. Und der hochgewachsene Mann hatte nie geheiratet, also konnte es sich schwerlich um die Asche seines Sohnes handeln. Vielleicht hatte er wie sie einen Bruder verloren.

Jetzt beugte die hübsche Mutter sich über ihre Kinder und steckte einen roten Schuh an einen kleinen Fuß zurück; dann nahm sie die beiden aus ihren Stühlen, setzte sie aufrecht hin und hielt den Jungen davon ab, Erde aus dem Blumenbeet zu essen.

»Ich habe ihr gesagt, wir wären eventuell an dem Haus interessiert und würden es uns gerne ansehen.« Bobby zupfte seine Jacke zurecht und lächelte zuversichtlich.

»Was? Warum haben Sie das gesagt?«

»Weil wir es uns *natürlich* ansehen wollen. Seien Sie still, Bird, oder diese Chance geht uns durch die Lappen. Und verraten Sie ihr auf keinen Fall, was Sie da im Arm haben.« Er lächelte angestrengt.

»Okay«, sagte sie.

Die Frau brachte die Kinder ins Haus, und sie hörten, wie sie mit jemandem sprach. Sie kehrte allein zurück, mit einem Schlüssel in der Hand, und begleitete Alexandra und Bobby zurück zu dem verschlossenen Haus. Alexandra wurde klar, dass sie – eine Ausländerin – nicht mehr nur eine Diebin war, sondern obendrein kurz davorstand, sich des Hausfriedensbruchs schuldig zu machen. Bobby trat sich die Füße ab, bevor sie hineingingen.

Im Innern des Hauses war es feucht und roch nach kaltem Rauch, der modrige Geruch des Leerstands. Obwohl die Räume möbliert waren, machten sie auf Alexandra einen kahlen, kargen Eindruck, als sei alles Leben aus ihnen gewichen. Das Herz wurde ihr noch schwerer – die lange Fahrt und ganz umsonst. Auf einem Tischchen in der Diele lagen Spitzendeckchen, aber weder ein Schlüsselbund noch Zeitschriften, und an den Haken neben der Tür hingen keine Jacken. Durch die zugezogenen Vorhänge sickerte stumm grünliches Licht. Über der Rückenlehne eines Sessels in dem kleinen Wohnzimmer lag eine gefaltete Häkeldecke, und in einer Ecke stand ein Fernseher, doch Pflanzen oder Fotos gab es keine. Sofa und Sessel waren mit einem kratzigen orangefarbenen Stoff bezogen, der vom vielen Sitzen beinahe durchgescheuert war. Den Fußboden bedeckte ein abgewetzter, aber gepflegter brauner Teppich. Auf einem Beistelltisch befand sich eine leere Kristallschale, als habe jemand versucht, das Zimmer nicht ganz so schmucklos und kahl aussehen zu lassen.

Hinter dem altersschwachen Fernseher standen mehrere Bücherregale, die Alexandra interessiert betrachtete, während die Frau Bobby die Deckenleuchten und den Gartenblick vorführte. Einige der Autorennamen konnte sie entziffern, nicht aber die Titel. Khemingueĭ, las sie erstaunt. *Charlts Dikenz*. Es waren Gesamtausgaben – vielleicht vierzig oder fünfzig Jahre alt, teilweise leicht angeschimmelt. Viele bulgarische Bücher – Geschichtsbücher oder Romane, wie es schien, und Biografien von Komponisten: Bach, Mozart, Strawinsky. Dazwischen einige französische und eine ganze Reihe deutscher Bücher sowie eine Anzahl neuerer Fotobände im West-Design mit bunten Rücken: London, Frankreich, Italien. Und noch mehr über Italien, darunter zwei Venedig-Reiseführer.

Bobby war neben sie getreten und ließ den Blick über die Regale gleiten. Auf dem untersten Bord, direkt hinter dem Fernseher, drängten sich halb vergilbte Notenhefte, obwohl es weder ein Klavier noch andere Instrumente gab. Sie stellte die Tasche mit der Urne auf den Beistelltisch, weil ihr das pietätvoller erschien, als sie durch das ganze Haus zu tragen.

Gegenüber vom Wohnzimmer lag ein ebenso winziges Esszimmer – auch hier befanden sich die alten Billigmöbel noch an ihrem angestammten Platz, und auf einem Sideboard stand eine Kristallvase. Der Schrank neben dem Fenster enthielt stapelweise Teetassen aus geblümtem Porzellan, doch alle anderen Regale waren leer, nirgends auch nur ein Körnchen Staub. Möglicherweise hatte es hier einfach zu viele Erinnerungen gegeben an den Mann, dessen Urne sich im dunklen Fernsehbildschirm spiegelte; vielleicht waren seine Verwandten ausgezogen, sowie sie ein neues Domizil gefunden hatten, einen Ort, an dem sie selbst in Frieden sterben konnten. Aber warum hatte die hübsche Nachbarin den dritten Mann, dessen Asche sich in der Urne befand, dann mit keinem Wort erwähnt? War er am Ende anderswo gestorben? Alexandra kam ein schrecklicher Gedanke: Die alten Leute waren in ein Pflegeheim gezogen, falls es hier so etwas gab, und nun würde sie die beiden niemals wiederfinden. Sie versuchte, sich zu beruhigen, indem sie Bobbys schwarzbejackten Rücken betrachtete, der sich souverän von Zimmer zu Zimmer bewegte.

Die Küche im hinteren Teil des Hauses ging auf einen kleinen Garten hinaus; die Nachbarin sagte, sie pflege ihn selbst, und deutete stolz auf junge Pfeffersträucher und ein paar Büschel Petersilie. Hinter einem von blühenden Kletterpflanzen umrankten Zaun erstreckten sich weitere Gärten und die Felder am Stadtrand; dahinter, in der Ferne, sah Alexandra einen Gebirgszug, dessen Gipfel in den Wolken verschwanden. In einer Ecke der Küche stand ein alter Holzherd, wodurch sich der Rauchgestank erklärte – sie hob eine der Kochplatten vorsichtig an und sah Asche und verkohltes Holz. Ja: Genau so hatte es in ihrem Haus in den Bergen immer gerochen, in den langen, schier endlosen Sommern. Auf einem Regal über der rostfleckigen, blitzblank geschrubbten Spüle stapelten sich Teller und Tassen; über dem Wasserhahn hing bretthart ein farbloser Lappen. Der schwache Geruch von Frittierfett lag in der Luft. Alexandra verspürte den alten Drang – ein Loch in die Wand zu treten, wie Jack es vor so langer Zeit getan hatte. Das Linoleum war sauber, doch quer über den Fußboden zog sich ein breiter Riss, als ob es hier ein Erdbeben gegeben hätte. Hinter dem Küchentisch stand zu Alexandras großem Erstaunen ein eisernes Bettgestell mit einer kahlen Matratze, auf der Kissen und eine gefaltete Decke lagen.

Im ersten Stock gab es zwei Schlafzimmer; jemand hatte die Wände in einem zarten Pfirsichton gestrichen. Auch hier alles ordentlich, sauber, still und trist. Im größeren der beiden Räume gab es zwei schmale, abgezogene Betten. Als sie das kleinere Schlafzimmer betrat, stutzte Alexandra jäh. Das Doppelbett war weiß bezogen und mit schweren Decken versehen, unberührte Federkissen, die darauf warteten, dass ein müder Kopf sich auf sie bettete. Auf einem Nachttisch lagen ein Kamm, eine Bürste und ein Rasiermesser. Gegenüber vom Bett hing ein Touristenkalender von 2006, ein Foto von jungen Mädchen in traditioneller Tracht, die um einen holzbedachten Brunnen tanzten: ЮНИ/JUNI. Als Alexandra so davorstand, kam ihr eine Gedichtzeile in den Sinn. *»Haltet alle Uhren an, lasst das Telefon abstellen«*, murmelte sie.

»Was?«, fragte Bobby.

Sie drehte sich um. »Sehen Sie sich das mal an.«

Jemand hatte mindestens ein Dutzend gerahmter Fotografien zurückgelassen, die auf dem Schreibtisch standen und an den Wänden hingen. Die meisten Fotos waren schwarz-weiß, andere bräunlich oder sepiafarben. Einige Bilder schienen sehr alt zu sein: Hochzeitsgesellschaften in steifer, typisch osteuropäischer Kleidung, junge Leute, die gebannt in eine Zukunft starrten, die inzwischen längst Vergangenheit war – die Männer mit Gamaschen, Mützen, wollenen Westen, die Frauen in schweren Kleidern mit kurzen Schleiern oder Blumenkränzen. Hier und da verriet ein heller Schatten an der Wand, wo ein Foto abgehängt worden war; vermutlich hatten die Lazarovi die Bilder, die ihnen besonders lieb und teuer waren, mitgenommen. Ein Foto beeindruckte Alexandra über die Maßen: eine junge Frau in Hollywood-Pose und einer eleganten Bluse mit V-Ausschnitt; das ondulierte Haar betonte ihre etwas zu lang geratene Nase, ihr Teint war frisch wie Tau, ihr argloser Blick auf den Betrachter gerichtet. Sie trug eine kurze Perlenkette und Perlengehänge an den Ohren. Alexandra konnte sich kaum losreißen von diesen Augen.

Die Nachbarin trat hinter ihnen ins Zimmer, vermutlich um sie zur Eile anzuhalten. Aber Bobby zeigte auf einen Schwarz-Weiß-Schnappschuss, ein Paar mit einem kleinen Jungen, der Mann in Jackett und Krawatte, die Frau im dunklen Kleid mit aufgetürmtem dunklem Haar; sie saßen dicht nebeneinander auf einem Diwan. Der kleine Junge war vielleicht sechs oder sieben, langbeinig und ernst stand er zwischen seinen Eltern. Vielleicht, überlegte Alexandra – ja, vielleicht war er zu dem großen Mann herangewachsen.

»Fragen Sie sie, ob sie die Leute auf den Fotos kennt«, wies sie Bobby an. Doch als er ihr die Frage stellte, antwortete die Nachbarin mit einem knappen Nicken, das Alexandra erst mit einiger Verspätung als das althergebrachte »Nein« erkannte, auf das sie die ganze Zeit gewartet hatte.

Sie beugten sich vor, um sich die übrigen Bilder anzusehen. Ein weiterer Schnappschuss von dem kleinen Jungen bei einer Feier, zwischen seinen Eltern sitzend. Diesmal sah er etwas jünger aus, vielleicht vier, sein Gesicht weich und rund. Und noch ein Gruppenbild, unter freiem Himmel, ein Geburtstag oder Feiertag, Leute, die um eine Festtafel saßen und sich mit Wein zuprosteten. Alexandra entdeckte den schlaksigen Teenager im Hintergrund, neben seiner nach wie vor bildschönen Mutter. Der Vater schien nicht bei ihnen zu sein; vielleicht hatte er das Foto aufgenommen und die Gesellschaft angehalten, das Glas zu erheben. Der Junge schien mürrisch oder schüchtern, sein Gesicht verschlossen, aber dennoch hübsch, die schwere Tolle in der Stirn.

Über dem Kopfende des Bettes hing, neben anderen Fotografien, das Porträt eines jungen Mannes im dunklen Anzug aus dickem Stoff mit altmodischem weißem Stehkragen. Das Bild war etwas größer als die anderen, und der Art-déco-Rahmen sah nicht ganz billig aus. Der junge Mann stand allein neben einem Ziersockel mit einer Topfpflanze darauf. In der einen Hand hielt er eine Violine, in der anderen einen Bogen, dessen Spitze nach unten zeigte. Die Aufnahme war von hervorragender Qualität, und in der unteren rechten Ecke war in goldenen Lettern zu lesen: K. BRENNER, PHOTOGRAPHIE, WIENSTRASSE 27, 1936. Der Mann hatte ein fein geschnittenes, recht schmales Gesicht, dunkle Augen und eine helle, klare Stirn, ganz so, als könne er weiter sehen als die meisten anderen Menschen; er schien geradewegs an seinem Fotografen vorbeizuschauen, auf einen majestätischen Gebirgszug in der Ferne. Wie bei Atelieraufnahmen üblich, war seine Miene regungslos, doch Alexandra hatte das Gefühl, dass unter dieser starren Oberfläche ein leidenschaftlicher, ungestümer Funke schwelte. Seine nächsten Bewegungen würden energisch sein, ja arrogant – er würde sich mit einer schwungvollen Geste das Instrument unter das Kinn klemmen. Sie lächelte ihn an ohne besonderen Grund, nur weil er jung war und schön und das Lächeln leider nicht mehr erwidern konnte.

»Mich würde interessieren, warum sie so viele Fotos zurückgelassen haben«, sagte Alexandra.

Bobby zuckte die Achseln. »Vielleicht, damit das Haus etwas gemütlicher wirkt – damit es sich besser verkauft.«

»Aber sie sind wertvoll – und persönlich.« *Vielleicht konnten sie ihren Anblick nach Stoyan Lazarovs Tod aber auch schlicht nicht mehr ertragen.*

Die Nachbarin machte das Zeichen zum Gehen; natürlich – sie hatte ihre Kinder zu Hause gelassen und wahrscheinlich Wichtigeres zu tun. Sie sprach mit Bobby, und er nickte. »Sie sagt, wir können uns noch ein paar Minuten umsehen und sollen einfach die Tür hinter uns zuziehen – sie schließt dann später ab.«

Er schien angestrengt zu lauschen, bis sie die Haustür ins Schloss fallen hörten, dann kramte er in seiner Jacke und förderte ein Paar Latexhandschuhe zutage, die er sich mit leisem Schnalzen überstreifte. Alexandra erstarrte. Er hatte Handschuhe bei sich? Doch Bobby ging seelenruhig zum Schreibtisch, öffnete eine Schublade nach der anderen und durchsuchte sie, obwohl die meisten von ihnen leer waren und er weiter nichts fand als zwei alte, säuberlich zusammengelegte Unterhemden.

»Moment mal«, sagte Alexandra bestürzt. »Was machen Sie denn da? Wonach suchen Sie?« Wieder befielen sie Angst und

Entsetzen. Raubte er nebenbei womöglich Häuser aus mit seinen Handschuhen und seinem Dietrich? War er am Ende der nette Verbrecher von nebenan?

»Vielleicht gibt es irgendwo ein Adressbuch«, sagte er leise. »Alte Visitenkarten. Oder noch mehr Fotos. Etwas, das uns helfen könnte, sie schneller zu finden, wenn auch die Adresse in Plovdiv uns nicht weiterbringt. Wir sollten uns umsehen, solange wir Gelegenheit dazu haben. Sie haben wahrscheinlich alles mitgenommen, aber das will ich mit eigenen Augen sehen.«

Er durchsuchte das andere Schlafzimmer nach derselben Methode, ohne etwas zu verrücken, doch es war ebenso leer wie das erste. Sie folgte ihm zurück ins Erdgeschoss, nervös und verwirrt, und sah zu, wie er in Küchenschränke und -schubladen spähte – ein paar Gabeln, eine Packung rosafarbener Papierservietten, eine Mausefalle – und das Schubfach des Fernsehtischchens in dem winzigen Wohnzimmer kontrollierte. Letzteres enthielt weiter nichts als ein altes Telefonbuch. Er trat vor die Bücherregale, zog ein oder zwei Bände heraus, glitt mit der Hand hinter die Buchreihen und suchte ein Fach nach dem anderen ab. Im zweiten Regal fand er ein paar Münzen und legte sie an ihren Platz zurück. Er schob das Fernsehtischchen zur Seite, griff hinter den kompakten Notenstapel und tastete umher.

»Bobby!«, rief Alexandra. »Wofür halten Sie sich – Sherlock Holmes? Sie bringen uns noch in Teufels Küche.«

Er grinste. »Ich liebe Sherlock Holmes«, sagte er. Dann, als habe er ihre Besorgnis gespürt: »Keine Angst. Ich will nichts stehlen. Ich suche nur nach möglichen Verstecken.«

Seine Hand verschwand hinter den Noten. Kurz darauf zog er etwas aus dem Spalt hervor. Es war ein Kästchen – eine fest verschlossene Blechdose, die wahrscheinlich einmal Bonbons enthalten hatte. Das Bild auf dem Deckel war zu einer Ansammlung schemenhafter roter und grauer Umrisse verblasst.

Bobby stellte die Dose auf den Beistelltisch, neben die Urne, und sie betrachteten sie aus der Nähe. *Vermutlich nichts von Bedeutung*, schoss es Alexandra durch den Kopf, doch das behielt sie wohlweislich für sich. Sie wollte die Blechdose nicht öffnen und hoffte, dass Bobby ihr diese leidige Aufgabe abnahm. Nachdem er den Deckel untersucht hatte, klappte er ihn auf, und sie beugten sich mit einem mulmigen Gefühl über das Kästchen.

Im ersten Moment glaubte sie, es läge ein totes Tier darin oder der brüchige Balg einer Schlange. Bobbys behandschuhte Finger berührten den Inhalt einmal, zweimal. Er nahm einen oder vielmehr zwei Gegenstände heraus – lang, sehnig und bräunlich – und drapierte sie auf dem Tisch. Sie sahen aus wie alte, spröde gewordene Stofffetzen.

Alexandra spürte, wie ihr eine Gänsehaut die Arme hinaufkroch und sich ihr die Nackenhaare sträubten. »Was ist das?« Die Worte klangen wie ein seltsames Kauderwelsch aus dem Niemandsland zwischen zwei Sprachen.

Bobby war auf die Knie gegangen. Vorsichtig hielt er sich einen der schrumpeligen Stoffstreifen unter die Nase und schnupperte daran. Als er den Kopf hob und Alexandra ansah, lag Ratlosigkeit in seinem Blick – und ein Anflug von Ekel.

»Sie stinken«, sagte er, und seine Worte kamen wie aus weiter Ferne, genau wie zuvor die ihren. »Aber nur sehr leicht, wie eine Erinnerung aus grauer Vorzeit. Schmutzig.«

»Sind es vielleicht Verbände? Alte Verbände?« Dieser braune Fleck, über die Jahre getrocknet – ihr Magen zog sich zusammen.

Bobby starrte noch immer auf den Gegenstand in seiner Hand. »Das glaube ich nicht. Sie sehen eigentlich nicht wie Verbände aus. Aber dieser Geruch. Widerlich.«

Er zog sein Handy aus der Tasche und fotografierte die beiden Gegenstände, ohne ihr zu sagen, warum. Dann legte er sie in das Kästchen zurück und verstaute es wieder hinter dem Notenstapel. Alexandra fiel auf, dass er sich ein letztes Mal im Zimmer umsah, bevor sie das Haus verließen, als wollte er sich vergewissern, dass sich alles am rechten Platz befand. Sie nahm die Tasche mit der Urne und spielte kurz mit dem Gedanken, sie einfach dort stehen zu lassen. Bobby streifte die Handschuhe erst ab, nachdem er die Haustür hinter sich zugezogen hatte.

Sie gingen noch einmal nach nebenan; auf Bobbys Bitte holte die Nachbarin einen Zettel und schrieb ihnen die Adresse in Plovdiv, unter der die Lazarovi angeblich zu erreichen waren, und die Handynummer des hochgewachsenen Mannes auf. Bobby dankte ihr und deutete eine Verbeugung an, statt ihr die Hand zu schütteln, und Alexandra sagte: *»Mersi mnogo«*, worauf die Frau vor Freude strahlte und Bobby eine Frage stellte.

»Ungariya«, sagte er, und sie zog die Augenbrauen hoch, schien jedoch zufrieden.

»Was?«, fragte Alexandra.

»Ich habe ihr gesagt, Sie kämen aus Ungarn. Seien Sie still, Bird.« Er schenkte der Frau ein freundliches Lächeln und gab ihr diesmal auch die Hand. »Sie muss schließlich nicht alles wissen, oder?«

Im Taxi saßen sie eine kleine Ewigkeit schweigend nebeneinander mit heruntergelassenen Fenstern.

»Warum wollten Sie sich das Haus ansehen?«, fragte Alexandra schließlich.

»Ich dachte, dort erfahren wir vielleicht irgendetwas.«

»Und? Haben Sie etwas erfahren?«

»Ja«, sagte er. »Ich weiß nur noch nicht genau, was. Und Sie?«

»Ich weiß jetzt, dass es dieselben Leute sind – ich meine, die Leute, die wir suchen. Da gibt es für mich keinen Zweifel. Ich hätte es Ihnen schon viel früher zeigen sollen, aber ich habe einfach nicht daran gedacht.« Sie kramte in ihrer Handtasche und zog ihre Kamera daraus hervor. »Das sind sie.«

Jetzt, wo sie in ihrem Haus gewesen war, verursachte der Anblick der Leute ihr ein schlechtes Gewissen: der gut aussehende Mann, der sich zu seiner Mutter beugte, die im Fond des Taxis saß, und die undeutliche Gestalt des alten Mannes hinter ihnen. Das Gesicht des hochgewachsenen Mannes war ihr inzwischen vertraut, dieser traurige Zug um seine Augen, und die alte Frau sah beinahe wie eine Schönheit aus.

Bobby starrte angestrengt auf den winzigen Monitor. »Ja, das könnten sie sein. Auf den Fotos. Sie haben ungefähr das richtige Alter.«

Alexandra beugte sich zu Bobby und betrachtete nachdenklich das Foto, das sie von ihnen gemacht hatte. Vorsichtig vergrößerte sie das Gesicht des jüngeren Mannes. Aus der Nähe wirkte es noch imposanter, die Augen eng stehend und hell. »Ich glaube, er war der kleine Junge auf den Bildern. Obwohl Menschen sich natürlich stark verändern, wenn sie älter werden.« Ihre Worte versetzten ihr einen Stich: Jack, ihrem einzigen Bruder, war das nicht mehr vergönnt. Sich mit dem Alter zu verändern, kam für ihn nicht infrage. Phrasen wie *älter werden, heranwachsen, in den besten Jahren, in der Blüte des Lebens* schmerzten sie immer wieder, selbst wenn sie aus ihrem eigenen Munde kamen.

»Viel wichtiger aber ist«, sagte Bobby, »wir wissen nicht, wer Stoyan Lazarov war. Vielleicht war er der Mann auf den Fotos, vielleicht aber auch jemand ganz anderes. Wir wissen ja nicht einmal genau, ob er überhaupt hier gewohnt hat.«

»Stimmt.« Alexandra war in Gedanken immer noch bei Jack. Wie wenige Fotos sie doch von ihm hatte, selbst zu Hause. Ihre drei Lieblingsbilder hatte sie kopiert und auf diese Reise mitgenommen, darunter auch das kleine, das nur selten ihr Portemonnaie verließ. Das war sicherer, als mit den Originalen zu reisen – genau wie Jack waren sie unersetzlich.

»Vielleicht war Stoyan ein jüngerer Mann«, sagte sie, »ihr anderer Sohn.« *Von uns gegangen in der Blüte seines Lebens.*

»Ja, aber wenn Stoyan der andere Sohn der alten Leute gewesen wäre, müssten auf den Fotos eigentlich zwei Jungen zu sehen sein«, gab Bobby zu bedenken. »Oder es müsste irgendeinen Hinweis auf den Toten geben.«

»Also, in den Schlafzimmern standen vier Betten«, sagte Alexandra. »Wenn man das Doppelbett mitzählt.«

Bobby sah sie beinahe bewundernd an. »Stimmt. Und die Polizei hat Sie hierhergeschickt. Auch wenn er auf den Fotos nicht zu sehen ist, hat Stoyan Lazarov vermutlich hier gewohnt. Der Polizist war sich sicher, dass Lazarov unter dieser Adresse zu erreichen ist, oder?«

»So habe ich es jedenfalls verstanden. Aber vielleicht war es auch nur die Adresse seiner nächsten Verwandten.«

»Durchaus möglich«, sagte Bobby, »aber ich an Ihrer Stelle hätte nachgefragt.«

»An *meiner* Stelle?« Sie lächelte, auch wenn seine Kritik sie ein wenig wurmte, und steckte die Kamera ein.

Seine Miene wurde wieder ernst. »Dann haben Sie der Polizei dieses Foto gezeigt?«

»Ja – ich dachte, das hilft uns vielleicht weiter.«

»Aha.« Er schien nicht sonderlich erfreut. Dann nickte er, in seinen Augen ein blaues Funkeln. »Na, wenigstens haben wir jetzt eine Telefonnummer; mal sehen, ob jemand abnimmt.«

Er holte sein Handy und den Zettel der Nachbarin hervor. Alexandra sah ihm zu, hängte den Arm aus dem Taxifenster und dachte an den hochgewachsenen Mann mit den bernsteinfarbenen Augen. Sie hörte ein Freizeichen am anderen Ende der Leitung, bis es schließlich verstummte.

»Es geht niemand dran«, sagte Bobby. »Nicht mal eine Mailbox.«

Alexandra knabberte an der Innenseite ihrer Unterlippe.

»Wollen wir zu der Adresse in Plovdiv fahren?«, fragte er. »Der Tank ist noch gut halb voll.«

»Das ist aber ein ganzes Stück«, sagte Alexandra nervös. Warum kutschierte er sie bereitwillig durch das halbe Land?

Entweder würde er ihr dafür ein Vermögen abknöpfen, oder er würde ihr früher oder später einen unsittlichen Antrag machen.

»Bitte«, sagte Bobby. »Wir waren uns doch einig, dass es hier nicht ums Geld geht. Ich möchte wissen, wer dieser Lazarov war, genau wie Sie.«

Neunzehn

Bobby schlug vor, erst einmal etwas zu essen. Trotz ihres Unbehagens war er ihr in vielerlei Hinsicht sympathisch, nicht zuletzt weil er gern und oft in Restaurants einkehrte – sie war noch jung, noch dünn und hatte ständig Appetit. Schon vor langer Zeit war ihr aufgefallen, dass viele Leute selten oder nur zu festen Zeiten aßen, während ihr nach zwei oder drei Stunden ohne Nahrung der Magen in den Kniekehlen hing. Bobby hingegen, mit seinem kompakten, durchtrainierten Körper, war genau wie sie: immer kurz vor dem Verhungern.

Sie ließen das Taxi stehen und gingen zu Fuß in Richtung Ortsmitte; Bobby hatte zwei Straßen weiter ein offenes Café entdeckt. Auch hier war der Gehsteig holprig und voller Löcher. Vorsichtig stakste sie hinter ihm her. Die meisten Häuser sahen aus wie das der Lazarovs, mit ummauerten Gärten. Eines trennte nur eine Reihe junger Obstbäume von der Straße, deren Stämme bis zur Hälfte weiß gestrichen waren. Die Sonne schien ihr auf den Hinterkopf, und sie spürte, dass bald der Sommer Einzug halten würde, wahrscheinlich ein heißer Sommer. Sie kamen an einer Autowerkstatt vorbei; obwohl mehrere Wagen davorstanden, war weit und breit kein Mechaniker zu sehen. Das Tor war mit einem Vorhängeschloss gesichert, und jemand hatte mit tropfender weißer Farbe kyrillische Lettern an die Fassade gemalt. Sie würde nie erfahren, was der Schriftzug bedeutete – eines der zahlreichen Rätsel des Reisens. Und des Verlusts. Sie würde auch nie erfahren, wie es Jack hier gefallen hätte.

Sie tippte Bobby auf die Schulter. »Was steht da?«

Er wandte stirnrunzelnd den Kopf. *»Ne parkirai pred garazha.* Parken vor der Werkstatt verboten.«

»Aha.« Sie musste lachen. Manche Rätsel waren in Wirklichkeit gar keine.

Das Nachbargrundstück war von einem Maschendrahtzaun umgeben, den an der Vorderseite jemand aufgebogen hatte. Dahinter bot sich Alexandra eine bizarre Szenerie: Dutzende von Spielplatzgeräten und Gartenskulpturen, dicht gedrängt. Die meisten waren offenbar gebraucht, einige recht ramponiert; Vogelbäder aus Beton lehnten sich erschöpft aneinander, und eine große Plastikrutsche in Form eines Clownskopfes lag auf der Seite, dem orangefarbenen Lächeln fehlten mehrere Zähne. Bei den meisten Stücken handelte es sich um Tierskulpturen – Wölfe, die Schnauze zu einem erstarrten Heulen aufgerissen, Löwen auf zielloser Pirsch, ein riesiger, hellgrün angemalter Bär, ein Comicstinktier mit erhobenem Schwanz.

Plötzlich bewegte sich eines der Tiere, das einzig lebendige Mitglied der Betonmenagerie, und kam auf Alexandra zugelaufen. Es war ein mittelgroßer schwarzbrauner Hund, eine Promenadenmischung mit scheckigem Fell, langem schwarzem Gesicht und weißer Brust, als habe er sich vor Kurzem durch eine Schneewehe gewühlt – eine Promenadenmischung, der kleinste gemeinsame Nenner aus fünf oder sechs verschiedenen Rassen, die sich gegenseitig aufhoben. Und so war er bloß noch Hund mit seinen hellwachen kastanienbraunen Augen und der freundlichen rosa Zunge, die ihm seitlich aus dem Maul hing. Der Hund hielt auf die Zaunlücke zu, und Alexandra ging ihm entgegen.

Bobby trat vor sie hin und versperrte ihr den Weg. »Halt«, sagte er. »Wir wissen nicht, ob er tollwütig ist.«

»Was?«

»In Bulgarien gibt es viele tollwütige Hunde. Sie sind bissig.«

Ein paar Schritte entfernt blieb der Hund stehen, setzte sich hin und musterte Alexandra bedächtig – jedenfalls hatte sie das Gefühl, dass er sie musterte. Es war eindeutig ein Er. Er war ein wenig zu dürr, aber wie er so dort saß, schien er ruhiger und friedlicher als die Tierskulpturen hinter ihm.

»Er mag mich«, sagte sie.

»Da wäre ich mir nicht so sicher«, warnte Bobby. Er stand jetzt still und beäugte den Hund. »Das ist ein wilder Hund. Aber er scheint intelligent zu sein. Und sauber.«

»Ja, er sieht aus, als ob er sprechen könnte.«

»Englisch?«, sagte Bobby. »Kommen Sie, wir gehen etwas essen.«

Alexandra folgte ihm widerstrebend; sie kam sich vor wie ein kleines Kind, dem die Eltern verboten haben, den Hund, die Katze oder die süße Maus zu streicheln. Kaum hatten sie den ersten Schritt getan, heftete sich der Hund auch schon an ihre Fersen; sie sah immer wieder ängstlich über ihre Schulter.

»Kusch«, sagte Bobby und wedelte mit der Hand, wenn auch behutsam, wie um ihn nicht unnötig zu reizen. Wieder setzte sich der Hund. Als sie weitergingen, erhob er sich und trottete ihnen ohne besondere Eile hinterdrein.

»Er mag *Sie*«, sagte Alexandra schmunzelnd. »An *Ihnen* hat er einen Narren gefressen.«

Bobby schüttelte den Kopf – genug. Sie waren bei dem Café angekommen, und er hielt Alexandra das Tor auf. Der Hund ließ sich auf dem Gehsteig nieder. Er musste draußen bleiben.

Vor dem Café standen Tische, und Bobby entschied sich für einen Platz im Schatten. Aus dem Gebäude drang eine Musik, die Alexandra nie zuvor gehört hatte – Gesang, irgendwie orientalisch, kompliziert. »Es gibt hier keinen richtigen Mittagstisch, aber Sie können sich eine Tasse Kaffee und einen Käsetoast bestellen«, erklärte er. Eine halbwüchsige Kellnerin kam an ihren Tisch geschlendert und erwiderte Alexandras Lächeln; sie trug paillettenbesetzte Schuhe und ein schwarzes T-Shirt mit der Aufschrift *Get Me Going!*.

Während sie ihren Toast aßen und schwarzen Kaffee tranken, saß der Hund brav vor dem Tor, wo Alexandra ihn gut sehen konnte. Er beobachtete sie stumm. Ein glänzender Speichelfaden hing von seinen Lefzen. »Er hat Hunger«, sagte sie.

Bobby schüttelte den Kopf. »Beachten Sie ihn gar nicht.«

Sie fragte sich, warum er all diese Missstände widerspruchslos hinnahm: Hunger, Einsamkeit, streunende Hunde, rücksichtslose Autofahrer, kaputte Gehsteige. Warum waren die Menschen so verdammt duldsam? Sie bildete da keine Ausnahme. »Ich gebe ihm ein Stück von meinem Toast ab«, beharrte sie.

Bobby zuckte die Achseln. Die Sonne stand inzwischen hoch am Himmel, und die Blätter der Bäume warfen Schattenmuster auf ihre leeren Teller. »Dritte Mahlzeit in Bulgarien«, sagte er. Er betrachtete sie mit schief gelegtem Kopf.

»Ja«, sagte sie. »Allmählich verliere ich den Überblick.«

Auf dem Gehsteig blieb sie ein Stück zurück und ließ unauffällig den Rest ihres Toasts zu Boden fallen. Gierig stürzte sich der Hund darauf. Alexandra blieb stehen, um ihm zuzusehen, und Bobby drehte sich um und seufzte. »Er hat wirklich Hunger«, sagte sie.

Bobby verschränkte die Arme. »Ja, *natürlich* hat er Hunger. Er ist ein Straßenköter.«

Der Hund wich zurück, schlang den Leckerbissen hinunter und ließ sich unter einem Baum am Straßenrand nieder. Er schluckte, warf den Kopf hin und her, dann legte er die Vorderpfoten aneinander und starrte Alexandra an, die edle Spenderin. Ein laminiertes Blatt Papier war auf Augenhöhe an den Baum getackert. Der Hund saß aufrecht darunter und blickte sie an. Sie traten näher, und Alexandra stellte fest, dass ihr die kyrillischen Lettern auf dem Anschlagzettel irgendwie bekannt vorkamen, genau wie das schwarz-weiß fotokopierte Gesicht. Bobby beugte sich vor trotz des Hundes, der sich nicht von der Stelle rührte.

»Ja«, sagte er.

Es war der volle Name, STOYAN DIMTIROV LAZAROV, 1915–2006, gefolgt von einem kurzen Text, den Bobby ihr laut vorlas: EIN JAHR, IN TRAURIGER ERINNERUNG, GESTORBEN AM 12. JUNI 2006 IM ALTER VON 91 JAHREN. Der Mann auf dem fotokopierten Bild hatte tief liegende Augen, eine lange, schmale Nase, schwarzes Haar, schwarze Koteletten wie in den Siebzigerjahren. Es war jedenfalls nicht das Bild eines greisen Mannes. Auch war es keines der Fotos, die sie in dem Haus gesehen hatten, doch Alexandra kannte dieses Gesicht bereits – ernst, angespannt.

»Ach«, sagte Alexandra. »Dann kam er also tatsächlich aus Bovech. Das muss der Mann mit der Geige sein, nur viel älter, sehen Sie? Und geboren wurde er …« Sie hielt inne. »Im Ersten Weltkrieg. Aber warum hängt sein Bild an einem Baum?« Ihr fiel ein, dass sie ähnliche Anschläge an den Mauern und Gartentoren der Ortschaften gesehen hatte, durch die sie gefahren waren; sie hatte sie für Werbezettel gehalten.

»Das ist ein *nekrolog*«, erklärte Bobby. »Man hängt ihn auf, wenn jemand gestorben ist, und jedes Jahr an seinem Todestag kommen weitere *nekrolozi* hinzu.«

»So etwas gibt es bei uns nicht«, sagte Alexandra.

Er berührte das Stück Papier. Obwohl laminiert, war es zerknittert und ausgebleicht. »Zweierlei daran fällt auf.«

Sie betrachtete Bobbys Profil. Jemand wie er war ihr noch nie begegnet, und das nicht etwa, weil er Bulgare war. »Was?«

»Erstens hätte das Ding an ihrer Haustür oder am Gartentor hängen müssen und nicht nur hier im Ort. Ich hatte gleich so ein komisches Gefühl, aber ich wusste nicht genau, was fehlte. An der Tür eines Hauses, in dem jemand gestorben ist, hängt immer ein *nekrolog.*«

»Vielleicht hat die Familie ihn abgehängt, um das Haus besser verkaufen zu können.«

»Vielleicht. Aber viele Häuser werden auch mit einem *nekrolog an* der Tür verkauft, weil sie leer stehen.«

Alexandra sah zu dem Hund hinunter. Er saß noch immer artig zu ihren Füßen, und Bobby schien ihn vergessen zu haben.

»Und zweitens?«

»Das frage ich Sie.«

Sie dachte nach. »Woher soll ich das wissen?«

»Überlegen Sie doch mal. Werfen Sie einen Blick auf die Daten.«

»Nun ja, hier steht, er ist 2006 gestorben.« Sie sah Bobby an. »Das ist zwei Jahre her. Wenn er zum ersten Todestag angebracht wurde, hängt er seit fast einem Jahr hier.«

»Genau.«

»Ach«, sagte Alexandra. »Sie meinen, warum ist er nicht früher beerdigt worden – oder vielmehr seine Asche?«

»Warum?«, fragte Bobby. »Ja … warum.«

»In den USA bewahren manche Leute die Asche so lange zu Hause auf, bis sie eine geeignete Grabstelle gefunden haben. Oder sie beerdigen sie gar nicht.« *Wäre ich gefragt worden, hätte ich mich wahrscheinlich für diese Möglichkeit entschieden,* dachte sie, wenngleich sie sich nicht vorstellen konnte, dass ihre Eltern dem zugestimmt hätten, und es hatte sie niemand gefragt.

»Auch bei uns gibt es Krematorien. Aber meistens bestatten wir die Toten. Meine Großeltern wurden alle beerdigt, nicht eingeäschert, damals unter den Kommunisten.« Bobby kämmte sich mit den Fingern das strähnige Haar zurück. »Das liegt vermutlich daran, dass wir im Herzen eine orthodoxe Kultur sind. Die orthodoxe Kirche ist davon überzeugt, dass die Menschen ihren Körper später noch brauchen, wenn Jesus wiederkehrt und alle aufsucht, die gut gewesen sind. Dann benötigen sie ihren unversehrten Körper, damit sie von den Toten auferstehen und wieder in ihm leben können, im neuen Himmel auf Erden.«

»Aha«, sagte Alexandra. Sie wusste nicht recht, ob er selbst daran glaubte oder es ihr nur erklären wollte. Wenn auch nur ein Körnchen Wahrheit darin steckte, würde es jemanden, der gewissermaßen seinen eigenen Bruder getötet hatte, schwerlich vergönnt sein, von den Toten aufzuerstehen und in einem neuen Himmel zu leben. Sie spürte, wie ihr jäh die Tränen kamen, und hoffte, dass Bobby davon nichts bemerken würde. Doch er dachte über ihre ursprüngliche Frage nach.

»Warum *ist* Stoyan Lazarov nicht beerdigt worden?«, murmelte er. »Beziehungsweise seine Asche?«

»Vielleicht haben sie für die Beerdigung gespart.« Alexandra räusperte sich. »Sie kamen mir nicht besonders … wohlhabend vor, und wir haben ja gesehen, wie einfach ihr Haus eingerichtet ist.«

Er schüttelte den Kopf. »Beerdigung ist Beerdigung. Daran führt kein Weg vorbei, ob mit Geld oder ohne. Und in dem Haus sah es eigentlich recht ordentlich aus, nicht wie bei armen Leuten. Es gibt sogar noch ein drittes Problem. Wer ist der andere alte Mann?«

»Der andere?«, fragte Alexandra.

»Ja, Sie wissen schon … es war ein alter Mann, der diese Asche bei sich hatte, und auch Stoyan Lazarov war uralt, als er 2006 gestorben ist. Hier steht, er war einundneunzig. Da kann er unmöglich der Sohn des anderen alten Mannes sein.«

»Verstehe«, sagte Alexandra.

»Vielleicht war er der Bruder des alten Mannes. Ja, das wäre möglich, auch vom Alter her.«

Bobby fischte sein Handy aus der Tasche und machte ein

paar Fotos von dem *nekrolog*. Plötzlich drehte der Hund sich um – was die beiden vor Schreck einen Schritt zurückweichen ließ – und stemmte die Vorderpfoten gegen den Baum. Er beschnupperte den verblassten Zettel, als habe er ihr Interesse registriert. Dann setzte er sich wieder.

»Er ist offenbar ein Glückshund«, sagte Bobby. Er ging in die Hocke und nahm das Tier eingehend in Augenschein. »Intelligent. Und wie Sie schon sagten, scheint er gesund zu sein. Aber wenn er jemandem gehören würde, hätte er wahrscheinlich so ein Ding um den Hals. Wie heißt das noch gleich? Ich habe das Wort vergessen – wie das Schmuckstück.«

»Halsband«, sagte Alexandra.

»Halsband«, bekräftigte er. Er streckte dem Hund die offene Hand hin. Der beschnupperte sie kurz und setzte sich dann wieder, höflich, gefasst. Die Augen des Hundes wirkten seltsam menschlich – ein Klischee, überlegte Alexandra, aber in diesem Falle traf es zu.

»Ich glaube, Sie haben recht – er ist zutraulich und zahm«, sagte Bobby. »Und er hat diesen *nekrolog* für uns entdeckt.« Zu Alexandras Erstaunen streckte er vorsichtig die Hand aus und strich dem Hund über den Kopf.

Sie betrachtete das als Aufforderung. Sie beugte sich vor, kratzte den Hund hinter den Ohren, kraulte ihm den Nacken und streichelte mit geübten Fingern seinen Rücken, wie sie es schon bei den Haustieren ihrer Kindheit getan hatte. Der Hund drückte sich an sie, und sein kräftiger Schwanz klatschte wie ein Seilende gegen ihre Sneakers. Sein Fell war glatt und sauber, nur seine Pfoten waren schmutzig. Sie hatte schon lange niemanden mehr so glücklich machen können.

Bobby lachte. »Sie sind vielleicht eine komische Nummer«, sagte er. »Und er mag Sie am liebsten.«

Sie gingen zurück zum Taxi, und Alexandra schaute sich ein paarmal um; zu ihrem Kummer – und heimlichen Vergnügen – folgte ihnen der Hund. Doch als sie sich schließlich umdrehte, um sich von ihm zu verabschieden, öffnete Bobby den Fond, und der Hund sprang hinein, als sei er dort zu Hause.

»Und wenn er doch jemandem gehört?«, fragte sie, obwohl sie ihr Glück kaum fassen konnte.

»Das glaube ich nicht. Nicht mehr.« Der Hund machte es sich bequem, und Bobby achtete darauf, den Schwanz des Tieres nicht einzuklemmen, als er die Tür schloss. Alexandra kletterte wortlos auf den Beifahrersitz und sah nur einmal, verliebt bis über beide Ohren, auf die Rückbank. Bobby ließ den Motor an.

Sie waren schon daran vorbeigefahren, als ihr einfiel, dass sie vergessen hatte, einen letzten Blick auf Stoyan Lazarovs Haus zu werfen: 1915–2006.

Zwanzig

Die Schnellstraße in Richtung Plovdiv verlief schnurgerade zwischen Feldern. In der Ferne, jenseits einer weiten Ebene, säumten Berggipfel den Horizont, einige davon bläulich, andere dunkel patiniert, wie rußgeschwärzt. Die Sonne sank: Es war bereits später Nachmittag. Bobby trommelte mit den Daumen auf das Lenkrad; er schien über irgendetwas nachzudenken, und nachdem er eine Weile geschwiegen hatte, sagte er: »Bis wir uns auf den Rückweg nach Sofia machen können, ist es Abend, selbst wenn wir die Lazarovi schnell finden. Möchten Sie vielleicht in Plovdiv übernachten? Es ist eine schöne Stadt.«

Das Herz schlug Alexandra bis zum Hals. Da war er, der unsittliche Antrag, die Frage, die jeder junge Mann einer jungen Frau früher oder später stellen musste. Was, wenn er in Sofia nun doch eine heimliche Freundin hatte? Oder, fast schlimmer noch, wenn nicht? Sie suchte nach Worten, die unmissverständlich klangen, eindeutig ablehnend, aber nicht undankbar. Schließlich chauffierte er sie nun schon seit zwei Tagen durch die Gegend, ohne sie auch nur angerührt zu haben.

»Ich weiß nicht.« Sie zog ihren Sicherheitsgurt straff. »Können wir nicht einfach nach Sofia zurückfahren?«

»Doch, natürlich«, sagte er, als ginge es um nichts von Bedeutung. »Aber dann kommen wir erst spät dort an. Ich dachte, Sie sind vielleicht müde.«

»Ich muss schon das Zimmer in Sofia bezahlen«, sagte sie. »Wenn ich … Ich meine, wenn wir uns jeder ein Hotelzimmer in Plovdiv nehmen …«

Wie sich das anhörte. Sie verstummte. Es war alles so furchtbar kompliziert, und langsam wurde es auch lächerlich. Warum wusste sie eigentlich nie, wann es genug war? Die Narbe an ihrem Arm begann zu jucken, und sie kratzte sich heftig durch den Ärmel.

Bobby machte ein verblüfftes Gesicht. »Ach was, Hotelzimmer«, sagte er. »Das wäre viel zu teuer. Meine Tante wohnt in Gorchovo, eine knappe halbe Stunde östlich von Plovdiv, und wir könnten bei ihr übernachten.«

Alexandra sah ihn erstaunt an und schämte sich ein bisschen. »Aber sie kennt mich doch gar nicht.«

Bobby lächelte. »Das macht nichts«, sagte er. »Ich bin ihr Lieblingsneffe, und sie wird sich freuen, mich zu sehen und Sie kennenzulernen. Ich werde ihr alles erklären – bis auf die Sache mit der Polizei. Und vielleicht auch die Sache mit der Asche.«

»Wollen Sie sie nicht erst anrufen?«

Er kratzte sich am Hinterkopf. »Ihr Telefon funktioniert meist nicht. Ich habe ihr schon tausendmal gesagt, sie soll es reparieren lassen. Außerdem ist ihre Freude umso größer … wenn wir sie überraschen.«

Alexandras Zweifel kehrten schlagartig zurück. Was, wenn es in Wirklichkeit gar keine Tante gab? Und er sie wer weiß wohin verschleppte? In ein leeres Haus, zum Beispiel, oder eine leere Wohnung?

Aber Bobby wirkte nicht siegesgewiss, sondern schien sich lediglich darüber zu freuen, ein Problem aus der Welt geschafft zu haben. »Sie ist sehr nett und kocht sehr gut. Meine Cousins und Cousinen sind schon vor Ewigkeiten ausgezogen, und ihr Mann ist tot, darum besuche ich sie, so oft es geht. Als ich klein war, hat sie uns alle verwöhnt, besonders mich. Und sie verwöhnt mich immer noch. Diese Münze habe ich von ihr geschenkt bekommen …« Er zeigte auf den Talisman, der am Rückspiegel baumelte, die Frau mit dem Dutt. »Athene. Sie soll mich daran erinnern, vorsichtig zu fahren.«

»Haben Sie als Kind in ihrer Nähe gewohnt?«

»Nein, ich bin in Sofia aufgewachsen, aber ich habe immer die Sommerferien bei ihr verbracht, wenn meine Eltern keine Zeit für mich hatten.« Ein Schatten hatte sich auf sein Gesicht gelegt; um seine Augen zu beschirmen, klappte er die Sonnenblende herunter, als habe ihn etwas geblendet.

»So eine Tante habe ich auch«, sagte Alexandra, um ihn von seinen düsteren Gedanken und sich von den Fragen abzulenken, die ihr auf der Zunge lagen. (*Warum hatten Ihre Eltern keine Zeit für Sie?*) »Meine Tante wohnte an einem großen See in Georgia, und jeden Sommer verbrachten mein Bruder und ich ein paar Wochen bei ihr. Wir fanden es klasse, weil wir bei ihr alles Mögliche durften, was bei unseren Eltern verboten war, zum Beispiel allein auf den See hinausfahren und angeln.«

»Wollte Ihr Bruder nicht mit nach Bulgarien kommen?« Er bedachte sie mit einem Lächeln, und sie sah, dass die Straße sich jetzt an einem Fluss entlangschlängelte. Parallel dazu verlief ein Feldweg, auf dem ein alter Mann vor sich hin radelte, an seinem Lenker hingen prall gefüllte Plastiktüten. Zwei

Reihen kleiner, zurückgeschnittener Bäume säumten den Weg; die Nachmittagssonne spielte in den Blättern ihrer gestutzten Kronen.

»Mein Bruder ist tot«, sagte sie. Im Lauf der Jahre hatte sie viele Varianten dieses Satzes ausprobiert und sich schließlich für die simpelste entschieden. »Er ist vor zwölf Jahren gestorben.«

»Das tut mir sehr leid.« Bobby schüttelte den Kopf. Sie hatte den Eindruck, dass er ihr eine tröstende Hand auf die Schulter hatte legen wollen und sich die Geste im letzten Augenblick verkniffen hatte, aber vielleicht bildete sie sich das auch nur ein.

»Ja«, brachte sie mühsam hervor. »Er war … er wollte immer reisen. Bulgarien hätte er sich bestimmt gern angesehen.« Sie verschwieg ihm, dass und aus welchem Grund er nach Bulgarien hatte kommen wollen; das war ihr zu persönlich.

»War er älter oder jünger?«

»Älter. Zwei Jahre älter. Er war ein wunderbarer Junge«, setzte sie unwillkürlich hinzu. War er immer noch ein Junge, auf der anderen Seite des Todes, oder war er jetzt ein Mann? Sie stellte sich vor, wie Jack im Fond des Taxis saß, sich vorbeugte, um mit diesem wildfremden jungen Mann zu lachen, über Musik zu diskutieren und ihr leise zuzuraunen: *Habe ich dir nicht gesagt, dass es fantastisch wird?*

»Es tut mir leid.« Bobby war am Steuer in sich zusammengesunken; jetzt richtete er seinen drahtigen Körper wieder auf und reckte Hals und Schultern. Er deutete mit einem Ohr in Richtung Rücksitz. »Und – wie sollen wir ihn nennen?«

Alexandra hatte den Hund eine Zeit lang völlig vergessen und drehte sich nach ihm um, voller Erleichterung darüber, endlich das Thema wechseln zu können. Er lag schlafend an die Rückenlehne geschmiegt, Kopf und Beine schlaff, ein Auge in seinem samtenen Gesicht war halb geöffnet. Er sah ungeheuer verletzlich aus, ihnen beiden hilflos ausgeliefert, unterwegs zu einem unbekannten Ziel.

»Und Ihre Tante hat auch nichts dagegen, wenn wir einen Hund mitbringen?«, fragte sie.

»Er kann im Hof schlafen. Ich glaube nicht, dass ihr das etwas ausmacht. Aber er braucht einen Namen.«

»Vielleicht hatte er ja mal einen«, sinnierte Alexandra. Wie immer, wenn sie nachdachte, flocht sie ihr Haar über einer Schulter zu kleinen Zöpfen. »Aber das werden wir wohl nie erfahren.«

»Dann braucht er dringend einen neuen.«

»Wie nennt man Hunde in Bulgarien?«

Bobby überlegte. »Also, ein beliebter Name wäre *Sharo*«, sagte er. »Auf Englisch bedeutet das so viel wie ›Spot‹.«

»Nein, er verdient einen interessanteren Namen«, sagte sie. »Er ist schließlich ein interessantes Kerlchen.« Sie streckte die Hand nach den schmutzigen Pfoten des Hundes aus und zog sie im letzten Augenblick zurück, um das Tier nicht aus dem Schlaf zu reißen.

»Wie wär's mit *Prah?*«, schlug Bobby vor.

»Sie haben gesagt, das heißt ›Asche‹«, entgegnete Alexandra pikiert. »Ziemlich geschmacklos, finden Sie nicht?«

»Sie sind eine gute Schülerin.« Er sah sie von der Seite an. »Gutes Gedächtnis.«

»Nein, er braucht einen schönen Namen.« Sie ließ von ihren Zöpfen ab und blickte über die weite, sonnenbeschienene

Ebene zu den Trauerweiden in der Ferne. »Was heißt ›Hoffnung‹ auf Bulgarisch?«

»*Nadezhda*«, sagte Bobby. »Aber das ist nicht nur weiblich, sondern auch ein Mädchenname. Und der Name einer riesigen Wohnsiedlung in Sofia, wo viele meiner Freunde wohnen.«

»Wie wär's mit *Stoyan?*«, fragte sie.

Er lachte. »Das ist ja noch geschmackloser«, sagte er. »Aber ... meinetwegen. Das ist ein guter Name für einen Hund, denn er bedeutet ›beharrlich‹, wenn ich mich nicht irre, und dieser Hund ist sehr beharrlich.«

»Beharrlich?«, stieß Alexandra hervor. »Wohl eher be*zaubernd.*« Diesmal streichelte sie den knochigen Vorderlauf des Hundes. Er wachte auf, hob den Kopf und verdrehte benommen ein Auge. Dann legte er sich wieder hin, machte sich noch länger als zuvor und schlief wieder ein.

»Wir könnten ihn Stoycho nennen«, schlug Bobby vor. »Das wäre so ähnlich wie Stoyan, aber anders, erhabener. Man kann auch *stoy* sagen zu einem Hund – dann bedeutet es *Platz.*« Er warf einen Blick über die Schulter. »*Stoy,* Stoycho! Sehen Sie? Er gehorcht.«

»Na schön.« Alexandra hob die Hand. »Ich taufe dich auf den Namen Stoycho.«

Plovdiv lag rötlich schimmernd im Licht des späten Nachmittags. Wie mit rostbrauner Farbe überzogen, erhob die Stadt sich aus der Ebene. Eine Silhouette, die uralt schien und doch aussah wie aus einem Science-Fiction-Film, überlegte Alexandra hingerissen. Die Stadt war viel größer als die anderen Ortschaften, durch die sie gekommen waren; sie erstreckte sich über eine Reihe wogender Hügel, die jäh in steile Straßenschluchten abfielen – ein undurchdringliches Wirrwarr von Häusern, alten Kirchen, Mauern, Bäumen, an dessen Rändern Gruppen von Wohntürmen aufragten.

»Gefällt es Ihnen?« Bobby trommelte grinsend auf das Lenkrad. »Plovdiv ist sehr interessant, sehr alt. In der Antike war es eine griechische Stadt und hieß Philippopolis, nach Philipp II. von Makedonien, dem Vater Alexanders des Großen.« Er sah sie von der Seite an. »Früher dachten viele, Alexander ist einer von uns, weil er von hier stammte. Aber heute überlassen wir es den Mazedoniern und den Griechen, sich deswegen zu streiten. Alle lieben Alexander. Ihr Namensvetter.«

»Danke«, sagte Alexandra.

Bobby klappte die Sonnenblende herunter. »Auf einem der Hügel gibt es sogar ein römisches Theater – Plovdiv ist auf sieben Hügeln erbaut wie das alte Rom. Aber jetzt fahren wir am besten erst einmal zu meiner Tante, denn die Sonne geht bald unter. Es ist ganz in der Nähe. Morgen früh können wir dann nach Plovdiv hineinfahren, und Sie können den Lazarovi ihre Urne zurückbringen und sich danach ein wenig in der Altstadt umsehen. Okay?«

Alexandra konnte schwerlich widersprechen – es waren seine Tante und sein Taxi. An der Autobahnausfahrt wurde er von einem auf Hochglanz polierten schwarzen SUV geschnitten, das mit quietschenden Reifen davonraste. »Halten Sie sich die Ohren zu, Bird«, sagte er. »Ich muss ein bisschen fluchen.«

»Solange Sie das auf Bulgarisch tun, stört es mich nicht«, sagte sie. Er gab eine wütende Schimpfkanonade von sich, und sie lauschte interessiert. »Was haben Sie gesagt?«, fragte sie, als er fertig war.

»Ich habe gesagt, ich hoffe, eine räudige Katze frisst die Eingeweide seiner Mutter.«

»Wirklich?«

Er lachte. »Nein – natürlich nicht. Nur den üblichen Blödsinn, genau wie auf Englisch.«

Sie ließen die Stadt auf ihren antiken Hügeln hinter sich und fuhren in südlicher Richtung auf ein kleines Dorf zu. Am Ortsrand kamen sie an einer Mauer vorbei, die bis in die Fahrbahnmitte reichte; sie war über und über mit Graffiti beschmiert, und auf der Mauer saß eine Reihe von Roma-Kindern, die sich gegenseitig die Ellbogen in die Seite stießen und dem Taxi winkten. Sie waren braun gebrannt und trugen bunt zusammengewürfelte Kleidung; die jüngsten waren gerade einmal vier oder fünf Jahre alt. Die Mauer war mindestens drei Meter hoch, und plötzlich befiel Alexandra die alte Lehrerinnenangst, dass eines von ihnen auf die Straße stürzen könnte. Bobby schüttelte den Kopf, hob aber dennoch die Hand und winkte zurück.

Das Dorf seiner Tante bot einen malerischen Anblick. Der Ortskern war alt, und überall standen Bäume in einem frischen Grün. Der einzige Schandfleck war ein großes Betongebäude auf dem Hauptplatz, an dessen Fassade einst ein kyrillischer Schriftzug geprangt hatte, dem inzwischen die Hälfte der Buchstaben fehlte. Über dem Schriftzug hing die mindestens sechs Meter hohe rostige Metallskulptur eines Mädchens im langen Kleid, mit langen Zöpfen, dem die Füße fehlten. Genau wie in Bovech schienen es die Leute, die mit Plastiktüten bepackt vom Einkaufen oder von der Arbeit kamen, nicht besonders eilig zu haben. Ein Pritschenwagen voller Männer überholte sie, einer nahm seine Mütze ab, um sich am Kopf zu kratzen, und eine Gruppe von Senioren in dunklen Jacken und Pullovern stand vor dem Betongebäude mit seinen zahnlückigen Parolen aus Metall. Alexandra sah, wie ein alter Mann eine alte Frau an der Schulter berührte, wie um ihr zu bedeuten, dass er gehen wolle; die alte Frau wandte sich ab und küsste eine andere alte Frau auf beide Wangen.

Bobby hielt vor einem Mietshaus mit Gesimsen aus grauem Stein, von dessen Mauern der Putz abblätterte. Alexandra verließ der Mut. »Wir haben keine Leine für Stoycho«, sagte sie. »Ich meine, einen Strick oder so etwas, an dem wir ihn führen können.«

»Keine Angst, der weicht uns nicht von der Seite«, versicherte ihr Bobby. »Er wird wohl kaum auf sein Abendessen verzichten wollen.« Er ließ den Hund aus dem Wagen. Stoycho schwankte einen Augenblick und streckte dann ausgiebig die Beine.

»Du«, sagte Bobby mit strenger Stimme. »Komm mit.« Er zeigte auf seine Schuhe, und der Hund folgte ihnen um das Gebäude herum auf den Hof.

»Bleib hier«, sagte Bobby. »Wir bringen dir Wasser und etwas zu fressen.«

Der Hund urinierte in dickem Strahl auf einen Busch, dann beschnupperte er die nassen Blätter, setzte sich und sah die beiden an; sein Schwanz peitschte die staubige Erde. Alexandra fand den Hof entsetzlich, ein Meer von getrocknetem Schlamm, hier und da ein kümmerliches Grasatoll, in einer

Ecke eine Grube, in die jemand das Gerippe eines altmodischen Kinderwagens geworfen hatte. Der Hof war von einer bröckelnden Mauer umgeben, die Krone bewehrt mit in den Beton eingelassenen Glasscherben, die teils abgebrochen und zu Boden gefallen waren – sie konnte nur hoffen, dass Stoycho sich an ihnen nicht verletzte. Alexandra strich ihm über den Kopf und wandte sich nur widerstrebend ab.

Der Weg von der Straße zum Haus war uneben und matschig. Sie fragte sich, wie Stoycho – und nicht zuletzt sie selbst – diese Nacht wohl überstehen würde. Sie wünschte, sie wäre zu Hause gewesen, in Greenhill mit seinen gepflegten Gehwegen. Fast wünschte sie, sie wäre nie hierhergekommen, in Jacks Lieblingsland, jenen blassgrünen Fleck auf der Karte.

Einundzwanzig

Bobby drückte einen der acht altmodischen Klingelknöpfe, trat einen Schritt zurück und sah nach oben. Kurz darauf rief jemand etwas zu ihnen herab. Eine rothaarige Frau im Schürzenkleid beugte sich im zweiten Stock über das Balkongeländer und fuchtelte vor Freude mit den Händen, als sie Bobby erblickte.

»Oh!«, kreischte sie. »Oh, Asparuh! *Kakvo pravish tuk?*«

Bobby zog lächelnd die Hände aus den Jackentaschen und rief etwas zurück. »Sie will wissen, was wir hier machen«, erklärte er Alexandra, »und ich habe ihr gesagt, dass ich ohne ihre exzellente Küche keinen Tag länger leben kann.«

Die Frau winkte Alexandra und bedeutete ihnen, vor der Tür zu warten. Alexandra erwiderte den Gruß und dachte: Das alles ist ein irrer Traum. Da hörte sie jemanden auf der Treppe, und Bobbys Tante riss die Haustür auf. Sie war viel kleiner als Alexandra und stämmig, aber nicht fett. Sie hatte ihr rotbraunes Haar – dessen flammende Farbe mit ziemlicher Sicherheit aus einer Plastikflasche stammte – im Nacken hochgesteckt. Sie trug einen geblümten Kittel mit großen Taschen und Plüschpantoffeln an den Füßen; ihre nackten Beine waren ein Fresko von Krampfadern. Sie küsste Bobby vier- oder fünfmal schmatzend auf die Wangen. Bobby stellte Alexandra vor, und seine Tante schüttelte ihr erst ein-, dann beidhändig die Hand.

»Pavlina«, sagte sie mehrmals hintereinander.

»Das ist ihr Name«, sagte Bobby. »Sie sagt, Sie können sie mit Vornamen anreden. Sie sagt, wir sollen sofort mit ihr nach oben kommen. Aber erst muss ich ihr das mit Stoycho erklären.«

Die Mitteilung schien Tante Pavlinas Begeisterung ein wenig zu dämpfen, und Alexandra kam der Verdacht, dass Bobby nicht zum ersten Mal mit etwas so Ausgefallenem wie amerikanischen Frauen oder streunenden Hunden hier aufkreuzte. Sie hatte gehofft, seine Tante würde Stoycho mit ihnen in die Wohnung bitten, aber so weit ging ihre Liebe denn wohl doch nicht. Sie folgten ihr in den zweiten Stock; Alexandra versuchte das schmutzige Treppenhaus zu ignorieren. Pavlina schloss die Wohnungstür auf und ließ ihnen den Vortritt.

Sie kamen in eine Diele, von der rechts und links mehrere geschlossene Türen abgingen. Aus der Küche fiel die Abendsonne auf einen Parkettfußboden, der so blank war, dass er glänzte wie polierter Bernstein. Die Wände waren in einem blassen Farbton gestrichen, der den Schimmer des Lichts noch zu verstärken schien; an einer Wand entdeckte Alexandra ein Aquarell von gestrandeten Booten, an deren Heck dunkle Wellen leckten. Bobby hängte seine Jacke an eine Garderobe mit einem alten Spiegel. Alexandra erhaschte einen Blick auf ihr Profil, das darin fremd und verblichen aussah wie auf einer Daguerreotypie. Bobbys Beispiel folgend, vertauschte sie ihre Sneakers mit einem Paar wollener Hausschuhe, die ihre Schritte fast lautlos werden ließen.

Tante Pavlina scheuchte sie in die Küche, wo es nach kochenden Kartoffeln und bratendem Fleisch duftete. Zufrieden seufzend ließ Bobby sich auf die alte Schlafcouch in der Ecke fallen. Auf dem roten Resopaltisch stand ein Schneidbrett mit einem Messer darauf; in dem alten, aber blitzblanken Spülbecken lagen Kartoffelschalen. Der Fußboden war auf Hochglanz geschrubbt, und die sinkende Sonne fiel durch Fenster, die so sauber waren, dass man sie kaum sehen konnte. Tante Pavlina bot Alexandra einen Stuhl an und drehte den kleinen Fernseher leiser, wo eine Quizshow lief; wer die nächste Frage richtig beantwortete, konnte einen Sportwagen gewinnen. Es war eine amerikanische Sendung; auf dem Bildschirm erschienen die Worte: »Was ist das größte Gewässer in South Dakota?« Der Moderator im Smoking gab vier Auswahlmöglichkeiten vor – der Viktoriasee war es jedenfalls nicht, so viel wusste Alexandra. Gab es in South Dakota am Ende gar keine Seen?

Doch die Antwort sollte sie nicht mehr erfahren, denn das laufende Programm wurde für eine Eilmeldung unterbrochen. Bobby setzte sich auf und schlang die Arme um die Knie. Ein Reporter stand vor einem Podium, auf dem ein junger Mann einen älteren vorzustellen schien; der Ältere trat ans Mikrofon und blickte lächelnd ins Publikum. Trotz seines Alters wirkte er recht energisch, und das Haar fiel ihm in einer wallenden Mähne fast bis auf die Schultern. Diesmal sah Alexandra nicht nur seinen dichten Bart, sondern auch die tiefen Narben unterhalb der Wangenknochen – sie musste an die Fotos von rituellen Gesichtsverstümmelungen in den *National Geographic*-Heften ihrer Kindheit denken.

Der Mann verlas ein kurzes Statement, und die Leute ringsum applaudierten. »Ist das nicht der Typ mit den Bergwerken?«, fragte sie Bobby. »Was hat er gesagt?«

Bobby antwortete erst, als ein Werbespot eingeblendet wurde – Käse aus der Milch glücklicher Schafe. Dann sank er wieder auf die Schlafcouch.

»Na prima«, sagte er grimmig. »Ja, das war Kurilkov, der Minister, von dem ich Ihnen erzählt habe. Er hat gerade angekündigt, in zwei Jahren mit einer eigenen Partei zur Wahl antreten zu wollen, genau wie vermutet. Wenn seine Partei ausreichend Parlamentssitze gewinnt, wird er Premierminister, der mächtigste Mann Bulgariens.« Bobby machte ein finsteres Gesicht. »Der Wahlkampf hat zwar noch nicht offiziell begonnen, aber er hat uns schon mal seinen Slogan verraten: *Bez koruptsiya* – ohne Korruption. Er erklärt ganz offen, was er vorhat, und die beklatschen das auch noch.«

»Und was ist daran so schlimm?« Alexandra musterte ihn.

Bobby spielte mit der Troddel eines von Tante Pavlinas Kissen. »Politiker, die von Sauberkeit faseln, entscheiden am Ende in der Regel selbst, wer sauber ist und wer nicht. Kurilkov hat in einem Zeitungsinterview gedroht, jeden Bulgaren, der keinen positiven Beitrag zur Gesellschaft leistet, zur Arbeit heranzuziehen – Zwangsarbeit in unseren Gefängnissen –, um die Wirtschaft anzukurbeln. Das ist sehr ungewöhnlich, sehr seltsam, aber viele Leute lieben ihn dafür. Er meint vermutlich jeden, der sich gegen ihn und seine Partei stellt.«

Er hob den Kopf und sah sie an, ernst, als Tante Pavlina zum

Herd deutete und eine Frage an ihn richtete. »Sie möchte wissen, ob Sie Fleisch mögen«, sagte Bobby. »Sie hat gehört, dass viele Amerikaner Vegetarier sind.«

»Bitte sagen Sie ihr, dass ich sogar sehr gern Fleisch esse«, erwiderte Alexandra, obwohl sie bis vor zwei Tagen komplett vegetarisch gelebt hatte. »Ich wünschte, ich könnte mit ihr sprechen. Sie kann kein Englisch, oder?«

»Leider nein – nur Russisch und Französisch. Auf der Schule hier in Plovdiv hatte sie ein paar Jahre Französischunterricht, und alle Bulgaren ihres Alters sprechen Russisch, egal auf welche Schule sie gegangen sind.«

»*Madame, je m'excuse que je ne parle pas votre langue*«, sagte Alexandra stockend, und die beiden starrten sie an.

Tante Pavlina trat an den Tisch, legte Alexandra die Hände auf die Schultern, gab ihr einen Kuss auf den Scheitel und presste Alexandras Wange gegen ihren brettsteifen Büstenhalter. »*Oh, ma petite! Et tu parles français comme une française!*«

»*Pas du tout*«, stammelte Alexandra und wurde rot.

Beim Essen – tausendmal besser als alles, was sie bislang in bulgarischen Restaurants serviert bekommen hatte – erkundigte Tante Pavlina sich auf Französisch und Bulgarisch nach Alexandras Familie, ihrer Heimatstadt und ihren beruflichen Plänen in Sofia, nicht jedoch nach ihrem Verhältnis zu Bobby. Mit Schrecken wurde Alexandra klar, dass die Tante glaubte, sie und der Taxifahrer seien ein Paar. Sie fragte Pavlina nach ihrem Beruf; wie es schien, hatte sie drei Jahrzehnte als Grundschullehrerin gearbeitet. Sie erzählte ihr auf Französisch, dass ihr Mann vor zehn Jahren gestorben war, nachdem ein Lastwagen ihn überfahren hatte: »Ich habe zwei Jahre nicht geschlafen, *chérie.*«

Ich auch nicht, wollte Alexandra sagen, doch stattdessen versuchte sie krampfhaft, ihr auf Französisch ihr Beileid auszusprechen, bis Tante Pavlina zu ihrem Erstaunen lachend dazwischenfuhr. »Früher oder später trifft die Trauer jeden«, sagte sie. Sie brachte Alexandra die bulgarischen Wörter für Kummer, für Kartoffel, Tisch und Löffel bei und diktierte sie ihr ins Notizbuch.

Nach dem Essen wusch Pavlina das Geschirr ab und putzte die Küche, bis sie so sauber und keimfrei war wie ein Labor; Alexandras Hilfe lehnte sie ab. Bobby hatte Besseres zu tun; er trat auf den Balkon hinaus, stützte sich auf das Geländer und betrachtete den Himmel. Da fiel Alexandra der Hund wieder ein, und so gingen sie gemeinsam nach unten und gaben Stoycho die Reste des Abendessens zu fressen; Pavlina, in ihrem Schürzenkleid und einem anderen Paar Pantoffeln, hielt sicherheitshalber einige Schritte Abstand. Stoycho sprang, heftig mit dem Schwanz wedelnd, um sie herum, bis Bobby ihm befahl, Sitz zu machen. Er streckte sich aus und verschlang sein Futter. Mit einem Seil, das Tante Pavlina gefunden hatte, banden sie ihn fest, und er legte sich brav auf eine alte Decke aus dem Taxi. Alexandra ließ den Hund nur ungern über Nacht im Freien, doch Bobby versicherte ihr, Stoycho werde mühelos mit allem fertig, was dort draußen lauern mochte.

Als Tante Pavlina wieder ins Haus gegangen war, zupfte Alexandra den Taxichauffeur am Ärmel.

»Wo sollen wir schlafen?«, fragte sie zögernd. »Ich meine, gibt es genug … Schlafzimmer?«

Bobby sah sie forschend an, und im ersten Moment befürchtete sie, er könnte einen Wutanfall bekommen. Dann hatte sie plötzlich Angst, er könnte sie auslachen.

»Willst du denn nicht mit mir schlafen, Darling?«, sagte er.

Alexandra schluckte. »Äh, so war das nicht … ich meine, ich mag … dich und …«

»Bird«, sagte er. »Keine Angst. Ich liebe dich auch, aber ich bin schwul.«

»Was?«

»Ich bin schwul. So sagt man das doch bei euch in Amerika, oder?« Sie sah sein freches Lächeln, aber auch einen Anflug von Unsicherheit – wie würde sie es aufnehmen?

»Aber das …« Sie war noch immer fassungslos. »Das ist schon okay. Ich hatte nur keine Ahnung. Das ist wunderbar. Ich meine, es stört mich nicht.« Ihr Gestammel machte alles nur noch schlimmer. »Also …«

»Übrigens«, sagte Bobby, »meine Eltern wissen davon, meine Tante aber nicht. Vielleicht will sie es auch gar nicht wissen. Ich möchte es ihr nicht aufdrängen. Mit meinen Eltern war es schon schwierig genug. Immerhin spricht meine Mutter noch mit mir. Im Unterschied zu meinem Vater.«

»Das tut mir leid.« Sie zwang sich, ihn anzusehen – dieser dunkle Schatten auf seinem Gesicht. *Trauer.* »Keine Angst. Von mir erfährt sie nichts.«

»Auch deswegen gehe ich nicht gern zur Polizei, Alexandra. Da landet man ganz schnell auf irgendeiner Liste.«

Sie sahen sich an. Konnte sie ihn fragen, ob er deshalb je verhaftet worden war? Konnte sie ihn fragen, ob er einen Freund hatte?

Sie nahm einen zweiten Anlauf. »Nicht, dass du mich falsch

verstehst. Das sollte nicht heißen, dass ich dich nicht mag. Im Gegenteil, gerade dachte ich, wenn du nicht schwul wärst …« Aber das war derart plump, dass sie unwillkürlich kichern musste und sich die Hand vor den Mund schlug. Sie konnte sich nicht entsinnen, wann sie zuletzt so albern gewesen war.

»Genau«, sagte Bobby und legte ihr grinsend zwei Finger auf die Stirn, wie um sie mit seiner Freundschaft zu salben.

Tante Pavlina gab Alexandra ein rosafarbenes Nachthemd, das fünf Nummern zu weit war und ihr gleichzeitig kaum bis zu den Knien reichte, ein Handtuch so hart wie gestärkte Pappe, eine frische Zahnbürste und schließlich eine Duschhaube wie in einem amerikanischen Motel. Alexandra schloss sich im Badezimmer ein, zog sich aus und betrachtete ihr hellwaches Gesicht und ihre flachen Brüste im Spiegel; wenigstens ihr Körper war unverändert. Ein Bad wie dieses hatte sie noch nie gesehen. Wollte man die Toilettenspülung betätigen, musste man an einer langen Kordel ziehen, die von einem unter der Decke angebrachten Spülkasten baumelte. An einer Wand hing ein Boiler, und sie nahm sich vor, sich zu beeilen, um nicht das ganze heiße Wasser zu verbrauchen. Kurioserweise befand sich der Abfluss in der Mitte des Fußbodens, und die Dusche hatte weder Wände noch einen Vorhang. Alles war peinlich sauber und roch stechend nach Chemikalien.

Alexandra wusch sich die Haare mit einer seifigen Lotion aus einer Plastikflasche, trocknete sich mit dem gestärkten blütenweißen Handtuch ab und stellte fest, dass sie vergessen hatte, das Toilettenpapier außer Reichweite des Spritzwassers zu befördern, weshalb es nun völlig durchweicht war. Selbst das

Toilettenpapier war ihr fremd; es war tiefrosa und elastisch wie aus Gummi. Jetzt war es zu nichts mehr zu gebrauchen. Sie hatte ihre Socken neben der Toilette liegen lassen, und auch sie waren klatschnass; immerhin hatte sie die Geistesgegenwart besessen, ihre übrigen Kleider an einen Haken an der Rückseite der Tür zu hängen. Wieder wäre Alexandra am liebsten auf der Stelle nach Hause zurückgekehrt. Sie zog Tante Pavlinas viel zu weites Nachthemd an und bändigte ihr Haar mit einem Kamm, den sie auf einer Ablage gefunden hatte.

Tante Pavlina hatte ihr in einem der Zimmer hinter den geschlossenen Türen ein Bett zurechtgemacht; in den Regalen standen Taschenbücher und gerahmte Fotos von verschiedenen Kindern. Der etwa achtjährige Junge mit dem glatten, hellen Haar und dem langärmeligen blauen Hemd musste Bobby sein; er hatte die gleichen Augen. Auf einem anderen Bild saß Pavlina Wange an Wange mit einem Mann mit dicken, matt schimmernden Brillengläsern. Die Tasche mit der Urne stand auf einem Stuhl. Alexandra wollte, sie hätte Stoycho von ihrem Fenster aus sehen können, doch von diesem Zimmer blickte man auf das Nachbarhaus und eine Handvoll dürrer Bäume.

Pavlina kam an die Tür, um sie zu fragen, ob sie noch etwas brauche; ihr Haar hatte sie unter einem Baumwollkopftuch versteckt. Einer spontanen Regung folgend, trat sie vor Bobbys Tante hin und schlang die Arme um sie. Die ältere Frau war wie ein Tier, kräftig und muskulös. Tante Pavlina drückte sie eine kleine Ewigkeit an sich, obwohl Alexandra sie um Haupteslänge überragte, und murmelte etwas auf Bulgarisch. Dann löschte sie das Licht, machte die Tür hinter sich zu und winkte ihr durch die Milchglasscheibe in der Tür. Alexandra sah zu, wie Pavlina – und einmal auch Bobby – lautlos über den Flur huschten, ein Reich der Schatten. Sie hatte sich vor dem Einschlafen schon seit Jahren nicht mehr so sicher und aufgehoben gefühlt.

Stunden später fuhr sie aus dem Schlaf. Sie hatte geträumt, dass sich unter ihrem Bett ein schlangenhaftes Wesen regte und auf furchtbare Art und Weise zum Leben erwachte. Dann, ebenso plötzlich, rührte es sich nicht mehr. Im Zimmer war es dunkel. Ohne es zu wollen, schrie Alexandra auf und sprang aus dem Bett. Ein vielstimmiges Jaulen drang von der Straße herauf: Überall sprangen Auto-Alarmanlagen an. Im nächsten Sekundenbruchteil kam Bobby hereingestürzt, nahm sie bei der Hand, und sie rannten über den Flur zur Wohnungstür. Er trug nichts als weiße Shorts, seine Unterwäsche. Sie sah Tante Pavlina, die ihnen in Nachthemd und Kopftuch vorauslief. Wieder bebte der Boden, und wieder musste Alexandra unwillkürlich schreien; so etwas kannte sie bislang nur aus dem Kino. Das Licht im schmutzigen Treppenhaus ging flackernd an und aus, und sie taumelten vorwärts, treppab, durch die Haustür. Die Nachbarn taumelten mit ihnen ins Freie, undeutliche Silhouetten, Rufe, die wie Fragen oder Anweisungen klangen. Eine Straßenlaterne erhellte den Gehsteig; einige der geparkten Autos jaulten noch immer. Auch auf der anderen Straßenseite hatten sich die Leute vor ihren Häusern versammelt. Irgendwo in der Dunkelheit kläffte ein Hund, ein zweiter antwortete ihm.

»Ziemlich heftig«, meinte Bobby. »Und ziemlich lang.« Er strich sich das schweißverklebte Haar aus der Stirn.

»Ein Erdbeben?«, fragte Alexandra.

»Ja.«

»Ich habe noch nie eins miterlebt«, sagte sie. Aus irgendeinem Grund kam ihr der Gedanke, dass auch Jack nie ein Beben erlebt hatte und auch keines mehr erleben würde. Jetzt, wo es vorbei war, merkte sie, dass ihr die Knie zitterten. Sie war barfuß; sie hielt nach Glasscherben Ausschau, als ihr der Hund wieder einfiel.

»O nein!«, stieß sie hervor. »Das ist Stoycho, der da bellt! Und die Urne steht noch in meinem Zimmer.«

Sie wandte sich nach rechts und links, unschlüssig, worum sie sich als Erstes kümmern sollte, doch Bobby packte sie am Ellbogen. »Wir können vorerst nicht zurück ins Haus. Vielleicht gibt es ein Nachbeben. Keine Angst, der Urne wird schon nichts passieren, aber ich will rasch nach Stoycho sehen. Und dann nach meinem Taxi. Bleib solange hier – hilf Lelya Pavlina«, setzte er hinzu, obwohl seine Tante mit zwei jüngeren Nachbarinnen plauderte, als sei ein Erdbeben in diesen Breitengraden eine willkommene Abwechslung vom immergrauen Alltag.

Er verschwand hinter dem Haus, sein nackter Rücken fahl im Schein der Straßenlaterne. Kurz darauf kehrte er mit Stoycho zurück. Es war das erste Mal, dass Alexandra den Hund derart verängstigt erlebte. Stoychos Fell war gesträubt, und er hielt den Kopf furchtsam gesenkt. Schlotternd schlich er zu Alexandra und schmiegte sich an ihr Knie.

»Schon gut«, murmelte sie und ging in die Hocke. »Mein Guter.« Sie strich ihm über Kopf und Ohren und kraulte ihm die Brust.

»Ich muss nach meinem Taxi sehen«, sagte Bobby. Ringsum schlossen die Leute ihre Autos auf, um die Alarmanlage abzustellen.

In diesem Moment begann die Erde von neuem zu beben, nicht ganz so heftig wie zuvor, aber dennoch mit so jäher Wucht, dass Alexandra es mit jeder Faser ihres Körpers spürte, das sich windende Ungeheuer unter sich, den Schrecken, der ihr durch Mark und Bein gefahren war. Ein leiser Aufschrei ging durch die Menge. Bobby schlang die Arme um sie, seine Finger bohrten sich in ihre Haut. Ein paar Kiesel fielen von den Dächern auf den Gehsteig wie steingewordene Regentropfen. Sie schloss die Finger fester um Stoychos Seil. Sofort beruhigte sich die Erde wieder.

»Schon gut«, tröstete Bobby sie, wie sie den Hund getröstet hatte. Seine Hand lag immer noch auf ihrem Arm, er stützte sie, und Stoycho kauerte mit hängendem Kopf zu ihren Füßen. »Das war sehr viel schwächer. Sollte es weitere Nachbeben geben, werden sie nicht allzu schlimm ausfallen. Aber vielleicht ist es ja auch schon vorbei. Wo das Beben stärker war, sind die Schäden vermutlich größer. Aber das werden wir noch früh genug erfahren. Komm mit – wir sehen uns meinen Wagen an.«

Alexandra war froh, dass er sie nicht mit den anderen allein ließ. Wieder redeten sie aufgeregt durcheinander, unter ihnen auch Tante Pavlina. Alexandra und Stoycho folgten Bobby, der an der nächsten Ecke schlagartig stehen blieb. Auch hier hatten sich die Leute in kleinen Gruppen vor den Häusern versammelt, ein alter Mann in einem Bademantel, der über den Boden schleifte. In der Ferne jaulte immer noch eine Alarmsirene. Bobbys Taxi stand unter einer brennenden Straßenlaterne, der das Beben offenbar nichts hatte anhaben können. An der Windschutzscheibe klebte etwas, das Alexandra zunächst für ein Stück Polizeiabsperrband hielt; erst auf den zweiten Blick erkannte sie, dass es sich um zwei Wörter handelte, die jemand mit gelber Farbe auf das Glas gesprüht hatte. Fluchend tauchte Bobby den Finger hinein. Dann starrte er stumm vor sich hin. Alexandra fand seinen Gesichtsausdruck höchst sonderbar.

»Und sie ist sogar noch feucht«, sagte er schließlich.

»Was steht denn da?«, fragte Alexandra. Doch statt ihr eine Antwort zu geben, blickte Bobby suchend um sich. Dann rannte er ein Stück die Straße entlang, verschwand kurz um die nächste Ecke, lief zwischen zwei Mietshäusern ein paarmal hin und her.

Mit geballten Fäusten kehrte er zurück. »Manchmal brechen die Leute während eines Erdbebens Autos auf, weil die Alarmsirenen so laut sind, dass es niemand hört. Aber Graffiti sprühen sie eigentlich eher selten.«

»Was steht denn da?«, wiederholte Alexandra.

Er schüttelte den Kopf. »*Bez koruptsiya.* Ohne Korruption.«

»Wie der Wahlslogan deines Lieblingspolitikers«, sagte sie, um ihn zum Lächeln zu bringen.

Seine Miene war düster. »Ja, genau.« Wieder tauchte er einen Finger in die Farbe und wischte ihn an seinem Hosenboden ab. »Vielleicht unterhält Kurilkov in Plovdiv ja eine Armee von Graffitikünstlern. In kleineren Ortschaften wie dieser hat er viele Anhänger. Aber die anderen Autos haben sie nicht angerührt.« Er beugte sich über die Windschutzscheibe. »Hätte ich doch mein Handy mitgenommen, dann könnte ich ein Foto davon machen.«

Er sah Alexandra an und senkte die Stimme. »Keine Angst«, sagte er. »Das ist nur ein Dummejungenstreich. Morgen früh mache ich es sauber.«

Alexandra lag zusammengerollt in Pavlinas Gästebett und zitterte am ganzen Körper. Es dauerte fast eine Stunde, bis sie einschlief – oder vielmehr eindöste und wieder aufschrak, in der ängstlichen Erwartung, dass die Matratze von neuem zum Leben erwachte. Sie wünschte, Stoycho oder Bobby wäre bei ihr gewesen. Als sie schließlich in den Schlaf fand, träumte sie nicht von Erdbeben, sondern von einem gut aussehenden, hochgewachsenen Mann, der ganz in Schwarz-Weiß gekleidet war. Er lächelte, doch sein Unterarm war voller Blut, als habe er sich mit einem Messer die Haut abgezogen. Er beugte sich in ihr Auto, um ihr mit seiner freien, sauberen Hand etwas zu geben; was, konnte sie nicht erkennen.

»Sehen Sie«, sagte er, aber sie sah nichts. Sie wollte seine Hand ergreifen und sie küssen, ganz gleich, was er darin verbarg. Doch er war schon nicht mehr da.

Zweiundzwanzig

»Diese Familie heißt aber nicht Lazarovi«, sagte Bobby. »Die Nachbarin in Bovech hat uns einen anderen Namen gegeben.«

Sie saßen im grellen Licht der Morgensonne in Bobbys Taxi, er faltete einen Zettel auseinander, und Tante Pavlina winkte von ihrem Balkon. Nichts deutete darauf hin, dass sich ein Erdbeben ereignet hatte. »Erstaunlich – nicht einmal ein kaputter Dachziegel«, hatte Bobby beim Frühstück gesagt, obwohl in den Frühnachrichten des Fernsehens von Gebäudeschäden und zwei Todesfällen in einem Ort weiter südlich die Rede gewesen war. »Selbst die Altstadt von Plovdiv ist unversehrt geblieben, bis auf ein Auto, das eine Straße hinuntergerollt und gegen eine Mauer gekracht ist. Wir haben großes Glück gehabt.«

Stoycho wälzte sich auf dem Rücksitz und suchte einen Platz für seine langen Beine. »Hier steht nicht Lazarov«, wiederholte Bobby. »Ich hätte es gestern schon merken müssen.«

»Vielleicht wohnen sie bei Verwandten von der anderen Seite der Familie. Oder bei Freunden«, gab Alexandra zu bedenken.

»Ja, möglich wär's. Ich habe es noch mal unter der Handynummer des jüngeren Mannes versucht, aber es geht nach wie vor niemand dran, auch keine Mailbox. Das muss nicht unbedingt ein Nachteil sein – am Telefon lässt sich das alles nur schwer erklären, und wenn sie erfahren, dass wir etwas haben, das ihnen gehört, werden sie womöglich misstrauisch oder bekommen es mit der Angst zu tun. Wo wir schon einmal hier sind, ist es vermutlich das Beste, sie persönlich aufzusuchen.«

Alexandra fragte sich, was aus Stoycho werden sollte, wenn ihre Mission erfüllt war und sie nach Sofia zurückkehrten. Hoffentlich, überlegte sie, hatte Bobby genug Platz, sodass er ihn bei sich aufnehmen und sie die beiden gelegentlich besuchen konnte. Sie fuhren langsam aus dem kleinen Ort hinaus. Im Zentrum, unweit des Betongebäudes mit dem riesigen Trachtenmädchen davor, saß eine Gruppe alter Leute um einen stillgelegten Brunnen, vermutlich dieselben, die schon am Abend zuvor dort gesessen hatten. Wahrscheinlich sprachen sie über das Erdbeben. Was sie in ihren achtzig oder neunzig Jahren wohl alles miterlebt hatten? Vielleicht hatten einige von ihnen vor dem Kommunismus in Dörfern gewohnt und waren im Zuge der Modernisierung in Städte umgesiedelt, aus der Armut befreit oder in die Armut gestürzt oder wegen erfundener Verbrechen gegen den Staat verhaftet worden. Jetzt kamen sie ihr völlig geschichtslos vor, wie sie hier saßen und darauf warteten, dass eine Taube vorbeiflog oder ihnen ein alter Freund die Hand schüttelte.

Sie fuhren nach Plovdiv hinein. Der tiefer gelegene Teil der Stadt war dicht bebaut, ein wildes Durcheinander von kleinen Läden und Häusern, Mietskasernen, eine Kirche. Im Vorbeifahren erhaschte Alexandra einen Blick auf ein Geschäft mit Unmengen von Grabsteinen aus Marmor und, gleich daneben, eine Imbissstube mit beschlagenen Fenstern und einem Schild mit der – englischen – Aufschrift *HOT FOOD*. Sie kurbelte das Wagenfenster herunter und roch die zarte Morgenbrise, die den Duft von Grillfleisch und ofenfrischem Brot, den Geruch von Diesel und aufgebrochener Erde mit sich trug. Alles war voller Leute, sie hasteten die Gehsteige entlang und überquerten die Straßen. Sie sah eine Fußgängerzone, gesäumt von adrett getünchten Häusern, die rot gedeckten Giebel wie Hutkrempen; Hotels, auf deren Dächern in riesigen Lettern die Namen von Banken und Autoherstellern standen; Platanen mit mächtigen Stämmen; drei Jungen mit Skateboards. Sie sah eine Moschee, deren wunderschönes Minarett senkrecht in den Himmel ragte. Die Gehsteige waren sauber und gepflegt.

»Gefällt es dir?« Bobby blickte sie von der Seite an und ließ das Lenkrad durch die Hände gleiten.

»Sehr nett«, sagte Alexandra lächelnd.

Das Taxi kroch durch eine andere Straße, schmale Häuser, grau, ockerfarben, cremeweiß, blau, Cafés mit Sonnenschirmen davor – ein Paris des Ostens. Dann ging es bergauf. Die Sonne tauchte die Hügel der Altstadt in funkelndes Licht; es schien nicht nur die Ebene, die Berge und Felder, sondern auch die Jahrhunderte zu überspannen.

An der nächsten Kreuzung holte er die Adresse hervor und schaute auf dem Stadtplan nach, den sie von Tante Pavlina bekommen hatten. Alexandra beobachtete drei junge Mädchen, die aus einem Geschäft kamen und einander die Arme um die Hüften schlangen. Ein Mann mit einem Affen stand vor dem Schaufenster einer Bäckerei, doch dann erkannte sie, dass der Affe nicht echt war. Es war eine Marionette, und wenn jemand eine Münze in ein Körbchen warf, ließ der Mann sie tanzen. Eine Frau trat aus der Bäckerei und legte ein in Servietten geschlagenes Bündel in den Münzkorb: Frühstück für den Puppenspieler in der zerlumpten Jacke. Der Affe machte sich gierig über das Bündel her. Dann sprang die Ampel auf Grün, Bobby fuhr weiter, und sie konnte nicht mehr sehen, was als Nächstes geschah.

»Wir sind gleich da«, sagte er. »Sie wohnen im ältesten Teil der Stadt. Pass auf, da wirst du Augen machen.«

Er lenkte den Wagen einen Hügel hinauf, bis die Straßen sich zu steilen, kopfsteingepflasterten Gassen verengten und rechts und links von ihnen Mauern in die Höhe schossen, mit roten Ziegeldächern, Torbögen. Sie richtete den Blick geradeaus und sah Häuser mit schiefen, von schrägen Holzbalken gestützten Erkern, viele davon mit aufgemalten Girlanden, Blumen und Biedermeier-Medaillons verziert. Dann ein Balkon, über dessen Brüstung prächtige, geometrisch gemusterte Teppiche hingen; binnen weniger Minuten waren sie mehrere hundert Jahre in die Vergangenheit gereist. Das zwanzigste Jahrhundert schien hier schlicht nicht stattgefunden zu haben. Sie wollte, Jack hätte all das sehen können, auch wenn die raue Fremdheit der Plattenbausiedlungen in Sofia vermutlich eher nach seinem Geschmack gewesen wäre.

»Wir müssen hier parken«, sagte Bobby. »Weiter dürfen wir nicht fahren. Es ist noch ein kleines Stück zu Fuß.«

»Und was machen wir mit Stoycho?« Alexandra schaute auf den Rücksitz. Der Hund lag in tiefem Schlummer, als habe er seit Jahren nicht geschlafen.

»Er bleibt hier. Das ist zwar etwas riskant, aber es dauert bestimmt nicht lange. Ich lasse die Fenster einen Spalt offen.«

»Und wenn jemand versucht, ihn zu entführen?« Sie konnte sich die Frage nicht verkneifen.

»Das würde er sich wohl kaum gefallen lassen«, sagte Bobby entschieden. »Aber du musst die Urne mitnehmen.«

»Damit wir sie ihrem rechtmäßigen Besitzer zurückgeben können«, sagte Alexandra voller Vorfreude. Als sie den Hügel hinaufgingen, kam ihr die Urne mit einem Mal federleicht vor. Der Gehweg war so steil, dass sie sich regelrecht gegen die Steigung stemmen musste. Sie hielt die Tasche fest umklammert; nur ein paar Meter noch, dann würde Alexandra sie für immer aus der Hand geben. Sie bogen in ein schmales Sträßchen. Die Adresse in Bobbys Hand schien sie zu einem herrschaftlichen Haus zu führen, an dessen blau getünchter Fassade sich Laubverzierungen emporrankten. Auf einem Schild an der Außenwand stand МУЗЕЙ/MUSEUM, aber die Hausnummer stimmte nicht ganz.

Als sie jedoch durch das Tor traten, stießen sie im ummauerten Hof des größeren Gebäudes auf ein winziges zweistöckiges Häuschen mit der richtigen Nummer. Bei seinem Anblick musste Alexandra unwillkürlich lächeln. Wie sein Nachbar war auch das kleine Haus farbig gestrichen, in einem halb verblassten Rosarot. Zu seiner Linken, das Ziegeldach beschirmend, stand ein Baum, den sie nicht kannte, eine Art Buche, doch mit den hängenden, ausladenden Ästen einer Trauerweide; jeder Zweig trug Unmengen zarter gelbgrüner Blätter. Über der Haustür eine aufgehende, aus Holz geschnitzte Sonne. Hätten Alexandra und Bobby sich an den Händen gefasst, hätten sie die Arme ohne Weiteres quer über die ganze Fassade strecken können. Die Fenster links und rechts der Tür waren mit schmiedeeisernen Gittern versehen, durch die eine Fülle von Blumen wuchs. Die gesuchte Hausnummer prangte in weißen Ziffern auf einem blauen, auf den Putz geschraubten Schild.

»Ist es nicht hübsch?«, fragte Alexandra.

»Ja«, sagte Bobby. »Zwar nicht gerade echt bulgarisch, aber hübsch.«

»Es ist niemand zu sehen«, flüsterte Alexandra in der Befürchtung, dass auch dieses Haus leer stehen könnte.

»Und es gibt keine Klingel«, stellte Bobby fest, hob kurz entschlossen die Hand und klopfte an.

Fast im selben Augenblick wurde die Tür geöffnet, und vor ihnen stand kerzengerade eine alte Frau. Das schlohweiße Haar fiel ihr offen auf die Schultern, und sie trug ein schwarzes Kleid und darüber, halb geknöpft, eine lange lila Strickjacke. Das Kleid war am Kragen mit einer riesigen Brosche verschlossen, die Alexandra sofort auffiel, wegen ihrer Größe und weil sie die Sonne reflektierte – Emaille mit einem Dessin aus Iris und Lilien, grünen Blättern. Das Gesicht der Frau glich einem Schnabel, und ihre Augen waren so schwarz wie ihre Haare weiß, was sie wie ein Fotonegativ aussehen ließ. Erst hielt Alexandra sie für einen Geist, dann für eine Museumsführerin. Sie sah die beiden an, ohne zu lächeln, ohne Angst und vermutlich auch ohne Neugier.

Bobby stellte sich höflich vor und streckte ihr die Hand hin, eine Geste, die sie kaum wahrzunehmen schien. Alexandra schnappte die Worte »Lazarovi« und *»amerikanka«* auf. Die Frau starrte sie schweigend an. Dann hob sie eine verkrümmte

Hand und machte eine Bewegung, als würde sie in einem umgestülpten Suppentopf rühren; eine Geste, die wohl einerseits Verwunderung ausdrücken sollte, andererseits jedoch zu sagen schien: *Ich hätte wissen müssen, dass es deswegen Ärger gibt.* Dennoch trat sie unsicher einen Schritt zurück, winkte die beiden herein und hielt ihnen sogar die Tür auf.

Der Flur war winzig und mit dunklem Holz getäfelt, und Alexandra sah einen zweiten, in die Decke geschnitzten Sonnenaufgang, diesmal mit Störchen, die in vier Richtungen davonflogen. An einer Wand stand eine hölzerne Kommode, und auf dem Fußboden lag ein gestreifter Wollteppich. Eine sehr schmale Treppe führte in den ersten Stock hinauf. Trotz des schlichten Mobiliars wirkte der Flur überladen. Die Wände waren mit Ölgemälden bedeckt – Bäume und Fenster, Häuser, vor allem aber Gesichter, in dichter Unordnung, vom Boden bis zur Decke: müde, abgezehrte Männer, Frauen mit traurigen Augen, schwermütige Mädchen mit langem Haar oder Hut. *Eine Galerie des Kummers,* dachte sie, während sie den Blick von einem zum anderen wandern ließ. Als die alte Dame Alexandras Interesse bemerkte, wies sie wortlos und mit ausgestrecktem Arm auf die Gemälde.

Sie folgten ihr in ein winziges Wohnzimmer, das nicht minder museal wirkte, gegenüber dem Flur jedoch den Vorteil hatte, von grünlichem Sonnenschein erhellt zu werden. Äste strichen sacht über die Fensterscheiben, und das Licht fiel auf Holzbänke und einen runden Messingtisch. Der Fußboden war auf Hochglanz poliert, der flach gewebte Teppich bunt gemustert, und auch hier bedeckten kleine Gemälde die Wände.

Die alte Dame setzte sich und lotste sie zu einer Bank, als plötzlich eine jüngere Frau in Jeans eintrat, ebenfalls ohne ein Wort zu sagen. Sie war um die fünfunddreißig, hatte dunkles Haar, eine schlanke, feingliedrige Figur und ein Tablett mit Kaffeetassen und einer duftenden Kanne auf dem Arm. Alexandra war perplex; schließlich waren sie seit höchstens vier Minuten im Haus und noch dazu nicht angemeldet. Die Frau stellte den Kaffee auf den Tisch, lächelte und verschwand ebenso schnell, wie sie gekommen war.

Kaum war sie fort, deutete die alte Dame mit verkrümmten Händen auf das Tablett. »*Zapovyadayte, molya*«, sagte sie mit heiserer Stimme. *Bitte*, eine Einladung – immerhin so viel hatte Alexandra verstanden.

Bobby dankte der alten Frau und rührte Zucker in seine Tasse. Alexandra stellte die kostbare Tasche neben sich und tat es ihm nach. Auch Bobby war verstummt und schien darauf zu warten, dass ihre Gastgeberin das Gespräch eröffnete. Die alte Dame saß ihnen auf einem Stuhl gegenüber und hatte die Hände in den Schoß gelegt; obgleich eine dampfende dritte Tasse auf dem Tablett stand, schenkte sie dem Kaffee keinerlei Beachtung. Alexandra fiel auf, dass die Brosche am Kragen der Frau fast genauso breit war wie ihre Stirn und nicht nur Blumen, sondern auch Vögel darauf zu sehen waren. Die Sonne meißelte tiefe Falten in das greise Gesicht. Als Alexandra die Hoffnung schon fast aufgegeben hatte, hob die alte Dame die Hand. Ihre Finger waren lang und bleich, fast blau und, anders als der knotige Daumen, leicht rückwärts gebogen.

»Sie können Englisch sprechen«, sagte sie. Ihre Stimme klang spröde, vielleicht war aber auch nur ihr Englisch etwas eingerostet. Sie sprach mit britischem, irgendwie altmodischem Akzent.

Alexandra machte den Anfang. »Ah, danke! Ich hatte gehofft, mit Ihnen reden zu können.«

Zum ersten Mal lächelte die alte Frau. Auf einer Seite fehlte ihr ein Zahn, und sie trug ungleichmäßig aufgetragenen blassrosa Lippenstift. »Sie haben also etwas, das Sie der Familie Lazarov zurückgeben möchten?«, fragte sie.

»Ja.« Alexandra rutschte nervös hin und her. »Man hat uns gesagt, dass die Lazarovs hier wohnen, und wir hatten gehofft, sie hier anzutreffen.«

»Bedaure, meine Liebe«, erwiderte die alte Dame. »Sie kommen mich gelegentlich besuchen, aber sie leben jetzt in den Bergen, die Höhenluft tut Vera gut. Sie ist meine Schwester – verstehen Sie, was ich sage?«, wandte sie sich jäh an Bobby.

»Ja«, antwortete er. »Ich spreche auch Englisch.«

»Sie ist meine Schwester, Vera Lazarova. Eigentlich hatte ich sie diese Woche hier erwartet, sie wollten nämlich nach Sofia. Aber gestern hat sie mich angerufen und mir gesagt, ihnen sei etwas dazwischengekommen, und sie würden sich verspäten. Sie hat gesagt, sie würde sich bald wieder melden.«

Alexandra verließ der Mut. Sie hatte die Gegenwart der Lazarovs gespürt, hier, in diesem Zimmer, in diesem Haus, das an ein Miniaturmuseum erinnerte, war sich hundertprozentig sicher gewesen, dass sie hier wohnen *mussten* – und dass der hochgewachsene Mann durch die Straßen dieser wunderschönen Stadt flanierte und jeden Augenblick zur Tür hereinkommen würde. Wieder hatte sie sich geirrt wie in einem bösen Traum.

»Sie wissen nicht zufällig, wo sie zu erreichen sind?«, fragte sie.

»Tja …« Die alte Frau schien nachzudenken und spielte mit ihrer Brosche. Als sie die Finger wieder sinken ließ, sah Alexandra, dass zwischen all den Blumen und Vögeln ein Raubtier lauerte, ein weißer Wolf vielleicht oder ein Polarfuchs, ein kleines, naturgetreues Emaille-Meisterwerk. »Ich weiß es nicht. Ich dachte, sie kommen auf der Rückfahrt hier vorbei. Ich hoffe, sie lassen in den nächsten Tagen von sich hören.«

»Haben sie ein Handy?«, fragte Bobby.

»Mein Neffe hat eins.« Die Frau strich sich das Haar glatt. Erst jetzt begriff Alexandra, wie unglaublich interessant diese alte Dame war. Ihre Augen waren etwas zu groß für ihr Gesicht – sie erinnerten sie an Stoychos Augen, die sie, fast schon menschlich, durch die Maske eines fremden Wesens musterten. In ihrem Fall war es die Maske des Alters.

Die Frau räusperte sich. »Vera würde sich nie im Leben ein Handy anschaffen. Und mein Neffe benutzt seins nur beruflich. Wenn er frei hat, schaltet er es ab, weil er seine Ruhe haben möchte. Er hat nicht einmal mehr ein richtiges Telefon zu Hause. Wie oft habe ich ihm schon gesagt, dass es sehr viel praktischer wäre, wenn ich sie einfach anrufen könnte.«

Dann war der hochgewachsene Mann also tatsächlich der Sohn des alten Ehepaars, wie sie vermutet hatten. Alexandra dachte einen Augenblick darüber nach wie auch über sein ungewöhnliches Bedürfnis nach Ruhe und Frieden. »Ihre Nachbarin in Bovech hat uns Ihre Adresse und eine Handynummer gegeben«, erwiderte sie, »für den Fall, dass jemand ihr Haus dort kaufen möchte. So haben wir Sie gefunden.« Sie sah ängstlich zu Bobby; hoffentlich hatte sie nicht schon zu viel gesagt.

»Ja, meine Liebe.« Die alte Dame schien sie eingehend zu mustern. »Ja, sie suchen einen Käufer für ihr Haus. Wie gesagt, sie leben jetzt in den Rhodopen. Vera ist zu gebrechlich, um sich um das Geschäftliche zu kümmern, von Radev ganz zu schweigen. Die Handynummer gehört wahrscheinlich meinem Neffen.«

Alexandra versuchte, sich einen Reim darauf zu machen; ihr fiel ein, dass Vera ihren Rollstuhl eigenhändig die Hoteltreppe hinuntergetragen hatte. Aber vielleicht war sie ja geistig und nicht körperlich gebrechlich. »Ihr Neffe ist der große dunkelhaarige Mann, der die beiden begleitet?«

»Ja«, sagte die alte Dame. »Aber bevor ich Ihnen noch mehr verrate, möchte ich das eine oder andere von Ihnen wissen. In welcher Beziehung stehen Sie zu meiner Schwester?«

»Ich kenne sie eigentlich gar nicht«, gestand Alexandra. »Ich bin den dreien vor einem Hotel in Sofia über den Weg gelaufen, und dann habe ich versehentlich etwas behalten, eine Tasche, die ihnen gehört.«

Die alte Dame runzelte die Stirn. »Ich verstehe nicht ganz.«

»Sie hat ihnen geholfen, ihr Gepäck im Taxi zu verstauen«, kam Bobby ihr zu Hilfe. »Sie hat eine ihrer Taschen behalten, aber ohne böse Absicht.«

»Und Sie sind ihr Mann?«, wandte die alte Dame sich an Bobby. Alexandra wurde klar, dass sie noch immer nicht wussten, wie sie hieß.

»Nein, nein«, sagte Bobby – mit mehr Nachdruck als nötig, stellte Alexandra fest. »Ich habe sie nur hierhergebracht. Ich bin Taxifahrer.«

Alexandra nickte. »Ihr Neffe hat mir erzählt, dass sie zum

Kloster Velin wollten, darum sind wir zuerst dorthin gefahren, aber da waren sie leider nicht.«

»Ja, da wollten sie hin«, sagte die alte Frau. »Und Sie möchten meiner Schwester diese Tasche zurückgeben? Das ist sehr ehrenwert, dass Sie solche Mühen auf sich genommen haben.« Sie hob ihre verkrümmten Finger an die Lippen und dachte nach. »Na, dann müssen wir sie natürlich finden. Wenn Sie wollen, können Sie die Tasche aber auch hierlassen, und ich sage ihr Bescheid, wenn sie das nächste Mal anruft.«

Alexandra sah zu Bobby. »Dann ist der ältere Mann, mit dem sie reist, wohl ihr Ehemann?«

»Milen Radev? Aber nein. Er ist ein guter Freund der Familie. Der Mann meiner Schwester ist tot. Er war Musiker. Ein sehr guter sogar. Ehrlich gesagt, haben sie diese weite Reise auf sich genommen, um ihn zu begraben, auf dem Friedhof in der Nähe des Klosters. In seinen letzten Lebensjahren hat er eine besondere Beziehung dazu entwickelt – er liebte das Kloster. Diese Reise ist meiner Schwester gewiss nicht leichtgefallen, umso mehr würde es mich freuen, wenn sie hier vorbeikämen, um sich ein paar Tage auszuruhen. Ich hätte sie ja gern nach Velin begleitet, aber diese Strapaze wollten sie mir nicht zumuten. Ich reise nicht mehr viel.«

Alexandra atmete tief durch.

»Und der jüngere Mann, Ihr Neffe – er war der Sohn des Musikers?«, fragte Bobby. Er saß vornübergebeugt, und seine Hände baumelten zwischen seinen Knien; der Kaffee war vergessen.

»Ja, Neven. Er ist natürlich mitgefahren, um seinen Vater zu begraben.«

»Neven«, wiederholte Alexandra. Sie hatte seinen Namen zwar wissen, aber nicht ausdrücklich danach fragen wollen. So, wie ihn die alte Dame aussprach, reimte er sich auf *seven.*

Bobby saß schweigend da, und Alexandra beschloss, ihm die Entscheidung darüber zu überlassen, wie es weitergehen sollte. »Bird, hast du die Kamera?«

Sie holte sie hervor und rief das Foto auf. Als sie das Gesicht des jüngeren Mannes, sein seltsam kummervolles Lächeln sah, überlegte sie: Wenigstens weiß ich jetzt endlich, wie er heißt.

Bobby reichte die Kamera der alten Dame. »Können Sie auf dem Foto etwas erkennen?«

Sie hielt es sich dicht vors Gesicht, betrachtete es konzentriert. »Ja, natürlich. Das ist meine Schwester, und das ist Neven. Und das im Wagen müsste Radev sein. Ich bin übrigens Irina Georgieva.« Der Blick, den sie Bobby zuwarf, war scharf und hellwach; um ihr Sehvermögen hätte er sich keine Sorgen zu machen brauchen. »Haben Sie das Foto aufgenommen?«

»Nein, ich«, sagte Alexandra. »Sie waren die ersten Bulgaren, die ich kennengelernt habe, und sie waren sehr nett zu mir, darum habe ich sie gebeten, sie fotografieren zu dürfen.«

»Verstehe.« Irina Georgieva gab die Kamera zurück und betrachtete Alexandra ebenso eindringlich wie das Foto. »Haben Sie die Tasche hier? Ich könnte sie ihnen geben.« Sie zeigte mit dem Finger. »Ist sie das?«

»Ja.« Alexandra stand auf. Sie trat neben Irina Georgievas Stuhl und stellte ihr die Tasche auf den Schoß. Sie zog den Reißverschluss auf, denn das fiel der alten Dame mit ihren knotigen Händen gewiss nicht leicht.

Irina Georgieva schlang einen Arm um die Tasche und zog

die Kordel des Samtsäckchens auf. Sie ließ die Finger über den Deckel gleiten, und Alexandra half ihr, die Urne ans Licht zu halten. Die Sonne, die durchs Fenster fiel, gab dem eingravierten Namen etwas Sanftes, fast schon Friedliches.

Irina hielt die Tasche fest, und Alexandra bemerkte, dass sie zitterte.

»O meine Liebe«, sagte die alte Frau. »Was für ein schrecklicher Irrtum.«

Alexandra kamen die Tränen, doch es hätte sie weitaus tiefer getroffen, wenn es der Frau gleichgültig gewesen wäre, dass eine dumme Ausländerin ihr die sterblichen Überreste ihres Schwagers überreichte. Sie hatte das Gefühl, dass die Frau ihr zu Recht böse war und sie nun ihrer verdienten Strafe zuführen würde.

»Würden Sie mir das bitte abnehmen?«, sagte Irina Georgieva, und ihre Lippen bebten.

Dreiundzwanzig

Alexandra nahm Irina Georgieva die Urne aus den Händen und reichte sie Bobby. Sie überlegte, ob sie sich verabschieden, mit Bobby zur Tür hinausmarschieren und davonfahren sollte. Doch die alte Frau schien nachzudenken, und nach kurzem Zögern setzte sich Alexandra wieder. Irina befingerte ihre Brosche, die sich in der Sonne grün verfärbt hatte.

»Ich bin Künstlerin, müssen Sie wissen«, sagte sie. »All diese Bilder sind von mir, jedes einzelne Bild in diesen Räumen. Ich habe immer nur an mich gedacht. Ich habe niemals Fremde in dieses Haus gelassen, denn es ist mein … Tempel, könnte man sagen. Der einzige andere Künstler, dessen Gegenwart ich stets genossen habe, war dieser Musiker, Stoyan Lazarov, der Mann meiner Schwester. Er hat mich oft besucht und dieses Haus mit seinem Violinspiel erfüllt.«

Sie hielt inne, und ihr Atem war deutlich zu hören. »All meine Bilder haben ihm gelauscht, wenn er Mozart, Bach und Paganini spielte. Er hat mir die Musik nahegebracht. Mein eigener Bruder ist früh gestorben, und Stoyan war wie ein Ersatzbruder für mich.«

Mit gesenktem Kopf saß Alexandra da und hoffte, dass sie nicht laut zu schluchzen anfangen würde.

Doch Irina Georgieva fuhr unerbittlich fort. »Sie verstehen sicher, wie ernst diese Sache ist. Es war gut und richtig von Ihnen, mich aufzusuchen, aber meine Schwester ist vermutlich außer sich.«

Wieder verstummte sie. Bobby fasste Alexandra am Arm. In diesem Moment erhob Irina Georgieva sich mühsam von ihrem Stuhl und hielt sich an der Rückenlehne fest. Auch Alexandra und Bobby standen auf und machten sich auf einen Rauswurf gefasst, doch die alte Dame trat vor Alexandra hin und nahm ihre Hand. Sanft wie Äste schlossen die langen Finger sich um ihre Knochen.

»Mein liebes Kind«, sagte Irina. »Ich möchte Ihnen von Herzen danken. Es ist schon eine seltsame Geschichte, aber Sie trifft keine Schuld. Oft wissen wir nicht, warum etwas passiert. Sie hätten mir die Urne nicht zu bringen brauchen, aber Sie haben es getan und dafür eine weite Reise auf sich genommen. Sagen Sie mir doch noch einmal, wie Sie heißen.«

Alexandra gehorchte, und Irina hielt ihre Hand gefangen. »Wie schön – ein alter russischer Name. Ich bin sehr erfreut, Ihre Bekanntschaft zu machen, meine Liebe, trotz der widrigen Umstände. Wie gesagt, wir wissen nicht, warum das Schicksal uns zusammengeführt hat, aber Sie dürfen gewiss sein, dass es nicht ohne Grund geschehen ist. Und nun hören Sie endlich auf zu weinen.«

Alexandra hatte keine Papiertaschentücher, doch Irina Georgieva trug anscheinend immer einen kleinen Vorrat in ihrer Jackentasche bei sich. Sie teilte eines nach dem anderen aus wie Spielkarten, dann gab sie mit derselben Förmlichkeit Bobby die Hand. »So, und jetzt suchen wir einen angemessenen Platz für diesen ganz besonderen Gegenstand. Dann essen wir zu Mittag, und ich rufe meine Schwester an.«

Sie bat Bobby, die Urne aus der Tasche zu nehmen und in ein Regal zu stellen. Sofort erschien die junge Frau in Bluejeans mit einem Tablett voller Köstlichkeiten, mit deren Duft so etwas wie Normalität zurückzukehren schien. Irina Georgieva holte eine Kerze und stellte sie vor die Urne. Sie blieb einen Augenblick lang stehen, betrachtete das polierte Holz und fuhr mit den Fingern über die Schnitzereien an der Oberseite.

»Ziemlich interessant«, befand sie. »Eine herrliche Arbeit und noch dazu von Hand.«

»Ja«, sagte Alexandra. »Haben Sie gesehen? Tiergesichter lugen aus dem Blätterwerk hervor, so ähnlich wie auf Ihrer …« Sie zeigte auf Irina Georgievas Brosche und stellte fest, dass sie sich getäuscht hatte; es waren nur Blumen und Laubranken darauf.

Wieder berührte Irina die Urne. »Meine Schwester hat sie bestimmt extra anfertigen lassen. Was, meinen Sie, sind das für Tiere?«

Alexandra hatte bislang nur einen flüchtigen Blick darauf geworfen; sie hatte die Urne noch nie aus ihrem Samtsäckchen geholt. »Das hier ist ein Bär«, sagte sie. »Und das da könnte eine Katze sein, aber ganz sicher bin ich mir da nicht.« Bobby beugte sich über ihre Schulter, um die Schnitzereien aus der Nähe zu betrachten. Sie fühlte sich unbehaglich, als würden sie den Toten anstarren.

Dann setzten sich die drei zu Tisch. Das Essen war vorzüglich, und es füllte mehr als nur Alexandras leeren Magen. Irina sah ihnen beim Essen zu. »Nach Tisch will ich versuchen, meinen Neffen auf seinem Handy zu erreichen. Er ist vermutlich noch bei ihnen, wo immer sie auch stecken mögen. Außerdem werde ich in unserem Haus in den Bergen anrufen, wo es ein Telefon gibt, falls sie dorthin zurückgefahren sind.«

Das Hausmädchen kam herein und räumte den Tisch ab. Alexandra sorgte sich um Stoycho; Bobby hatte offenbar denselben Gedanken, denn er raunte ihr zu: »Ich hoffe, im Taxi ist alles in Ordnung.«

Sie sagte den Namen ihrer Gastgeberin im Stillen ein paarmal vor sich hin, ehe sie den Mut aufbrachte, ihn laut auszusprechen. »Madame Georgieva, es tut mir leid, aber wir müssen rasch nach unserem Wagen sehen. Unser Hund ist darin eingesperrt, und wir machen uns Sorgen seinetwegen. Würde es Ihnen etwas ausmachen, wenn wir mit ihm kurz Gassi gehen und dann noch einmal wiederkommen, um uns zu verabschieden?«

Die alte Dame musterte sie. Im Sitzen war sie mindestens so groß wie Alexandra. »Was denn für ein Hund?«

»Nun ja … ein Hund eben«, sagte Alexandra. »Aber ein ganz lieber.«

»Also, wenn er wirklich brav ist, können Sie ihn gern mitbringen. Vielleicht braucht er Wasser an einem so warmen Tag wie heute? Aber gehen Sie nur, ich rufe derweil meine Schwester und meinen Neffen an.«

Alexandra wäre gern dabei gewesen, wenn Irina mit den beiden telefonierte, doch sie lenkten ein, und Bobby zog leise die Haustür hinter ihnen zu. Die Sonne schien noch heller als zuvor, selbst durch das Blätterdach der Bäume, und die Luft war warm und schwer. Stoycho saß aufrecht im Taxi und starrte aus dem leicht geöffneten Fenster. Als er sie kommen sah, sprang er auf, presste die Nase an die Scheibe und peitschte den Rücksitz mit seinem Schwanz, dann beruhigte er sich und setzte sich wieder.

»Guter Hund«, lobte Alexandra. »Wir haben nicht gelogen.« Bobby nahm das Seil, und Stoycho war mit einem Satz aus dem Wagen, lief zum nächstbesten Gebüsch und an den alten Mauern entlang. Unter einer Platane blieb er schließlich stehen, sah erst an dem Baum empor und blickte dann zu Alexandra. Die Zunge hing ihm seitlich aus dem Maul, und sein Gebiss schimmerte weiß. Er saß kerzengerade und mit gespitzten Ohren, der gescheckte Rücken muskulös und kräftig in der Sonne, nur seine Augen waren traurig. Alexandra beugte sich zu ihm hinunter und schlang den Arm um seinen Hals. Er leckte ihr brav das Ohr.

»Komm, wir gehen zurück zu Irina«, sagte sie zu Bobby.

Als sie an die Tür des kleinen Hauses klopften, flog sie nicht auf wie beim ersten Mal. Sie hörten leise Schritte, und Irinas Haushälterin ließ sie herein; sie eskortierte sie zu einer Laube im Garten, von der man auf den Hof des Museums blickte. Sie stellte Gläser mit Saft auf einen Tisch, im Schatten der Blätter, Ranken und ersten, noch unreifen Früchte grünen Weins. Stoycho brachte sie eine Schale Wasser, die sie beidhändig vor ihn hinstellte. Der Hund begann erst auf Aufforderung zu trinken und schlappte dann gierig alles auf. Als Nächstes brachte sie ihm eine Schüssel mit Essensresten; nachdem er auch diese still und leise vertilgt hatte, legte er sich so unter einen Zitronenbaum im Topf, dass Alexandra ihm den Kopf kraulen konnte. Alexandra stellte sich vor, wie Vera und der alte Milen Radev an diesem Tisch saßen, während Neven sich im Schatten eines Baumes rekelte und seine langen Beine ausstreckte. Und, Jahre zuvor, einen schmalgesichtigen Mann mit einer Violine in der Hand. Bald, so überlegte sie, würden sie seine Asche hier zurücklassen für seinen Sohn. Eigentlich hätte sie erleichtert sein müssen, doch ihr Herz war hohl und leer.

Es war warm und still. Bobby hielt ihr eine Packung Zigaretten hin, und als sie ablehnte, steckte er sich selbst eine an. Sie hatte ihn noch nie rauchen sehen und fragte ihn danach; das sei eine Ausnahme, erklärte er ihr, schließlich gehe er regelmäßig laufen. Da fiel ihr ein, dass er ihretwegen nicht nur mehrere Arbeitstage verloren hatte, sondern auch auf sein Lauftraining verzichten musste. Nun ja, bald wären sie wieder in Sofia, da konnte er das alles nachholen, und sie würde sich persönlich beim English Institute vorstellen. Wieder hoffte sie, dass sie und Bobby in Kontakt bleiben und sich häufig sehen würden.

Als Irina Georgieva auf die Terrasse trat und sich einen Augenblick an einer Stuhllehne festhielt, standen sie auf, um sich zu verabschieden. Bobby drückte hastig seine Zigarette aus und küsste Irina die Hand, was sie nicht weiter zu verwundern schien. Irina hatte sich umgezogen; sie trug jetzt ein weißes Leinenkleid, eher schlicht als modisch, und darüber eine dünne schwarze Strickjacke, als könne selbst die Sommersonne sie nicht wärmen. Sie hatte die Haare hochgesteckt, wodurch ihr kalkbleiches Gesicht noch stärker zur Geltung kam, und die emaillierte Brosche verschloss ihren Kragen. Sie schimmerte in dem smaragdenen Licht, das durch das Laubdach fiel, und Alexandra sah, dass es sich bei den Blumenornamenten in Wirklichkeit um Weinblätter und reife Trauben handelte. Auch Stoycho war aufgesprungen. Irina schien ihn jetzt erst zu bemerken.

»Das ist Ihr Hund?«, fragte sie und streckte die Hand aus. Stoycho berührte sie mit der Nase; sie strich ihm über den samtschwarzen Kopf, und sein Schwanz geriet in heftige Bewegung. »Was für ein wunderschönes Tier«, sagte sie. »Diesen Hund würde ich gern malen.« Sie winkte ihnen, sich mit ihr an den Tisch zu setzen.

»Wir möchten Ihnen für Ihre Gastfreundschaft danken«, sagte Alexandra.

»Aber nicht doch, meine Liebe.« Irina Georgieva legte die Hände flach auf den Tisch. Sie trug keine Ringe, und sie hätten wohl auch nicht über diese knorrigen Finger gepasst, dachte Alexandra.

»Haben Sie Ihre Schwester erreicht?«, fragte Bobby. Alexandra hielt den Atem an.

Doch Irina schüttelte den Kopf. »Ich habe es unter sämtlichen Nummern versucht, ohne Erfolg. Sie sind vermutlich unterwegs. Wer weiß, vielleicht sitzen sie und Neven ja längst im Zug nach Plovdiv? Sie könnten natürlich ebenso gut in die Berge zurückgefahren sein, aber auch dort geht niemand an den Apparat. In Sofia können sie nirgends übernachten, und es ist jetzt immerhin schon zwei Tage her, dass sie die Urne verloren haben. Ich will es heute Abend noch einmal versuchen.«

Stoycho hatte den Kopf in Irinas Schoß gelegt, die Augen offen, der Blick verträumt. Wieder dachte Alexandra an die alte Frau – Irinas Schwester – und den Mann im Rollstuhl. Sie versuchte, nicht an Neven zu denken. Sie hatte gehofft, sie wiedersehen zu können, aber so würden sie wenigstens erfahren, dass sie ihren kostbaren Besitz wohlbehalten zurückgegeben hatte.

»Madame Georgieva«, sagte sie. »Bevor wir Sie verlassen, wollte ich Sie fragen, ob … ob Sie uns vielleicht ein wenig mehr über Mr Lazarov erzählen könnten.«

»*Gospodin* Lazarov«, verbesserte Bobby. »Alexandra lernt Bulgarisch.«

»*Gospodin*«, sagte Alexandra stockend. »Es geht mich eigentlich nichts an, aber wir wissen nur, dass er Musiker war – und Ihr Schwager.«

Irinas Hand lag immer noch auf Stoychos Kopf. »Ja, natürlich kann ich Ihnen etwas über ihn erzählen. Ich kannte ihn recht gut. Er war ein großer Geiger und ein komplizierter Mensch.« Sie seufzte, wie Alexandra noch keinen Menschen hatte seufzen hören. »Er war ein Wunderkind, und die haben es nie leicht im Leben, wissen Sie – er spielte schon mit zwölf ein Solo mit dem Orchester in Sofia. Und dann studierte er in Wien, vor dem Krieg. Damals war er noch ein halbes Kind.«

Irina blickte zu dem Weinlaubdach empor. »Ich bin bis heute der festen Überzeugung, dass er ein großer, ja weltberühmter Musiker geworden wäre – wenn er zu einer anderen Zeit an einem anderen Ort gelebt hätte. Aber das Regime verbot ihm, Solokonzerte zu geben oder gar Schallplatten aufzunehmen. Kurz nach dem Krieg spielte er noch in einem Orchester in Sofia. Außerdem machte er Kammermusik, hauptsächlich mit seinen Freunden. Später trat er gelegentlich mit dem Orchester in Burgas auf.«

Sie räusperte sich. »Manchmal trat er auch hier in Plovdiv

auf. Am Konservatorium durfte er nicht unterrichten, dafür spielte er hin und wieder im Orchester, wenn andere Geiger krank waren oder verreist. Immer wenn er sich in Plovdiv aufhielt, besuchte er mich, und wir saßen bis spät in die Nacht beisammen. Manchmal brachte er auch Neven mit, den er geradezu abgöttisch liebte, oder Vera, wenn sie sich freinehmen konnte. Nach dem Abendessen spielte Stoyan für uns. Stundenlang. Wenn man einen so großen Musiker im Haus hat, opfert man mit Freuden ein paar Stunden Schlaf.«

Irina zögerte, strich dem Hund über die Ohren. »Eine Zeit lang wohnte er weit draußen auf dem Land und rührte sein Instrument meines Wissens jahrelang nicht an. Er arbeitete auch in verschiedenen Fabriken wie so viele Leute damals. Aber wenn er dann zurückkehrte und wieder zu üben anfing, war er jedes Mal ein noch besserer Musiker geworden. Er liebte sämtliche Barockkomponisten, besonders die Italiener. Ich hatte noch nie von Geminiani oder Corelli gehört, bis er ihre Kompositionen hier in diesem Hause vortrug.«

Bobby beugte sich zu ihr. »Warum hat ihm das Regime verboten, solo aufzutreten?«

Irina glitt mit den Fingern über ihre Brosche, und sie warf das fein gestreute Licht zurück. Stoycho lag zuckend und bebend zu Alexandras Füßen. Da hob Irina die Hand, als würde sie zum Himmel zeigen. »Er sprach nur selten über sich, und manchmal war er deprimiert oder besser schwierig. Er hat mir einmal gesagt, dass all das, worüber er geschwiegen habe, die Geschichte seines Lebens, in seiner Musik zu finden sei. Ich konnte das gut nachempfinden – mit meinen Bildern geht es mir ganz ähnlich. Wenn Stoyan Lazarov die Violine spielte, war es, als spräche er durch sie. Er meinte, die Violine müsse die Wahrheit sagen, und sie müsse weinen können.«

Alexandra konnte sich des Eindrucks nicht erwehren, dass die alte Dame Bobbys Frage geschickt ausgewichen war, doch statt nachzuhaken, stellte er einfach eine andere. »Was uns etwas verwirrt hat, ist die Tatsache, dass *gospodin* Lazarov schon vor zwei Jahren gestorben ist, seine Familie ihn aber bis heute nicht beerdigt hat. Warum nicht? Wie haben seinen *nekrolog* in Bovech gesehen. Außerdem wundert es mich ein wenig, dass er nach seinem Tod … Alexandra?«

»Eingeäschert«, sagte Alexandra.

»Danke. Dass er nach seinem Tod eingeäschert wurde«, fuhr Bobby fort. »Ist das nicht ungewöhnlich in seiner Generation?« Und nicht etwa *in Ihrer Generation.*

Irina nickte. »Ja, ein wenig ungewöhnlich ist es schon, und den Grund hat mir Vera nicht verraten. Vielleicht wollte sie es so. Ich habe sie nie danach gefragt.«

Bobby nahm die Abfuhr mit Gleichmut. »Und sie hat es in zwei Jahren nicht geschafft, die Urne zu bestatten?«

»Ihre Trauer war vermutlich so groß, dass sie sich nicht entscheiden konnte, wo sie ihn zur letzten Ruhe betten wollte. Vielleicht fiel es ihr aber auch einfach schwer, endgültig Abschied von ihm zu nehmen. Ich habe mich sehr gefreut, als sie mir eröffnete, dass sie ihn im Velinski *manastir* beisetzen wollten, das er sehr mochte und regelmäßig besuchte. Es ist nicht leicht, eine Genehmigung dafür zu bekommen. Außerdem ist meine Schwester mitunter – wie soll ich sagen? –, mitunter recht schwer von Entschluss und hatte es in den letzten Jahren weiß Gott nicht leicht. Sie hat ihn sehr geliebt, müssen Sie wissen. Sie haben sich schon auf der Schule kennengelernt. Beide erzählten oft, wie sie sich zum ersten Mal begegnet waren, aber niemand konnte das besser als Stoyan. Das war das Einzige, worüber er gern sprach.«

Alexandra saß auf ihren Händen und dachte an die junge Frau mit dem strahlenden Gesicht und dem ondulierten Haar auf dem Foto in Bovech. War das die junge Vera Lazarova?

»Erinnern Sie sich noch daran?«

Irina lächelte. »Selbstverständlich. Die wirklich wichtigen Dinge vergisst man nicht.«

ZWEITES BUCH

Vierundzwanzig

Der Mann, der am Sofioter Hauptbahnhof aus dem Zug stieg, hatte eine Zeitung unter dem Arm, eine Zeitung, die bereits zwei Tage alt war: den *Wiener Anzeiger* vom 20. Mai 1940. Er hatte sie zusammengerollt, damit er die Berge seines Heimatlandes, die am Fenster des Schlafwagenabteils vorüberzogen, wie durch ein Teleskop betrachten konnte. Nun trug er die Zeitung unter dem Arm und umklammerte den Griff seines Geigenkastens ein klein wenig zu fest.

Alle Gründe für seine Rückkehr ließen sich den Schlagzeilen des *Anzeigers* entnehmen. Alle bis auf zwei: seine Mutter und sein Vater, die daheim auf ihn warteten, während Europa in Flammen aufging. Er hatte ihnen ein Telegramm geschickt, um ihnen seinen Entschluss, eine Weile zu Hause zu verbringen, und die Ankunftszeit des Zuges mitzuteilen. Er fragte sich, ob sie die Nachricht in Sofia erhalten hatten – eine Antwort war ihm nicht zugegangen. Vermutlich hatte dieser ganze Wahnsinn inzwischen auch die Telegrafenleitungen lahmgelegt. Er war so lange wie möglich in Wien geblieben, da er weder seinen schwer erkämpften Platz bei den Philharmonikern noch sein Streichquartett hatte aufgeben wollen. Doch nach den Vorfällen der letzten Wochen hatte er sich ernsthaft gefragt, ob er Österreich überhaupt würde verlassen können, wenn er noch länger wartete. Es war jetzt zwei Jahre her, dass man die jüdischen Mitglieder der Wiener Philharmoniker des Landes verwiesen hatte – nicht einmal der große Bruno Walter war verschont geblieben. Die Erinnerung daran machte Stoyan krank, und womöglich kamen die Slawen im Orchester als Nächstes an die Reihe.

In der anderen Hand trug Stoyan Lazarov einen Lederkoffer, den er vor sieben Jahren von seinem Vater geschenkt bekommen hatte. Sein restliches Gepäck hatte er aufgegeben, und schon als er den Billettabschnitt entgegengenommen hatte, war ihm der Verdacht gekommen, dass er seine Sachen wohl niemals wiedersehen würde. In dem Koffer steckte, in ein sauberes Hemd gewickelt, sein – nach seiner Violine – kostbarster Besitz. Außerdem enthielt er sein Rasierzeug, zwei versilberte Bürsten und sein Adressbuch. In letzter Minute hatte er ein kleines Messer hineingetan. Mit dem Messer hätte er zum Beispiel Käse und Salami aufschneiden können, wenn ihm das nötige Kleingeld für den Speisewagen gefehlt hätte, was jedoch zum Glück nicht der Fall gewesen war.

Stoyans Haar war sauber geschnitten; der leichte Anzug, der seine große, hagere Gestalt umhüllte, hatte im Ausland zwar etwas gelitten, besonders am rechten Ellbogen, konnte sich aber durchaus noch sehen lassen. Darüber trug er einen dünnen Sommermantel und einen Hut. Er wirkte älter, als er tatsächlich war. Sein glatt rasiertes Gesicht war von bestechender Intelligenz, mit strahlenden dunklen Augen und erstaunlichen, sanft geschwungenen Wimpern wie bei einem kleinen Jungen, sein Teint fahl, aber nicht hell – ihm fehlte lediglich ein wenig Sonne. Unter der linken Kinnhälfte prangte ein rotbraunes Mal, glänzend wie polierter Stein. Sein Mund war sanft und verzog sich bisweilen zu einem großzügigen Lächeln. Jetzt jedoch, als er mit den anderen Passagieren aus dem Zug stieg und sich umsah, presste er die Lippen fest zusammen.

Er stellte seinen Koffer auf den Sofioter Bahnsteig – nicht aber seine Violine, die gab er niemals aus der Hand – und stand einen Augenblick unschlüssig da. Freunde und Verwandte fanden und begrüßten sich; eine elegant frisierte junge Frau, die er zu kennen glaubte – ein Irrtum, wie er auf den zweiten Blick bemerkte –, verlor ihren Hut, als zwei alte Leute, vermutlich ihre Eltern, sie stürmisch umarmten. Der Vater hob den Hut auf, und als er sich bückte, lugte der grobe Stoff eines selbst genähten Hemdes aus dem Kragen seiner abgewetzten schwarzen Jacke: Dorfbauern. Stoyan sollte ihre Geschichte nie erfahren, ebenso wenig wie er je begreifen sollte, weshalb er sich noch Jahrzehnte später an die drei erinnerte.

Als ihm bewusst wurde, dass ihn niemand abholen würde, zog er seinen Mantel aus, legte ihn sich über den Arm, nahm seinen Koffer und wog ihn ein paarmal in der Hand. Seit heute Morgen trug er die falsche Währung in der Tasche: die neue Reichsmark, ein Geschenk Deutschlands an Österreich. Sein Telegramm war, ebenso wie sein Gepäck, offenbar nicht in Sofia angekommen. Er würde zu Fuß nach Hause gehen müssen. Doch kaum hatte er das Bahnhofsgebäude – unter dessen mächtigem Dach die Tauben ihre Kreise zogen – verlassen, überkam ihn auch schon ein wohliges Gefühl, das Gefühl, hierherzugehören. Wie die meisten Leute hier hatte er dunkles Haar. Als ein Mann einem anderen etwas zurief, verstand er es sofort, auch wenn er aus dem Gesprächsfetzen nicht recht klug wurde: »… du musst es einfach etwas langsamer kauen, Bruder!« Ein wörtlich gemeinter Ratschlag oder eine Metapher? Und der zweite Mann, nur ein paar Schritte von Stoyan entfernt, machte eine wegwerfende Handbewegung und wandte sich lachend ab.

Die Straßen sahen genauso aus, wie er sie in Erinnerung hatte – Mietskasernen und Geschäfte und im Zentrum die prächtigen, im Pariser Stil erbauten Patrizierhäuser mit ihren rauch- und rußgeschwärzten Fassaden, das schlüpfrige Kopfsteinpflaster, die klappernden Pferdewagen, die mit voller Fracht vorüberrollten: Lebensmittel, Kohle, Holzkisten, bergeweise Altmetall. Ein Mann, der auf einem umgestülpten Eimer saß, pries lauthals und ohne Unterlass seine Schuhputzerdienste an. Stoyan rief sich ins Gedächtnis, dass sein letzter Gang durch diese Straßen noch gar nicht so lange zurücklag; im Grunde hatte sich in den vergangenen drei Jahren nicht allzu viel verändert: Ein paar neue Omnibusse waren hinzugekommen, und die Frauen, die sich hier nicht so modisch kleideten wie die Frauen in Wien, dafür aber sehr viel schöner waren, trugen die Röcke etwas kürzer. Ein Straßenkehrer hielt bei der Arbeit inne, um sich den Schweiß aus dem Gesicht zu wischen; er grüßte Stoyan in rauem, plump-vertraulichem Ton: »Geigenspieler? Ist das da deine *tsigulka?* Spiel was, *maestro!*« Stoyan lächelte und hätte sich glatt an die Hutkrempe getippt, hatte jedoch leider keine Hand frei.

Er ging weiter; nun fühlte er sich wieder wie ein Bulgare, heimisch. Wenn die Linden wie jetzt in voller Blüte standen, war es in der Stadt am schönsten. Ein gescheckter Hund trottete auf dem Gehsteig an ihm vorbei – stattlich, manierlich trabte er dahin, als habe er eine dringende Besorgung zu erledigen. Stoyan musste daran denken, wie er vor zwei Tagen erst durch Wien spaziert war und sich dort, wo es stets kälter war, von den Bäumen verabschiedet hatte. Immer wenn er durch die Wiener Parks geschlendert war, hatte er daran denken müssen, wie er als kleiner Junge die blühenden Linden in Sofia bewundert hatte – nun schloss sich der Kreis. Es war eigentlich ganz schön, wieder hier zu sein. Er würde bei seinen Eltern wohnen und in seinem alten Zimmer schlafen. Bulgarien war neutral und würde es wahrscheinlich auch bleiben – jedenfalls war er hier sicherer als in Österreich. Wenn er länger bleiben musste, ein paar Monate oder mehr, würde er sich ein eigenes Zimmer mieten und einen Proberaum am Konservatorium.

Stoyan bog um eine Ecke und spürte das Schwingen des Mantels über seinem Arm, das vertraute Gewicht der Geige in ihrem Kasten. Er dachte an die Geschichtsbücher, die er gelesen und über die er sich mit seinen Wiener Kommilitonen unterhalten hatte – die Kriege Europas im *cinquecento,* im *settecento,* das beschämende Kommen und Gehen von Armeen und Tyrannen, während Händel, Mozart und Beethoven unverdrossen ihrer Arbeit nachgegangen waren. Er dachte an Beethoven und seine *Eroica,* die er zunächst Napoleon gewidmet hatte. Nachdem Napoleon sich zum Kaiser gekrönt hatte – so sagte die Legende –, hatte Beethoven die Widmung wutentbrannt getilgt.

Er bog um die nächste Ecke. Er hoffte inständig, dass früher oder später auch Hitlers Name von den Widmungsseiten getilgt werden würde. Damit er, Stoyan, in den Westen zurückkehren und seinen kometenhaften Aufstieg fortsetzen konnte. Eher früher als später würde auch der Königin-Elisabeth-Wettbewerb wiederbelebt werden, und er würde noch einmal daran teilnehmen. Beim ersten Mal hatte er sich, dank seines enormen Fleißes, qualifizieren können, obgleich er wusste, dass er noch Jahre brauchen würde, um ihn auch zu gewinnen. Er würde nicht allein in seiner Heimat berühmt werden, sondern seine Heimat in der ganzen Welt berühmt machen, das hatte er von frühester Kindheit an gewusst.

Plötzlich drang Musik an seine Ohren. Am Rand des Gehsteigs stand ein Mann mit ungewaschenem Haar und einer Violine unter dem Kinn, der für den Bären neben sich aufspielte. Das Tier stand aufrecht, an einer verschlissenen roten Lederleine, und tanzte ungelenk auf den Hinterbeinen, seine Knopfaugen blickten starr geradeaus, und sein räudiges Fell war noch schäbiger als die Kleider des Mannes. Er hielt die Tatzen ausgestreckt, als gehörten sie einem anderen Tier. Auch der Mann tanzte beim Spielen mit den gleichen unbeholfenen Schritten; vielleicht hatte er sie von dem Bären gelernt statt umgekehrt. Der Blick des Bären schnellte hin und her, blieb an Stoyans Geigenkasten hängen, und in diesem Augenblick verbeugte der Geiger sich vor ihm, um einem Musikerkollegen Respekt zu zollen. Stoyan nickte; er wollte, er hätte ihm ein wenig Geld geben können. Der Bursche war gar nicht so übel – eigentlich sogar ziemlich gut für einen Straßenmusikanten.

Er war noch nicht in seinem Viertel angekommen, aber es war jetzt nicht mehr weit. In der warmen Sonne kam er an einer Bäckerei vorbei, machte ohne nachzudenken kehrt und ging hinein. Der Duft von Brot hatte jäh seinen Appetit geweckt, seinen Hunger auf Heimat. Der Bäcker, ein Mann mit mächtigen Fäusten, fischte ein Brötchen für ihn aus dem Korb, als Stoyan wieder einfiel, dass er keinen blanken Stotinka in der Tasche hatte. Warm lag das ofenfrische Gebäck in seiner Hand, die zweite Fuhre des Tages. Es war ein seltsames Gefühl, ein paar Minuten lang so arm zu sein, dass man sich nichts kaufen konnte, nicht einmal eine Melodie oder ein Stück Brot. Er stand da, hungrig und begierlich wie ein Kind.

»Was ist?« Der Bäcker tätschelte sich den nicht vorhandenen Wanst und reckte sich. »Sie finden in der ganzen Stadt keine frischere Ware.«

»Das glaube ich gern«, sagte Stoyan, und das Bulgarisch kam ihm mühelos über die Lippen. Endlich würde er nicht mehr täglich mit dem Deutschen ringen müssen, dem ewigen Bedauern, dass er in der Schule stattdessen Französisch gelernt hatte. »Ich hatte nur ganz vergessen ... Ich bin eben mit dem Zug gekommen und habe leider kein hiesiges Geld in der Tasche. Bitte verzeihen Sie die Unannehmlichkeit.« Er legte das Brötchen auf das saubere Tuch, das neben dem Abakus des Mannes ausgebreitet lag.

Der Bäcker beugte sich vor und stützte die mehlweiße Hand auf die Kante seines Tresens. Die Backstube befand sich hinter dem Verkaufsraum, wenn nicht sogar im Keller. Bulgarisches Steinofenbrot, das mit langen Holzpaddeln ein- und ausgeschossen wurde, eine Art Tischtuchtrick. Einen Augenblick lang dachte Stoyan an die Wiener Konditoreien, die köstlichen Schaufensterauslagen, die schmiedeeisernen Stühle, die Jugendstilfresken an den Wänden, die Barockengel an den Decken, die feinen Porzellantassen. Bei Demel hatte er eine Torte gesehen, die Napoleons zweiten Angriff auf die Stadt nachstellte, samt Zuckerrössern, die Feuerspritzen zogen, und der lichterloh brennenden Hofburg.

»Wo waren Sie denn?«, fragte der Bäcker.

»Österreich.«

Die Augen des Bäckers blitzten dunkel, und Stoyan fragte sich, ob der Mann nur Mehl im Haar hatte oder langsam, aber sicher grau wurde. »Ein mächtiges Land, was?«, meinte er. »Sozusagen der kleine Bruder Deutschlands. Es heißt, dass *gospodin* Hitler uns Mazedonien zurückgibt, wenn Europa neu geordnet wird.«

»Da wäre ich mir nicht so sicher.« Stoyan überlegte, ob er gehen sollte, nach Hause, wo er für sein Essen nicht bezahlen musste, doch es bereitete ihm solche Freude, mit diesem Mann Bulgarisch zu sprechen, dass er noch einen Augenblick verweilte, auch wenn ihn die Ansichten des Mannes womöglich in Rage bringen würden. In Wien hatte er einige andere bulgarische Studenten kennengelernt – wenn sie sich in ihrer Muttersprache unterhielten, hatten sie stets das Gefühl, etwas Verbotenes, Sinnloses zu tun. Dieser Mann hatte vermutlich nie auch nur daran gedacht, eine andere Sprache zu erlernen; sein Bulgarisch würde ihm für alle Zeit genügen, es war ihm so selbstverständlich wie seine eigene Haut und der Holztresen, auf den er sich stützte.

»Für Bulgarien gibt es keinen anderen Grund, sich in ihre Machenschaften einzumischen.« Der Bäcker strich mit der Hand über den Ladentisch und wischte sämtliche Zweifel wie lästige Brotkrumen beiseite. »Wir brauchen sie nicht, und sie brauchen uns nicht. Aber wenn sie uns die verlorenen Gebiete zurückgeben würden, wäre das nicht ein kleines Scharmützel wert? Ich würde ja die Ärmel hochkrempeln und das selbst erledigen, aber mich nimmt niemand mehr. Dafür bin ich zu alt, und ich habe eine schlimme Hüfte. Eine sehr schlimme Hüfte.«

»Wenn es denn bei einem Scharmützel bliebe«, sagte Stoyan. »Sie würden sich wundern, in welcher Truppenstärke die Deutschen neuerdings durch Wien marschieren.«

Aus irgendeinem Grund wollte er, der Bäcker hätte die Aufmärsche mit eigenen Augen sehen können, dieser Mann, der aus Bulgarien sein Lebtag nicht herauskommen würde, der wahrscheinlich einmal im Jahr mit dem Zug von Sofia in das Dorf seines Vaters fuhr – ein Mann, der es vermutlich noch nicht einmal bis ans Schwarze Meer am anderen Ende seines Heimatlandes geschafft hatte. Seltsam, aber manche Menschen schienen dafür bestimmt zu sein, die Welt kennenzulernen, andere nicht. Er musste daran denken, was er schon alles gesehen hatte – Pferde in einem Londoner Park, deren Schweif wie das Haar einer Frau zu einem dichten Zopf geflochten war. Einen alternden Cembalisten, der in einem Pariser Salon behäbig in die Tasten griff, während ein Mädchen in blauen Satinschuhen neben ihm saß und die Noten umblätterte. Die aufragenden Spitzen des Prager Veitsdoms. Die noch herrlicheren Verheißungen der Zukunft ließen Stoyans Herz rasch höherschlagen, und vor lauter Dankbarkeit für das Abenteuer seines Lebens schwanden ihm beinahe die Sinne. Er nahm den Hut ab und wischte sich über die Stirn, genau wie es der Straßenkehrer getan hatte. Hinter ihm ging die Tür auf, Verkehrslärm drang herein, und ein weiterer Kunde betrat den Laden.

Der Bäcker blickte auf und schob Stoyan das Brötchen hin. »Da, nehmen Sie. Aber rühren Sie sich nicht vom Fleck.« Über die Rückeroberung Mazedoniens war das letzte Wort anscheinend noch nicht gesprochen. Er wandte sich seiner neuen Kundschaft zu.

»Ah, Vera«, sagte er. »Was kann ich für dich tun, *moyto momiche?*«

Stoyan wandte den Kopf. Ein Schulmädchen in Rock und Jacke, dessen dunkle Zöpfe von einer weißen Schleife im Zaum gehalten wurden.

»Zwei Brote, bitte.« Sie legte ein paar Münzen auf den Tresen, und der Bäcker ging davon, um ihre Bestellung zu erledigen.

Das Mädchen warf Stoyan einen verstohlenen Blick zu, dann schlug es die Augen nieder und sah ihn nicht noch einmal an. Wohlerzogen und fast schon eine Frau, vermutlich eine Schülerin aus dem nahegelegenen *gimnasium.* Ihre Haut war blass, ihre zierliche Nase ein klein wenig zu lang. Ihre Augen strahlten, die Pupillen schimmerten golden, und die Unterlider waren leicht geschwollen, als habe sie geweint, was jedoch offenkundig nicht der Fall war. Sie befingerte den Aufschlag ihres Jackenärmels, damit sie Stoyan nicht anzusehen brauchte.

Stoyan hielt den Hut unter den Arm geklemmt und konnte den Blick nicht von ihr wenden, während sie darauf warteten, dass der Bäcker mit den Broten wiederkam. Sie inspizierte die Kante des Tresens, und er bemerkte ihren breiten Mund und die zarten Grübchen, die sich bildeten, wenn sich ihre Lippen kräuselten. Ihr Ohr war klein, und dünne Haarsträhnen wie die eines Säuglings lugten dahinter hervor. Er betrachtete ihre perfekt geschwungenen Wimpern – dunkel wie ihr Haar – und dann ihre perfekt geschwungenen Wangenknochen, die zusammengezogenen Brauen zum Schutz gegen fremde Blicke. Sie mochte schon zwanzig, vielleicht aber auch erst fünfzehn sein, mit ihren knospenden Brüsten unter der Jacke, den schlanken Beinen in den weißen Baumwollstrümpfen, den blank polierten Schnallenschuhen. Sie musste mindestens fünf Jahre jünger sein als er, ein halbes Leben.

Der Bäcker kam mit den in braunes Papier geschlagenen Broten. »Die sind für deine Frau Mama«, sagte er fröhlich und nahm ihre Münzen. »Und wie geht es eigentlich deinem Vater?«

Das Mädchen namens Vera blickte auf. »Besser, danke. Nächsten Monat fahren wir zur Kur an die See.«

»Ich hoffe, er wird wieder ganz gesund, der Gute.« Der Bäcker schüttelte den Kopf. »Hier, warte.«

Er zog ein Tablett mit Käsegebäck aus einem Regal und schlug ein Stück davon in einen Bogen Papier, an dem es glasige Fettflecke hinterließ. »Ein echter Leckerbissen. Der wird ihm wieder auf die Beine helfen.« Er runzelte die weißen Augenbrauen. »Ein hochanständiger Mann, Ihr Vater, und dann wird er vor seiner eigenen Haustür von einem dieser neuen Busse überfahren. Aus heiterem Himmel! Da, meine Liebe – die sind für ihn, auf Kosten des Hauses.«

Das Mädchen sah Stoyan immer noch nicht an. Er wollte sein Bedauern über die Mühen und Entbehrungen des Lebens, insbesondere des ihren, zum Ausdruck bringen.

Der Bäcker lehnte sich über den Tresen; jetzt erst hatte er Stoyans Geigenkasten entdeckt. »Was? Ein Musiker? Warum haben Sie das nicht gleich gesagt? Sie können für Ihr Brötchen spielen! Sind Sie denn auch gut?«

Stoyan lachte so laut wie schon seit einer Woche nicht mehr. »In Wien finden sie mich gar nicht so schlecht.« Er wurde mit dem Gefühl belohnt, dass endlich auch der Blick des Mädchens auf ihm ruhte, und hütete sich, ihn zu erwidern.

»Tatsächlich?« Der Bäcker verzog den Mund zu einem breiten Lächeln, verschränkte die Arme vor der Brust und lehnte sich zurück. »Dann stellen Sie Ihr Können mal unter Beweis, junger Mann. Bringen Sie ein wenig Schwung in meinen alten Laden.«

Stoyan hatte sich schon oft geweigert, auch nur für Freunde zu spielen, wenn er steife Finger hatte oder nicht recht bei der Sache war. Nun jedoch öffnete er, zu seinem eigenen Erstaunen, seinen Geigenkasten, auf dem frisch gefegten Fußboden der Bäckerei, wo Mehl wie Kitt zwischen den Fugen klebte. Er nahm die Violine aus ihrem samtenen Futteral und klemmte sie sich unters Kinn. Er spürte ohne hinzusehen, dass Vera ihn neugierig musterte. Er strich mit dem Bogen über die A-Saite und entlockte dem Instrument einen satten Ton. Während er es stimmte – furchtbar laut in dem beengten Raum –, hörte er, wie hinter ihnen erneut die Tür aufging. Noch mehr Kundschaft.

Ohne sich umzudrehen, begann er zu spielen: die Chaconne aus Bachs zweiter Partita in d-Moll. Kein anderes Stück in seinem Repertoire war ihm so vertraut; er spielte es seit seinem fünfzehnten Lebensjahr und hatte es sich in der Zwischenzeit immer wieder vorgenommen. Doch nun erschien es ihm wie eine ganz neue Abfolge von Klängen, frisch und voller Leidenschaft, eine kaum wiederzuerkennende Melodie, die seine Finger wie zufällig auf den Saiten fanden. Sie schien alles zu durchdringen: den hohen Raum, den Duft von Brot, die schmierigen Schaufenster, ja selbst die Ärmel seines sorgfältig gebürsteten Jacketts. Sie schimmerte auf dem Gesicht des Mädchens, das ihn unentwegt anstarrte – einen Moment lang blickte er das junge Fräulein offen an und erkannte, dass es mehr war als nur ein bloßes Mädchen: Kritisch und wohlwollend zugleich runzelte es die Stirn und presste die Lippen fest zusammen, um ein freudiges Lächeln zu unterdrücken. Der Bäcker winkte über Stoyans Kopf hinweg immer mehr Leute in den Laden; hinter ihm schien sich eine kleine Menschenmenge versammelt zu haben, und er hörte, wie die Tür geöffnet und weit aufgerissen wurde, das Klingeln des Glöckchens kollidierte kurz mit einer Phrase der Chaconne, und von der Straße drängten Stimmen herein. Er selbst war von vollkommener Stille umgeben wie immer, wenn er spielte, die Musik erwachte in ihm zum Leben und schien zugleich wie aus weiter Ferne an sein Ohr zu dringen, über Felder, Berge, ganze Länder hinweg. Als er schließlich den Bogen absetzte und den letzten Ton verklingen ließ, brach die Stille hinter seiner Stirn jäh ab und machte ihn einen Moment lang schwindeln.

Der Bäcker patschte in die Hände, und die Leute, die sich in den Laden gezwängt hatten, begannen zu klatschen und zu jubeln. Er wandte sich um, nahm den Applaus dankbar entgegen, deutete eine Verbeugung an, presste die treue Violine an sein Herz.

»Heute aus Wien zurückgekehrt!«, rief der Bäcker, als habe er das Konzert arrangiert und sie alle dazu eingeladen. »Einer von uns! Aus Sofia?«, wollte er von Stoyan wissen.

Stoyan nickte, verbeugte sich ein zweites Mal und kam sich allmählich albern vor, als seine Augen Vera wiederfanden. Sie war die Einzige, die keinen Beifall klatschte; das brauchte sie auch nicht. Plötzlich hatte sie so gar nichts Schulmädchenhaftes mehr an sich, und er sah nur noch Bachs himmlische Musik in ihren Zügen, das lebhafte Zucken ihrer Lippen, hellwach und erstaunt, das beinahe ekstatische Leuchten ihrer Augen. Sie hatte ihn vergessen und nur noch seine Musik gehört oder die des Komponisten oder beides. Er verbeugte sich allein vor ihr, und dann verstaute er sein Instrument. Der Bäcker packte ihm mit großer Geste gleich drei Brote ein und wies Stoyans Protest brüsk zurück. Die Leute bildeten ein Spalier für Stoyan, als er den Laden verließ.

»Der wird es noch weit bringen!«, rief ein Mann.

»Gehen Sie mit Gott! Sie können jederzeit wiederkommen und für uns spielen!«, setzte der Bäcker hinzu. Die kleine Menschenmenge vor der Tür zerstreute sich. Vera ging mit ihm hinaus, als sei es die normalste Sache der Welt, und er blieb einen Schritt hinter ihr, damit er ihre stolze, elegant geschwungene Schulter und die langen, mit weißem Organdy zusammengebundenen Zöpfe betrachten konnte. An der Bordsteinkante warf sie ihm einen letzten Blick zu, zögernder diesmal, und eilte dann davon; sie hatte befürchtet, er – oder sie selbst – könnte etwas sagen. Er sah ihr nach, folgte ihr in kurzer Entfernung mit seinem Koffer in der einen und dem Geigenkasten in der anderen Hand. Sie überquerte die Fahrbahn, lief im Zickzack zwischen den Autos und Pferdewagen hindurch – anmutig, schüchtern, sittsam – und verschwand in einer Seitenstraße, ohne sich noch einmal umzudrehen.

An der Straßenecke angekommen, sah er gerade noch, wie sie durch das Tor eines vierstöckigen Mietshauses trat und es behutsam hinter sich schloss. Das Haus war wunderschön: ein Vorgarten mit einem alten Baum, schmiedeeiserne Balkons, hohe Fenster mit Spitzengardinen dahinter. Er merkte sich den Namen des Sträßchens. Irgendwo ein Stück den Boulevard hinab schlug eine Kirchenglocke. Seine Eltern würden ihn freudig begrüßen, seine Mutter würde die Hände über dem Kopf zusammenschlagen, weil er nur einen Koffer bei sich hatte, sein Vater würde ihn auf beide Wangen küssen, und im Nu würde das Mittagessen auf dem Tisch stehen. Endlich heißes Wasser, mit dem er sich Gesicht und Hände waschen konnte, ein sauberes Hemd.

Stoyan wandte sich zum Gehen. Immerhin wusste er jetzt, wo sie wohnte, und sie hatte ihn angesehen mit Augen voller Musik.

Fünfundzwanzig

Irina Georgieva begleitete sie zur Tür und küsste erst Alexandra, dann Bobby auf beide Wangen.

»Danke, meine Lieben«, sagte sie. »Fahren Sie vorsichtig. Wenn ich von Vera höre, rufe ich Sie an und erzähle Ihnen, wie die Geschichte ausgegangen ist.«

Sie stand auch noch da und hielt sich mit einer Hand am Türrahmen fest, als Alexandra sich auf dem Gehsteig noch einmal umdrehte und einen letzten Blick zurückwarf. Alexandra wollte, sie hätte ein Foto von der alten Dame gemacht und von dem kleinen, rosarot getünchten Haus, aber dazu war es nun zu spät. Außerdem hatte sie vergessen, sich von der Urne zu verabschieden, so absurd das auch klingen mochte.

Sie gingen durch die kopfsteingepflasterten Straßen, bis sie die richtige Ecke gefunden hatten. Hier war es still, die Hitze sickerte durch die alten Bäume, und es war weit und breit niemand zu sehen. Plötzlich blieb Bobby, mit Stoychos Leine in der Hand, schlagartig stehen, und Alexandra erstarrte.

Das Taxi stand, wo sie es eine Stunde zuvor zurückgelassen hatten, doch die Windschutzscheibe war mit gelber Farbe beschmiert, auch wenn die Striche diesmal keine Worte zu bilden schienen. Da sah sie die beiden Einschusslöcher in der

Windschutzscheibe, das eine auf der Fahrer-, das andere auf der Beifahrerseite. Von jedem Loch gingen sternförmig lange Risse aus.

»Bobby?«, sagte sie. Er stand schweigend da, die Augen zu Schlitzen verengt, und sah sie noch nicht einmal an, als sie ihn am Ärmel zupfte. Unter einem der beiden Scheibenwischer klemmte ein Zettel. Er blickte sich verstohlen um, zog den Zettel vorsichtig heraus und faltete ihn auseinander.

»Was steht da?«, fragte Alexandra mit flehendem Unterton. Ihre Knie hatten zu zittern begonnen, was sie in ihrem Verdacht bestätigte, dass sie es eigentlich gar nicht wissen wollte.

Er zögerte einen Moment. *»Varnete ya«*, sagte er tonlos. Alexandra sah, dass kein Ausrufezeichen dahinter stand. »Das heißt *Gebt es zurück.*« Er hielt inne. »Oder *Gebt sie zurück.*«

»Was sollen wir zurückgeben?« Sie schloss die Hand um seinen Arm. »Und warum schießt jemand Löcher in deine Windschutzscheibe?«

Doch Bobby suchte bereits die Straße ab. Er hastete zur nächsten Straßenecke, spähte in parkende Autos, über Mauern und in Gärten. Stoycho lief neben ihm her. Bobby kehrte zum Taxi zurück, inspizierte die Farbe erst aus der Nähe und trat dann einen Schritt zurück, um das Gesamtbild in Augenschein zu nehmen. Er kratzte mit dem Fingernagel ein wenig von der Farbe ab und schnupperte daran. »Natürlich, noch fast feucht.«

»Warum macht jemand so etwas?«, wiederholte Alexandra.

»Ich weiß es nicht«, sagte Bobby barsch. »Es werden immer wieder Autos mit Graffiti beschmiert oder mutwillig beschädigt. Aber das ist nun schon das zweite Mal. Und *Gebt es zurück …*«

Er fischte sein Handy aus der Tasche und fotografierte erst die Windschutzscheibe, dann die beiden Einschusslöcher. »So können wir nicht fahren. Achte auf den Verkehr. Ich will kein unnötiges Aufsehen erregen.«

Er öffnete den Kofferraum, holte eine alte Decke heraus, breitete sie über die Windschutzscheibe und befestigte sie mit Isolierband. Alexandra fragte sich, wie sie jetzt nach Sofia zurückkommen sollten. Die Straße war ruhig, aber nicht mehr friedlich. Stoycho sah ihnen aufmerksam zu.

»Warum macht jemand so etwas?«, fragte Alexandra ein drittes Mal.

»Das ist die falsche Frage«, sagte Bobby und riss ein Stück Klebeband ab. »Die richtige Frage lautet: *Wer?* Angenommen, es handelt sich nicht um einen albernen Scherz, einen Dummejungenstreich. Es könnte natürlich einer sein, aber die Nachricht spricht eindeutig dagegen. Besonders nach der Geschichte bei Lelya Pavlina – zweimal in zwei Tagen. Wenn wir wüssten, wer, wüssten wir vielleicht auch, warum. Und zweitens: Was sollen wir zurückgeben? Was haben wir denn? Eine Person kann eigentlich nicht gemeint sein, es sei denn, sie wollen, dass ich dich jemandem zurückgebe.«

Er sah sie an, schien jedoch immer noch ratlos, verzweifelt beinahe.

»Wir haben Stoycho«, sagte sie und kam sich töricht vor, kaum dass sie es ausgesprochen hatte. Der Hund trat unruhig auf der Stelle und sah zu ihr hoch. »Wir haben oder vielmehr hatten die Urne, jedenfalls bis vor Kurzem. Aber wer könnte sie zurückhaben wollen? Außer den Lazarovi, meine ich?«

Sie zog die Oberkante der Decke straff, und Bobby befestigte sie mit Klebeband an der Windschutzscheibe. »Okay, nehmen wir an, der Schreiber der Nachricht meint die Urne. Sie ist der einzige ungewöhnliche Gegenstand, den wir haben beziehungsweise hatten. Und *wer* weiß, dass wir sie hatten?«

»Die Lazarovi«, wiederholte Alexandra. »Aber ihnen wollten wir sie ja zurückgeben. Dann natürlich Irina und vermutlich auch ihre Haushälterin.« Sie dachte einen Augenblick nach und wischte sich die Farbe von den Fingern. »Und die Polizei, die beiden Beamten, mit denen ich in Sofia gesprochen habe, eventuell die Sekretärin und der Kommissar, der mir die Adresse gegeben hat.«

»Ja«, sagte Bobby. Er sah sich noch immer alle paar Sekunden verstohlen um.

»Aber auf dem Revier hatte ich die Urne bei mir. Wenn sie so scharf darauf gewesen wären, hätten die Polizisten sie mir ohne Weiteres abnehmen können; ich habe sie ihnen ja praktisch auf dem Silbertablett serviert. Aber das haben sie nicht getan. Und überhaupt, warum sollten sie sich für die Urne interessieren?«

»Ja, warum?«, fragte Bobby.

»Eins ist allerdings merkwürdig«, sagte Alexandra zögernd. »Vielleicht täuscht mich meine Erinnerung, oder ich messe dem zu viel Bedeutung bei. Auf dem Revier habe ich mich ein paar Minuten mit dem Beamten unterhalten, der mir die Adresse in Bovech gegeben hat. Wir waren allein in seinem Büro. Anfangs hielt seine Neugier sich in Grenzen, bis er in einer Datenbank oder dergleichen auf Stoyan Lazarovs Namen stieß. Er zuckte buchstäblich zusammen, und dann führte er ein Telefongespräch, von dem ich natürlich kein Wort verstanden habe. Aber danach wirkte er irgendwie aufmerksamer, interessierter.«

Sie sah Bobby an. »Er fragte mich, ob er die Tasche aufbewahren solle, und als ich sagte, ich würde sie ihrem Besitzer lieber persönlich zurückgeben, lenkte er sofort ein und gab mir die Adresse. Die Polizisten hätten ihn doch bestimmt sehr viel schneller gefunden als wir. Warum also haben sie es dann nicht einfach getan – wenn sie die Urne tatsächlich zurückhaben wollen? Andererseits würden sie wohl kaum Drohgraffiti hinterlassen, oder?«, fragte sie, obgleich sie sich da nicht ganz sicher war. Dieses Land wurde ihr immer rätselhafter.

»Wie hat er ausgesehen, dieser Beamte?«, wollte Bobby wissen.

Sie beschrieb ihn: der fast kahle Schädel, das zuckende Auge, das lange, Ehrfurcht einflößende Büro mit dem großen Schreibtisch.

»Der Kerl, der dir seine Visitenkarte gegeben hat. Ja, das war der Chef«, sagte Bobby und richtete sich auf. »Hundertprozentig. Ich habe mich schon gewundert, dass sie dich überhaupt zu ihm vorgelassen haben, aber das könnte damit zusammenhängen, dass du Ausländerin bist und die sterblichen, äh, Überreste eines Menschen bei dir hattest. So etwas kommt schließlich nicht jeden Tag vor.«

»Und warum könnte die Polizei die Urne jetzt zurückhaben wollen?«

Wieder schüttelte Bobby den Kopf. »Ich glaube nicht, dass die Bullen dahinterstecken. Du hast ganz recht – das ist nicht ihre Art. Sie hätten uns einfach zur Fahndung ausgeschrieben oder gleich an Irina Georgievas Tür geklopft, wenn sie ohnehin wussten, dass wir dort waren.«

»Aber es wusste sonst niemand davon«, sagte Alexandra.

»Da bin ich mir nicht so sicher«, erwiderte Bobby leise. Er zog die Unterkante der Decke straff. »Wenn es tatsächlich so war, wie du sagst, könnten sie diese Information durchaus weitergegeben haben. Irina könnte jemandem davon erzählt haben, als wir mit dem Hund unterwegs waren, oder ihre Haushälterin hätte es einem Freund oder Bekannten mitteilen können. Und die Lazarovi würden uns oder das Taxi niemals finden – andernfalls wären sie längst hier, um die Urne abzuholen.«

»Es sei denn, sie sind selbst zur Polizei gegangen, nachdem ich dort gewesen war«, gab Alexandra zu bedenken. »Und die Polizei war uns längst auf der Spur und hat ihnen das Kennzeichen des Taxis gegeben. Zugegeben, das ist alles graue Theorie, aber möglich wär's.«

Bobby sah sie scharf an, dann beugte er sich zu ihr und tippte ihr an die Schläfe. »Du bist ein sehr intelligentes Mädchen«, sagte er.

»Ich bin kein *Mädchen*«, entgegnete sie wie aus der Pistole geschossen.

»Stimmt«, sagte Bobby. »Aber ich kann mir nicht vorstellen, dass die Lazarovi den Wagen mit Farbe beschmieren oder uns Löcher in die Scheibe schießen würden. Das sind ganz normale Leute, alte Leute, und sie sind wahrscheinlich furchtbar traurig und verwirrt. Sie würden die Polizei bitten, ihnen bei der Suche nach uns zu helfen. Und dann würden sie uns auf zivilisierte Art und Weise um die Urne bitten.«

»Mir gefällt die ganze Sache nicht«, sagte Alexandra. »Ich finde, wir sollten das jemandem erzählen.«

»Was? Willst du etwa noch mal zur Polizei?«

»Eigentlich nicht«, gestand sie. »Nur wenn es nicht anders geht. Aber vielleicht hat Irina die … Lazarovi … ja längst erreicht, und es ist alles in bester Ordnung.« Doch das klang selbst in ihren Ohren wenig überzeugend.

»Mir gefällt das alles auch nicht«, meinte Bobby. Fast schon wütend riss er einen letzten Klebestreifen ab und zog ihn quer über die Windschutzscheibe. »Und solange jemand, aus welchem Grund auch immer, hinter der Urne her ist, können wir sie unmöglich bei der alten Dame lassen. Sonst bringen wir sie am Ende noch in Gefahr.«

»Daran habe ich auch schon gedacht«, sagte Alexandra. »Aber vielleicht können wir ihr ja trotzdem dabei helfen, ihre Schwester zu finden.« Auch wenn sie ihr Unbehagen nicht ganz abschütteln konnte, verspürte sie doch so etwas wie Erleichterung.

Bei ihrer Rückkehr saß Irina Georgieva in der Gartenlaube und nahm mit je einem Schluck Wasser mehrere Tabletten ein. Sie schien nicht weiter überrascht, als sie auf die Terrasse traten.

»Ohne diese Medikamente falle ich morgen tot um, und das Museum bekommt mein Haus«, sagte sie. »Das ist vertraglich so geregelt, und diese Aasgeier können es kaum erwarten, dass ich in die Grube fahre.« Sie deutete über den Hof auf das Herrenhaus. »Aber meine Bilder kriegen sie nicht. Meine Bilder vermache ich der Kunstakademie. Hatten Sie eine Autopanne?«

»Ja«, sagte Bobby. Es war die perfekte Lösung – eine Panne. »Hätten Sie etwas dagegen, wenn wir noch ein wenig bleiben, bis wir alles Nötige geregelt haben?«

»Pech für Sie«, sagte Irina. »Aber ein Glück für mich.« Sie lächelte, und ihre feuchten Augen strahlten.

»Wollen Sie damit sagen, dass Ihre Schwester angerufen hat?«, erkundigte sich Alexandra ungeduldig.

»Nein, meine Liebe. Schön wär's, aber sie hat sich nicht gemeldet. Ich habe es noch einmal bei Neven und in dem Haus in den Bergen versucht, aber es nimmt noch immer niemand ab. Ich habe nie verstanden, wie man in den Bergen leben kann, vor allem im Winter. Das Dorf ist einfach zu klein, zu abgelegen. Aber wir können nicht ewig hier herumsitzen und Däumchen drehen – sie sind bestimmt längst wieder zu Hause oder doch wenigstens auf dem Weg dorthin.« Sie seufzte. »Wenn Sie Ihren Wagen schnell wieder flottkriegen, könnten wir in kaum vierundzwanzig Stunden im Dorf sein und ihnen die Urne persönlich überbringen. Wir könnten gleich morgen früh losfahren. Lenka würde auch mitkommen; ich bin auf ihre Hilfe angewiesen.« Endlich erfuhren sie den Namen der jüngeren Frau.

Alexandra blickte zu Bobby. »Kannst du dir das zeitlich leisten?«

Bobby hatte die dünnen Arme vor der Brust verschränkt. Das Haar fiel ihm in die Augen, und unter dem Laubdach wirkte seine Haut grünlich und fahl. Alexandra überlegte, ob er nicht doch besser aussah, als sie zunächst angenommen hatte, oder ob dieser Eindruck dem Phänomen geschuldet war, dass ein Mensch immer attraktiver wurde, je länger man ihn kannte, dass die Vertrautheit ihn weniger wunderlich erscheinen ließ.

Er nickte. »Na klar, Bird. Kein Problem. Ich müsste nur kurz zu Hause anrufen.«

Sie lächelten sich an. Die freundlichen Gesichter, das Gefühl, eine Heimat fern der Heimat gefunden zu haben, die warme Frühsommersonne – all das genügte, um Alexandra einen Moment lang so etwas wie Glück empfinden zu lassen.

»Damit wir uns richtig verstehen«, sagte Irina. »Asparuh, ich möchte nicht, dass Sie umsonst arbeiten. Ich bestehe darauf, Sie zu bezahlen. Sie haben ohnehin schon ein paar Arbeitstage verloren, oder?«

»Danke, Madame Georgieva.« Bobby neigte respektvoll den Kopf. »Es wird mir eine Ehre sein. Ich hoffe, Sie fühlen sich in meiner alten Rostlaube sicher.«

Ganz sicher nicht, dachte Alexandra. »Und dann ist da noch Stoycho«, sagte sie laut. »Aber den kann ich zur Not auch auf den Schoß nehmen.«

Irina tätschelte Bobbys Hand. »Dann sind wir uns einig«, sagte sie. »Und bevor ich es vergesse: ein Bett oder zwei?«

Die Unverblümtheit ihrer Frage versetzte Alexandra einen kleinen Schock. Andererseits war einer Künstlerin, und sei sie auch noch so alt, vermutlich nichts Menschliches fremd.

»Äh, zwei, bitte«, sagte Alexandra, ohne Bobby anzusehen.

»Wie Sie wünschen. Und haben Sie Gepäck? Abgesehen von der Urne, meine ich?«

Bobby verneinte.

»Gut«, sagte Irina. »Dann zeige ich Ihnen jetzt Stoychos Nachtquartier.« Unsicheren Schrittes führte sie die beiden hinter die Gartenlaube, zu einer Hundehütte in demselben Blau wie die Häuser der Altstadt; Alexandra hatte das Gefühl, dass sie bei ihrem ersten Besuch noch nicht da gewesen war. Sie war mit einer Baumwollmatte ausgelegt, und vor dem Eingang standen Näpfe mit Futter und Wasser.

»Mein Haus ist klein, aber dein Haus ist noch kleiner«, sagte Irina zu Stoycho. »Und es steht im kühlen Schatten.« Er ging hinein, drehte sich einmal um die eigene Achse und legte sich so hin, dass sein Kopf ins Freie ragte. Kaum hatte er es sich bequem gemacht, fielen ihm auch schon die Augen zu.

Lenka führte Alexandra nach oben, in ein Zimmer, dessen Decke so niedrig war, dass Alexandra mit der flachen Hand darüberstreichen konnte. Es war ganz mit verdunkeltem Holz ausgeschlagen, Schnitzereien in Form von Eicheln und Eichenlaub zierten die Wände, und ein glattgesichtiges Mädchen blickte vom Türstock herab. Irina hatte ihre Tierbilder hier aufgehängt – Ziegen, Schafe, Hühner, Tauben, Fische sowie ein erstaunlich naturgetreues Flusspferd. Erst dachte Alexandra, es gebe kein Bett. Sollte sie etwa auf dem groben Wollteppich schlafen? Doch dann öffnete Irinas Haushälterin einen Wandschrank, der die gesamte Länge des kleinen Zimmers einnahm, und zeigte ihr das Bett darin: weiße Kissen, eine Baumwolldecke, auf der aus irgendeinem Grund ein getrockneter Kräuterzweig lag. Alexandra hielt ihn sich unter die Nase und roch daran. »Oregano?«, fragte sie mit ihrem besten slawischen Akzent.

Lenka lachte und sagte: »*Tschubritza*«, und da sie sich nicht weiter verständigen konnten, begnügten sie sich mit einem Grinsen.

Bald darauf zog Irina sich zu ihrem Mittagsschlaf zurück. Bobby schlug vor, eine Weile aus dem Haus zu gehen; er wolle sich im Viertel noch ein wenig umsehen. Alexandra wusste, dass ihm die Löcher in der Windschutzscheibe keine Ruhe ließen. Sie nahmen Stoycho an die Leine und gingen quer durch die Altstadt zu den Ruinen des römischen Theaters. Es thronte hoch über der Stadt, an einem Platz, der schon zu seiner Zeit recht eindrucksvoll gewirkt haben musste. Es war von einem Zaun umgeben; sie kauften sich eine Eintrittskarte und gingen hinein. Die mit ionischen Marmorsäulen versehene Rückwand war so weit instand gesetzt, dass sie als Bühne für Theater- und Konzertaufführungen dienen konnte. Auf einer Ebene mit der letzten Sitzreihe des Theaters befand sich ein wunderschönes Gebäude: das Konservatorium, an dem Stoyan Lazarov nicht hatte unterrichten dürfen. Alexandra wanderte umher und sah sich die gigantischen, grob behauenen Bruchsteine an, und dann kletterten sie wieder nach oben und setzten sich in die letzte Reihe. Stoycho lag an der schlaffen Leine nur ein paar Schritte entfernt auf der Treppe. Von hier aus konnte man sich allerlei klassische Spektakel vorstellen – eine schon damals antike griechische Tragödie etwa, die sich vor der meterhohen Marmorfassade abspielte.

Bobby wies mit ausgestrecktem Arm um sich. »Es wurde zur Zeit des Kaisers Trajan erbaut, im zweiten Jahrhundert nach Christus.«

»Du weißt eine ganze Menge über deine Heimat«, sagte Alexandra.

»Ich habe mich schon immer für Geschichte interessiert«, erwiderte er. »Aber jedes Land hat seine Mythen – Mythologie und Geschichte vermischen sich. Aber du weißt doch bestimmt auch eine Menge über deine Heimat. Oder kennst zumindest ein paar Mythen.«

»Ein paar vielleicht«, sagte sie und fragte sich, wann die Golden Gate Bridge errichtet oder Philadelphia gegründet worden war.

»Na ja, die USA sind ja auch ziemlich groß.« Zu ihrem Erstaunen legte er den Arm um ihre Schultern. »Da kann man wahrscheinlich gar nicht alles wissen.«

»Die Gegend, aus der ich komme, kenne ich ziemlich gut«, sagte sie. Sie stellte sich ihn im Arm seines Freundes vor, aber vielleicht war das hier in der Öffentlichkeit nicht gern gesehen – oder er hatte überhaupt keinen Freund. Sein Arm war angenehm, warm. Sie musste an Jack denken, wie er auf ihrem Bett gesessen und ihr bei den Hausaufgaben geholfen hatte; eine Erinnerung, die ausnahmsweise keine schmerzlichen Gefühle in ihr auslöste.

Eine Reiseführerin mit einer Gruppe plappernder Touristen im Schlepptau betrat das Theater. Die Frau trug einen marineblauen Hosenanzug wie eine Stewardess und eine knallrote Mütze mit der Aufschrift SUNNYTRIPS und wedelte mit einem Stoß von Papieren, um die Aufmerksamkeit ihrer Entenschar auf sich zu lenken. Die Touristen hatten dunkle Haare oder einen dunklen Teint, die meisten waren mittleren Alters, die Männer trugen Bart und die Frauen Röcke und Sandalen, in denen man schlecht laufen konnte. Es waren auch ein paar Teenager darunter, die den Erwachsenen allein oder zu zweit hinterdreinzockelten; ein schlaksiger Junge löste sich von seinen Eltern und sah auf sein Handy. Alexandra konnte sich die

SMS, die er seiner Freundin zu Hause geschickt hatte, lebhaft vorstellen: *Hi, und noch 'ne beschissene Ruine.*

»Griechen«, sagte Bobby fasziniert. »Aber keine alten.« Er nahm den Arm von ihrer Schulter und zog Stoycho etwas näher zu sich heran. Stoycho sah ihn traurig an – glaubte Bobby allen Ernstes, dass er sich losreißen würde, um ein paar Touristen zu zerfleischen? Licht ergoss sich in Kaskaden über die alten Steine, und plötzlich hatte Alexandra das Gefühl, die Sonne zum ersten Mal wirklich wahrzunehmen; in diesem Teil der Welt sah sie ganz anders aus, als ob eine unsichtbare Hand einen riesigen Schleier fortgerissen hätte und sie als urzeitliche Kraft vom Himmel strahlte. Das Licht umschmeichelte ihre Haut, ebenso wie der warme Wind, der sanft den Hügel heraufwehte. Die Steine, auf denen sie saßen, schimmerten silbrig. Sie sah Unkraut, das aus den Ritzen wucherte, ein Büschel rot blühender Mohnblumen vor der Bühne. Und sie verspürte so etwas wie inneren Frieden, der einen immer dann überkam, wenn man am wenigsten damit rechnete. Doch dieses Gefühl währte nur kurz, dann schob sich das Bild der zersplitterten Windschutzscheibe vor ihr inneres Auge.

Irina Georgievas Telefon blieb an diesem Abend stumm, und Alexandra und Bobby saßen mit der alten Dame im Garten, eine perfekte Mainacht auf dem Balkan. Lenka hatte ihnen Tee gebracht, der Irina zufolge aus den umliegenden Bergen stammte. Die Luft regte sich, wenn auch nur ganz leise, und das wachsende Mondlicht, das durch die Lücken zwischen den Weinblättern und Ranken fiel, überzog alles mit einem wirren Schattenmuster. Alexandra glitt mit der Hand über die

Tischplatte und stellte fest, dass sie zwar die Finger, nicht aber die Lichtflecke bewegen konnte und dass ihre Hände ihrerseits komplexe neue Schatten warfen. Sie beschrieb Irina das alte Haus in den Bergen North Carolinas, erwähnte Jack jedoch mit keinem Wort. Bobby erläuterte sein Vorhaben, durch sämtliche Straßen Sofias zu laufen; Irina lachte anerkennend und erzählte ihnen, einst habe sie sämtliche Tiere dieser Welt malen wollen – »Aber wie sollte ich das anstellen, hier in Bulgarien?«

»Sie meinen, weil es hier nur so wenige Arten gibt?«, fragte Alexandra, die bemerkt hatte, dass Irina ihre Offenheit höher schätzte als ihre Höflichkeit, und ihre anfängliche Scheu allmählich ablegte. »Weil Sie so viel hätten reisen müssen?«

»Du darfst nicht vergessen«, sagte Bobby mit sanfter Stimme, wie um einen unschuldigen Fehler zu korrigieren, »dass unter dem Kommunismus niemand reisen konnte. Oder nur sehr wenige. Aber auf Bildern und in Filmen haben Sie doch bestimmt viele Tiere gesehen, Madame Georgieva?«

Eine weiße Haarsträhne hatte sich gelöst, und sie strich sie sich wieder hinters Ohr, eine von vielen jugendlichen Gesten, die Alexandra an ihr bemerkt hatte.

»Selbstverständlich«, sagte sie. »Den Zoo in Sofia nicht zu vergessen. Und vor dem Krieg bin ich viel gereist, hauptsächlich nach England. Als ich ein kleines Mädchen war, hatte unser Vater eine Stellung in London; kurz nach meinem zwölften Geburtstag mussten wir dann zurück nach Bulgarien. Dort habe ich Englisch gelernt, und wir sind häufig in den Londoner Zoo gegangen. Die Tiere dort haben in mir den Wunsch geweckt, Malerin zu werden – zum Beispiel der Elefant mit diesen komischen … Borsten auf dem Rücken und an den Ohren.«

Sie legte die Hände an den Kopf und zeichnete mit spitzen Fingern Haare in die Luft. »Aber es stimmt schon. Die meisten von uns konnten nicht reisen. Ich kannte Leute, die ihr Leben lang davon träumten, Bulgarien zu verlassen, und daran buchstäblich zugrunde gingen. Was verboten ist, erlangt oftmals große Bedeutung.«

Irina verstummte jäh. Sie starrte stirnrunzelnd auf den Tisch. Sie rührte in ihrer Teetasse, und eine leuchtende Dampfwolke stieg wabernd in die mondbeschienene Nacht, ein Anblick von geradezu beängstigender Schönheit.

»Es gibt weitaus traurigere Geschichten als die meine, und die fehlende Reisefreiheit war noch das geringste Problem, meine Lieben«, sagte Irina Georgieva nach einer kurzen Pause. »Ich hoffe, Sie haben ein besseres Leben vor sich.« Sie sah die beiden an, und das Mondlicht tanzte auf ihrem Gesicht.

Bobby lehnte sich zurück. In diesem Mosaik aus Hell und Dunkel wirkte er auf einmal älter. Alexandra bemerkte, dass er gespannt auf jedes Geräusch von der Straße lauschte und sich von Zeit zu Zeit im Hof umblickte, was sie innerlich erschauern ließ. Der Mond stand jetzt hoch am Himmel; sie erspähte ihn durch das löchrige Laubdach und sah, dass er klein und kalt geworden war.

Plötzlich sagte Bobby: »An Ihrer Tür hängt kein *nekrolog.*« Alexandra fragte sich, ob Irina Georgieva sich von seinen Worten womöglich beleidigt fühlte. Sie musste an Bovech denken, die nackte grüne Haustür, die Topfpflanzen, die auf der Treppe vor sich hin welkten.

Doch Irina schien nicht geneigt, ihm Vorwürfe zu machen. »Meine Schwester hat mich gebeten, darauf zu verzichten, und das war mir, offen gestanden, auch ganz recht. Ich kann die Dinger nicht leiden. Sie sind fast immer hässlich und gereichen den Toten deshalb nur selten zur Ehre. Meine Erinnerungen an einen Bruder sind mir wichtiger als ein Stück Papier, das der Welt mitteilt, dass er nicht mehr ist, noch dazu mit einem schlechten Foto.«

Alexandra konnte dem nur zustimmen.

Irina richtete sich auf. Sie sah Alexandra an. »Möchten Sie wissen, wie Stoyan meine Schwester geheiratet hat?«

»Ja«, sagte Alexandra. »Ja, bitte.«

Sechsundzwanzig

Ich habe Ihnen ja schon gesagt, dass Stoyan und ich wie Bruder und Schwester waren, begann Irina. Und das ist die Wahrheit. Ich hatte keine Brüder, bis auf einen, der aber schon als Baby gestorben war, vor Veras Geburt – und einen Bruder braucht schließlich jeder, nicht? Darum sprach Stoyan mit mir, als wir älter wurden, bisweilen wie mit einer Schwester – obwohl er, wie gesagt, ein sehr zurückhaltender Mann war und es in seiner Seele gewiss verborgene Winkel gab, in die er mich nie hat hineinblicken lassen. Ich war erst fünfzehn, als Vera ihm in der Bäckerei begegnete, aber ich weiß noch genau, wie er das erste Mal zu uns nach Hause kam. Vera war fast achtzehn. Mein Vater, der damals schon invalide war, hatte Vera verboten, sich allein mit Stoyan zu treffen, dafür sei sie noch zu jung, und wenn sie ihn heiraten wolle, müsse sie warten, bis sie mindestens zweiundzwanzig sei – ich weiß bis heute nicht, warum er und unsere Mutter sich so sehr auf dieses Alter versteift hatten. Aber er gestattete ihr, Stoyan alle paar Wochen zum Essen einzuladen, auch und nicht zuletzt weil er uns von einem Freund eines Onkels offiziell vorgestellt worden war.

Stoyan kam jahrelang zu uns zum Essen, den ganzen Krieg hindurch, selbst wenn es nicht allzu viel zu essen gab, und oft waren auch andere Freunde und Verwandte bei uns zu Gast. Ich glaube, die Freunde und Verwandten interessierten ihn nicht besonders, aber er mochte meine Mutter, die immer nett und freundlich war und Musik über alles liebte, und er erzählte mir ständig Witze und kleine Anekdoten. Zumeist jedoch saß er nur da, mit leuchtenden Augen, und sah Vera zu, wie sie durchs Zimmer ging, wenn sie meinem Vater Kissen brachte oder meiner Mutter beim Kaffeeeinschenken half. Nach dem Essen spielte Stoyan seine Violine, die er stets bei sich hatte.

Damals war er noch etwas gesprächiger, und ich liebte seine Geschichten. Einmal erzählte er uns, dass bis zu seiner Rückkehr nach Sofia die beiden glücklichsten Tage seines Lebens diejenigen gewesen seien, an dem sein Vater ihm seine erste Violine geschenkt hatte und er in Wien aus dem Zug gestiegen war, um am dortigen Konservatorium Musik zu studieren. Vera errötete. Stoyan erzählte uns von den Musikern, die er in den großen Städten Europas gehört hatte, von den Wiener Kaffeehäusern, von der Kathedrale Notre-Dame, die über der Seine aufragte. Er erzählte uns von Rom, wo ihm sein Vater ein paar Jahre zuvor seine jetzige Violine gekauft hatte – eine bessere habe er nie besessen, schwärmte er –, ein lackglänzendes Instrument aus der Werkstatt Giuseppe Alessandris. Alessandri, sagte er, sei 1824 geboren worden und der Schüler eines Schülers des großen Lorenzo Storioni aus Cremona. Stoyans Violine war um 1860 gefertigt worden, in den Wirren, aus denen schließlich das Königreich Italien hervorgegangen war.

Immer wenn er diese Violine für uns spielte, musste ich

an seine Geschichten denken, an Bilder, die ich gesehen, und Bücher, die ich gelesen hatte. Seine Violine hatte einen rauchigen, geheimnisvollen Klang, in dem ich das Platzen von Kastanien über einer Kohlenpfanne am Ufer eines Flusses zu hören glaubte, den Hufschlag von Pferden auf dem Pflaster von Siena und Florenz und das Rascheln der Blätter, die auf Garibaldis marschierende Truppen herabregneten. Die Violine sang »*Roma o morte*«, und sie beweinte die Berge von Toten in einem amerikanischen Bürgerkrieg jenseits des Ozeans, beschwor den Zauber von Paris im Glanz des Zweiten Kaiserreiches. Sie ließ das Auf und Ab von Stimmen hörbar werden, die im Schein einer Walöllampe aus den Werken Victor Hugos vorlasen, sie sang von Dynamit, von Osmanen und Engländern, die auf der Krim unter die Hufe ihrer Pferde gerieten, den Schritten der Menschenmassen, die sich durch die Weltausstellung schoben. Vor allem aber sang Stoyans Violine von Orten – Orten, die ihr Erbauer besucht hatte, Orten, die der Lehrer ihres Erbauers besucht hatte, Orten, die ihr derzeitiger Besitzer eines Tages sehen würde, und den vielen, vielen Orten, an denen er eines Tages mit ihr auftreten sollte.

Bis Stoyan zu uns kam, verliefen diese Familienessen nach dem immergleichen Muster, und es wurde viel über den Krieg geredet. Anfangs hielt der König unser Land neutral – wenngleich er Hitler schließlich ein paar bulgarische Divisionen zur Verfügung stellte –, sodass wir von Bombenangriffen und Rationierungen erst einmal verschont blieben. Wir hatten eine große Wohnung, wunderschön möbliert, mit langen Gardinen vor den Fenstern und einem großzügigen Balkon. Die meisten unserer Verwandten wohnten im selben Haus, das mein Großvater väterlicherseits Jahre zuvor errichtet hatte. Unsere Möbel hatte meine Mutter mit in die Ehe gebracht; ihr Vater hatte sie noch im vorigen Jahrhundert in Paris anfertigen lassen.

Unsere Eltern waren sehr stolz auf ihre Wohnung. Meine Mutter hielt alles sauber und in bester Ordnung mit unserer tatkräftigen Hilfe und nähte die Spitzendeckchen für die Tische und die Schonbezüge, die unsere Polstersessel vor der Haarpomade meines Vaters schützen sollten. Auf der Armlehne eines dieser Sessel schlug mein Vater mit der Hand den Takt, wenn Stoyan ihm zu Ehren ein kleines Wunschkonzert gab und einen Tanz von Brahms oder eine Romanze von Beethoven spielte – und wenn er eine Opernmelodie zum Besten gab, formte mein Vater mit den Lippen stumm den Text auf Italienisch. Beim Essen betätigte meine Mutter mit dem Fuß bisweilen einen unter dem Esstisch angebrachten Knopf, um unsere einzige Hausangestellte hereinzurufen – nachdem Sofia elektrifiziert worden war, hatte mein Großvater diese Technik meiner Großmutter zuliebe installieren lassen, und alle waren stolz, wenn meine Mutter den Knopf drückte und wie durch ein Wunder das Mädchen aus der Küche kam. Niemand sonst wusste von dieser Apparatur.

Und so wurde Stoyan nach und nach ein Mitglied der Familie, ohne dass wir es so recht bemerkten. Noch aßen wir das Fleisch vom Metzger und das eingekochte Gemüse meiner Urgroßmutter, das so gut schmeckte wie kein anderes. Vor dem Essen machten Vera und ich uns jedes Mal fein. Wenn Stoyan zu Besuch kam, saß Vera stundenlang vor dem Spiegel, frisierte ihr Haar und puderte sich Hals und Gesicht, damit ihr Teint noch heller strahlte. Sie trug jetzt immer häufiger Erwachsenenkleidung und machte ihr Abitur.

Dann schloss der König einen Bund mit Hitler, der ihm die Herrschaft über Mazedonien übertrug, und die ersten Truppen wurden dorthin und nach Griechenland entsandt. Noch war der König sehr beliebt, weil er unsere angestammten Gebiete zurückgewonnen hatte. Doch dann griff Hitler Russland an, unseren alten Verbündeten. Irgendwann im Jahre 1941 – wann genau, weiß ich nicht mehr – kam es auf den Straßen Sofias zu heftigen Protesten, weil die Leute glaubten, dass unsere Männer für ausländische Interessen starben und nicht zum Ruhme Großbulgariens. Wie sich herausstellen sollte, hatten sie völlig recht, trotzdem ließ der König ihre Demonstrationen blutig niederschlagen.

Danach gewannen die Kommunisten und Anarchisten zunehmend an Einfluss, wenn auch vor allem im Verborgenen. Papa erzählte uns, jemand sei an einen seiner jüngeren Freunde herangetreten und habe ihn um Geld für die Partisanen gebeten, doch da besagter Freund dem König und seiner Regierung noch immer treu ergeben war, hatte er abgelehnt. Der König, so sagte unser Vater, sei ein großer Mann und werde uns schon irgendwie über den Krieg retten. »Hütet euch vor Geheimnissen, Kinder«, sagte Papa in demselben Tonfall wie damals, als wir noch klein gewesen waren und Zucker aus der Küche gestohlen hatten. »Früher oder später werden sie sich gegen euch wenden.«

Im Frühjahr 1941 wurden wir von den Alliierten bombardiert, zur Strafe für den Pakt mit Hitler; es gab viele Tote, und wir verbrachten fast jede Nacht im Luftschutzkeller – aber dann endeten diese Angriffe genauso plötzlich, wie sie begonnen hatten. Es herrschte großer Hunger. Manchmal sahen wir auf der Straße Soldaten mit nur einem Auge oder einer Hand, die um ein Stück Brot bettelten. Dann klaubten Vera und ich ein paar Münzen zusammen, gingen in die Bäckerei und kauften ihnen welches. Die Soldaten verschlangen es begierig mitten auf der Straße. Erst missbrauchte der König diese Soldaten in Mazedonien oder Griechenland als Kanonenfutter, und dann, wenn sie von der Front zurückkehrten, ließ er sie im Stich. Den Gesprächen an unserem Esstisch entnahm ich, dass Stoyan weder für das Bündnis mit Deutschland etwas übrighatte noch für die Alliierten, die uns bekämpften – er hielt den Krieg für lächerlich, reine Verschwendung, wenn auch aus anderen Gründen als die Partisanen.

Eines Abends war er bei Tisch sehr still und lehnte es höflich ab, uns danach etwas vorzuspielen. Als Vera ihm sacht die Hand auf den Arm legte und ihn fragte, was ihn bedrücke, schüttelte er bloß den Kopf. Nach einer Weile dann sagte er, ihm sei klar geworden, dass er unmöglich nach Wien würde zurückkehren können, selbst wenn der Krieg für uns ein gutes Ende nahm. »Meine Eltern brauchen mich jetzt«, sagte er und hielt inne. Wie wir alle wussten, mochte er nicht zugeben, dass auch seine Familie kein Geld mehr hatte – er wollte Vera heiraten, und meine Eltern sollten nicht glauben, er könne ihr nichts bieten.

»Aber das ist doch gut!«, platzte es aus mir heraus. »Dann brauchst du Vera nicht nach Wien mitzunehmen und kannst hier bei uns wohnen!«

Darüber mussten selbst meine Eltern lachen, obgleich sie

dem jungen Paar ihren Segen noch nicht gegeben hatten. Aber insgeheim dachten wir alle: *Wie können sie heiraten, wo sie doch kein Geld haben, Stoyan sein Studium nicht fortsetzen kann, es für große Musiker nirgends Arbeit gibt und sie sich noch nicht einmal ein Huhn zum Abendessen leisten können?* Schließlich meinte Stoyan, das alles spiele keine Rolle – er werde jede Arbeit annehmen und so lange schuften, bis er genug beisammenhabe, um nach Kriegsende nach Wien zurückkehren und eine Familie ernähren zu können; bei diesen Worten sah er Vera zärtlich an, und ihre Wangen färbten sich rot.

Ich glaube, meine Eltern mochten Stoyan wegen seiner Geduld und seiner Höflichkeit, seiner guten Kinderstube und seines außerordentlichen Talents, vor allem aber, weil er sie nie darum bat, mit Vera allein sein zu dürfen. Selbst nachdem er ein Jahr regelmäßig bei uns gegessen hatte, küsste er sie zum Abschied züchtig auf die Wange. Heute, wo ich eine Frau bin und selbst so meine Erfahrungen mit der Liebe gemacht habe, bin ich sicher, dass er sich nach ihr verzehrt hat. Aber er wartete und wartete, und ich weiß, dass er zu Hause fleißig übte. Da niemand Geld für Geigenstunden hatte, schlug er sich mit Gelegenheitsarbeiten durch – ich bin mir da nicht sicher, aber er nahm vermutlich alles, was er finden konnte. Einmal erschien er mit verbundener rechter Hand zum Essen; ein Arbeitsunfall, sagte er und schämte sich so sehr, dass wir nicht weiter in ihn drangen. »Zum Glück wird es mich nicht allzu lange am Spielen hindern«, sagte er.

Im Herbst 1943 feierten wir Veras einundzwanzigsten Geburtstag. Meine Mutter organisierte eine Extraration Bohnen und ein Stück Schweinefleisch und zauberte daraus ein wahres Festmahl. Ich setzte mich an die Nähmaschine und nähte Vera aus zwei alten dunklen Vorhängen, die ich in einem Schrank gefunden hatte, einen Rock. Er sah sehr hübsch aus und schmiegte sich eng um ihre schlanken Hüften. Eine Freundin schnitt Vera die Zöpfe ab und wellte ihr mit einer Brennschere das Haar, worüber meine Mutter bittere Tränen vergoss. Ein Cousin meines Vaters war Fotograf; er fotografierte Vera mit der Perlenkette meiner Mutter um den Hals. Später, als Bulgarien die Seiten wechselte und gegen Hitler mobilmachte, wurde er in Ungarn getötet, hinter seiner Kamera.

Es war der Abend von Veras Geburtstag. Obwohl niemand es laut auszusprechen wagte, wussten wir doch alle, dass Vera noch bestenfalls ein Jahr zu Hause wohnen würde. Wenn Stoyan ihr im kommenden Jahr einen Antrag machte, würde sie ihn ohne Zweifel annehmen. Ein paar andere junge Männer waren bei meinen Eltern vorstellig geworden, doch keiner von ihnen sagte ihr zu, und meine Eltern respektierten die Wünsche meiner Schwester. Beim Essen machte mein Vater ein sehr ernstes Gesicht – er dachte vermutlich an ihre Zukunft mit einem Musikus, dem weiter nichts geblieben war als sein Talent. Meine Mutter trauerte noch immer Veras Zöpfen nach. Einige meiner Tanten und Onkel waren zu Besuch gekommen, und sie nickten düster wie mein Vater. Vera war sehr fröhlich, als könne sie es kaum erwarten, dass das letzte Jahr zu Ende ging.

Nach dem Essen sagte Stoyan, er habe ein Geschenk für sie, und wir gingen in den Salon hinüber. Mir fiel auf, wie schäbig es in dem Zimmer inzwischen aussah, weil wir uns keinen neuen Teppich und keine neuen Möbel mehr leisten konnten.

Stoyan stand mit seiner Violine in den Händen vor uns und verbeugte sich vor Vera.

»Liebe Vera«, sagte er. »*Chestit rojden den.* Mögest du noch viele Geburtstage erleben, und mögen sie alle so glücklich sein wie dieser.« Er konnte manchmal sehr förmlich sein, selbst als junger Mann. Ich glaube, Vera gefiel sein würdevolles Auftreten, besonders im Beisein unserer Eltern. Er räusperte sich. »Ich habe kein schöneres Geschenk für dich als das, was ich dir jetzt darbringen werde, auch wenn ich kein Geld dafür ausgegeben habe und du es weder am Leib tragen noch in die Tasche stecken kannst. Ich hoffe, du wirst es im Herzen bewahren. Dieses Stück habe ich seit meiner Rückkehr aus Wien für niemanden mehr gespielt, nur für mich selbst. Ich möchte bezweifeln, dass es in Bulgarien jemanden gibt, der es schon einmal gehört hat.«

Vera setzte sich vor ihn hin und faltete die Hände auf dem Knie. Jetzt, wo sie die Haare kurz trug, wirkte ihr Hals beinahe schneeweiß. Ich hoffte, dass ich mit einundzwanzig ebenso schön und erwachsen sein würde wie sie, mehr oder weniger verlobt, in festen Händen, und dass der Krieg endlich vorbei wäre.

Dann fing Stoyan an zu spielen, und von diesem Augenblick an vergaßen wir alles um uns her. Die Musik war zunächst recht schnell wie ein kalter Bach, der sprudelnd über Steine fließt, wenn auch nicht ganz so wild und ungezähmt. Sie gemahnte an die Stimme einer Frau oder an den Geist des Windes. Ich musste an die *samodivi* denken, die wilden Jungfrauen aus der Sage, die durch die Wälder streiften, ohne den Erdboden zu berühren – und doch war sie von ungeheurer, geradezu mathematischer Logik. Ihr Klang machte mich erst schwindlig und gleich darauf, schon mit der nächsten Phrase, atemlos vor Glück. Wobei ich die nächste Phrase – anders als bei Bach – nie vorausahnen konnte, aber wenn sie dann kam, hatte ich jedes Mal das Gefühl, dass sie so und nicht anders klingen musste.

Nach einer Weile sammelte das eisige Wasser sich am Fuße eines Berges, und die Stimme der Violine wurde tiefer, erfüllt von einem stillen, pulsierenden Gefühl. Meinem Vater kamen die Tränen, und er wischte sie hastig mit dem Handrücken fort. Ich musste daran denken, wie er gewesen war, als er noch hatte gehen können. Das Gesicht meiner Mutter war fahl, und ich sah sie so, wie sie in ihrer Jugend ausgesehen haben musste, mit den wunderschönen Zügen, die sie Vera vererbt hatte. Vera selbst saß vornübergebeugt, ließ alle Anmut und Grazie fahren und lauschte breitbeinig wie ein Mann. Im Zimmer regte sich nichts.

Dann endlich der Schlussakkord, rot und golden in der Luft, und Stoyan hielt den Bogen noch einen Augenblick in der Schwebe, bis der letzte Ton verklungen war. Wir klatschten Beifall, doch unser Applaus klang hohl und wurde dem Anlass nicht gerecht.

»War das nicht von Händel?«, fragte mein Vater zögernd.

»Nein, mein Herr.« Stoyan ließ die Schultern hängen und reckte seine langen Arme. Seine Augen strahlten. Wie immer hatte er mit düsterer Miene gespielt, doch nun schien sein ganzer Körper von Glück und Zufriedenheit geradezu durchdrungen. »Von Antonio Vivaldi.«

»Ah«, sagte mein Vater. »Der italienische Priester.«

»Jawohl«, sagte Stoyan. »Wenn mich nicht alles täuscht, gehörten Händel und er derselben Generation an. Er lebte in Venedig, und dort hat er auch die meisten seiner Werke komponiert. Dies ist ein ganz besonderes Stück von ihm. Und ein ganz besonderes Stück für mich.« Er blickte zu Vera, die bewundernd zu ihm aufsah.

Ein paar Tage später fielen die ersten Bomben auf Sofia – die Bomber der Alliierten, aus Italien und anderen Ländern, trafen die Stadt mit solcher Wucht, dass sie in ihren Grundfesten erbebte. Wie gesagt, hatten sie uns schon 1941 ein paarmal bombardiert, um den König dafür zu bestrafen, dass er mit den Deutschen paktiert hatte. Doch dieser neuerliche Angriff schien kein Ende nehmen zu wollen. Gebäude gingen in Flammen auf, und ganze Häuserblocks stürzten in sich zusammen. Wir wussten nicht, wann unser Haus getroffen werden würde. Wenn Stoyan und sie getrennt waren, stand Vera Todesängste aus. Er kam zwar immer noch zum Essen, so oft es ging, aber unsere gemeinsamen Mahlzeiten wurden nicht selten durch einen Fliegeralarm unterbrochen. Einmal, ich schwör's, raubte er Vera einen Kuss, während wir in der verdunkelten Wohnung saßen.

Es herrschte Lebensmittelknappheit, und wir halfen unserer Mutter, aus seltsamen Zutaten wie Linsen oder Eicheln Brot zu backen. Ständig knurrte uns der Magen. Zu jeder Tages- und Nachtzeit mussten wir hinunter in den Keller und saßen dicht gedrängt im Dunkeln, Knie an Knie mit unseren Verwandten. Ich konnte es nicht ertragen, wenn die anderen zitterten – denn dann fing ich selbst an zu schlottern, dabei wollte ich doch tapfer sein. Mein Vater meinte, der – inzwischen verstorbene – König habe einen schrecklichen Fehler begangen. Wir hatten uns auf Gedeih und Verderb mit den deutschen Barbaren eingelassen – die so gar nichts mit den Deutschen gemein hatten, die er aus seiner Jugend kannte, vor dem Ersten Weltkrieg.

Das neue Jahr kam, 1944, und in den ersten Monaten wurden wir so häufig und mit solcher Heftigkeit bombardiert, dass wir uns in einem Albtraum wähnten, aus dem niemand je erwachen würde. Es gab so gut wie nichts zu essen, und das Wenige, was wir ergattern konnten, kostete uns den Rest unserer Ersparnisse. Mein Vater meinte, Stoyan könne Vera früher als geplant heiraten. Da uns alle jederzeit der Tod ereilen konnte, wollte er ihnen diesen Wunsch wohl nicht abschlagen, auch wenn er das nicht laut aussprach. Manchmal spielte Stoyan für uns, nach Gefühl, im Dunkeln, aber nie im überfüllten Luftschutzkeller. Er meinte, die Flugzeuge flögen zu hoch, um ihn hören zu können. Wären die Piloten der Alliierten imstande gewesen, seinem Spiel zu lauschen, hätten sie ihre Angriffe augenblicklich eingestellt und uns ein für alle Mal in Frieden gelassen, da gibt es für mich nicht den geringsten Zweifel.

Und so machte er meiner Schwester einen Antrag, privatim, bei einer der seltenen Gelegenheiten, da sie das Gefühl hatten, sich einigermaßen gefahrlos unter freiem Himmel treffen zu können. Zuvor jedoch nahm er ihr ein Versprechen ab, wie sie mir später erzählte: Sie müsse bereit sein, mit ihm durch die ganze Welt zu reisen, um seiner geliebten Musik willen. Sie heirateten eines Nachmittags im Familienkreis, in einer Kapelle unweit unseres Viertels. Die Zeremonie war noch nicht ganz beendet, da ging der Fliegeralarm los. Zum Glück hatte der Priester sie bereits vermählt. Meine Eltern hatten ihnen ein paar Zimmer in unserem Haus überlassen, die seit dem Tod einer Großtante leer gestanden hatten; doch ihre Hochzeitsnacht verbrachten sie bei uns im Keller, wo Vera nicht nur Stoyans Hand hielt, sondern auch die meine.

Oje, sagte Irina und wischte sich mit dem Ärmel die Tränen aus den Augen. *Tja, lang, lang ist's her.*

Siebenundzwanzig

Auf dem geduckten Gang im oberen Stockwerk von Irinas kleinem Häuschen fragte Alexandra: »Kann ich kurz mit dir sprechen, bevor du ins Bett gehst?«

»Klar«, antwortete Bobby. Dieses Wörtchen hatte er offenbar von ihr.

Sie trapsten zusammen über den Flur, vorbei an den stark strukturierten Bildern in ihren Rahmen. Als sie an dem Zimmer neben Bobbys vorbeikamen, bemerkte Alexandra, dass es von einem Licht erhellt wurde, das sich als Kerzenschein entpuppte. Die Tür war angelehnt, und durch den Spalt erhaschte sie einen Blick auf ein mit kunstvollen Schnitzereien verziertes Bett, in dem zwei Gestalten lagen: Lenka, die Haushälterin, immer noch in Jeans und Bluse, mit geschlossenen Augen, und in ihren Armen, in einem rosa Nachthemd, Irina Georgieva. Auch die alte Dame hielt die Augen geschlossen, ihr Gesicht war ohne jede Farbe, ihr Haar aufgelöst und um ihren Kopf drapiert wie Louisianamoos. Nie hatte Alexandra zwei Leiber gesehen, die einander so zärtlich umfangen hielten, die Lippen der jüngeren Frau küssten den grauen Scheitel der älteren, und ihre Arme schlangen sich um die faltigen Schultern und den runzligen Hals.

Alexandra und Bobby schlichen auf Zehenspitzen weiter in Bobbys Zimmer, und er machte leise die Tür hinter ihnen zu. Überall stapelten sich Papiere, einige waren mit einer winzigen Handschrift bedeckt, andere nur zur Hälfte beschrieben, wieder andere leer. Sie lagen auf dem Tisch, neben einer Kerze in einem angelaufenen Ständer, oder flatterten vom Stuhl auf den Fußboden; sie wehten über den wollenen Teppich und sammelten sich unter dem Fenster. Sie mussten aus seiner Tasche stammen. Alexandra konnte die Schrift kaum erkennen, außerdem war es vermutlich ohnehin Bulgarisch.

»Entschuldige die Unordnung«, sagte er und klaubte die Zettel hastig zusammen.

»Was schreibst du?«, fragte sie.

»Nichts von Bedeutung. Bloß Notizen.«

Wieder diese nackte Wand, die jede Nachfrage unmöglich machte. Eine Schrecksekunde lang war sie davon überzeugt, dass die Notizen sich um sie drehten, bis ihr aufging, wie narzisstisch dieser Gedanke war.

Sie wandte sich ab. »Ich gehe vielleicht doch lieber ins Bett. Wir müssen morgen früh raus.«

»Soll ich dich wecken?«, fragte er wie zum Ausgleich.

»Wenn du möchtest«, sagte sie und zögerte einen Moment. »Worüber wolltest du denn mit mir sprechen?«

»Äh.« Sie hatte es schon fast vergessen. »Ich wollte dich eigentlich bloß fragen, ob ich dich endlich bezahlen darf. Die Fahrt ins Gebirge übernimmt Irina, ich weiß, aber du kutschierst mich nun schon seit zwei Tagen durch die Gegend. Bitte.«

Er sah zu Boden. »Ich will nicht, dass du mich bezahlst«,

sagte er und senkte die Stimme. »Das fände ich irgendwie unpassend. Und wenn du noch einmal damit anfängst, könnte es gut sein, dass ich ungemütlich werde.«

Er lächelte, doch sie hatte das Gefühl, dass es ihm ernst war. Sie schwor sich, ihn am Ende zu bezahlen mit Zins und Zinseszins.

»Außerdem mache ich dir vielleicht größeren Ärger, als du denkst.« Er stand am dunklen Fenster, strich sich mit einer Hand die Haare aus den Augen, eine hastige, entschuldigende Geste.

»Wie soll ich das verstehen?«, fragte sie, aber er hatte den Blick schon abgewandt.

Sie nahm einen zweiten Anlauf. »Was wollen wir wegen der Windschutzscheibe unternehmen?«

»Ja, das, äh, zeige ich dir morgen.«

Ihr Bett roch nach dem seltsamen Kraut. Sie ließ die Schranktüren offen, falls auf diesem Haus nicht nur ein Zauber lag, sondern ein Fluch. Mit einem Schauder des Entsetzens erinnerte ihr Körper sich an die bebende Matratze bei Tante Pavlina, das Schlangenwesen, das unter ihr zum Leben erwacht war.

Am nächsten Morgen war Irina Georgieva als Erste abfahrbereit. Auf dem Weg hinunter ins Parterre sah Alexandra eine prall gefüllte Plastiktüte und einen Korb mit einem Tuch darüber. Als Bobby und sie auf die Terrasse traten, war das Licht noch fahl; die alte Dame vertilgte bereits Brot, Käse und Salami, und Lenka brachte drei weitere Teller. Zum ersten Mal setzte Irinas Haushälterin sich mit ihnen zu Tisch. Sie hatte ihr dunkles Haar zu einem dicken Zopf geflochten, und erst jetzt bemerkte Alexandra, dass es mit grauen Strähnen durchsetzt war.

»Wer eine Reise tut, der braucht ein ordentliches Frühstück«, sagte Irina, als würde sie jede Woche verreisen. Ihr kreidebleiches Gesicht war leicht gerötet, und ihre Augen leuchteten. Heute hatte sie ihre geheimnisvolle Brosche an eine rosafarbene Bluse geheftet. An ihrem Stuhl lehnte ein hölzerner Gehstock mit knorrigem Griff, als wollten sie eine Wanderung unternehmen und keine Fahrt mit Bobbys Taxi. Stoycho saß neben ihr und lauerte darauf, dass ihr das eine oder andere Stück Salami aus den ungeschickten Händen glitt.

»Bird«, sagte Bobby und bestrich sein Brot mit Feta und Marmelade, »weißt du, was du heute zu sehen bekommst? Die Rhodopen – *Rodopa* –, die schönsten Berge der Welt.«

»Es tut mir leid, aber *meine* Berge sind die schönsten der Welt«, entgegnete Alexandra lächelnd.

»Ja, ich wollte dir nur Gelegenheit geben, das loszuwerden. Damit du *Rodopite* die gebührende Aufmerksamkeit schenkst.«

»Kinder«, sagte Irina, »Lenka und ich sind gleich so weit. Asparuh, ich zeige Ihnen die Strecke auf der Karte. Wir fahren zuerst nach Shiroka Lŭka und dann weiter nach Süden, ins Hochgebirge.«

Lenka schenkte ihnen Tee nach und begann den Tisch abzuräumen. Sie flüsterte Stoycho etwas zu, dann ging sie zu seinem Futternapf und kratzte Brot- und Käsereste hinein. Stoycho trottete dankbar hinter ihr her, sah sich jedoch mehrmals um; Alexandra hatte das Gefühl, dass er nervös war.

Bobby wischte sich die Hände an einer Serviette ab und warf einen Blick auf sein Handy. »Ich hole Sie in ein paar Minuten mit dem Wagen ab, aber erst haben Alexandra und ich noch etwas zu erledigen.«

Ach ja? Er hatte das Taxi wahrscheinlich in eine Werkstatt gebracht, um die kaputte Windschutzscheibe reparieren zu lassen. Gehorsam folgte sie ihm durch die Museumspforte auf die Straße. Ein paar Ecken weiter bog er in eine ruhige Gasse, gesäumt von alten Mauern und frisch belaubten Bäumen. An ihrem Ende lehnte ein junger Mann mit verschränkten Armen an einem ramponierten dunkelgrünen Auto. Als Alexandra und Bobby näher kamen, wandte er sich in ihre Richtung.

Alexandra wich einen Schritt zurück und dachte an die zerschossene Windschutzscheibe. Doch der Mann lächelte. Er war schwarzhaarig und sportlich – größer als Bobby. Er hatte große, dunkle Augen – strahlend, mit langen Wimpern. Er trug ein schwarzes Polohemd, das sich über antrainierten Muskeln spannte, schwarze Jeans und blank geputzte schwarze Schuhe. Sein wachsamer Blick und sein gutmütiges, sonnengebräuntes Gesicht gefielen Alexandra. Er gab Bobby die Hand, umarmte ihn und klopfte ihm auf den Rücken.

»Mein Freund Kiril«, erklärte Bobby. »Er wohnt in Sofia, und wir haben zusammen studiert.«

Er schüttelte Alexandra mit beflissener Höflichkeit die Hand und beugte sich bewundernd zu Stoycho hinunter, der mit gespitzten Ohren auf dem Gehsteig saß.

»Wir müssen los«, sagte Bobby. Kiril umarmte ihn ein zweites Mal, dann steckte jeder dem anderen einen Schlüsselbund zu. Kiril schüttelte Alexandra zum Abschied die Hand und schlenderte davon, die schmucke kleine Gasse hinunter. Jetzt erst fiel ihr auf, dass er kein Wort gesprochen hatte.

Bobby öffnete die Fahrertür und gab Alexandra mit einem Nicken zu verstehen, sie solle sich beeilen. Sie kletterte auf den Beifahrersitz; Stoycho sprang hinterher. Bobby schob Kirils Schlüssel ins Zündschloss und ließ den Motor an. Der Wagen roch nach kaltem Rauch, doch er war sauber, und die Mickymaus-Figur auf dem Armaturenbrett begann heftig mit dem Kopf zu wackeln, als Bobby losfuhr. Stoycho setzte sich auf und starrte sie an.

»Wo ist dein Taxi geblieben?« Alexandra versuchte, es sich auf ihrem neuen Platz bequem zu machen.

»Kiril lässt es reparieren und fährt es dann nach Sofia zurück – er kann es in einer Garage in der Nähe der Wohnung meiner Mutter abstellen«, sagte Bobby. »Ich habe heute Morgen noch einmal nachgesehen. Außer der Windschutzscheibe ist nichts kaputt.« Er warf einen Blick über die Schulter.

»Das ist sehr nett von ihm.«

»Wozu hat man Freunde?«, sagte Bobby.

Alexandra fragte sich, wie viele ihrer Freunde zu Hause in den Staaten wohl bereit gewesen wären, alles stehen und liegen zu lassen und ihren Wagen in eine andere Stadt zu bringen, auf den vagen Verdacht hin, dass jemand sie beschattete. »Aber glaubst du wirklich, wir werden verfolgt?«

»Möglich wär's«, räumte er ein. Er starrte sie aus blauen Augen an. »Ich weiß nur nicht, warum. Oder von wem. Noch nicht. Wir sagen Irina einfach, mit dem Taxi sei etwas nicht in Ordnung.«

»Was ja auch nicht gelogen ist«, bekräftigte Alexandra. »Und was machen wir jetzt?«

»Die Augen offen halten«, sagte Alexandra. »Schau mal ins Dings, ins Handschuhfach. Ist eine Karte von Bulgarien darin?«

Sie machte es auf und sah die Waffe. »Bobby?«

Er blickte sie an. »Gut. Versteck sie unter der Karte.«

Sie hatte noch nie eine Waffe aus der Nähe gesehen, und der Anblick machte ihr Angst. »Gehört die deinem Freund?«

»Jetzt gehört sie mir«, sagte er. »Leg die Karte darauf und die Plastiktüte da. Lass es möglichst unordentlich aussehen.«

Sie tat wie geheißen und versuchte, das Ding nicht einmal mit den Fingerspitzen zu berühren. Sie befand sich in Begleitung eines Mannes, den sie kaum kannte, jetzt hatte er auch noch eine Waffe, und das verheimlichte er ihr keineswegs, im Gegenteil. Sie sah zu ihm hinüber; er schaltete einen Gang herunter, und seine Miene verriet keine Regung.

Als der vollbepackte Wagen losfuhr, wandte Alexandra den Kopf, um einen letzten Blick auf die riesigen Bäume zu werfen und die hohe Mauer, die den Museumshof umschloss. Sie saß vorn, Stoycho hatte es sich auf ihrem Schoß bequem gemacht, und die Tasche mit der Urne stand im Fußraum; die beiden älteren Frauen hatten hinten Platz genommen, zwischen sich Irinas Gehstock und den Korb. Bobby saß auf seinem angestammten Platz hinter dem Steuer und lenkte den Wagen im niedrigen Gang über das Kopfsteinpflaster. Das Auto ruckelte langsam den Hügel hinab, vorbei an den Villen und Herrenhäusern Plovdivs; die Morgensonne warf erste Lichtflecke auf die blauen und ockerfarbenen Mauern, die hölzernen Pforten und Tore. Bis vor fünf Tagen, überlegte sie, hatte sie all das nie gesehen, war sie diesen Leuten nie begegnet. Oder diesem Hund. Sie schlang den Arm um seinen staubigen Hals, und er rieb die Nase an ihrer Wange.

Eine halbe Stunde lang nichts als seltsam brachliegendes Ackerland, verlassene Bauernkaten und der weite Himmel. Als sie zu einer Wiese kamen, fuhr Bobby plötzlich rechts ran. »Hast du das gesehen?«, fragte er. »Das muss ich unbedingt fotografieren.« Er löste seinen Sicherheitsgurt. »Entschuldigen Sie«, setzte er an die beiden Frauen auf dem Rücksitz gewandt hinzu.

Alexandra spähte durchs Fenster, dann stieg sie aus und folgte ihm. Auf dem Feld stand ein einsamer Türrahmen – keine Wände, keine Tür –, nur der Rahmen und ein Paar Betonblöcke, als habe sich hier jemand ein Haus bauen und probeweise schon einmal über die Schwelle treten wollen. Ringsum rumorten Insekten im Gras; zwei Vögel – Schwalben? – flitzten durch das Feld und stiegen über dem leeren Türrahmen hoch in den Himmel.

Bobby fotografierte ihn mit seinem Handy. »So etwas habe ich noch nie gesehen«, sagte er.

»Warum steht er hier ganz einsam und allein?« Auch sie sah so etwas zum ersten Mal.

»Keine Ahnung«, sagte er. »Ich dachte nur, das ist ein schönes Sinnbild für die Literatur – eine Tür auf einem Feld.« Völlig versunken tippte er eine Notiz in sein Handy. Sie betrachtete ihn fassungslos. Er hatte sie von Anfang an an jemanden erinnert, und jetzt wurde ihr klar, dass dieser Jemand womöglich niemand anderes war als sie selbst.

Bald ragten die ersten Gebirgsausläufer als grün-schwarzes Massiv vor ihnen auf. Die Straße, links und rechts gesäumt von steilen Felsen und halb entwurzelten Bäumen, schien geradewegs in diese Wand hineinzuführen – eine von der Moderne geschlagene Schneise, überlegte Alexandra, obgleich sich vermutlich früher schon Trampelpfade in die Berge hinaufgewunden hatten. Die Straße duckte sich unter dem Hochwald und überquerte rauschende Gebirgsbäche. Sie hatte eben den Kopf gedreht, um zu sehen, ob Irina Georgieva sich an der Landschaft erfreute, als Bobby in der Mitte einer Brücke eine Vollbremsung machte. Abrupt setzte sich Stoycho auf und bohrte ihr die Krallen ins Knie.

»O *Gott*«, stieß Alexandra hervor. Rechts von ihnen war ein Drittel der Fahrbahn weggebrochen und samt Geländer in den Fluss gestürzt, sodass der bröckelnde Asphalt nur noch an ein paar dünnen Metallfäden hing. Zehn, zwölf Meter unter ihnen konnte sie die Felsen und das schäumende Wasser erkennen. Ganze Bäume ragten tot über die steile Uferböschung wie verwachsene, abgestorbene Finger.

»Mist«, sagte Bobby. »Daran ist wahrscheinlich das Erdbeben schuld. Oder Überschwemmungen – oder beides.« Er zog die Handbremse an. Ängstlich sah sie zu, wie er ausstieg, ein paar Schritte ging und mit gerecktem Hals in den Abgrund starrte.

Irina tippte Alexandra auf die Schulter. »Was ist denn los?«

»Nichts. Nur eine Brücke«, sagte Alexandra und berührte die Hand der alten Frau. Es war vielleicht ganz gut, dass sie den Schaden von ihrem Platz aus offenbar nicht sehen konnte. »Kein Grund zur Besorgnis. Bobby sieht nur nach dem Weg.«

Irina Georgieva faltete die Hände im Schoß und nickte ihrer Haushälterin zu. »Asparuh wird schon wissen, was er tut«, sagte sie. Lenka strich der alten Dame über die Wange, griff in den Korb und holte ein Pillenfläschchen daraus hervor; sie gab Irina erst eine Tablette, dann einen Schluck Wasser.

Kopfschüttelnd kam Bobby zum Wagen zurück. »Ich finde, wir sollten es versuchen«, raunte er Alexandra zu. »Wenn wir umdrehen, bedeutet das mindestens zwei Stunden Umweg. Das ist wahrscheinlich erst vor ein paar Tagen – oder Wochen – passiert, vielleicht haben sie es deshalb noch nicht repariert. Wenn es das Erdbeben war, ist es natürlich ganz neu. Aber sie hätten wenigstens ein Warnschild aufstellen können.« Er schien eine seiner Schimpfkanonaden von sich geben zu wollen, ließ es dann aber doch bleiben, vermutlich aus Rücksicht auf die beiden Damen im Fond.

»Na gut«, sagte Alexandra, obwohl sie Todesängste ausstand. »Sollen wir vielleicht lieber aussteigen und zu Fuß gehen?«

»Das wäre noch gefährlicher, besonders für …« Er meinte natürlich Irina mit ihrem Stock und ihrem unsicheren Gang. »Die linke Spur scheint in Ordnung zu sein.«

Er ließ den Motor an, und der Wagen kroch langsam vorwärts. Alexandra krallte die Finger in Stoychos Fell. Wenn sie in einem kleinen grünen Auto von dieser bulgarischen Brücke stürzte, hätten ihre Eltern niemanden mehr; mit ihr würden auch all ihre Erinnerungen an Jack verschwinden.

Bobby fuhr im Schritttempo bis zur Brückenmitte, lenkte den Wagen auf die linke Spur, und Alexandra hütete sich, aus dem Fenster und in die wilden Stromschnellen unter ihr zu schauen. Da sie starr geradeaus blickte, sah sie noch vor Bobby, dass ihnen aus einer unübersichtlichen Kurve ein Fahrzeug entgegenkam, und als sie panisch aufschrie, trat er jäh auf die Bremse. Nach einer kurzen Schrecksekunde bremste auch der andere Wagen und scherte ein Stück nach rechts aus, sodass die beiden Autos sich nun – gefährlich nahe an der Abbruchstelle – gegenüberstanden.

»O nein.« Bobby umklammerte das Steuer mit beiden Händen. Stoycho setzte sich noch weiter auf, und Alexandra streichelte ihn, um ihn zu beruhigen. Bobby schüttelte den Kopf. »*Politsai.*«

Der Polizist war schon ausgestiegen. Er war hochgewachsen, mit einem sympathischen, fast nachdenklichen Gesicht, ganz anders als die Polizisten, denen Alexandra auf dem Revier in Sofia begegnet war. Er kam näher und spähte durch das Fenster in ihren Wagen. *Hund,* dachte Alexandra. *Amerikanische Touristin, alte Dame, hübsche Haushaltshilfe, Korb.* Full House.

Bobby und der Polizist wechselten ein paar unverbindliche Worte, als stünden sie an einem Verkaufstresen und nicht am zerklüfteten Rand eines Abgrunds. Bobby wies auf die Stromschnellen unter ihnen, und der Polizist schüttelte den Kopf. Dann deutete er auf das Handschuhfach. Alexandra erstarrte, doch als Bobby sich über sie beugte und die Klappe öffnete, um die Fahrzeugpapiere herauszuholen, war die Waffe verschwunden. Hatte er sie unter dem Sitz verstaut? Oder im Kofferraum? Und wenn ja, wann? Der Polizist nahm Bobbys Ausweis und die Papiere mit zu seinem Wagen und blieb eine halbe Ewigkeit darin sitzen, während Stoycho neugierig den Hals reckte und nervös die Krallen in Alexandras Schenkel bohrte. Was, wenn der Polizist sie als die Leute mit dem Taxi identifizierte? Nein, überlegte sie, so gut organisiert konnte ihr System gar nicht sein, Computer hin oder her. Und wer auch immer hinter den Farbschmierereien steckte, hatte darüber wohl kaum eine Akte angelegt, schon gar nicht, wenn der Täter Polizist war. Was sie im Übrigen für wenig glaubhaft hielt. Bobbys Art zu denken – oder besser seine Paranoia – hatte anscheinend auf sie abgefärbt.

»Er könnte wenigstens seinen Wagen zurücksetzen, runter von der Brücke«, murmelte Bobby. Wenn hinter dem Streifenwagen ein weiteres Fahrzeug um die Kurve kam, wurde es brenzlig.

Und seltsamerweise passierte genau das. Wie aus dem Nichts tauchte der Wagen auf mit solch rasender Geschwindigkeit, dass es ihnen buchstäblich den Atem verschlug – ein großer, nagelneuer BMW mit getönten Scheiben. Der Fahrer bremste so scharf, dass die Reifen quietschten, und Alexandra hörte, wie Irina auf dem Rücksitz nach Luft schnappte. Bobbys Hände schnellten zum Lenkrad, aber er konnte es ohnehin nicht mehr verhindern. Der BMW krachte laut scheppernd gegen das Heck des Streifenwagens, der machte einen Satz wie ein Tier, und Alexandra sah, wie der sympathische Polizist nach vorn geschleudert wurde, mit offenem Mund und verdutzter Miene. Die Brücke bebte. Stoycho kläffte.

Doch der Polizist hatte offenbar die Handbremse angezogen, denn der Streifenwagen kam nur Zentimeter vor Bobbys Stoßstange zum Stehen. Bobby atmete erleichtert auf und schlug mit der Faust auf das Lenkrad. Der Polizist sprang aufgebracht aus seinem Wagen und gewann seine Beherrschung erst zurück, als ihm die gähnende Lücke in der Gegenfahrbahn wieder einfiel. Auch der Fahrer des BMW war ausgestiegen und hob protestierend die Hände. Er trug eine dunkle Jacke, eine dunkle Mütze und war ein solcher Hüne, dass er die Brücke vermutlich mit bloßen Händen hätte instand setzen können. Er bückte sich, um den Schaden an seiner Stoßstange zu inspizieren, und wünschte dem Polizisten vermutlich, eine räudige Katze möge die Eingeweide seiner Mutter fressen, dachte Alexandra.

»O nein.« Bobby trommelte nervös mit den Fingern auf das Armaturenbrett. »Und das ist auch noch ein Wagen der Regierung. Jetzt können wir einpacken.« Der Hüne sprach noch immer mit dem Polizisten. »Ich hoffe nur, ich kriege meine Papiere eines Tages zurück«, sagte Bobby trübsinnig.

»Sollen wir aussteigen und helfen?«, fragte Irina vom Rücksitz.

»Nein, nein, Madame Georgieva.« Bobby drehte sich zu ihr um, und Lenka tätschelte ihr das Knie. »Die beiden machen das unter sich aus, und wenn sie fertig sind, können wir hoffentlich weiterfahren.«

Der Hüne mit der Mütze blickte um sich und zeigte erst auf den rauschenden Bach, dann auf den Streifenwagen.

»Was macht er da?«, wollte Alexandra wissen.

»Er wünscht sich wahrscheinlich, er könnte dem Polizisten ein kleines … Schmiergeld zustecken«, erklärte Bobby. »Aber weil wir hier sitzen und zuschauen, geht das leider nicht.«

»Ach«, sagte Alexandra. Sie hatte noch nie gesehen, wie jemand bestochen wurde, und dachte, es sei vielleicht ganz interessant.

»Also streiten sie«, sagte Bobby. »Und das kann dauern.«

Die beiden Männer stritten in der Tat, der Hüne schob sich die Mütze erst in die Stirn und dann in den Nacken, während der Polizist ihn dezent auf den Schaden an seinem Fahrzeug hinwies. Bobby stützte die Ellbogen aufs Lenkrad. Irina tätschelte ihm die Schulter. »Keine Sorge, mein Junge. Die werden sich schon einig. Und ich habe Kekse mit, nur falls jemand Hunger hat.«

Plötzlich öffnete sich der Fond des BMW, und ein zweiter Mann stieg aus. Sie staunten nicht schlecht; Stoycho gab ein erschrockenes Knurren von sich. Der Mann war nicht so groß wie sein Chauffeur und wirkte sehr viel älter und aus irgendeinem Grunde auch imposanter als der Hüne. Er trug einen dunkelblauen Anzug – exquisit geschnitten und bestimmt nicht billig, schoss es Alexandra durch den Kopf –, der in seltsamem Kontrast zu dem Gebirgspanorama stand. Sie fragte sich, was er wohl denken würde, wenn ein vierter Wagen um die Kurve kam und auf den BMW auffuhr. Er machte nicht den Eindruck, als ob er davon sonderlich erfreut sein würde, und doch wirkte er unendlich ruhig und unendlich vertraut. Obwohl er sich in dem Anzug ziemlich steif bewegte, war seine Haltung aufrecht und gerade. Er hatte einen rötlich braunen Bart und trotz des zurückgehenden Haaransatzes eine regelrechte Mähne dichter Locken. In dem Licht, das über den Gebirgskamm fiel, wirkte sein Haar dunkel und hell zugleich und hatte einen unwirklichen, metallischen Schimmer. Das Gesicht des Mannes war sehr viel älter, als seine Frisur vermuten ließ, breit und faltig und irgendwie verwelkt, mit wulstigen Narben über den Wangenknochen. Alexandra hätte ihn attraktiv gefunden, wäre seine Miene beseelter, sein

Körper lebendiger gewesen. Aber dazu war er zu gefasst, zu besonnen.

Bobby neben ihr beugte sich vor und spähte durch die Windschutzscheibe. »Ich glaub, ich spinne«, stieß er hervor. »Das ist Kurilkov.«

»Wer?«, fragte Alexandra. Sie beruhigte Stoycho, der schon wieder leise knurrte.

»Mikhail Kurilkov. Der Straßenbauminister, den sie den Bären nennen, der Premierminister werden will – ich habe dir von ihm erzählt. Ich habe ihn schon einmal in natura gesehen, als er auf einer Demonstration eine Rede gehalten hat.«

»Ach ja, der aus dem Fernsehen«, sagte Alexandra. »Bei Tante Pavlina und in dem Forellen-Restaurant. Er kam mir gleich bekannt vor. Aber was sucht er hier, am Ende der Welt?« Da fiel ihr der Slogan an der Windschutzscheibe von Bobbys Taxi wieder ein: *Ohne Korruption.*

»Vielleicht interessiert er sich ja *tatsächlich* für Straßen«, murmelte Bobby, ohne den Mann aus den Augen zu lassen. »Hoffentlich kommt er nicht zu uns herüber. Ich lege keinen großen Wert darauf, seine Bekanntschaft zu machen.«

Wieder beugte Irina sich vor. »Wer ist das?«

»Wir glauben, es ist Kurilkov, der Minister für Verkehr.«

»Hier draußen?«, sagte Irina. »Ah.« Sie verstummte, doch sie sah irgendwie merkwürdig aus – wachsam, argwöhnisch beinahe. Vielleicht hegte Irina wie Bobby eine Abneigung gegen den Mann oder gegen Politiker im Allgemeinen.

Nun diskutierten sie zu dritt, und Alexandra beobachtete, wie der Minister dem Polizisten die Hand hinstreckte. Der Polizist schien ebenso verdutzt zu sein wie Bobby; er schüttelte Kurilkov die Hand und deutete eine Verbeugung an. Der Hüne zog sich zurück, und Kurilkov und der Polizist unterhielten sich allein. Dann gab der Minister seinem Chauffeur ein Zeichen, worauf der sich in Bewegung setzte und auf Bobbys Wagen zukam. Behutsam, wie auf Zehenspitzen, schlich er über die Brücke, als habe er Angst, sein Gewicht könne sie endgültig zum Einsturz bringen.

»Hau ab«, brummte Bobby und kurbelte von neuem das Fenster herunter. Stoychos Nackenhaare sträubten sich unter Alexandras Hand. Er kräuselte die Lefzen und entblößte eine Reihe schiefer gelber Zähne, die über seine Unterlippe ragten; sie fragte sich, was wohl passieren würde, wenn ihr Hund den Leibwächter eines Ministers biss.

Doch als der Chauffeur ans Fahrerfenster trat, wandte er sich in höflichem Tonfall an Bobby und sah von einem zum anderen, als wundere er sich über die vielen Insassen. Bobby nickte, winkte ihm und setzte den Wagen vorsichtig rückwärts von der Brücke, auf den schmalen Seitenstreifen im Schatten einer Felswand. Irina und Lenka saßen seelenruhig im Fond, als gäbe es für sie nichts Selbstverständlicheres, als auf einer eingestürzten Brücke festzusitzen, die über einen reißenden Gebirgsbach führte.

Ein paar Minuten später erschien abermals der Polizeibeamte und gab Bobby kommentarlos seine Papiere zurück. Dann ließ er den Streifenwagen an und fuhr an ihnen vorbei mit einer wegwerfenden Handbewegung, wie um Bobby zu bedeuten, er solle die ganze Angelegenheit vergessen. Der Mann, den sie den Bären nannten, wartete, bis sein Chauffeur ihm die Tür des BMW aufhielt. Zuerst verschwand seine seltsame Frisur, zuletzt sein steifer, blank polierter Stiefel im Wageninnern. Als die Luxuskarosse an ihnen vorüberglitt, waren der Chauffeur und sein Fahrgast hinter den getönten Scheiben nicht auszumachen. Alexandra fragte sich, ob er zu ihnen herübergesehen, ob sie durch Bobbys Windschutzscheibe, ohne es zu ahnen, in seine schmalen Bärenaugen geschaut hatte. Auch Stoycho wandte den Kopf, und sein Blick folgte dem BMW, bis er verschwunden war. Mit einem Mal hatte Alexandra das Gefühl, dass sie nicht so unverwandt in die dunklen Fenster hätte starren sollen.

Achtundzwanzig

Die ersten Rhodopendörfer, die Alexandra zu Gesicht bekam, klammerten sich an eine steile Felswand oberhalb eines Gebirgsbachs, und das Erste, was ihr an ihnen ins Auge stach, waren die Dächer. Sie waren nicht mit roten Ziegeln gedeckt wie die Dächer in den Ortschaften, durch die sie bislang gefahren waren, sondern mit grauem Schiefer, in komplizierten Mustern, die an ein Schuppenkleid erinnerten. Die Feldsteinhäuser sähen aus, als seien sie auf natürlichem Wege entstanden oder aber von Riesen errichtet worden, sagte sie. In gewissem Sinne seien sie *tatsächlich* aus dem Berg gewachsen, erklärte Bobby, weil ihre Erbauer sich mit dem hatten bescheiden müssen, was die Natur für sie bereitgehalten hatte. »Die ersten Grünen«, meinte er.

Die Straße war jetzt sehr steil und führte vorbei an grasbewachsenen Böschungen auf ein Plateau. Sie kamen in ein großes Dorf, durch das ein seichter Bach verlief, an dessen Ufer die Statue eines Mannes mit einer zerrissenen Bronzeflagge aufragte. Jenseits des Bachs, im Schatten alter Bäume, stand ein gelb getünchtes Gebäude, dahinter, an den höher gelegenen Hängen, eine wirre Ansammlung von Häusern. Wenn sie das Fenster herunterkurbelte, konnte Alexandra

Wasser rauschen hören und die klare, kalte, von der Sonne noch unberührte Bergluft riechen. Sie sah mehrere Wegweiser zu Hotels, mit drei Sternen und aufwärts zeigenden Pfeilen. Da plötzlich bemerkte sie zwei Männer, die an der Außenwand eines Ladens ein Plakat anbrachten. Ein Mann stand auf einer Leiter und hielt die obere Kante des Plakates an die Mauer.

»Sieh mal«, sagte sie zu Bobby. Er ging vom Gas und spähte durchs Beifahrerfenster auf das großformatige Foto eines Mannes mit schulterlangem Haar und einem öligen Lächeln im Gesicht.

»Kurilkov«, murmelte Bobby. »Schon wieder. *Bez koruptsiya!* Kein Wort über seine Sauberkeitskampagne, aber das ist der nächste Schritt.« Er schaltete in einen anderen Gang. »Diese Plakate kleben sie gezielt in ärmeren Regionen.«

Es ging nach wie vor bergauf, vorbei an immer neuen alten Häusern, in bewaldete Gebirgshänge hinein. Alexandra sah ein Schild mit der Aufschrift GORNO 4 KM.

»Aber auf dem letzten Schild waren es drei«, sagte sie. »Wie kann das sein?«

Bobby zuckte die Achseln. »Das musst du den Verkehrsminister fragen.« Er hatte die Karte über seine Knie gebreitet; von Zeit zu Zeit fasste Irina ihn an der Schulter oder zeigte mit dem Finger den Weg. Die Straßen wurden immer schmaler, eingeklemmt zwischen turmhohen Felswänden; die Dörfer, durch die sie kamen, verdienten diese Bezeichnung kaum, die wenigen Häuser reichten fast bis an die Straße. Einige schienen verlassen, die Fenster waren mit Eisenplanken vernagelt, die Scheiben eingeworfen. Ein alter Mann saß vor einem Haus mit Gardinen in den offenen Fenstern, Hühner pickten in einem kleinen Hof, und eine geradezu grotesk gebeugte, bucklige Frau verriegelte das Portal einer winzigen Kirche. Alle hier waren alt. Orte wie diese hatten bislang nur in Alexandras Vorstellung existiert, doch es gab sie, und es lebten Menschen darin, die hier auf das Ende ihrer Tage warteten.

»Haben sie Fernseher?«, wollte sie von Bobby wissen.

»Fernseher?« In Gedanken schien er tausend Meilen weit weg zu sein.

»Hier, in diesen Dörfern«, setzte sie hinzu.

»Aber sicher«, sagte er. »Die meisten jedenfalls. Manche sind vielleicht zu arm, aber hier haben fast alle einen Fernseher.«

Wieder wünschte sie sich, sie hätten in jedem Dorf Halt machen, an Türen klopfen und einen Blick hinter die Fassaden werfen können. Eine andere Frau mit geblümtem Kopftuch kratzte aus einem Topf etwas in ihren Garten. Sie blickte auf, so dicht an der Straße, dass Alexandra ihre goldenen Ohrringe, die Flecken an ihrer Schürze erkennen konnte; sie mochte fünfzig oder auch achtzig Jahre alt sein. Aus ihrer Miene sprach verhaltene Neugier, kein Lächeln. Alexandra hoffte, dass die Frau einen Hund wie Stoycho hatte, der sie beschützte und für den sie sorgen konnte. Doch ein Hund war nirgends zu entdecken, und einen Augenblick später war die Frau verschwunden, und die Straße wand sich durch dichten Wald, höher und höher, der zu ihrer Linken immer wieder aufbrach und den Blick ins Tal freigab.

»Ich glaube, hier ist es«, sagte Bobby plötzlich, und Irina winkte ihn um eine Kurve. Kein Dorf weit und breit, nur ein verwittertes Holzschild. Bobby las laut vor: GORNO 2 KM.

»Ist das der Name Ihres Dorfes?«, erkundigte Alexandra sich bei Irina und drehte sich um.

Die alte Dame spähte durch die Windschutzscheibe, als suche sie nach einem Orientierungspunkt. »Es hat verschiedene Namen – einer stammt noch aus grauer Vorzeit und ist vermutlich türkisch. Jetzt heißt es nur noch Gorno, und das bedeutet ›hoch‹. Oder auch ›Ober-‹.«

»Und weiter?«, fragte Bobby. Die Straße war jetzt nicht mehr asphaltiert, aber steiler als zuvor, und er lenkte den Wagen langsam um riesige Schlaglöcher und tiefe Furchen herum. Stoycho setzte sich auf und sah erst aus dem Fenster, dann zu Alexandra.

»Nichts weiter. Nur Gorno«, sagte Irina. »Den anderen Teil können Sie dazuerfinden, wenn Sie wollen.«

Bobby lächelte Alexandra an, und sie hätte am liebsten seine Hand gedrückt.

Ein paar Minuten später kamen die ersten Häuser in Sicht, ganz aus Stein entwuchsen sie der Erde. Die Straße war inzwischen so rutschig und mit so vielen großen Felsbrocken übersät, dass Bobby den Wagen auf Schritttempo herunterbremste. Sie passierten eine winzige Kapelle, an deren bröckelndem Gemäuer sich Dornsträucher emporrankten, und einen leer stehenden Laden mit abblätternden gelben Lettern am Schaufenster. Eine schwarz gekleidete Frau mittleren Alters ging daran vorbei; sie wandte den Kopf und starrte sie an – offenbar fanden nur selten Fremde den Weg hierher. Die Straße mündete auf eine Art Dorfplatz, nur bestand der aus gestampfter Erde und war kaum breiter als die Straße selbst. Das nächste

Stück, zwischen den Häusern hindurch, war sehr steil; Bobby schüttelte den Kopf.

»Ich muss hier parken«, sagte er. »Mit dem Auto kommen wir nicht weiter.«

»Ja, das hier ist eine gute Stelle«, meinte Irina. Sie umfasste die Rückenlehne des Fahrersitzes, und Alexandra sah, dass sie vor Erschöpfung im Gesicht ganz weiß war. »Endlich sind wir da. Unser Haus liegt in der zweiten Straße, nur ein paar Schritte zu Fuß.«

Doch als sie ausgestiegen war, musste sie sich erst einmal am Wagen festhalten, um das Gleichgewicht nicht zu verlieren.

»Soll ich Sie tragen?«, fragte Bobby. Sie antwortete auf Bulgarisch, und der Anflug eines Lächelns huschte über ihr Gesicht. Er kicherte, aber sie hakte sich nur bei ihm unter.

Alexandra umfasste Stoychos Seil ein wenig fester und reckte wie er die Nase in den Wind – Holzrauch, getragen von einer frischen Brise. Es war lange her, dass sie das letzte Mal diese leichte Atemlosigkeit verspürt hatte, den Druck auf ihren Ohren. Die Luft war außergewöhnlich, wie ein Schluck dünner Weißwein. Alexandra atmete tief ein: Wanderungen mit Jack und ihren Eltern, damals, vor der Katastrophe. Von hier, der Mitte der Straße, der Mitte des Dorfes aus erstreckte sich die Welt in alle Himmelsrichtungen. Die Dächer der Häuser in den tiefer gelegenen Straßen befanden sich auf einer Höhe mit ihren Füßen. Ein verrosteter türkisfarbener Lkw stand auf einem Hof zwischen zwei Bäumen eingeklemmt, die platten Reifen waren halb im weichen Boden versunken, und aus dem Erdhaufen auf der Ladefläche sprossen kleine Bäume. Sie fragte sich, warum auf so abschüssigem Gelände jemand baute, dem eisigen Winterwetter völlig preisgegeben trotz der schützenden Berggipfel ringsum. Zu Hause, in den Blue Ridge Mountains, kauerten die alten Farmen sich in Senken und Mulden; diese Rhodopenhäuser strebten trotzig einer Gebirgswiese entgegen. Unten im Tal sah sie die Dörfer, durch die sie gekommen waren, und noch weiter weg eine lang gestreckte Ebene und sogar eine Stadt von der Größe ihres Daumennagels, winzige weiße und rote Grabsteine. Dahinter wieder Berge.

Ein ganzes Land, dachte sie, *ein ganzes Land in seiner ganzen Pracht.* Jetzt rochen die Wiesen und Straßen nach Gras, ein frischer, warmer Duft, den ein anschwellender Wind in ihre Richtung wehte; rings um sie her der Geruch von Schlamm, der in der Nachmittagssonne buk, und von Mist. Sie hob den Blick und sah, dass der Himmel riesig war und an den Rändern gesäumt von zarten Wolken. Ein einsamer grüner Kegel, symmetrisch wie ein erkalteter Vulkan, ragte vor den dunkleren Bergrücken auf. Sie senkte den Blick und stellte fest, dass sie neben einem Trog mit schlammigem Wasser stand, einem langen, ausgehöhlten Stein, so alt wie das Dorf selbst.

»Kommen Sie«, sagte Irina, auf Bobbys Arm gestützt, und sie bogen in eine kleine Straße, wo die Häuser ein Stück zurückversetzt standen, umgeben von üppigen Gärten. Vor einem Haus befand sich ein mit Heu ausgelegter Pferch, vor einem anderen Käfige mit monströsen, grimmig dreinblickenden Kaninchen. Vor einem dritten, an das sich ein kleiner gemauerter Schuppen lehnte, blieben Irina und Bobby stehen. Sie drückte die Klinke, und als sie die Tür verschlossen fand, hob sie ihren geschnitzten Gehstock und klopfte damit gegen das Holz. Während sie warteten, band Alexandra den Hund an einen Baum im Vorgarten, falls er nicht mit ihnen ins Haus kommen durfte. Jeden Augenblick, so überlegte sie, würden sie Vera oder Neven gegenüberstehen.

Als noch immer niemand öffnete, klopfte Bobby behutsam an ein Fenster mit zugezogenen Vorhängen. »Vielleicht haben sie sich hingelegt?«, sagte er.

Wieder warteten sie. Alexandra hörte den Wind, der aus dem Tal heraufwehte und sanft durch das Heu und die alten Pappeln in den Gärten strich. Alles wirkte so verschlafen, so grün, dass Alexandra trotz ihrer Nervosität befürchtete, selbst einzunicken. Lenka trat vor das andere Fenster, stellte sich auf die Zehenspitzen und spähte hinein. Auch dort waren die Vorhänge zugezogen.

»Ich glaube nicht, dass sie da sind«, sagte Irina bestimmt.

»Vielleicht sind sie ausgegangen«, gab Bobby zu bedenken.

»Nein – um diese Tageszeit ruht meine Schwester normalerweise. Sie würde die Tür offen lassen und in der Küche sitzen oder im Bett liegen.«

Bobby sah die Straße hinauf. »Soll ich Ihren Nachbarn fragen?«

»Ja, bitte. Auf dieser Seite. Er hat einen Schlüssel.« Irina machte sich von ihm los, und sofort sprang Lenka ihr zur Seite und stützte sie. Alexandra fiel zum wiederholten Male auf, wie groß Irina war und wie aufrecht sie stand, obwohl sie langsam, aber sicher die Kräfte verließen. Ihr Haar hatte sich gelöst und bauschte sich wie eine weiße Wolke um ihr Gesicht, und ihre Brosche leuchtete in der Farbe des Hauses. Sie mussten sie so schnell wie möglich ins Haus schaffen, damit sie sich ausruhen konnte.

Vor der Haustür nebenan unterhielt Bobby sich mit einem Mann in kariertem Hemd und verschlissener Hose. Als der Mann Irina erblickte, eilte er herbei, schüttelte ihnen reihum die Hand und redete heftig auf sie ein. Irinas längliches Gesicht wurde noch länger: Wie es schien, war das Haus bereits seit einer Woche verschlossen. Ja, Vera und Milen Radev hätten monatelang hier gewohnt, und Neven habe sie gelegentlich besucht – aber vor sechs oder sieben Tagen seien sie gemeinsam mit ihm nach Sofia gereist, um etwas Dringendes zu erledigen. Nein, Genaueres wisse er leider nicht. Seine Frau und er seien selbst ein paar Tage verreist gewesen und gerade erst zurückgekehrt.

Schließlich holte der Mann einen großen Eisenschlüssel und ging wieder an seine Arbeit, damit sie sich in Ruhe in Veras Haus umsehen konnten. Bobby drückte die Klinke, und die Tür schwang auf und gab den Blick frei auf eine Stufe, die in einen gefliesten Raum hinunterführte; der Atem des Hauses schlug ihnen entgegen, kalt und klamm.

»Kommt, Kinder«, sagte Irina müde, und sie gingen voraus, um ihr die Stufe herabzuhelfen.

Neunundzwanzig

Im ersten Moment konnte Alexandra im Haus nichts erkennen, zum einen weil sie den Blick noch immer auf Irina und den sonnendurchfluteten Eingang gerichtet hielt, zum anderen weil Irina jäh den Halt verlor. Alexandras Herz zog sich zusammen; einen seltsamen Augenblick lang war sie wieder in Sofia und sah, wie Vera Lazarova neben dem Taxi ins Straucheln geriet. Sie ergriff den Oberarm der alten Dame und fühlte einen Knochen, der so dünn war, dass sie Angst hatte, er könnte brechen. Keuchend klammerte sich die alte Frau an Alexandras Schulter. Lenka war sofort herbeigeeilt und hielt Irinas anderen Arm.

»Oje.« Irina sah Alexandra staunend an; in ihren wässrigen Augen spiegelte sich der helle Tag. »Vielen Dank.«

»Keine Ursache«, sagte Alexandra. »Ich wollte nur nicht, dass Sie …« Sie stellte sich vor, wie die grazile alte Frau mit zerschmetterter Hüfte auf dem Boden lag und sich vor Schmerzen krümmte, und konnte den Satz nicht zu Ende bringen.

Sie halfen Irina auf einen Stuhl neben der Tür. Im Zimmer war es dunkel und erstaunlich kalt, als sei der Frühlingsnachmittag draußen weit weg. Im Garten hatte Stoycho erst zu winseln, dann zu bellen begonnen.

»Wo steckt meine Schwester bloß? Ich verstehe das nicht.« Irinas Stimme klang, als wolle sie jeden Augenblick in Tränen ausbrechen, sei es aus Enttäuschung, Sorge oder schierer Erschöpfung. »Sie müsste eigentlich schon seit Tagen wieder hier sein. Warum hat sie mich nicht angerufen?«

»Lassen wir doch erst einmal etwas Licht herein«, sagte Bobby beherzt. Er zog die Vorhänge auf, und Alexandra öffnete die Fenster. In einer Ecke stand eine Lampe; sie schaltete sie ein. Sie standen da wie angewurzelt, und Irina erstarrte; Lenka legte ihr die Hand auf die Schulter.

Das Zimmer war ein Trümmerfeld. Die übrigen – mit ausgebleichtem blauem Stoff bezogenen – Stühle waren umgestoßen worden und gesplittert. Bücher, Steine und zerbrochene Muschelschalen lagen auf dem Fußboden verstreut, als habe sie jemand mit mächtigem Arm aus einem Regal gefegt. Einen der beiden kleinen Tische hatten der oder die Täter auf den Fliesen zerschmettert. Ein Wunder, überlegte Alexandra wie betäubt, dass die Lampe auf dem anderen Tischchen heil geblieben war. Inmitten des ganzen Durcheinanders entdeckte sie ein kleines Ölgemälde – eine Arbeit Irinas? Die Landschaft war, vermutlich mit einem Messer, in Fetzen gerissen worden, der Rahmen gebrochen. An einer Wand befand sich ein aus glatt gespülten Flusssteinen gemauerter Kamin; an der Feuerstelle funkelten Glasscherben. Zum Glück war Stoycho noch draußen, wo Alexandra ihn angebunden hatte. Durch eine offene Tür am Ende des Zimmers sah man in die Küche. An der weißen Wand neben der Tür prangten krakelige, rötlich braune Hieroglyphen – ein Wort. Sie starrten es an.

»Bobby!«, sagte Alexandra. Seine Hand schloss sich einen Moment lang um die ihre.

»Was ist das?«, fragte Irina mit bebender Stimme. Trotz ihres geschulten Auges hatte sie offensichtlich Mühe, die Buchstaben in diesem Halbdunkel zu entziffern.

Bobby klang gefasst. »Da steht: *Znaem.* ›Wir wissen Bescheid.‹«

»Worüber?«, fragte Alexandra.

»Wer macht denn so etwas?« Ein zorniger Unterton schlich sich in Irinas Stimme und ein Schluchzen.

Plötzlich stürzte Bobby aus dem Zimmer, lief in die Küche und machte Licht. Sie hörten, wie er die Treppe hinaufstürmte und die Zimmer im oberen Stockwerk durchsuchte. Ebenso schnell, wie er verschwunden war, war er auch schon wieder da und rannte in den Garten hinaus.

Kurz darauf erschien er schwer atmend in der Tür und blickte zu dem Wort an der Wand. »Außer uns ist niemand hier, weder im Haus noch im Garten«, sagte er.

»Unser *Haus*«, stieß Irina hervor. »Sieht es – überall so aus?«

»Nein«, sagte Bobby. »Sie haben nur dieses Zimmer verwüstet.«

Irina holte tief Luft, ein langer, rasselnder Atemzug. »Und meine Schwester! Haben sie Vera vielleicht etwas angetan?«

Bobby versuchte sie zu beruhigen. »Nein, das glaube ich nicht. Nichts deutet auf einen Kampf hin, und alles andere sieht völlig normal aus, als hätte Ihre Schwester es so zurückgelassen, als sie weggefahren ist. Ich glaube, das hier ist erst nach ihrer Abreise geschehen. Bitte …« Er hob die Hand.

»Bitte rühren Sie nichts an. Ich habe zwar nur meine Taschenlampe, aber …«

Er fischte eine kleine Lampe aus der Innentasche seiner Jeansjacke, und Alexandra musste an das Werkzeug denken, mit dem er sie aus dem Kloster Velin befreit hatte. *O Gott,* dachte sie. Jemand hatte sie dort eingesperrt, die Tür von außen abgeschlossen. Dann die Schmierereien an dem Taxi und die Löcher in der Windschutzscheibe.

Bobby inspizierte die Farbe und das umgestürzte Mobiliar, die Glasscherben auf dem Boden. Alexandra sah, wie er mit einem Fußtritt etwas in eine Ecke beförderte, hinter den Diwan. Er zog sein Handy aus der Tasche und fotografierte den Schriftzug an der Wand und das verwüstete Zimmer. Irina stöhnte. Lenka schlang ihr den Arm um die Schultern.

»Bobby«, sagte Alexandra.

»Jetzt nicht«, erwiderte er leise, und sie wusste, was er meinte: kein Ton mehr über das mysteriöse Etwas in der Ecke, das demolierte Taxi oder irgendetwas anderes, bis sie Irina in Sicherheit gebracht hatten. Doch da meldete die alte Dame sich zu Wort, als habe sie ihre Stimme wiedergefunden.

»Äh, meine Liebe …« Sie winkte Alexandra zu sich. »Könnten Sie und Lenka mir helfen? Ich möchte mich im kleinen Zimmer ein wenig hinlegen. Hinter der Treppe. Bobby, es ist so kalt hier drin. Wären Sie wohl so nett, den Ofen anzufeuern? Eine Heizung gibt es hier leider nicht. Das Holz ist im Schuppen. Wie Sie schon sagten, aufräumen können wir auch später noch.«

»Soll ich die Polizei rufen?«, fragte Bobby.

»Nein«, sagte Irina. »Nein, ich glaube nicht. Das nächste Polizeirevier ist weit weg, unten in der Stadt, und sie werden sämtliche Nachbarn befragen, und dann ist das Gerede groß. Ich kenne unsere Nachbarn seit … Jahrzehnten, und ich bin sicher, dass uns niemand hier so etwas antun würde.«

Alexandra wollte einwenden, wenn Außenstehende dieses Durcheinander angerichtet hatten, sei die Polizei womöglich in der Lage, sie zu finden. Da fiel ihr das Wort an der Wand wieder ein – vielleicht wollten Irina und Bobby nicht, dass die Polizei davon erfuhr?

Alexandra und Lenka brachten die alte Dame in die kleine Kammer unter der Treppe und zogen das staubige Laken vom Bett. Sie halfen Irina hinein und mummten sie in Decken, die sie im Schrank gefunden hatten; die Decken waren aus getufteter Wolle und – trotz der eisigen Luft – warm und trocken. Lenka setzte sich ans Bett und nahm die Hand der alten Frau. Irina dankte ihnen und schloss scheinbar zufrieden die Augen; dabei sah sie halb tot aus, dachte Alexandra.

Sie ging zurück zu Bobby. Er stand in den Trümmern des Wohnzimmers.

»Bobby?«, fragte sie vorsichtig. »Was ist das da?« Sie zeigte zur Ecke hinter dem Diwan.

»Ich weiß nicht, ob du das wirklich sehen willst«, antwortete Bobby gereizt. »Aber tu dir keinen Zwang an.«

Sie zögerte. »Das Wort an der Wand – ist das Blut?«

»Ja.« Er ließ den Kopf hängen und vergrub die Hände in den Taschen.

Sie starrte ihn an. »Doch nicht etwa …?«

Er schüttelte den Kopf. »Kein Menschenblut. Aber nicht viel besser.«

Langsam näherte sie sich der Ecke und sah hinter den Diwan.

»O Gott«, stieß sie hervor. Auf dem Boden lag ein zerzauster, blutverschmierter Gegenstand, und das Erste, was sie erkannte, waren Zähne, drei spitze gelbliche Zähne, die über eine geplatzte Unterlippe ragten. Ein Kopf. Dann ein gelbes wild dreinblickendes Auge, halb geschlossen, umgeben von struppigem Fell. Daneben ein Malerpinsel, ebenfalls blutverschmiert. Einen Sekundenbruchteil lang hatte sie das Gefühl, sich übergeben zu müssen.

»Ist das … Das ist ein Wolf, nicht wahr?«, fragte sie.

»Ich glaube ja.« Bobby betrachtete das Wort an der Wand, ohne die Hände aus den Taschen zu nehmen. »Auch das ist merkwürdig. Es gibt nicht mehr allzu viele Wölfe in den Bergen.«

Alexandra hütete sich, noch einmal hinzuschauen. »Aber ist es denn nicht, ich meine, es ist doch bestimmt verboten, einen Wolf zu töten?«

»Verboten?« Bobby schnaubte.

Alexandra wollte, sie hätte den Kopf nie gesehen. Es war so viel braunes Blut daran und in der Ecke; jetzt konnte sie es riechen. Mit Schrecken dachte sie daran, welche Todesqualen das Tier hatte erleiden müssen.

Bobby ging vorsichtig neben dem Diwan auf die Knie und fuhr mit dem Finger über den Fußboden; Alexandra sah ihm an, dass er das nicht zum ersten Mal tat. »Trocken«, sagte er. »Aber Blut trocknet schnell.«

Sie wollte am liebsten gar nicht wissen, woher er das wusste. »Das darf Irina unter keinen Umständen zu Gesicht bekommen. Lenka hat es, glaube ich, bislang nicht bemerkt.«

»Nein.« Bobby zog eine Papierserviette aus der Tasche und wischte sich die Hand ab. »Ich mache ein Foto von dem Kopf, und dann vergrabe ich den Wolfskopf im Garten. Aber zuerst müssen wir einen Karton oder eine Plastiktüte für ihn finden, damit wir ihn wieder ausbuddeln können, falls wir ihn aus irgendeinem Grund noch einmal brauchen sollten.«

»Soll das heißen, du rufst doch die Polizei?«

Er blickte sie an – nachdenklich, ohne Verdruss – und schüttelte den Kopf.

Die Küche erwies sich als steinerne Höhle, dämmrig und kalt, bis sie den Ofen anmachten. Es war ordentlich und aufgeräumt, ja sauber – ein paar Töpfe und Pfannen hingen an Nägeln über einem weiß lackierten Bord; Zwiebel- und Knoblauchzöpfe baumelten von den Deckenbalken. An einem Ende befand sich ein offener Kamin mit einer breiten Herdbank. Alexandra hatte schon immer sensibel auf Gerüche reagiert und musste sich beherrschen, um nicht laut zu schnuppern. Die Küche verströmte ein komplexes, schwer einzuordnendes Odeur – kalt, erdig, als sei das Haus in den Berg hineingebaut. Sie dachte an Winterwinde, tiefen Schnee, peitschenden Regen. Das Haus hatte all das überdauert, Jahr um Jahr, wie ein geschütztes Grab. Der helle Tag schien verschwunden, bis Bobby das einzige Fenster aufriss und ihn hereinließ. Lenka füllte einen Kessel mit Leitungswasser und gab eine Handvoll Kräuter aus ihrer Tasche hinein. In einer Ecke stand ein Telefon, wenn auch kein altmodischer Apparat, wie Alexandra ihn bei Irina in Plovdiv vermutet hatte. Ameisen liefen an der Zuckerdose hinauf und hinunter und versahen das Wachstuch auf dem Regal mit einer lebenden Naht. Als der Tee fertig war, brachte Lenka der alten Dame eine Tasse.

Bobby und Alexandra saßen an dem abgewetzten Holztisch und tranken heißes Wasser ohne Kräuter.

»Und wie geht es jetzt weiter?«, fragte sie. »Was, wenn derjenige, der den Wagen und die Wand beschmiert hat, wiederkommt? Vielleicht sollten wir so schnell wie möglich von hier verschwinden?«

Bobby hatte sich die Ärmel hochgekrempelt, wusch sich das Gesicht mit kaltem Wasser und strich sich mit feuchten Händen das Haar zurück.

»Ich glaube kaum, dass Irina dazu in der Lage ist«, sagte er. »Aber ich würde nur ungern über Nacht hierbleiben, auch wenn Türen und Fenster verschlossen sind. Wir müssen uns etwas anderes überlegen. Und vielleicht tauchen die Lazarovi ja morgen auf, wenn sie denn überhaupt in diese Richtung unterwegs sind. Ich werde Irina um Nevens Nummer bitten und versuchen, ihn auf dem Handy zu erreichen.«

»Und wenn sie nicht auftauchen?«

»Das hängt von Irinas Gesundheitszustand ab.«

»Meinst du, sie ist krank?«

Bobby schüttelte den Kopf. »Nein – nur sehr alt und sehr müde. Wir hätten sie gar nicht erst mitnehmen sollen.«

»Aber ohne sie hätten wir nie hierhergefunden«, sagte Alexandra. »Trotzdem hast du natürlich recht. Sie sieht nicht besonders gut aus.«

»Morgen oder übermorgen bringen wir sie nach Hause. Dann können wir nach Sofia zurückfahren und weiter nach den Lazarovi suchen«, sagte Bobby. »Oder zuerst nach Bovech. Obwohl ich sie nur ungern allein lassen würde, nicht einmal zu Hause in Plovdiv. Denn offenbar weiß jemand, dass wir dort waren und die Urne haben. Ich bin froh, dass wir sie nicht bei ihr gelassen haben.«

»Ich auch. Aber warum willst du noch einmal nach Bovech?«

»Nur so ein Gedanke«, sagte er. »Warten wir's ab.«

Lenka kehrte mit der leeren Tasse zurück und machte sich an den Abwasch; ihre Hilfsangebote wies sie brüsk zurück. Während sich die Haushälterin an der Spüle zu schaffen machte, fasste Alexandra den Taxifahrer am Arm. »Was soll das heißen? *Wir wissen Bescheid?* Wahrscheinlich geht es um die Urne wie bei den anderen Farbschmierereien auch.«

»Schon möglich.« Er kratzte mit dem Fingernagel an einer rauen Stelle auf der Tischplatte.

»Es *weiß* also jemand, dass wir die Urne haben.«

Bobby lehnte sich zurück und reckte die Schultern; sie spürte, dass seine scharfen blauen Augen auf ihr ruhten. »Aber genau das stand auch schon auf dem Taxi – jemand weiß, dass wir die Urne haben, und er will sie zurück. Wenn unsere Vermutung stimmt.«

Alexandra dachte nach. »Vielleicht weiß dieser Jemand aber auch etwas *über* die Urne und nicht nur, dass wir sie haben.«

»Du meinst, wessen Asche sie enthält?«

Diesmal nickte sie. »Zum Beispiel. Vielleicht weiß er aber auch etwas über den Toten. Über Stoyan Lazarov«, setzte sie leise hinzu. Mit einem Mal erschien es ihr pietätlos, von ihm als »Asche« zu sprechen.

Bobby spielte mit einem Salzstreuer. »Ich weiß nicht. Ein Musiker, der mit über neunzig das Zeitliche gesegnet hat, in einer kleinen Stadt – nicht besonders interessant, wenn du mich fragst. Er war kein Verbrecher und weder reich noch berühmt. Er hat nie Karriere gemacht. Was gibt es da Besonderes zu wissen? Aber vielleicht geht es ja gar nicht um ihn, sondern um Neven, seinen Sohn – vielleicht ist er ein Verbrecher.«

»Würde die Polizei ihn dann nicht einfach verhaften?«, sagte Alexandra.

Sie starrten sich einen Augenblick lang an und lauschten Lenka, die unter dem laufenden Wasserhahn die Tassen ausspülte.

Mit Lenkas Hilfe brachten sie das Wohnzimmer in Ordnung, schrubbten das Blut von der Wand, und Bobby vergrub den Wolfskopf im Garten hinter dem Haus. Lenka stellte keine Fragen, doch die Angst stand ihr ins Gesicht geschrieben. Danach gingen sie in die Kammer unter der Treppe, um mit Irina Georgieva zu sprechen. Irina lag mit geschlossenen Augen da; ihre von rosigen Adern durchzogenen Lider wirkten riesig. Alexandra bemerkte, dass die alte Dame die Brosche abgenommen und auf eine Kommode gelegt hatte – sie hatte das Gefühl, dass Irina ohne die Brosche buchstäblich nicht leben konnte. Sie setzte sich auf einen Stuhl neben dem Bett. Sie musste daran denken, wie sie in den Wochen nach Jacks Verschwinden am Bett ihrer Mutter gewacht hatte; bisweilen hatte sich ihr gerötetes Gesicht entspannt, zu einem Ausdruck stumpfer Normalität zurückgefunden, und dann und wann hatte sie den Arm ausgestreckt und Alexandras Hand gedrückt.

»Wie fühlen Sie sich, Madame Georgieva?«, fragte Bobby.

Irina schlug die Augen auf. »Ich muss gestehen, dass ich mit meinen Kräften am Ende bin. Die lange Fahrt, nehme ich an. Den Schock nicht zu vergessen.«

»Wir haben im Wohnzimmer sauber gemacht«, sagte Alexandra.

»Danke, meine Liebe.« Irina hob die Hand und strich sich das Haar glatt. »Es tut mir leid, dass ich Sie aufhalte – ich fürchte, ich bin vor morgen oder übermorgen nicht in der Lage, die Rückfahrt anzutreten.«

Bobby beugte sich über das Bett. »Das haben wir uns schon gedacht. Aber ich halte es für keine gute Idee, hier im Haus zu übernachten.«

Irina stemmte sich gegen ihr Kissen. »Da haben Sie recht. Das wollte ich auch gar nicht. Vielleicht können wir bei Baba Yana unterkommen, ein paar Häuser weiter. Sie ist unsere älteste Freundin hier – uralt, um genau zu sein, und sie kannte unsere ganze Familie, meine Eltern, Vera, Stoyan. Sie wird uns bestimmt mit offenen Armen empfangen.« Sie versuchte, sich aufzusetzen, war jedoch zu schwach. »Baba Yana ist blind.«

Bobby musterte sie. »Das tut mir leid.«

»Ihr tut es ganz und gar nicht leid. Sie ist nämlich nicht so zur Welt gekommen, müssen Sie wissen – sie hat ihr Augenlicht erst an dem Tag verloren, als sie hundert wurde. Es heißt, sie hätte seherische Fähigkeiten. Gehen Sie zu ihr und fragen Sie sie, ob wir heute Nacht bei ihr schlafen können. Sie wohnt an der Hauptstraße, das dritte Haus hinter der Kirche. Bestellen Sie ihr einen schönen Gruß von mir, und fragen Sie sie, ob sie weiß, wo meine Schwester und Neven stecken. Vielleicht kann sie die beiden ja sehen.« Irina schloss die Augen wieder. »Ich glaube nicht, dass uns hier jetzt noch Gefahr droht – jedenfalls nicht, solange es hell ist.«

Alexandra beugte sich vor und küsste die alte Dame auf die Stirn, die nach Minze schmeckte. Lenka hatte auf dem Flur gewartet und ging zu Irina hinein.

Bobby und Alexandra zogen die Haustür hinter sich ins Schloss und machten sich zur Hauptstraße des Dorfes auf; Stoycho trabte ihnen hinterdrein. Die Sonne sank bereits auf den bergigen Horizont zu; Alexandra bereute es, keine Strickjacke angezogen zu haben. Die Bäume entlang der Dorfstraßen trieben erste zartgrüne, fast durchscheinende Blätter. Die Straße wurde breiter, und Bobby und sie blieben einen Moment stehen und sahen einem Mann zu, der ein Dutzend Ziegen zu einem alten Steintrog führte. Er hatte einen Hund bei sich, ein großes, wachsames Tier, dessen Ohren sich zu wütenden Dreiecken aufrichteten, als es die Nachzügler in Richtung der Herde trieb. Mit gesträubten Rückenhaaren lief Stoycho auf seinen Rivalen zu, doch der fremde Hund blickte um sich, ohne Groll, und eilte dann weiter: *Tut mir leid, ich muss arbeiten – können wir uns vielleicht später unterhalten?*

Der Hirte drehte den Hahn an einem Ende des Troges auf und ließ Wasser in den ausgehöhlten Stein laufen, während seine Ziegen vorwärtsdrängten. Sie trugen kleine Messingglöckchen um den Hals, die bei jeder Bewegung klingelten; stießen sie zusammen, klangen sie wie ein kompliziertes

Instrument, das sich selbst spielte. Alexandra trat näher und blickte in die waagerechten Schlitze ihrer Augen, legte die Hand auf einen spitzen, knochigen Rücken, spürte das erstaunlich weiche Fell, das warme Fleisch darunter. Die Ziege scheute ein wenig und drängte zum Wasser, ohne sie anzusehen.

Bobby war unterdessen weitergegangen, und Alexandra eilte ihm hinterdrein. Sie kamen an einer alten Frau vorbei, die vor ihrer Haustür saß und Kartoffeln schälte, an einem rosenberankten Maschendrahtzaun, Steinhäusern und Scheunen, die sich gegen die steilen Hänge stemmten. Plötzlich bemerkte Alexandra, dass Stoycho verschwunden war. Sie wollte ihn eben rufen, als Bobby auf einen Kirchturm am Ende der Straße deutete, nur noch ein paar Schritte entfernt. Von hier hatte man einen wunderschönen Blick auf das kleine Meer von geschuppten, moosfleckigen Schieferdächern. Alexandra sah eine Staubwolke unterhalb des Dorfes, wo sich ein Lastwagen die Bergstraße hinaufquälte. Rings um das Dorf erstreckten sich endlose Wiesen, hauptsächlich wild wuchernd, hohes goldgrünes Gras, das vermutlich irgendwann zu Heu werden würde.

Die Kirche stand frei, flankiert von Fichten. Das Portal war mit einem steinernen Sturz versehen, und die Mauern waren weiß getüncht, obwohl hier und da der Putz abbröckelte und den Blick auf das darunterliegende Skelett aus Lehm und Steinen freigab. Stoycho hatte sich auf der Vortreppe niedergelassen und wartete auf sie. Die Kirche lag inmitten eines kleinen Friedhofs; die Grabsteine waren entweder hoch und schlank oder aber breit und gedrungen, mit einem steingefassten Erdbett für jeden Toten, der hier ruhte. Auf den Gräbern standen Kerzen, kleine Laternen aus rotem Glas, Vasen voller welker Blumen, auf einem ein Haufen runder Kiesel. Die neueren Grabsteine waren aus schimmerndem schwarzem oder grauem Granit gehauen und so blank poliert, dass sich die Farben der umliegenden Wiesen und Sträucher darin spiegelten; als Alexandra sich zu einem von ihnen hinunterbeugte, konnte sie sich selbst darin sehen.

»Ivanka Belechkova«, las sie. Ein Porträtfoto war mit geradezu unheimlicher Präzision in den Granit eingelassen, eine ernst dreinblickende Frau mit krausem Haar, auf ewig in dem kalten Stein gebannt. Sie sah aus, als wollte sie jeden Augenblick zum Leben erwachen und etwas sagen – dunkle Magie. Dennoch war es ein hübsches Plätzchen, vor dem rauen Wind geschützt. Von hier aus hatte man den bislang besten Blick auf das Dorf und das weite, an drei Seiten von bewaldeten Gebirgsrücken umschlossene Tal. *Jack hätte bestimmt gern hier gelegen,* dachte sie, hoch droben, wo er die Berge sehen konnte, und dennoch unter Menschen.

Alexandra zupfte Bobby am Ärmel. »Warum haben sie ihn nicht einfach hier beerdigt?«

»Stoyan Lazarov?« Er las die Namen auf den älteren Grabsteinen.

»Ja. Hier hätte es ihm gewiss gefallen, in der Nähe der Familie seiner Frau. Es ist so friedlich.«

»Stimmt«, sagte Bobby. »Aber wir wissen nicht, ob das sein Wunsch war.«

»Er wollte vermutlich im Kloster begraben werden, außerdem haben wir das ohnehin nicht zu entscheiden.«

Bobby schüttelte den Kopf. »Ebenso wenig wie Irina Georgieva, fürchte ich.«

Alexandra blickte zu den Berggipfeln hinüber, wo das Licht in dunstigen Schwaden hing. »Hast du nicht auch … Manchmal habe ich das Gefühl, dass wir an einem Abgrund entlangwandern. Ich meine, wir alle, jederzeit.«

»An einem Abgrund? Wie eine Steilwand, meinst du?« Bobby dachte darüber nach. »Ja, natürlich tun wir das.«

»Dann geht es dir genauso?« Sie betrachtete das Licht in seinem hellen Haar, das sich verengende Blau seiner Augen.

»Ja«, sagte er und schwieg einen Moment. »Ich glaube, mein ganzes Land wandelt am Abgrund, und wenn wir abstürzen, dann stürzen wir tief.« Er sah sie an, aber sie wusste nicht recht, was er meinte.

»Wie soll ich das verstehen?« Sie fasste ihn am Arm.

Er richtete den Blick auf das Panorama, das sich unter ihnen erstreckte – die Dächer des Dorfes, die Felder. »Wer hier aufwächst, der weiß, dass Bulgarien das schönste Land der Welt ist, auch wenn es weiß Gott einiges zu kritisieren gibt. Aber wir erinnern uns noch gut an die Zeit, als wir vom Rest der Welt abgeschnitten waren und ständig gegeneinander aufgehetzt wurden. Es ging sehr schnell, nachdem es einmal angefangen hatte, und es ist noch gar nicht so lange her – meine Großeltern waren damals schon am Leben. Und wenn wir die falsche Regierung wählen, könnte es wieder so weit kommen.«

»Aber das mit der falschen Regierung gilt für jedes Land«, wandte Alexandra ein, obgleich ihr bewusst war, dass sie davon keine Ahnung hatte.

Plötzlich packte Bobby sie an der Schulter; im ersten Augenblick glaubte sie, er wolle sie schütteln. Doch dann strich er ihr mit zärtlichen Fingern das Haar hinters Ohr. »Ich weiß«, sagte er. »Aber wenn man einen Eindringling zu lange gewähren lässt, könnte er das als Einladung auffassen.«

Er drehte sich um und sah noch einmal auf das Dorf und die Felder hinab. Alexandra versuchte, seinem Blick zu folgen. »Trotz allem hat mein Land es in kurzer Zeit sehr weit gebracht. Ich bin davon überzeugt, dass wir der Welt etwas Besonderes zu geben haben: Kultur, Lehren aus der Geschichte – und Schönheit. Es wäre tragisch, wenn wir uns zurückentwickeln würden. Wir haben schon genug gelitten.«

Die untergehende Sonne stach auf das Dorf herab, als sie den Friedhof verließen und die Straße auf der anderen Seite hinuntergingen; sie meißelte harsche Schatten zwischen die Häuser und tiefe Risse in die Stämme der Bäume. Alexandra kannte diese abrupten Sonnenuntergänge, wenn das Licht in Sekundenschnelle hinter den Berggipfeln verschwand, statt allmählich zu verblassen. Wieder roch sie den Rauch von Holzfeuern, den Duft von gebratenem Fleisch. Sie dachte an die Urne und an ihr Gepäck, das sie in dem Hostelzimmer in Sofia zurückgelassen hatte. Sie hatte keine sauberen Kleider zum Wechseln mitgenommen, aber das spielte jetzt auch keine Rolle mehr. Die Narbe an der Unterseite ihres Arms begann zu jucken. Obwohl er nicht angeleint war, blieb Stoycho ihnen dicht auf den Fersen. Der Abend kam, und es wurde von Minute zu Minute kühler.

»Es ist wie in den Bergen bei uns zu Hause«, sagte sie. »Die Sonne geht so schnell unter, dass man sie förmlich festhalten möchte, bevor sie verschwindet.«

»Hast du Heimweh, Bird?«

Nicht nach einem Ort, dachte sie. »Nein. Aber die Landschaft erinnert mich an den Blue Ridge.«

Die Straße wurde schmaler und stieg steil bergan – verdorrte Gärten, ein halb verfallenes Haus, dessen Dach eingestürzt war und auf dessen Schornstein Vögel nisteten. Dann ein Garten, in dem ein kleiner Junge und ein kleines Mädchen unter einem Baum Teppiche ausschüttelten und sich gegenseitig lachend die Fransen ins Gesicht schlugen. Die ersten Kinder, die sie hier zu Gesicht bekamen.

»Den Blue Ridge?«, fragte Bobby.

»Ja, die Blue Ridge Mountains«, sagte Alexandra. »Ich habe es dir doch erzählt – ich lebe in dem in North Carolina gelegenen Teil der Berge. Dort sieht es so ähnlich aus wie hier, nur – *blau,* weicher. Nicht so felsig.«

Bobby blieb stehen, und sie bemerkte, dass sie vor dem dritten Haus hinter der Kirche standen – eine Feldsteinkate mit ein paar Topfblumen davor. Vor der Tür saß eine Frau auf einem Stuhl.

Alexandra hatte sich eine dicke, runde alte Frau mit leeren Augen vorgestellt, doch diese Person war winzig wie ein dunkler Fetzen Stoff. Sie war ganz in Trauer gekleidet, bis auf eine Schürze, die einst rot-grün gemustert gewesen sein mochte, jetzt jedoch fadenscheinig und verschossen war. Unter der Schürze trug sie zu Alexandras Erstaunen die schwarzen Winterkleider eines Mannes – eines sehr kleinen Mannes: eine verfilzte Wollhose mit schwarzen Flicken auf den Knien, zierliche schwarze Gummischuhe, die von einer Art Klebeband zusammengehalten wurden, eine schäbige schwarze Wolljacke. Sie saß gebeugt, mit einem Gehstock zwischen den Knien, und ihre dürren, farblosen Finger umklammerten den Griff. Um ihren Kopf schlang sich ein schwarzes Tuch, das sie in kompliziertem Faltenwurf um die Wangenknochen drapiert und unter dem winzigen Kinn verknotet hatte. Ihr Gesicht war weniger ein Gesicht als vielmehr ein zerknülltes Origami. Sie war vermutlich der älteste Mensch, dem Alexandra je begegnet war. Falls die Frau überhaupt Augen hatte, sehend oder nicht, so schienen sie in den tiefen Furchen ihrer Haut verschwunden zu sein, zusammen mit ihren Augenbrauen und der Farbe ihrer Lippen. Alexandra glaubte, ein paar zarte, fein geschnittene Züge ausmachen zu können, rings um die dünne, fast durchsichtige Nase und die gewölbte Stirn. Vor achtzig Jahren mochte Baba Yana eine engelsgleiche Schönheit gewesen sein – vielleicht sogar das hübscheste Mädchen des Dorfes. Womöglich war sie nie erwachsen, sondern nur alt geworden.

Bobby rief einen Gruß, doch kaum waren sie stehen geblieben, wandte sich die alte Frau auch schon in ihre Richtung, als habe sie die beiden gehört oder gerochen. Sie hob das Kinn, legte den Kopf schief, und zum ersten Mal sah Alexandra ihre Augen – nicht das unheimliche leere Weiß, das sie befürchtet hatte, sondern ein Paar dunkler Knöpfe. Stoycho lief auf sie zu, und Alexandra und Bobby erstarrten. Doch der Hund wedelte vor Freude mit dem Schwanz und berührte Baba Yanas steife Hände behutsam mit der Nase, bis sie sich endlich öffneten. Dann hellte sich auch ihre Miene auf, sie zog die Mundwinkel hoch, und ihr Lächeln entblößte die letzten noch verbliebenen Stümpfe ihrer Zähne. Sie krallte die Hand in sein Fell, tätschelte, begrüßte ihn.

»*Babo Yano*«, begann Bobby höflich, doch die alte Frau fiel ihm sogleich ins Wort. Ihre Stimme war weitaus voluminöser als sie selbst.

»Sie sagt«, raunte er Alexandra zu, »sie hat gewusst, dass wir kommen würden.« Er beugte sich zu Baba Yana hinunter, nahm ihre Hand und redete leise auf sie ein. Er sagte etwas von »Irina« und »Vera«, und sie sah ihm einen Moment lang blicklos ins Gesicht. Er musterte sie aufmerksam und lauschte ihrer Antwort. »Sie meint, sie hat die Lazarovi seit Wochen nicht gesehen. Oder Jahren – da ist sie sich nicht so sicher.« Die alte Frau tastete umher, tätschelte Alexandra, wie sie den Hund getätschelt hatte; sie schien sich vergewissern zu wollen, dass sie zu zweit waren.

Eine Stunde später lag Irina wieder im Bett, diesmal in einem kleinen Zimmer, das Baba Yana für sie hergerichtet hatte. Sichtlich erleichtert ließ sie den Kopf aufs Kissen sinken. Als Alexandra sich zum Gehen wandte, sagte sie mit schwacher Stimme: »Fragen Sie sie nach diesem Haus. Und nach unserer Familie.«

Bobby saß vor dem Haus und unterhielt sich mit der blinden Frau; er zeigte auf den leeren Stuhl neben sich. Bevor Alexandra eine Bitte an sie richten konnte, hob Baba Yana den Kopf und blickte zum Himmel, in die Dämmerung empor, als könne sie die ersten Sterne tatsächlich sehen. Ihre Stimme war laut und rau.

»Stoyan Lazarov«, begann sie.

Dreißig

Sie werden es mir vielleicht nicht glauben, aber ich war dabei, als die Türken aus diesen Bergen vertrieben wurden. Mein Vater sagte zu mir: An diesen Augenblick wirst du dich dein Leben lang erinnern, und wenn du hundertzwanzig wirst. Das übrige Bulgarien war damals längst befreit, müssen Sie wissen. Ich war gerade Mutter geworden, als den türkischen Beamten aus dem großen Dorf am Fuß des Berges zu Ohren kam, dass die bulgarische Armee zum zweiten Mal in die Rhodopen vorgedrungen war – das muss 1912 oder 1913 gewesen sein, der Erste Balkankrieg. Die Armee war schon zurzeit der ersten Befreiung Bulgariens gekommen, aber dann hatte sie diese Ländereien wieder verloren. Diesmal eroberte die Armee uns endgültig zurück. Und so verschwanden die Türken aus den umliegenden Dörfern eines Nachts mitsamt ihren Frauen und ihrem Vieh und kamen nie mehr wieder. In Gorno gab es nur ein paar, aber auch die zogen ab mit ihren Pferden und Maultieren, ein Höllenlärm, in einer langen Schlange.

Eine Woche später ritt ein Mann von der Regierung in Gorno ein und pflanzte seine Fahne auf dem Dorfplatz auf. Er sagte, es sei die Fahne der Nationalversammlung, in der viele bedeutende Männer säßen. Zum Beweis hatte er Zeitungen mitgebracht. Er sagte, Bulgarien habe das Reich zum Einsturz gebracht wie ein Haus bei einem Erdbeben. Ich weiß noch, wie er wild mit den Händen fuchtelte, um uns vor Augen zu führen, wie die Mauern einstürzten und zu Boden krachten.

Ich wusste nicht, was eine Nationalversammlung war – ich dachte, es sei vielleicht eine Art Fest wie zu Ilinden, wenn wir das Heu einbrachten und den Beginn der Ernte feierten. Ich dachte, dort stimmen sie darüber ab, wer singen und wer tanzen darf. Ich dachte, zu diesem Fest würde bestimmt auch mein Vater eingeladen, denn er war einer der bedeutendsten Männer des Dorfes, und er konnte sehr gut tanzen, besonders wenn er betrunken war.

Stattdessen blieb mein Vater hier und sammelte das Geld für die neue Kirche. In Wirklichkeit war es natürlich immer noch die alte, sie wurde lediglich neu verputzt, innen weiß gestrichen, und sie ließen diese herrlichen Fenster einsetzen und den Kirchturm ein Stück erhöhen. Bis dahin war sie eine »kurze« Kirche gewesen – getreu einem Dekret des Sultans, wie es hieß, wonach ein Kirchturm nicht höher sein durfte als ein Minarett, obwohl es in unserem Dorf nie ein Minarett gegeben hatte. An dem Tag, als der Priester die neue Kirche mit der erhöhten Turmkuppel einweihte, hängten mein Vater und die anderen Männer die bulgarische Flagge über das Portal. Die Kinder von Gorno besuchten die Schule im Tal und lernten neue bulgarische Lieder, während hier oben eigentlich alles beim Alten blieb, mit dem kleinen Unterschied, dass wir jetzt stolz waren auf die Nachrichten in der Zeitung, die alle vier Wochen aus Plovdiv kam – selbst im Winter, wenn der Schnee meterhoch lag.

Ich selbst war kaum zur Schule gegangen. Meine Mutter brauchte mich zu Hause, wo ich auf meine jüngeren Geschwister achtgab, und dann, mit sechzehn, wurde ich verheiratet. Heute gehen die jungen Frauen zur Universität, und was lernen sie da? Mehr als wir damals? Ich konnte lesen, und ich konnte schreiben, denn das hatte uns mein Vater beigebracht, und ich konnte die Stotinki daheim in unserer Geldkassette addieren und subtrahieren. Ich wusste, wo auf der Landkarte England lag und wo Afrika. Mein erster Mann war ein feiner Kerl. Er trank zwar ein wenig zu viel, genau wie mein Vater und meine Onkel, aber er hat mich nie geschlagen, und wenn er sein Pensum verrichtet hatte, half er mir oftmals bei der Hausarbeit. Er konnte zwei große Säcke Kartoffeln schleppen, als wären sie federleicht, und hatte immer ein Lächeln für mich übrig. Wir arbeiteten zusammen auf dem Feld, es sei denn, er verdingte sich auf den Obstplantagen unten in der Ebene. Als wir getraut wurden, war er achtzehn. Manchmal, wenn ich frühmorgens hellwach im Bett liege, erinnere ich mich an seinen Namen.

Aber wie dem auch sei, er fiel im Zweiten Balkankrieg, als unsere jüngsten Kinder noch ganz klein waren. Wie all seine Verwandten war er ein Hitzkopf. Im darauffolgenden Winter brachten meine Brüder mir Bohnen und Salz, und mein ältester Sohn ging mir nach besten Kräften zur Hand – er war ein guter Junge, genau wie sein kleiner Bruder, und später halfen mir meine Töchter, bis auch sie sich vermählten, alle außer Maria. Maria hat nie geheiratet. Dabei war sie eigentlich recht hübsch und eine gute Seele – nur immer furchtbar ernst. Ich weiß auch nicht, warum, aber sie lebte bei mir, bis ich sie überlebte. Da ihr Vater tot war, durften sie sich ihre Männer selbst aussuchen – und haben es im Großen und Ganzen passabel getroffen. Ich habe sie nie zu etwas gezwungen. Inzwischen sind sie alle tot. Mein jüngerer Sohn kam schon recht früh bei einem Unfall mit einem Mähdrescher ums Leben, unten in der Ebene, eine dieser neumodischen Maschinen mit Motoren. Seither habe ich keine Maschine mehr angerührt. Darauf kann ich ebenso gut verzichten wie auf die naseweisen Bemerkungen von Leuten, die an meinem Alter zweifeln. Glauben Sie mir, ich weiß genau, wie alt ich bin.

Nachdem mein erster Sohn mit seiner Braut ins Unterdorf gezogen war und unsere Felder übernommen hatte, musste ich mich um die Kinder meines Sohnes kümmern, und dann wurden auch meine Töchter schwanger. Als die ersten Enkel kamen, machte Anton, der Schneider, mir einen Heiratsantrag. Sehen Sie, an seinen Namen erinnere ich mich ohne Mühe. Es gab Anton, den Ziegenhirten, und Anton, den Schneider, und den Ziegenhirten hätte ich gewiss nicht geheiratet, denn der war seit dem Ersten Weltkrieg nicht mehr ganz richtig im Kopf. Er sah nicht nur Ziegen, sondern alle möglichen Dinge, droben in den Bergen. Auch Anton, der Schneider, hatte im Ersten Weltkrieg gekämpft, aber nur kurz, ganz zu Anfang. Er erlitt einen Beinschuss und wurde nach Hause geschickt. Fortan hinkte er, was aber nicht heißen soll, dass er hässlich gewesen wäre – meine Güte, ganz im Gegenteil. Alle Mädchen waren hinter ihm her. Wenn man jung ist, legt man auf so etwas noch großen Wert, auf das Äußere, eine stattliche Erscheinung. Lass dich davon bloß nicht blenden, Mädel.

Anton war nicht nur liebenswürdig, sondern auch klug, ein

ganz besonderer Mann, und ich war ja so lange allein gewesen. Wir konnten nicht voneinander lassen. Wir hatten einen Sohn, meine letzte Geburt. Es störte Anton nicht, dass ich schon recht alt war für ein Kind, und es störte ihn auch nicht, dass ich ein paar Jahre älter war als er. Er fand mich wunderschön, und wer möchte da widersprechen, zumal wenn man schon einen Stall voll Enkel hat. Er wurde sehr viel älter als mein erster Mann; dann kam das Erdbeben – das richtige Erdbeben, nicht das politische, von dem ich vorhin gesprochen habe. Er hatte ein hitziges Gemüt, der gute Anton, aber wir haben schließlich alle unsere Fehler. Wenn er mir jetzt im Traum begegnet, ist es immer angenehm. Er schickt mir meine Träume, und nicht nur mir, sondern auch manchen meiner Nachbarn. Wenn Sie während Ihres Aufenthaltes hier einen außergewöhnlichen Traum haben, dann dürfen Sie gewiss sein, dass Anton, der Schneider, ihn geschickt hat.

Das wollte ich Ihnen eigentlich von Anfang an erzählen, die Geschichte von dem Erdbeben und Stoyan Lazarov, aber Sie werden es einer alten Frau hoffentlich nachsehen, wenn sie sich zuvor das eine oder andere von der Seele redet. Eigentlich müsste ich Ihnen erst einmal erzählen, wie Anton gestorben ist, damit Sie den Sinn seines Todes verstehen. So er denn einen hatte. Das Dorf wurde größer und auch ein wenig reicher, nachdem wir geheiratet hatten, weil wir hier guten Boden haben und uns auf den Tabakanbau verlegten. Mein Vater war damals schon gestorben, am Fieber, genau wie vor ihm meine Mutter. Sie hinterließen mir dieses Haus, weil auch meine beiden älteren Brüder gegen Ende des Ersten Krieges gefallen waren und mein jüngerer Bruder beschlossen hatte, in

Deutschland zu bleiben, weiß der Himmel, warum. Irgendwo dort draußen habe ich deutsche Urgroßnichten und -neffen. Sie sind vermutlich längst nach Australien ausgewandert.

Dazu muss man sagen, dass dieses Haus eines der besten im ganzen Dorf war – oder vielmehr ist –, und wissen Sie, warum? Von außen mag es ziemlich klein aussehen, aber es reicht tief, ja sehr tief in die Erde. Wir haben einen Rübenkeller für Obst und Gemüse, Wein und Eingemachtes. Darunter liegt ein zweiter Keller, wo wir alles andere lagern, zum Beispiel flache Steine für Dachreparaturen, und darunter liegt ein dritter Keller, durch den ein unterirdischer Bach fließt, das beste Gebirgswasser weit und breit.

Häuser mit eigener Quelle sind sehr selten. Es heißt, dass das Dorf genau hier entstanden ist, rings um meine Quelle, in den alten Zeiten der bulgarischen Reiche. Eine Holztreppe führt bis hinab in den tiefsten Keller. Der Rest des Dorfes ist auf Stein gebaut, und nur hier, an dieser Stelle, kann man so tief in den Berg hineingraben, dass man auf Wasser stößt. Vielleicht gab es hier aber auch einmal eine Höhle – nicht einmal mein Urgroßvater konnte uns erklären, weshalb das Haus so gebaut wurde. Das Wasser verlässt den Keller durch einen unterirdischen Graben und tritt am Berghang aus. Vor Jahren kamen Professoren aus Sofia, um sich die Quelle anzuschauen und sie zu fotografieren. Es gibt wahrscheinlich keine zweite auf dem ganzen Balkan, bis hinunter zum heiligen Berg Athos. Ich habe es Ihnen ja gesagt – auch in Geografie kennen wir uns aus. Wird das an euren Universitäten heute noch gelehrt? Als die Türken kamen und mordend und brandschatzend durch die Berge zogen, haben sich die Leute in unserem tiefsten Keller versteckt – vergebens. Und in einem schrecklich heißen Sommer während des Krieges gegen Griechenland und Serbien schliefen ich und die Kinder dort unten, und meine Nachbarn schliefen in den ersten beiden Kellern, und es war eigentlich recht komfortabel. Später, wenn eines der Kinder gar zu übermütig wurde, schickte ich es ein Weilchen in den Keller, bis es sich wieder beruhigt hatte.

Jedenfalls brachte es das Dorf in den Jahren nach dem Ersten Weltkrieg und unserer Hochzeit zu bescheidenem Wohlstand. Anton fertigte Kleider für die Leute aus den umliegenden Dörfern, dabei beherrschte er noch nicht einmal den Schneidersitz. Keine Alltagsgarderobe, sondern besondere Kleidung zu festlichen Anlässen wie Hochzeiten und Taufen und für die wenigen Reichen, die es sich leisten konnten, einen Anzug zu tragen, wenn sie ihre Verwandten in der Stadt besuchten. Ich nähte den Enkeln Röcke, Hosen und Hemden, und er nähte den Leuten feine Kleider und wurde dafür mit Silbermünzen und den großen neuen Geldscheinen, auf denen der König abgebildet war, oder in Naturalien entlohnt. Die Enkel waren kräftig und gesund, und wenn sie Fieber bekamen, waren sie rasch wieder wohlauf, und wenn sie Läuse hatten, rieben wir ihnen eine ordentliche Mischung aus Essig, Kerosin und Schmalz auf den Kopf. Aber dieses Glück war nicht von Dauer. Anton war ein eifriger Zeitungsleser und unterhielt sich gern mit Besuchern, und manchmal fuhr er zu Anproben und dergleichen in die größeren Städte. Wenn er dann nach Hause zurückkehrte, sagte er immer häufiger, es werde Krieg geben. Um Himmels willen, nein, sagte ich dann – es reicht. Meine Enkel wurden erwachsen, groß und schwarzhaarig wie wir alle und bildhübsch. Der Älteste hatte bereits seine große Liebe aus dem Nachbardorf geehelicht und sie kurz darauf geschwängert. Er hatte sie bei einem Kirchenfest kennengelernt.

Und dann kam er doch, der Krieg. Einmal sind wir extra in die Stadt hinuntergegangen, um uns echte Panzer anzuschauen. Es war die größte Parade, die ich je gesehen habe, außer natürlich im Fernsehen, aber das war später. Anton konnte sich nicht freiwillig melden, als Bulgarien in den Krieg eintrat, wegen seines schlimmen Beins und weil er langsam alt wurde – diese Gewaltmärsche hätte er nicht durchgestanden. Stattdessen fertigte er Offiziershemden, und ein paar Monate arbeitete er in einer Fabrik in der Stadt, wo die Uniformen genäht wurden. Gott, waren die hässlich.

Eines Tages kurz vor Kriegsende rannten die Leute plötzlich alle aus ihren Häusern, und wer nicht wusste, was geschehen war, lief ihnen einfach hinterdrein. Als wir auf dem Feld unterhalb des alten Goranov-Hofs ankamen, sahen wir, weshalb sie so aufgeregt waren. Auf dem Feld stand eine kleine Schar von Männern, nicht unsere Männer aus dem Dorf, sondern Fremde, Griechen, denen die Kleider in Fetzen von den Knochen hingen. Einige waren von Kopf bis Fuß mit braunem Blut beschmiert, andere hatten sich Lumpen um den Kopf gewickelt. Manche hatten nur noch einen Schuh oder gar keine Schuhe mehr. Ein Mann lag zusammengekrümmt auf der Erde. Einem anderen hing das Gemächt aus der völlig zerrissenen Hose, aber das schien er gar nicht zu bemerken. Sie rührten sich nicht und sprachen kein Wort. Sie sahen uns nur an, und wir sahen sie an, und alle dachten, sie seien gekommen, um uns anzugreifen und uns unser Essen wegzunehmen.

Da lief das ganze Dorf, alle Frauen und die Männer, die nicht in den Krieg gezogen waren oder auf dem Feld arbeiteten, und die jungen Mädchen wie meine Enkelin Vanya, die später Krankenschwester wurde, zu den Soldaten hin und halfen ihnen den Hügel hinauf in unser Dorf.

In den folgenden Tagen badeten und fütterten wir diese Männer und versorgten ihre Wunden und Blessuren, so gut es eben ging. Zwei von ihnen starben in der Nacht, und wir beerdigten sie auf dem Kirchhof, wo sie bis heute liegen. Wir erfuhren, dass sie griechische Partisanen waren und Soldaten Jagd auf sie gemacht und auf sie geschossen hatten, bis sie in die Berge geflohen waren. Sie hatten die Berge überquert und nicht geahnt, dass sie sich in Bulgarien befanden. Einer von ihnen sprach ein paar Brocken Bulgarisch und erzählte mir, dass er seinen Ehering an einen Zweig gesteckt hatte, damit er nicht mit ihm in der Erde verfaulte, wenn er starb. Er war offenbar nicht mehr ganz bei Sinnen. Aber er überlebte, und wir pflegten ihn und versicherten ihm immer wieder, dass seine Frau dafür bestimmt Verständnis haben werde. Er kam irgendwo vom Weißen Meer, sehr jung.

Nach einer Woche kamen Männer mit Lastwagen und brachten die Griechen ins Krankenhaus nach Plovdiv, aber ich weiß nicht, ob sie ihre Heimat je wiedergesehen haben. Vielleicht gerieten sie in Gefangenschaft. Einer der Soldaten blieb im Dorf, ich weiß auch nicht, warum, und er wurde wieder ganz gesund und blieb bis an sein Lebensende hier. Lili, sie wohnt in dem Haus neben dem inzwischen geschlossenen Postamt, ist seine Enkelin. Sie können sie fragen.

Danach flogen manchmal Flugzeuge über unser Dorf hinweg, und einige junge Männer zogen mit den Divisionen nach Mazedonien. In meiner Erinnerung war der Himmel damals ständig grau, alle waren traurig und erschöpft, dabei muss die Sonne doch geschienen haben, denn das Gemüse und die Äpfel wuchsen und gediehen. Und es gab viel Heu. Da kaum Lebensmittel zu bekommen waren, mussten wir noch schwerer schuften, um uns selbst versorgen zu können.

Schließlich hörten wir im Radio in der *mehana*, dass der König nicht mehr lebte. Viel später erst erfuhren wir, dass er zu Hitler nach Deutschland gefahren und nach seiner Rückkehr plötzlich krank geworden und gestorben war. Es hieß, Hitler habe ihn vergiftet wie den Rest Europas. Dann hörten wir im Radio, dass in Sofia demonstriert wurde – die Leute warfen Fensterscheiben ein, vor Hunger und vor Zorn. Niemand wollte mehr Krieg oder glaubte tatsächlich, dass wir für ein besseres Bulgarien kämpften. Und dann, 1944, gab es eine glorreiche Revolution – wie sich herausstellte, hatten wir die ganze Zeit darauf gewartet, wenn auch ohne es zu wissen. Die Rundfunkansprachen unserer neuen Führer, tatkräftige Männer, die den Panzern auf den Straßen zujubelten. Bulgarien wechselte die Seiten und kämpfte jetzt gegen die Deutschen, und viele junge Männer zogen an die Front. Es wurde eine neue Regierung gewählt. Die wenigen Leute aus dem Dorf, die überhaupt zur Wahl gingen, stimmten für die Agrarier – sie waren Bauern wie wir – und nicht für die Kommunisten, aber fragen Sie mich nicht nach Politik. Alte Frauen wie ich zählen nur mehr die Leichen, ob wir wollen oder nicht.

Einunddreißig

Tja, jetzt erzähle ich Ihnen mehr, als Sie eigentlich wissen wollten, aber wir bauten weiter Obst und Gemüse an, aßen und schliefen, und ich kochte hier jeden Tag für eine riesige Schar hungriger Mäuler, meine ganze Familie. Was hätten wir auch anderes tun sollen? Das Leben ging weiter. Der Krieg war vorbei. Wir bekamen neue Gesetze im Dorf, denn wir hatten den Sozialismus errungen, und ein neues Kulturzentrum an der Stelle, wo vorher die *tschitalischte,* die alte Bibliothek, gestanden hatte. Es versetzte mir einen Stich ins Herz, als sie abgerissen wurde, aber es hieß, die Wände seien marode, und es bestehe Einsturzgefahr. Auch einige der Bücher landeten im Müll. Die Kirche wurde geschlossen, wegen Renovierungsarbeiten, die ewig zu dauern schienen, an die vierzig Jahre.

Wir bekamen auch neue Beamte, und ein paar Männer aus unserem Dorf saßen in Ausschüssen unten in der Stadt, und an der Fassade unserer Schule prangte ein roter Stern. Meine erste Urenkelin besuchte unter dem roten Stern den Kindergarten, die kleine Marina, der süßeste Lockenkopf, den man sich vorstellen kann. Ich erinnere mich nur deshalb an sie, weil sie mir so ähnlich war, die Namen der anderen habe ich vergessen. Eines Tages, sie muss damals in der dritten Klasse gewesen sein, tauchten einige Männer aus der großen Stadt Smoljan in der Schule auf und fragten Marina, ob ihr Vater zu Hause gesagt habe, er sei gegen die Revolution und wolle Bulgarien verlassen. Sie sagte so lange nein, bis sie ihr schließlich glaubten und ihren Vater in Ruhe ließen. Dann fragten sie, ob unser Nachbar Lyubo, der Enkel des Ziegenhirten, etwas gegen das neue System habe, und sie sagte, das wisse sie nicht. Und so holten sie stattdessen Lyubo. Er weinte bitterlich, als sie ihm Handschellen anlegten, und wir sahen ihn nie wieder. Danach spielten die Ziegenhirten erst recht verrückt. In der Zeitung steht, wir könnten jetzt sagen, was wir wollen, aber glauben Sie das wirklich? Meine Großmutter – sie hat ihr ganzes Leben unter osmanischer Herrschaft verbracht – meinte immer, man kann *tatsächlich* sagen, was man will, aber nur wenn man eine alte Frau ist. Das ist die eine eherne Regel. Darum ist die Reihe jetzt an mir, aber nun habe ich doch glatt vergessen, was ich sagen wollte.

Vielleicht interessiert es Sie, was Stoyan Lazarov mit alldem zu tun hat. Sie müssen verzeihen, aber auch ihn hatte ich völlig vergessen. Zuerst muss ich Ihnen von dem Erdbeben erzählen – damit hat alles angefangen. Veras und Irinas Familie hatten ihr Haus von einem Großonkel aus Plovdiv geerbt, der vor Urzeiten eine Frau aus Gorno geheiratet hatte. Als sie noch klein waren, kamen sie ein paarmal in den Ferien zu Besuch, lange vor dem Krieg. Typische Stadtmädchen, die beiden – sie trugen weiße Stadtkleider, die im Nu schmutzig wurden, und weiße Schleifen im Haar. Ihr Vater war ein netter Mann. Er hatte einen schrecklichen Unfall und kam immer häufiger hierher, um sich auszukurieren, die gute Luft;

aber das Gehen hat er nicht wieder gelernt. Dafür konnte er lächeln wie kein Zweiter.

Anton und ich waren schon verheiratet, als Vera und Irina das erste Mal die Ferien hier verbrachten, und ihr Vater gab ihm den Auftrag, ihm ein besonderes Paar Hosen zu schneidern, die sich leicht anziehen ließen – Antons beste Erfindung, nannte er sie. Er zog Anton immer wieder damit auf, er sei recht eigentlich kein Schneider, sondern Erfinder. Anton wusste, was es hieß, nicht so gut laufen zu können wie andere Leute. Kurz nach Ausbruch des nächsten Weltkrieges erfuhren wir, dass Vera geheiratet hatte, nicht aber ihre Schwester. Irina war vermutlich wie ein Pferd, das sich nicht zureiten lässt, und das schreckt die Männer ab. Sie ist Künstlerin, wissen Sie, und die machen ohnehin, was sie wollen. Sie hat bestimmt ein abenteuerliches Leben geführt.

Im Krieg bekamen wir Veras und Irinas Familie kaum zu Gesicht. Dann, gegen Ende des Krieges, die Bomben regneten buchstäblich auf Sofia hernieder, hörten wir, dass Veras Eltern sie für einige Monate hierherbringen wollten, wo sie sicher aufgehoben waren. Aber daraus wurde nichts – stattdessen verbrachten sie die schlimmste Zeit in einem kleinen Dorf bei Sofia. Ein Glück, dass sie das lebend überstanden haben. Später hörten wir, dass Veras neuer Mann nach Ungarn gegangen war, um gegen die Deutschen zu kämpfen, nachdem Bulgarien die Seiten gewechselt hatte. Schon nach ein paar Wochen erlitt er einen Schenkeldurchschuss, und als er furchtbar krank wurde, schickten sie ihn nach Hause. Darum haben wir ihn erst kennengelernt, als der Ruhm der ruhmreichen Revolution schon ein wenig verblasst war und sich alle an die neue Zeit gewöhnt hatten. Eines Tages erzählte mir meine Enkelin – fragen Sie mich nicht, welche –, die Familie habe sie brieflich gebeten, das alte Haus für sie auf Vordermann zu bringen. Sie öffnete sämtliche Fenster, klopfte die Teppiche aus, schrubbte die Treppe, wie es sich gehört. Ich kann Ihnen sagen, in dem alten Gemäuer war es wie in einer Gruft – ich habe ihr geholfen, damit es schneller ging.

Am nächsten Tag herrschte strahlendes Sonnenwetter. Eine Mietdroschke hielt an der Tränke auf dem Dorfplatz, und Vera stieg aus. Ich hätte sie fast nicht erkannt, so erwachsen und mondän war sie geworden, wallendes schwarzes Haar wie auf einem Foto, ein hübsches Kleid, das sie selbst genäht hatte, und zierliche Schuhe aus der Zeit vor dem Krieg. Und Stoyan erst. Was soll ich sagen? Ein Bild von einem Mann. Er trug einen schwarzen Filzhut, den er mit einer Hand forsch ab- und wieder aufsetzte, wenn ihn jemand grüßte. Er trug schwarze Stadtkleidung und hatte stets eine *tsigulka* in einem schwarzen Kasten bei sich. Er spielte in einem großen Orchester in Sofia, für die Revolution. Vera erzählte uns, nachdem er in Ungarn einen Beinschuss erlitten hatte, habe er seine *tsigulka* lange Zeit nicht spielen können. Meine Enkelin half ihnen in der Küche und drehte den Hühnern die Hälse um. Sie kamen uns alle besuchen, und Vera hatte Tränen in ihren wunderschönen großen Augen, als ich ihr von meinen Erinnerungen an ihren Vater erzählte aus der Zeit, als er ein junger Mann gewesen war. Er lebte damals noch, in Sofia, hatte nach seinem Unfall aber nie wieder richtig laufen können.

Jedenfalls blieben sie eine ganze Woche, besuchten viele Leute im Dorf und sahen den Kindern beim Spielen zu. Stoyan hatte ein gütiges Gesicht, wirkte jedoch bisweilen etwas betrübt – wohl weil sie keine eigenen Kinder hatten. Er redete nicht viel. Tagsüber konnte man ihn stundenlang auf seinem Instrument spielen hören, vornehme Stadtmusik wie im Radio, nicht unsere Bergtänze. Ich persönlich mag die Tänze ja lieber, aber es klang wunderschön, besonders wenn er abends spielte und die Melodie durch den Schornstein zu den Sternen emporstieg. Ich setzte mich gern auf den Dorfplatz und hörte ihm zu. Dann fuhren sie zurück nach Sofia, denn ihre Ferien waren zu Ende.

Aber danach kamen sie uns häufiger besuchen – einmal mit Irina zum Jahreswechsel, als es nicht ganz so viel geschneit hatte wie sonst, oder im Sommer zum Ilinden-Fest oben am Berg. Dann lag Stoyan neben dem Picknickkorb im Gras und lauschte den Männern, die unsere Musik spielten – ich glaube, sie gefiel ihm. Wir gewöhnten uns an ihre Besuche, und wenn sie kamen, war es wie ein kleiner Festtag oder doch wenigstens eine Zerstreuung. Stoyan sprach zwar immer noch mit kaum jemandem ein Wort, aber Vera brachte den Kindern Geschenke mit, und zum Dank schneiderte Anton ihr eines seiner letzten Stücke, einen Mantel aus Schafwolle, mit Waldbeeren graublau gefärbt und ganz weich gekämmt. Elegant geschnitten, wie es in der Stadt modern war, mit einem Kragen aus Kaninchenfell. Er gefiel mir ungemein, und ich war fast ein wenig neidisch, aber so etwas steht leider nur jungen Frauen. Ich wurde langsam alt, obwohl ich es beim Heubündeln noch immer mit den Besten aufnehmen konnte. Auch Anton war erstaunlich kräftig für sein Alter trotz seines schlimmen Beins – manche waren der Ansicht, das habe er dem Leben mit mir zu verdanken, andere meinten, es komme vom Wasser aus der Quelle in unserem Keller. Das Wasser ist so gut, dass sich jeder, dem man eine Flasche davon schenkt, noch tagelang darüber freut oder im Nu gesund wird. Und da er mit mir zusammenlebte, trank Anton davon natürlich so viel wie kein anderer.

Als er Vera den Mantel überreichte, küsste sie uns beide mit den Worten, den würde sie am liebsten nie wieder ausziehen, und alte Freunde seien doch die besten. Und sie erteilte uns den Segen. Ich hing wirklich sehr an ihr, obwohl ich Stoyan damals noch nicht so gut kannte. Dann fuhren sie in die Stadt zurück, und Anton sah sie nie wieder, denn aus irgendeinem Grund kamen sie im nächsten Jahr nicht zu Besuch, im übernächsten auch nicht, und ein paar Jahre lang hielten wir ihr Haus in Schuss und warteten auf Nachricht. Einmal schrieb Vera uns zu Neujahr einen kurzen Brief, um uns mitzuteilen, dass wir ihnen schrecklich fehlten und Stoyan aus beruflichen Gründen viel verreist sei, weshalb sie uns nicht hätten besuchen können. Von Kindern stand nichts darin, darum nahm ich an, dass sie noch immer keine hatten.

Ein Erdbeben kommt ohne Vorwarnung. Ehe ich mich's versah, war es auch schon vorbei. Es war Frühsommer, fast neun Jahre nach der Revolution, und ich kochte in der Küche Beeren ein, im Herd brannte ein großes Feuer, und überall standen dampfende Töpfe. Ich brauchte mehr Wasser, und Anton, der auf dem Feld gewesen war und zu Mittag essen wollte, war zur Quelle hinabgestiegen, in unseren tiefsten Keller, um mir welches zu holen. Er half mir oft und gern trotz seines schlimmen Beins. Unsere Urenkel waren nicht zu Hause, also waren auch sie vermutlich auf dem Feld. Plötzlich fing alles um uns herum mächtig an zu beben. Es hatte schon seit Jahren kein Erdbeben mehr gegeben, jedenfalls kein starkes. Es mag merkwürdig klingen, aber es war ein so seltsames Gefühl, dass ich zunächst glaubte, ich hätte mir das Beben nur eingebildet und sei einer Ohnmacht nahe. Ich lief ohne nachzudenken nach draußen, als auch schon das Haus einstürzte.

Es ging so schnell, dass ich nicht begriff, was sich vor meinen Augen abspielte. Es war mein Haus, das Haus, das mein Urgroßvater oder Urgroßonkel erbaut hatte, und es dauerte kaum zwei Sekunden, da lag es in Schutt und Asche. Das Erdbeben war ebenso plötzlich vorbei, wie es begonnen hatte. Nichts regte sich, nur der Rauch von dem verschütteten Herd, der aus den Trümmern aufstieg und sich zwischen den Steinen und den eingestürzten Dachbalken hindurch seinen Weg suchte. Die Häuser links und rechts davon sahen aus wie immer – nur unser Haus war eingestürzt, als einziges. Aber auch die Nachbarn hatten gespürt, wie die Erde bebte, und auch sie waren auf die Straße gelaufen.

Da fiel mir ein, dass Anton immer noch im tiefsten Keller war, und ich fing an zu kreischen und zerrte an den Steinen. Meine Nachbarn begriffen sofort, was geschehen war, und eilten mir zu Hilfe. Dann setzte der Herd alles in Brand, was unter den Trümmern lag – die Kleider und die Möbel und ich weiß nicht, was noch alles. Ich rief nach Anton, der keine Minute zuvor mit dem Eimer nach unten gegangen war, in seiner alten blauen, tausendmal geflickten Hose, ganz langsam, weil er hinkte und mir dennoch einen Gefallen hatte tun wollen. Wahrscheinlich hätte er sogar überlebt, wenn er noch nicht wieder auf dem Weg nach oben gewesen wäre. Wenn er noch im Keller gewesen wäre, hätte er das Beben überlebt. Und selbst auf dem Weg zurück nach oben hätte er vermutlich überlebt, wenn nicht das Feuer ausgebrochen wäre. Ich weiß nicht, ob er mich rufen hörte, denn von unten drang kein Laut herauf.

Zweiunddreißig

Tags darauf beerdigten wir ihn auf dem Kirchhof. Ich mag gar nicht daran denken, was wir da beerdigt haben. Ich konnte mit niemandem über ihn sprechen; ich hatte meine Stimme verloren. Als sie schließlich wiederkehrte, war mir ohnehin nicht nach Sprechen zumute, und so blieb ich ein ganzes Jahr lang stumm. Ich musste in Iliya Kaloyanovs leerem Haus zwei Türen weiter wohnen – er war mit seiner Familie nach Plovdiv gezogen, um Arbeit zu suchen. Ich kochte wenig und tat auch sonst nicht viel in diesem Haus, außer dasitzen und überleben. Ich war dort nur zu Gast. Ich stand morgens auf, saß den ganzen Tag lang da, und wenn die Sonne unterging, ging ich zu Bett. An die Trümmer meines Hauses ließ ich niemanden heran – als die Enkelsöhne sie beiseiteräumen wollten, vertrieb ich sie ohne ein Wort. Wahrscheinlich machten sich alle schreckliche Sorgen meinetwegen, aber es gibt gewisse Dinge im Leben, die muss man einfach tun.

Als ich am ersten Jahrestag seines Todes den *nekrolog* an Iliya Kaloyanovs Haustür heftete, sagte ich laut zu meiner Enkelin Milena, die mit mir das Haus hütete: »Komm, wir wollen Iliyas Küche putzen.« Am nächsten Morgen räumten wir die Küche aus, die inzwischen regelrecht starrte vor Dreck, und scheuerten selbst die Böden meiner Eisentöpfe. Jemand hatte sie für mich aus den Trümmern gezogen, zusammen mit den mehr als kärglichen Überresten meiner Möbel. Wir bespritzten den Fußboden mit Wasser und schrubbten ihn so lange, bis er quietschte. Dann putzten wir die übrigen Zimmer bei offenen Fenstern und besserten die Vortreppe aus.

Ich war froh, dass alles funkelte und glänzte, umso mehr, als eine Woche später plötzlich Vera und Stoyan vor der Tür standen. Ich hatte sie seit Jahren nicht gesehen. Sie hatten Irina mitgebracht, die sofort mit ihren Malsachen aufs Feld zog, in ihren merkwürdigen Kleidern, aber Vera und Stoyan besuchten mich, noch bevor sie ihre Koffer ausgepackt hatten. Vera kam ohne anzuklopfen zur Tür hereingestürzt und umarmte und küsste mich wie eine Tochter, und Stoyan blieb ein paar Schritte hinter ihr. Sie sagte, sie habe nichts davon gewusst, bis sie an einer Mauer am Dorfeingang den *nekrolog* gesehen hätten, und da seien sie auf schnellstem Wege herbeigeeilt.

»O *babo Yano*«, flüsterte Vera. »Wir haben dein Haus gesehen, und dann hat Ivankas Sohn uns erzählt, was passiert ist und wo du jetzt wohnst.«

Stoyan hatte in der Tür den Hut abgenommen, aber nicht mit der gewohnten Eleganz. Als er ans Licht trat, erblickte ich sein Gesicht und war entsetzt. Er sah aus wie ein Greis, um zwanzig oder dreißig Jahre gealtert. Seine Haut war grau und übersät mit kleinen roten und schwarzen Flecken, und seine Finger, die den Hut umklammert hielten, zitterten. Seine Hände hatten immer so geschickt und feingliedrig gewirkt, wenn er seine *tsigulka* gespielt hatte, aber jetzt sahen sie aus wie die eines alten Bauern, braun und vernarbt, und mehrere

Fingernägel fehlten. Wer weiß, was er getrieben hatte, beim Musizieren hatte er die Fingernägel jedenfalls wohl kaum verloren. Für mich hatte er immer wie ein Prinz ausgesehen; nie hätte ich gedacht, dass er eines Tages in derart erbärmlichem Zustand vor mir stehen würde.

»Warst du krank?«, fragte ich.

Er lächelte, als würden meine Worte ihn auf seltsame Art und Weise erheitern, und sagte ja, aber es gehe ihm schon besser, und bald werde er zu Hause in Sofia auch wieder Arbeit haben. Wir setzten uns, und ich kochte ihnen *bilkov chai,* Tee aus Bergkräutern, Veras Lieblingsgetränk, wie ich wusste. Ich dachte, der würde Stoyan wieder auf die Beine helfen, und flüsterte Vera zu, sie solle abends seine Hände darin baden. Außerdem gab ich ihr einen großen Krug von unserem Quellwasser, das ein Stück unterhalb des Dorfes aus dem Berg floss. Ich erklärte ihnen, dass ich erst seit ein paar Tagen wieder sprach und noch ein wenig aus der Übung sei – zum Glück waren sie nicht früher gekommen.

Stoyan rührte seinen Tee kaum an und streichelte den Hut auf seinem Schoß, als würde ein kleines Kind auf seinen Knien sitzen. Schließlich fragte er mich, warum mein Haus noch nicht wiederaufgebaut sei. Weil ich Antons Tod noch nicht verwunden hätte, sagte ich. Er nickte und schwieg eine Weile, während Vera und ich uns über den neuesten Dorfklatsch unterhielten und sie mir erzählte, dass sie einen kleinen Sohn bekommen hatten. Er sei daheim bei Stoyans Eltern, und sie würden ihn in Kürze nachholen. Es freute mich, dass sie es endlich geschafft hatten, vor allem, weil Stoyan aussah wie der bleiche Tod, aber das behielt ich wohlweislich für mich.

Dann standen sie auf und verabschiedeten sich, doch in der Tür blieb Stoyan noch einmal stehen und sagte: »Ich baue es dir wieder auf.«

»Was, mein *Haus?*«, fragte ich. »Aber das habe ich bislang niemandem erlaubt. Warum also sollte ich es dir erlauben?«

»Weil du mir damit einen großen Gefallen tun würdest«, sagte Stoyan und setzte seinen Hut auf, fast wie früher, wie ein vornehmer Herr. Ich wollte widersprechen, aus allen nur erdenklichen Gründen, aber er machte nur eine kleine Stadtverbeugung, nahm Veras Arm, und dann wandten die beiden sich zum Gehen. Meine Freude darüber, dass sie mich besucht und endlich ein Kind bekommen hatten, war so groß, dass ich sie nicht zurückhielt. Ich war dankbar dafür, dass ich mit ihnen über Anton hatte sprechen können und dass sie versucht hatten, mich aufzuheitern, auch wenn es Stoyan mit seinem Versprechen gewiss nicht ernst war.

Sie können sich vielleicht meine Verwunderung vorstellen, als ich am nächsten Morgen, eine Stunde nach Sonnenaufgang, aus der Tür trat und auf dem Weg zum Dorfladen aus Gewohnheit einen Blick auf die Ruine meines Hauses warf. Sie war noch da, und die bröckelnden Mauerreste lehnten sich an die Stirnwand des Hühnerstalls. Aber da war auch Stoyan in einer alten Hose und einem alten Hemd, dessen Ärmel er bis über die Ellbogen aufgekrempelt hatte. Zwei unserer Nachbarn unterhielten sich mit ihm, doch wenn einer von ihnen versuchte, sich nützlich zu machen und einen Stein auch nur anrührte, scheuchte er sie davon, wie ich es das ganze Jahr über getan hatte. Ich traute meinen Augen nicht. Er hatte bereits ein Drittel der Steine aus der Stirnwand zu ordentlichen

Haufen aufgetürmt und eine Schubkarre organisiert, um den schimmligen Putz, das alte Heu aus den Wänden und anderen Schutt abzutransportieren. Hin und wieder hielt er inne, um sich den Schweiß von der Stirn zu wischen.

Ein *tsigulka*-Spieler sollte mit seinen zarten Händen keine so schweren Arbeiten verrichten, dachte ich, als mir wieder einfiel, wie schlimm seine Hände aussahen. Trotz seiner Krankheit stellte er sich recht geschickt an. Er stapelte die Steine im Hof, sodass sie ihm bei der Arbeit nicht im Wege waren, dort, wo später die Wand des Vorderzimmers entstehen sollte. Genau so hätte ich es auch gemacht. Hundertmal hatte ich mir ausgemalt, dass ich es genau so machen würde.

»Guten Morgen, *babo Yano*«, rief er, als er mich sah.

»Guten Morgen, *Stoyane*«, sagte ich. Bei seinen Aufräumarbeiten näherte er sich allmählich der Stelle, wo wir Anton gefunden hatten, also ließ ich ihn machen und ging zum Dorfladen hinunter. Als ich zurückkam, hatte er bereits die meisten Steine aufeinandergeschichtet – allmählich nahm das Ganze erkennbare Gestalt an.

»Du schuftest dich noch krumm und schief, *sine*«, sagte ich.

»Stimmt«, erwiderte er, ohne innezuhalten. »Aber das hier solltest du dir vielleicht lieber nicht ansehen.« Er hatte begonnen, die Überreste meiner Siebensachen auszugraben – verbrannte Stofffetzen, zerbrochenes Geschirr, unkenntliches Zeug. Die feinen Decken und Tischdecken meiner Großmutter und all die anderen Sachen, die sich in achtzig Jahren so angesammelt hatten.

»Wie du meinst«, sagte ich.

Ich ging zurück in das Haus der Kaloyanovs und kochte

Stoyan und allen, die sonst noch hereinschauen mochten, ein ordentliches Mittagessen, und glauben Sie mir, als es schließlich eins schlug, war Stoyan hungrig wie ein Rudel Wölfe. Auch Vera kam und meine Enkeltochter Milena, und wir aßen zusammen und taten, als würden wir die Kratzer und die blauen Flecken an Stoyans Armen nicht bemerken.

»Wenn's recht ist, *babo,* lass ihn einfach machen«, raunte Vera mir zu, bevor sie wieder ging.

Und so ließ ich ihn denn machen, einerseits weil ich wissen wollte, wie er es anstellen würde, dieser Stadtmensch, der sein Lebtag noch auf keinem Hof geschuftet hatte und obendrein schwerkrank war. Er sah aus, als könne er nicht einen Stein stemmen, und doch schleppte er sie von früh bis spät. Auch die anderen Dorfbewohner waren neugierig und liefen herbei, um ihm bei der Arbeit zuzusehen und das eine oder andere Wort mit ihm zu wechseln. Trotzdem durfte dort niemand auch nur einen Kieselstein anrühren. Und wer es doch versuchte, den wies er scharf zurecht. Und so gaben sie es auf, selbst meine Enkelsöhne, die wütend waren, weil ich ihnen verboten hatte, das Haus wiederaufzubauen, und die mich deswegen zur Rede gestellt hatten. Aber ich ließ mir von niemandem etwas sagen. Ich weiß nicht, was in drei Teufels Namen er da trieb, aber ich wusste, dass er dieselbe Not verspürte wie ich, als ich das Haus in Trümmern hatte liegen lassen und ein Jahr stumm geblieben war. Vielleicht gehörte er zu den Menschen, die Unordnung oder halbgetane Arbeit nicht ertragen. Außerdem gibt es Dinge, die man tun muss, sich selbst zuliebe, auch wenn einen alle anderen für verrückt halten.

Jedenfalls ließ Vera sich eine Weile hier in Gorno nieder,

damit er in Ruhe seine Arbeit beenden konnte. Sie hatte noch etwas Urlaub, weil sie nach ihrer ersten Geburt ein Kind verloren hatte und darüber krank geworden war, wie ich erfuhr. Und aus irgendeinem Grunde war Stoyan verpflichtet, ein paar Monate im Dorf zu bleiben. Er musste einmal die Woche mit dem Bus in die Stadt hinunterfahren, um sich dort zu melden, und ging den ganzen Rückweg zu Fuß – einer der Goranov-Söhne war damals der Busfahrer, und er hat uns davon erzählt.

Vera hatte offenbar nach ihrem Sprössling schicken lassen, denn eines Tages reisten seine Großeltern väterlicherseits mit ihm aus Sofia an, und da sah ich Neven das erste Mal. Die Großeltern waren genau so, wie man sich solche Leute vorstellt, Stadtmenschen in gepflegter Kleidung, sauber und von guter Qualität, aber nicht übermäßig vornehm. Der Vater hatte Stoyans markantes Kinn. Neven hingegen sah wie Vera aus, will sagen, er war das hübscheste Kind, das ich seit Langem gesehen hatte, meine Urgroßenkel eingeschlossen. Er war etwa drei Jahre alt und furchtbar ernst. Er hielt Veras Hand, kam ihr aber nie zu nahe, wie ein kleiner Pascha in den alten Märchen. Er hatte ganz weiches, dunkles Haar, das in der Sonne rötlich schimmerte. Es war ein kühler Vormittag, und er trug einen wunderschön gemusterten roten Strickpullover. Seine Augen waren golden, wenn ihm die Sonne ins Gesicht schien, und auch seine Haut war weich und golden. Seine Nase war schmal und gerade wie die seiner Mutter. Aber nicht nur sein Gesicht war außergewöhnlich. Obwohl kaum mehr als ein Dreikäsehoch, hielt er sich aufrecht und gerade wie Stoyan vor seiner Erkrankung. Kurz: ein rechtes Glückskind, gesegnet mit Veras Schönheit und Stoyans Eleganz.

Das Sonderbarste an Neven aber war, dass man schon um seine Zuneigung buhlte, kaum dass man ihn das erste Mal gesehen hatte, dabei war er nichts weiter als ein kleiner Junge. Ich trat aus der Haustür, um sie zu begrüßen, und ging vor ihm in die Hocke, sodass ich ihm ins Gesicht sehen konnte. Die meisten Kinder wären vor einer so alten Frau in Schwarz zurückgewichen, doch er hob sein süßes rundes Kinn und starrte mich neugierig an. Ich pflückte eine Blume aus den Kübeln im Garten und schenkte sie ihm. Er nahm sie entgegen, betrachtete sie auf die gleiche Art und Weise wie zuvor mich, und hob schließlich den Blick.

»Wie sagt man?«, fragte Vera.

»Danke, *babo*«, sagte er mit klarem Stimmchen wie ein sehr viel älteres Kind. Dann lächelte er zum ersten Mal. Dieses Lächeln – so strahlend, dass die Sonne aufging. Ich wusste nicht, was ich darauf erwidern sollte.

Vera und Neven sahen jeden Morgen nach, wie Stoyan mit dem Haus vorankam. Bald war alles vom Schutt befreit, selbst die eingestürzten Keller. Stoyan hatte die Steine und die wenigen noch brauchbaren Balken im Garten ordentlich aufgestapelt. Er löcherte mich mit Fragen, wollte alles über die Mauern wissen. Dann fuhr er in die Stadt und kehrte mit Säcken von Zement zurück – vermutlich hatte sie jemand in der Fabrik gestohlen, aber so war das damals üblich. Er rührte den Mörtel in großen Zubern an wie grauen Brotteig. Und nicht wie früher aus Lehm und Stroh. Er brauchte einen ganzen Tag, um herauszufinden, wie man die Steine zusammenfügte, ließ sich jedoch von niemandem helfen, nicht einmal von mir. Doch bald schon setzte er die Steine mit seinen gewandten Narbenhänden so geschickt, wie meine Töchter die *banitsa* zum Mittagessen füllten.

Als nach vierzehn Tagen das Erdgeschoss stand, legte er zum ersten Mal eine Ruhepause ein. Eine Woche darauf fand er in dem alten Schuppen unterhalb des Dorfladens ein paar Baumstämme, aus denen er Deckenbalken machte. Er kaufte sie Petar Ivanov ab, dessen Vater sie dort jahrelang versteckt gehalten hatte. Doch das stellte ihn vor ein ernsthaftes Problem: Wie sollte er sie aus dem Schuppen und den Hügel hinauf schaffen? Schließlich borgte er sich Petars Wagen aus. Niemand wusste, wie er es anstellte, denn es durfte ihm niemand helfen – die Leute munkelten, er habe Stunden gebraucht, die Baumstämme auch nur vom Fleck zu bewegen. Er habe alle paar Minuten ausruhen müssen, meinten sie, weil er von seiner Krankheit immer noch geschwächt sei. Aber auch ein gesunder Mann hätte damit seine liebe Mühe gehabt. Vielleicht hat er sich im Schuppen ja trotzdem von jemandem helfen lassen. Ich hoffe es jedenfalls. Vera und ich flehten ihn an, sich zu schonen und die restliche Arbeit von jemand anderem erledigen zu lassen – er hatte ohnehin schon mehr getan, als ein Mensch allein zu bewältigen vermag.

Doch sein Entschluss stand fest, und da ließ er sich von niemandem hineinreden. Wenn wir ihn darauf ansprachen, starrte er an uns vorbei ins Leere, bis wir schließlich kapitulierten und ihn in Ruhe ließen. Mit einer Krummaxt kürzte er die Baumstämme auf die richtige Länge. Dann borgte er sich einen Flaschenzug und Seile, deren Montage fast ebenso viel Zeit in Anspruch nahm wie der Wiederaufbau des Erdgeschosses, und mit dieser Vorrichtung hob er die Balken.

Eines Tages unterbrach er seine Arbeit und setzte sich zu mir in den Schatten, und ich schenkte ihm einen Schluck Wasser ein. Jetzt, wo der Schutt verschwunden war, hatte ich es mir zur Gewohnheit gemacht, unter einem Baum am Rand des Gartens zu sitzen, wo ich stricken oder häkeln konnte. Ich sah ihm an, dass ihn etwas beschäftigte, aber es dauerte eine Weile, bis er damit herausrückte.

»*Babo Yano*«, sagte er schließlich. »Was meinst du? Könntest du dir vorstellen, in einem Haus mit einem statt wie vorher zwei Stockwerken zu wohnen?«

Ich wusste sofort, was er mir sagen wollte. Wenn er das Dach jetzt aufsetzte, konnte er das allein bewerkstelligen. Doch selbst mit allen Rampen und Flaschenzügen dieser Welt würde er es schwerlich schaffen, einen Balken ohne fremde Hilfe über das Erdgeschoss hinaus zu hieven, da mochte seine Frau noch so sehr mit den Zähnen klappern und die Hände ringen. Und darüber dachte ich nach, bevor ich ihm eine Antwort gab. Mein Urahn hatte das Haus höher und tiefer gebaut als die meisten anderen im Dorf, ein großes, massives Haus, das sich hoch über die Keller erhob. Im ersten Stock hatten sich die Wohnräume befunden und unter dem Dach die Schlafzimmer, alles schöne große Zimmer.

»*Stoyane*«, sagte ich, nachdem ich ein Weilchen nachgedacht hatte. »Was wäre denn so schlimm daran, wenn du dir dabei von meinen Enkeln helfen lassen würdest? Es sind allesamt kräftige Burschen. Meinethalben kannst du sie sogar dafür bezahlen, wenn es dein Gewissen beruhigt. Was spricht dagegen?«

Er kratzte sich am Hinterkopf. Er hatte Mörtelstaub im

Haar. Sein Hemd war am Hals und unter den Achseln völlig durchgeschwitzt. Seine Hände sahen so schlimm aus wie noch nie, und manchmal legte er sie behutsam an die Brust, als täte es ihm leid, dass er sie so sehr malträtierte. Aber im Großen und Ganzen hatte ich den Eindruck, dass ihm die Arbeit guttat – er wirkte kräftiger, seine Haut war gebräunt, er konnte sich wieder halbwegs normal bewegen und hatte einen gesunden Appetit. Ich sah ihm an, dass er mir etwas erklären wollte, aber er schien nicht so recht zu wissen, wie. Schließlich hob er den Blick und sah mir ins Gesicht.

»*Babo*«, sagte er. »Angenommen, du hast etwas Furchtbares getan und möchtest es gern ungeschehen machen. Aber stattdessen wirst du gegen deinen Willen für etwas ganz anderes zur Rechenschaft gezogen. Und eines Tages dann bietet sich dir plötzlich die Gelegenheit, dich für das zu bestrafen, was du tatsächlich getan hast.«

»Sprich weiter«, sagte ich, obwohl ich mir nicht vorstellen konnte, was dieser Mann so Furchtbares getan haben sollte. Ich schaute in seine großen, starren Augen mit den geplatzten Äderchen darin. Er sah natürlich gut aus, wenn auch nicht mehr ganz so gut wie früher – vielleicht hatte er seine Frau betrogen. Aber wer hätte eine Frau wie Vera schon betrogen?

»Also gut …« Er blickte zu Boden und versuchte, sich den Mörtel von den Händen zu klopfen. »Dann nehmen wir einmal an, jemand möchte dich der einzigen Gelegenheit berauben, dich für die furchtbare Tat zu bestrafen, die du begangen hast. Und du wüsstest, dass du dann auf ewig mit deiner schrecklichen Schuld würdest leben müssen.«

»Aha«, sagte ich. »Sprich weiter.«

»Würdest du dir diese Gelegenheit so ohne Weiteres nehmen lassen?«

»Ich glaube nicht«, sagte ich und überlegte, was für furchtbare Dinge ich mir im Laufe meines Lebens hatte zuschulden kommen lassen. Ich hatte dem älteren Kaloyan für einen Klafter Holz einmal ein paar Lewa zu viel abgeknöpft. Und ich hatte Anton verschwiegen, dass ich das Geld für die Hochzeit unserer dritten Enkeltochter ausgegeben hatte, denn dann hätte er mir die Hölle heiß gemacht. Und einmal habe ich meine älteste Freundin beim Arbeitsdienst mit wüsten Flüchen und Verwünschungen traktiert, und sie zahlte es mir mit gleicher Münze heim, und dann waren wir wieder die besten Freundinnen. Und ich habe Anton viel zu oft wegen irgendwelcher Kleinigkeiten gescholten. Aber davon abgesehen habe ich versucht, ein tugendhaftes Leben zu führen.

Stoyan fixierte mich mit starrem Blick. »Na also. Dann lass mich das Haus allein zu Ende bauen.«

»Und was hat das alles mit mir oder meinem Haus zu schaffen, *sane?*«, fragte ich ihn ernstlich verwirrt.

»Gar nichts«, versicherte er mir, »aber du hast ein gutes Herz.«

»Ach, Unsinn«, sagte ich, obwohl ich mich insgeheim darüber freute. »Na schön, wie du willst. Ich verstehe dich zwar nicht, aber ich bin eine alte Frau, und nur Milena lebt noch bei mir. Ein Stockwerk genügt uns. Solange du mir ein Extrazimmer und drei große Betten für meine Ururenkel baust, sie müssen schließlich irgendwo schlafen, wenn sie zu Besuch kommen. Und mit den übrig gebliebenen Steinen kannst du neben dem Schuppen eine neue Hofmauer hochziehen.«

Er sprang auf und klatschte in die Hände, als hätte ich ihm die schönste Musik vorgespielt.

Fortan pfiff er bei der Arbeit. Wenn er einmal nicht weiterwusste, fragte er die alten Männer aus dem Dorf um Rat. Ein paar Wochen später war der Hauptteil des Hauses fertig. Es war fast so gut wie das alte, wenn auch etwas kleiner – vier Zimmer mit sauber verputzten Wänden, eine Küche mit einem Steinherd, auf dem selbst meine größten Töpfe Platz fanden. Es war recht schlicht, um nicht zu sagen primitiv. Stoyan hatte alles selbst gemacht, sogar die Holzhaken für Schürzen und Jacken. Und den steinernen Fenstersims für meine Blumen. In der prallen Sommersonne schleppte er die Schieferplatten für das Dach herbei und legte sie übereinander, die unterste Reihe zuerst, wie den Zierstreifen am Saum eines Kleides – Anton hätte es nicht besser gekonnt. Stoyan baute auch den Schornstein und setzte eine große Schieferplatte darauf, mit Öffnungen, durch die der Rauch entweichen konnte. Auf die Platte stellte er kleine Felsbrocken wie Tränen, deren Spitzen gen Himmel zeigten.

Das war zwei Tage vor dem Ilinden-Fest, und das halbe Dorf versammelte sich auf der Straße und sah ihm dabei zu. Als er fertig war, kam er nass geschwitzt die Leiter heruntergeklettert, und ich gab ihm einen dicken Kuss auf seinen sonnenverbrannten Mund. Alle lachten und schrien laut Hurra, selbst meine Enkelsöhne. Stoyan hatte dieses wunderschöne Haus in unglaublich kurzer Zeit errichtet, und das noch dazu ganz allein. Es war nicht groß. Aber gerade groß genug für mich und meine Enkelin. Alle lächelten und klopften ihm auf den Rücken, und auch Stoyan lächelte, was er nur selten tat.

Vera klatschte in die Hände und wischte sich die Tränen aus den Augen, aber sie sah nur ihn und nicht das neue Haus.

Nur einer mochte weder lächeln noch Hurra schreien: der kleine Neven. Er stand neben seiner Mutter und sah Stoyan mit milder, sanfter Miene an. Wäre er kein Kind gewesen, hätte ich schwören können, dass in seinem Blick nichts anderes lag als Mitleid.

Dreiunddreißig

»Sie wissen, dass Stoyan Lazarov tot ist«, schloss Baba Yana treuherzig, als habe sie gar nicht bemerkt, dass sie den Rest der Geschichte unterschlagen hatte. »Ich habe keine Ahnung, wo er begraben liegt. Hier jedenfalls nicht, obwohl ihm das bestimmt gefallen hätte. Wahrscheinlich auf einem noblen Friedhof in Sofia, im Kreis seiner Familie.«

Es war dunkel geworden, und der Schein einer elektrischen Lampe fiel durch das Küchenfenster hinter der alten Frau; Lenkas Schatten huschte darüber hinweg. Alexandra betrachtete das Haus, das Stoyan Lazarov aus Trümmern wiederaufgebaut hatte. Sie wusste, dass Bobby erschöpft war, schließlich hatte er ihr Baba Yanas Geschichte übersetzen müssen, aber sie hatte noch eine Frage. »Frag sie, ob sie Stoyan jemals wiedergesehen hat, ob er noch einmal ins Dorf gekommen ist.«

Bobby nickte. Als er Baba Yana die Frage stellte, schien sie verwirrt; im Licht des Küchenfensters schnellten ihre kleinen schwarzen Augen hin und her. Sie löste eine Hand von ihrem Gehstock und strich Stoycho über den Kopf. Er schmiegte sich an sie, und sein Schwanz peitschte den Staub. »Ich weiß nicht genau. Ich glaube, sie waren noch ein paarmal hier, haben von Zeit zu Zeit eine Woche hier verbracht, und Stoyan hat auch wieder angefangen, seine *tsigulka* zu spielen. Manchmal kommt er zu mir herauf, um einen Blick auf das Haus zu werfen, das er für mich gebaut hat. Ich glaube, er war gestern hier. Oder vorgestern. Die Zeit ist ein seltsam Ding, darum kann ich mich nur schlecht erinnern. Ich habe ihm etwas zu Mittag gekocht.«

»Aber *babo Yano,* haben Sie uns nicht gerade erzählt, dass er tot ist?«, rief Bobby ihr behutsam ins Gedächtnis.

»Natürlich ist er tot«, sagte sie. »Alle sterben. Außer mir.« Sie lachte stumm, und die Überreste ihrer Zähne schimmerten. Sie kann bestimmt nur noch Joghurt oder Suppe essen, dachte Alexandra; wahrscheinlich war sie deswegen so klein und hutzelig in ihrer Männerkleidung. Sie sah aus wie ein schmächtiger Witwer, als hätte sie den Platz ihres verstorbenen Mannes eingenommen.

»Frag sie noch einmal, ob sie weiß, wo Vera und Milen Radev jetzt sind – und Neven«, wandte Alexandra sich an Bobby.

Doch Baba Yana schien endgültig den Faden verloren zu haben. »Möchten Sie eine Tasse Tee?«, fragte sie. »Kaffee habe ich leider nicht. Davon bekomme ich Bauchgrimmen und Durchfall. Kaffee ist etwas für junge Leute wie Sie.«

Sie lehnten dankend ab. Baba Yana klopfte mit ihrem Stock auf den Boden, gähnte – dieser winzige, klaffende Mund. »Grüßen Sie Irina von mir, wenn Sie sie sehen.« Sie hatte offenbar vergessen, dass Irina drinnen im Bett lag und schlief. »Eine merkwürdige Frau. Ich habe gehört, sie hatte eine Tochter, als sie dazu eigentlich schon viel zu alt war, mit einem Schriftsteller aus Plovdiv. Es war streng geheim, und er ist lange tot. Aber wenigstens hat sie jetzt jemanden, der sich um sie kümmert. Ich wollte, Vera wäre noch am Leben. Ein liebes Mädchen.«

»Lenka«, flüsterte Alexandra verblüfft, nachdem Bobby übersetzt hatte. »Und sag ihr, dass Vera noch lebt.«

Bobby schüttelte den Kopf.

»Das nützt nichts«, sagte er. »Mit meiner Urgroßmutter war es genauso. Am Ende redete sie nur noch wirres Zeug.«

»Deine Urgroßmutter?« Alexandra war verwundert; ihre Urgroßeltern waren im neunzehnten Jahrhundert geboren worden und Jahrzehnte vor ihrer Geburt gestorben. Aber diese Geschichte würde warten müssen. Sie standen auf, und Bobby schüttelte Baba Yanas behandschuhte Klauen und sprach ihr noch einmal seinen Dank aus. Die alte Frau ließ ihren Stock los, nahm Stoychos Kopf in beide Hände und zeigte dann auf Alexandra.

»Was hat sie gesagt?«, wollte Alexandra von Bobby wissen.

»Sie hat gesagt: ›Erklären Sie der jungen Frau, sie soll sich nicht mehr auf kalte Steine setzen, sonst holt sie sich noch den Tod.‹«

»Ich setze mich nie auf kalte Steine«, widersprach Alexandra und überlegte, ob das wirklich stimmte.

»Sie macht sich offenbar Sorgen um deine Gesundheit. Oder um deine Zukunft.«

»Du bist ein sehr guter Dolmetscher.«

»Danke. Ich gebe mein Bestes«, sagte er. Zu ihrem neuerlichen Erstaunen legte er einen Moment lang den Arm um ihre Schulter, als hätten seine Bemühungen sie einander nähergebracht. Sie sah die Straße – steil und zerfurcht, Häuser, die wie Pilze aus dem Boden wuchsen, Fenster, hinter denen hier und da ein Licht anging, die abschüssigen Felder unterhalb des Dorfes – wie mit geschärften Sinnen, ein letztes Glimmen, bevor sie mit dem dunklen Berg verschmolz. Auch diesen Augenblick kannte sie von daheim.

Als sie ins Haus traten, saß Irina aufrecht im Bett und schlürfte ein heißes Getränk. Alexandra war erleichtert, nicht nur weil ihr die alte Dame ans Herz gewachsen war, sondern weil sie bei dem Gedanken an einen weiteren Todesfall weiche Knie bekam. Nachdem sie eine volle Stunde bei Baba Yana gesessen hatten, wirkte Irina seltsam frisch und jung.

»Meine Lieben«, sagte Irina. »Ich habe mir schon Sorgen gemacht, und Lenka hat uns ein kleines Abendessen zubereitet. Wie fandet ihr meine Gastgeberin Yana?«

»Sie ist eine Naturgewalt«, sagte Alexandra und setzte sich auf den Stuhl neben dem Bett. Das Zimmer war klein, die Balkendecke niedrig. Es roch nach kaltem Wasser. »Sie hat uns erzählt, wie *gospodin* Lazarov dieses Haus wiederaufgebaut hat.«

Irina lächelte. Sie hatte so viele Zähne. »Ja – das hat er getan, obwohl wir ihn seinerzeit für verrückt hielten, sich derart zu verausgaben. Aber am Ende hat es ihm wohl geholfen, wieder ganz gesund zu werden.« Sie verstummte, und Alexandra fragte sich, ob es sich bei Stoyans Krankheit womöglich um ein so privates Leiden gehandelt hatte, dass Irina es ihnen aus Höflichkeit verschwieg. »Und hat sie Ihnen auch erzählt, dass er in ihrem Haus oder vielmehr in ihrem Garten einmal ein Konzert gegeben hat?«

»Nein«, sagte Alexandra. »Wann war denn das?«

»Das weiß ich leider nicht genau. Ich glaube, zur Einweihung des Hauses, nach Beendigung der Bauarbeiten.« Sie trank einen Schluck aus einem glasierten braunen Becher und starrte hinein.

»Es gibt nicht zufällig etwas Neues von Ihrer Schwester?« Bobby stand mit den Händen in den Taschen am Fußende des Bettes.

Irina schüttelte kaum merklich den Kopf: nein. »Schön wär's. Lenka hat im Dorf herumgefragt, und die Antwort war immer die gleiche – meine Schwester und Milen haben monatelang hier gewohnt, und dann, vor einer Woche, sind sie plötzlich auf Nimmerwiedersehen verschwunden. Ich kann Ihnen sagen, allmählich mache ich mir wirklich Sorgen. Nachdem Sie die drei in Sofia gesehen haben, sind sie weder nach Plovdiv noch in dieses Dorf zurückgekommen, und Neven geht nicht ans Telefon. Wo also stecken sie? Wahrscheinlich sind sie immer noch in Sofia und suchen nach *Ihnen,* meine Liebe. Ich fürchte, es war ein schwerer Fehler, Sie hierher zu verschleppen.«

»Ach was«, entgegnete Alexandra. »Einen Versuch war es wert.«

»Möchten Sie nach Sofia fahren und sie suchen?«, fragte Bobby nüchtern. »Oder meinen Sie, sie haben Sofia inzwischen verlassen und warten vielleicht in Plovdiv auf Sie?«

Die alte Dame seufzte. »Ich weiß es nicht. Aber daran habe ich auch schon gedacht, und ich glaube, sie haben sogar einen Schlüssel zu meinem Haus. Lenka hat vor ein paar Stunden dort angerufen. Es ist niemand an den Apparat gegangen. Vielleicht sollte ich mich doch lieber an die Polizei wenden.«

Sie sah Bobby fragend an, und nach kurzem Zögern schüttelte er den Kopf. »Ich wäre dafür, es noch eine Weile auf eigene Faust zu versuchen«, sagte er.

Irina widersprach nicht. »Morgen geht es mir bestimmt besser, und wir können nach Plovdiv zurückfahren. Dann warte ich dort auf meine Schwester.«

Bobby schien über ihre Worte nachzudenken. »Ich würde Sie nur ungern allein lassen«, sagte er langsam, »nach allem, was hier mit Ihrem Haus passiert ist.«

»Lenka ist doch bei mir«, sagte Irina. »Und es ist immer jemand im Museum, es wird nicht nur tagsüber, sondern auch nachts bewacht.«

Bobby nickte. »Wenn das so ist, könnten Alexandra und ich sie nach Hause bringen und danach in Sofia weitersuchen. Ich habe mehrere Freunde, die im Hotelgewerbe tätig sind, und ich habe sie angerufen und gefragt, ob sie eventuell jemanden gesehen haben, auf den die Beschreibung der Lazarovi passt. Sie haben mir versprochen, sich umzuhören. Sofia ist groß, aber ein Versuch kann nicht schaden.«

»Und du könntest wieder arbeiten«, sagte Alexandra.

Bobby machte ein ernstes Gesicht. »Ja, auch das.«

Lenka war ins Zimmer gekommen, sie hatte die Ärmel hochgekrempelt. *Tochter*, dachte Alexandra. Lenka sah überhaupt nicht aus wie Irina oder wie Irina in ihrer Jugend ausgesehen haben mochte, und wenn sie Englisch verstand, war sie offenbar zu schüchtern, es auch zu sprechen. Sie hatte ihnen etwas mitzuteilen – in abgehacktem Bulgarisch, das Bobby für Alexandra übersetzte. »Ein Mann hat sie auf der Straße angesprochen, als sie sich im Dorf nach den Lazarovi erkundigt hat. Er sagte, sein Chef habe gehört, dass eine Ausländerin im Dorf zu Gast sei – das bist dann wohl du, Bird. Er möchte dich angemessen willkommen heißen und hat uns deswegen für morgen zum Mittagessen eingeladen, im Haus seines Chefs – ein großes Haus ein Stück außerhalb des Dorfes, auf der anderen Seite des Berges. Seinen Namen hat er nicht genannt.«

Alexandra staunte, wie schnell die Nachricht von ihrer Ankunft im Dorf die Runde gemacht hatte. War das die typisch bulgarische Gastfreundschaft, von der sie in ihrem Reiseführer gelesen hatte? Aber Irina runzelte die Stirn. »Ein großes Haus? Doch nicht etwa dieser monströse Kasten an der Hügelstraße? Gott sei Dank kann man das Ding von hier aus nicht sehen.«

Bobby musterte sie eingehend. »Wer ist dieser ›Chef‹?«

»Ein sogenannter Geschäftsmann aus Plovdiv, der nicht hier lebt – steinreich, mit dubiosen Verbindungen. Das Haus wurde erst vor fünf oder sechs Jahren gebaut, und es ist eines der größten in den Bergen, eine Art Wintersporthotel – ein echter Schandfleck.«

»Wissen Sie zufällig, wer dieser Geschäftsmann ist?«, fragte Bobby.

»Nein«, sagte Irina. Sie wandte sich an Lenka, und die beiden wechselten ein paar Worte. Bobby zog einen Mundwinkel herunter; diesen Gesichtsausdruck kannte Alexandra bereits.

»Was ist?«, erkundigte sie sich.

»Also«, sagte Bobby, »im Dorf geht das Gerücht, dass dieses Haus in Wahrheit dem Verkehrsminister gehört, der grundsätzlich nachts anreist, wenn er hierherkommt. Was er allerdings nur selten tut.«

Alexandra starrte ihn an. »Kurilkov? Dann kam er wahrscheinlich von hier, als wir ihn an der Brücke gesehen haben. Aber warum sollte er uns zum Mittagessen einladen, nur weil ich Ausländerin bin? Zumal er das Dorf längst verlassen hat?«

Plötzlich stieg ihr die Hitze in die Wangen: die Parole an der Taxischeibe, Irinas verwüstetes Wohnzimmer. »Meinst du …?«

Er schüttelte kaum merklich den Kopf, und sie verstummte.

»Vielleicht ist es das Beste, wenn Sie die Einladung ausschlagen«, sagte Irina und sah wieder zu Bobby. »Wir müssen ohnehin zurück nach Plovdiv, und die Sache scheint nicht ganz geheuer.«

»Ich finde nicht, dass Alexandra die Einladung ausschlagen sollte.« Er vergrub die Hände noch tiefer in den Taschen. »Das wäre womöglich schlimmer, als sie anzunehmen.«

Irina setzte sich ruckartig auf. »Sie kann unmöglich allein dorthin gehen.«

»Wo denken Sie hin?«, sagte Bobby. »Das würde ich niemals zulassen. Aber auch meine Begeisterung hält sich in Grenzen.« Bobby starrte zu Boden, und Alexandra wusste, dass er über die möglichen Konsequenzen nachsann. Kälte machte sich in ihrer Magengrube breit.

»Er ist längst nicht mehr hier«, wiederholte sie, hauptsächlich um sich selbst zu beruhigen.

»Wie auch immer, Bobby macht das schon, meine Liebe.« Irina bedachte Alexandra mit einem Lächeln, doch ihr Gesicht war ebenso fahl und ängstlich wie zuvor. »Sie brauchen ja nicht allzu lange zu bleiben, und danach fahren wir zurück nach Plovdiv. Bis dahin sind auch meine Lebensgeister wieder erwacht.«

Alexandra war viel zu müde, um Angst zu haben, als sie in ihrem muffigen, aber sauberen Bett im Hinterzimmer lag und einzuschlafen versuchte. Bobby hatte die Urne zur Sicherheit in einem Küchenschrank verstaut; er schlief in ihrer Nähe. Als sie so allein im Dunkeln lag, dachte Alexandra voller Gewissensbisse an die Asche und fragte sich, ob sie ihr fehlen würde. Stoyan Lazarov hatte in diesem Haus oder im Garten seine Violine gespielt. Sie legte sich eine zweite Decke auf. Es war kühl für Mai, als wollten die Steine sich partout nicht erwärmen, und obwohl sie in ihrer Strickjacke zu Bett gegangen war, zitterte sie am ganzen Körper. Die schweren Decken erstickten sie fast – teils kratzig, teils weich, verströmten sie einen leicht öligen Geruch wie die Tiere, aus deren Fell sie gefertigt waren. In allen vier Ecken dieses Zimmers lauerte der Tod: Baba Yanas unter den Trümmern des Hauses begrabener Ehemann, die griechischen Soldaten, die auf das Dorf zutaumelten, Irinas geschlossene Augen in ihrem wachsweißen Gesicht und natürlich – natürlich – Jack.

Sie zog sich die schweren Decken über die Schultern und zwang sich, an einen lebenden Menschen zu denken – Stoyans Sohn Neven, beispielsweise. Er mochte nicht mehr ganz jung sein, und doch hatte er auf der Hoteltreppe in Sofia jugendlich gewirkt, kraftvoll und energisch. Sie versuchte, sich an seine schwarze Weste zu erinnern, seine etwas zu blank polierten Schuhe und die Geste seiner wunderschönen großen Hand. Dieses leise Verlangen, das sie für ihn empfunden hatte. Wo er wohl steckte? Und warum ging er nicht ans Telefon, obwohl seine Tante mehrmals versucht hatte, ihn zu erreichen? Doch bevor diese neue Angst sie übermannen konnte, wurde ihr wärmer, und der Schlaf trug sie davon.

Es war noch dunkel, als sie plötzlich hellwach aufschrak, mit dem beklemmenden Gefühl, auf der Stelle aus dem Haus stürzen zu müssen, weil sie keine Luft bekam. Schlagartig kehrte ihr Traum zurück: Jack hatte ihr verraten, wo Neven Lazarov steckte – ein heißer, nebelhafter Ort, an dem sie niemals nach ihm gesucht hätte. Mit einem Mal hatte Neven vor ihr gestanden; sie hatte die schwere Urne abgestellt und sich vor ihm in den Staub geworfen, auf die Knie, weil sie nicht die richtigen Worte für eine Entschuldigung gefunden hatte. Er hatte sie mühelos hochgehoben, und zu ihrem Erstaunen war er ihr überhaupt nicht gram gewesen. Er hatte sie flüchtig geküsst. Dann hatte sie die Augen aufgeschlagen. Sie spürte den Kuss immer noch auf ihren Lippen.

Sie lag einen Moment lang reglos da, verwirrt von der Süße der Vergebung und dem jähen Schock des Wachseins. Obwohl sie sich im Dunkeln immer schon gefürchtet hatte, glitt sie lautlos aus dem Bett. Die anderen Zimmertüren waren verschlossen; sie würde niemanden wecken. Trotz allem beschlich sie ein Gefühl der Angst – nur ein paar hundert Meter weiter war jemand in Veras Haus eingedrungen und hatte mit Blut etwas an die Wand geschrieben. Doch ohne frische Luft würde sie ersticken. Sie streckte beide Arme aus und schlich über den dunklen Flur; sie stieß gegen etwas Warmes und hielt unwillkürlich den Atem an. Es war Stoycho – er schmiegte sich an ihre Beine und leistete ihr stumm Gesellschaft, sodass sie keine Angst mehr zu haben brauchte. Sie tastete umher, fand ihre Sneakers zwischen den Schuhen, die an der Haustür aufgereiht standen. Sie schob den Riegel zurück.

Draußen herrschte buttergelbes Zwielicht, der Schein des Mondes, der groß und hell über den Dächern hing. Die Luft flatterte und flirrte wie bei Sonnenaufgang; es mochte zwei oder auch fünf Uhr morgens sein – sie hatte vergessen, auf die Uhr zu sehen. Stoycho lief neben ihr her. Im fleckigen Halbdunkel schimmerte etwas, das sich als eine steinerne Treppe entpuppte, die den Hügel hinter dem Schuppen hinaufführte und auf einen dornigen Pfad mündete. Der Pfad erklomm die Hügelböschung; bald konnte sie auf das mondgesäumte Dach von Baba Yanas Haus hinunterblicken. Sie sah den langen Schatten des Schornsteins, der über die Schieferplatten fiel, die konischen Steine darauf spitz wie Schnäbel. Der Rest des Dorfes lag da wie weichgezeichnet. Sie ging unter dunklen Bäumen hindurch und erreichte den Rand eines grasbewachsenen Hochplateaus, das sie schon von der Straße aus gesehen hatte. Hier gab es keine Häuser; vielleicht war es ein heiliger Ort oder auch nur ein Bolzplatz. Sie wunderte sich über sich selbst; zu Hause hätte sie sich vor Fremden gefürchtet, die im Dunkeln lauerten, wenn nicht sogar vor Geistern, und hier folgte ihr womöglich jemand, der ihr Böses wollte. Aber sie hatte Stoycho bei sich, und alles war so neu, so fremd, so ungewohnt, dass sie sich so sicher fühlte, als sei sie eigentlich gar nicht da. *Der Geist bin ich.*

Der Mond hing über den Gipfeln, und die Berge nahmen den gesamten Horizont ein, schwarze Materie vor dem flüssigen Hintergrund des Himmels. In der Mitte des Hügelkamms fand sie eine Felszunge, ließ sich darauf nieder und machte es sich bequem, so gut es ging. Sie spürte den kalten Stein durch ihre Kleider. Stoycho beschnupperte den Fels und hockte sich neben sie; dann streckte er sich im Gras aus, als habe sie es ihm befohlen. Dunkel spiegelte sich der Mond in seinen Augen. Die Stille des Dorfes wurde nur von der mächtigen Stille der

Wälder an den Abhängen übertroffen; schon drohte der Mond hinter dem höchsten Gipfel zu versinken, und sie wusste, wo er untergehen würde – bald. Sie rührte sich nicht von der Stelle und wartete, bis die geschwollene Kugel den Gebirgskamm berührte und ein abgeknickter Baum oder ein schroffer Felsblock sich als Silhouette gegen das fahle Licht abhob, das sich nun immer eiliger davonstahl. Sie versuchte, nicht zu atmen. In der letzten Sekunde strahlte der obere Rand des Mondes gleißend hell und war im Nu verschwunden, als habe der Berg ihn buchstäblich verschluckt.

Da plötzlich spürte Alexandra etwas hinter sich, eine kaum merkliche Berührung am Hinterkopf, und mit Schrecken wurde ihr klar, dass Stoycho und sie nicht allein waren. Sie fuhr herum. Unmittelbar hinter sich, in einer Linie mit dem Mond und über den massigen Schatten der Berge hinausstechend, sah sie einen winzig kleinen, hellen Schimmer: die Sonne, die im selben Moment aufging, da der Mond untergegangen war. Ihr erster Strahl war durch die Weite des Alls zu Alexandra vorgedrungen und hatte sie berührt. Die Sonnensichel wuchs und pulsierte und erhob sich über die Gipfel, und dann fiel Alexandra ein, dass sie nicht zu lange in sie hineinschauen durfte. Neben ihr hob Stoycho neugierig den Kopf. Alexandra zitterte, denn sie hatte das Ende und den Anfang gesehen. Und die Sonne hatte sie gesucht und gefunden, sie liebkost, sie auserkoren.

Vierunddreißig

Kurz vor zwölf ließen sie Baba Yana vor ihrer Haustür zurück und gingen zu Fuß zu dem großen neuen Haus. Unterhalb der Kirche zweigte die Straße ab und schlängelte sich an den Feldern entlang über den Hügel. Das große Haus stand einsam und allein auf einer Anhöhe; obwohl es vom Dorf aus kaum zu sehen war, schaute es auf das kleine Dächermeer hinab. Alexandra verspürte auf den ersten Blick eine tiefe Abneigung gegen das Haus – es war zu groß für die Umgebung, wo die Gebäude förmlich aus dem Fels wuchsen, als seien sie fest darin verwurzelt. Es war ein Kitschmonstrum im Heimatstil – mächtiges Fachwerkimitat verunzierte die mit holzverschalten Balkons gespickte Fassade, zehntausend neorustikale Schieferschindeln deckten das Dach, und an einem Ende ragte tatsächlich ein Turm auf. Baba Yanas bescheidene Hütte hätte bequem zwanzigmal hineingepasst. Einen Augenblick lang fragte sich Alexandra, was Stoyan zu diesem Schandfleck wohl gesagt hätte – hatte er ihn je gesehen? Immerhin hatte er ihr Haus mit seinen eigenen Händen wiederaufgebaut. Dies hingegen war das Werk von Bulldozern und Kränen.

Die Mauer rings um das große Haus war von einem riesigen zweiflügeligen Holztor durchbrochen – ähnlich wie das im Kloster Velin, aber vier oder fünf Jahrhunderte jünger. Auf der einen Seite leuchtete eine elektrische Klingel; Bobby drückte den Knopf, und sie warteten. Alexandra wollte, sie hätten Stoycho mitgenommen, doch den hatten sie zu deren Sicherheit bei Baba Yana zurückgelassen. Er hatte heftig an seinem Seil gezerrt und ihnen hinterhergebellt, bis sie um die nächste Ecke verschwunden waren. Sie wünschte, er hätte neben ihr gesessen, sich an ihr Knie geschmiegt und mit gespitzten Ohren auf die Schritte hinter der Mauer gelauscht.

Kurz darauf öffnete sich eine kleine Tür in dem großen Tor, und ein korpulenter junger Mann in rhodopischer Volkstracht trat hindurch. Er sah aus wie die Tänzer in Alexandras Reiseführer, machte jedoch kein besonders fröhliches Gesicht. Er trug ein weitärmeliges Hemd, eine braune Wollweste und eine mit schwarzen Biesen besetzte Pluderhose; an seinem Gürtel hingen eine Feldflasche aus gebürstetem Metall und ein augenscheinlich echtes Messer in einer Lederscheide. Eine Mütze aus fein gelocktem Schaffell saß ihm schief auf dem Kopf, und um die Waden trug er wollene Kniestrümpfe, die von Lederriemen an ihrem Platz gehalten wurden. An seinen Füßen steckten reich verzierte Lederschuhe mit leicht nach oben gebogenen Spitzen. Die Kleider waren an und für sich wunderschön, doch wie das Haus waren sie nagelneu, und dieser funkelnagelneue Mann wirkte in ihnen mutlos und verzagt, die Arme riesig in den Leinenärmeln. Alexandra musterte ihn erstaunt; er sah sehr viel jünger aus als sie, ein rotwangiger Teenager. Er nickte schüchtern, obgleich er jeden von ihnen mit einem einzigen Schlag hätte niederstrecken können, und winkte ihnen, ihm den gepflasterten Weg hinauf zum Haus zu folgen. Alexandra warf Bobby einen besorgten Blick zu, doch der beobachtete fasziniert, wie sich die Tür im Tor automatisch hinter ihnen schloss.

Drinnen geleitete ihre Eskorte sie durch eine gewaltige steingeflieste Eingangshalle in einen Nebenraum und bedeutete ihnen, auf einer Bank zu warten, dann verbeugte er sich und ließ sie allein. Bobby ermahnte sie mit einem Blick, den Mund zu halten – warum verstanden sie sich ohne Worte? Sie warteten schweigend, und die Stille schien das ganze Haus zu erfüllen. Bobby sah sich um und schien sich alles genau einzuprägen; er suchte offenbar nach Anhaltspunkten dafür, dass das Haus Kurilkov gehörte. Wie die Eingangshalle war auch dieser Raum geradezu klinisch sauber, als ob die schlammigen Dorfwege nicht existierten. Alexandra gehorchte und saß stumm und kerzengerade, doch als ihr Gastgeber den Raum betrat, erhob sie sich mit einem Ausruf des Erstaunens.

Es war der Zauberer von Oz, der Chef der Polizeiwache in Sofia mit dem übergroßen, kahlen Schädel – sie erkannte ihn sofort, obwohl er völlig andere Kleidung trug: ein hellgrünes Hemd, das ihm über die seidene Hose hing. Er streckte Alexandra die Hand hin.

»Wie schön, Sie wiederzusehen«, sagte er und lächelte, als bereite ihr Entsetzen ihm diebisches Vergnügen. »Alexandra … Boyd, nicht wahr?« Sein Händedruck war warm und freundlich, und seine Gesichtszüge entspannten sich: ein Profi auf Urlaub.

»Die Freude ist ganz meinerseits«, sagte sie. »Aber … ist das Ihr Haus?« Sie verspürte einen Anflug von Zorn, weil man sie zum Narren gehalten hatte, und einen Hauch von Furcht – was machte er hier? Und warum erinnerte er sich so gut an sie?

»O nein.« Er lachte. »Schön wär's. Ich bin hier nur Gast, genau wie Sie.«

Am liebsten hätte sie ihn geradeheraus gefragt, ob es stimmte, dass das Haus Kurilkov gehörte, doch der Zauberer hatte sich schon Bobby zugewandt, als habe er ihn jetzt erst bemerkt.

»Das ist mein Freund Asparuh Iliev«, sagte Alexandra so gefasst wie irgend möglich.

»Asparuh Iliev.« Es klang wie eine Feststellung, und er reichte Bobby herzlich die Hand. »Angenehm.«

Alexandra sah zu Bobby und versuchte seine Gedanken zu ergründen. Bobbys Miene war ein Muster an Schicklichkeit und Etikette, und mit einer Verbeugung erwiderte er die Begrüßung. Aber er hatte es mit der Ironie ein klein wenig übertrieben; für Alexandra gab es nicht den geringsten Zweifel, dass er dem Zauberer schon einmal begegnet war. Mehr noch, dass sich die beiden auf den ersten Blick wiedererkannt hatten. Dann fiel ihr ein, dass sie Bobby den Zauberer beschrieben und ihm seine Visitenkarte gezeigt hatte. Ob er den Chef persönlich kannte? Was, wenn der Zauberer ihn nach besagter Demonstration eigenhändig festgenommen hatte? Doch falls sich die beiden Männer schon einmal begegnet waren, erwähnten sie dies mit keinem Wort. Zu Hause vertraute Alexandra ihrer Intuition voll und ganz; hier jedoch war sie wie ein Kompass, dessen Nadel orientierungslos rotierte.

»Wollen Sie mich in den Speisesaal begleiten?« Der Zauberer wies höflich zu Alexandra. »Ich glaube, es ist angerichtet.«

Sie folgten ihm, und an jeder neuen Tür, durch die sie kamen, blieb er stehen und ließ ihnen umständlich den Vortritt. Der Speisesaal war ein Ausbund an prunkhafter Geschmacklosigkeit, drei Stockwerke hoch, mit Innenbalkons und einem offenen Kamin, in dem man bequem einen ausgewachsenen Löwen hätte grillen können. Die Wände waren mit zerrissenen Wimpeln und Teppichen behängt, jeder von ihnen ein Stück kostbarer Geschichte, das hier völlig fehl am Platze wirkte. Sie kam sich vor, als sei sie in North Carolina in eine funkelnagelneue Villa marschiert, deren Wände mit zerfetzten Flaggen des Unabhängigkeitskrieges dekoriert waren, mit Wahlsprüchen wie DON'T TREAD ON ME oder JOIN OR DIE. Hier vermochte sie die Bedeutung der Dinge nicht zu entschlüsseln, einmal abgesehen von der Tatsache, dass alles unverschämt viel Geld gekostet hatte. An einem Ende des endlos langen Tisches war für drei Personen gedeckt.

Der Zauberer führte sie zu ihren Plätzen und ließ sich dann am Kopfende zwischen ihnen nieder. Er entrollte eine riesige rote Serviette und lehnte sich scheinbar zufrieden zurück. »Sie wollen sich also unsere schönen Berge ansehen«, sagte er milde. »Da haben Sie sich das denkbar beste Plätzchen ausgesucht. Nirgends hat man eine herrlichere Aussicht als hier.«

»Ja, es ist wirklich wunderschön hier«, sagte sie. Herausfordernd sah sie ihn an. »Und Sie sind am Dienstag eingetroffen?« Also vor zwei Tagen.

Ein leiser Ausdruck der Anerkennung huschte über Bobbys Gesicht.

»Dienstag?« Der Zauberer blickte verdutzt drein. »Aber nein. Ich bin erst gestern gekommen, genau wie Sie. Warum fragen Sie?«

Alexandra lächelte. »Nun ja, da wir uns am Montag in Sofia gesehen haben, dachte ich, Sie können frühestens am Dienstag angereist sein.«

Er erwiderte das Lächeln. Sie bemerkte, dass sein Auge diesmal nicht zuckte, vermutlich weil er nicht an seinem Schreibtisch saß. »In meinem Beruf kann ich mir höchstens mal ein paar Tage freinehmen. Und nirgends lässt es sich herrlicher ausspannen als hier.«

Ein junger Mann in Schwarz mit einem Tablett trat ein. Er stellte Schüsseln mit Salat und Teller mit Suppe vor sie hin und kleine Gläser mit einer klaren Flüssigkeit. Der Zauberer prostete ihnen zu – worauf auch sie die Gläser erhoben. Alexandra bemerkte, dass Bobby seinen *rakiya* wieder abstellte, ohne auch nur einen Schluck getrunken zu haben, und tat es ihm nach. Sie hielt es für besser, dieses Gespräch nüchtern zu führen.

»*Bon appétit*«, sagte der Zauberer. »Das ist etwas ganz Besonderes – Kuttelsuppe.«

Alexandra versuchte, sich zu erinnern, was Kutteln waren – ein Fisch oder ein tierisches Organ? Oder ein Oberbegriff wie *Innereien?* Sie entschied sich für den Fisch. Bobby hatte bislang kein Wort gesprochen, und allmählich fragte sie sich, ob er überhaupt etwas zu sagen gedachte. Der Zauberer begann zu essen, genüsslich und mit abgespreiztem kleinem Finger, und winkte ihnen, zu ihren Löffeln zu greifen. »Alexandra – Ihre Reise hat Sie also zu diesem wunderschönen Plätzchen geführt. Und unterwegs konnten Sie jemandem etwas – die sterblichen Überreste eines Menschen – zurückgeben? Seiner Familie, sagten Sie? Das muss ja ein regelrechtes Willkommensgeschenk gewesen sein.«

Sie dachte etwas zu lange nach. »Ja, es war eine große Freude«, sagte sie. »Die Leute waren furchtbar erleichtert. Wie Sie sich sicher vorstellen können.«

Der Zauberer legte seinen Löffel beiseite, doch Bobby aß schweigend weiter. Er hielt die Schultern gerade, und das gefiel ihr gar nicht – *Bird! Was hast du dir bloß dabei gedacht?*

Aber der Zauberer musterte sie interessiert. »Ein Glück, dass Sie die Familie angetroffen haben. Hat die Adresse, die ich Ihnen gegeben habe – Sie erinnern sich –, hat Ihnen die Adresse weitergeholfen?«

»Sehr sogar«, sagte Alexandra. »Ich weiß gar nicht, wie ich Ihnen danken soll. Von Sofia nach Bovech ist es tatsächlich nur ein Katzensprung, insofern war es kein Problem.«

»Seltsam, dass Sie sie zu Hause angetroffen haben. Leider bin ich erst viel zu spät darauf gekommen, dass ich Ihnen einen Beamten zur Seite hätte stellen sollen, also habe ich die Sache noch einmal überprüft. Lyubenovi – nein, Lazarovi, nicht wahr? Sie wohnen schon seit mindestens drei Monaten nicht mehr dort. Aber vielleicht sind sie ja noch einmal zurückgekehrt, nachdem mein Kollege dort war. Wann waren Sie denn in Bovech, wenn ich fragen darf?«

»Dienstag«, antwortete sie wahrheitsgemäß.

»Oh, vor meinem Kollegen. Er war erst gestern dort. Bei seiner Ankunft war alles recht still.«

Alexandra stellte sich vor, wie der Polizeibeamte die hübsche Nachbarin befragte, die ihm vermutlich verraten hatte, dass sie dort gewesen waren. Und wie er das Haus durchsuchte – ob er die einsamen Unterhemden in der Nachttischschublade und die Blechschachtel mit den fleckigen Stofffetzen darin gefunden hatte? Eine Zeit lang herrschte Schweigen, und Alexandra saß ganz still. Sie wagte es nicht, ihren Löffel in die Hand zu nehmen, falls er klirrte oder gegen das Porzellan stieß. Sie musste an den netten Polizisten denken, der Bobbys Papiere auf der halb eingestürzten Brücke mit zu seinem Wagen genommen hatte. Aber wie konnten ihm diese Papiere verraten haben, dass sie nach Vera Lazarova suchten? Als sie in die rosa-graue Suppe starrte, in der irgendetwas schwamm, kam ihr eine weitere Erinnerung. Vom Eingang der Polizeiwache war sie schnurstracks zu Bobbys Taxi geeilt und eingestiegen, auf offener Straße und für jeden sichtbar. Auch für das Auge einer Überwachungskamera. Das hatte sie damals nicht bedacht.

Der Zauberer lächelte sie an, als habe sie lediglich einen winzigen Fehler gemacht. Einen winzigen, aber folgenschweren Fehler. »Dann haben Sie die Lazarovi dort also auch nicht angetroffen. Dann vielleicht woanders? Meinten Sie das?«

»Ja – Sie haben recht«, sagte Alexandra. »Wahrscheinlich habe ich mir nur gewünscht, ich hätte sie gefunden. Wunschdenken.« Sie fragte sich, ob die Nachbarin in Bovech dem Polizisten Irinas Adresse in Plovdiv gegeben hatte. Hatte der Zauberer vielleicht auch dort nach ihnen gesucht? Hatte er sie beim Betreten oder Verlassen des Museumshofs beobachtet? Oder war er auf andere Weise hinter Irinas und Veras Beziehung zu Gorno gekommen? Was suchte er überhaupt hier? Das war die entscheidende Frage.

Der Zauberer schien nachzudenken. »Ja, natürlich waren Sie traurig. Aber Sie werden sie sicher finden, und wenn Sie wünschen, kann ich Ihnen dabei behilflich sein.«

Nichts wünschte sich Alexandra weniger, aber das behielt sie wohlweislich für sich.

Zum ersten Mal wandte der Zauberer sich an Bobby. »Und Sie sind ein sehr guter Reiseführer – vermutlich würde sie manche Dinge ohne Sie nie zu Gesicht bekommen.«

Bobby neigte den Kopf über seine Suppe. Der Zauberer ließ sich von seinem Schweigen nicht beirren, und plötzlich zeigte Alexandras innere Kompassnadel in die richtige Richtung: Die beiden kannten und hassten einander.

Der Mann in Schwarz kehrte zurück, räumte stumm die Suppenteller ab und servierte ihnen ein Gericht mit Fleisch und Gemüse. Sie wünschte inständig, sie hätte aufspringen und aus dem Haus rennen können – und einen Moment lang war sie kurz davor, es tatsächlich zu tun.

Der Zauberer legte seine Gabel beiseite, lehnte sich zurück und stützte die Ellbogen auf die Armlehnen seines funkelnagelneuen, auf Mittelalter getrimmten Sessels.

»Wissen Sie, schon bei unserer Begegnung hatte ich den Eindruck, dass Sie eine hochintelligente junge Frau sind«, wandte er sich an Alexandra. »Sie haben ein gutes Herz. Und Sie tragen es am rechten Fleck. Ich hätte allerdings nicht gedacht, dass Sie so interessante Freunde haben.« Er deutete auf Bobby, der mit beharrlicher Konzentration sein Essen verzehrte. »Einer unserer größten jungen Dichter. Und ein preisgekrönter noch dazu.«

Alexandra starrte Bobby an. Er presste die Lippen zusammen, doch er blieb stumm und kaute höflich.

»Du bist Dichter?«, fragte sie laut, ohne es zu wollen. Daher die vielen Papiere in seinem Zimmer bei Irina Georgieva und seine Angewohnheit, in aller Herrgottsfrühe aufzustehen, auch wenn er nicht laufen ging.

»Ein sehr guter sogar. Und ein sehr berühmter«, sagte der Zauberer. Als sie hörte, wie er das Wort »Dichter« hervorstieß, fragte Alexandra sich unweigerlich, was er noch alles über Bobby wusste.

Der Zauberer trommelte mit seinen Wurstfingern auf die Tischplatte. »Hat er Ihnen das nicht gesagt? Letztes Jahr hat er unseren großen bulgarischen Preis bekommen, der normalerweise alten Männern vorbehalten ist. Ich lese keine Gedichte, aber wenn man der Presse glauben darf, ist er ein ganz Großer. Er veröffentlicht auch in der Presse, Gedichte und viele seiner Ansichten. Er hat hervorragende Kontakte zu verschiedenen Blättern. Aber der Preis ist gerechtfertigt, redlich verdient.« Der Zauberer hielt inne, als wollte er weiteressen. »Für seine Gedichte hat er sogar einen guten Job geopfert. Er fährt Taxi, aber er ist selbstverständlich etwas Besseres als die anderen Taxifahrer. Als Dichter sowieso. Lesen Sie Gedichte, Alexandra?«

Alexandra hatte fünf Tage mit Bobby verbracht, beinahe jede wache Stunde. Sie hatte ihn mit Interesse – und wachsender Zuneigung – betrachtet, und nun betete sie, dass er nicht aufstehen und dem Zauberer eins auf die Nase geben würde. Worauf bewaffnete Soldaten den Saal stürmen und ihn von neuem festnehmen würden, während der Zauberer sein hellgrünes Hemd vollblutete wie in einem schlechten Film. Doch Bobby inspizierte schweigend sein – nicht besonders scharfes – Messer, und plötzlich hatte Alexandra das Gefühl, dass er stets die Oberhand behalten würde, komme, was und wer da wolle. Er war nicht nur besser als die anderen Taxifahrer; er war besser als sie alle.

»Ja, ich lese Gedichte«, sagte sie hastig. »Sehr oft sogar. Natürlich auf Englisch. Britische und amerikanische Dichter und manchmal auch Übersetzungen.« Sie legte ihre Gabel weg, ohne Bobby anzusehen. »Ich versuche, die Werke sämtlicher bedeutenden englischsprachigen Lyriker zu lesen und auch einige aus anderen Sprachen. Damit werde ich wohl noch eine Weile beschäftigt sein.«

Sie hielt inne, holte tief Luft – warum sagte sie das alles hier? Um die beiden abzulenken? »Letztes Jahr habe ich alles von Walt Whitman, Gerard Manley Hopkins, W.B. Yeats und Dylan Thomas gelesen. Und Czesław Miłosz und jede Menge Auden, aber damit bin ich noch nicht ganz durch.« Nun, da sie die Ziellinie überquert hatte, bremste Alexandra sich ein wenig und dachte an die Stadtbibliothek und ihre zerfledderten Anthologien. »Ich habe Emily Dickinson mit nach Bulgarien genommen«, setzte sie hinzu. »Ein ziemlich schwerer Brocken.«

Der Zauberer starrte sie verdutzt an. Bobby hob lächelnd den Kopf. Alexandra sah Bobby in die Augen, sie waren blau und voll der Bewunderung, und sie spürte, wie etwas in den Hohlraum unter ihrem Rippenbogen strömte. Sie nahm ihre Gabel wieder zur Hand und aß weiter. Bobby konnte sich allerdings auf eine Standpauke gefasst machen – wie konnte er ihr seinen wahren Beruf verheimlichen, wo sie schon so viele persönliche Gespräche geführt hatten? War er tatsächlich so bescheiden, überlegte sie, oder schämte er sich seiner Berufung? Sie bezweifelte, dass sie ihm je würde gestehen können, dass auch sie hatte Schriftstellerin werden wollen.

»Sehr interessant«, bemerkte der Zauberer nach kurzem Zögern. Sie fragte sich, ob ihm auch nur einer dieser Namen etwas sagte – vielleicht hatte ja auch er Literatur studiert. Aber er schob sich nur ein großes Stück Fleisch in den Mund. »Sie beide haben sich bestimmt eine Menge zu erzählen.«

»Durchaus«, sagte Alexandra mit fester Stimme. Bobby widmete sich wieder seinem Essen, und ein leises Lächeln spielte um seine Lippen.

Beim Dessert – *kompot,* in Sirup gekochte Früchte – hob der Zauberer zu einem leutseligen Vortrag über die Schönheit Bulgariens an, Dörfer, die sie sich unbedingt ansehen müsse, weil sie seit Jahrhunderten unverändert waren, und berühmte Klöster. Als der Mann in Schwarz den Kaffee brachte, nahm sie ihren ganzen Mut zusammen. »Wem gehört das Haus eigentlich, wenn Sie hier nur zu Gast sind?«

Der Zauberer faltete die Hände über der Tischplatte wie zum Gebet, eine Geste, die sie auch schon auf dem Polizeirevier beobachtet hatte. »Nun ja, offiziell ist es Eigentum eines gewissen Geschäftsmannes aus Plovdiv. Aber diese kleine Legende dient lediglich zur Wahrung der Privatsphäre. In Wahrheit gehört es einem Freund von mir, einem Minister der Regierung. Sie haben wahrscheinlich noch nie von ihm gehört, schließlich sind Sie erst seit ein paar Tagen im Land, aber ich kann Ihnen versichern, er ist eine bedeutende Persönlichkeit. Er heißt Mikhail Kurilkov, unser Minister für Verkehr, ein hochintegrer und sehr mächtiger Mann.«

Alexandra spürte, wie ihr das Blut in den Kopf stieg. Dann stimmte es also. Sie sah verstohlen zu Bobby, der kerzengerade, mit gestrafften Schultern dasaß. Er nippte an seiner Kaffeetasse und ließ den Blick durch den Saal wandern; das Interieur schien ihn dringender zu interessieren als das reichlich absurde Gespräch, doch sie spürte, dass er ebenso schockiert war wie sie selbst.

Der Zauberer legte die Finger aneinander. »Mr Kurilkov ist wahrscheinlich der einzige Politiker in unserem Land, der einen untadeligen Ruf genießt und nie in korrupte Machenschaften verwickelt war. Niemand könnte unser Straßennetz in solch rasantem Tempo ausbauen wie er, nicht einmal mit Geld von der EU. Nach all den Problemen der Vergangenheit ist er für die Moral unseres Landes von enormer Bedeutung. Und obwohl er schon seit vielen Jahren in der Politik tätig ist, darf man mit Fug und Recht behaupten, dass er ein Mann des Volkes geblieben ist mit einer blitzsauberen Weste.«

Er sah sie stirnrunzelnd an. »Wie seine Freunde wissen, begann seine Karriere damit, dass er jemanden, dessen Name ich Ihnen nicht nennen werde, dank seines beherzten Einsatzes vor dem sicheren Feuertod bewahren konnte. Daher die Narben in seinem Gesicht, falls Sie ihn schon mal im Fernsehen gesehen haben. Und nicht zuletzt diese Tapferkeit ist es, was ihn von vielen anderen unterscheidet. Sie, junge Dame« – er neigte seinen kahlen Schädel respektvoll in Alexandras Richtung – »kommen aus einem Land mit weitaus weniger Problemen und weitaus weniger Korruption.«

»Also, da wäre ich mir nicht so sicher«, entgegnete Alexandra trocken, obwohl ihr das Herz bis zum Hals schlug.

»Wir können von Glück sagen, einen solchen Führer zu haben, denn Straßen sind ungeheuer wichtig. Sie fördern den Im- und Export, und sie bringen Touristen wie Sie nach

Bulgarien. In diesem Haus waren schon viele bedeutende Persönlichkeiten zu Gast, jetzt auch der Dichter Asparuh Iliev und natürlich Sie selbst. Ich bin sicher, Mr Kurilkov würde Ihnen gefallen. Genau wie er war ich erstaunt und erfreut, dass Sie sich demselben wunderschönen Dorf verbunden fühlen.«

Er blickte zu Bobby, der eine Flagge über der Saaltür inspizierte, als versuchte er den abgeblätterten goldenen Schriftzug darauf zu entziffern, der mit einem Ausrufezeichen endete.

Der Zauberer räusperte sich. »Er ist ein Mann des Volkes, aber auch ein wahrer Gentleman. Wenn mich nicht alles täuscht, liest er sogar Gedichte. Er hat sogar einen Spitznamen, der dem bulgarischen Volkstum entlehnt ist – der Bär. Asparuh, vielleicht wissen Sie, woher der Name stammt?«

»Nein, ich glaube nicht.« Bobbys Stimme war ruhig und gefasst. Alexandra hatte schon fast vergessen, dass er sprechen konnte.

»Aber das müssen Sie doch wissen – von dem Bären aus dem Märchen ›Der Wolf und der Bär‹. Oder heißt es ›Der Wolf und der – Schatzkasten‹? Ich weiß nicht, wie das auf Englisch heißt.«

»Schatztruhe vielleicht?«, schlug Alexandra vor. Sie fragte sich, was der Zauberer wohl sagen würde, wenn er wüsste, dass sie auch für ihn einen Namen hatte und dass sie noch immer nicht wusste, wie er wirklich hieß; sie war gar nicht auf die Idee gekommen, sich die kyrillischen Buchstaben auf der Visitenkarte einzuprägen, die er ihr gegeben hatte.

»Vielleicht.« Der Zauberer wirkte mit einem Mal ein wenig unruhig, als ob eine unsichtbare Checkliste abgearbeitet und das Essen damit beendet sei. »Was halten Sie von einer kleinen Führung durch das Haus?«

Alexandra willigte ein mit einer Mischung aus Erleichterung und Angst – was, wenn er sie in irgendein Zimmer sperrte oder durch einen Hinterausgang in ein Zivilfahrzeug der Polizei verfrachtete? Sie folgten dem Zauberer von einer Etage zur anderen, während er hier die Aussicht aus einem Flurfenster pries und dort die Tür zu einem traditionell möblierten Zimmer aufriss. Verglichen mit dem Speisesaal wirkte alles erstaunlich unprätentiös – aber es wollte schier kein Ende nehmen. Nach dem zehnten Gästezimmer hörte Alexandra auf zu zählen. Der Raum, der ihr am besten gefiel, war ein langer offener Gang im ersten Stock mit einer offenen Küche an einem Ende und einem zweiseitigen Kamin in der Mitte, um den sich nagelneue antike Sessel drängten. *Der ideale Platz für ein gutes Buch,* dachte sie mit Blick auf die Berge. Sie fragte sich, ob der Bär manchmal hier saß und Gedichte las.

Ihr Gastgeber lotste sie mit ausgesuchter – wenn auch distanzierter – Höflichkeit zurück zur Haustür und schüttelte ihnen mit einer tiefen Verbeugung die Hand, als habe er fast schon vergessen, wer sie waren. Der kostümierte junge Titan geleitete sie schüchtern zum Tor und wartete, bis es sich hinter ihnen geschlossen hatte.

Alexandra und Bobby gingen schweigend die Straße entlang und sprachen erst wieder, als sie den ersten Hügel überquert hatten und das Dorf unter ihnen lag. Der frühe Nachmittag war lau und klar; in weiter Ferne, am unendlich hohen Horizont, konnte Alexandra Gebirgsgipfel erkennen. Die Sonne brannte heiß auf ihre Schultern, und als sie näher kamen, stieg ein Vogelschwarm aus einem Feld empor. Sie fragte sich, wie es wohl wäre, den Rest ihres Lebens hier zu verbringen, vielleicht zusammen mit Bobby, zu zweit in einem kleinen Feldsteinhaus wie dem von Baba Yana, das Stoyan wiederaufgebaut hatte. Sie beide lesend, während Stoycho vor dem Kamin lag und döste. Plötzlich kamen ihr Gewissensbisse. Genau davon hatten sie und Jack als Kinder immer gesprochen – wie sie dereinst, wenn sie erwachsen waren, gemeinsam in einer Hütte leben würden, irgendwo in den Bergen. Sie schob die rechte Hand in ihren linken Ärmel und betastete ihre runzlige, vernarbte Haut.

Bobby spuckte auf die Straße und raufte sich das Haar.

»Warum …«, begann Alexandra.

»Lass mir noch ein paar Minuten Zeit«, sagte er.

Fünfunddreißig

Nachdem sie eine Weile schweigend vor sich hin gewandert waren, sank Bobby auf eine steinerne Bank am Wegesrand – eigentlich eher ein Fels als eine Bank.

»Meinst du, die ist von Hand gefertigt?« Alexandra konnte sich die Frage nicht verkneifen, auch wenn es wahrhaftig Dringenderes zu besprechen gab. Sie war die klassische Touristin, die sich noch für die unwichtigsten Einzelheiten interessierte.

Bobby ließ die Fingerspitzen über die Kanten des Felsblocks gleiten. »Möglich wär's«, sagte er. »Der Fels scheint sehr alt zu sein – vielleicht stammt er aus den Überresten eines Gebäudes. Jetzt dient er wahrscheinlich als Bushaltestelle. Siehst du die Fußabdrücke da?« Der Boden vor dem Stein war festgestampft, im Staub die Spuren unsichtbarer Schuhe. Bobby trat nach ihnen.

Alexandra setzte sich neben ihn und hakte sich bei ihm unter. »Was war denn *das* gerade beim Mittagessen?«

Er stöhnte und strich sich das Haar zurück, als würde er einen Hund streicheln, nur war der Hund in diesem Fall er selbst.

»Du bist ein großer Dichter«, setzte sie staunend hinzu. »Das hättest du mir ruhig sagen können.«

»Unsinn«, brummte er mit einem schiefen Lächeln. »Aber du bist eine große Leserin.«

»Ja.« Alexandra dachte einen Augenblick darüber nach. »Ich gebe mir jedenfalls alle Mühe.« Sie drückte seinen Arm; sie hätte ihn gern irgendwie bestraft, sie wusste nur noch nicht, wie sie das anstellen sollte. Nein, sie würde ihm nicht verraten, dass sie früher einmal Schriftstellerin hatte werden wollen. Es war ohnehin eine Ewigkeit her. Sie verdrängte den Gedanken an das Notizbuch, das in ihrer Tasche steckte. »Woher wusste der Mann, dass wir hier sind? Und ihr kanntet euch, nicht wahr? Ich habe in Sofia mit ihm gesprochen, weiß aber bis heute nicht, wie er heißt. Ihr saht aus, als wolltet ihr euch jeden Moment duellieren.«

»Duellieren?« Bobby dachte über das Wort nach und nickte dann. »Er heißt Nikolai Dimchov. Er ist der große Chef auf dem Revier. Mich wundert, dass sie dich überhaupt zu ihm vorgelassen haben.« Er rieb sich die Wangen. »Ich habe mal für ihn gearbeitet.«

Alexandra hatte Schwierigkeiten, das zu verdauen. »Du hast für ihn gearbeitet? Als was?«

»Nicht, was du denkst. Nun guck mich nicht so an. Genau deswegen habe ich ja aufgehört.«

Alexandra ließ seinen Arm los. »Ich verstehe nicht ganz.«

»Bis letztes Jahr war ich Polizist.«

Alexandra musste daran denken, wie Bobby mit geschickten Fingern das Schloss im Kloster Velin geknackt hatte, an die Handschuhe in seiner Jackentasche. Der *nekrolog* für Stoyan, der noch zwei Jahre später an einem Baum in Bovech gehangen hatte, und: *Zweierlei daran fällt auf.*

Oder gerade eben: *eine Bushaltestelle – siehst du die Fußabdrücke da?*

»Ich weiß«, sagte sie steif. »Oder habe es vielmehr geahnt. Und? Sollst du mich bespitzeln? Bist du deswegen mitgekommen – weil ich Ausländerin bin? Oder habe ich mir etwas zuschulden kommen lassen?« Die Hitze stieg ihr ins Genick. »Geht es um die Urne? Du weißt genau, dass ich sie nur aus Versehen mitgenommen habe. Ich wusste rein gar nichts über diese Leute.«

»Nein, nein, nein.« Er richtete sich auf und sah ihr in die Augen. »Nein, ich bespitzele dich nicht. Ich mag dich, und ich bin auch kein Polizist mehr. Ich hatte von der ganzen Sache doch auch keine Ahnung, ich wusste nur, dass du Hilfe brauchtest und dass ich dir helfen wollte, und ... ja, ich fand deine Situation interessant, aber eher auf persönlicher Ebene. Menschlich gesehen, meine ich. Es tut mir leid, dass ich dir nichts davon gesagt habe. Aber ich spreche normalerweise nicht über meine Gedichte, und ich hielt es für besser, wenn du nicht weißt, womit ich früher meine Brötchen verdient habe.«

Er sackte wieder in sich zusammen und stützte seine sehnigen Läuferarme auf die Knie. »Der Preis war relativ hoch dotiert – und da ich bei Freunden wohnte, die ein eigenes Haus haben, hatte ich ein bisschen was gespart. Vieles von dem, was die Polizei so trieb, gefiel mir nicht – willkürliche Festnahmen bei Demonstrationen, illegale Verhörmethoden, schwarze Listen.« Das bittere Lächeln. »Ich bin damals unter anderem deshalb Polizist geworden, weil ich mir etwas beweisen wollte. Aber das ist vorbei – man kann nicht gleichzeitig Aktivist und Polizist sein. Also habe ich gekündigt. Ich habe eine Anzahlung auf mein Taxi geleistet, und seitdem fahre ich nur noch. Und kann in Ruhe meine Gedichte schreiben.«

»Und dann bist du bei der einen oder anderen Demonstration von deinen alten Kollegen festgenommen worden?«

Er verzog das Gesicht. »Ja. Ich hielt die Wiederinbetriebnahme der Bergwerke für fatal, von Kurilkovs repressiven Plänen ganz zu schweigen. Und ich habe bei einigen Demonstrationen Reden gehalten und in diversen Zeitungen offene Briefe veröffentlicht. Dimchov war stinksauer, was insofern interessant ist, weil ihm die Bergwerke nicht gehören und ich zu diesem Zeitpunkt schon nicht mehr für ihn arbeitete. Eigentümerin ist eine Firma namens Zemyabit. Er zitierte mich in sein Büro – aus meiner Gefängniszelle – und eröffnete mir, er sei wütend, weil ich noch bis vor Kurzem Polizist gewesen sei und das Revier in Verruf gebracht hätte. Er sagte, diesmal wolle er mich noch laufen lassen, aber sollte ich mir einen zweiten Fehltritt leisten, werde er schon einen Grund finden, um mich wegzusperren.«

Alexandra musterte ihn eingehend. »Und dann hat er uns gefunden – nur wie? Du warst in Sofia nicht mit mir auf dem Revier. Aber ich bin ganz in der Nähe in dein Taxi gestiegen.«

»Und meine Daten und meine Taxilizenz sind natürlich im Polizeicomputer gespeichert«, sagte Bobby.

»Außerdem hat ein Polizist deine Papiere überprüft, als wir auf dieser Brücke gehalten haben.«

Wieder bedachte er sie mit einem Blick, aus dem Bewunderung zu sprechen schien. »Ja, das könnte es gewesen sein. Vielleicht hat er uns zum Mittagessen eingeladen, um mir klarzumachen, dass er ein Auge auf uns hat. Es ist ihm ernst, da habe ich nicht den geringsten Zweifel, und er kennt keine Skrupel. Manchmal nutzt er seine Machtstellung aus, lässt Leute beim Verhör brutal misshandeln und sorgt dafür, dass es nicht an die Öffentlichkeit gelangt. Dass er mit Kurilkov – dem Bären – befreundet ist, gefällt mir gar nicht. Es wundert mich nicht, dass sie Freunde sind, aber ich finde es merkwürdig, dass er uns das so freimütig gestanden hat, noch dazu, nachdem wir Kurilkov gestern auf der Straße gesehen haben.«

»Ich weiß«, sagte Alexandra.

Bobby verwischte die Fußabdrücke mit seinem Turnschuh. »Außerdem macht es mir ein wenig Sorgen, dass Dimchov mich noch immer auf dem Kieker hat. Es ist über ein halbes Jahr her, dass ich zuletzt bei einer Demo aufgetreten bin. Aber diese Typen sind wie Elefanten: Sie vergessen nichts. Ich fürchte, ich bringe dich in Gefahr. Und womöglich nicht nur dich, sondern auch die Lazarovi.«

Alexandra sah sich um. Der Nachmittag färbte das Heu auf den Feldern leuchtend gelb, und braun erstreckte sich die Straße unter ihnen. Die Berge schienen zu dösen, grau und grün.

»Vielleicht geht es ihm gar nicht so sehr um dich«, sagte sie stockend, »sondern um mich. Auch wenn er vermutlich wusste, dass du mit mir zum Essen kommen würdest.« Er stützte die Ellbogen auf die Knie, wandte sein glattes Gesicht mit den Leberflecken im Mundwinkel gänzlich unbefangen in ihre Richtung und hörte ihr zu. Sie fragte sich, ob sie je ein so wachsamer und selbstbewusster Mensch sein würde wie er. Wenn sie es recht bedachte, war die Wahrscheinlichkeit vermutlich nicht sehr hoch.

»Um dich?«, fragte er stirnrunzelnd.

»Nicht unbedingt um meine Person. Sondern etwas, das mit mir zu tun hat.« Ihr Blick wanderte zu dem Gebirgskamm in der Ferne, dessen höchster Gipfel als zerklüftete Felsspitze aus dem Wald ragte. »Er interessiert sich für die Urne. Denk nur an die Schmiererei in Veras Haus – irgendjemand weiß etwas darüber. Und davor wurden wir aufgefordert, sie zurückzugeben.«

Er ließ sie sprechen, seine Augen blau und ernst.

»Also geht es ihm offenbar um Stoyan Lazarov«, fuhr sie mit gesenkter Stimme fort. »Wir wissen, dass er sich für Stoyans Familie interessiert, denn ihr gehört die Urne. Wenn Dimchov uns irgendwie beobachten oder beschatten lässt, wird er es sofort erfahren, wenn wir sie gefunden haben.«

»Falls wir sie finden«, korrigierte Bobby.

»Was bleibt uns anderes übrig?« Am liebsten hätte Alexandra mit Fäusten auf den Felsblock eingehämmert. »Aber was will er mit der Asche eines Fremden? Ich würde ihm die Urne jedenfalls nur ungern überlassen. Eins ist allerdings seltsam: Statt uns beschatten zu lassen und abzuwarten, bis wir die Lazarovi gefunden haben, könnte er sie uns ohne Weiteres abnehmen. Gleich hier, im Dorf. Vielleicht ist er genau wie wir auf der Suche nach ihnen und überlässt uns die Drecksarbeit. Vielleicht hat er sie bislang einfach nicht finden können.«

Bobby schüttelte den Kopf, was diesmal jedoch Zustimmung zu signalisieren schien. »Und vielleicht will er uns zur Eile mahnen. Und zur Vorsicht. Du solltest meinen alten Job übernehmen«, sagte er. »Ich werde dich Dimchov empfehlen.«

»Was, wenn Vera und Neven noch größeren Ärger mit der Polizei haben als du?« Wieder klammerte Alexandra sich an seinen Arm. »Was, wenn wir die Einzigen sind, die wissen, dass die beiden verfolgt werden, weil wir wissen, dass die Polizei uns verfolgt?«

»Dann müssten wir sie warnen. Aber das ist ihnen vermutlich längst klar. Sonst würden sie ans Telefon gehen. Es sei denn, ihnen ist etwas zugestoßen.«

Alexandra kam das Ganze mit einem Mal etwas überzogen vor. »Findest du diese Spekulationen nicht auch ein bisschen albern?«

»Ich weiß nicht«, sagte er. »Es ist schon komisch. Diese Schmierereien, erst mit Farbe, dann mit Blut, und dann spürt Dimchov uns hier auf und lädt uns zum Essen ein. Vielleicht will er uns warnen, damit wir uns nicht in noch größere Schwierigkeiten bringen. Obwohl er mich nicht leiden kann. Und was hat Kurilkov mit der Sache zu tun?«

»Ich habe nachgedacht – weißt du noch, wie wir im Museum vom Kloster Velin eingesperrt wurden?« Sie konnte es kaum fassen, dass seither erst ein paar Tage vergangen waren.

»Ja. Es kam jemand herein; wer, wissen wir bis heute nicht.« Bobby tätschelte ihren Arm. »Darüber habe ich mir auch schon Gedanken gemacht. Aber wenn es Polizisten waren, müssen sie uns sofort nach Velin gefolgt sein, gleich nachdem du auf dem Revier warst. Natürlich hätten sie auch ohne Weiteres die Polizei im Kloster verständigen können. Vielleicht wollten sie uns bloß einen Schreck einjagen, denn sie sind uns weder auf den Parkplatz gefolgt, noch haben sie versucht, uns die Urne abzunehmen.«

»Wer könnte sich für einen toten alten Mann interessieren?«, fragte Alexandra laut, nur um ihre eigenen Worte zu hören. Der Einzige, dem sie Stoyans sterbliche Überreste überlassen würde, war Neven. Sie stellte sich vor, wie Neven die Straße heraufkam, in seinem glänzenden schwarzen Anzug und seinen blank polierten Schuhen, und wie sie ihm entgegenlief und sich in seine offenen Arme warf. Sie ballte die Fäuste und stemmte sie gegen den Stein, um den Gedanken an ihn zu verdrängen. Da fiel ihr ein, dass sie ihn durch ihr Verhalten womöglich in Gefahr gebracht hatte.

»Es gibt einfach noch zu viele offene Fragen«, sagte Bobby. »Auf die wir früher oder später eine Antwort finden werden. Aber jetzt müssen wir erst einmal entscheiden, wie es weitergehen soll.«

»Meinst du, wir sollen Irina Georgieva einweihen?« Alexandra dachte an Irinas Schwächeanfall nach der Fahrt durch die Berge, an ihre verkrümmten Hände auf der Bettdecke.

Wieder rieb Bobby sich die Wange. »Unbedingt. Vielleicht weiß sie etwas, das uns weiterhilft. Und selbst wenn nicht, sollten wir ihr möglichst nichts vorenthalten. Ich lasse sie nur ungern allein in Plovdiv zurück, aber wir können sie ja schlecht nach Sofia mitnehmen.«

»Sie wird sich schreckliche Sorgen machen«, sagte Alexandra traurig. »Kein Wunder, nachdem ihr Haus hier verwüstet wurde. Und das alles nur meinetwegen. Es ist zum Verzweifeln.«

»Du kannst nichts dafür.« Plötzlich beugte sich Bobby zu ihr und küsste sie aufs Ohr. »Du bist der netteste Mensch, den ich kenne.«

»Ich mag sie«, murmelte Alexandra angenehm überrascht. Sie standen auf und gingen langsam weiter, um den leidigen Moment der Rückkehr, der Fragen und Erklärungen noch ein wenig hinauszuzögern. Bobby hielt die Hände in den Taschen vergraben. »Die Geschichte von dem Bären«, sagte Alexandra nach einer Weile, »kennst du die?«

»Die kennt jeder in der einen oder anderen Variante«, sagte Bobby. »Sie stand in meinem Lesebuch der dritten oder vierten Klasse. Ich glaube, es ist ein altes Märchen, aber ich erinnere mich nur dunkel. Dafür braucht man einen guten Geschichtenerzähler.«

»Und du bist nur ein schnöder Dichter?«, fragte Alexandra lächelnd.

»Genau«, sagte Bobby.

»Meinst du, Baba Yana kennt sie?«

»Ich denke schon.«

Alexandra hakte sich bei ihm unter. »Das würde uns einen Vorwand liefern, vor unserer Abreise noch einmal mit ihr zu sprechen.«

Sechsunddreißig

»Der Wolf und der Bär«, die Geschichte habe ich meinen Kindern immer erzählt, als sie noch klein waren, sagte Baba Yana. Nicht zu verwechseln mit der Geschichte von Baba Metsa, der Bärin – die gefiel ihnen sogar noch besser. Aber schön ist sie trotzdem. Ich habe sie von meinem Großvater, ich habe sie von ihm gehört, als die Türken noch in dieser Gegend hausten, und er hat schon damals gesagt, es sei eine sehr alte Geschichte, also muss es wohl so sein. Es war einmal ein Bär, und er war das stärkste und bösartigste Tier von allen, damals, als Bulgarien noch jung war. Er war so groß und mächtig, dass man ihn von weitem sehen konnte, wenn er über die Berge kam, und brüllen konnte er – *aaaarrr.* An dieser Stelle schrien meine Kinder immer auf, und später auch meine Enkel. Alle Welt fürchtete sich vor diesem Bären, weil er so groß war und so stark. Man erzählte sich, er könne ein Schaf oder ein kleines Mädchen an einem Stück mit Haut und Haaren verschlingen. Der Bär wanderte durchs ganze Land, und niemand wagte sich in seine Nähe.

Zur gleichen Zeit lebte ein Wolf, und auch er war groß und stark, aber nicht so groß wie der Bär. Dafür war er furchtbar schlau, und eines Tages kam er in ein Dorf nicht allzu weit von hier und brachte den Leuten nicht nur ihre verlorenen Schafe und Ziegen zurück, sondern auch viele andere Tiere, die er auf den Höfen der Reichen gestohlen hatte, um sie den armen Dorfbewohnern zu schenken. Die Dorfbewohner freuten sich und wollten gar nicht wissen, woher all die Leckerbissen stammten. Manchmal tauchten zornige Bauern aus anderen Dörfern auf und versuchten, ihr Dorf zu überfallen, aber der Wolf vertrieb sie und beschützte die Bewohner.

Der Wolf hatte ein junges Mädchen, das für ihn putzte und kochte, und sie war so schön, dass sie eine Braut des Himmels hätte sein können. Nachdem der Wolf das Dorf ein paar Jahre lang regiert hatte, erklärte er dem Mädchen, er müsse verreisen, und sie solle alles in Ordnung halten und nicht in der Kammer unter dem Herdstein nachsehen, wo er seine Schatztruhe aufbewahre, und niemanden ins Haus lassen, solange er fort sei. Dann machte er sich auf, ohne ihr zu sagen, wann er zurück sein würde. Sie hatte nicht gewusst, dass sich unter dem Herdstein eine geheime Kammer verbarg oder dass der Wolf einen Schatz dort aufbewahrte, aber sie tat wie ihr geheißen.

Drei Tage lang schrubbte und scheuerte das Mädchen und bereitete für die Rückkehr des Wolfes allerlei Köstlichkeiten zu, und sie öffnete niemandem die Tür und rührte den Herdstein nicht an. Aber er kam nicht zurück, und ihre Neugier wurde so groß, dass sie sich nicht länger zu bändigen vermochte, und so verriegelte sie die Haustür und schob den Herdstein, der zu ihrem Erstaunen ganz leicht war, vorsichtig beiseite. *Ach, reicht mir doch bitte meine Strickjacke, meine Lieben – die Sonne geht langsam unter, und mich fröstelt ein wenig.*

Und als sie den Herdstein beiseiteschob, entdeckte sie in der Öffnung darunter eine Treppe. Sie stieg die Stufen hinab, und an ihrem Ende befand sich eine Kammer mit einer großen Truhe darin. Sie vermochte ihre Neugier nicht zu zügeln, doch als sie die Truhe öffnete, sah sie, dass sie bis zum Rand gefüllt war mit den Gebeinen der Männer aus den anderen Dörfern, deren Schafe und Ziegen der Wolf geraubt hatte, um sie den Bewohnern seines eigenen Dorfes zu schenken. Der Wolf hatte sie offenbar getötet, um ihnen ihr Hab und Gut zu nehmen. Es war ein schrecklicher Anblick, und das Mädchen stürzte die Treppe wieder hinauf und rückte den Herdstein eilig an seinen Platz zurück.

Tags darauf, als sie den Boden fegte, klopfte es plötzlich an der Tür. Als sie zum Fenster hinaussah, erblickte sie den großen Bären, den sie zwar vom Hörensagen, nicht aber vom Ansehen kannte, und sie fürchtete sich sehr.

»Mädel, lass mich herein, damit ich mich am Feuer wärmen kann«, sprach der Bär durchs Fenster.

»Ich trau mich nicht«, sagte das Mädchen. »Außerdem hat der Wolf mir aufgetragen, niemanden ins Haus zu lassen.«

»Bin ich vielleicht niemand?«, fragte der Bär.

Doch sie ließ ihn nicht herein, und er machte sich still von dannen.

Am nächsten Tag klopfte er abermals an die Tür. »Mädel, lass mich herein, damit ich mich am Feuer wärmen kann«, sprach er durchs Fenster.

»Ich trau mich nicht«, sagte das Mädchen. »Der Wolf hat mir befohlen, niemandem die Tür zu öffnen. Außerdem wirst du mich fressen, wenn ich dich hereinlasse.«

»Hätte ich jemanden gefressen, so hättest du wohl davon gehört«, erwiderte der Bär. Aber sie ließ ihn nicht herein.

Am dritten Tag war der Wolf noch immer nicht zurück, und er war jetzt schon sechs volle Tage fort – da klopfte der Bär von neuem an die Tür. »Lass mich herein, Mädel«, sagte er. »Ich will mich doch nur am Feuer wärmen.«

Da ließ sie sich erweichen und öffnete die Tür, damit er sich am Feuer wärmen konnte. Er war so still und sanft, fast wie ein vornehmer Herr, und nach und nach bezähmte sie ihre Furcht und gab ihm einen Teller Suppe.

Als er aufgegessen hatte, sprach er: »Das ist ein schönes Haus, aber ist es nicht etwas klein für zwei?«

»Ach, so klein ist es gar nicht«, entgegnete sie und warf sich ein wenig in die Brust. »Es hat sogar eine große Kammer unter dem Herdstein, wo der Wolf seinen Schatz aufbewahrt.« Kaum hatte sie dies ausgesprochen, bereute sie es auch schon.

»Was denn für einen Schatz?«, fragte der Bär.

»Ein Schatz, den niemand je begehren würde«, sagte das Mädchen schaudernd.

Der Bär sah sie mit seinen kleinen Augen an und sprach: »Dann will ich ihn auch nicht sehen.«

Er ging davon und begegnete dem Wolf, der von den Hügeln herunterkam. Sie waren sich noch nie begegnet, aber jeder hatte vom anderen gehört.

Der Bär sprach: »Ich war in deinem Hause, und wie ich höre, Bruder, besitzt du einen Schatz, wie ihn nur ein Wolf begehren würde.«

Da wurde der Wolf furchtbar zornig, weil er wusste, dass das Mädchen unter dem Herdstein nachgesehen und den Bären ins Haus gelassen hatte. Aber der Bär sprach: »Keine Sorge, Bruder – ich habe mir deinen Schatz nicht angesehen, und ich weiß auch weiter nichts darüber.« Der Wolf wagte es nicht, den Bären herauszufordern, denn der war größer und stärker als er selbst, und so ließ er ihn stehen und trollte sich heimwärts. Der Bär folgte ihm in der Gestalt eines großen Vogels.

Bald darauf kam der Wolf nach Hause und sagte zu dem Mädchen: »Während ich fort war, hast du dir meinen Schatz angesehen und einem Fremden die Tür geöffnet, und darum muss ich dich jetzt töten.« Aber er hatte die Haustür offen stehen lassen, und der Bär kam hereingeflogen und erschlug ihn.

Dann verwandelte der Bär sich zurück und sprach: »Geh fort von hier, Mädel, und sprich mit niemandem über den Schatz. Nicht der Wolf, sondern ich bin nun der König des Dorfes, aber ich werde nie einen Blick in die Schatztruhe werfen, und ich möchte auch nicht wissen, was darin ist.«

Das Mädchen zog in die Fremde, während der Bär sich im Haus des Wolfes einquartierte und sich zum neuen König des Dorfes krönte. Er war gütig und gerecht. Die Dorfbewohner hatten zwar nicht so viel zu essen wie zuvor, denn der Bär stahl nicht von anderen Dörfern, aber dafür lebten sie in Frieden.

Unterdessen bereiste das Mädchen ferne Länder. Ein Prinz erblickte sie und verliebte sich in sie, und sie vermählten sich. Sie wohnte in einem Palast und schlief auf einem Bett aus Federn. Aber sie konnte den Wolf und den Bären und das Geheimnis, das sie hüten musste, nicht vergessen. Sie verzehrte sich danach, es mit jemandem zu teilen. Aber sie wagte es nicht, ihrem Gemahl davon zu erzählen. Schließlich beschloss sie, dass es schon nichts schaden werde, wenn sie es in ein Erdloch flüsterte. Und so ging sie hinaus in die Wälder ihres neuen Reiches und stieß im Dickicht auf ein kleines Erdloch. Dort kniete sie nieder und flüsterte hinein, dass unter dem Herdstein des Bären ein Schatz begraben liege, den selbst er nie gesehen habe. Da war sie von ihrem Geheimnis befreit und ging heim zu ihrem Palast und ihrem Herrn Gemahl.

Doch unter der Erde floss ein Bächlein, und das Bächlein trug das Geheimnis zu den Flüssen, und der Wind fand es auf den Wassern der Flüsse und wehte es weit fort in das Dorf des Bären. Und als es endlich auch den Dorfbewohnern zu Ohren kam, glaubten sie, der Bär halte einen großen Schatz vor ihnen verborgen, während sie darbten und Hunger litten. Und so gingen sie zu dem Bären und verlangten, den Schatz zu sehen.

Der Bär beruhigte sie und sprach: »Wenn ich tatsächlich einen Schatz besitze, so sollt ihr ihn haben, wie es gerecht ist.« Und so betraten die Dorfbewohner das Haus, schoben den Herdstein beiseite und stiegen in die Kammer hinab. Dort fanden sie eine große Truhe, doch die war blank und leer. Des Bären Kraft und Güte hatten die Bosheit des Wolfes zunichtegemacht, ohne dass er je auch nur einen Blick in die Truhe geworfen hatte.

Es gibt noch eine andere Fassung dieser Geschichte, in der ein Hund ins Dorf kommt, die Knochen ausgräbt und sie auf dem Erdboden verstreut, aber die kenne ich nicht. Und insgeheim habe ich mich immer schon gefragt, ob der Bär die Gebeine all der Toten nicht einfach anderswo versteckt hat. *Meine Lieben, wärt ihr wohl so gütig, mir einen Schluck Was-*

ser zu bringen? Gleich kommt Milena, meine Enkelin, und kocht mir mein Mittagessen. Sie ist schon recht alt, das arme Ding, und nicht mehr so gut auf den Beinen. Ihr wollt nicht bleiben? Meine Lieben, lebet wohl, und gebt gut auf euch acht – und du, Mädchen, setz dich künftig gefälligst nicht mehr auf kalte Steine. Ich habe dich gewarnt!

Siebenunddreißig

Irina ging es besser. Ein Nachbar hatte sie, Lenka und die Tasche mit der Urne in ihr Haus zurückgefahren. Bobby und Alexandra trafen die beiden in der Küche an; die Hände um eine Tasse Tee gewölbt, saß Irina am Tisch. Als sie eintraten, hob sie den Kopf, und ihr Blick war voller Fragen. Stoycho lag neben dem Tisch auf dem Fußboden und ließ sich Lenkas Zuwendung gefallen. Er erhob sich, schnupperte an ihren Schuhen, leckte Alexandra die Hand und legte sich wieder hin. Bobby sank neben ihr auf die Bank, und Lenka brachte ihnen Tee, der nach Heu und Gräsern duftete. Auch in ihren Augen standen Fragen.

»Wie war das Mittagessen?«, wollte Irina wissen. Widerstrebend erzählten sie ihr alles, und die Besorgnis in ihrer Miene wuchs. Ihre Finger wanderten zu der Brosche an ihrer Brust, als suchten sie dort Trost. Alexandra starrte in ihre dampfende Tasse – auch sie bedrückte etwas. Nur was? Es ließ ihr keine Ruhe. Sie hatte gesehen, aber nicht begriffen. Gesehen.

»Wenn Sie so weit sind, hole ich den Wagen«, sagte Bobby. »Wir müssen Sie auf schnellstem Weg nach Hause bringen.«

Irina seufzte. »Danke, mein Guter. Ich hoffe, wir erreichen meine Schwester, damit wir ihr sagen können, dass sie in nächster Zeit lieber nicht hierherkommen soll. Wenn sie das nicht ohnehin längst weiß. Ja, holen Sie den Wagen. Die Urne steht im Küchenschrank – wären Sie so freundlich, Alexandra?«

Alexandra öffnete eine abgegriffene Holztür und nahm die Tasche aus dem Schrank. Wieder wog sie schwer in ihrer Hand, und ihr kam eine Erinnerung. »Moment«, sagte sie. »Bobby – Madame Georgieva, darf ich die Tasche noch einmal aufmachen?«

Sie starrten sie an, doch sie stellte die Tasche auf den Tisch, zerrte am Reißverschluss und zog das Samtsäckchen herunter. Sie betastete die Schnitzerei rings um den Deckel der polierten Urne; ein Laubgewinde, rechts und links flankiert von einem Tierkopf, zwei unterschiedliche Gesichter.

Bobby blickte nachdenklich drein. »Diese Blätter«, sagte er. »Wenn mich nicht alles täuscht, sind das *zdravets.*«

Irina beugte sich vor, um sie aus der Nähe zu betrachten. »Ich glaube, Sie haben recht.« Sie wandte sich an Alexandra. »Eines unserer Nationalsymbole. Eine sehr berühmte Pflanze – der Name kommt vom bulgarischen Wort für Gesundheit. Ich liebe ihren Duft. Sie haben sie bestimmt schon häufiger gesehen. Auch in meinem Garten in Plovdiv wachsen *zdravets.*«

»Aber die Tiere«, sagte Alexandra. »Vielleicht bilde ich mir das bloß ein wegen Baba Yanas Geschichte.« Die Härchen an ihren Armen und im Nacken richteten sich auf. »Dieses Tier, das Gesicht zwischen den Blättern – ich glaube, das ist ein Bär. Hier …« Sie drehte die Urne langsam herum. »Auf der anderen Seite, das ist weder eine Katze noch ein Fuchs. Das hier könnte der Bär sein und das der Wolf.«

Bobby war aufgesprungen und betrachtete die Urne von allen Seiten. Er schwieg, doch Alexandra bemerkte seinen stechenden Blick.

Irina machte ein ratloses Gesicht. »Die Tiere aus dem Märchen?«, fragte sie.

Doch Bobby schien gar nicht hinzuhören. Er umfasste die Urne mit beiden Händen – Alexandra wich zurück –, befreite sie vorsichtig aus dem Samtsack und inspizierte die Schnitzereien. »Hier ist eine Signatur«, sagte er. »Die ist mir beim ersten Mal nicht aufgefallen.«

»Mir auch nicht«, sagte Alexandra. »Das sieht aus wie ein A – zwei As, sehr klein.«

»Kann ich mal sehen?«, fragte Irina. Sie kippten die Urne behutsam in ihre Richtung – zwei haarfeine Buchstaben, die beinahe in der kunstvoll geschnitzten Wolfsmähne untergingen. »Sie können sie wieder hinstellen«, sagte sie schließlich.

»Kennen Sie die Signatur?« Bobby konnte den Blick nicht davon wenden.

»Ja«, sagte die alte Frau. »Ich habe einen Freund, der seine Sachen auf diese Art und Weise signiert, ein Künstler. Er war auch mit Stoyan eng befreundet. Er heißt Atanas Angelov. Vielleicht hat Vera ihn gebeten, die Urne anzufertigen – mir hat sie nichts davon gesagt.«

Bobby stützte die Ellbogen auf den Tisch. »Meinen Sie, er weiß, wer hinter der Urne her ist und warum?«

Irina gestikulierte hilflos. »Ich habe keine Ahnung. Ich wünschte, ich könnte ihn anrufen, aber ich habe seine Telefonnummer nicht bei mir. Ich habe ihn seit Jahren nicht gesehen – er wohnt in den Bergen, knapp zwei Stunden von hier.

Wir könnten auf dem Rückweg nach Plovdiv bei ihm vorbeifahren.«

»In welche Richtung?«, fragte Bobby.

»Die falsche«, antwortete Irina. »Kommen Sie, wir müssen uns beeilen.«

Die Bergstraßen führten sie erst in die Stadt hinunter, dann über einen steilen Höhenzug und schließlich durch ein schmales, von grün-schwarzen Gipfeln umringtes Tal. Es war bereits später Nachmittag. Vom Autofahren wurde Alexandra langsam, aber sicher übel, und eine leichte Gebirgsdepression ergriff von ihr Besitz. Am Tag zuvor hatte die neue, ungewohnte Umgebung ihr die Fahrt hinauf nach Gorno erträglicher gemacht. Doch jetzt schnürte der Gedanke an Jack ihr die Kehle zu, sodass sie kaum mehr schlucken konnte. Die schroffe Landschaft erinnerte sie an die Blue Ridge Mountains, in denen er verschwunden war. Seither waren Berge ihr ein Gräuel. Jedes Mal krampfte sich ihr Herz zusammen, blieb ihr fast die Luft weg. War er eine steile Böschung hinabgestürzt wie jene, die dort über ihnen aufragte? Wenn ja, so war er fernab jeder Straße abgestürzt, wo seine Gebeine zu einer statistischen Größe verblassen konnten: Im National Forest verschwanden pro Jahr durchschnittlich 2,5 Wanderer spurlos. Suche abgebrochen. *Gebeine.* Sie versuchte, sich zusammenzureißen: Hör auf, beruhige dich, nicht jetzt. Sie krallte die Finger in Stoychos Hals und klemmte sich die Urne zwischen die Füße, damit sie nicht umfiel. Sie dachte an den Unbekannten, sein langes Leben, seine Musik. Und er war noch immer nicht beerdigt.

»Ich glaube, hier müssen wir rechts ab«, sagte Irina und fasste Bobby an der Schulter. Am Straßenrand stand ein kleines Schild mit einem Hinweis auf Kyrillisch und Englisch.

»Was heißt das – ›Irkad‹?«, wollte Bobby wissen. Dem Schild zufolge waren es noch zwei Kilometer bis Irkad.

»Ich glaube, es ist ein sehr alter Name, vermutlich türkisch«, antwortete Irina. »Vielleicht weiß Angelov Bescheid.«

Alexandra hielt Ausschau nach einem Dorf, sah jedoch nur eine Ansammlung von Häusern mit den immer gleichen Schieferdächern und eine hohe Steinmauer. Der Ort war so klein, dass er diese Bezeichnung kaum verdiente.

»Hier ist es, Asparuh«, sagte Irina und tippte ihm auf die Schulter.

Sie hielten vor einem großen, in die Mauer eingelassenen Tor mit Eisengriffen. Bobby stieg aus, stand einen Moment lang unschlüssig da und zog dann an dem Strick, der neben dem Tor baumelte. Keine Adresse, keine Hausnummer. Nach ein paar Sekunden öffnete ihnen jemand; Bobby lenkte den Wagen über eine von Spurrillen durchfurchte, steingeflieste Auffahrt in einen großen Innenhof. Sie stiegen aus – Alexandra half Stoycho, Lenka half der alten Frau. Das Fachwerkgebäude, das den Hof von drei Seiten umschloss, erinnerte Alexandra an das Velinski *manastir* – zum einen wegen des Hofs, zum anderen wegen der langen, überdachten Galerie im ersten Stock. Hier und da war der Putz abgeblättert und brachte altes Stroh zum Vorschein. Der Hof selbst war ordentlich gefegt, und unter den Fenstern standen Blumenkästen.

Der Mann, der ihnen das Tor geöffnet hatte, sprach mit Bobby; kurz darauf wandte er sich Irina zu und küsste sie auf beide Wangen. Er war etwa Mitte fünfzig und trug einen alten Pullover, eine abgetragene Wollhose und Gummistiefel. Stroh haftete an seinen Kleidern, als habe er gerade einen Stall ausgemistet. Sein Gesicht war fein geschnitten und tief gebräunt, sein kurzes Haar an den Schläfen schon leicht ergraut; wieder staunte Alexandra über dieses seltsame Land voller schöner Menschen. Der Mann schüttelte ihr und Lenka die Hand, dann ging er vor Stoycho in die Hocke und redete auf ihn ein. Stoycho saß neben Alexandra, lauschte dem Mann, ohne zu knurren, und ließ sich von ihm bereitwillig hinter den Ohren kraulen. Der Mann winkte Stoycho zu einem Wasserhahn am Rande des Hofs; er war aus Messing und in eine mit arabischen Schriftzeichen bedeckte Mauer eingelassen. Unter dem Hahn befand sich ein kleines, allem Anschein nach sehr altes Marmorbecken. Der Mann ließ Wasser in das Becken laufen, und Stoycho trank begierig. Der Mann blickte auf, rief etwas zu ihnen herüber und lachte, wobei zarte Fältchen um seine Augen spielten.

»Er sagt, wir seien zwar nicht wie früher mit Pferden gekommen, hätten aber immerhin einen Hund mitgebracht«, übersetzte Bobby für Alexandra. »Das ist ein interessantes Gebäude, Bird. Er sagt, es war einmal das *han*, die Herberge für Reisende in diesem Teil der Berge, fast vierhundert Jahre alt. Daher das große Tor, damit die Pferdewagen auf den Hof fahren konnten.«

»Und hier lebt der Künstler?«

»Ich glaube ja. Das ist sein Sohn. Er sagt, wir können ruhig zu ihm hineingehen. Ich lasse Stoycho hier draußen. Vergiss die Urne nicht.«

Der Mann mit den schlammigen Stiefeln nahm Irinas linken Arm, Lenka den rechten, und sie gingen durch weitere Türen. Als sie das Haus betraten, hätte Alexandra beinahe nach Luft geschnappt; es war ein riesiger geduckter Raum mit holzgerahmten Fenstern, der über das Tal hinauszuragen schien. Sie hatte nicht gewusst, dass dieser Teil des Dorfes an einem Steilhang lag. Von hier aus hatte man einen schier unendlich weiten Blick: grüne Berge und winzige Feldsteinhäuser in den tiefen Schluchten, riesige Fichten, die den Gebirgskamm zur Linken entlangzumarschieren schienen wie Soldaten, und am Horizont die höchsten Gipfel, die sie bislang gesehen hatte, spitz und schroff in den Himmel ragend – eine Landschaft, die von der Geschichte nahezu unberührt geblieben schien, wie die Kulisse eines Grimm'schen Märchens. Die frühe Abendsonne erhellte das Zimmer. Unter den Fenstern standen Bänke und ein Tisch. Auf dem Boden lag ein verfilzter rot-grüner Teppich aus getufteter Wolle, der aussah, als habe man einem kunterbunten Tier das Fell abgezogen. Auch an den Wänden Wolle: geometrisch gemusterte, fein gewebte Gobelins und ausgebleichte Stickereien.

Plötzlich erhob sich ein alter Mann von einer der Bänke. Er hatte im Schatten gesessen; Alexandra hatte ihn nicht bemerkt.

»*Irinche!*«, rief er aus und küsste alle, auch Alexandra, ausgiebig auf beide Wangen. Der Mann, der sie im Hof in Empfang genommen hatte, zog seine Gummistiefel aus und lief auf rot-grauen Stricksocken umher wie ein kleiner Junge. Er platzierte Irina Georgieva neben seinem Vater, und sie winkte Alexandra zu sich. Irina erzählte dem alten Mann von ihr, erwähnte die Urne jedoch mit keinem Wort; Bobby übersetzte.

»Und das, meine Liebe, ist Atanas Angelov«, setzte sie mit großer Geste hinzu, als ginge es um Albert Einstein oder Mohandas K. Gandhi. Der alte Mann schüttelte zustimmend den Kopf, nahm Alexandras Hand und hielt sie einen Augenblick lang fest. Seine Hände waren groß und wirkten kräftig, doch die Finger schienen seltsam abgenutzt, als habe jemand die Kuppen abgesägt. Wie sein Sohn war auch er gebräunt und wettergegerbt, sein Haar schütter und ganz weiß, und auf seiner Stirn ruhte eine schwere Plastikbrille. Er lächelte, doch wenn sich seine Züge entspannten, glitt sein Gesicht zurück in eine Maske steter Traurigkeit.

»Meinst du, sie ist mit ihm verwandt?«, flüsterte sie Bobby bei der erstbesten Gelegenheit zu.

»Das glaube ich nicht«, sagte er. »Ich glaube, er ist ein Freund von ihr, ein alter Freund, und er hat ihr im Lauf der Jahre mehrere Bilder abgekauft.« (*Eine verflossene Liebe?*, überlegte Alexandra und sah in eine andere Richtung.)

Bobby hörte einen Moment zu, die blauen Augen fest auf die Gesichter der zwei Alten gerichtet. »Sie nennt ihn bei seinem Spitznamen, Nasko – ich glaube, sie haben sich sehr gern. Er ist Maler wie sie. Hin und wieder haben sie Gemälde getauscht oder zusammengearbeitet. Wie Irina schon sagte, haben sie sich seit Jahren nicht gesehen.« Wieder lauschte er. »Seine Frau ist vor fünf Jahren gestorben, und er hat einen Band mit Gedichten über sie verfasst, der letzten Monat in einem Plovdiver Verlag erschienen ist. Irina hat ihm dazu gratuliert.«

Bobby sah Alexandra an, und sie stellte mit Erstaunen fest, dass er feuchte Augen bekommen hatte. »Er sagt, seine Welt habe sich nur um seine Frau gedreht.«

Sie legte ihm die Hand auf die Schulter. »Bobby, du hast ein Herz«, sagte sie.

Er warf ihr einen strengen Blick zu. »Hast du das bezweifelt?«

»So war das nicht gemeint«, sagte Alexandra beschämt. »Ich wollte nur sagen, dass mir dein Herz gefällt.«

»Wenigstens lese ich keine Hunde von der Straße auf«, erwiderte er mit leicht säuerlicher Miene und wischte sich die Tränen aus den Augen.

Irina beugte sich zu ihnen. »Meine Lieben«, begann sie. »Dieser Freund hat mir fast alles beigebracht, was ich über die Malerei weiß. Und er ist nach wie vor ein großer Künstler. Außerdem ist er weitaus intelligenter als ich, darum malt er ausschließlich Menschen. Er sagt immer, ich hätte kein richtiges Thema, aber er mag meine Tiere.«

Kurz darauf brachte ihnen eine nicht mehr ganz junge Frau in Jogginganzug und geblümter Schürze ein Tablett mit Gläsern, einer Flasche mit einer klaren Flüssigkeit darin und einem Teller mit geschnittenem weißen Käse und Salami.

Atanas Angelov schenkte ihnen ein und erhob sein Glas, um einen Trinkspruch auszubringen. »*Nazdrave!*« Angelov stieß reihum mit allen an, und als er bei Alexandra ankam, machte er eine tiefe Verbeugung.

»Zum Wohl«, erklärte Bobby. Die Flüssigkeit brannte im Hals; Alexandra musste husten. »Nicht!«, sagte Bobby. »Das ist *rakiya*, Traubenbrand. Genau wie nach dem Essen heute Mittag. Man trinkt erst ein Schlückchen, dann noch ein Schlückchen …«

Danach nippte sie nur noch, und die Wände ringsum begannen buchstäblich zu leuchten. Irinas blutunterlaufene Augen strahlten. Bald wurde das Abendessen aufgetragen von der Frau im Jogginganzug und dem Sohn in seinen rot-grauen Socken. Alexandra hatte das Gefühl, noch nie von so bezaubernden Menschen umringt gewesen zu sein – wildfremde Leute, die sie empfingen wie einen lang erwarteten Gast, der alte Künstler, der an seiner Tafel Hof hielt, als habe ihm seit Jahren nichts so große Freude bereitet. Wann würden sie endlich auf die Urne zu sprechen kommen? Der Künstler platzierte Alexandra rechts von sich, Bobby zu seiner Linken und löcherte ihn mit Fragen. Sie schnappte die Wörter *taksi* und *ecologiya* auf.

Irina, die spürte, dass Alexandra auf diesem bulgarischen Sprachmeer orientierungslos dahintrieb, machte dem Gespräch ein Ende. »Aufgemerkt! *Gospodin* Angelov ist nicht nur ein großer Maler, sondern auch ein großer Menschenleser. Nasko« – sie richtete den Zeigefinger auf den alten Mann –, »sag mir, was du in dieser jungen Frau erkennst. Wenn du sie ansiehst.«

Angelov legte seine Gabel beiseite und wandte sich Alexandra zu. Er beugte sich vor und schob sich die Brille auf die Nasenspitze. Er brachte sein Gesicht so nah an das ihre, dass er sie hätte küssen können, und musterte sie eindringlich. Die Sekunden schienen kein Ende nehmen zu wollen. Alexandra hielt den Atem an, für alle Fälle.

»Wunderschön natürlich«, sagte er.

Sie hatte nicht geahnt, dass er Englisch sprach. Doch er wechselte sofort ins Bulgarische zurück, und Irina dolmetschte andächtig und getragen. Seine Augen waren braun und sanft und schimmerten wie Edelholz.

»Gutmütig«, begann er, »aber ungeduldig. Einfühlsam –

aber durchaus in der Lage, großes Unheil zu stiften, wenn auch ohne böse Absicht. Manchmal furchtbar traurig.« Alexandra gab sich alle Mühe, seinem Blick standzuhalten. »Jung für einen Menschen ihres Alters, aber auch klug aus Leid und Kummer.« Irina nickte.

Angelov hob den Zeigefinger und legte ihn Alexandra auf die Stirn. »Und dieses ständige Denken. Mal zu viel, mal zu wenig. Sie lesen viele Bücher, nicht? Bald werden Sie auch aus anderen Quellen lernen, den wahren Quellen des Lebens. Und Sie werden sehr alt werden.«

Der Maler gab Alexandra einen herzhaften Kuss auf die Stirn, wo eben noch seine Hand gelegen hatte. Sie spürte seine trockenen Lippen. »Ein Berg von Widersprüchen.«

Alexandra versuchte, sich ihr Unbehagen nicht anmerken zu lassen. Woher wusste er, dass sie tatsächlich Unheil brachte und großes Leid verursacht hatte? Sie hatte sich etwas ganz anderes erhofft – dass er ihr heimliches Genie erkennen oder ihr eine glorreiche Zukunft voraussagen würde. Sie spürte Bobbys Lächeln, dieses ironische Zucken um den Mund.

»*Gospodin* …« Sie zögerte. »*Gospodin* Atanas, könnten Sie auch im Gesicht meines Freundes lesen und uns sagen, was Sie dort sehen?«

Bobby grinste, ohne dem Blick des Künstlers auszuweichen.

»Übersetze für mich, Bobby«, sagte Alexandra hinterlistig.

Atanas Angelov beugte sich auf seinem Stuhl nach vorn, stützte die Fäuste auf die Knie und starrte Bobby unverwandt an. Er hätte ebenso gut in seinem Atelier sitzen können, überlegte Alexandra, vor einem Modell und einer Leinwand. Den Rest des Zimmers schien er ausgeblendet zu haben.

»*Da, interesno*«, sagte er schließlich. Und dann sagte er noch viel mehr auf Bulgarisch.

Bobby errötete leicht. »Er meint, ich hätte ein ungewöhnliches Gesicht. Slawisch, nicht bulgarisch, was auch immer das heißen mag. Das Gesicht eines – eines Revolutionärs. Darunter« – er rutschte auf der Bank unruhig hin und her – »das Gesicht eines Liebenden. Der jedoch nicht die Menschen, sondern das Leben liebt. Ein Philosoph. *Kompliziert.*« Dann zitierte er: »›*Er wird niemals einer Frau gehören.*‹«

Statt sie anzusehen, starrte er Angelov unerschrocken ins Gesicht. »›*Sein Schicksal – nun ja ...*‹ – Bobby hielt inne, und Alexandra sah, dass Angelov den Blick abwandte. »Er sagt: ›*Nicht jeder kann Glück haben. Aber er wird sich einen Namen machen.*‹«

Alexandra bereute ihre Bitte. Lieber ein langlebiger Berg von Widersprüchen, als ein so schwammiges Urteil zu kassieren. Unaufgefordert streichelte sie Bobbys Oberarm, ließ die Hand darauf liegen.

»Nasko«, sagte Irina. »Hör auf. Du machst den Kindern Angst. Siehst du das denn nicht?«

Angelov klatschte in die Hände. »*Sorry! Sorry!*«, rief er auf Englisch. »Alte Männer ... ich ...« Er gestikulierte hilflos, scherzhaft. »Dumm. Und jetzt wir wollen essen.«

Nach dem Essen führte Angelov sie in sein Atelier. Es lag im ersten Stock, von wo aus man einen noch herrlicheren Ausblick hatte; Alexandra fragte sich, wie man mit diesem grandiosen Panorama im Rücken den ganzen Tag dort stehen und Menschen malen konnte. Sie sah ein halb fertiges Bild, davor ein niedriges Modellpodest. Mit leisem Entsetzen erkannte sie, dass die Frau auf dem Bild eindeutig dieselbe war, die ihnen das Abendessen und die *rakiya* serviert hatte, nur dass sie keinen roten Jogginganzug trug und auch sonst nichts anhatte. Auf einem Tisch standen eine Ablage für Farben und Pinsel sowie mehrere kleine fein geschnitzte menschliche Figuren. An den Wänden lehnten weitere Bilder, darunter auch Porträts von Angelovs Sohn – auf den meisten war er vollständig bekleidet, auf einigen dagegen nackt; gänzlich unbefangen stemmte er die Hände in die Hüften und starrte geistesabwesend zu Boden, als sei er sich seines Körpers nur undeutlich bewusst.

»Na, wär das nichts für dich?«, raunte Bobby.

»Nein«, sagte sie, doch insgeheim sehnte sie sich perverserweise danach, in diesem kristallklaren Gebirgslicht zu stehen und den sanften, vorurteilslosen Blick des Künstlers auf ihrem nackten Körper zu spüren, auf ihrer Brust und ihren Schenkeln. Auch ein paar von Irinas Bildern waren hier, unter anderem ein knochiges Rhinozeros. Angelov deutete mit offensichtlicher Bewunderung darauf, und Bobby erklärte: »Er sagt, sie sei die Beste ihrer Generation, und sie sagt, er sei der Beste ihrer Generation. Ihre gegenseitige Bewunderung kennt keine Grenzen.«

Atanas Angelov räumte einen Tisch frei und gruppierte vier Stühle darum herum, dann half er Irina auf einen davon und winkte Bobby und Alexandra, sich zu setzen. Nach kurzem Zögern stellte sie die Tasche mit der Urne neben sich auf den Boden. Sie hatte den Eindruck, dass Angelov sie neugierig beäugte.

»Meine Liebe«, sagte Irina und legte ihre alte schmale Hand auf Alexandras junge schmale Hand. »Sie haben mich nach Stoyan gefragt, und Mr Angelov wird Ihnen ein wenig über ihn erzählen. Ich habe ihm erklärt, was Sie mit sich herumtragen und wie wir uns kennengelernt haben. Leider hat auch er keine Neuigkeiten von meiner Schwester oder Neven – ich habe ihn bereits danach gefragt.«

Alexandra verließ der Mut. Vielleicht, überlegte sie, war ihre Hoffnung größer gewesen, als sie sich hatte eingestehen wollen.

Irina zeigte auf Bobby. »Asparuh spielt den Dolmetscher«, sagte sie zu Atanas Angelov.

Angelov rieb sich die Wange. Abermals bemerkte Alexandra, dass seine Fingerspitzen schrecklich abgenutzt waren, stummelförmig, die Knöchel dick geschwollen.

»Stoyan Lazarov«, begann er. Er nickte Bobby zu, wartete, bis dieser übersetzt hatte. »Es gibt kaum einen Menschen, der mir so viel bedeutete wie Stoyan.«

Wieder hielt er inne. »Wissen Sie, ich habe ihn vor vielen Jahren kennengelernt, als wir noch jung waren, unter schwierigen Umständen. Dann verloren wir uns aus den Augen, und Jahre später erst fand er mich über eines meiner Bilder wieder und kam uns besuchen, meine Frau und mich. Jeder hatte den anderen für tot gehalten, deshalb kannte die Freude über unser Wiedersehen keine Grenzen. Er war krank und erschöpft, und als er ein paar Tage freihatte, fragte er mich, ob er sie bei uns verbringen könne. Es war eine große Bitte – warum, kann ich Ihnen vorerst nicht erklären –, aber ich sagte Ja, und heute bin ich darüber sehr froh. Das muss Ende der Sechzigerjahre gewesen sein. Früher wusste ich das genaue Jahr. Schreibt euch bloß alles auf, ihr jungen Leute. Man vergisst es so leicht.« Er schüttelte den Kopf.

»Jedenfalls kam Stoyan uns zwei Wochen lang besuchen. Damals waren wir noch jung genug, um die halbe Nacht mit Reden und Trinken zu verbringen und in der Früh wieder zur Schicht – oder zum Üben – anzutreten. Ich hatte schon ein paar Jahre hier gelebt und arbeitete in der Ersatzteilfabrik unten im Tal. Aber nachts malte ich, auch wenn ich kaum etwas ausstellen konnte.«

Warum konntest du nichts ausstellen?, wollte Alexandra fragen.

»Stoyan hatte sich bei der Feldarbeit auf dem Land die Hände ruiniert. Aber allmählich heilten sie, und während seines Aufenthalts hier fing er wieder an zu spielen. In der ersten Woche spielte er nichts als Bach – er meinte, das sei für ihn sowohl die beste Übung als auch die beste Medizin.«

Atanas krümmte seine kaputten Finger auf dem Tisch. »Aber erst als er Vivaldi in Angriff nahm, wurde mir klar, dass es mit ihm langsam, aber sicher aufwärtsging. In unserer Jugend war die Musik Vivaldis noch nicht so bekannt wie heute, aber Stoyan liebte sie und redete oft darüber. Er stellte sich mitten in mein Atelier und spielte, während ich arbeitete. Er konnte seine Violine zum Lachen bringen, aber meistens brachte er sie zum Weinen. Ich glaube, er schlief sogar mit seinem Geigenkasten in der Hand – er hatte ständig Angst, dass ihm jemand die Violine stahl. Ich habe ihn mit seinem Instrument gemalt. Manchmal sah er furchtbar traurig aus, sehr viel älter, als er war, und er hatte damals kaum die vierzig überschritten.«

»Er war Jahrgang 1915«, sagte Alexandra. »Dann müsste er eigentlich Anfang fünfzig gewesen sein.«

»Ja – das könnte hinkommen.« Angelov verschränkte die Finger unter dem Kinn. »Ja. Eines Abends saßen wir lange zusammen, und er sprach mit mir zum ersten Mal ausführlich über seine Musik. Er erzählte mir von dem Moment, als er beschlossen hatte, Geiger zu werden – er war erst sechs, hatte aber schon Unterricht in Sofia, und sein Vater nahm ihn mit in ein Konzert, irgendetwas von Beethoven. Als die Geiger zu spielen anfingen, sagte Stoyan, sah er Sterne in der Luft, über ihren Köpfen, und so einen Stern wollte er auch. Bei diesen Worten zuckte ein bitteres Lächeln um seine Lippen. Er erzählte mir von seinem Musikstudium in Wien, wo er für erstklassige Lehrer und ein großartiges Publikum gespielt hatte. Er sagte, seither empfinde er das Leben als eine Abfolge immer kleinerer Käfige, und ihm sei weiter nichts geblieben als seine Musik und die Liebe zu seiner Frau und seinem Sohn. Ich werde die Geschichte meines Lebens in meiner Musik hinterlassen, erklärte er.«

Alexandra nickte. Dieses Gefühl kannte sie nur zu gut, und ihr Mitleid für Stoyan wuchs.

»Dann erzählte er mir vieles, sehr vieles, was mir völlig neu war«, sagte Angelov, »auch und vor allem über den Augenblick, der sein Leben für immer verändert hatte. Er war kein guter Geschichtenerzähler, dabei stand ihm seine Ehrlichkeit im Weg, aber er brachte mir bei, die Welt mit seinen Augen zu sehen. Manchmal habe ich das Gefühl, ich kenne sein Leben teilweise besser als mein eigenes.«

Er schwieg eine Weile. »Ich wundere mich über mich selbst,

wenn ich so freimütig mit Ihnen darüber spreche. Irina hat mir gesagt, Sie würden gern mehr über ihn erfahren, und sie ist eine sehr gute, sehr alte Freundin. Damals war es gefährlich, mit gewissen Leuten über gewisse Dinge zu reden, aber er und ich hatten allen Grund, einander zu vertrauen.«

Angelov seufzte. »Stoyan hatte dichtes Haar, das zu schnell wuchs, und einen Bart, der zu schnell wuchs – er rasierte und frisierte sich in einem fort. An jenem Abend schnitt ich ihm die Haare, draußen, auf einem Stuhl, und er fing an zu erzählen. Wir betrachteten den Sonnenuntergang. Und er erzählte und erzählte und fuhr sich ständig über seinen kurz geschorenen Schädel, so, mit beiden Händen. Und wir redeten die ganze Nacht.«

Er wandte sich zu Irina, und Alexandra sah die Tränen, die tiefe Furchen in seine gebräunten Wangen zogen wie Risse im Schlamm.

»Du musst verzeihen, meine Liebe«, sagte er. »Aber sie sind alle tot. Wie haben wir es nur geschafft, so alt zu werden?«

Achtunddreißig

Es geschah im Oktober 1949, fünf Jahre nach der Revolution und drei Monate nach dem Tod des ersten kommunistischen Führers Georgi Dimitroff. An diesem Morgen hallte Musik durch die Straßen Sofias.

Kurioserweise konnte Stoyan sich im Nachhinein nicht mehr erinnern, woher die Musik gekommen war: eine Militärkapelle? Oder nur ein Radio, das die blechernen Klänge einer Militärkapelle durch eine offene Ladentür posaunte? Seine morgendliche Orchesterprobe war für neun Uhr angesetzt. Auf den Straßen herrschten Hast und Eile, die Leute strebten stiller als sonst ihrem Ziel entgegen, als sei die Stadt ihrerseits nervös geworden. Die Bäume beugten sich über die Promenaden und streuten Blätter auf das Pflaster, tauchten alles in das sanftmütige Braun des Sofioter Herbstes.

An diesem Morgen sollte das Orchester eine Mozart-Sinfonie proben – Nr. 40, g-Moll, ein Werk, das er inzwischen fast auswendig konnte –, an dieses Detail erinnerte er sich noch Jahre später. Stoyan trug seine Jacke, obwohl es warm war und die Sonne hoch am Himmel stand; im Saal würde es kalt sein, und er wollte seine Armmuskulatur geschmeidig halten. An einer Straßenecke plauderte ein junger Polizist mit einem

Knaben in Zivil. Es war ein Morgen, wie Stoyan ihn liebte; aus den Parks wehte ein Duft fast wie der Wiener Herbst durch die Straßen und ein Klanggewirr, das er seit frühester Kindheit kannte: das Scheppern einer schweren Wagenladung, ein Schrei, das Tuten einer Autohupe, das Knarren eisenbeschlagener Räder, das hohle Klappern von Hufen auf dem Pflaster, zwei alte Frauen, die sich lautstark unterhielten.

Beim Theater angekommen, trat er aus der Sonne in das Halbdunkel und jenen Geruch von Moder und Kreide, der für ihn seit vielen Jahren untrennbar mit Proben verbunden war. Auch der Saal in Wien, in dem die Proben des Konservatoriumsorchesters stattgefunden hatten, roch so, und selbst die Wiener Philharmonie. Wer weiß, womöglich rochen alle Proben gleich. Das Orchester hatte sich bereits zur Hälfte auf der Bühne versammelt, die Musiker packten ihre Instrumente aus, einer der Klarinettisten verschlang den Rest einer fetttriefenden *banitsa,* aus der Käsekrümel rieselten, und wischte sich die Hände mit einem Taschentuch ab, bevor er seinen Instrumentenkoffer öffnete. Auch Mitko Samokovski, der Dirigent, war da und wies die Flötisten an, einige Stühle der hinteren Reihen umzustellen. Sie teilten sich den Saal mit anderen Produktionen – Opern-, bisweilen auch Theateraufführungen –, und es stand stets alles am falschen Platz.

Stoyan setzte sich zu den zweiten Geigern, legte sich den Instrumentenkasten auf den Schoß und sah einen Moment lang hinauf zu den schweren Vorhängen, der vertrauten licht- und himmellosen Decke, dem zerschlissenen himbeerfarbenen Samt vom Ende des vorigen Jahrhunderts. Er ließ erst seine Hals-, dann seine Schulterwirbel knacken – eine langjährige Angewohnheit, Erleichterung. Er beobachtete, wie Samokovski in seinen prallen Westentaschen nach etwas suchte, etwas, das er nie zu finden schien. Vor der Probe beobachteten ihn alle, um herauszufinden, wie er gelaunt war. Nachdem er mehrere Jahre unter ihm gearbeitet hatte, hasste Stoyan den Mann. Samokovski neigte zu jähen Wutausbrüchen, vor allem gegen die ersten Geiger; besonders abstoßend fand Stoyan, wie er den Taktstock senkte und damit auf das Dirigentenpult klopfte, worauf augenblicklich Stille eintrat und er grollend in die Runde blickte, stumm, zur Demütigung derjenigen Musiker, denen ein Fehler unterlaufen war. Der Dirigent war ein erstklassiges Beispiel für jene Emporkömmlinge und Speichellecker, die vor dem Krieg niemals in eine derartige Stellung aufgestiegen wären; sein tyrannisches Gehabe stand in keinerlei Verhältnis zu seinem musikalischen Können. Stoyan dachte an Bruno Walter in Wien, dessen leidenschaftliche Miene und seine Fähigkeit, einem Musiker genauestens zu erklären, wie er was zu spielen hatte; Walter war von den Nazis vertrieben worden, zusammen mit den brillanten jüdischen Musikern am Konservatorium. Doch die Nazis waren längst Geschichte. Hätte Bulgarien nach dem Krieg die Grenzen geöffnet und seinen Bürgern Reisefreiheit gewährt, wären Vera und er schnurstracks nach Österreich zurückgekehrt. Und in Wien hätte er bis ans Ende seiner Tage unter Dirigenten wie Walter spielen können und nicht für Leute wie diesen finster dreinblickenden drittklassigen Egomanen.

In letzter Zeit wirkte Samokovski noch gequälter als sonst, seine Frisur war ein schief sitzendes Wrack. Unter den Musikern ging das Gerücht, dass ihr Dirigent vor Kurzem von der

Polizei vernommen worden war. »Oder ist er am Ende gar ein Spitzel?«, hatte Velizar Gishev zu bedenken gegeben. Gishev war der Stimmführer der ersten Violinen, der Konzertmeister und nach Samokovski der zweitwichtigste Mann. Niemand hasste den Dirigenten mehr als Gishev, der Samokovski seit zwei Jahren als Zielscheibe seines Unmuts diente, obwohl – oder gerade weil – er einer der besten Musiker des Orchesters war. Stoyan musste eingestehen, dass Gishev technisch mindestens ebenso versiert war wie er selbst, auch wenn er sich wie ein Pfau gerierte. Eigentlich hätte er, Stoyan, Konzertmeister sein müssen. Aber Gishev war teuflisch gut und hatte seine Ausbildung wie Stoyan in Europa genossen, in Paris. Ohne Gishevs dynamisches Spiel und seine nahezu perfekte Intonation wäre Stoyans Streichquartett verloren gewesen.

Die Musiker probierten Töne aus, zupften Saiten, schraubten Instrumente zusammen und brachten sie mit einer eleganten Rückwärtsbewegung in Position. Einer der Cellisten verließ die Bühne und stemmte ein Schiebefenster an der Längsseite des Saals auf; er klemmte einen Holzklotz in den Spalt und verscheuchte eine Taube auf dem Sims. Samokovski klopfte mit dem Taktstock auf sein Pult, und sie schlugen ihre gebundenen Mozart-Partituren auf.

Sie begannen nicht nur pünktlich, wie Stoyan bemerkte, sondern etwas zu früh, und Gishevs Platz neben ihm war noch leer. Velizar kam stets in letzter Sekunde, wie um den Dirigenten zu erzürnen. Stoyan spielte kurz mit dem Gedanken, unauffällig auf den Stuhl des Stimmführers zu rutschen, wo er von Rechts wegen hingehörte. Sollte Velizar das Orchester jemals verlassen, würde Stoyan mit ziemlicher Sicherheit seinen

Platz einnehmen, es sei denn, der Dirigent zog es vor, einen Außenstehenden ins Boot zu holen. Was ihm durchaus zuzutrauen war; Samokovski konnte Stoyan auch nicht ausstehen – wie es schien, misstraute er grundsätzlich allen Musikern, die im Ausland studiert hatten.

Stoyan rührte sich nicht vom Fleck, und nachdem die Oboe ein A vorgegeben hatte, stimmte er als Erster seine Violine. Die anderen Geiger blickten verwirrt um sich und begannen dann ebenfalls zu stimmen.

Plötzlich klopfte Samokovski auf die Kante seines Pults, und das Stimmen endete abrupt in schrillem Missklang. Sein Gesicht war wie gebleicht, und seine freie Hand kramte in seiner Westentasche. »Wo ist Genosse Gishev?«

Keine Antwort.

»Wo steckt er?«

Samokovski blickte Stoyan an. »Genosse Lazarov, ist es wahr, dass Sie gern selbst den Platz des Konzertmeisters einnehmen würden?«

Was sollte er darauf sagen?

»Nun?« Samokovskis Hand verschwand in seiner Westentasche wie eine riesige Made.

Stoyan versuchte, seiner Stimme einen ungezwungenen, humorigen Tonfall zu verleihen, obgleich er wusste, dass derlei nicht zu seinen Stärken gehörte. »Genosse Dirigent, möchte nicht jeder zweite Geiger dieser Welt der erste sein?« Irgendwo hinter ihm war beifälliges Kichern zu vernehmen.

Doch es war, als seien der Dirigent und er allein im Saal, und jetzt sah Stoyan, dass ein Schweißrinnsal unter dem verfilzten grauen Haar an Samokovskis Schläfen hervorrann.

Der Dirigent wies mit erhobenem Zeigefinger in Richtung des Proszeniums. »Wenn mich nicht alles täuscht, haben Sie Ihren Kollegen dies neulich erst in einer Zigarettenpause anvertraut.«

Stoyan fühlte die bedrückende Gegenwart von etwas Unsichtbarem, als stünde er zwischen dunklen Bäumen – als habe er soeben einen Zweig brechen hören. »Neulich?«

»Nun?«

Es stimmte. In einem Anflug von Misanthropie hatte er zweien der Cellisten zugeraunt, nicht jeder Konzertmeister würde seine Stellung mit solcher Arroganz ausnutzen. Kurz zuvor hatte Gishev sich mitten in der Probe – der soundsovielte Satz einer Beethoven-Sinfonie – zu ihm herübergebeugt und auf ihre gemeinsame Partitur gezeigt, als habe Stoyan den Faden verloren. Was mitnichten der Fall gewesen war. Und später, in einer Zigarettenpause, hatte Stoyan sich den beiden Cellisten gegenüber zu einer bitteren Bemerkung über Velizars Eitelkeit, ja Unvermögen hinreißen lassen. Aber wer hatte das dem Dirigenten zugetragen? Und wozu die Mühe? Das ganze Orchester wusste doch mit der Bestimmtheit byzantinischer Höflinge, wer Freund war und wer Feind.

Samokovski räusperte sich lautstark. »Und entspricht es nicht ebenso der Wahrheit, dass der Genosse Gishev sich abfällig über seinen Dirigenten und die Volksrepublik Bulgarien geäußert hat?«

Unter den Musikern herrschte atemloses Schweigen. Stoyan wusste – und wusste, dass alle anderen es wussten –, dass wenigstens der erste Teil der Anschuldigung zutraf.

»Nun? Genosse? Hat Gishev derlei Äußerungen getätigt

oder nicht? Oder sollte ich vielleicht lieber fragen, wie Sie sich über mich geäußert haben?«

Alle saßen steif und starr. Stoyans Mund war wie ausgedörrt. Er hielt die Violine aufrecht im Schoß, damit ihm nicht die Hände zitterten. So hatte er sich seit seiner Kindheit nicht mehr gefühlt, als er die gestrengen Fragen seines Vaters wegen einer zerbrochenen Lampe hatte beantworten müssen. Aber das war nicht annähernd so schlimm gewesen. Er dachte an Vera. Dann begriff er, so deutlich wie nie zuvor, dass er, Stoyan, umgehend in die Position des Konzertmeisters aufsteigen würde, wenn Gishev in Ungnade fiel. Und hatte er diese Stellung erst einmal inne, würde er sich dort behaupten, nicht zuletzt vor dem Dirigenten. Hatte Gishev diesen kleinen Dämpfer nicht verdient? Auch bei den Proben des Quartetts führte Gishev sich bisweilen unmöglich auf.

»Ja«, sagte er leise.

»Was, ja?« Der Dirigent schien seinerseits zu zittern, vermutlich vor Wut.

»Ja, Genosse Gishev hat etwas … etwas über Sie gesagt.« Seine Worte versanken in bleiernem Schweigen. Ein anderer Geiger neben ihm rutschte beklommen hin und her.

Stoyans Reue kam zu spät. Er räusperte sich. »Aber er hat es bestimmt nicht böse gemeint.« Dann, etwas lauter: »Warum auch?«

Wie als Antwort auf Samokovskis Frage erschien Velizar Gishev am anderen Ende des Saals und huschte seltsam gebeugt durch das Halbdunkel des Theaters. Sie alle starrten auf diesen Mann, der mit einem Mal eine ganz neue Bedeutung gewonnen hatte, die sie noch nicht recht zu entziffern vermochten. Im ersten Augenblick war Stoyan erleichtert – vielleicht hatte das Verhör nun ein Ende. Doch das Herz schlug ihm bis zum Hals; hatte Gishev womöglich gehört, dass er ihn verraten hatte?

Gishev grüßte das Orchester mit einem knappen Nicken und murmelte etwas Unverständliches. Er sank auf den leeren Platz des ersten Geigers, nahm seine Violine aus ihrem Kasten und ließ den Bogen mit geradezu brutaler Gewalt auf die A-Saite niedersausen. Die Musiker stimmten von neuem mit düsterer Miene ihre Instrumente.

Entsetzt bemerkte Stoyan – zweite Geige, Erzrivale seines Nebenmannes – Gishevs zitternde Hände und bebende Schultern; die Arroganz war ihm förmlich vom Leib gerissen worden wie ein Mantel, der ihm zu warm geworden war. Zum ersten Mal fiel ihm auf, wie schäbig Gishevs schwarze Lederschuhe doch aussahen, obgleich sie ordentlich geschnürt und gewichst waren und seine Socken die Knöchel straff umspannten. Er sah, dass die Säume von Gishevs Jackettärmeln mit schmalen schwarzen Samtbändern versehen waren, vermutlich damit sie nicht ausfransten, die tadellose Arbeit eines Schneiders oder der liebenden Hände einer Frau. Es war lange her, dass Stoyan seinen Widersacher so eingehend gemustert hatte. Er senkte die Lider, suchte nach seinem eigenen A und riskierte dann einen neuerlichen Blick. Er betrachtete die weißen Hemdaufschläge des Genossen Gishev, den spitzen Umriss seines Ellbogens. Er hielt den Blick fest auf den ersten Geiger gerichtet, während er zugleich die bläuliche Schwellung zu ignorieren versuchte, die Gishevs Wangenknochen verunzierte.

Eine Stunde spielten sie Mozart, probten mit Unterbrechungen immer wieder dieselben Passagen, und die Klänge sprudelten wie ein frischer Quell aus den vergilbten Seiten der Partitur. Hätten Gishevs Augen doch nur nicht so blutunterlaufen, sein Profil nicht so hager ausgesehen, wenn er den Blick auf die Noten richtete. Hätte der silbrig anschwellende zweite Satz den Anblick seiner Blessur doch nur vergessen machen können.

Kaum war der Schlussakkord verklungen und die Probe beendet – mit einem letzten Klopfen des Taktstocks wandte der Dirigent sich ab –, stürmte Gishev wortlos aus dem Saal. Stoyan klaubte umständlich seine Sachen zusammen; als ihm wieder einfiel, wie warm es draußen war, zog er seine Jacke aus und legte sie sich über den Arm. Der Rückweg führte ihn durch dieselben Straßen: die braun- und gelbgeränderten Platanenblätter, die glatten Pflastersteine unter seinen Sohlen, ein Hund, der sich auf einem Rasenflecken sonnte, eine hübsche Frau mit rotem Hutband – Mode oder Politik? –, die an einer Straßenecke die Fahrbahn überquerte. Er musste an den Tag denken, als er nach Sofia zurückgekehrt war, an die freundlichen Menschen auf seinem Weg vom Bahnhof in die Stadt, an den Mann in der Bäckerei, der ihn zum Spielen überredet hatte, an seinen Drang, sich vor den Kunden zu produzieren, insbesondere vor Vera. Was war aus diesem Land geworden? Es kam ihm vor wie ein fremder Ort, an den es ihn zufällig verschlagen hatte – ein kurzer Zwischenhalt in einer anderen Welt.

Neununddreißig

Sie stand am Herd und kochte ihm sein Mittagessen; das roch er schon an der Wohnungstür. Seit Monaten fragte er sich immer, wenn er sich die Schuhe auszog, warum sie keine Kinder hatten. Nach der Rückkehr von seinem Fronteinsatz hatte er eine ganze Reihe solcher Denkmuster entwickelt: die Schuhe und die Kinderfrage; Grübeleien über seine Großmutter mütterlicherseits und ihre letzte Krankheit, die ihn jedes Mal befielen, wenn er ein Stück in a-Moll anstimmte, als sei dies die Tonart ihres Siechtums gewesen; und immer wenn er am Bordstein darauf wartete, die Fahrbahn überqueren zu können, musste er an den kleinen kaputten Herd denken, den sie von einer Cousine Veras geerbt hatten und der in seine Einzelteile zerlegt auf dem Balkon stand; er war etwas größer als der in ihrer Küche. Er wusste, dass er vermutlich nie dazu kommen würde, ihn zu reparieren, aber aus irgendeinem Grunde stellte er ihn sich jedes Mal bildlich vor, wenn er an der Bordsteinkante wartete, bis Autos, Militärtransporter oder Pferdewagen vorbei waren und er gefahrlos über die Straße gehen konnte.

Während er die Schuhe abstreifte, dachte er daran, wie oft sie sich geliebt hatten auf ihrer klumpigen Matratze, und dennoch empfing ihn an der Wohnungstür noch immer kein Chor fröhlicher Kinderstimmen: *»Tatko! Tatko ist wieder da! Hast du mir etwas mitgebracht?«*

Er hörte, wie sie in der Küche die Ofenklappe öffnete, und als er eintrat, sah er zuerst die Bänder ihrer Schürze, ihr schlankes Hinterteil unter dem leichten Baumwollkleid, ihre Beine in den Strümpfen mit den breiten Nähten. Sie war siebenundzwanzig, und er wusste, dass sie sich fragte, ob es für sie nicht irgendwann zu spät sein würde. Sie war stets wie aus dem Ei gepellt, auch wenn sie den ganzen Tag nicht vor die Tür ging, oft mit einer Schleife im Nacken, und trug selbst in Pantoffeln Strümpfe, als sei sie ihrer Schuluniform nie gänzlich entwachsen. Die Frauen seiner Freunde hingegen machten sich nur hübsch, wenn sie das Haus verließen. Es war Ausdruck von Veras natürlicher Eleganz, ihrer guten Kinderstube, und das erfüllte ihn mit Stolz.

Als sie ihn hereinkommen hörte, wandte sie sich um, stellte ihre Schüssel beiseite und schlang ihm die Arme um den Hals. Er spürte ihre unnatürliche Wärme auf seiner Haut. Er küsste sie auf Mund und Nase. Wie seltsam es doch war, mit einer Frau zusammenzuleben. Gewiss, er hatte jahrelang mit seiner Mutter unter einem Dach gewohnt, doch die hatte er nie als Frau empfunden; sie war für ihn nie etwas anderes gewesen als seine Mutter mit ihrer plumpen, in ein enges Korsett gezwängten Figur, liebevoll, aber geschlechtslos.

Er wusch sich im Ausguss die Hände, trocknete sie mit dem Handtuch ab, das sie ihm hinhielt, und setzte sich an den Tisch neben dem Fenster, durch das der Lärm aus dem Hinterhof heraufdrang. Sie servierte erst ihm und dann sich selbst einen Teller dampfend heißer Suppe und einen Kanten Brot. Fleisch war derzeit Mangelware, doch er mochte den Duft von Kartoffeln, Gemüse und der Brühe, die sie aus Knochen und Küchenabfällen kochte. Demnächst würden sie in das Dorf seines Großvaters fahren; vielleicht hatten seine Tante und sein Onkel ja irgendwo etwas Fleisch ergattert, und sie konnten es gegen Seife oder alte Pullover eintauschen. Seine Tante würde ihnen Sauerkraut und Zwiebeln aus ihrem Garten mitgeben. Er fragte sich, ob diesen Herbst ein Bus dorthin gehen würde.

Beim Essen berichtete er Vera vom seltsamen Verlauf der morgendlichen Probe. Er ertappte sich dabei, dass er beim Sprechen die Stimme senkte, erwähnte seine Feigheit und Velizars blaues Auge jedoch mit keinem Wort. Kaum hatte er zu erzählen begonnen, bereute er es auch schon. Vera lehnte sich zurück, zog sich den Zopf über die Schulter und zupfte an ihren Haarspitzen. Er bemerkte, dass ihre makellose Stirn sich kräuselte und winzige Fältchen um ihre strahlenden Augen spielten, wie sie neuerdings alle zur Schau zu tragen schienen – Besorgnis, Ungewissheit. Fast hätte man es Angst nennen können.

Sie schüttelte den Kopf. »Mach dir keine Vorwürfe, mein Schatz. Früher oder später musste er mit Samokovski aneinandergeraten.«

»Ich würde ihm gern sagen, dass ich mir nichts dabei gedacht habe.« Um ihr eine Freude zu machen, löffelte er mit großer Geste seine Suppe aus. »Er weiß, dass ich sein Spiel bewundere, auch wenn er sich manchmal aufführt wie ein …« Fast hätte er gesagt: *wie ein Arschloch.*

»Das kannst du ihm bei der Quartettprobe heute Abend doch immer noch sagen.« Zum Essen hatte er sich die Ärmel hochgekrempelt, und sie fuhr ihm beschwichtigend mit dem Finger über den Unterarm. Am liebsten wäre er aufgesprungen und hätte sie von ihrem Stuhl gehoben, das Gesicht in ihrem Haar vergraben, sie auf den Hals geküsst und an ihrem Zopf gekaut. Er aß einen letzten Löffel und tupfte sich mit seinem Taschentuch die Lippen.

»Ich könnte natürlich auch einfach bei ihm vorbeischauen und mit ihm sprechen. Zu Mittag ist er doch bestimmt zu Hause.«

Sie räumte bereits den Tisch ab. »Ich bin heute Nachmittag bei meiner Mutter. Wenn du ausgehst, würdest du ein Brot mitbringen?« Keiner von beiden sprach aus, was ihnen auf der Zunge lag: *falls es noch welches gibt.*

»Aber natürlich, Liebling.« Er legte sich auf die Schlafcouch neben dem Herd und breitete sich die Zeitung, die dort lag, über das Gesicht, all die Jubelmeldungen und geschönten Schlagzeilen, die er beim Frühstück überflogen hatte. Sie wusch schweigend das Geschirr ab, und dann spürte er, wie sie die Zeitung ein wenig anhob und ihn auf die Stirn küsste. Er hielt die Augen geschlossen und stellte sich schlafend. Er kannte ihre Gewohnheiten genau; sie würde sich in der winzigen Badenische umziehen, die sie in einer Ecke der Stube eingerichtet hatten, hinter einem Laken, das mit Nägeln an der Decke befestigt war, sich die Haare bürsten, den Hals mit dem kläglichen Rest ihres parfümierten Puders bestäuben und die Nähte ihrer dunklen Strümpfe geradeziehen.

Nachdem sie die Tür leise hinter sich geschlossen hatte, lag er noch eine Weile da und versuchte zu schlafen. Ihre Gegenwart war umso greifbarer, wenn sie sich nicht in der Wohnung aufhielt; er spürte sie in der Küche, die langen runden Schenkel unter ihrem Kleid, die gemessene Präzision ihrer Bewegungen, wenn sie den Tisch abwischte oder Gemüse schnitt. Er lebte mit ihrem Geheimnis an seiner Seite, und die Zweifel, die dieses Geheimnis in ihm wachrief, waren leichter zu ertragen, wenn sie nicht da war. Nichts liebte er mehr als den Anblick ihrer Strickjacke und ihrer Schürze, die an getrennten Nägeln hingen.

Doch der Schlaf wollte sich nicht einstellen; schließlich stand er auf, schlüpfte in seine Schuhe und verriegelte die Tür hinter sich. Dann, um nicht mit leeren Händen zu kommen, schloss er sie wieder auf und ging ins Wohnzimmer. Aus den Notenstapeln zog er sein kostbarstes Stück hervor – das er vor Jahren in Prag erstanden hatte – und schob es in seine Tasche. Er hatte nicht die Absicht, es Velizar zu borgen, doch er wollte es ihm zeigen als Friedensangebot und ihm erzählen, wie es in seinen Besitz gelangt war. Vielleicht konnten sie das Stück gemeinsam kopieren und für ihr Streichquartett arrangieren. Es war höchste Zeit, es dem Vergessen zu entreißen und zur Aufführung zu bringen. Velizar würde fasziniert sein; besser als jeder andere würde er seine Bedeutung zu schätzen wissen; und er würde auch verstehen, dass es sich um eine Freundschaftsgeste handelte. Stoyan hatte beschlossen, Velizar nicht nach seinem blauen Auge zu fragen. Er hatte mit dem Gedanken gespielt, ein Geständnis abzulegen, sich dann aber doch dagegen entschieden. Er würde Velizar diese kleine Kostbarkeit zeigen und sich mit ihm darüber unterhalten, weiter nichts. Damit wäre die Angelegenheit vom Tisch; eine Sache von wenigen Minuten.

Am frühen Nachmittag lagen die Straßen Sofias in trägem Dämmer, die Luft war schwer, der Himmel bedeckt, und die Kinder lagen daheim in ihren Betten und hielten ihren Mittagsschlaf. Die Großeltern dösten derweil auf Küchenbänken oder Rosshaarsofas, die sie nach den Bombenangriffen aus dem Schutt geborgen hatten. Er musste an den Tag vor fünf Jahren denken, als sowjetische Panzer durch Sofia gerollt waren, an den Jubel, die Kanonen, die Blumen. Jetzt herrschten allenthalben Teilnahmslosigkeit und Lethargie, die jungen Polizisten lehnten gelangweilt an Mauern, mit der geholsterten Waffe am Gürtel – die Mittagsruhe zwischen zwei und vier war in der Hauptstadt sakrosankt. Irgendwo im Zentrum läuteten Glocken, vermutlich die russische Kirche. Stoyan wollte die Sache mit Gishev schnellstmöglich ins Reine bringen. Er überquerte einen alten Platz, vorbei an zwei trockengelegten Brunnen, einem Beet mit gelben und weißen Blumen und schließlich einem Hund, der an einen Laternenmast gebunden war, wie jedes Haustier ein Relikt aus wohlhabenderen Tagen – nimm dich in Acht, mein Freund, sonst landest du noch in der Suppe. Er nickte dem Hund zu, und der zuckte kurz, blieb dann jedoch artig sitzen. Er fand die richtige Straße, eine schattige Reihe von Häusern aus der Zeit der Jahrhundertwende, deren laubbekränztes Gesims zu blättern und zu bröckeln begonnen hatte. Die Straße war lang und ruhig.

Wie die meisten anderen hatte auch Gishevs Haus vier Stockwerke. Velizar und seine Familie wohnten im recht beengten Erdgeschoss, das sie ganz für sich allein hatten. Vera und er waren hier nach Konzerten des Orchesters zweimal zum Abendessen eingeladen gewesen, und vor einigen Jahren war er im Winter regelmäßig zu den Proben des Quartetts hierhergekommen. Stoyan wusste, dass er die Wohnung sofort wiedererkennen würde: den Parkettfußboden, den zerschrammten antiken Schrank, vielleicht sogar Velizars Orchesterfrack, der im Flur an einem Haken baumelte. Er war *gospozha* Gishev gleich bei mehreren dieser Gelegenheiten begegnet, einer kleinen, dunkelhaarigen Frau von beträchtlicher Schönheit mit tief liegenden Augen. Velizar hatte zwei Söhne, von denen der jüngere noch zu Hause wohnte.

An der Tür hielt Stoyan inne; zu seinem Erstaunen stand sie einen Spaltbreit offen, und aus der Wohnung drangen Geräusche an sein Ohr. Er machte sich innerlich darauf gefasst, Velizar ohne Vorwarnung gegenüberzutreten, und drehte den Messingschlüssel im Türrahmen, worauf die altmodische Klingel ertönte. Da die Tür nur angelehnt war, hörte er, wie das Schrillen durch die Zimmer hallte.

Es kam keine Antwort, und nach kurzem Zögern klopfte er. Er stieß die Tür ein wenig weiter auf und rief leise durch den Spalt. Er überlegte, ob er wieder gehen und die Noten einfach auf dem Küchentisch zurücklassen sollte. Velizar würde sofort erkennen, wer sie dort hingelegt hatte. Doch er wusste, dass er sie niemals irgendwo zurückgelassen, sich nie auch nur eine Stunde von ihnen getrennt hätte. Er trat ein und ging durch den winzigen Flur in die Küche, um nachzusehen, ob sie vielleicht im Garten waren.

Im ersten Moment erschien ihm alles vollkommen irreal, und er wandte sich tatsächlich um und blickte noch einmal auf den Flur hinaus, weil er nicht fassen konnte, was er sah. Velizar Gishev war in der Küche, doch er lag auf dem Fußboden, auf einer roten Decke, wie es schien; seine Frau lag neben ihm und neben ihr der Sohn mit gespreizten, seltsam verrenkten Beinen. Die Decke war in ihre Kleider gesickert. Neben Velizars Hand am Rand des sich ausbreitenden roten Flecks lag eine Waffe, eine alte Pistole aus den Zeiten ihrer Urgroßväter, wie manche Leute sie in Vitrinen zur Schau zu stellen pflegten. Nur dass seit der Revolution niemand mehr eine Waffe besitzen durfte, nicht einmal ohne Munition, nicht einmal zu Schauzwecken. Wieder bemerkte Stoyan den Samtbesatz am Aufschlag von Velizars Jackettärmel, nur dass er diesmal neben einer Waffe ruhte. Velizars Gesicht war zu einer zähnefletschenden Fratze verzerrt, sehr viel ausdrucksvoller als die sardonische Miene, die er bei den Proben häufig aufzusetzen pflegte, und in seiner Stirn klaffte ein schwarzes Loch. Stoyan brachte es nicht über sich, länger als einen Sekundenbruchteil hinzusehen. An der Wange und am Hals von Frau Gisheva hafteten rote Spritzer, ebenso am seltsam ausgehöhlten Schädel und dem ruhigen weißen Gesicht des Jungen. Sie hatte die Augen geschlossen; ihre Männer – der eine mittleren Alters, der andere noch sehr jung – hielten den Blick starr zur Decke gerichtet.

Da sah Stoyan, dass auch die Hintertür einen Spalt offen stand und zwei Gestalten sich in dem winzigen ummauerten Garten zu schaffen machten. Er verspürte den Drang, auf der Stelle kehrtzumachen und das Haus zu verlassen, doch stattdessen duckte er sich in eine Ecke, um nicht versehentlich in die Blutlache zu treten; er sah unwillkürlich auf seine Füße. Die Männer im Garten trugen Uniform, und sie verließen den Garten durch ein Tor. Als Stoyan einen Schritt zurücktrat, fuhr einer von ihnen herum und sah ihn durch das Küchenfenster an. Er kannte das Gesicht, ein Mitglied der Bürgermiliz, konnte sich aber nicht an den Namen erinnern. Stoyan begegnete seinem Blick – das schüttere Haar, der schmale Kopf; im selben Moment wusste er, dass auch der Mann ihn erkannt hatte. Oder bildete er sich das nur ein? Vielleicht hatte der Mann ihn ja noch nicht einmal gesehen? Dann waren die beiden verschwunden, und das Tor schloss sich hinter ihnen.

Stoyan trat noch weiter zurück, neben den Tisch. Eine Verhaftung am helllichten Tag, Velizar mit seiner altmodischen Pistole aus der Zeit des Russisch-Osmanischen Krieges, die lange in einer Schublade versteckt gelegen hatte. Die Nachbarn zwar zu Hause, aber nicht gewillt, der Sache nachzugehen – vielleicht nicht das erste Mal, dass in der Gegend Schüsse zu hören gewesen waren, wo doch heutzutage ständig Leute verhaftet wurden. Kein Mensch auf der Straße. Drei Schüsse, womöglich hatten die beiden Uniformierten gleichzeitig ihre Waffen gezückt und abgedrückt, entweder in Notwehr oder schlicht, um die Familie zu ermorden. Dummerweise hatten sie vergessen, die Wohnungstür zu schließen. Irgendwie war es ihnen gelungen, nicht allzu viel Lärm zu machen. Wie? Zudem musste es schon einige Minuten her sein, denn Stoyan hatte die Schüsse nicht gehört, als er in die Straße eingebogen war. Die Uniformierten mussten sich im Garten beratschlagt haben, als er die Wohnung betreten hatte mit geholsterten Waffen. Leute wurden verhaftet und vor Gericht gestellt, manchmal auch erschossen, oder sie verschwanden; zu Hause erschossen wurden sie normalerweise nicht, also hatte Velizar sich vermutlich zur Wehr gesetzt und war dafür auf der Stelle hingerichtet – und liegen gelassen – worden, damit es aussah, als habe er erst sich selbst und dann die anderen beiden ermordet, ein Familiendrama.

Stoyan machte kehrt, stürzte aus dem Haus, ohne die Tür hinter sich zu schließen, und lauschte auf die Schritte etwaiger Verfolger. Nachdem er ein paar Meter gerannt war, zwang er sich, das Tempo zu drosseln, versuchte seine Atmung zu beruhigen. Es hatte zu regnen begonnen, ein feiner, frühherbstlicher Nieselregen. Er stopfte sich die Tasche mit den kostbaren Noten unter das Jackett und starrte beim Gehen auf das Trottoir. Er achtete peinlich genau auf den Rhythmus seiner Schritte, setzte, um nicht aufzufallen, bedächtig einen Fuß vor den anderen. Es war wie auf der Bühne: Man richtete seine ganze Konzentration auf Bogen und Finger, auf alles, nur nicht auf die Stille im Parkett, bis einen die Musik mit sich davontrug.

Plötzlich musste er an Vera denken – was sollte er ihr sagen? Nichts, natürlich. Um sie nicht unnötig in Gefahr zu bringen. Aber er hatte ihr noch nie etwas verheimlicht.

In diesem Augenblick begriff er, dass sein Leidensweg bereits begonnen hatte und seine Strafe mannigfaltige Gestalt annehmen würde. Sein Leidensweg hatte begonnen, und dies war erst der Anfang.

Vierzig

Als Angelov schließlich verstummte, war es vor den Fenstern des Ateliers dunkel geworden, und sein Gesicht lag im Schatten. Alexandra hatte die ganze Zeit auf ihren Händen gesessen und spürte sie nicht mehr. Sie hatte sich auf die untere Zahnreihe des Künstlers konzentriert; die Kronen waren abgekaut, sodass das bräunliche Mark darin zum Vorschein kam, ein ebenso entsetzlicher wie faszinierender Anblick. Doch wenn er lächelte, sah sie nur noch seine Augen, ein feuchter Schimmer im dämmrigen Licht. Und Stoyan, wie er die drei Leichen auf dem Küchenfußboden anstarrte.

Bobby stand schwerfällig auf und betätigte den Lichtschalter neben der Tür; schlagartig wurde es hell. Irina schüttelte den Kopf, ihre Mundwinkel zeigten nach unten. »Ich wusste, dass in diesem Orchester irgendetwas vorgefallen war. Er hat nur ungern davon gesprochen. Aber *das* habe ich nicht gewusst.«

»Mein Gott«, sagte Bobby. »Er hatte etwas gesehen, das er nicht hätte sehen dürfen. Wie ging die Geschichte weiter? Hat er es Ihnen erzählt?«

Irina und Angelov schauten sich an, und Alexandra bemerkte, wie Angelov die Augen niederschlug. Bobby übersetzte für

Alexandra. »Er sagt, er weiß nicht, wie viel er uns erzählen soll.« Angelov blickte suchend um sich und zeigte auf etwas. Bobby sah sie an. »Er sagt, du sollst die Tasche auf den Tisch stellen und sie öffnen.«

Alexandra gehorchte. Nach kurzem Zögern stand der Künstler auf und zog die Urne aus ihrer Verpackung. »Ja, die hat er geschnitzt«, erklärte Bobby. »Er sagt, Stoyan habe ihn darum gebeten, eine Sonderanfertigung.«

Angelov ließ die Fingerspitzen über das Gewinde aus Laub und Blumen gleiten und hob den Deckel. Alexandra hatte die Urne schon seit einigen Tagen nicht mehr geöffnet und sie noch nie zur Gänze aus dem Samtsäckchen befreit. Sie verspürte einen Anflug von Beklommenheit, als steckte tatsächlich ein Menschenleben darin. Angelov holte den Plastiksack mit der weißgrauen Asche daraus hervor und stellte ihn behutsam auf den Tisch. Dann schob er die Hand in die leere Urne und drehte sie. Er zog sie wieder heraus und betätigte einen verborgenen Mechanismus an der Unterseite, und noch bevor es aufglitt, registrierte Alexandra, dass in den Fuß der Urne ein Geheimfach eingelassen war, sichtbar nur für die Hände, die es erschaffen hatten. »Er sagt, damit hat er sein Wort gebrochen.«

Der Fuß löste sich von der Urne, und der Deckel des Geheimfaches sprang auf. Es enthielt ein Bündel von Papieren, dick, halb vergilbt. Alle starrten es schweigend an.

Dann sagte Irina: »Mein Gott.« Sie beugte sich vor. »Weiß meine Schwester davon?«

»*Ne*«, sagte Angelov. Er nahm das Bündel vorsichtig heraus. »Nur ich.« Alexandra sah, dass er erbleicht war. Er blätterte in den Papieren; sie waren dünn – zerknittert wie altes Schreibmaschinenpapier und von Hand mit fein säuberlichen kyrillischen Schriftzeichen bedeckt. Er legte sie auf den Tisch.

»Das Manuskript«, sagte Bobby, »trägt den Titel *Ein Geständnis, von Stoyan Lazarov.* Und ein Datum – 1991. Er hat das kurz nach der Wende geschrieben.« Er starrte angestrengt auf die erste Zeile. »Darüber steht mit anderer Tinte: ›*Nur Milen Radev weiß …*‹ – als wäre der Satz unvollendet geblieben.«

Irina ergriff Alexandras Hand und drückte sie so fest, dass es wehtat. »Milen Radev? Und was noch?«, fragte sie.

Angelov breitete die ersten paar Seiten vor ihnen aus. »Ich glaube, es ist so eine Art Autobiografie«, sagte Bobby. »Sie scheint damit zu beginnen, dass … das ist aber merkwürdig. Sie beginnt mit der Geschichte, die er uns gerade erzählt hat, von der Ermordung des Geigers aus Stoyan Lazarovs Orchester in Sofia.«

Angelov sagte etwas, und Bobby hörte einen Augenblick zu, nickte. »Stoyan hat ihn gebeten, diese Urne anzufertigen, um die Geschichte darin zu verstecken, und niemandem etwas davon zu verraten, es sei denn, ein Menschenleben hängt davon ab. Jetzt möchte er, dass ich sie euch vorlese. Er sagt, nicht seines, aber unser Leben könnte davon abhängen.«

DRITTES BUCH

Einundvierzig

1949

Ich hatte gewusst, dass etwas passieren würde, ich hatte nur nicht gewusst, was.

Als es gegen Mitternacht an der Wohnungstür klopfte, war das beinahe eine Erlösung, der Schlussakkord zu all den Träumen, die mich die ganze Nacht gequält hatten. Ich vergrub das Gesicht in Veras Nacken, so behutsam wie möglich, um sie nicht zu wecken. Sie drehte sich benommen zu mir um, und ich sagte: »Nein, nein, schlaf weiter – ich erledige das.«

Wieder klopfte es, etwas lauter diesmal. Statt eines Bademantels streifte ich meine alte Strickjacke über. Ich zog das Bettlaken beiseite, das uns als Trennwand diente, und ging durch das Wohnzimmer zur Tür. Ich riss sie auf, damit ich gar nicht erst auf dumme Gedanken kam. Hätte ich sie nicht geöffnet, hätte das alles nur noch schlimmer gemacht.

Im Treppenhaus standen drei Männer, die statt Uniformen Anzüge und gewöhnliche schwarze Hüte trugen.

»Bürger Stoyan Lazarov?«, fragte einer. Seit der Revolution war ich nur noch mit *Genosse* angeredet worden. Schon jetzt gehörte ich nicht mehr dazu.

»Ja«, sagte ich. »Was kann ich für Sie tun?«

Ein zweiter Mann lachte kurz, und sie traten vor, sodass ich zurückweichen und sie in die Wohnung lassen musste. Der letzte machte die Tür hinter sich zu. Der Sprecher baute sich dicht vor mir auf und bedeutete mir, mich nicht vom Fleck zu rühren. Die anderen beiden durchforsteten derweil unser Wohnzimmer, zogen Bücher aus den wenigen Regalen, rumorten in der Kochnische umher und schauten sogar im Backrohr nach. Mir war nicht ganz klar, ob sie etwas Bestimmtes suchten oder nur ein wenig Chaos anrichten wollten.

Wie befürchtet, hatte der Lärm Vera aus dem Schlaf gerissen; sie schob das Laken beiseite und trat ins Zimmer, wunderschön in ihrem verwaschenen Nachthemd und mit zerzaustem Haar. Ich wollte zu ihr gehen, doch der Gorilla, der mich bewachte, schloss seine Pranke um meinen Arm und hielt mich fest. Vera betrachtete das Durcheinander, die beiden Männer, die in unseren Sachen stöberten, und als sie mich ansah, stand die Furcht ihr ins Gesicht geschrieben. Sie verschränkte die Arme fest vor der Brust und verschwand wieder im Schlafzimmer. Ich gelobte, notfalls bis zum Tod zu kämpfen, wenn einer von ihnen sie anrührte, doch sie beließen es bei dem einen oder anderen Blick und widmeten sich wieder ihrer Arbeit.

»Bloß Bücher, Genosse«, sagte einer der beiden Durchsuchungsbeamten zu dem Mann, der meinen Arm umklammert hielt. »Faschistische Bücher.« Er hielt eine deutsche Musikgeschichte, die ich in Wien erstanden hatte, und einen französischen Roman aus der Bibliothek meiner Mutter in die Höhe. »Faschistische Propaganda.«

»Der *roman* ist auf Französisch«, sagte ich. »Nicht auf Deutsch.« Vera warf mir einen flehenden Blick zu.

»Sie sollten sich was schämen«, sagte der Mann, der mich festhielt. Seltsamerweise schien er es ernst zu meinen. »Dreckige faschistische Propaganda zu horten.«

»Hier werden Sie keine Propaganda finden«, sagte ich mit fester Stimme. »Ich bin noch vor Kriegsbeginn nach Bulgarien zurückgekehrt. Außerdem gibt es kaum eine langweiligere Lektüre als Propaganda.« Ich wunderte mich über mich selbst, aber diese Bemerkung hatte ich mir nicht verkneifen können.

Er schüttelte mich. Seine Finger gruben sich in meinen Arm. »Wie dem auch sei, Sie müssen zur Überprüfung Ihrer Personalien mit aufs Revier. Nehmen Sie nur Ihren Ausweis mit – es wird nicht lange dauern.«

»Aber ich bin im Schlafanzug«, sagte ich.

»Dann ziehen Sie sich verdammt noch mal was an.« Er stieß mich in Richtung Schlafzimmer. »Und zwar dalli, wenn ich bitten darf.« Er deutete auf einen Stuhl. »Setzen Sie sich so lange dorthin, Genossin.« Sie gehorchte zitternd.

Ich ging in unser Schlafzimmer hinter dem Laken – obwohl ich schreckliche Angst hatte, Vera auch nur eine Sekunde aus den Augen zu lassen – und zog mich an, so schnell ich konnte. Aus irgendeinem Grund nahm ich meine Violine, die ich selbst nachts stets griffbereit hielt, und schob sie unter das Bett. Ich hoffte, sie würden das Schlafzimmer nicht durchsuchen – da wir dort keine Bücher aufbewahrten, hoffte ich, dass ihre Neugier erschöpft war und sie das Instrument verschonen würden.

Als ich mich angekleidet hatte, trat ich ins Wohnzimmer

hinaus und versuchte, Vera im Vorbeigehen zu küssen, obwohl der Anführer mir einen Schlag versetzte. Sie gab sich alle Mühe, vor ihnen nicht in Tränen auszubrechen; ich sah, dass ihr die Knie zitterten. Während ich an der Wohnungstür in die Hocke ging und mir die Schuhe anzog, ließ ich sie keinen Moment aus den Augen, bis sie mich rüde ins Treppenhaus hinausstießen. Sie zogen die Tür leise ins Schloss, wahrscheinlich um die Nachbarn auf unserer Etage nicht zu wecken. Da sie die halbe Wohnung auf den Kopf gestellt hatten, war mir nicht ganz klar, weshalb sie solche Vorsicht walten ließen. Doch keine Tür wurde geöffnet; niemand steckte den Kopf in den Flur hinaus. Wortlos stapften wir die Treppe hinunter. Sie hatten mir weder Handschellen angelegt noch mit einer Waffe gedroht; sie wussten vermutlich, dass ich keinen Widerstand leisten würde. Draußen war der Himmel schwarz, und unweit der Brücke leuchteten zwei Straßenlaternen. Einen Augenblick lang befürchtete ich, sie würden mich fesseln und in den Fluss werfen oder mich in einer dunklen Gasse zusammenschlagen; stattdessen brachten sie mich schweigend auf das nahegelegene Polizeirevier.

Ich konnte meinen Atem sehen, der sich kräuselte wie der Nebel in den kalten Straßen, und hörte unsere Schritte auf dem Pflaster wie von fern. Ein Pferdekarren – ein Lieferwagen – fuhr an uns vorbei. Der Kutscher hielt den Kopf gesenkt; er schien auf dem Bock eingeschlafen zu sein. Hinter den Fenstern war es finster, und ich fragte mich, ob ich je wieder Licht sehen würde. Ich wusste, was sie mir vorwerfen würden. Und ich wusste, was ich mir vorzuwerfen hatte. Im Stillen überlegte ich, was ich beim Verhör aussagen würde. Ich konnte natürlich die Wahrheit sagen, aber ich hatte Angst, dass sie Vera dann etwas antun würden.

Wir betraten das Revier durch einen Hintereingang. Ich war schon mehrmals in dem Gebäude gewesen, im Erdgeschoss – um Vera und mich anzumelden und unsere Ausweise abzuholen, nach dem Krieg; ein anderes Mal, um den Tod eines greisen Nachbarn zu melden, den ich, eine Etage unter uns, friedlich auf der Schwelle seiner Wohnung liegend gefunden hatte. Einen Augenblick lang musste ich an sein Schmunzeln denken, als sei er richtiggehend stolz darauf gewesen, diesen sonderbaren Ort zu seiner letzten Ruhestätte erkoren zu haben. Ich hatte den dumpfen Schlag im Flur gehört und war mit Geige und Bogen in der Hand ins Treppenhaus geeilt. Vera und ich hatten ihn in sein Zimmer geschleppt und auf sein Bett gelegt, da die Nachbarn, mit denen er sich die Wohnung teilte, bei der Arbeit waren und seine Frau längst nicht mehr lebte. Vera hatte um ihn geweint, dabei hatten wir ihn kaum gekannt. Und ich war aufs Revier gegangen, um dem diensthabenden jungen Beamten Mitteilung zu machen: ein stiller Tod, ordnungsgemäß gemeldet. Ich überlegte, wer meinen Tod wohl melden würde, wenn ich auf meiner Schwelle zusammenbrach. Ich hoffte, dass ich nicht gerade meine Violine in der Hand halten würde, damit sie nicht beschädigt wurde, und dass mich nicht ausgerechnet Vera finden würde. Ich hoffte, dass sie sich keine allzu großen Sorgen machen würde, solange ich auf dem Revier war. Nach meiner Entlassung würde ich schnurstracks nach Hause gehen – zügig gehen, aber nicht laufen.

Da der Strom in den Nachtstunden rationiert war, brannte

auf dem Revier nur Notbeleuchtung, und ein Wachmann saß halb dösend hinter dem Tresen. Er sah nicht aus wie der junge Mann, der damals mitgekommen war, um unseren friedlich schlafenden Nachbarn in Augenschein zu nehmen. Er nickte den drei Beamten zu, und einer von ihnen umfasste meinen Arm noch fester, doch niemand sprach ein Wort. Sie führten mich zu einer Treppe gleich hinter dem Eingang. Als ich begriff, dass wir nicht nach oben, sondern nach unten gehen würden, wurde mir ganz flau im Magen. Aus irgendeinem Grund hatte ich fest damit gerechnet, zur Vernehmung in ein Büro im ersten Stock gebracht zu werden. Ich wusste es natürlich besser, aber in solchen Augenblicken versucht man, die schrecklichen Erinnerungen zu verdrängen, das einst gehörte Flüstern zu vergessen. Das Treppenhaus roch feucht und modrig, die Wände waren mit Stockflecken übersät, als kämen wir in eine Höhle. Am liebsten hätte ich kehrtgemacht und die Flucht ergriffen, doch ich wollte mir vor ihnen keine Blöße geben und alles vermeiden, was sich entweder als Angstreaktion deuten ließ oder sie dazu hätte bewegen können, mich länger als nötig festzuhalten.

Die Treppe mündete auf einen nasskalten Gang, und einer der Männer zog einen Schlüsselbund hervor und schloss eine Tür auf. Er öffnete sie, und ich stand einen Augenblick da und fragte mich, ob sie mich hier einsperren würden, wenn ich eintrat, und wenn ja, wie lange. Der Mann schien genau darauf zu warten oder auf ein Zeichen des Zögerns. Es ging so schnell, dass ich im ersten Moment nicht wusste, wie mir geschah. Seine Handkante traf meine Nase mit betäubender Wucht, als sei ein Zug an meinem Gesicht vorbeigerast. Ich schien den Schmerz noch vor dem Schlag zu spüren. Ich sah Wolken und Kometen und drohte das Bewusstsein zu verlieren. Eine warme, nach Rost schmeckende Flüssigkeit lief mir aus der Nase in den Mund, was mich noch mehr verblüffte als der Schmerz. Am verblüffendsten jedoch war die Klarheit meiner Gedanken: Ich war seit der fünften Klasse nicht mehr geschlagen worden, als Dimitar aus der Parallelstraße mir einen Fausthieb ins Gesicht verpasst hatte, weil ich für seine Schwester schwärmte. Ich hatte mich zwar gewehrt, aber nur wenig ausrichten können. Davor und danach hatte mich niemand je geschlagen. Diesmal ließ ich benommen die Arme hängen. Meine Eltern hielten nichts von körperlicher Züchtigung, und seit meiner Kindheit hatte ich unter Musikern gelebt, die sich nicht zu prügeln pflegten, schon weil sie Angst hatten, sich an den Händen zu verletzen.

Einer der Männer stieß mich in den Rücken, und damit ich nicht hinfiel, machte ich unwillkürlich einen Schritt nach vorn. Der Raum war größer, als ich vermutet hatte, und von einer diffusen Dunkelheit erfüllt, die ich meiner gestörten Sicht zuschrieb. Ich presste mir den Ärmel unter die blutende Nase. In einer Ecke regte sich etwas – ein Junge rappelte sich mühsam hoch. Ein zweiter Mann im dunklen Mantel blieb sitzen und spähte unter einem Mützenschirm hervor, der sein Gesicht in Schatten hüllte. »Sind Sie allein?«, fragte der Junge leise.

Ich wischte mir die Nase und stützte mich an der Wand ab. Da mir immer noch der Schädel brummte, konnte ich weder klar denken, noch begriff ich seine Frage.

»Allein?«, sagte ich. »Nein. Sie sind doch da.«

»Nein, nein.« Er hob erklärend die Hand. »Haben Sie noch

jemanden mit hierhergebracht? Sie haben gesagt, Sie würden sich uns erst vorknöpfen, wenn wir zu viert sind.«

»Aha.« Er sackte wieder zu Boden, und ich setzte mich neben ihn. Schon flüsterten wir nur noch. »Und was weiter?«

»Nichts«, antwortete der Junge. »Sie haben mich um Mitternacht auf der Straße aufgegriffen. Meine Mutter weiß nicht, wo ich bin.« Er verbarg das Gesicht in den Händen.

»Keine Angst, du bist bald wieder zu Hause«, sagte ich, um nicht nur ihm, sondern auch mir selbst Mut zuzusprechen, und wir wischten uns die Nase. Der andere Mann hatte bislang kein Wort gesprochen, nicht einmal im Flüsterton; ich konnte ihn nicht richtig sehen, doch er schien älter zu sein als ich, in mittleren Jahren, seine obere Gesichtshälfte nichts weiter als ein undeutlicher Schatten unter dem Schirm seiner Mütze.

»Sie haben uns verboten, miteinander zu sprechen«, wisperte der Junge, und wir schwiegen, bis vor der Tür ein Geräusch zu hören war. Es wurde aufgeschlossen, und die drei Männer erschienen und schleiften einen Betrunkenen herein.

»Du mieser Verbrecher«, sagte einer der Polizisten. Der Betrunkene taumelte vorwärts. Er hatte blondes Haar und ein flaches Gesicht, und an seinem ehemals weißen Hemd klebten Schmutz und Blut. Außerdem trug er eine weiße Schürze wie ein Kellner aus besseren Zeiten – auch sie war mit Flecken übersät. Sie stießen ihn in die Zelle, und der Junge neben mir duckte sich weg. Der Polizist sagte: »Was glotzt du so? Hast du etwa noch nie ein *nemets* gesehen? Ein Hitler-Schwein?«

»Aber ich bin kein Deutscher«, lallte der Mann auf Bulgarisch. Er war so betrunken, dass ich nicht hören konnte, ob er mit Akzent sprach.

»Das spielt keine Rolle«, sagte ein anderer Polizist. »Ob Deutscher oder Bulgare, du bist ein Dieb und ein Spieler. Auf den Boden mit dir. Und ihr, glaubt bloß nicht, ihr seid zu fein für seine Gesellschaft. Von Rechts wegen müsstet ihr ihm die Stiefel putzen. Er ist wenigstens ein ehrlicher Verbrecher und kein Spion. Es sei denn, er ist ein deutscher Spion.«

Der Junge kauerte sich an die Wand. Der Mann mit der Mütze hatte sich nicht vom Fleck gerührt, doch im Licht, das durch die Tür fiel, sah ich seine dunklen Augen hin und her schnellen. Jetzt erst begann ich die Folgen des Fausthiebes zu spüren; meine Nase pochte vor Schmerzen. Die Beamten sahen uns an. Dann ergriff der dickste, der auch der älteste zu sein schien, das Wort. »Bevor es losgeht, muss der Chef euch ein paar Fragen stellen.«

Bevor was losgeht?, überlegte ich. Mit einer Befragung hatte ich gerechnet, aber was würde danach kommen?

Er verschränkte die Arme vor der Brust, als würden wir ihn warten lassen. »Na? Wer macht den Anfang?«

»Such dir einen aus«, brummte der Polizist, der den Blonden einen Faschisten geschimpft hatte. Der Dicke, der ihr Anführer zu sein schien, entweder weil er einen höheren Rang bekleidete oder aufgrund einer stillschweigenden Übereinkunft, ignorierte ihn.

»Also? Wer will zuerst?«

Fast hätte ich mich freiwillig gemeldet, weil ich so schnell wie möglich wieder bei Vera sein wollte und nicht den geringsten Zweifel hatte, dass ich all ihre Fragen würde beantworten können. Nur die schwierigste nicht: *Haben Sie irgendetwas Ungewöhnliches bemerkt?* Oder: *Wo waren Sie gestern Nachmittag?*

Hätte ich tatsächlich etwas zu gestehen gehabt, wollten sie davon nichts hören.

Plötzlich stand der Mann mit dem Hut noch immer wortlos auf. Die drei Polizisten sahen sich an, und der Dicke zuckte die Achseln. Dann führten sie den Mann ab und verriegelten die Tür. Wieder war es in dem kleinen Raum fast dunkel, und zuerst hörte ich die Stimmen der Polizisten auf dem Korridor, während sie eine andere Tür am Ende des Flurs öffneten und wieder schlossen. Dann ein dumpfes Krachen und Schleifgeräusche, als würden Möbel umgestellt. Danach lange nichts und schließlich ein Murmeln, das allmählich zu einem Schrei anschwoll, der selbst das Schnarchen des Betrunkenen in der Ecke übertönte. Es roch nach Schimmel. Der Junge versuchte allem Anschein nach zu schlafen, doch sein Atem ging unregelmäßig, und ich bezweifle, dass es ihm in seiner Angst gelang, ein Auge zuzutun. Das Geschrei war ein Ausdruck der Ungeduld, des Zorns und nicht des Schmerzes, und ich begann mich zu fragen, ob der Mann mit der Mütze geschwiegen hatte. Vielleicht hatte er etwas Großes zu verbergen. Genau wie ich, rief ich mir ins Gedächtnis; was würde ich sagen, wenn ich an die Reihe kam? Was ich zu verbergen hatte, war kein eigenes Verbrechen. Nein, es war etwas viel Schwerwiegenderes: ihr Verbrechen. Wenn der Mann mit der Mütze etwas gestohlen hatte oder tatsächlich faschistische Propaganda besaß, schwieg er vermutlich, um andere zu schützen.

Da ertönte ein Laut, weit schlimmer als ein Schrei: das heftige Stöhnen eines Menschen, der wild entschlossen ist, unter keinen Umständen zu schreien. Ich hatte diesen Laut schon einmal gehört als kleiner Junge, als meine Tante bei uns zu Hause ein Kind geboren hatte. Ich hatte auf dem Flur nichts verloren; ich war gegen die ausdrückliche Anordnung meines Vaters hereingekommen, um einen Ball zu holen, den ich auf den Schulhof mitnehmen wollte. Dieses laute, animalische Stöhnen durch die zusammengebissenen Zähne – schon damals als Kind spürte ich, dass dahinter nicht etwa Tapferkeit steckte, sondern der Glaube, dass Schreien alles nur noch schlimmer machte, die Überzeugung, dass sie nie mehr aufhören würde zu schreien, wenn sie erst einmal damit angefangen hatte.

Dann war diese Befragung also keine bloße Befragung. Bestraften sie den Mann, weil er geschwiegen oder weil er etwas ausgesagt hatte? Und worin bestand die Strafe? Meine Hände und mein Hals waren schweißnass.

Der Junge neben mir rückte näher und drückte sich an meinen Ellbogen. Ich wollte, er wäre auf Distanz geblieben, damit ich mich auf diese neuen Laute konzentrieren konnte, doch ich ließ ihn gewähren. Wer wusste schon, was sie mit ihm anstellen würden, wenn sie ihn mitnahmen.

Die Tür am Ende des Flurs wurde aufgerissen und unsere Tür von neuem aufgeschlossen. Es war der dicke Polizist.

»Es ist hoffnungslos«, brummte er, als ging es um eine billige Maschine, die einfach nicht funktionieren wollte. »Kommt mit, ihr beiden. Vielleicht bringt ihr diesen Schwachkopf ja zum Sprechen.«

Der Junge klammerte sich an meinen Arm, und wir gingen zusammen den Flur entlang, während zwei Polizisten den Betrunkenen hinter uns herschleiften. Ich beneidete ihn um seine Besinnungslosigkeit, auch wenn ihm ein böses Erwachen bevorstand. Im grellen Licht des Verhörraums sah ich, dass der

Mann mit der Mütze rücklings auf dem Boden lag, die Beine über einen Stuhl gehängt. Neben ihm stand ein Polizist, den ich noch nicht kannte. Der Mann war barfuß; seine Schuhe und grob gestopften Socken lagen auf dem Boden. Plötzlich sah ich Veras Hände vor mir, die meine Stiefel und meine zwei Paar Schuhe fein säuberlich nebeneinander in das Regal in der Diele stellten.

Die Mütze war dem Mann vom Kopf gefallen oder geschlagen worden; auch sie lag neben ihm. Sein bloßer Schädel war kahl mit einem grauen Haarkranz um die Ohren, und auf seinem glänzenden Schädel prangte eine wundrote Beule. Sein Gesicht war aschfarben, oberhalb der Wangen violett. Als wir in den Verhörraum gestolpert kamen, wand er sich keuchend und wandte sich dann ab, als sei es ihm peinlich, dass wir ihn so sahen. Von meinem Platz in der Ecke aus konnte ich erkennen, dass in seinen nackten Fußsohlen lange, offene Schnittwunden klafften, aus denen Blut rann. Da bemerkte ich, dass der Polizist eine Schnur in der Hand hielt, nur dass die Schnur aus fein geflochtenem Metall gefertigt war und Haut und Blut daran klebten. Im ersten Augenblick wunderte es mich, dass die Strafe so glimpflich ausfiel: nur die Fußsohlen, nicht der nackte Rücken oder eine mittelalterliche Streckbank oder siedendes Öl. Aber dann blickte ich noch einmal in das graugrüne Gesicht des Mannes, und mir fiel ein, wie empfindlich die Fußunterseite war – er sah aus, als ob er jeden Moment ohnmächtig werden würde, und wir hörten sein Stöhnen.

Der neue Polizist befahl uns, in einer Reihe Aufstellung zu nehmen. »Seht ihr, wie unkooperativ dieser Mann ist? Er ist ein Verräter, aber er könnte sich das Leben sehr viel leichter machen, wenn er mit der Wahrheit herausrücken würde. Soll es euch etwa genauso ergehen?«

Der Junge neben mir zitterte, und ich schloss die Finger fest um sein Handgelenk und versuchte, ihn zum Stillstehen zu bewegen. Erstaunlicherweise war es der Betrunkene, der für uns alle sprach. Er lehnte grinsend an der Wand. »Nein«, sagte er. »Nein, nein, nein. Wir wollen keine Schwierigkeiten.«

Der dicke Polizist verdrehte die Augen. »Keine Schwierigkeiten? Du steckst schon jetzt bis über beide Ohren in Schwierigkeiten, mein Freund.«

»Sieht ganz so aus«, lenkte der Betrunkene ein.

»Ihr beiden«, sagte der Polizist mit der Schnur in der Hand. »Sollen wir euch alle zusammen verhören? Wir haben unsere Zeit nicht gestohlen.«

Es gab also noch einen Funken Hoffnung. Offenbar wollten sie uns noch vor Tagesanbruch freilassen – wahrscheinlich hatten sie Wichtigeres zu tun oder wollten keine unnötige Aufmerksamkeit erregen, indem sie uns einen ganzen Werktag lang festhielten.

»Ja, bitte«, sagte ich so bestimmt wie möglich.

»Du kannst gern den Anfang machen.« Er zog dem stumm daliegenden Mann den Stuhl unter den Beinen weg, worauf diese mit solcher Wucht zu Boden krachten, dass ich schon befürchtete, sie seien gebrochen. Der Mann wälzte sich mühsam auf die Seite, streckte die Füße mit aller Macht von sich und begann von neuem zu stöhnen.

»Setz dich hierhin.«

Ich ließ mich auf dem Stuhl nieder. Er war noch warm von den brennenden Beinen des Mannes.

»Wie meine Kollegen mir berichten, bist du wegen Besitzes faschistischer Propaganda hier.«

Es war keine Frage, darum blieb ich stumm. Auch eine Möglichkeit. Doch das schien ihn nur noch mehr zu verärgern.

»Und? Hortest du faschistische Propaganda?«

Ich musterte ihn eingehend, obgleich mein Herz pochte wie verrückt und mir der Schweiß den Hals hinabrann. Wie der Mann mit den zerschnittenen Füßen trug auch der Polizist keine Mütze mehr, und ich sah, dass er sich das pomadisierte Haar quer über den runden Schädel gekämmt hatte. Er hatte offenbar einen starken Haarwuchs, sodass schon wenige Stunden nach der Rasur schwarze Schatten seine Wangen bedeckten, als drängte unablässig etwas Dunkles durch die Poren. Seine Augen waren groß und intelligent und hätten in einem freundlicheren Gesicht womöglich sympathisch gewirkt. Ich fragte mich, wie er hieß – abgesehen von der Tatsache, dass er ein paar Jahre älter war als ich und wie ich Bulgare – und woher er kam, wer seine Eltern waren. Sein Hemd war blitzsauber. Er sprach Schopski, einen Dialekt, der in der Umgebung Sofias gesprochen wurde, nicht aber in der Hauptstadt selbst – er hörte sich an, als käme er vom Land.

»Nein, ich horte gar nichts«, sagte ich.

»Wir haben interessantes Material in deiner Wohnung gefunden«, sagte er und senkte die Stimme, als ginge es um eine Sache zwischen ihm und mir. »Deutsche Bücher, zum Beispiel, und andere dekadente Schriften.«

»Ich habe ein paar deutsche Bücher«, sagte ich. »Gedichte und musikhistorische Werke. Aber keine Propaganda.«

»Dann hast du also Zeit, deutsche Gedichte zu lesen?«, fragte er. »Du hast Zeit, die Werke unserer Feinde zu lesen, während deine Landsleute mit ihrem eigenen Schweiß und Blut eine neue Nation errichten?«

Ich dachte an das Blut an der Schnur, die er in Händen hielt. Als habe er meine Gedanken gelesen, reichte er den Draht einem der anderen Polizisten und krempelte sich umständlich die Ärmel hoch, die bereits halb aufgerollt waren. Er trat näher. »Warum bist du gegen die Partei?«

Ich versuchte, mich zu räuspern. »Das habe ich nicht gesagt.«

»Kommst du aus Wien?«

»Ich habe lediglich in Wien studiert – ein paar Jahre«, sagte ich. »Ich komme aus Sofia.«

»Und was hat dich bewogen, aus deiner neuen Heimat nach Sofia zurückzukehren?«

Die anderen Polizisten traten von einem Bein aufs andere oder lockerten die Schultern. Das Reden überließen sie anscheinend lieber ihrem Kollegen.

»Bulgarien ist meine Heimat«, sagte ich mit fester Stimme. »Ich bin hierher zurückgekommen …« Ich hatte sagen wollen: *weil meine alten Eltern sich meinetwegen Sorgen machten,* entschied mich jedoch dagegen, weil ich sie nicht in diese Angelegenheit hineinziehen wollte. »Ich bin wegen des Krieges zurückgekommen.«

»Du hattest genug Geld, um nach Lust und Laune kreuz und quer durch Europa zu reisen?«

»In Wien war ich ein armer Student«, sagte ich. Ich saß so still, wie ich nur konnte; er sollte mich nicht zittern sehen.

»Armer Kerl«, sagte er. »Hat im Ausland studiert, während

unsere Bauern in der Heimat unter dem Joch des Kapitalismus ächzten.«

Fast hätte ich gelacht; seit einigen Jahren schon schallten uns solche Sprüche fast täglich aus der Zeitung entgegen oder plärrten bei politischen Kundgebungen aus Megafonen; nie hätte ich geglaubt, dass es normale Menschen, ja Polizisten gab, die tatsächlich so sprachen, und das in vollem Ernst. Es gelang mir gerade noch, mich zu beherrschen und meinen Abscheu zu verbergen.

»Als Musiker wollte ich, dass mein Land stolz auf mich sein konnte«, sagte ich. »Darum bin ich zum Studieren nach Wien gegangen. '45 wurde ich verwundet im Kampf gegen die Deutschen.«

Er trat näher und sah mir ins Gesicht. Ich bemerkte die violetten Ringe unter seinen Augen; er hatte die ganze Nacht gearbeitet und war fast so müde wie ich selbst, wenn auch nicht halb so verängstigt. Ob er einen Namen hatte? Vom Gesicht und der Statur her erinnerte er mich an einen Klassenkameraden vom *gimnasium,* auch wenn er es gewiss nicht war. Wir hatten ungefähr die gleiche Größe; ich stellte mir vor, wie wir auf dem ummauerten Schulhof zusammen Ball spielten und um die Wette schrien.

»Welches Instrument spielst du?«, fragte er.

»Ich bin Geiger«, sagte ich. Absurderweise wärmte mir die Liebe zur Musik selbst hier, in einer Polizeizelle, das Herz. Ich liebte diese Worte und alles, was ich in sie gegossen hatte.

»Zeig mir deine Hände.«

In diesem Augenblick verspürte ich zum ersten Mal körperliche Angst. Im Gegensatz zu einem Betrunkenen, einem

Jungen oder einem schweigsamen Bauern hatte ich mich stets für unverwundbar gehalten. In meiner Welt war ich nicht nur etwas Besonderes, sondern ein Held.

»Deine Hände«, wiederholte er langsam.

Ich versteckte sie einen Augenblick lang hinter dem Rücken, dann streckte ich sie ihm widerstrebend hin. Sie waren mir noch nie so weit weg, so nackt erschienen, nicht in all den ungezählten, unzählbaren Stunden, die ich damit verbracht hatte, sie anzustarren, auf dem Griffbrett und am Bogen. Ich betrachtete sie im Schein der nackten Glühbirne an der Decke; sie waren unnatürlich lang und schmal, aber schon etwas knotig rings um die Gelenke, die Daumenballen muskulös, die Finger an den Kuppen abgeflacht, die rechte Hand ein wenig größer als die linke und mit jener prächtigen Hornhaut an der linken Seite des Zeigefingers und der rechten des Daumens. Für mich gab es auf dieser Welt nichts Kostbareres als meine Hände. Wenn ich sie locker auf den Tisch legte, mit den Handflächen nach oben, krümmten sich die Finger meiner linken Hand stärker als die der rechten. Wie mein Bein war mein linker Arm immer ein wenig steif von den Granatsplittern, die mich im Krieg getroffen hatten. Als ich dem Schopski-Polizisten die Hände hinstreckte, hatte ich mit einem Mal das seltsame Gefühl, dass er mir die Zukunft voraussagen oder gar, wie mein erster Lehrer in Wien, ihre außergewöhnliche Gestalt bewundern würde. (»Solche Hände wachsen also auf dem Balkan«, hatte er gesagt, anerkennend und herablassend zugleich.)

Der Polizist nahm eine meiner Hände. Einen Moment lang hielt er sie so sanft, dass ich die Schwielen in seiner Handfläche spüren konnte, dann brach er mir mit der anderen Hand und ohne Vorwarnung das Endgelenk des kleinen Fingers.

Noch vor dem Schmerz verspürte ich Kummer und Zorn: der bloße Schaden, dessen Heilung Monate in Anspruch nehmen würde. Und was, wenn er nie wieder richtig zusammenwuchs? Dann ein Moment der Erleichterung. Er hatte mir einen Bogenfinger gebrochen, an der rechten Hand, nicht an der linken. Dann schoss glühende Hitze meinen Arm hinauf. Ich versuchte, meine Hand zurückzureißen, doch der Polizist hielt sie fest mit beängstigender Kraft. Ich dachte an den schweigenden Mann, der mit geschlossenen Augen zu unseren Füßen lag, und biss mir auf die Lippe. Ich fragte mich, warum ich es nicht hatte kommen sehen, warum ich die Hand nicht zurückgezogen hatte oder ausgewichen war. Hätte ich die Beherrschung verloren und mich auf sie gestürzt, hätten sie vielleicht meine Füße oder meinen Rücken malträtiert und meine Hände verschont. Schon war der Finger gerötet und geschwollen.

»Tut weh, was?«, sagte der Polizist mit strenger Stimme. »Sieht ganz so aus. Kaputt wären deine Hände einen Dreck wert, nicht? Mit Musik kenne ich mich aus. Mein Großvater war Musiker. Du willst doch nicht noch einen Finger riskieren? Oder gar eine ganze Hand? Aber mit deinen Büchern weiter dekadente Lügen verbreiten willst du doch wohl auch nicht, oder?«

Zur Warnung bog er einen meiner anderen Finger nach hinten, und wieder wurde mir bewusst, dass er mir die rechte Hand zu brechen drohte, nicht die linke. Einer der anderen Polizisten beugte sich zu ihm und flüsterte ihm etwas ins

Ohr; das Pochen in meinem Schädel war so laut, dass ich kein Wort verstehen konnte.

Der Polizist, der meine Hand hielt, sah mich an. »Du hast in den letzten Tagen nicht zufällig etwas gehört oder gesehen, das du dringend melden möchtest?«

»Ich habe nichts Unrechtes getan.« Ich sprach so langsam wie möglich, damit meine Stimme nicht zitterte.

»Soll das heißen, du möchtest keine Meldung machen?«

Es war ihm deutlich anzuhören, dass er ein nachdrückliches Nein erwartete. Ich sollte diese Antwort nicht vergessen. Ich fragte mich, warum sie mich nicht allein verhörten, doch ich war froh, dass der Junge und der Betrunkene dabei waren und selbst der arme Mann, dessen zerschundene Füße seitlich aus seinen Hosenbeinen ragten. Vielleicht wollten sie ja auch nur, dass ich vor Zeugen mit Nein antwortete.

»Ich habe nichts Unrechtes getan«, sagte ich. Nun zitterten auch meine Hände vor Schmerz und als sei die Angst mir buchstäblich in die Glieder gefahren. Wenn ich das nur oft genug wiederholte, würden die Polizisten es womöglich nicht wagen, im Beisein der anderen zu schildern, was ich gesehen hatte – so sie es denn überhaupt wussten –, und ich würde weder lügen noch ein Geständnis ablegen müssen.

»Wenn du es sagst, muss es wohl stimmen«, sagte er plötzlich und ließ meine Hand sinken. »Setz dich da drüben hin.«

Ich lehnte mich an die Wand, legte die Hände auf die Knie und versuchte, sie wieder in die Gewalt zu bekommen. Es war der Anfang jenes Zwiespalts, der mein Leben werden sollte: Gehorsam, Selbsthass, Überleben. Ungehorsam, Ehrenrettung, Untergang. Viel später erst wurde mir klar, wie schnell und mühelos es ihnen gelungen war, mir dieses Prinzip einzuimpfen mit derselben Leichtigkeit, mit der sie einem den kleinen Finger brachen. Aus irgendeinem Grund hatten sie beschlossen, mich nicht zu schlagen.

Der Polizist kippte den Stuhl wieder um und beförderte den stummen Mann mit einem kräftigen Fußtritt aus dem Weg. Zu dem Jungen sagte er: *Zieh Schuhe und Socken aus.* Der Junge vergoss tapfer ein paar Tränen. Als sie begannen, seine Füße mit dem Flechtdraht zu traktieren, fing er sofort an zu schreien, als wollte er das Schreien möglichst rasch hinter sich bringen – oder nie wieder damit aufhören.

Später im Traum stürzte ich mich auf sie, riss ihnen den blutigen Draht aus den Händen, schlang ihn fest um ihren Hals und fesselte sie mit einem Strick aus meiner Hosentasche. Der Betrunkene nahm all seine Kraft zusammen und warf sich den hutlosen Bauern über die starken Schultern. Ich nahm ihn auf den Arm und trug ihn wohlbehalten nach Hause zu Vera.

Aber eben nur im Traum.

Zweiundvierzig

Bobby hielt inne und räusperte sich. Irina war ganz blass und lehnte den Kopf an Lenkas Schulter. Angelov hielt seine Stummelhände auf dem Tisch gefaltet, sein Gesicht müde und abgehärmt. Zum ersten Mal begriff Alexandra, dass Worte nicht allein als Ausdrucksmittel dienten, nein, sie waren real. Sie hatte Gedichte und Romane gelesen, und sie hatten ihr Vergnügen bereitet; sie hatte Geschichtsbücher gelesen, und sie hatten ihr Kummer bereitet. Doch dies ging über beides weit hinaus. Gleich würde Bobby weiterlesen – er las bis ans Ende der knisternden Seiten und übersetzte sie dabei stockend ins Englische; in den kommenden Tagen sollte ihre Realität vor Alexandras innerem Auge immer wieder lebendig werden …

Plötzlich kam Irina Georgieva eine Idee. Sie trocknete sich das Gesicht mit dem Taschentuch, das in ihrem Ärmel steckte. »Auf der ersten Seite schreibt Stoyan, dass nur Milen Radev davon weiß.«

»Leider wissen wir nicht, wo er steckt«, wandte Bobby ein.

»Nein«, sagte Irina, »aber ich dachte eigentlich eher an Milen Radevs Nichte.« Sie sprach kurz mit Angelov, der zustimmend den Kopf schüttelte. »Meine Schwester und Milen sind oft zu seiner Nichte Bogdana nach Jambol gefahren, und manchmal kam auch sie zu Besuch. Sie steht den beiden sehr nahe. Heute Morgen hat Lenka sie angerufen und gefragt, ob die drei zufällig in Jambol vorbeigekommen sind. Wenn uns jemand sagen kann, ob Neven Näheres über die Urne weiß, dann ist es Bogdana.«

»Und? Waren sie dort?« Alexandra richtete sich auf.

Irina seufzte. »Leider nicht. Bogdana sagt, sie seien schon lange nicht mehr bei ihr gewesen. Aber vor ungefähr zehn Tagen hat Milen sie angerufen, um ihr mitzuteilen, dass sie Stoyans Asche beisetzen wollten. Sie sagt, er hat versprochen, sie gleich danach zu besuchen. Er bat sie, nicht zum Begräbnis zu kommen, sie wollten im Kloster Velin in kleinstem Kreis von Stoyan Abschied nehmen, außerdem hat Bogdana immer alle Hände voll zu tun, und Stoyan ist schließlich schon seit zwei Jahren tot. Seitdem hat sie nichts mehr von ihnen gehört und hat sie auch nicht erreichen können. Ich hatte den Eindruck, dass sie sich wegen irgendetwas Sorgen machte, es mir aber nicht sagen wollte. Ich habe ihr erklärt, dass Freunde von mir ihnen etwas zurückgeben möchten, nur für den Fall, das Milen noch einmal anruft.«

Bobby machte ein nachdenkliches Gesicht. »Meinen Sie, wir könnten mit ihr reden? Aber vielleicht sind die drei ja längst auf dem Weg zu ihr.«

Irina nickte. »Ja, daran habe ich auch schon gedacht. Und sie kennt ihren Onkel gut. Ich gebe Ihnen ihre Nummer und sage ihr, dass Sie kommen. Vielleicht hat er in den letzten zwei Jahren mit ihr darüber gesprochen, was ihm Sorge bereitet. Vielleicht weiß sie sogar, was Stoyan ihm sonst noch erzählt hat.«

»Wo ist … Jambol?« Alexandra spürte, wie in ihren Augen ein kleiner Funken Hoffnung aufblitzte.

»In Ostbulgarien.«

Sie versuchte, sich die Landkarte aus ihrem Reiseführer vorzustellen, mit dem Meer ganz rechts.

Irina stützte den Kopf in die Hände. »Aber erst müssen sie mich nach Plovdiv zurückbringen. Wenn wir jetzt losfahren, können wir noch vor Morgengrauen zu Hause sein. Ich fürchte, für weitere Reisen fehlt mir die Kraft.« Angelov legte ihr die Hand auf die Schulter.

Bobby runzelte die Stirn. »Was, wenn wir durch unseren Besuch auch Milens Nichte in Gefahr bringen?«

»Nun ja, Sie müssen ihr natürlich sagen, was Sie wissen, schon um sie zu warnen. Falls ihr Onkel und Vera in Schwierigkeiten stecken, dürfte sie das brennend interessieren.« Irina strich sich mit zitternden Händen übers Haar. »Es wäre mir lieb, wenn Sie die Urne mitnehmen könnten. Ich bin sicher, dass Sie sie finden werden oder umgekehrt, und dann können Sie sie ihnen geben. Andernfalls müssen Sie sie mir auf schnellstem Weg zurückbringen.«

»Ich werde *gospodin* Angelov bitten, den Fuß wieder anzubringen«, sagte Bobby. »Die Urne muss für Vera und Neven völlig unversehrt aussehen.« *Und,* dachte Alexandra, *für alle anderen, die hinter ihr her sind.* Der alte Künstler schien begriffen zu haben; er stand auf und machte sich mit geschickten Händen daran, die Urne zusammenzusetzen, ohne die Papiere in das Geheimfach zurückzulegen.

Irina nickte. »Ja. Ich finde, wir sollten vor Ihrer Abreise aus Plovdiv mindestens zwei Kopien dieses Manuskripts anfertigen. Eine Kopie behalte ich, und Sie können die andere und das Original separat in Ihre Koffer packen. Und wenn Sie meine Schwester finden, legen Sie es wieder in die Urne.«

Alexandra setzte sich neben die alte Dame; sie lehnte den Kopf an Irinas Schulter, die sich wie ein Felsvorsprung anfühlte, und Irina schlang den Arm um sie. »Ach, Liebes«, sagte sie. »Und nun los. Sagen Sie *gospodin* Angelov Lebewohl, und dann machen wir uns auf den Weg.« Der alte Mann hatte die Urne wieder in dem Samtsäckchen verstaut. »Sie können noch einmal bei mir in Plovdiv übernachten und morgen früh nach Jambol aufbrechen. Ohne eine alte Frau sind Sie wesentlich schneller. Ich bin Ihnen ja doch nur ein Klotz am Bein.«

Beim Anblick der Mauer vor der Kaufmannsvilla fühlte Alexandra sich gleich zu Hause, als sie in den frühen Morgenstunden in Plovdiv ankamen. Irinas Haus sah aus wie eine Oase; im Innern war alles, wie sie es zurückgelassen hatten. Stunden später, in gänzlich anderem Licht, sagten sie Irina und Lenka Lebewohl. Die Luft über dem Kopfsteinpflaster flirrte bereits.

»Aber wir sehen uns doch bald schon wieder«, beharrte Alexandra, die mit der einen Hand Irinas Schulter, mit der anderen Stoychos Seil umklammert hielt. Bobby hatte ihr die Tasche mit der Urne und den Zettel mit der Telefonnummer und der Adresse von Milen Radivs Nichte abgenommen.

»Denken Sie daran«, sagte Irina, »wenn sie nicht in Jambol sind, müssen Sie die Urne hierher zurückbringen, und ich bewahre sie fürs Erste bei mir auf. Bitte seien Sie vorsichtig. Und bitte rufen Sie an.«

Alexandra blickte sich im Hof um – keine Touristen vor

dem Eingang des Museums, die Blätter an den Reben ein wenig grüner und größer als bei ihrem ersten Besuch, der Himmel messinggelb über den Bäumen.

»Wir kommen wieder«, sagte sie. »Wir finden sie. Versprochen.«

Lenka küsste sie auf beide Wangen. Irina bückte sich und strich Stoycho mit gespreizten Fingern über den Kopf. Er schmiegte sich an ihr Schienbein, behutsam, als wüsste er, dass er sie mit einer allzu abrupten Bewegung zu Fall bringen konnte.

»Wenn Sie von Ihrer Schwester oder Neven hören, rufen Sie mich sofort an«, sagte Bobby und setzte auf Bulgarisch etwas hinzu, das Irina mit einem Kopfschütteln quittierte.

Alexandra und Bobby fuhren schweigend vor sich hin. Die Straße in Richtung Jambol verlief in einer langen, schnurgeraden Linie mit weiten Ebenen zur Linken und einem hohen Gebirgszug am Horizont. Grasbewachsene Hügel erstreckten sich bis in die Ferne, jeder mindestens fünf oder sechs Meter hoch und seltsam regelmäßig, inmitten von Getreidefeldern oder wogenden brachliegenden Wiesen. Es handele sich um sogenannte Tumuli, sagte Bobby, die Grabhügel der alten Thraker: Aufgrund ihrer ungeheuren Anzahl habe man nur einen kleinen Teil der Gräber freigelegt, und im Lauf der Jahrhunderte seien nicht wenige von ihnen geplündert worden. Er trommelte mit den Daumen auf das Lenkrad. »Ich habe gehört, dass manche Leute diese Gräber anbeten – sie glauben an Orpheus und dass sein Geist dort und oben in den Rhodopen lebt, besonders in den Höhlen an der Grenze zu Griechenland.«

»Was denn für Leute?«, fragte Alexandra erstaunt.

»Durchaus gebildete, hauptsächlich aus den großen Städten. Sie glauben an die thrakischen Götter«, sagte Bobby. »Das hat schon vor Jahrzehnten begonnen, vor dem Kommunismus, und hat sich – wenn auch eher im Verborgenen - bis heute gehalten. Ich habe es noch nie gesehen, aber ich habe gehört, dass sie in wallenden Gewändern zu Ehren von Orpheus und Bacchus tanzen. Die echten Thraker waren anders. Sie hatten einige grausame Sitten und Gebräuche – Menschenopfer, beispielsweise.«

Alexandra versuchte, sich das bildlich vorzustellen – die verzückten Tänzer und dann ein rothaariger Junge, an Händen und Füßen auf den Altar gefesselt. Dann ein älterer Mann, groß und dunkelhaarig, hilflos unter dem Messer, seine Violine an einem Felsblock zertrümmert. Sie schüttelte sich und griff nach hinten, um Stoychos warmen Nacken zu kraulen.

Zwei Stunden später tauchte Jambol als eine wirre Ansammlung von Häusern und Wohnsilos am Horizont auf, ähnlich wie die Siedlungen, die sie in Sofia und Plovdiv gesehen hatte – nur waren sie hier nicht ganz so hoch und reichten mitunter bis an den Rand der Hauptstraße, die Balkone geschmückt mit Wäschegirlanden. Bobby hielt an, wählte die Nummer, die sie von Irina bekommen hatten, und hinterließ eine kurze Nachricht. »Heute ist ein Werktag«, sagte er, »und das ist ihre Handynummer; vielleicht ist sie bei der Arbeit. Ich würde sagen, wir fahren zu der Adresse und sehen dann weiter.«

Die Adresse, die Irina ihnen gegeben hatte, war etwas verwirrend, doch schließlich fanden sie die richtige Siedlung, den richtigen Betonturm und den richtigen Parkplatz. Es war heiß hier; Staub wehte über die Gehsteige und Brachen zwischen den monolithischen Gebäuden, wo sich statt Grünanlagen eine Wüste aus getrocknetem Schlamm erstreckte. Zwei kleine, von ihrer Großmutter beaufsichtigte Kinder spielten auf einem Flecken papiertrockenen Rasens im Schatten verkrüppelter Espen. Alexandra wischte sich mit dem Handgelenk den Schweiß von der Stirn und gelangte zu dem Schluss, dass sie Stoycho unmöglich allein im Wagen lassen konnte; sie ließ ihn am Ende seiner Leine umherstreifen, unter den gestrengen Blicken der Großmutter, während Bobby in einem Hauseingang verschwand.

Er blieb lange fort, doch schließlich fand sie eine Bank, wo sie sich niederlassen und Stoycho im Auge behalten konnte. Die Sitzfläche hatte mehrere Lücken. Sie fragte sich, was ihre Eltern zu Hause wohl gerade taten – wahrscheinlich saßen sie jetzt, zu Beginn der Semesterferien, jeder in seiner Wohnung und lasen. Vor Ende der Woche erwarteten sie von ihr keine weitere Nachricht; darauf hatten sie sich geeinigt, ein Mindestmaß. Sie wollte Bobby bitten, ihr beim Kauf eines Handys behilflich zu sein. Vielleicht konnten sie das morgen erledigen, sofern sie genügend Zeit hatten und ihre finanziellen Mittel es erlaubten. Mit einem Mal fühlte sie sich einsam – selbst wenn die Ereignisse keine seltsame oder gar dunkle Wendung nehmen, dachte sie, gibt es in einer ungewohnten Umgebung oftmals Momente, in denen man den Blick zu weit in die Ferne richtet oder dem feindseligen Starren eines Fremden begegnet und sich plötzlich fehl am Platz vorkommt, eine Art Reise innerhalb einer Reise. Dieses Gefühl, sich selbst wie von außen zu betrachten, überkam sie beim Anblick der rissigen Gehsteigplatten, der staubbedeckten Bäume, dem Hitzeflirren über dem Scheitel des kleinen Jungen und Stoychos, der einen anderen Hund dabei beobachtete, wie er neugierig schnüffelnd um die Müllcontainer am Ende des Parkplatzes strich. Der Hund war offenbar einmal cremefarben gewesen, doch das Fell ging ihm in großen Büscheln aus, sodass er aussah wie ein Huhn in der Mauser. Stoycho hob knurrend den Kopf, und Alexandra riss fester als beabsichtigt an der Leine.

»Ganz ruhig«, sagte sie.

In diesem Augenblick trat Bobby aus der Haustür. »Miss Radeva wohnt tatsächlich hier«, sagte er. »Aber sie ist nicht zu Hause. Eine Nachbarin hat mir verraten, wo sie arbeitet – als Sekretärin in einem Waisenhaus. Vielleicht finden wir sie dort. Aber ich hoffe, du bekommst keinen Schock – einige unserer Waisenhäuser haben einen sehr schlechten Ruf. Und jetzt lass uns abhauen. Ich möchte hier nicht gesehen werden.«

Da fiel es Alexandra wieder ein: Früher oder später würden ihre Verfolger nicht nur sie, sondern – mit ihrer Hilfe – auch Miss Radeva ausfindig machen.

»Ist gut«, sagte sie. Sie zerrte Stoycho aus dem Blickfeld der alten Frau, und sie kletterten in den Wagen. Stoycho wollte auf ihrem Schoß sitzen, und trotz der Hitze ließ sie ihn gewähren und zog seine langen Beine etwas näher an sich.

Dreiundvierzig

1949

Den Rest der Nacht verbrachten wir in der Zelle und versuchten zu schlafen, mal mit mehr, mal weniger Erfolg. Der Junge und der Mann mit dem Hut wimmerten, ob wach oder im Traum, vermochte ich nicht zu sagen. Der Betrunkene schnarchte; seine Befragung war die Mühe kaum wert gewesen, und ich fragte mich, weshalb die Beamten ihn nicht wieder auf die Straße setzten. Ich lag da, dachte an Vera und nahm mir vor, mit dem gebrochenen Finger so bald wie möglich zum Arzt zu gehen. Ich würde sagen, ich sei gestolpert und gestürzt oder dergleichen. Es würde Monate dauern, bis ich wieder spielen konnte; ob mich der Dirigent entlassen würde, wenn er erfuhr, dass die Polizei mich vorgeladen hatte? Ich würde natürlich niemandem etwas davon erzählen, aber meine verletzte Hand musste ich ihm zeigen. Wir hatten nur sehr wenig Geld gespart, und ich fragte mich, ob Veras Familie uns würde aushelfen können, bis der Bruch verheilt war.

Die ganze Zeit, als ich so dalag, hegte ich die Hoffnung, um nicht zu sagen die Überzeugung, dass der dicke Polizist mich am nächsten Morgen freilassen würde. Hinter vorgehaltener Hand hörte man immer wieder, dass Leute über Nacht zur Befragung festgehalten und dann nach Hause geschickt wurden, wo sie noch stiller wurden als zuvor. Man hörte aber auch andere Dinge, ganz offiziell, oder las sie in der Zeitung, in den fünf Jahren seit der Machtübernahme – Schauprozesse, die Verurteilung von Volksfeinden. Ich verdrängte diese Phrase, kaum dass sie mir in den Sinn gekommen war; ich zwang mich, eine Stunde zu schlafen, und stopfte mir mein Taschentuch ins Ohr, damit ich die Laute des Elends nicht zu hören brauchte.

Zweimal im Lauf der Nacht wurde die Tür geöffnet, Licht fiel herein, und die Beamten stießen erst drei weitere Männer, dann einen jungen Burschen über die Schwelle. Die Zelle war jetzt fast voll, und ich wollte, ich hätte die Beine ausstrecken können, doch ich lag so still ich konnte und versuchte zu schlafen. Meine Besorgnis wuchs; warum steckten sie immer neue Männer zu uns in die Zelle, wenn sie uns am nächsten Morgen freilassen wollten? Und wenn sie uns allesamt vor Gericht stellten und ins Gefängnis steckten? Wenn wir tatsächlich angeklagt wurden, bestand durchaus die Möglichkeit, dass ich für unschuldig befunden wurde, es sei denn, man hatte dem Richter gesagt, was ich gesehen hatte. Dann würde ich wahrscheinlich am Galgen enden. Ich nahm mir vor, auf der Hut zu sein, und ein paar Minuten später wurden zwei weitere Männer hereingeführt. Einer von ihnen stank entsetzlich; wie es schien, war ihm die Angst auf den Darm geschlagen. Er hatte mehr Platz zum Schlafen als jeder andere.

Kurz vor Tagesanbruch kamen sie uns holen und verfrachteten uns am Hintereingang des Reviers auf die Ladefläche eines Lasters; inzwischen waren wir zu zwölft. Die Wärter hielten ihre Gewehre gesenkt, verborgen – sodass wir wie ein Trupp von Arbeitern aussahen, die zu einem Sondereinsatz ausrückten. Mein Finger pochte, das getrocknete Blut überzog meine Nase mit einer starren braunen Kruste, und meine Kleider waren zerknittert und feucht. Sie hatten uns weder Wasser noch etwas zu essen gebracht, und dieser Mangel quälte mich ebenso sehr wie der Schmerz in meiner Hand. Ich hatte noch immer den Geruch des Mannes, der neben mir geschlafen hatte, in der Nase, die Ausdünstungen seines Mantels und seiner ungewaschenen Haare und – schlimmer noch – den des Mannes mit der besudelten Hose. Später erfüllte es mich mit Belustigung, dass ich dies einst als Gestank empfunden hatte. Als der Laster hielt und sie uns ins Freie trieben, sog ich die Reinheit des Morgens tief in meine Lunge; die Straßen waren noch dunkel, doch ein Hauch von Sonnenaufgang lag in der Luft.

Auf dem Zug stand PLOVDIV; ich wusste nicht, ob das zu bedeuten hatte, dass der Zug aus Plovdiv kam oder dass er dorthin fuhr. Von einer Brache hinter dem Sofioter Bahnhof gingen wir zu unserem Waggon, ohne das eigentliche Bahnhofsgebäude zu betreten. Ein Bursche neben mir konnte auf seinen zerschundenen Sohlen nicht mehr stehen, genau wie der Junge und der erste Mann in unserer Zelle. Instinktiv ergriffen wir zu zweit seine Arme und stützten ihn; ich brachte meine kaputte rechte Hand vorsorglich außer Reichweite.

Ich sah, dass weder im Zug noch im Bahnhof Licht brannte. Nur hier und da war ein schwacher Schemen auszumachen vor dem Kohlentender – keine Menschenmengen, kein freundlicher Laut. Ein Bahnhof, wie ich ihn noch nie gesehen hatte, oder aber der Geist eines Bahnhofs, der mir einst wohlvertraut gewesen war. Einen Augenblick lang hatte ich das Gefühl, ich sei auf der Rückreise von Wien nach Sofia, in sauberer Kleidung, mit meinem Geigenkasten im Arm. Und wieder dachte ich an meine Violine, die zu Hause unter unserem Bett lag. Vera würde sie bestimmt entdecken und an einem sicheren Ort verwahren. Hoffentlich war ich in ein paar Tagen zurück, damit sie unter meiner Abwesenheit nicht allzu sehr zu leiden hatte. Ich versuchte, Veras Verzweiflung zu verdrängen; diese Vorstellung schmerzte mich mehr als alles, was hier und jetzt mit mir geschah. Dann begannen meine Gedanken zu wandern, und als mir klar wurde, dass ich mich nicht so sehr nach ihr verzehrte als nach etwas Essbarem und heißem Wasser, in dem ich meine schmerzenden Glieder baden konnte, befiel mich ein Gefühl der Scham.

In diesem Moment, noch bevor ich in den Zug stieg, wurde mir mit einem Mal bewusst, was sie eigentlich mit mir anstellten. Sie raubten mir meine natürlichen Empfindungen, so heimlich, still und leise, dass ich es fast nicht bemerkt hätte. Schlagartig begriff ich, dass ich meinen Verstand behalten musste, komme, was da wolle. Wie ich heute weiß, verdankte ich den Umstand, dass mir diese Erkenntnis gleich am ersten Tag zuteilwurde, nicht nur einem ungeheuren Glück, sondern meiner Angewohnheit, mit mir und meinem Verstand allein zu sein, besonders wenn ich übte. Er war die Landschaft, in der ich immer schon gelebt hatte, wo ich auf der Suche nach dem perfekten Ort für meine Musik über Felsen und Hügel geklettert war und endlose Notenreihen erklommen hatte, um sie mir einzuprägen. Ich glaubte auch zu wissen, dass die Männer um mich herum recht schnell erkannten, dass sie zuallererst ihren Verstand wahren mussten, nicht ihren Körper, den sie ohnehin nicht schützen konnten. Der Mann neben mir, der auf zerfetzten Füßen und in Socken vor sich hin stolperte, und der Mann, der seinen anderen Arm umklammert hielt, waren beide achtundvierzig Stunden später tot.

Diese Erkenntnis nahm mich so sehr gefangen, dass ich prompt vergaß, den Kopf zu wenden, um einen letzten Blick auf die Lichter Sofias zu werfen, wo Vera – ohne Zweifel wach und in Panik – wahrscheinlich mit ihrer Schwester am Küchentisch saß und überlegte, was sie tun, an wen sie sich wenden sollte. Ich konnte nur hoffen, dass sie in ihren Bemühungen nicht zu weit ging. Ich half meinem wankenden Begleiter die Rampe hinauf in den Waggon und lehnte ihn neben mir an die Wand. Niemand sagte etwas; niemand versuchte zu fliehen. Ich richtete den Blick fest auf eine Straßenlaterne, bis die Wellblechtür schließlich zuglitt und das Licht verlöschen ließ. Wir hörten, wie die Polizisten die Tür von außen verriegelten.

Ich brauchte nicht zu warten, bis meine Augen sich an die nahezu vollkommene Finsternis gewöhnt hatten, ich wusste auch so, dass ich mich auf einer Reise befand, wie ich sie noch nie unternommen hatte: in einem Güterwagen voller stöhnender und leise vor sich hin murmelnder Männer, nicht nur unsere Gruppe, sondern zwanzig weitere, die sie vermutlich weiter westlich oder, wie uns, in Sofia aufgesammelt hatten. Die Männer hatten allem Anschein nach auf dem Boden des

Waggons geschlafen und ausreichend Platz gehabt, sich auszustrecken mit ihrer Jacke als Decke oder Kissen; sie grüßten uns mit gedämpftem Unmut, schlugen sich die Arme vor die Augen oder versuchten, sich wieder in die Besinnungslosigkeit zu flüchten. Wir, die Neuankömmlinge, waren Störenfriede, die sie bedrängten, und nicht zuletzt ein weiterer Beleg für den Ernst ihrer Lage.

Dann, vor der Abfahrt, ein Augenblick der Stille, doch kein Zugführer rief draußen dem Heizer etwas zu, gefolgt vom Zischen und Zerren der Räder, die unter unserem Waggon zum Leben erwachten, und endlich der Ruck vorwärts und der zögernde Ruck rückwärts, ehe der Zug sich in Bewegung setzte. Niemand sprach ein Wort, und ich nahm mir vor, zu meiner Erkenntnis zurückzukehren und in Gedanken noch eine Zeit lang bei ihr zu verweilen, sobald der Zug erst einmal losgefahren war.

Als der Zug schließlich vorwärtsrollte, war dies ein schrecklicher Moment trotz meiner Versuche, an etwas anderes, über diesen Punkt hinaus zu denken, als würde ich von hoher Warte in einen tiefen Abgrund stürzen; es bedeutete, dass wir Sofia verließen. Das Herz schien mir förmlich aus dem Leib zu rutschen, um daheim bei Vera bleiben zu können, und doch wusste ich nicht, wie ich ohne es weiterexistieren sollte. Im Waggon machte sich eine fürchterliche Stille breit. Ich hatte vor neun Jahren nicht nach Sofia zurückkehren wollen; seither hatte ich Tag für Tag darauf gewartet, die Stadt auf einem mächtigen Stahlross wieder verlassen zu können, doch jetzt wollte ich nicht, dass dieser Zug sich in Bewegung setzte. Ungeweinte Tränen schnürten mir Brust und Kehle zu. Ich spürte, wie der

Verwundete neben mir sich mit dem Ärmel die Wangen trocknete. Obwohl er mir zuwider war, überwand ich meinen Ekel, streckte die Hand aus und umfasste seine Schulter. Im Dunkeln hob er seine freie Hand und umfasste mein Handgelenk, ließ sie jedoch sogleich wieder sinken; ich spürte seine kurzen Finger, die rauen, mit dicken Schwielen bedeckten Handteller, eine Hand, die von jungen Jahren an gearbeitet hatte in Hitze und Kälte. Wir hatten kein einziges Wort gewechselt, doch seine Hand erzählte eine Geschichte, die mit der meinen nicht das Geringste gemein hatte. Ich hatte meine Verzweiflung bekämpft, indem ich mir diese Hand, wenn auch nur einen Lidschlag lang, zum Freund gemacht hatte. Das war meine zweite wichtige Erkenntnis. Nein – meine dritte: Die erste war mir während des Verhörs gekommen, als ich begriffen hatte, dass meine besonderen Fähigkeiten, mein Talent und meine Erziehung, mir nicht etwa helfen, sondern ganz im Gegenteil zum Verhängnis werden würden.

Ich deckte mich mit meiner Jacke zu, gewöhnte meine Schultern an die eisigen Wände und meine Augen an den schmalen Lichtstreifen über der verriegelten Tür, der auf unserer Fahrt durch die Stadt immer wieder grell aufflammte. Ich lauschte dem Trommelschlag der Schienen und zwang mich, bei jeder Eins, jeder rumpelnden Umdrehung der Räder die Luft aus meiner Lunge entweichen zu lassen, *cha-klunk,* ein tiefes Ausatmen bei *klunk,* dann ein neuerliches Luftholen, auch wenn dies bedeutete, dass ich eine Zeit lang immer schneller atmen musste. Ich versuchte eine Phrase von Bach über den Rhythmus zu legen – mein Lieblingsstück, die Chaconne aus der zweiten Partita in d-Moll. Als wir Reisegeschwindigkeit erreicht hatten, rollte sich der Mann mit den zerschundenen Füßen und der schwieligen Hand neben mir zusammen, und ich dachte von neuem über meinen Verstand nach, wie ich es getan hatte, bevor wir in den Waggon getrieben worden waren. Ich würde niemanden zu meiner Mitte vordringen lassen; ich würde an einem Ort in meinem tiefsten Innern Zuflucht suchen, ganz gleich, was auch passierte.

Doch welcher Ort sollte das sein? Ich stellte mir unser Bett vor, Vera frühmorgens, schlafend, wenn sich ihr Haar um meinen Ellbogen schlang. Nein. Dieses Bild würde mich brechen. Ich wollte es mir für jene Momente aufheben, in denen ich Kraft schöpfen musste, und wenn diese Tage hinter mir lagen und ich zu ihr zurückkehrte, würde ich es Wirklichkeit werden lassen wie nie zuvor. Ich würde ihr sagen, dass ich außerstande gewesen sei, auch nur an sie zu denken in diesen albtraumhaften Tagen, und sie würde mich verstehen.

Dann stellte ich mir meinen liebsten Park in Wien vor, das Geräusch, mit dem die Kastanien aus ihren Fruchtbechern platzten, wenn man darauf trat, das wehende Gelb in den von Pappeln und Buchen gesäumten Alleen, die Rasenflächen im Herbstlicht, die letzten Rosen. Dort konnte ich mich auf einer Bank niederlassen, mit meinem Geigenkasten unter dem Arm, als würde ich mit einem Freund dort sitzen, den ich bereits seit so vielen Jahren kannte, dass es zwischen uns keiner Worte mehr bedurfte.

Nein. (Der Verwundete neben mir drehte sich um und stieß mir das Knie gegen den Schenkel – er schlief trotz der Schmerzen.) Wien glich unterdessen zu sehr einem Traum, und es war nie meine Stadt gewesen, auch wenn ich mir alle Mühe gegeben hatte, sie ins Herz zu schließen. Ich zog meinerseits die Knie an, ohne meinen schlafenden Nachbarn zu wecken, und legte meine schmerzenden Arme darauf. Schwer atmende, brabbelnde Männer, wirre Haufen aus Wolle und Baumwolle, wie Leichen im gedämpften Zwielicht des Waggons.

Da sah ich den Ort, an den ich mich zurückziehen konnte, und ich staunte nicht schlecht, denn er war mir unbekannt, während ich nach einer vertrauten Freistatt Ausschau gehalten hatte.

Es war eine Wiese irgendwo in Bulgarien, auch wenn ich nicht wusste, wo – irgendwo am Rande eines der vielen Dörfer an der Bahnstrecke zwischen Sofia und den Bergen im Norden, eine Wiese, nicht steil, aber auch nicht flach, bestanden mit stacheligen Süßgräsern und flachblütigen weißen Blumen, weder gepflügt noch abgegrast, sondern wild wuchernd am Ufer eines Flusses. Der Sohn, den ich mir plötzlich wünschte, saß dort in der warmen Sonne, groß und erwachsen, neben sich das Mädchen, das er liebte. Händchenhaltend saßen sie im duftenden Gras, in dem sie sich eben noch gewälzt hatten. Sie hatten keinen Schimmer, dass solche Dinge möglich waren – dass Menschen in einen dunklen Eisenbahnwaggon gesperrt und einem ungewissen Schicksal ausgeliefert wurden, und doch sprachen sie von mir, Stoyan. Bei dem Gedanken überkam mich tiefe Dankbarkeit. Ich näherte mich ihnen von hinten und sah, dass sie sich erst einander und dann nachdenklich dem Fluss zuwandten. Ich schob mir die Violine unters Kinn und strich mit dem Bogen über die Saiten, um ihnen ein Ständchen zu bringen.

Dann kehrte die Finsternis zurück, und ich war wieder nur

ein Kleiderhaufen, der allmählich zu stinken und zu schnarchen begann, einer unter vielen solcher Haufen; der Zug bremste jäh und unerwartet, und jemand stieß sich den Kopf an der Wand und fluchte. *Eine räudige Katze möge die Eingeweide deiner Mutter fressen, du …* – eine Bauernstimme, wie man sie auf dem Wochenmarkt zu hören bekam, und irgendjemand besaß genug Galgenhumor, um im Dunkeln darüber zu lachen. Auch ich konnte mir ein Lächeln nicht verkneifen, nicht wegen der unsichtbaren Tragikomödie, sondern weil ich meinen geheimen Ort gefunden hatte, meine Wiese, meinen zukünftigen Sohn, das Licht, die helle Sonne. Ich wusste, dass es einiger Übung bedürfen würde, aber mit Üben kannte ich mich aus; bis gestern hatte ich praktisch nichts anderes getan. Und war dafür reich belohnt worden: Vera und ihre Familie, Wien, die Konzerte mit dem Orchester, meine täglichen Spaziergänge durch die Parks, meine reizenden Eltern und ihr blindes Vertrauen in meine Zukunft, mein blindes Vertrauen in mich selbst, meine Bücher. Das Üben hatte mir geholfen, die Bombennächte, wenigstens für ein paar lange Minuten, zu vergessen, die Stunden des Hungers während des Krieges, den Pesthauch der Angst, der durch die Straßen wehte, und später meine bruchstückhaften Erinnerungen an die Gräuel, die ich an der Front gesehen hatte.

Und so übte ich immer wieder voller Eifer, bis mein neues Refugium allmählich Gestalt annahm. Ich wanderte über die Wiesen, spürte, wie ihre Wärme durch meine Schuhsohlen drang, in meine Hosenbeine stieg. Ich blickte auf die schimmernden Köpfe meines Sohnes und seiner jungen Liebe, ich sah, wie sie sich an den Händen hielten, hörte sie meinen Namen sagen, zärtlich, voller Zuneigung, ich roch den Fluss, ich schob mir mein Instrument unter das Kinn und ließ den Bogen über die Saiten gleiten. Dann begann ich noch einmal von vorn. Als ich mir alles genau eingeprägt hatte, beschloss ich, diesen Ort im Dunkel meines Herzens zu bewahren, in der Hoffnung, dass ich ihn am Ende vielleicht doch nicht brauchen würde.

Vierundvierzig

Das Waisenhaus lag in einer Sackgasse am Rande Jambols – wie passend, dachte Alexandra. Die Straße endete nicht etwa abrupt, sondern verlief sich in einem unkrautüberwucherten Feld, als seien die Bewohner den weiteren Ausbau nicht wert. Das Waisenhaus selbst war ein Betonklotz mit rotem Ziegeldach, umgeben von einem hohen Eisenzaun. Dahinter eine Ansammlung von Pfirsich- oder Aprikosenbäumen, an denen grüne Früchte hingen. Alexandra stellte sich vor, wie die Waisenkinder die Früchte im Hochsommer pflückten; vielleicht war dies ihre größte Kostprobe der Natur, es sei denn, sie unternahmen manchmal Ausflüge. Sie war noch nie in einem Waisenhaus gewesen und hielt das Wort für veraltet, ein Relikt aus Romanen des neunzehnten Jahrhunderts, das in der modernen Welt keinen Platz mehr hatte.

Bobby band Stoycho an einen Baum am Rand des Parkplatzes, und Alexandra schlang ihm die Arme um den Hals, wie um ihn mit einem Zauber gegen Hundediebe zu belegen. Dann drückten sie die elektrische Klingel am Tor und warteten. Schließlich trat eine Frau aus dem Haus und kam auf sie zugeeilt, als sei sie mit anderen, wichtigeren Dingen beschäftigt. Sie hatte etwas an den Armen, das Alexandra zunächst für einen Ausschlag oder eine Tätowierung hielt, sich auf den zweiten Blick jedoch als ein Muster aus blauer und roter Farbe entpuppte. Sie musterte Bobby und Alexandra flüchtig von Kopf bis Fuß und winkte die beiden dann wortlos über den Hof und ins Haus, offenbar ohne auch nur einen Gedanken an die möglichen Folgen zu verschwenden.

Ein weiches, gelbliches Licht erfüllte die Flure. Kinder waren nirgends zu entdecken, doch Alexandra hörte ein fernes Summen, entweder Stimmen oder Musik. Die Wände waren pastellfarben gestrichen und geschmückt mit Dutzenden grellbunter Kinderzeichnungen auf welligem Papier. Alexandra fiel auf, wie peinlich sauber alles war – die Fußböden blitzten, und ein Hauch von Desinfektionsmittel hing in der Luft. Nach Bobbys Warnung hatte sie mit Schmutz und Elend, wenn nicht Schlimmerem gerechnet. Stattdessen strahlte das Gebäude etwas seltsam Beruhigendes aus wie ihre Grundschule damals auf dem Land, die gleichen verschlossenen, milchverglasten Türen, das gleiche Rumoren freundlicher Betriebsamkeit.

Bobby unterhielt sich locker und ungezwungen mit der Malerin – die es plötzlich nicht mehr so eilig hatte und sie auf einen Rundgang durch das Haus mitnehmen zu wollen schien –, und Alexandra glaubte verstanden zu haben, dass er sich nach Milen Radevs Nichte und dem Waisenhaus erkundigt hatte. Plötzlich wimmelte es auf dem Flur von Kindern; sie schienen gemeinsam irgendwohin zu gehen. Die Ältesten waren vielleicht sieben oder acht, die Kleinsten höchstens drei. Sie trugen saubere, wenn auch reichlich abgenutzte Spielkleidung, und ihr Haar und ihre Gesichter glänzten. Viele von ihnen seien Roma, raunte Bobby ihr ins Ohr, und sie musste an die Kinder denken, die am Rand von Tante Pavlinas Dorf auf einer Mauer gesessen hatten wie die Hühner auf der Stange. Sie schlugen sich die Hände vor den Mund und lachten, als sie die Fremden erblickten; die Kleinsten versteckten sich hinter ihren Lehrerinnen und starrten sie an. Ein Junge streckte im Vorbeigehen die Hand aus und zog an Alexandras Rock.

Bobby übersetzte, was ihm die Lehrerin zuflüsterte: »Die Kinder wissen, dass sie womöglich in einer neuen Familie Aufnahme finden, wenn jemand zu Besuch kommt. Was für die meisten in einer Enttäuschung endet.« Sie lotste Alexandra und Bobby in die entgegengesetzte Richtung, doch Alexandra wandte sich noch einmal um und sah, dass auch die Kinder am Ende der Schlange sich umgedreht hatten und ihnen nachsahen. Sie lächelten und winkten, eines von ihnen bohrte sich mit der freien Hand emsig in der Nase.

Auch der Rest des Waisenhauses wirkte hell und sauber, und es dauerte eine ganze Weile, bis Alexandra bemerkte, wie einfach und primitiv hier alles war. Die Wände hatten Löcher, aber sie waren fachmännisch gestrichen und mit weiteren pappgerahmten Kinderzeichnungen geschmückt. Alexandras Blick fiel auf das schlechte, aber wohlwollende Ölporträt einer grauhaarigen Frau, vermutlich eine ehemalige Heimleiterin. Die Vorhänge waren aus alten Bettlaken geschneidert; in einigen Räumen dienten sie als Türersatz oder Trennwand zwischen Schlaf- und Spielbereich. In dem großen, offenen Schlafsaal sortierten zwei Frauen billiges Spielzeug und ebensolche Kleider in Regale. Endlose Reihen niedriger Bettchen; auf einem Kissen lag ein Gegenstand, der an eine zottige Spinne erinnerte, sich bei näherem Hinsehen jedoch als eine über alles geliebte Stoffpuppe erwies. Durch die Fenster drang der rhythmische Singsang von Kindern herein – irgendein Reim, den sie zu ihren Gymnastikübungen skandierten, eine unheimliche, leiernde Klage.

Die Frau führte sie in ein Büro mit einem großen Schreibtisch, an dem niemand saß. Dann ging sie, die farbbefleckten Arme von sich gestreckt, hinaus.

»Miss Radeva kommt gleich. Sie arbeitet am anderen Ende des Gebäudes. Es ist schön hier, nicht wie in den Waisenhäusern, über die ich gelesen habe«, sagte Bobby nachdenklich.

Alexandra hätte gern Näheres darüber erfahren, doch in diesem Moment hörten sie Schritte auf dem blitzsauberen Flur, und die Tür ging auf.

Die nächste Überraschung. Alexandra hatte sich Milen Radevs Nichte als alternde weibliche Ausgabe Radevs vorgestellt – natürlich nicht im Rollstuhl, aber mit müden Gesichtszügen, schütterem grauem Haar und Radevs hohler, gleichgültiger Miene. Die Frau, die auf sie zutrat, war höchstens dreißig, vielleicht aber auch erst sechsundzwanzig wie Alexandra. Miss Radeva war hochgewachsen, schlank und aufgeweckt. Das glatte, dunkle Haar fiel ihr bis auf die Schultern. Sie hatte das Gesicht einer byzantinischen Prinzessin, fand Alexandra – fein geschnitten, mit geradezu unnatürlich großen Augen und südländischem Teint. Sie trug ein Kleid aus lavendelfarbener Seide mit gestreiftem Kragen und ebensolchen Aufschlägen, das für den Besuch in einem edlen Restaurant geeigneter schien als für die Arbeit mit Kindern – aber vielleicht erledigte sie ja nur Schreibarbeiten und nahm Telefonanrufe entgegen und malte nicht mit Fingerfarben. Sie bewegte sich, als hätten die Gesetze der Schwerkraft für sie keine Gültigkeit, kerzengerade, schwebend fast, wie eine Ballerina abseits der großen Bühne. Alexandra und Bobby starrten sie an, Bobby mit unverhohlener Bewunderung und Alexandra ohne jede Spur von Neid oder gar Eifersucht.

»*How do you do?*«, sagte Miss Radeva auf Englisch. Ihre Stimme war leise und melodisch. Alexandra musste an den hässlichen Betonsilo denken, in dem diese engelhafte Erscheinung wohnte. »Madame Georgieva hat mir Ihren Besuch bereits angekündigt. Sie sind Amerikaner?«

»Nur ich«, sagte Alexandra und schüttelte die Hand, die Miss Radeva ihr hinstreckte. Sie war schlank und kühl wie alles andere an ihr, die Haut über den vogelgleichen Knochen seidenweich. »Bobby – Asparuh – kommt aus Sofia.«

»Und Sie interessieren sich für die Kinder? Mir ist nicht ganz klar, weshalb Sie hier sind.« Miss Radeva runzelte die Stirn, ein zarter Faltenwurf in Samt. Ihr Englisch war außerordentlich prononciert, der Akzent stark, doch jedes Wort so klar wie ihr wachsamer Blick.

»Äh, nein«, sagte Alexandra. »Ich liebe Kinder, aber wir wollten Sie fragen … wir wollten mit Ihnen über Ihren Onkel Milen sprechen, wenn Sie nichts dagegen haben. Wir sind auf der Suche nach ihm oder vielmehr nach den Freunden, mit denen er unterwegs ist …«

»Können wir vielleicht die Tür zumachen?«, fragte Bobby.

Als Miss Radeva seiner Bitte nachgekommen war, erzählten sie ihr in groben Zügen, wie Alexandra auf der Treppe vor dem Hotel Forest mit Milan Radev und den Lazarovi zusammengestoßen und in den Besitz der Urne gelangt war. Während sie zuhörte, nahm Miss Radeva eine Schachtel Pralinen aus einem Regal über dem Schreibtisch, öffnete sie mit anmutigen Fingern und machte Wasser heiß, um Tee aufzugießen. Die Pralinen schmeckten vor allem nach Staub und Zucker, trotzdem verschlang Alexandra gleich drei Stück; sie hatten schon wieder nicht zu Mittag gegessen. Dann zeigten sie ihrer Gastgeberin das Foto von Neven und Vera und dem undeutlichen Milen Radev im Fond des Taxis. Alexandra unterschlug ihren Besuch bei der Polizei, und Bobby überging ihr Essen mit dem Zauberer und die Farbschmierereien. Alexandra hoffte, dass es sich dabei nicht um einen bloßen Irrtum handelte; wenn nötig, konnten sie Miss Radeva später immer noch ins Vertrauen ziehen.

Miss Radeva sagte kaum ein Wort, bis sie zu Ende erzählt hatten, doch als Alexandra die Urne erwähnte, riss sie die dunklen Augen auf und sah sich um, als habe urplötzlich jemand den Raum betreten. Sie richtete sich noch weiter auf, und ihre kleinen Tänzerinnenbrüste und ihr leicht hervortretendes Schlüsselbein zeichneten sich unter der Seide ab. »Verstehe«, sagte sie.

»Wir möchten Ihre Arbeitszeit nicht unnötig in Anspruch nehmen«, setzte Bobby hinzu. »Aber von Irina Georgieva haben wir erfahren, dass Ihr Onkel und die Lazarovi Sie gelegentlich besuchen kommen. Wann haben Sie sie das letzte Mal gesehen? Und wissen Sie eventuell, wo sie sich aufhalten?«

Miss Radeva schüttelte den Kopf. Ja, sagte sie, Vera und ihr Onkel hätten sie in der Tat von Gorno aus angerufen, um ihr mitzuteilen, dass sie Stoyans Asche beisetzen wollten. Sie sei erstaunt gewesen; sie habe eigentlich angenommen, Stoyan sei kurz nach seinem Tod bestattet worden, auch wenn von einer Beerdigung nie die Rede gewesen sei. Damals habe sie ihren Onkel angerufen und ihm ihr Beileid über den Tod seines Freundes ausgesprochen. Als sie vor zehn Tagen aus den Rhodopen angerufen hätten, habe sie Milen bekniet, sie zu besuchen, da sie sich seit über zwei Jahren nicht gesehen hätten. Ihr Onkel habe ihr versprochen, dies nach der Beisetzung der Urne zu tun.

Bobby spielte mit dem Saum seiner Jacke. »Klangen sie am Telefon irgendwie bedrückt? Oder … niedergeschlagen?«

Miss Radeva stützte ihr perfektes Kinn auf ihren langen Zeigefinger und dachte über seine Frage nach. Sie trug glänzenden Nagellack, aber keine Ringe. Vielleicht, überlegte Alexandra, durften Engel nicht heiraten.

»Mein Onkel ist kein besonders fröhlicher Mensch, er leidet seit Jahren unter chronischen Schmerzen«, sagte sie. »Aber diesmal klang er am Telefon irgendwie ängstlich oder nervös. Auch wenn er versuchte, sich das nicht anmerken zu lassen. Er sagte, nach Onkel Stoyans Beerdigung – und einem Besuch bei mir – wollten sie Urlaub machen, vielleicht am Meer, Neven habe sich das gewünscht. Aber sonderlich begeistert klang er nicht. Sie haben sehr wenig Geld – ich habe keine Ahnung, wovon sie diese Reise finanzieren wollen. Trotzdem habe ich mich gefreut, denn er hat das Meer immer geliebt, und er ist schon lange nicht mehr dort gewesen. Ich habe ihn gefragt, wo an der Küste sie ihren Urlaub verbringen wollten und ob sie auch nach Burgas fahren würden. Er sagte, vermutlich nicht – Neven habe noch nicht entschieden, wohin er wolle.«

Es klopfte an der Tür, und eine grauhaarige Frau streckte

den Kopf herein, nickte ihnen zu und wandte sich mit besorgter Miene an Miss Radeva.

»*Da*«, erwiderte Miss Radeva. »*Nyama problem.*« Worauf die Frau wieder verschwand.

»Sie müssen an die Arbeit zurück«, sagte Bobby entschuldigend. »Nur noch eine Frage, wenn's recht ist. Fällt Ihnen irgendein Grund ein, weshalb *gospodin* Lazarov von der Polizei gesucht werden könnte?«

Miss Radeva war aufgestanden und strich sich das Kleid glatt; Bobbys Worte ließen sie schlagartig erstarren. »Steckt mein Onkel etwa in Schwierigkeiten?«, fragte sie ängstlich. »Oder Neven?«

»Nein«, sagte Bobby. »Soweit uns bekannt ist, haben sie gegen keinerlei Gesetz verstoßen. Aber wir versuchen, so viel wie möglich über *gospodin* Lazarov herauszufinden, damit wir Ihrem Onkel und *gospozha* Lazarova helfen können, die Sache zu einem guten ... Ende zu bringen. Vielleicht können Sie uns dabei behilflich sein?«, setzte er mit sanfter Stimme hinzu.

Miss Radeva ließ den Kopf hängen und schwieg einen Augenblick. »Eins sollte ich Ihnen vielleicht nicht vorenthalten«, sagte sie schließlich. »Aber darüber können wir hier nicht sprechen.« Sie strich sich eine schimmernde dunkle Locke aus dem Gesicht. »Aber jetzt muss ich wieder an die Arbeit. Ich werde mich beeilen, sodass ich gegen fünf Schluss machen kann.«

»Danke«, sagte Bobby feierlich.

Miss Radeva blickte von einem zur anderen. »Wir treffen uns im Stadtzentrum, in dem Café in der Nähe der Moschee. Ich bin in einer Stunde dort.«

Bobby machte ein zweifelndes Gesicht. »Können wir uns

in dem Café auch ungestört unterhalten? Ich möchte ungern im Freien über dieses Thema sprechen, wo alle Welt mithören kann.«

»Ja«, sagte Miss Radeva. »Das dürfte kein Problem sein.«

In diesem Moment ging die Tür auf, und die mit Farbe bekleckste Lehrerin trat ein. Sie befand sich in Begleitung einer älteren Frau und eines Mannes mit federnden grauen Locken. Aus irgendeinem Grund trug er eine dunkelgrüne Trachtenjacke mit silbernen Knöpfen und Blumenstickereien; er erinnerte Alexandra an Kapitän von Trapp mit seiner Kinderschar.

»Meine *shefs*«, sagte Miss Radeva, und Alexandra begriff sofort, dass die beiden ihre Vorgesetzten waren.

»Möchten Sie vielleicht ein Kind adoptieren?«, fragte der Mann im Janker. Er war noch pausbäckiger als Christopher Plummer und machte ein noch betrübteres Gesicht.

»Ich fürchte, nein«, sagte Alexandra und trug sich einen Augenblick lang mit dem Gedanken, eines der kleinsten Kinder mitzunehmen, einen vier- oder fünfjährigen Jungen vielleicht, mit derselben Selbstverständlichkeit, mit der sie Stoycho aufgelesen hatten. Sie verspürte ein leises Ziehen in der Brust.

»Schade«, sagte der Kapitän und verstummte. Dann begleitete Miss Radeva sie nach draußen, winkte ihnen zum Abschied noch einmal zu, und dann verschwand ihre schlanke Hand hinter der Tür.

Fünfundvierzig

1949

Der Zug fuhr fast den ganzen Tag hindurch und machte nur zweimal Station. Bei jedem Halt hoffte ich, sie würden die Türen öffnen, um uns an unserem unbekannten Zielort aussteigen zu lassen, noch mehr Männer in den Waggon zu pferchen oder uns wenigstens einen Schluck Wasser zu gewähren. Mein Verlangen nach Licht und frischer Luft wurde unerträglich. Beim ersten Halt, etwa eine Stunde nachdem wir Sofia verlassen hatten, spähte ein Mann an der Tür durch einen Spalt und teilte uns mit, wir stünden in einem Feld unweit eines Waldes, und ein Raunen der Angst und der Zuversicht ging durch den dunklen Wagen. Eine Zeit lang war ich sicher, dass wir gen Osten fuhren.

»Wann lassen sie uns endlich raus?«, fragte ein Mann in meiner Nähe. »Ich muss dringend pissen.« Doch seine Stimme klang verzagt, und wie nicht anders zu erwarten, erfüllte sich seine Hoffnung nicht. Der Zug stand, bis mit einem Mal der Boden bebte, und dann erzitterte auch der Waggon kurz und bedrohlich; sie hatten einen anderen Zug passieren lassen. Ich fragte mich, wo auf der Strecke wir wohl angehalten hatten, doch das sollte ich nie erfahren. Wir unterdrückten unseren Harndrang, so gut es eben ging, bis ein blechernes Scheppern ertönte und jemand rief, er habe einen Eimer gefunden und werde ihn in der Wagenmitte auf den Boden stellen. Als wir es beim besten Willen nicht mehr aushielten, krochen wir darauf zu – drängten namenlose Schultern und sogar Köpfe beiseite – und erleichterten uns. Wer konnte, der hielt sich von dem Eimer fern, dessen Gestank stündlich schlimmer wurde; schließlich lief er über. Es war ein warmer Oktober.

Eine Weile ging es aufwärts und um scharfe Kurven, wo von fern die Zugpfeife ertönte. Beim zweiten Halt legte derselbe Mann das Auge an die Ritze in der Tür und meldete: »Berge. Ziemlich hoch, mit Kiefern.«

Vermutlich hatten sie uns über die Nordlinie in die Stara Planina hinaufgefahren, die Frage war nur, wie weit. Ich roch nichts außer dem ranzigen Urin und dem Mann auf der anderen Seite des Waggons, der seine Hosen nicht hatte säubern dürfen, während irgendwo dort draußen ein frischer Gebirgswind wehte, der den Duft sonnenbeschienener Tannen mit sich trug. Ich kannte die Gegend von einem Ausflug, den ich als kleiner Junge mit meinen Eltern unternommen hatte, um eine sterbende Urgroßmutter zu besuchen. Ich hatte keinerlei Erinnerung an die alte Frau, von der wir Abschied nehmen wollten, aber ich konnte mich noch gut an die senkrecht aufragende Felswand entsinnen, die Kiefern, die sich daran emporhangelten, den noch im späten Frühling schneebedeckten Gipfel. Es war kühler hier oben, selbst in dem überfüllten Eisenbahnwaggon. Einen Augenblick lang hatte ich das seltsame Gefühl, dass wir entweder nicht mehr durch Bulgarien fuhren oder dass ich die Besinnung verloren hatte.

»Ein Bahnhof«, sagte der Mann. »Aber ich sehe kein Schild. Vielleicht steigen wir hier aus.«

Doch der Zug fuhr weiter, und ich schlief ein; der Schlaf vertrieb zwar den Hunger, aber der Durst wurde so stark, dass mir die Zunge am Gaumen klebte, als ich erwachte. Den anderen schien es nicht anders zu ergehen, denn der Verwundete neben mir flehte schluchzend um Wasser, bis ihm jemand grob übers Maul fuhr. Dieses Wort wollte hier niemand hören; ich hätte dem armen Mann mit Freuden einen ganzen Krug gebracht und mit ihm daraus getrunken, und im nächsten Moment hätte ich ihn am liebsten geschlagen. Ich bewegte meinen schmerzenden Rücken und meine wunden Hüften und hielt mir die Ohren zu. Schon schienen Wochen vergangen, seit ich mit Vera das letzte Mal zu Abend gegessen, in eine saubere Toilette uriniert, vor dem Schlafengehen ein Glas Wasser getrunken und im Bett alle viere von mir gestreckt hatte.

Der dritte Halt war auch der letzte; wir hörten die Rufe der Zugführer, Hämmern, das Klirren schweren Stahls. Stimmen und Hände draußen vor unserem Waggon, ein Gewirr von Schreien, dann wurde der Riegel zurückgeschoben und die Tür aufgerissen. Blinzelnd rappelten wir uns hoch, die Glieder zu steif, um aufrecht zu stehen, und in der hellen Öffnung erkannte ich die Umrisse von Männern mit Gewehren und zwei Lastwagen, an deren Heck Rampen befestigt waren. »Los, bewegt euch!«, brüllten sie, und wir gehorchten, nicht zuletzt, weil wir hofften, dass wir Wasser bekommen würden. Es waren nicht dieselben Männer, die uns in Sofia in die Waggons getrieben hatten. Ich will mich nicht an sie erinnern. Sie stellten uns entlang der Rampen auf und zählten uns durch, als wir in die Lastwagen stiegen; mein Schlafgefährte konnte immer noch nicht gehen, und wir mussten ihm zu dritt auf die Beine helfen. Ich verließ den Wagen als einer der Letzten und sah den Tumult im hinteren Winkel des Waggons, wo das Licht kaum mehr hinreichte.

»Was ist da los?«, brüllte einer der Wärter.

»Er ist tot«, meldete sich ein älterer Gefangener fast entschuldigend zu Wort. »Ich weiß nicht, wie er heißt, aber er ist gestern Morgen mit uns eingestiegen. Da hat er schon geblutet.«

»Los, weiter«, sagte der Mann. »In den Laster mit dir. Ein bisschen Schwund ist immer – streich die Lusche von der Liste«, wandte er sich an einen Mann mit einer großen Kladde. »Aber vergiss nicht, es Vasko zu melden.«

»Nehmen wir die Leiche mit, Genosse?«, fragte der Mann mit der Kladde.

»Was denn sonst?«

Drei Gefangene blieben zurück, um den Toten aus dem Waggon zu holen. Ich dachte: *Wenigstens hat er nun keinen Durst mehr.* Da fiel mir Vera ein, und mein Gewissen regte sich. Sie würde mich lebend zurückhaben wollen.

Die Laster waren riesig – Militärtransporter aus dem Krieg; als ich einstieg, sah ich, dass an den Türen ein deutscher Schriftzug prangte, konnte jedoch nur drei Wörter erkennen: *IM FALLE EINER* … Auf der Rampe erhaschte ich einen kurzen Blick auf den dämmernden Himmel, hohe Gipfel, Kiefern, die sich in schmale Felsspalten schmiegten, und ein unglaublich süßer, kühler Windhauch streifte mein Gesicht. Außerdem sah ich einen alten Bahnhof mit Ziegeldach und einem weißen Emailschild mit blauer Schrift. Auf dem Schild stand ZELENETS, allem Anschein nach der Name dieses Dorfes. Ich hatte nie davon gehört. Weit unterhalb des Bahnhofs konnte ich ein paar Häuser und eine Kirche ausmachen.

Vor der Einstiegsrampe des Lasters, zu dem ich geführt wurde, stand ein Eimer Wasser mit einer hölzernen Kelle darin. Ein Junge mit zerrissener Jacke gab uns jedem einen Schluck davon, als wir auf die Ladefläche kletterten – wir selbst durften die Kelle nicht berühren. Kaum hatte ich getrunken, fragte ich mich auch schon, wann sie uns etwas zu essen geben würden. Sitzbänke säumten die Wände des Fahrzeugs; als ich an die Reihe kam, waren sie längst besetzt, aber ich freute mich, als ich sah, dass ein halb ohnmächtiger Mann mit geschwollenen Füßen noch einen Platz ergattert hatte. Wir anderen mussten stehen, in unserem Gestank zusammengepfercht, und die Männer mit Gewehren schlossen die Ladeklappen und verriegelten sie von außen.

Der Motor heulte auf, als der schwer beladene Laster sich, über Steine und in Furchen rumpelnd, im Schritttempo die steile Straße hinaufquälte. Ich hoffte, der Wagen würde umkippen und in eines der Täler stürzen, sodass wir wenigstens an der frischen Luft sterben würden, wenn die Türen aufsprangen. Die Gefangenen ringsum hielten den Kopf gesenkt, erschöpft und voller Angst. Ich blickte vorsichtig in die Gesichter, die ich in dem finsteren Waggon den ganzen Tag nicht hatte sehen können – alte Männer mit weißen Schnurrbärten, an deren Lippen weißer Speichel klebte, sehr junge Männer mit bläulichen Schatten unter den Augen und schmutz- oder blutverschmierten Wangen und alles nur Erdenkliche dazwischen –, und mir wurde klar, dass ich der Einzige war, der sich umblickte. Alle anderen hielten sich am Gestänge oder der Schulter ihres Nebenmannes fest und starrten auf den schwankenden Metallboden. Wir hatten nicht nur Hunger, Durst und Schmerzen, stanken erbärmlich und ängstigten uns fast zu Tode. Nein, wir schämten uns so sehr, dass wir es nicht wagten, einander in die Augen zu sehen.

Der Laster fuhr immer höher hinauf in die Berge, über kurvenreiche Straßen und dann ein paar Minuten auf ebener Strecke, bis wir schließlich anhielten. Wieder wurde die Ladeklappe geöffnet, und wieder scheuchten die Männer mit Gewehren uns ins Freie mit tatkräftiger Unterstützung anderer Männer, die uns bereits erwartet hatten. Einige dieser neuen Wärter trugen richtige Uniformen aus dunkelgrüner Wolle, die für einen so lauen Oktoberabend zu dick und zu kratzig schienen, und Mützen mit rotem Stern wie Armeeoffiziere. Doch nicht nur das, sie gingen auch systematischer zu Werke und trieben uns im Gänsemarsch die Einstiegsrampe hinab. Inzwischen war es fast dunkel; die Sonne war hinter den steilen Hängen einer Schlucht versunken, und ich sah, dass wir uns auf einer Straße befanden, die einem schmalen Fluss in die Berge hinauf folgte.

Dann befahlen uns die Uniformierten, uns hinzuknien, und ich dachte, jetzt werden wir erschossen. Ich fühlte mich seltsam betäubt und hatte mehr Hunger als Angst; mir graute davor, ohne eine letzte Mahlzeit aus dem Leben scheiden zu müssen, ohne das Henkersmahl, das man Todeskandidaten in Romanen stets gewährte. Ich nahm mir vor, nicht an Vera oder meine Eltern zu denken. Das würde es mir leichter machen. Ich wusste, dass ich ein Unrecht begangen hatte, aber nicht das Unrecht, dessentwegen sie mich erschießen wollten. Ich dachte: *Wie sonderbar, zu sterben, ohne zu wissen, wo man ist.* Dann zählten sie uns ein zweites Mal, eilig, brüllend; einer von ihnen sah meinem zweitbesten Freund auf dem *gimnasium* täuschend ähnlich, das gleiche überdimensionale Kinn, die gleiche krumme Nase, und doch war er es nicht.

Plötzlich befahlen sie uns aufzustehen, und ich begriff, dass wir nicht etwa gekniet hatten, weil wir erschossen werden sollten, sondern damit wir nicht davonliefen, während sie uns zählten. Aus irgendeinem Grund wärmte mir ein Funke der Hoffnung den knurrenden Magen, und im Stillen versprach ich Vera, lebend zu ihr zurückzukehren.

»Und jetzt marsch, ihr Verbrecher!«, brüllte einer der Wärter. »Vorwärts, marsch! Zusammenbleiben! Wer aus der Reihe tanzt oder zurückbleibt, wird erschossen! Kapiert? Kapiert?« Wir setzten uns in Bewegung, schwerfällig, hastig, selbst die Verwundeten. Ich brachte meinen gebrochenen Finger außer Reichweite meines Nebenmannes, der wild mit den Händen fuchtelte. Der Betrunkene aus der Zelle in Sofia und mein Begleiter mit den geschwollenen Füßen waren ein gutes Stück weiter vorne in der Schlange, und ich konnte nur hoffen, dass sie beim Gehen jemand stützte. Ein Mann ein paar Reihen vor mir stolperte, und sofort stolperten wir alle, was der Wärter, der neben uns herlief, mit wüsten Flüchen und Verwünschungen quittierte. Ich beschloss, mich nicht mehr umzusehen, weder in die Gesichter der Soldaten noch hinauf zu den steilen Felswänden, hinter denen die letzten Sonnenstrahlen verblassten. Ich hörte das Flüsschen rauschen und das Stampfen unserer Füße im Staub. Wir bogen in einen Feldweg und ließen den Fluss hinter uns zurück, all das Wasser, mit dem wir unseren unbändigen Durst hätten löschen können. Im Dämmerlicht schien es, als würden die steilen, bewaldeten Hänge rechts und links der Straße buchstäblich auf uns eindringen. Wir marschierten keuchend mindestens fünf Kilometer weit, und einer der Männer musste zurückgefallen sein, denn die Männer mit Gewehren schrien und bedrohten ihn.

Dann gelangten wir wieder auf offenes Gelände, und wir sahen Gebäude, einen hohen Zaun und ein notdürftig zusammengezimmertes Tor, einen Wachturm und noch mehr Uniformierte mit Gewehren, die einen großen, scharfäugigen Schäferhund bei Fuß führten. Das Tor wurde geöffnet, und wir marschierten hindurch, beseelt vom Eifer der Verzweiflung. Bevor ich das Gelände betrat, sah ich den Schriftzug über dem Tor: VORWÄRTS IN EINE RUHMREICHE ZUKUNFT, und an einer Wand ein Schild mit der Aufschrift ES LEBE DIE KPdSU. Ich fragte mich, ob es sich um ein russisches Lager handelte, doch das Schild war auf Bulgarisch, und die Männer, die das Tor hinter uns schlossen, sprachen Bulgarisch. Es waren nirgends Gefangene zu sehen, nur die offenen Türen der hölzernen Baracken wie dunkle viereckige Mäuler. Wieder mussten wir uns in einer Reihe aufstellen, diesmal mit den Augen geradeaus. Ein Mann vor mir sackte jäh zusammen und fiel um. Die Männer neben ihm wollten ihm wieder auf die Beine helfen.

»Lasst ihn liegen!«, schrie einer der Offiziere. »Oder wollt ihr etwa auch bestraft werden?« Die beiden Männer ließen ihn los. Kurz darauf erhob der Mann, der gestürzt war, sich auf Hände und Knie und rappelte sich zitternd hoch.

Der Offizier baute sich vor uns auf, sodass ihn alle sehen konnten. Er wurde von zwei Adjutanten flankiert, die jedoch keine Uniformen trugen, sondern gewöhnliche, schlammverkrustete Alltagskleidung; einer von ihnen hielt einen schweren Knüppel in der Hand und stand seltsam gebeugt, als hätte er sich selbst eine Tracht Prügel verabreicht. »Willkommen in Zelenets, eurem neuen Zuhause. Ihr seid nicht ohne Grund hier. Ihr habt die Pflicht und die Ehre, euch durch harte Arbeit zu rehabilitieren. Irgendwelche Fragen?«

Ein Mann in der ersten Reihe meldete sich zu Wort. Seine feste, fast flehentliche Stimme zerriss die Stille. »Genosse, wir haben seit gestern oder vorgestern nichts mehr gegessen.«

Der Offizier fuhr herum und erstarrte. Offenbar hatte er mit einer Antwort nicht gerechnet. »Du hast Hunger?«

»Jawohl, Genosse.« Diesmal erkannte ich den Gefangenen wieder. Gemeinsam hatten wir dem Mann mit den zerschundenen Füßen in den Waggon geholfen. Er hatte einen markanten Schädel und breite Schultern, die Statur eines Menschen, der an harte körperliche Arbeit gewöhnt war.

Der Offizier blieb vor ihm stehen. »Vortreten, dann können wir uns in Ruhe darüber unterhalten«, sagte er. Zum ersten

Mal konnte ich das Gesicht des Offiziers sehen. Er war um die vierzig, hochgewachsen, und die Uniform passte ihm wie angegossen – vielleicht ein ehemaliger Berufssoldat, im Krieg dekoriert. Ich fragte mich, ob man ihm die Leitung dieses Lagers nach Kriegsende zum Dank für seine Verdienste um die Revolution übertragen hatte. Sein Haar war unter der Mütze nicht zu sehen, doch seine Wangen waren glatt rasiert und seine Augen groß und grünlich wie die Mütze. Er machte eine knappe Handbewegung, worauf die beiden Männer in den abgerissenen Kleidern den Gefangenen packten. Der Jüngere der beiden war fast noch ein Knabe, aber groß und stark mit dichten blonden Locken. Er schloss die Hand um den Arm des Gefangenen. Der andere Mann hob seinen Knüppel und ließ ihn mit schier unglaublicher Behändigkeit auf die Schulter des Häftlings niedersausen. Schreiend sank der Häftling auf die Knie, und der kleine Mann holte ein zweites Mal aus und zog ihm den Knüppel mit voller Wucht über den Schädel. Es war ein unwirkliches, Übelkeit erregendes Geräusch – erst splitterten Knochen, dann kippte er mit dumpfem Klatschen in den Matsch.

Vier oder fünf von uns sprangen unserem Gefährten ohne nachzudenken bei und versuchten, ihn zu packen und in Sicherheit zu bringen. Der Knüppel traf einen anderen Mann am Arm und brachte ihn ins Straucheln, der Offizier brüllte, der junge blonde Wachmann zückte einen Eisenstock, andere Soldaten kamen angelaufen. Ängstlich wichen wir zurück. Wir hatten die Wahl: sofortiger Tod oder mögliches Überleben. Das hatte unser Offizier gemeint, als er sich danach erkundigt hatte, ob noch jemand Fragen habe. Der verwundete

Häftling – der sich am Boden wand und zuckte – sollte uns als warnendes Beispiel dienen. Nach ein paar Minuten lag er still, und zwei Wärter zerrten seine Leiche mit sich fort. Halb ohnmächtig vor Wut und Empörung schaute ich zu, dann beschloss ich, nicht mehr hinzusehen.

Sechsundvierzig

Im Zentrum von Jambol entdeckte Alexandra zu ihrem Erstaunen zwei wunderschön restaurierte Bauten aus der Zeit der Osmanen; kühl und elegant reckten sie sich an dem alten Platz gen Himmel – eine aus rotem Buntsandstein errichtete Moschee und eine historische Markthalle, die jetzt Boutiquen beherbergte. Das Café war nur ein paar Schritte entfernt, aber bis zu ihrer Unterredung mit Miss Radeva blieb noch eine halbe Stunde Zeit. An einem Obststand kaufte Bobby ein Kilo Kirschen und aß sie aus der Plastiktüte. Stoycho hechelte in der prallen Sonne, und Alexandra bat in einem kleinen Lebensmittelladen mit Händen und Füßen um ein Schälchen Wasser. »*Voda, molya*«, half Bobby ihr auf die Sprünge.

Ihr bedeutendstes Erlebnis, das Alexandra nie vergessen sollte, verdankten sie einer spontanen Regung. An dem Platz stand eine Kuppelkirche; sie banden Stoycho an einen Baum und traten ein, um der Hitze zu entkommen. Bobby ging zu dem kleinen Kiosk vor dem Eingang und kaufte Kerzen.

»Sieh mal, ganze Berge von den Dingern«, sagte er. »Wahrscheinlich ist bald Feiertag. Das Fest der heiligen Kyrill und Method, nehme ich an. Zu Ehren unseres Alphabets. Und zu

Ehren von Lehre und Literatur. Genau der richtige Tag für dich.«

»Und für dich«, erwiderte Alexandra lächelnd. Er legte seine Münzen auf den Zahlteller unterhalb des Kioskfensters, und eine Frau im blauen Kleid reichte ihm vier Kerzen durch den Schlitz. Bobby gab Alexandra zwei davon, und gemeinsam betraten sie die Apsis, einen Augenblick lang Hand in Hand – genau wie sie es mit Jack getan hätte, schoss es Alexandra durch den Kopf, wenn er hier gewesen wäre.

Doch als sie die Kirche verließen, drehte eine Gestalt am Ende der Vortreppe sich um und trat mit seltsam holprigen Schritten auf sie zu. Im Schatten des Baumes sprang Stoycho auf und spitzte die Ohren. Alexandra wich zurück und beschirmte die Augen gegen das grelle Licht, doch Bobby ging beherzt auf die Gestalt zu. Sie entpuppte sich als Greisin, deren Rücken so stark gebeugt war, dass er sich fast parallel zum Boden befand, und die ein Kopftuch trug, das ihr Gesicht in einem dunklen Tunnel verschwinden ließ. Über den einen Arm hatte sie einen Stapel Häkeldeckchen gehängt, über den anderen mehrere alte Halsketten. Sie konnte den Kopf nicht hoch genug heben, um sie anzusehen, doch sie streckte die Arme aus und sagte etwas mit leiser, brüchiger Stimme.

»Will sie die Sachen verkaufen?«, fragte Alexandra.

»Ich glaube schon«, sagte Bobby. »Ich habe sie nicht richtig verstanden. Es sind wahrscheinlich Familienerbstücke. Womöglich das Einzige, was ihr geblieben ist.«

Mit größter Kraftanstrengung streckte sie die Arme noch ein wenig höher, näher an ihre Gesichter. Ihre Kleider verströmten den Geruch von faulendem Gemüse.

»Vielleicht sollten wir ihr etwas abkaufen«, flüsterte Alexandra.

»Ich könnte ihr ein paar Münzen geben«, sagte Bobby zweifelnd.

»Sie ist doch keine Bettlerin«, widersprach Alexandra.

Die Frau bewies beängstigende Ausdauer. Sie rührte sich nicht von der Stelle und senkte noch nicht einmal die Arme, obwohl sie schrecklich zitterten. Sie blieb stumm, als habe sie begriffen, dass die beiden sie ohnehin nicht verstanden.

»Ich kaufe dir eine Halskette«, sagte Bobby plötzlich.

Die Ketten waren von seltsamer Schönheit, mattiertes Messing mit großen rötlichen Perlen, die wie Karneole aussahen. An einer von ihnen hing eine Reihe alter Münzen.

»Nein, bitte nicht«, sagte sie. »Wer weiß, was die kosten?«

»So teuer werden sie schon nicht sein, außerdem möchte ich es gern.« Er sprach mit der alten Frau. Sie schienen zu einer Einigung zu kommen; Bobby zog ein paar Geldscheine aus seiner Hosentasche.

»Such dir eine aus«, sagte er zu Alexandra.

Sie zögerte. »Mir wäre es lieber, wenn du das erledigst«, sagte sie. Sie hatte Angst, dass es über die Kräfte der alten Frau ging, die Arme hochzuhalten, und wollte, sie hätte ihr Gesicht sehen können, um festzustellen, ob sie sich über den Verkauf freute oder sie der Verlust eines möglichen Erbstücks traurig stimmte. Bobby hatte ihr für diese Kostbarkeit doch bestimmt nur ein paar Kröten geboten. Vielleicht, überlegte Alexandra, war es besser, wenn sie nichts kauften – und die Halskette in Bulgarien blieb, wo sie hingehörte.

Bobby streckte die Hand aus und zog der Frau die zweite Kette behutsam über die verkrümmte Hand. Sofort ließ sie die Arme sinken und stopfte ihre übrigen Waren in eine große Tasche. Alexandra hatte eigentlich erwartet, dass sie sofort davonhumpeln würde, doch sie blieb stehen und starrte aus der Dunkelheit unter ihrem Kopftuch auf ihre Füße. Bobby reichte Alexandra die Kette. Sie war erstaunlich schwer, sauber, aber mit den Jahren verfärbt, mit kunstvoll geschmiedeten Gliedern aus silbernem Messing, honigfarbenen Bernsteinkugeln und, als Anhänger, einem sanftroten, ebenfalls in Messing gefassten Karneol. Sie hatte etwas Orientalisches, Byzantinisches, wie das Innere der Kirche – eine Ästhetik aus einer Zeit lange vor der Erfindung von Autos und Smartphones. Vielleicht, dachte sie mit einem Anflug von Verzauberung, stammte es ja tatsächlich aus osmanischer Zeit und war also mindestens hundertdreißig Jahre alt.

»Das weiß man hier nie so genau«, murmelte Bobby, als sie ihn danach fragte. »Die Leute verkaufen allen möglichen Plunder. Wer weiß, womöglich ist es aus Indien importiert.«

Die alte Frau hob die Hand und reckte den Zeigefinger. Sie sagte etwas, ganz langsam, damit die Kinder sie auch verstanden.

»Sie sagt, *nicht* Indien.« Bobby schüttelte den Kopf. »Aus ihrem Dorf, sehr alt. Von ihrer Urgroßmutter.«

»Das will ich doch nicht hoffen«, murmelte Alexandra, doch schon lag das Messing betörend warm in ihrer Hand. Bobby öffnete den Verschluss und legte ihr die Kette um den Hals; sie reichte ihr bis auf das Brustbein.

»Danke, Bobby«, sagte sie. Stoycho erwartete sie schon. Bleischwer hing die Kette über ihrem Herzen.

»Komm«, sagte Bobby. »Wir gehen zum Café. Wir können Stoycho draußen anbinden.«

Kurz darauf erschien auch Miss Radeva und kam mit federnden Schritten an ihren Tisch. Alexandra wollte, sie hätten sich ihre Wohnung in der Plattenbausiedlung ansehen können; sie stellte sie sich sehr schlicht vor, ganz in Weiß möbliert, ein Schwanennest. Miss Radeva deutete ein Lächeln an und setzte sich. Sie wirkte jetzt ein wenig erschöpft, und rings um die Augen zeigten sich die ersten Anzeichen des Alters. Das verlieh ihr das Aussehen einer Heiligen auf einer Ikone, des beständigen Übels der Welt müde und überdrüssig, während die meisten anderen Leute schlicht fix und fertig ausgesehen hätten. Miss Radeva hatte ihr langes Haar am Hinterkopf zu einem komplizierten Dutt verknotet. Wie es wohl gewesen wäre, überlegte Alexandra, mit einer perfekten älteren Schwester aufzuwachsen, sodass sie einander nach Jacks Tod hätten trösten und gemeinsam reisen können?

Bobby ließ den Blick durch das – höchstens halb volle – Café wandern und bestellte für sie alle Kaffee. Miss Radeva gab eine Extraportion Zucker in ihre Tasse und lehnte sich auf ihrem Stuhl zurück.

Bobby musterte sie. »Leben Sie schon lange in Jambol?«

»Ja«, sagte sie. »Ich bin mit dreiundzwanzig aus beruflichen Gründen hierhergekommen. Vor ziemlich genau dreiundzwanzig Jahren. Aufgewachsen bin ich am Meer.«

Beide starrten Miss Radeva an; sie konnte unmöglich Mitte vierzig sein. Sie schien es gar nicht zu bemerken. »Unsere ganze Familie stammte aus Sofia wie die Lazarovi, und bis ich fünf war, lebten wir dort. Dann zogen wir nach Burgas. Onkel Milan hatte schon einige Jahre in Burgas gearbeitet. Er ist der ältere Bruder meines Vaters. Er besorgte meinem Vater einen Job in der Ölraffinerie, die damals riesengroß war.« Sie rührte in ihrem Kaffee, etwas zu oft. »Die Lazarovi kamen etwas später nach. In Burgas spielte Onkel Stoyan manchmal im Orchester oder in der Oper, aber meistens arbeitete er in einer Konservenfabrik. Ich nannte sie immer Onkel und Tante – Onkel Stoyan und Tante Vera. Und Neven war für mich wie ein Cousin – oder wie ein großer Bruder, denn den hatte ich leider nicht.«

Bobby legte seinen Löffel beiseite. »Wohnen Ihre Eltern noch dort?«

Sie schüttelte den Kopf, und ihre fein geschnittenen Züge bekamen etwas Herbes. »Meine Eltern sind tot. Sie starben bei einem Bootsunfall. Ich ging noch zur Schule.« Sie nahm ihre Tasse.

Jack, dachte Alexandra. All diese Schemen und Schatten, die sich ihm angeschlossen hatten – oder denen er sich angeschlossen hatte –, aus allen Teilen dieser Welt. Einige ihrer Lieblingsverse aus dem Milton-Kurs, den sie auf dem College belegt hatte, kamen ihr in den Sinn: *Sein Königswort nimmt Tausende in Pflicht / Und schickt durch Meer und Land sie ohne Rast.* In diesem Moment wurde Alexandra klar, dass sie eines Tages anderen Lesern, anderen jungen Menschen diese Worte nahebringen würde, die das Zittern ihrer Hände zu beruhigen vermochten.

»Das tut mir leid«, krächzte sie mit kaum hörbarer Stimme.

»Mir auch«, sagte Bobby.

Alexandra wusste, dass er ihren bebenden Tonfall bemerkt hatte – diese Gewissheit und die Milton-Verse dämpften den wilden Pulsschlag, der das Café ringsum erzittern ließ. Miss Radeva ist eine Waise, dachte sie und wollte sie eben fragen, ob sie deshalb Erzieherin geworden sei, entschied sich dann aber doch dagegen. Stattdessen sagte sie: »Und wie steht es mit *gospodin* Lazarov? Kannten Sie ihn gut?«

Miss Radeva stellte ihre Tasse ab und verschränkte nervös die Finger. »Nicht besonders«, sagte sie. »Er war immer da, aber er war sehr viel stiller als Tante Vera. Er schien nicht sonderlich … interessiert … an Kindern, außer an seinem Sohn Neven. Er war sehr stolz auf Neven.«

Auch Bobby stellte seinen Kaffee beiseite. »Stehen Sie und Neven sich noch so nahe wie früher?«

Miss Radeva schüttelte den Kopf. »Er ist zwar immer noch wie ein Bruder für mich«, sagte sie, »aber leider leben wir seit vielen Jahren recht weit auseinander. Ich glaube, auch er ist heute stiller als damals, als wir Kinder waren und unbeschwert herumtollten. Ich glaube, er ist verschlossener geworden. Er arbeitet für eine Online-Steuerberatung zu Hause in Burgas, in der alten Wohnung seiner Eltern. Es ist eine sehr kleine Wohnung, nicht besonders schön, ziemlich heruntergekommen. Ich glaube, er arbeitet sehr viel – und ist vermutlich einsam, auch wenn er das nie zugeben würde. Er redet sich damit heraus, dass sein Job ihm genügend Zeit lässt, seine Mutter zu besuchen. Onkel Milen und Tante Vera schienen mir stark gealtert zu sein, als ich sie das letzte Mal gesehen habe.« Wieder schüttelte sie den Kopf.

Dann, wie um das Thema zu wechseln, fragte sie Alexandra, aus welcher Gegend der Vereinigten Staaten sie stamme und ob es in ihrer Heimatstadt Discos gebe. Alexandra, die ein Großteil ihrer Zeit zwischen Bibliotheksregalen oder in den Bergen verbrachte, musste scharf nachdenken. »Ja, eine, glaube ich. Aber die kenne ich nur vom Hörensagen.«

»Ich dachte, in amerikanischen Städten gibt es Discos an jeder Ecke.« Miss Radeva sann einen Augenblick lang darüber nach. »Hier haben wir mindestens vier Discos, und ich bin jedes Wochenende dort. Ich tanze für mein Leben gern.«

»Ähm.« Bobby legte seinen Löffel beiseite. »Wie gesagt, machen wir uns große Sorgen, weil Ihr Onkel und die Lazarovi nirgends zu finden sind. Darum haben wir uns gefragt, ob Sie über *gospodin* Lazarov vielleicht etwas wissen, das uns weiterhelfen könnte.«

»Ja«, sagte Miss Radeva. »Langsam mache ich mir auch Sorgen.« Sie seufzte. »Ich habe meinen Onkel noch nie so ... sonderbar und ernst erlebt wie neulich am Telefon. Normalerweise ist er etwas ruhiger. Er sagte, sie könnten mir leider nicht verraten, wann oder wohin sie in Urlaub führen und wann genau sie mich besuchen kämen. Er wollte es mir wohl schlicht und einfach nicht verraten. Ich war ein wenig gekränkt, er ist schließlich mein nächster Verwandter, außerdem hatte ich Angst, dass sein Verstand allmählich nachlässt. Einen Augenblick lang dachte ich sogar, sie wollten eine längere Auslandsreise unternehmen, vielleicht hat er ja irgendwo Geld, von dem ich nichts weiß.«

Alexandra verspürte ein säuerliches Gefühl im Magen. Sie war gar nicht auf die Idee gekommen, dass die Lazarovi das Land verlassen könnten. Ob sie das tatsächlich tun würden, wenn auch nur einer von ihnen wusste, was sich im Fuß der Urne verbarg? Und war dies vielleicht ein Hinweis darauf, dass sie ahnten, in welcher Gefahr sie sich befanden? Andererseits hatte Milen mit Miss Radeva gesprochen, kurz bevor sie die Urne vertauscht hatten. Oder hatte Neven Stoyans Geständnis am Ende eigenhändig darin versteckt, mit Nasko Angelovs Hilfe? Wollte er die Urne deshalb so dringend wiederhaben, oder war seither etwas passiert, das sie zwang, aus Bulgarien zu fliehen? Sie stellte sich Neven an der Reling eines Schiffes vor, das sich von Minute zu Minute weiter entfernte, bis sie nur noch seine schwarz-weiße Kleidung erkennen konnte. Vielleicht hatte sie selbst diese Lawine losgetreten, als sie die Urne mitgenommen hatte, und er würde sie nie wiedersehen, seinen Vater nicht begraben und womöglich nie in sein Heimatland zurückkehren können. Und sie hatte geglaubt, wenn sie der Familie – und der Erde – zurückgab, was ihr gehörte, würde alles wieder gut. Sie faltete die Hände im Schoß, um die rechte Hand daran zu hindern, sich in ihren linken Ärmel zu stehlen.

»Meint ihr«, fragte Bobby die beiden Frauen, »meint ihr, sie haben so große Angst vor irgendetwas, dass sie es ernsthaft in Betracht ziehen würden, Bulgarien zu verlassen?«

»Bis vor Kurzem hätte ich das eindeutig mit Nein beantwortet.« Miss Radeva strich sich die Haare von den Schultern. »Aber jetzt bin ich mir da nicht mehr so sicher. Das ganze Gespräch war irgendwie … komisch. Und nachdem Sie hier aufgetaucht sind und mich gefragt haben, ob Onkel Stoyan womöglich Schwierigkeiten mit der Polizei hat, ist auch mir plötzlich ein wenig mulmig. Onkel Milen war auf die Polizei noch nie sonderlich gut zu sprechen, aber ich dachte immer, das hängt mit seinen Erlebnissen als junger Mann zusammen in den Anfängen des sozialistischen Regimes.«

»Hatte er damals selber Schwierigkeiten?« Bobby beugte sich vor.

Miss Radeva dachte nach, ihre großen Augen waren klar. »Ich glaube nicht. Vielleicht haben Onkel Stoyans Erfahrungen Milen nervös gemacht. Damals konnte jeder verhaftet werden.«

Heute auch, dachte Alexandra. *Ein Dichter, zum Beispiel.*

Doch Bobby ging es nicht um seine eigene Situation. *»Onkel Stoyans Erfahrungen?«*, fragte er. »Was meinen Sie damit?«

Miss Radeva wirkte beklommen. »Genau das wollte ich Ihnen sagen. Onkel Stoyan hat nie darüber geredet, aber ich weiß, dass er von der Staatssicherheit verhaftet wurde, und das vermutlich nicht nur einmal. Eines Abends, ein paar Monate nach dem Tod meiner Eltern, führte Onkel Milen mich in Burgas zum Essen aus und trank dabei sehr viel. Ich glaube, er wollte mit mir über meine Eltern sprechen, aber seine Trauer war einfach zu groß, und so erzählte er mir stattdessen von Stoyan, quasi aus Versehen.«

»Das muss auch für Sie sehr traurig gewesen sein«, sagte Bobby.

Alexandra sah ihn an und dachte plötzlich: *Du könntest selbst einen Stein zum Reden bringen.*

Siebenundvierzig

Wir saßen in einem Gartenlokal in Burgas, sagte Miss Radeva. Im alten Seepark, der Morska gradina. Wenn Sie nach Burgas kommen, können Sie ihn nicht verfehlen – herrlich gelegen, gleich oberhalb des Strandes, wenn auch nicht mehr ganz so schön wie früher. Das Lokal hatte eine Terrasse mit Tischen, einer großen *balyustrada* aus Stein und einem zauberhaften Blick auf Himmel und Meer. Ich war damals siebzehn und schon zwei Monate nicht mehr im Park gewesen. Damals war ich ins Krankenhaus gerufen worden, wo ich erfuhr, dass meine Eltern tot dort eingeliefert worden waren, und man mir ihre nassen Kleider in einer Plastiktüte überreichte. Seitdem war ich nicht einmal mehr am Strand gewesen. Als ich das Gartenlokal wiedersah, mit der Abendsonne über der weiten Bucht, den spiegelblanken Tischen und dem blauen Meer, hätte ich am liebsten auf dem Absatz kehrtgemacht. Aber mein Onkel wollte unbedingt dort einkehren, und so tat ich ihm den Gefallen. Er rückte mir sogar den Stuhl zurecht, wie er es bei meiner Mutter immer getan hatte. Fast kamen mir die Tränen.

Onkel Milen bestellte mir ein Glas Wein, obwohl ich dazu eigentlich noch zu jung war und er es nicht gern sah, wenn Frauen tranken. Sich selbst bestellte er *rakiya* und prostete mir mit zitternder Stimme zu. Da plötzlich fiel mir auf, dass sein glattes dunkles Haar, das in seiner Jugend so voll und dicht gewesen war, allmählich weiß und schütter wurde. Seine Augen waren rotgerändert, nicht vom Weinen, sondern vor Erschöpfung. Ich hatte mein grünes Lieblingskleid und passende Schuhe angezogen, zum Dank für die Einladung, und er machte mir Komplimente. Ich hatte mich immer als sein Kind gefühlt, sein kleiner Liebling, da er nie geheiratet und deshalb keine eigenen Kinder hatte. Er hatte mir einmal erzählt, dass er als junger Mann sein Herz an eine Frau verloren habe, die ihn jedoch nicht hatte lieben können, trotzdem habe er es nie bereut.

Es war ein lauer Abend. Wir saßen da, unterhielten uns über unwichtige Dinge, und eine Zeit lang redete ich mir ein, dass wir lediglich zum Essen ausgegangen seien, Onkel und Nichte, und er mich nach Hause bringen werde statt zu meiner Großmutter, bei der ich seit dem Tod meiner Eltern lebte. Die Bäume standen in vollem Laub, die schönste Zeit des Jahres, und in der Luft lag der herrliche Duft von Salz statt wie sonst der Gestank der Ölraffinerie. Seit jenem Tag im Krankenhaus hatte ich mich oft über das seltsame Wetter gewundert – der Himmel war blau wie eh und je, und die Sonne ging morgens über dem Meer auf und abends hinter unserem Rücken unter. Es war ein wunderschöner Tag gewesen, als sie ertrunken waren, nur eben sehr, sehr windig.

Onkel Milen sprach eine Weile über seine Arbeit, bei der es Schwierigkeiten zu geben schien, und fragte mich ein wenig unbeholfen, wie es mir bei meiner Großmutter ergehe. Er wollte wissen, ob er etwas für mich tun könne, und um ihm die Wahrheit zu ersparen, sagte ich, er dürfe mich ruhig öfter zum Essen in den Seepark ausführen. Darauf lächelte er – wir haben schon immer viel zusammen gelächelt und gelacht, obwohl er im Grunde ein ernster und bisweilen sogar mürrischer Mensch ist – und sagte, an meiner charmanten Gesellschaft könne er sich gar nicht oft genug erfreuen. Er bestellte einen *rakiya* nach dem anderen, und wir genossen das hervorragende Essen, und es dauerte eine Weile, bis ich bemerkte, dass er ein wenig – oder mehr als nur ein wenig – betrunken war, denn er bleibt immer reserviert und höflich, auch wenn er getrunken hat. Von dem Wein war ich selbst etwas beschwipst, denn ich trank nur selten mehr als ein halbes Glas, und nun waren es schon fast zwei.

Am liebsten hätte ich ihn gefragt, wie meine Mutter in meinem Alter gewesen sei, denn jetzt, wo sie nicht mehr waren, wollte ich so viel wie möglich über meine Eltern erfahren. Stattdessen erkundigte ich mich nach den Lazarovi, da wir sie über die Jahre oft besucht hatten und sie praktisch zur Familie gehörten. Ich wusste, dass meine Eltern auch ihnen schrecklich fehlten. Neven lebte damals noch bei ihnen und studierte an der Technischen Universität Chemie. »Stoyan ist vermutlich enttäuscht, wenn sein Sohn Ingenieur wird und nicht Musiker«, hatte mein Onkel einmal zu mir gesagt. Stoyan hatte jahrelang versucht, seinem Sohn das Geigespielen beizubringen, ohne viel Erfolg. Neven konnte zwar viele Stücke spielen, aber nur langsam und ohne Ausdruck. Als wir Kinder waren, graute uns jeden Nachmittag vor dem Augenblick, wenn Neven von der Straße zum Üben ins Haus gerufen wurde. Er spielte viel lieber Fußball, und wir hatten eine ebenso große wie geheime

Sammlung von Silberfolien – Sie wissen schon, Bonbon- und Kaugummipapiere und dergleichen. Wir verbrachten Stunden damit, sie glatt zu streichen, was sie noch glänzender macht, bis sie irgendwann zu spröde werden und reißen.

Jedenfalls erzählte mir mein Onkel, Stoyan und Vera gehe es gut, aber er habe den Eindruck, Stoyan sei krank. Nicht am Körper, meinte er, sondern an der Seele. Traurig. »Davor kann ihn auch seine Musik nicht bewahren.« Mein Onkel nippte an seinem *rakiya.* »Du hättest ihn vor seiner Verhaftung kennenlernen sollen. So lebendig – kein lauter Mensch, aber voller Leben vom Scheitel bis zur Sohle. Er barst förmlich vor Energie.«

Dass Stoyan verhaftet worden war, hörte ich zum ersten Mal, und da mein Onkel meine Verwunderung nicht zu bemerken schien, hielt ich den Mund und ließ ihn reden. Er lehnte sich zurück, verschränkte die Arme vor der Brust und schüttelte den Kopf. »Danach war Stoyan nicht mehr der Alte«, sagte er. »Ich weiß noch, wie sie ihn holen kamen, damals in Burgas. Ich war dabei, um Gottes willen.«

Er nahm noch einen Schluck, und wieder ließ ich ihn reden – und trinken.

»Tja, weißt du«, sagte er, »das ist viele Jahre her, und damals waren wir noch jung; sie waren gerade erst nach Burgas gezogen. Eines Abends war ich wie so oft zum Essen bei Stoyan und Vera. Ich hatte ihnen ein paar Gläser saure Gurken mitgebracht, die ich im Dorf von meiner Großmutter bekommen hatte. An diesem Abend musste Stoyan nicht im Orchester spielen, und wir saßen zu Hause in ihrem Wohnzimmer. Sie teilten sich die Wohnung mit einem alten Ehepaar, das im

Hinterzimmer hauste, kaum genug Platz für eine junge Familie. Vera hatte es hübsch eingerichtet mit Vorhängen, die sie aus buntem Stoff genäht hatte. Nach dem Essen saßen wir noch etwas beisammen und unterhielten uns. Stoyan wollte für uns spielen, was er zu Hause nur selten tat, und wenn ich mich recht entsinne, spielte er ein Stück von diesem Italiener, den er so mochte, aus dem Gedächtnis, es klang – wie soll ich es beschreiben? – sehr akkurat und mathematisch, aber zugleich wie Wasser, das einen Abhang hinunterrinnt. An den Namen des Komponisten kann ich mich im Augenblick nicht erinnern, aber er wird mir schon wieder einfallen. Fantastisch. Ich glaube, ich brauche noch ein Schlückchen *rakiya.* Vera sah unfassbar schön aus, wie sie so auf dem Diwan saß im Schein der Lampe. Der kleine Neven war bei seinen Großeltern, und es war wie in alten Zeiten.

Nachdem Stoyan gespielt hatte, unterhielten wir uns noch ein wenig, und es wurde langsam Zeit zu gehen. Ich musste vor Beginn der Ausgangssperre zu Hause sein und wäre gern noch eine Weile geblieben, denn immer, wenn ich bei ihnen gewesen war, kam mir meine eigene Wohnung kahl und unwirtlich vor. Aber dann klopfte es plötzlich heftig an der Tür. Ihre Wohnung lag im Parterre eines Altbaus. Schon das war ein wenig seltsam, denn es war bereits nach elf, und auf der Straße war alles ruhig. Vera stand mit besorgter Miene auf und ging zur Tür. Stoyan saß wie versteinert da, als habe ihn das Klopfen buchstäblich erstarren lassen, und sagte leise: *Pak.* Schon wieder.

Dann nahm er seine Violine, die auf seinem Schoß gelegen hatte, verstaute sie zusammen mit dem Bogen im Geigenkasten und ließ ihn rasch hinter dem Diwan verschwinden, bevor

Vera die Tür öffnete. Als sie sah, wer draußen stand, wurde sie kreidebleich. Sie und Stoyan blickten sich an, und plötzlich war es, als sei ich Luft. Sie trat beiseite, und ein Beamter in Zivil kam herein, ohne einen Ton zu sagen. Stoyan und ich standen auf. Mir war sofort klar, dass es sich um eine Vorladung handelte, aber ich dachte, es ginge um mich, womöglich hatte ich bei der Arbeit etwas falsch gemacht, ohne es zu merken.

In diesem Moment trat Stoyan vor. Der Beamte zog irgendwelche Papiere aus der Tasche und sprach noch immer keine Silbe. Ich sage dir, Stoyan bewegte sich auf ihn zu, als hinge er an einem unsichtbaren Seil. Der Mann legte die Hand auf die Waffe an seinem Gürtel oder vielmehr unter seiner Jacke, nur eine Sekunde lang. Um ein Haar hätte ich die Geste nicht bemerkt. Dann wandte er sich wieder zur Tür, und Stoyan folgte ihm. Vera rang die Hände, und ich wusste, dass sie ihn am liebsten zurückgehalten hätte. Stoyan drehte sich noch einmal um, und ohne sie eines Blickes zu würdigen, sagte er zu mir: *Kümmere dich um sie.*«

An dieser Stelle der Geschichte fasste sich mein Onkel mit Daumen und Zeigefinger ans Nasenbein und schwieg einen Augenblick. »Und ich schwöre dir, ich hab's versucht«, sagte er. Seine Stimme schwankte. »Ich habe es versucht. Ich habe keinen anderen Menschen je so sehr bewundert wie ihn.«

»Weswegen wurde er verhaftet?«, fragte ich ihn zögernd, denn ich konnte mir beim besten Willen nicht vorstellen, dass Onkel Stoyan etwas Unrechtes getan hatte. Ich hatte ihn stets als sehr still erlebt: ein Musiker, fleißig, der nur selten lächelte, aber nie ein böses Wort verlor. Ich konnte ihn mir schwerlich als Verbrecher vorstellen, aber ich wusste, dass damals manchmal auch Leute verhaftet wurden, die kein Verbrechen begangen hatten.

Onkel Milen gab keine Antwort. Seine Nase war gerötet. Stattdessen sagte er: »Ich hätte dir das nicht erzählen dürfen. Das war ein schwerer Fehler. Bitte behalte es für dich.«

»Versprochen«, sagte ich. »Aber Tante Vera hat sich doch bestimmt sehr gefreut, als sie ihn gesund und wohlbehalten zurückbekam.«

Das schien ihn ein wenig zu beruhigen. Er wusste, dass ich mit keinem Fremden darüber sprechen würde. »Ja, sie hat sich sehr gefreut, als er nach Hause zurückkehrte.« *Und dann bestellte er sich einen Kaffee und mir Pfannkuchen mit Kirschmarmelade. An mehr kann ich mich nicht erinnern.*

Achtundvierzig

Bobby verschränkte die Arme und machte ein nachdenkliches Gesicht. »Und mehr hat er Ihnen über Stoyan nicht erzählt?«

Miss Radeva schüttelte den Kopf. »Nein. Nicht über seine Schwierigkeiten mit der Polizei. Und die können so groß nicht gewesen sein, sonst hätte ich bestimmt davon gehört. Ich war erst sechs oder sieben, als er verhaftet wurde, und kann mich an weiter nichts erinnern, als dass Onkel Stoyan eine Weile fort war. Onkel Milen hat mir im Lauf der Jahre natürlich auch ein paar alltägliche Dinge über Stoyan erzählt – zum Beispiel, dass sie in Sofia dasselbe *gimnasium* besucht hatten, obwohl mein Onkel jünger war als Stoyan und sie sich damals noch nicht kannten. Sie sind erst später Freunde geworden, als Stoyan nach seinem Studium aus Wien zurückkehrte und Tante Vera heiratete.«

Miss Radeva spielte mit einer dunklen Haarsträhne, die sich aus ihrem Dutt gelöst hatte. »Mein Onkel kannte auch Tante Veras Familie recht gut, denn sie wohnten im selben Viertel. Sie alle waren begeisterte Musikliebhaber. Und er erzählte mir, dass Stoyan mittags gewöhnlich ein Nickerchen hielt, weshalb Neven und ich immer ganz leise sein mussten, wenn wir in ihrer Wohnung spielten.«

Alexandra trank ihren Kaffee aus und dachte an Stoyan Lazarov, der nach dem Mittagessen ruhte und mehr als einmal auf das Polizeirevier vorgeladen worden war. Sie stellte sich vor, wie er am nächsten Morgen wiederkam, schmutzig und müde, vielleicht sogar mit einem blauen Auge oder dergleichen. Oder wie lange war er dieses Mal fortgeblieben? Monate? Jahre?

»Warum hat er das gesagt – *schon wieder?*«, fragte Bobby.

»Schon wieder?« Miss Radeva runzelte die Stirn.

»Ja«, sagte Bobby. »Wissen Sie, warum *gospodin* Lazarov bei seiner Verhaftung *pak* gesagt hat, wenn man Ihrem Onkel Glauben schenken darf?«

Miss Radeva zuckte die Achseln. »Über so etwas wurde bei uns nicht geredet. Aber ich habe gehört, dass jemand, der einmal verhaftet worden war, oft immer wieder verhaftet wurde, weil er sein Leben lang unter Verdacht stand. Wenn ich es recht bedenke, war Onkel Stoyan, glaube ich, mehrmals fort, als wir Kinder und Jugendliche waren – einmal volle zwei Jahre. Tante Vera hat stets gesagt, er sei beruflich unterwegs.«

Bobby und Alexandra sahen sich an. »Wir wissen«, sagte Bobby, »dass er vor Nevens Geburt verhaftet und in ein Arbeitslager gesteckt wurde.«

Sie schüttelte langsam den Kopf. »Davon haben sie mir nie etwas erzählt. Aber es erklärt so einiges.«

Bobby zögerte. »Wir wollten Ihnen das eigentlich nicht erzählen, aber es geht leider nicht anders. Wir werden seit einiger Zeit verfolgt und mit Farbschmierereien bedroht – die vielleicht aber auch gar nicht uns, sondern den Lazarovi und Ihrem Onkel gelten.« Er schilderte Miss Radeva, was in den vergangenen fünf Tagen alles geschehen war. Sie wirkte zunehmend bedrückt und wickelte sich immer wieder die Haarsträhne um den Finger.

»Entschuldigen Sie, dass wir Sie in diese Sache mit hineinziehen«, sagte Alexandra. »Bitte seien Sie vorsichtig. Und wenn Sie etwas hören oder sehen, das Sie nervös macht, zögern Sie nicht, Bobby anzurufen.«

»Oder wenn Ihnen noch etwas über Stoyan Lazarov einfällt, das uns weiterhelfen könnte«, setzte Bobby hinzu.

»In Ordnung. Aber bitte, bitte – geben auch Sie mir Bescheid, wenn Sie etwas über meinen Onkel oder den Rest der Familie in Erfahrung bringen.« Miss Radeva erhob sich, anmutig und elegant wie eh und je. Auch Alexandra stand auf, um ihr Lebewohl zu sagen.

»*Blagodarya.*« Bobby küsste sie auf beide Wangen. »Wir werden uns natürlich sofort bei Ihnen melden, wenn wir etwas hören.«

»Danke«, sagte Miss Radeva.

Alexandra schlang die Arme um Miss Radevas schmale Schultern und drückte sie einen Augenblick an sich, obgleich sie wusste, dass derlei hierzulande nicht üblich war. Miss Radeva strich Alexandra die langen Haare behutsam hinter die Ohren. »Fahren Sie vorsichtig«, sagte sie.

Bobby und Alexandra sahen ihr nach, wie sie zur Tür hinausging, anmutig und elegant in ihren hochhackigen Schuhen. Sie setzten sich wieder, und Bobby zählte das Geld für den Kaffee ab und stapelte die Münzen fein säuberlich in der Tischmitte. Kaum lag die letzte Münze an ihrem Platz, klingelte sein Handy.

»Irina«, sagte er. Alexandra hörte, wie die alte Dame ihm

auf Bulgarisch aufgeregt etwas erzählte. Bobby war sofort hellwach, und als das Gespräch beendet war, sah er Alexandra an.

»Schlechte Nachrichten«, sagte er leise. »Sehr schlechte Nachrichten. Atanas Angelov ist in Irkad tot aufgefunden worden. Sie hat es erst vor ein paar Minuten erfahren, von seinem Sohn.«

Im ersten Augenblick wusste Alexandra nicht, von wem er redete. »Du meinst *gospodin* – Irinas Künstler? Von gestern? O nein«, sagte sie. »O nein, nein, nein.«

Bobby ballte die Hände auf dem Tisch zu Fäusten. »Ja. Er ist heute Morgen bei Irkad im Wald gefunden worden. Es sieht so aus, als wäre er allein dort hingegangen, um sich mit jemandem zu treffen, nachdem wir weg waren – sein Sohn hat ihn die ganze Nacht nicht zu Gesicht bekommen und sich die größten Sorgen gemacht. Ein Mann aus dem Dorf hat ihn gefunden.«

»Er wollte sich mit jemandem treffen?«, fragte Alexandra töricht.

Bobby presste die Fäuste aneinander. »Mit jemandem, der ihm die Kehle durchgeschnitten hat.«

»O Gott«, stieß Alexandra hervor. Ihr blieb die Luft weg. Sie hatte das Gefühl, noch einmal in dieses ernste braune Gesicht zu sehen, über dessen zerfurchte Wangen Tränen rannen, die in eine klaffende Wunde fielen.

»Es geht um die Urne«, sagte Bobby mit rauer Stimme. »Es kann gar nicht anders sein.«

»O nein – ich bin schuld«, sagte Alexandra und fing an zu weinen. »Nichts von alldem wäre passiert, wenn ich damit nicht zur Polizei gegangen wäre und versucht hätte, diese

Leute zu finden. Ich hätte sie gar nicht erst behalten dürfen. Warum mache ich nur immer alles falsch?«

Plötzlich trat Bobby vor sie hin, packte sie an den Schultern und schüttelte sie. »Hör auf«, sagte er. Sie sah die Angst in seinen Augen; sie musste an Angelovs bedrückte Miene denken, als er das Schicksal darin gelesen hatte. »Hör sofort damit auf, oder ich knall dir eine, Bird.«

»Was?«, sagte Alexandra empört, doch seine Stimme war so wütend, so liebevoll, dass sie sich die Tränen trocknete.

Er presste die Stirn einen Augenblick lang an die ihre, vor allen Leuten, mitten im Café, dann richtete er sich auf. »Irina ist völlig außer sich, und ich mache mir furchtbare Sorgen um ihre und Lenkas Sicherheit. Ich habe ihr gesagt, wir sind schon unterwegs.«

Neunundvierzig

1949

Wir wurden in drei Gruppen aufgeteilt und Männern unterstellt, die sie unsere Brigadechefs nannten. Die Brigadechefs sahen mir eigentlich eher nach Häftlingen aus in ihrer abgetragenen Kleidung und ihren viel zu großen Schuhen, und bald erfuhr ich, dass sie genau das waren: Häftlinge, die man befördert hatte. Sie waren mit Knüppeln bewaffnet, die sie damals allerdings noch nicht gebrauchten; wir folgten ihnen widerstandslos zu dem betonierten Waschraum in unserer Abteilung. Von den anderen Männern kannte ich nur den Säufer aus Sofia, der so betrunken war, dass er kein Wort über die Lippen brachte. Und auch einen jungen Mann mit freundlichem Gesicht, braunem Bart und sanften braunen Augen hatte ich schon einmal irgendwo gesehen. Er ging schweigend vor sich hin, und der Blick, den er mir zuwarf, war so voller Würde, Kummer und Empörung, dass ich das Gefühl hatte, mich stundenlang mit ihm unterhalten zu haben. Wären wir uns seinerzeit in Sofia in einem Kaffeehaus oder in der Bibliothek begegnet, hätten wir uns vermutlich zugenickt.

Im Waschraum bekamen wir den Befehl, uns auszuziehen.

Ich sah Striemen und Schwielen auf dem Rücken des Bärtigen, bedeckt mit granatrotem Schorf. Unser Brigadechef wirkte so alt und gebrechlich, dass ich mich fragte, ob er überhaupt in der Lage war, die Männer im Zaum zu halten, und wie er all diese Schrecken überlebt hatte. Dann wurde mir klar, dass er nicht alt war, sondern schlicht keine Zähne mehr hatte, sodass sein Gesicht völlig eingefallen war und seine Augen leicht aus den Höhlen traten. Er erzählte uns, er heiße Vanyo, weiter nichts. Er filzte uns, während wir nackt in einer Reihe standen, nüchtern und geschäftsmäßig, nahm einem Mann eine Armbanduhr ab, einem anderen eine Ikone, die er an einer Kette um den Hals trug. Die Uhr stopfte er sich in die Tasche, und die Ikone warf er in einen Toiletteneimer in der Ecke.

Dann befahl er einem anderen Häftling, ihnen dabei zu helfen, uns den Schädel zu scheren, was wehtat, und auf Läuse zu untersuchen; dazu benutzten sie alte Rasiermesser, eimerweise kaltes Wasser und scharfe Laugenseife in hölzernen Schalen. Meine Kleider sah ich nie wieder. Sie gaben uns Berge von Hemden, Unterwäsche und Hosen und sahen zu, wie wir darin verzweifelt nach etwas suchten, das uns passte: *Totenkleider,* dachten wir; immerhin waren sie leidlich sauber. In dem Durcheinander befanden sich auch Socken und Schuhe, leider nicht genug für alle; einige der Männer mit größeren Füßen mussten die erste Nacht barfuß verbringen. Ich fand ein Paar löchrige Straßenschuhe, die ihren Zweck erfüllten, wenn ich die Senkel nur fest genug schnürte.

Unser neuer Brigadeführer schickte uns auf den Hof zurück und teilte Brot und Bohnensuppe aus; es war widerwärtig, besonders die Suppe, aber wir aßen hungrig. Er teilte uns mit, dass wir unverzüglich unsere Baracken beziehen müssten, da die Arbeiter bald zurückkommen würden. Um welche Art von Arbeit es sich handelte, sagte er uns nicht. Unterdessen war die Dämmerung der Dunkelheit gewichen, und im Wachlokal wurde das elektrische Licht eingeschaltet; die anderen Wärter hatten Petroleumlampen und stellten eine vor jede Barackentür.

Dann hörten wir Schreie, trampelnde Schritte und ein seltsames Signal wie ein gedämpftes Horn, und die Arbeiter kamen, bewacht von Knüppeln und Gewehren, durch das Tor. Ich traute meinen Augen kaum. Die Gestalten, die in das Licht des Hofs drängten, sahen nicht wie Menschen, sondern wie lebende Skelette aus – die Augen wie mit riesigen Löffeln ausgehöhlt, die Köpfe übersät mit kahlen Stellen; die Kleider schlotterten ihnen am Leib und waren mit Ruß, Steinstaub und Maschinenöl befleckt. Und doch drängten diese Gestalten vorwärts, nach den Körben mit Brot und den Kesseln voll stinkender Suppe; sie zogen zerbeulte Blechtassen und -näpfe unter ihren Lumpen hervor und machten sich gierig über das Essen her.

Mit einem Anflug von Entsetzen dachte ich an die Radierungen im Dante meines Großvaters, die Unmengen toter Seelen in den Hallen der Unterwelt. Diese Männer würdigten uns keines Blickes. Ich hatte geglaubt, wir sähen erschöpft und verwahrlost aus, doch verglichen mit diesen Geistern und Gespenstern waren wir das Leben selbst. Mit neuerlicher Bestürzung sah ich, wie kaputt auch ihre Hände waren – viele von ihnen trugen schmutzige oder blutbefleckte Bandagen, oder ihnen fehlten Finger, einer oder mehrere. Wie lange waren sie schon hier? Stillschweigend begrub ich meine Hoffnung, in wenigen Tagen zu Vera zurückkehren zu können; ich wollte keinen Gedanken mehr daran verschwenden.

Die alten Häftlinge hatten sich das Brot mit Mühe und Not in ihre hohlen Mäuler gestopft, als das Horn von neuem ertönte, ganz in der Nähe, und wir zum Appell antreten mussten, wo sich jeder mit seinem vollen Namen zu melden hatte, die Neuankömmlinge zuletzt. Die Prozedur wollte kein Ende nehmen, während die Arbeiter, die sich vor Müdigkeit kaum auf den Beinen halten konnten, schwankten und sich in Krämpfen wanden; staunend beobachtete ich, wie ein Skelett seinen Namen rief – *Ivan Genev! – Hier!* – und dann im Stehen einschlief, als habe es nur auf diesen Augenblick gewartet. Wenn es zu Irrtümern oder Verwechslungen kam, begann der wachhabende Soldat von vorn und ging die gesamte Liste noch einmal durch, alle Vornamen, die ich je gehört hatte, sowie ein paar, die selbst mir neu waren, aber ohne jeden Zweifel bulgarisch. Ein- oder zweimal hörte ich auch etwas, das wie ein deutscher, rumänischer oder ungarischer Name klang, war mir aber nicht ganz sicher.

Schließlich durften wir wegtreten, und ich nutzte das kurzzeitige Durcheinander und fragte einen der lebenden Leichname, was für Arbeit sie verrichteten.

»Steinbruch«, sagte er, als sei jedes weitere Wort zu kostbar, um es sinnlos zu vergeuden. »Bergbau. Und ein paar im Wald, Holz fällen.« Er dämpfte die Stimme und hielt den Blick gesenkt. Dann schlurfte er davon.

Ich hatte angenommen, dass wir in den beiden großen Holzbaracken schlafen würden, doch die waren anscheinend vollständig belegt. Meine neue Brigade wurde zu einer Holzhütte am hinteren Ende des Hofs dirigiert, ein so flacher Bau, dass die Tür geradewegs in die Erde zu führen schien – und genau so war es auch. Es war kein richtiges Gebäude, sondern vielmehr ein riesiges Erdloch, und als wir uns durch den niedrigen Eingang duckten, schlug mir ein derart heftiger Gestank entgegen, dass ich am liebsten auf der Stelle umgekehrt und ins Freie gestürzt wäre, um mich zu übergeben, doch hinter mir zwängte sich bereits der Nächste durch die schmale Öffnung. Es roch wie verfaultes Fleisch, nur unendlich intensiver. Ich schlug den Arm vor das Gesicht und presste mir den Ärmel meines Totenhemdes unter die Nase. Die Ersten hatten sich auf den hölzernen Pritschen und einige sogar auf dem Fußboden niedergelassen und schliefen. Unser Brigadeführer, der zahnlose Vanyo, wies auf leere Pritschen; weil wir neu waren, mussten wir in der Nähe des Toiletteneimers schlafen. Der Eimer war eine, aber nicht die einzige Ursache des Gestanks. Jede Pritsche war mit zerfetztem Filz bezogen, und jeder von uns hatte eine zerschlissene Decke aus dem Krieg. All das wurde von nur einer Lampe erhellt – eine Lampe, ein Toiletteneimer, ein Eingang und mindestens achtzig Männer, nachdem die Tür sich hinter uns geschlossen hatte.

Nun schoben die Skelette sich ihre Schuhe als Kissen unter den Kopf. Einige hatten sich aus vermodernden Jacken und alten, in Streifen gerissenen Hosen ein Nest gebaut. Die Brettertür wurde von außen verriegelt. Wenn die Lampe umfiel, würden wir alle jämmerlich verbrennen. Die Luft war buchstäblich zum Schneiden dick. Als ich ins Bett kletterte, beugte der Mann auf der Pritsche über mir sich einen Augenblick zu mir herunter. Auch sein Gesicht glich einem Totenschädel. Doch plötzlich sah ich, wie ich es bei anderen Gefangenen immer wieder erleben sollte, dass es trotz allem ein Gesicht war, das einst sogar recht ansehnlich gewesen sein mochte. Er versuchte ein Lächeln. »Neu«, sagte er – es konnte keine Frage sein.

»Stoyan Lazarov«, sagte ich und beschloss, ihm zu verschweigen, dass ich aus Sofia kam.

Er streckte mir seine Knochenhand entgegen, und ich schüttelte sie. »Petar, aus Chaskowo«, wisperte er.

»Was ist das?«, fragte ich. »Dieser Gestank?« Jemand blies die Lampe an der Tür aus.

»Die Wunden«, hörte ich Petar sagen. »Unsere Wunden. Sie entzünden sich. Achte einfach nicht darauf, mein Junge«, setzte er nicht unfreundlich hinzu. »Und wasch dich gründlich. Gute Nacht.« Er verschwand wieder in der Dunkelheit. Jemand anderes mahnte uns mit einem wütenden »Psst!« zur Ruhe. Ich riss einen Streifen von meiner Decke und wickelte ihn um meinen schmerzenden Finger, in der Hoffnung, dass der Knochen auf diese Weise gerade zusammenwachsen würde. Auch ich sehnte mich nach Schlaf.

Doch in dieser ersten Nacht tat ich kaum ein Auge zu. Als die Männer ringsum schließlich ruhig atmeten oder im Schlaf leise wimmerten, hörte ich plötzlich die Millionen von Insekten, die in den Wänden, in der Decke aus verflochtenen Zweigen und Erde, in unseren Betten, unseren Kleidern lebten. Ich spürte sie auf meiner Haut, in den Kleidern des unbekannten Toten, und ich zitterte und kratzte mich mit meiner gesunden Hand. Nichts hätte ich lieber getan, als in Gedanken zu jenem wunderschönen Feld am Fluss zurückzukehren, wo mein Sohn saß – und entschied mich dann doch dagegen. Das wollte ich mir für später aufbewahren, etwas, worauf ich mich freuen konnte. Stattdessen sprach ich ein kurzes Gebet für Vera und meine Eltern, obwohl ich seit meiner Kindheit nicht mehr gebetet hatte und nicht wusste, an wen ich es richten sollte. Es war wie ein Brief ohne Marke und Adresse.

Als ich so dalag und den Juckreiz und den Hunger zu verdrängen suchte, legte ich ein zweites Gelübde ab. Daheim in Sofia hatte ich schreckliche Schuld auf mich geladen. Diese Schweine konnten mich bestrafen, so viel sie wollten, aber ich allein hatte das Recht, mich für mein wahres Verbrechen zur Rechenschaft zu ziehen. Wenn ich erst wieder zu Hause war, würde ich Buße tun.

Schließlich begleiteten mich die Laute der Insekten, ihr Schmatzen und Scharren, in den Schlaf. Doch der war nur von kurzer Dauer. Bei Einbruch der Dämmerung erscholl das Horn.

Fünfzig

1949

Erschöpft und in dem schmerzhaften Bewusstsein, dass ich mich am falschen Ort befand, erwachte ich aus meinen Träumen. Mein leerer Magen krampfte sich zusammen, und ich spürte, wie sich die Männer ringsum regten. Ich sah ein Lichtgeviert, den Einstieg des Erdlochs, vor dem eine Petroleumlampe stand. Jemand hatte die Baracke aufgeschlossen und die Tür geöffnet, doch auch die kühle Morgenluft vermochte den Gestank nicht zu vertreiben. Plötzlich erinnerten meine Ohren sich an das Hornsignal – ohne den Trompetenstoß hätte ich bis in alle Ewigkeit geschlafen. Sämtliche Knochen im Leib taten mir weh. Einen Augenblick lang wünschte ich, sie hätten mich aus dem Waggon gezerrt und mir eine Kugel in den Kopf gejagt.

»Steh auf«, zischte jemand, und ich kletterte aus meiner Pritsche und schlüpfte in meine viel zu großen Schuhe. Mein frisch geschorener Schädel juckte, und unter meinem abgetragenen Hemd war die Haut mit rauen Stellen übersät, entweder wegen der Insekten oder der mangelnden Hygiene. Nach allem, was Petar aus Chaskowo mir am Abend zuvor über Infektionen und Entzündungen erzählt hatte, nahm ich mir vor, sie nicht aufzukratzen. Die Pritsche über mir war leer – die Hälfte der Männer hatte das Erdloch bereits geräumt in stummer Eile. Ich kroch ins Freie und humpelte in Richtung Waschhaus; ich atmete die frische Luft tief ein, wollte sie förmlich verschlingen. Abgesehen von einer elektrischen Lampe, die am anderen Ende des Hofs brannte, war es noch dunkel. Einen Augenblick später hasteten zwei Aufseher an mir vorbei zum Eingang; als ich mich umdrehte, sah ich, dass die nächsten Gefangenen, die aus dem Erdloch krauchten, die Nachzügler, mit Knüppeln geprügelt wurden und sich winselnd unter den Schlägen wegduckten. Einer fiel zu Boden, und ein Wärter traktierte ihn mit Tritten. Ich dachte: *Auf der Straße, in Sofia, wäre ich dem am Boden Liegenden zu Hilfe geeilt. Ja, ich hätte Angst gehabt um meine Hände wie jeder Geiger, der in eine Schlägerei gerät, aber ich hätte ihm geholfen.*

Am Waschhaus standen wir in langen Schlangen vor den acht Plumpsklos an. Der Gestank war fürchterlich, wenn auch auf andere Art und Weise fürchterlich als in der Baracke. Ein paar Häftlinge drängelten sich vor – spindeldürre Überlebenskünstler mit versteinerten Gesichtern –, und die anderen ließen sie gewähren. An den Waschbecken das gleiche Bild, acht verrostete Metallschüsseln für mehrere hundert Mann. Somit blieben jedem von uns ein oder zwei Sekunden Zeit. Ich musste mit demselben grauen Schmutzwasser vorliebnehmen, mit dem sich schon dreißig oder vierzig andere das Gesicht gewaschen hatten, weil ich es nicht wagte, frisches Wasser aus den bereitstehenden Krügen zu nehmen, so es denn überhaupt frisch war. Ich kannte die Regeln hier noch nicht; ich würde alles aufmerksam beobachten müssen, wie man es in einem neuen Orchester mit einem herrischen neuen Dirigenten tat. Niemand sprach ein Wort, nur hin und wieder hörte man ein ärgerliches Zischen, wenn jemand sein Geschäft nicht schnell genug verrichtete.

Das Frühstück wurde auf dem Hof ausgegeben: Tee mit einem Klumpen Marmelade am Becherrand. Wir tranken ihn im Stehen. Anfangs war mir nicht klar, dass wir weiter nichts bekommen würden und ich die Blechtasse behalten durfte.

»Du kannst dich glücklich schätzen«, sagte mein Nebenmann. »Aber du wirst sie mit den anderen teilen müssen. Nur jeder Zehnte kriegt einen.« Einen Becher, meinte er, obgleich es aussah, als ob viele der Männer ähnliche Blechtassen besaßen; sie versteckten sie irgendwo in ihrer Kleidung, wenn sie ausgetrunken hatten. »Pass gut auf, damit ihn dir niemand klaut«, knurrte der Mann. Ich fragte mich unwillkürlich, ob er nicht vielleicht selbst die Absicht hatte, mir die Tasse zu stehlen, und band sie mit einem Fetzen Stoff von einem Zipfel meines Hemdes an die Gürtelschlaufe meiner Hose.

Dann mussten wir in unseren Brigadegruppen von neuem zum Zählappell antreten. Während ich so dastand und die endlose Reihe von Namen über mich ergehen ließ, blickte ich verstohlen in den Nachthimmel empor. Er war mit Sternen übersät. Am Abend zuvor hatte ich sie nicht bemerkt, aber vielleicht strahlten sie gegen Morgen heller trotz der brennenden Scheinwerfer auf dem Wachturm. Ich hatte den Himmel schon seit Jahren nicht mehr betrachtet; in Wien hatte ich bisweilen einen kalten Sternenbogen gesehen, wenn ich spätnachts durch meinen Lieblingspark heim in mein Zimmer gegangen war.

Allmählich zeichneten sich klare Muster und Figuren ab, Sternbilder, deren Namen ich leider längst vergessen hatte. Am Rand des schwarzen Himmels, wo das Licht der Turmscheinwerfer nicht hinreichte, leuchtete ein Stern ganz allein, als ob er aus einem Sternbild ausgebrochen und einsam in Richtung Horizont getrieben sei. Nachdem ich am Abend zuvor die Sonne hatte untergehen sehen, wusste ich, dass er im Nordwesten stand, wo die Donau ins Schwarze Meer mündete, an der Grenze zu Rumänien. Dieser Stern hing frei über einem mit Tannen besetzten Gipfel; die Bäume schienen noch schwärzer als der Himmel, ihre Umrisse wie Pforten zu einer unvorstellbaren Finsternis. Ich beschloss, den Stern Beta-49 zu nennen, der gesichtsloseste Name, der mir einfiel, nach dem Jahr, in dem ich ihn entdeckt hatte.

Als ich das Gebrüll hörte und den Blick senkte, sah ich, dass die drei Aufseher vor uns standen, die am Abend zuvor den Mann erschlagen hatten, der ihnen mutig entgegengetreten war. »Neue Arbeiter!«, bellte der Einzige, der Uniform trug. »Hat heute Morgen jemand eine Beschwerde vorzubringen?«

Wir blieben stumm, und die Skelette scharrten zur Warnung mit den Füßen, ein Geräusch wie raschelndes Laub.

»Sehr gut«, sagte er. »Ich will euch zeigen, wie es Nörglern hier ergeht. Gleiches gilt für jeden, der aus der Reihe tanzt oder gar auf die Idee kommt, seinen Arbeitsplatz zu verlassen. Momo!« Er machte eine knappe Handbewegung, und sein Assistent, ein blonder junger Mann, der den Gefangenen am

Abend zuvor festgehalten hatte, damit er ihn hatte schlagen können, trat vor. »Welcher soll es sein?«

Momo baute sich lächelnd vor uns auf. Mit schleichendem Entsetzen stellte ich fest, dass er wie ein kleiner Junge aussah mit dem unschuldigen Gesicht eines Siebenjährigen und einer breiten Lücke zwischen den oberen Schneidezähnen. Aber dieses Kind war vielleicht sechzehn oder siebzehn. Seinen Namen fand ich lächerlich; in Wien oder Paris wäre es der Name eines Clowns oder Straßenzauberers gewesen. Er kratzte sich am Hinterkopf und raufte sich das engelblonde Haar. Wegen seiner strohgelben Locken und seines unverdorbenen Gesichts hatte ich ihn für einen Deutschen, Russen oder Tschechen gehalten, doch er sprach akzentfreies Bulgarisch. »Keine Ahnung, Chef. Vielleicht der da.« Seine Hand schnellte hervor, und er deutete auf einen Mann in einer der vorderen Reihen, keinen von uns Neuen, sondern einen kraftlosen Burschen, dessen rasierter Schädel mit grauen Stoppeln bedeckt war.

»Na dann.« Der Chef reichte Momo seinen Knüppel, und obwohl der Häftling sich geistesgegenwärtig duckte, traf er ihn an der Schläfe, und er schrie vor Schmerz auf wie ein Tier. Er sank auf die Knie und schlug schützend die Arme über dem Kopf zusammen.

»Der ist zu nichts nütze«, sagte der Chef mit donnernder Stimme. »Also seht zu, dass ihr zu etwas nütze seid.« Wieder machte er ein knappe Geste – die Aufseher schienen sich in einer Art Zeichensprache zu verständigen –, und der kleine Momo griff in eine Schubkarre und reichte dem ängstlich zurückweichenden Mann einen großen leeren Sack.

»Nein«, sagte der Mann. »Bitte. Ich flehe Sie an.«

»Du wirst ihn wohl oder übel tragen müssen«, sagte Momo. Die anderen Gefangenen standen stocksteif, niemand wagte es, den anderen anzusehen.

»Bitte«, wiederholte der Mann. »Ich habe Familie, zwei Kinder.«

»Familie haben wir alle«, sagte der Chef verständig. »Aber du gibst ein schlechtes Beispiel ab. Und das können wir hier nicht dulden. Kapiert?« Seine Stimme steigerte sich zu einem Brüllen. Momo trat einen Schritt zurück und lächelte, als sei er stolz auf die getane Arbeit.

»Ja«, murmelten die Männer kaum hörbar wie ein leiser Windhauch zwischen alten Bäumen. Ich wusste nicht, weshalb der Mann, der den Sack gereicht bekommen hatte, derart verzweifelt war – er war leer, leicht zu tragen; er konnte ihm keine allzu große Last sein. Doch als wir losmarschierten und um die Ecke des Waschhauses bogen, lehnte ein ähnlicher Sack an einer Wand, mit unförmigem Inhalt, die Umrisse eines Kopfes, eines Körpers, toter Ballast. Mir wurde klar, dass dies der Mann war – nein, sein musste –, den sie am Abend zuvor erschlagen hatten, es sei denn, über Nacht war jemand anders gestorben. Mir drehte sich der Magen um, und einen Augenblick lang hatte ich das Gefühl, die Reihe verlassen und meinen Frühstückstee erbrechen zu müssen.

Dann ertönte das Horn, und wir marschierten zum Tor hinaus, als würden wir in die Freiheit zurückkehren. Ein Stück vor mir sah ich den jungen Mann mit dem braunen Bart und dem freundlichen Gesicht – jetzt ohne Bart –, der besser in ein Sofioter Kaffeehaus gepasst hätte, und den Betrunkenen aus meiner Zelle. Sie gehörten immer noch zu meiner Brigade, und ich hoffte, bei nächster Gelegenheit mit dem jungen Mann sprechen zu können.

An diesem ersten Morgen ging ich mit meiner Brigade eine Straße entlang, die sich hinter dem Lager in die Berge hinaufwand. Die Straße verlief parallel zu einem Gleisbett, obwohl ich bislang keine Züge am Lager hatte vorbeifahren hören. Ich fragte mich, ob diese Strecke dieselbe war, auf der wir nach Zelenets gelangt waren, und ob je ein Häftling versucht hatte, auf den Zug aufzuspringen, um aus dem Lager zu fliehen. Doch selbst wenn es uns gelungen wäre, den Aufsehern davonzulaufen, hätten wir nicht gewusst, wohin; zur Linken, gleich hinter dem Gleisbett, erhob sich eine steile Bergwand – nackter Fels, an den sich kümmerliche Bäume klammerten. Zu unserer Rechten eine mit Sträuchern bewachsene Böschung, und wer es wagte, den Abhang hinabzugleiten, würde sich entweder binnen weniger Minuten zu Tode stürzen oder von oben erschossen werden. Ich fragte mich, wer diese Straße am Rand des Abgrunds wohl gebaut hatte – vermutlich andere verdammte Seelen wie wir.

Noch wenige Tage zuvor wäre mir dieser Fußmarsch nicht weiter schwergefallen; jetzt jedoch, ausgehungert und geschwächt, blieb mir schon bei der leichtesten Steigung die Luft weg. Die Wärter stießen uns mit ihren Gewehren vorwärts, und ich bemerkte, dass einige der jüngeren Aufseher, unter ihnen auch Momo mit dem Engelsgesicht, ihre Knüppel hin und her schwangen, während sie neben uns hergingen.

Hinter einer Biegung mündete die Straße auf eine flache Lichtung mit einer riesigen, etwa sechzig Meter tiefen Grube in der Mitte. Ich sah Rampen, die im Zickzack aus dem Loch zum Rand der Grube heraufführten, und eine kleine Armee von Schubkarren. Allenthalben lagen halb gespaltene Steine aufgetürmt. Der Schienenstrang verlief parallel dazu mit einem langen Nebengleis, auf dem Züge halten konnten.

»Steinbruch«, rief einer der Aufseher, und die Hälfte der Brigaden, einschließlich meiner, scherten aus der langen Reihe aus und folgten ihm zur Grube. Die übrigen Männer, Skelette und Neuankömmlinge, gingen ohne uns weiter, angetrieben von dem kleinen, gebeugten Mann mit dem Knüppel und zwei uniformierten Wärtern. Momo war uns zum Rand des Steinbruchs gefolgt. Als ich mich umdrehte und seine Gegenwart bemerkte, warf er mir einen Blick zu, der mir gar nicht behagte, auch wenn ich ihn nicht recht zu deuten wusste. Sein Gesicht war mir zuvor schon aufgefallen, aber jetzt erst sah ich, von welch kräftiger Statur er war, mit breiten Schultern und mächtig dicken Armen. Seine Kleider waren fast ebenso schäbig wie meine, doch wie die anderen Aufseher schien er ausreichend zu essen zu bekommen.

Ich wurde für einen Flöz auf halber Höhe der Grube eingeteilt, wo wir die Steine so klein klopfen mussten, dass man die Schubkarren damit beladen konnte. Die Schubkarren liefen auf schmalen Schienen, sodass man sie die Rampen hinaufschieben konnte. Drei oder vier Männer aus meiner Brigade wurden mit mir in den Flöz geschickt, unter ihnen der Mann mit dem freundlichen Gesicht und ein alter Bursche mit weißen Haarbüscheln an den Schläfen. Dem alten Mann zitterten die Hände, und ich fragte mich, ob er den Tag überstehen würde. Wie sich herausstellte, hatte er sein Leben lang auf Baustellen gearbeitet und konnte die Steine schneller heben als ich selbst.

Anfangs taten wir alle dasselbe. Wir spalteten die Steine mit einer Spitzhacke, luden sie auf eine Schubkarre und schoben diese auf den Schienen den Abhang hinauf, wo eine andere Brigade sie in Empfang nahm und zu dem Eisenbahngleis weitertransportierte. Doch bald schon wurde uns klar, dass es sinnvoller war, die Arbeit aufzuteilen. Der freundliche junge Mann und ein Bursche mittleren Alters, der angeblich aus Pirin kam, klopften die Steine mit Spitzhacken und richteten sich immer wieder auf, um ihren Rücken zu entlasten. Der alte Mann erklärte sich freiwillig bereit, die Steine zu heben mit seinen kräftigen, zitternden Händen. Ich war dankbar, die Schubkarre schieben zu dürfen; das schadete zwar meinen Händen, nicht zuletzt, weil ich Mühe hatte, mit meinem geschwollenen kleinen Finger nicht gegen den Griff zu stoßen, aber längst nicht so sehr, wie die Steine oder die Hacke es getan hätten. Dennoch war es nur eine Frage der Zeit, bis sich Blasen und dann Wunden bilden würden.

Als die Sonne aufging, waren wir bereits so erschöpft, dass wir am liebsten Schluss gemacht hätten. Was den Aufsehern keineswegs entging, denn plötzlich kamen gleich mehrere von ihnen in die Grube herabgestiegen und schalten uns lauthals wegen unserer Faulheit. Momo trat zu uns und ließ seinen Knüppel kreisen, gefährlich nahe am Kopf des alten Mannes. »Ein bisschen Tempo, wenn ich bitten darf!«, brüllte er.

Der alte Mann sagte kein Wort, doch seine kräftigen Schultern und Arme schwangen etwas schneller zwischen den Steinen und der Schubkarre hin und her. Ich hielt die Karre so ruhig wie möglich, um ihm das Aufladen der Steine zu erleichtern. Ich sah, dass seine Hände schon jetzt gerötet und mit Schnittwunden übersät waren; ich beschloss, den alten Mann abzulösen oder ihm die Hände zu verbinden, sobald Momo wieder verschwunden war; dies war ein schrecklicher Traum, der reinste Irrsinn, ein übler, widerlicher Scherz. Ich wich Momos Blicken beharrlich aus, doch er schien meine Abneigung zu wittern wie ein Hund und trat ein wenig näher. »Wie wär's, wenn du ihn mal ablöst?«, fragte er.

»Der Mann ist Geiger«, sagte der Alte stolz. Ich fragte mich, woher er das wohl wusste, bis mir einfiel, dass ich es ihm bei unserem ersten und einzigen Wortwechsel selbst verraten hatte. Ein Bauer aus Pirin, ein Bauarbeiter und ein Geiger. Der freundliche junge Mann hatte bislang nichts von sich erzählt.

»Ein Geiger?« Momo sah mich neugierig an. Sein seltsam ausdrucksloses Gesicht war eine schöne Fassade, hinter der sich nichts verbarg; nicht nur seines guten Aussehens schien er sich nicht bewusst, sondern auch des Umstands, dass er überhaupt am Leben war, hier an diesem Ort, wo Schönheit keinen Wert besaß. Er erschien mir wie ein gefährliches Tier, ein Löwe, der in einem Zoogehege auf und ab geht, ohne jede Gewissheit seiner selbst, fehl am Platz. »Du spielst die *tsigulka?*«

»Ja«, sagte ich. Ich nahm mir vor, mir meinen Zorn diesmal nicht anmerken zu lassen, doch er spielte bereits mit mir.

»Ach«, sagte er. »Und hast du deine *tsigulka* mitgebracht?« Er lachte voller Freude darüber, dass er von selbst auf diesen Witz gekommen war. Ich fragte mich, ob er den Verstand verloren hatte – aber welcher klar denkende Mensch hätte eine

Arbeit wie diese schon verrichtet oder dabei den Verstand wahren können?

»Nein, habe ich nicht«, sagte ich scheinbar ungerührt und brachte die Schubkarre in die Waagerechte, um sie nach oben zu befördern. Er wartete vermutlich nur darauf, dass ich in meiner Arbeit innehielt, damit er mich dafür bestrafen konnte.

Momo wandte seinen goldgelockten Kopf. Die Sonne stand hoch am Himmel, über den Gebirgshängen; ihre Strahlen stachen in den Steinbruch hinab, bekränzten seine Mähne mit einem Glorienschein und ließen seine Augen hell erstrahlen. Sein Hals war schmutzig, aber muskulös, so mächtig und formvollendet wie von Michelangelo geschaffen. »Bei der Arbeit wird nicht gesprochen«, sagte er gereizt. »Jetzt muss ich dich dafür bestrafen, sonst werden die Aufseher wütend.«

Ich hatte eigentlich angenommen, dass er sich zu den Aufsehern zählte.

»Also?«, fragte er und sah mich an. Der freundliche junge Mann und der Mann aus Pirin arbeiteten mit gesenktem Kopf. »Soll ich dich bestrafen oder ihn?« Er wies mit seinem Knüppel auf den alten Mann, der gerade einen weiteren Stein in die Schubkarre hievte.

»Mich«, sagte ich. Ich konnte Veras Stimme hören, die mir zuflüsterte, ich solle still sein und wohlbehalten heimkehren. Zorn stieg in mir auf, genau wie er es gewollt hatte. Der alte Mann ließ den Stein in die Schubkarre fallen und wartete ab; er hatte ebenso viel Angst vor mir wie vor Momo. Ich setzte die Schubkarre behutsam ab, drehte die Schulter in Momos Richtung und versuchte, meine Hände außerhalb seiner

Reichweite zu bringen, damit er mir nicht die Finger brach, wenn er zuschlug. Er holte mit dem Knüppel aus und hielt im letzten Moment inne, sodass er meine Schulter nur streifte und mich ins Straucheln brachte, ohne mich ernsthaft zu verletzen. Mein Herz pochte wie wild.

Momo lachte. »Ich habe vorbeigeschlagen«, sagte er. »Aber nur dieses eine Mal.« Als er den Mund aufriss und lachte, sah ich, dass ihm mehrere Backenzähne fehlten und die verbliebenen dunkelbraun waren wie Pfirsichkerne. »Und jetzt zurück an die Arbeit. Drecksgesindel«, setzte er hinzu. Er kletterte die nächste Rampe hinunter und verschwand in der Tiefe.

Als Momo fort war, bemerkte ich, dass der freundliche braunhaarige Mann am ganzen Körper zitterte und jeden Augenblick die Besinnung zu verlieren drohte. Ich packte ihn am Arm und blickte mich vorsichtig um, aber ein Aufseher war nirgends zu entdecken.

»Wir sind unverletzt«, sagte ich. »Atme einfach tief durch. Er hat mir nichts getan. Wir sind alle noch da.«

»Danke«, sagte er. Es war das erste Wort, das er in meiner Gegenwart gesprochen hatte.

»Wie heißt du?«, flüsterte ich und umfasste die Griffe der Schubkarre, damit es aussah, als würde ich arbeiten.

»Nasko«, sagte er leise. »Ich komme aus Sofia wie du. Ich habe dich sogar mal spielen hören. Ein Kammermusikkonzert. Du warst großartig.«

»Was habe ich gespielt?«

»Beethoven. Und danach Tschaikowsky.«

Wir tauschten ein Lächeln, und zum ersten Mal seit meiner Ankunft hier hatte ich das Gefühl, ein Mensch zu sein. Ich gab ihm die Hand, und er hielt sie einen Augenblick lang fest, dann griff er wieder zur Spitzhacke.

»Was machst du in Sofia?«, fragte ich ihn. Fast hätte ich gesagt: *Was* hast *du in Sofia* gemacht?, als sei er schon tot.

»Ich bin Maler und Bildhauer«, sagte er. »Ich bin mit achtzehn aus den Rhodopen nach Sofia gekommen, weil ich Maler werden wollte.«

»Dann solltest auch du auf deine Hände achtgeben«, flüsterte ich.

»Hände!« Er deutete ein Kopfschütteln an.

»Nachher helfe ich dir, sie zu verbinden. Wir können unsere Hemden in Streifen reißen.«

»Ist gut«, sagte er, und seine Augen lächelten noch einen Moment.

Das war mein einziges Gespräch an jenem Tag.

Einundfünfzig

Zwei Stunden später fuhren sie den Hügel hinauf zu der Straße, in der Irina wohnte. Das Tor war unverschlossen, doch in dem kleinen rosaroten Haus öffnete niemand. Alexandra führte Stoycho an der Leine; Bobby hatte sich die Tasche mit der Urne über die Schulter gehängt. Er klopfte ein zweites Mal, und Alexandra fiel auf, dass er die Fenster im ersten Stock absuchte. »Ich sehe mal im Garten nach«, sagte er.

Kurz darauf kehrte er wieder mit jener unbewegten Miene, die Alexandra sofort aufmerken ließ.

»Hier – nimm die Tasche. Geh zurück zum Wagen.« Er gab ihr den Schlüssel so schnell, dass Alexandra es erst bemerkte, als sie ihn in der Hand hielt. »Du verriegelst die Türen, und wenn irgendetwas ist, fährst du ins Stadtzentrum hinunter und parkst an einer Hauptstraße.«

Er lächelte, als sei all das nicht der Rede wert, und sie drehte sich wortlos um, tat wie geheißen und zog das Tor in der Museumsmauer hinter sich ins Schloss. Sie setzte sich mit Stoycho in den Wagen und verriegelte die Türen. Sie kannte diese Art von Angst, die ihr Herz beständig schneller schlagen ließ. Die Furcht lenkte sie ab, entwickelte ein Eigenleben. Sie behielt das Tor in der Mauer fest im Auge. Hinter dieser Mauer ging

Bobby einmal vorsichtig um Irinas Haus herum und knackte vermutlich das Schloss der Küchentür. Der Tisch, an dem sie im Mondlicht gesessen hatten, würde leer sein, abgewischt, unbenutzt. Oder, schlimmer, übersät mit schmutzigem Geschirr und Ameisen, die auf den letzten Krümeln des weißen Käses herumkrabbelten, den Irina und Lenka so gerne mochten.

Oder noch Schlimmeres – doch sie verdrängte den Gedanken, dass sie womöglich nicht mehr in der Lage waren, um Hilfe zu rufen. Sie wusste nicht, ob sie die nötige Geduld besaß, um auf Bobbys Rückkehr zu warten; sie klemmte sich eine schweißnasse Hand unter den Oberschenkel und umfasste mit der anderen den Schlüssel im Zündschloss. Stoycho hechelte hörbar auf dem Rücksitz. Es war zu heiß – Alexandra drehte ihr Fenster herunter und musste zum x-ten Mal daran denken, dass sie schon seit Jahren nicht mehr in einem solchen Auto gesessen hatte mit Kurbeln statt elektrischen Fensterhebern. Das Warten war – zumeist – das Schlimmste. Das wusste sie aus Erfahrung. Aber sie wusste auch, dass sich das immer erst hinterher mit Bestimmtheit sagen ließ.

Schließlich öffnete sich das Tor in der Mauer, und Bobby trat hindurch. Sein Anblick – das zerzauste Haar, das ihm wirr in die Augen hing, die schlanken Joggerbeine – traf sie mit einer Wucht, die größer war als bloße Liebe. Er war lebendig, er war real, und sie würden einander verbunden bleiben, bis sie oder er starb. Das schwor sie sich. Sie kämpfte gegen die innere Stimme an, die ihr zuflüsterte, dass es einem mit Reisebekanntschaften oftmals so erging und sie dieses Land früher oder später wieder verlassen würde. Sie entriegelte die Fahrertür und kletterte auf den Beifahrersitz, damit Bobby hinters

Steuer gleiten konnte, und als er schließlich saß, umfasste sie seinen Arm. Er nickte und fuhr los.

»Sie waren nicht zu Hause?«, fragte sie ängstlich.

»Nein. Das wusste ich sofort, als ich den Garten sah.« Er fuhr mit beiläufiger Eleganz, als seien sie nur hier heraufgekommen, um sich die alten Straßen anzusehen. Quietschende Reifen waren seine Sache nicht. »Es war abgeschlossen, aber ich bin hineingegangen – oder besser gesagt eingebrochen – und habe mich in sämtlichen Zimmern umgesehen. Sie müssen es ziemlich eilig gehabt haben. Die Betten waren ungemacht, und Klamotten lagen auf dem Fußboden verstreut. Das Gepäck von unserer Reise stand noch da, geöffnet, aber nur teilweise ausgepackt – sehr viel können sie nicht mitgenommen haben. Sowohl die Haus- als auch die Küchentür war abgeschlossen, immerhin so viel Zeit ist ihnen offenbar geblieben. Aber ich habe das hier auf dem Fußboden gefunden.« Er lenkte mit einer Hand, zog einen Zettel aus seiner Jackentasche und reichte ihn ihr.

Sie faltete ihn auseinander und starrte auf die unordentlichen kyrillischen Schriftzeichen. »Was heißt das?«

Bobby machte ein verkniffenes Gesicht. »Das heißt: *Ihr seid die Nächsten.*«

»O Gott. Wo stecken sie bloß?«, jammerte Alexandra.

»Wenn sie klug sind, dann sind sie für ein paar Tage untergetaucht«, antwortete Bobby mit fester Stimme. »Die Frage ist, ob sie geflohen sind, weil sie den Zettel gefunden haben, oder ob ihn jemand extra für uns dort hingelegt und die Türen danach wieder verriegelt hat.«

»Irina ist so schwach und gebrechlich«, flüsterte Alexandra.

Sie fand eine Schachtel Kleenex in ihrer Handtasche, ein Gegenstand, der ihr schon jetzt fremd erschien, und tupfte sich mit einem Papiertuch hastig Augen und Wangen ab.

»Ich glaube nicht, dass Irina und Lenka sich die Mühe gemacht hätten, sämtliche Türen abzuschließen, wenn sie vor etwas geflohen wären«, sagte Bobby. »Irina kann ohnehin kaum laufen. Vielleicht haben sie Besuch bekommen – aber wenn, hat der Besucher im Haus nichts angerührt. Ich habe auch die Museumsführerin gefragt, ob sie Irina heute schon begegnet ist, aber das Museum hatte den ganzen Vormittag wegen einer Betriebsversammlung geschlossen. Sie konnte sich nicht entsinnen, Irina oder Lenka überhaupt gesehen zu haben. Ich habe Lenka dreimal auf dem Handy angerufen. Ohne Erfolg, und es hat immer nur einmal geklingelt.«

»Und wenn sie entführt worden sind?« Alexandra wagte es kaum auszusprechen.

»Das wäre die andere Möglichkeit«, sagte Bobby widerstrebend. »Jemand könnte sie gekidnappt und diesen Zettel im Haus hinterlassen haben.«

Sie fuhren jetzt durch die Hauptstraßen der Stadt, und Alexandra erkannte alles wieder: die Straßencafés, die großen Hotelschilder und Eisstände. Doch der Anblick vermochte ihre Laune nicht zu heben. »O nein – bitte nicht«, sagte Alexandra. Sie musste an Atanas Angelov denken, der tot im Wald lag, die grinsende Wunde. Oder hatte ihn jemand mit dem Gesicht nach unten im Schlamm liegen lassen?

»Also, ich weiß nicht«, wandte Bobby hastig ein. »Wenn sie tatsächlich entführt worden wären, hätte es doch bestimmt Anzeichen für einen Kampf gegeben.« Er schüttelte den Kopf.

»Mag sein«, sagte Alexandra. Sie presste die Füße gegen die Tasche mit der Urne, spürte das massive Holz darin. »Aber wenn sie zwar gegen ihren Willen, doch ohne Widerstand zu leisten mitgekommen wären, sähe es letztlich genauso aus, als ob sie das Haus aus freien Stücken verlassen hätten, oder? Vielleicht haben die Entführer sie sogar gezwungen, die Türen hinter sich abzuschließen.«

Bobby sah sie nachdenklich an und hielt an einer roten Ampel. »Ich glaube, Irina hätte irgendeinen Hinweis hinterlassen, oder Lenka hätte um sie gekämpft.«

Wieder wischte Alexandra sich die Tränen von den Wangen und sah aus dem Fenster. Eine alte Frau versuchte, den Fahrern der haltenden Autos verwelkte Blumen zu verkaufen. Bobby kurbelte sein Fenster hoch und drohte ihr mit dem Zeigefinger, und die alte Frau wandte sich ab.

»Vom Friedhof«, erklärte er.

»Was?«, fragte Alexandra.

»Die Blumen – sie versucht, sich etwas dazuzuverdienen, nicht mit Betteln, sondern indem sie etwas verkauft. Aber die Blumen stammen vom Friedhof. Die Leute klauen sie, um sie dann zu verkaufen.«

Alexandra fragte sich, ob jemand Blumen von Stoyan Lazarovs Grab stehlen würde. Aber dazu hätte man dort erst einmal welche niederlegen müssen.

Bobby zupfte sie am Arm. »Bitte, hör auf zu weinen. Wir müssen uns überlegen, wohin wir jetzt fahren sollen.«

»Aber wir wissen ja noch nicht einmal, wo Irina ist.« *Oder ob sie nicht längst tot ist wie ihr Freund Nasko.*

»Ich rufe Miss Radeva an, vielleicht hat sie etwas gehört.

Und Neven – und in dem Haus in den Bergen, für alle Fälle.« Er wählte mehrere Nummern, erreichte jedoch nur Miss Radeva und wechselte ein paar Sätze mit ihr. Als das Gespräch beendet war, sagte er: »Sie hat nichts gehört und macht sich jetzt noch größere Sorgen als zuvor. Ich habe ihr geraten, sehr vorsichtig zu sein und für ein paar Tage zu Freunden oder Verwandten zu ziehen.«

»Und was sollen wir jetzt machen?« Alexandra hatte Mühe, ihre Stimme im Zaum zu halten. »Wir wissen doch gar nicht, wo wir anfangen sollen.«

Bobby saß eine Weile still mit jenem versunkenen Blick, der ihr verriet, dass er angestrengt nachdachte. »Bovech«, sagte er mit Nachdruck.

»Meinst du wirklich, dort finden wir Irina und Lenka?«

»Ich habe keine Ahnung, was wir dort finden. Gut möglich, dass wir beim ersten Mal etwas übersehen haben, weil uns die nötigen Informationen fehlten. Kehre immer zurück. Kehre immer dorthin zurück, wo etwas passiert ist oder wo jemand gelebt hat.« Es klang wie ein Satz aus einem Lehrbuch, und sie fragte sich, ob er das auf der Polizeischule gelernt hatte. Als sie die bebenden Muttermale in seinem Mundwinkel sah, wusste sie, dass sie auf den Rest würde warten müssen.

Er sah sie an. »Pass auf, wir müssen uns heute Abend irgendwo ein Zimmer nehmen. Ich bin zu müde, um noch einmal die halbe Nacht durchzufahren, und bei meiner Tante oder bei Freunden ist es zu gefährlich. Und wir sollten uns irgendein kleines Hotel suchen, außerhalb der Stadt.«

»Ich habe Geld«, versicherte sie ihm.

»Wir müssen eventuell einen Aufschlag zahlen«, sagte er.

»Wegen Stoycho.« Sie rückte etwas dichter an ihn heran. Vielleicht war es das Beste, wenn sie einfach irgendwo an der Strecke hielten und die Urne auf einem Feld beisetzten. Aber was würde ihnen das jetzt noch bringen? Sie musste an ihren Traum von Neven denken – sie hatte sich vor ihm in den Staub geworfen, und er hatte ihr aufgeholfen und sie geküsst.

Zweiundfünfzig

1949

Am zweiten Morgen, kurz bevor ich erwachte, träumte ich erstmals von Vivaldi. Er war ein paar Jahre älter als ich, rothaarig und bekleidet mit der langen Kutte eines Priesters, und sperrte bei Sonnenaufgang den Seiteneingang einer Kirche auf; er hob den Blick und betrachtete das Licht auf dem Wasser, das in Tausende von adriatischen Kristallen zersplitterte. Das Schwappen des Wassers war lauter als das Klirren der großen, rostigen Schlüssel, doch dieses Geräusch schien ihm derart vertraut zu sein, dass er es gar nicht mehr bemerkte. Seine Hände machten sich umständlich an dem Schloss zu schaffen, dann entriegelten sie die hölzerne Tür. Im Innern der Kirche war es kalt wie in einem unterirdischen Gang, und ihre Kuppel erhob sich über ihm wie eine Stimme. Aus irgendeinem Grund saß eine weiße Katze mit rosafarbenen Streifen im Mittelgang und leckte sich, sonst war noch niemand da. Auf einer Seite des Kirchenschiffs befand sich ein Lettner aus vergoldetem Holz – funkelnde Zweige und Blätter, durch die tausend winzige Augen spähen mochten.

Vivaldi trat an den Altar. Er stellte Stühle, Bänke, Notenständer auf, wie ich noch nie welche gesehen hatte, obgleich ich sie sofort als solche erkannte. Dann verteilte er mit seinen langen, schmalen Händen frisch kopierte Noten auf die Ständer, genug für zwanzig Musiker. Ich wartete darauf, dass er seine Violine holte; warum hatte er sie eigentlich nicht bei sich? Bewahrte er sie in der Kirche auf? War das nicht viel zu riskant? Hatte er sie irgendwo vergessen? Plötzlich war ich in heller Panik seinetwegen. Was, wenn ihm die Violine gestohlen worden war?

Als das Horn ertönte, schrak ich aus dem Schlaf und stellte fest, dass ich auf den zerfetzten Matten und alten Kleidern meiner Pritsche lag.

An meinem dritten Tag in Zelenets fing ich wieder an zu üben. Ich wartete, bis ich beim morgendlichen Zählappell Beta-49, meinen Stern, gesehen hatte und mein Name aufgerufen worden war. Dann legte ich los, wenn auch nur im Geiste: meine Bach-Partiten, die ich stets zum Warmspielen benutzt hatte. Ich spielte sie langsamer als sonst. Anfangs dachte ich, dass ich im Geiste nur die Noten würde hören können, doch nach einer Weile hatte ich auch den Fingersatz vor Augen. Wenn ich eine Note ausließ, zwang ich mich, wieder von vorn zu beginnen.

Dann nahm ich mir diejenigen Partiten für Solovioline vor, die ich aus dem Gedächtnis beherrschte, angefangen mit der zweiten Partita in d-Moll. Ich begann mit dem ersten Satz, der Allemande, und arbeitete mich zu der herrlichen Chaconne vor. Das Hören fiel mir nicht leicht an diesem Ort des Schreckens, aber ich ließ nicht locker. Für die d-Moll brauchte ich so lange, dass wir bereits im Steinbruch angekommen waren, als ich alle Sätze fehlerfrei bewältigt hatte. Ich stieg in die Grube hinab und machte mich an die Arbeit, wechselte ein paar Worte mit meinen Kollegen und half dem muskulösen alten Mann, seine Hände zu bandagieren, wie ich es mit den meinen getan hatte, zum Schutz gegen die scharfen Kanten der Steine. Mir war klar, dass die Wickel nicht den ganzen Tag lang halten würden; wir brauchten unbedingt mehr Stoff.

Nach der Partita probierte ich Francks Violinsonate in A-Dur, die ich in meinem ersten Jahr in Wien gelernt hatte. Jetzt war ich froh, dass ich sie auswendig konnte. Obwohl das Schieben der Schubkarre mir fürchterliche Schmerzen in Rücken und Beinen verursachte, ging ich jeden Satz gleich mehrmals durch und hörte im Geiste, wie perfekt die Klavierstimme mit der meinen harmonierte. Wenn ich unterbrochen wurde – zum Beispiel, weil ein Aufseher zu uns herunterstieg, um uns zum schnelleren Arbeiten anzuhalten –, begann ich den Satz von vorn. Und wenn wir schneller arbeiten mussten, achtete ich darauf, nicht auch mein Tempo über Gebühr zu steigern. Und wenn es mir doch einmal passierte, begann ich den Satz noch einmal von vorn.

Irgendwann im Lauf des Vormittags kam ein Zug durch und fuhr dicht am Steinbruch vorbei, auf dem Gleis, das mir am ersten Tag schon aufgefallen war. Als wir ihn herannahen hörten, schulterten alle Skelette im selben Augenblick ihr Werkzeug wie Gewehre, und einen Moment lang glaubte ich, sie würden auf den Zug zulaufen, um aufzuspringen und in die Freiheit zu entkommen. Zu meinem Erstaunen warteten sie jedoch einfach, bis der Zug tatsächlich vorbeifuhr, und dann winkten sie. Mehrere Passagiere starrten aus den Fenstern, und einer oder zwei winkten zurück.

Als er vorbei war, gingen sie eilig wieder an die Arbeit, und die Aufseher machten die Runde, um diejenigen von uns zurechtzuweisen, die nicht gewusst hatten, wie sie sich verhalten sollten. »Das nächste Mal winkt ihr gefälligst!«, brüllte einer. »Wer nicht winkt, wird dafür büßen!«, ein anderer.

Als die Mittagspause kam, war ich mit dem Franck noch nicht ganz durch. Während der Pause spielte eines der Skelette verrückt, ging urplötzlich auf alle viere und krabbelte am Rand der Grube entlang, bis es schließlich hineinfiel. Die Wärter fluchten und schrien – nun konnten wir nicht pünktlich wieder an die Arbeit gehen. Eins der jüngeren Skelette, der Sohn des Mannes, stürzte zum Grubenrand, um es seinem Vater gleichzutun; die Aufseher bekamen ihn gerade noch rechtzeitig zu fassen und schlugen ihn, bis er sich nicht mehr rührte. Er überlebte und trat zwei Tage später wieder zur Arbeit an.

Am vierten und fünften Tag sah ich den anderen Männern aufmerksam zu und machte eine wichtige Entdeckung: Wenn ich stets zwei Paar Bandagen für meine Hände bereithielt und eines davon abends vor dem Zubettgehen in dem Wasser aus den Waschhauskrügen auswusch, hatte ich jeden Tag bei Arbeitsantritt ein halbwegs sauberes Paar, während das andere noch trocknete. Auf diese Weise litten meine Hände nicht ganz so stark. Mein kleiner Finger heilte trotz der elenden Schufterei mit der Schubkarre, und ich hoffte, mich noch eine Weile vor Infektionen schützen zu können. Ich riss meine eigenen Kleider und mein Bettzeug in schmale Streifen, wusch sie und hängte sie über die Pritschenkante. Viele Männer taten das Gleiche und machten sich Fußwickel, weil nur wenige von uns Socken besaßen, während ich das Glück hatte, ein gutes Paar bekommen zu haben, das ich stets trug oder aber sorgfältig versteckt hielt. Auch tauschte ich vier dicke Holzstücke, die ich unter meiner Bettmatte gefunden hatte, bei einem Häftling eine Reihe weiter gegen den Rücken eines Baumwollhemdes ein, sodass ich eine Zeit lang täglich frische Handwickel hatte. Aus dem Holz schnitzte er mit einem scharfen Stein kleine Figuren von nackten Frauen. Ich riss den Stoff in gleichmäßige Streifen und trug sie immer bei mir, in der Innentasche meiner Jacke, sodass sie mir niemand stehlen konnte, wenn ich nicht in der Baracke war.

Jeden Nachmittag, wenn ich die Schubkarre schob, arbeitete ich an einem Konzert. Ich konnte eine ganze Reihe davon auswendig oder fast auswendig. Ich begann mit meinen Favoriten – Brahms, Bruchs erstes Konzert in g-Moll, Mendelssohn, Tschaikowsky und zum guten Schluss Sibelius. Für den ersten Tag wählte ich Mendelssohns Violinkonzert, weil ich es von allen am besten kannte. Ich brauchte den halben Nachmittag, bis es flüssig lief. Als ich zum dritten Satz kam, musste ich acht- oder zehnmal von vorn beginnen, weil mein Gedächtnis mich im Stich zu lassen schien. Der Hunger erschwerte mir das Denken, und ich fragte mich, ob ich mich mit der Zeit daran gewöhnen würde. Manchmal ließ ich die Finger über die splittrigen Griffe der Schubkarre gleiten, um der Erinnerung ein wenig nachzuhelfen, bis ich feststellte, dass dies den Schmerz und die Erschöpfung noch verstärkte. Ich hatte alle Zeit der Welt. Selbst die Züge störten mich nur selten; inzwischen wusste ich, dass sie nur zweimal die Woche vorbeifuhren. Gewöhnlich waren es Güterzüge, und für die mussten wir nicht unser Werkzeug schultern und winken, obgleich einige Skelette dies automatisch taten.

Zudem stellte ich fest, dass meine Gefährten in der Grube nichts dagegen hatten, wenn ich summte. Nasko flüsterte mir zu, es gefalle ihm sogar. Ich fragte mich, ob er im Geiste zu malen versuchte, wagte es aber nicht, ihn vor den anderen danach zu fragen. Und wenn ein Wärter an der Grubenkante erschien, verstummten wir. Meistens sprachen wir ohnehin kein Wort. Wir waren angehalten, einander auf die Finger zu sehen und »Faulheit« und »Schlendrian« sofort zu melden.

Doch ein paar Sekunden lang, im Licht der Spätoktobersonne, während mir die Hände bluteten und das Gewicht der Schubkarre mir buchstäblich das Rückgrat zu brechen drohte, hörte ich Mendelssohn so laut wie im Konzertsaal. Den ersten Satz, in den ich mich stets mit Wonne gestürzt hatte. Es war der Klang des reinen Glücks.

Die Säcke verschwanden erst, wenn sich sieben oder acht Stück angesammelt hatten, und wenn wir am Waschhaus vorbeimussten, hielten wir uns die Nase zu und wandten den Kopf. Ich legte im Stillen ein Gelübde ab: Immer wenn ich mir mich selbst in einem Sack vorstellte, wollte ich sofort an etwas anderes denken. Nur nicht an Vera – sie und meine Eltern hob ich mir für meine nächtlichen Gebete im stinkenden, hustenden, gleichgültigen Dunkel der Baracke auf. Und auch nicht an meinen Sohn auf der sonnenhellen Wiese; diese Gedanken waren noch schlimmeren Augenblicken vorbehalten.

Wenn ich mir mich selbst in einem Sack vorstellte, dachte

ich stattdessen an Venedig, wohin ich schon vor Jahren hatte reisen wollen. Ich dachte an Vivaldi, der frühmorgens zur Probe seine Kirche aufschloss, und die Luft, die über die salzigen Lagunen und die Wellen der Adria landeinwärts strich. Ich dachte an das Stück, das zu üben ich mir seit meiner Ankunft strikt verboten hatte, obwohl ich es noch besser kannte als meinen Bach. Allerdings musste ich aufpassen, dass ich es nicht vergaß.

Vivaldi war mit dreiundsechzig gestorben, mittellos, seine Musik aus der Mode geraten. Ich hatte irgendwo gelesen, dass er vermutlich in einem Armengrab in Wien bestattet lag. Vielleicht war auch er in einen Sack gesteckt worden. Wenn auch nicht von Lumpen und Verbrechern und erst, nachdem er seine Musik komponiert hatte, Musik wie der Mond über Inseln voller Kirchen.

Dreiundfünfzig

1949

Eines Abends wurde ein Bergarbeiter ins Lager gebracht, dem eine Hand fehlte. Zwei andere Männer stützten ihn beim Gehen. Er presste den zerfetzten Stumpf seines Ärmels mit der verbliebenen Hand fest zusammen, um den Blutfluss zu verlangsamen. Steine hatten sich aus der Stollendecke gelöst und ihn unter sich begraben; seine Kollegen hatten den zerquetschten Arm abgebunden und ihn so vor dem Verbluten bewahrt. Ich fragte mich, warum die Aufseher im Bergwerk ihnen erlaubt hatten, dem Mann zu helfen, aber sie hatten es getan. Er war stundenlang besinnungslos gewesen, bevor sie ihn ins Lager gebracht hatten, und auch jetzt noch nur halb bei Bewusstsein. Er wurde in den großen Schuppen geschafft, der als Krankenstation diente; nach allem, was ich bislang gehört hatte, verließen die meisten Patienten die Station in einem Sack. Als sich die Tür hinter ihm geschlossen hatte, mussten wir auf dem Hof zum Zählappell antreten ohne Abendessen. Der uniformierte Wachmann, den die anderen den Chef nannten, schrie unausgesetzt auf uns ein. Das sei die gerechte Strafe für die Achtlosigkeit des Mannes, brüllte er, und sie solle uns zur

Warnung dienen. Wenn jemand beim Appell keine Antwort gab, begann der Chef noch einmal ganz von vorn.

Am nächsten Morgen konnten wir kaum laufen, geschweige denn arbeiten, da es zum Frühstück nur Tee mit dem üblichen Scheißklümpchen Marmelade gegeben hatte. Die fehlende Hand des Mannes beschäftigte mich mehr als meine Magenschmerzen. Ob sie noch immer unter einem Haufen Steine begraben lag, oben im Bergwerk? Es war seine linke Hand gewesen – die Greifhand, wie wir Geiger sagen. An jenem Morgen vergaß ich zu üben. Stattdessen kehrte ich in Gedanken immer und immer wieder zurück zu meinem Sohn und seiner Liebsten, die auf der Wiese am Flussufer saßen. Doch ein Ständchen brachte ich ihnen nicht; vielmehr ging ich zum Fluss hinab, stellte mich stumm hinter sie und betrachtete das schimmernde Sonnenlicht auf ihrem Haar. Mir selbst gingen die Haare allmählich aus. Ich war dankbar, weil sie nicht wussten, dass ich da war, sich nicht umdrehen und mich sehen konnten.

An einem sonnigen Morgen etwa drei Wochen nach meiner Ankunft in Zelenets waren meine Hände so geschwollen, dass ich nicht mehr spielen konnte, nicht einmal im Geiste. Die Blasen waren natürlich viele Male aufgeplatzt, doch nun waren meine Hände überall ganz rot und heiß, nicht nur an den wunden Stellen. Das einzig Gute an meinen brennenden Händen war der Umstand, dass sie mich von meinen Magenschmerzen ablenkten. Ich wusch und bandagierte sie und überlegte, womit sich die Arbeitszeit auf andere Art und Weise vertreiben ließe. Und so machte ich mir denn Gedanken über meinen Sohn.

Bislang war er für mich weiter nichts gewesen als diese dunkelhaarige Gestalt am Ufer mit seinem sauberen weißen Hemd und seiner schwarzen Weste, seinen breiten Schultern. Er sah irgendwie würdevoll aus, adrett und gediegen, vermutlich ein eher stiller Mensch. Hatte ich ihn gut erzogen? War er Musiker? Wissenschaftler? Vera wäre ohne Zweifel eine großartige Mutter. Ich fragte mich, ob er Geschwister hatte, entschied mich jedoch dagegen. Wir hätten sie niemals durchbringen können, nicht in dieser schönen neuen Welt der engen Wohnungen, wo Musiker sich in Betriebskapellen verdingen mussten. Nein, er war ein Einzelkind, in Liebe geplant und gezeugt, aber danach allein mit mir und Vera.

Auf dem Marsch zum Steinbruch dachte ich an seine Zeugung.

Sie musste in schier unerträglicher Lust geschehen sein, größer noch als bei allen anderen lustvollen Begegnungen. Am helllichten Tag dachte ich an Veras Körper und dann an die jähe und berauschende Explosion, aus der unser Sohn hervorgehen würde. Dabei starrte ich krampfhaft zu Boden, sodass ich nicht sehen musste, was tatsächlich um mich war. Einen Augenblick lang gab es nur uns beide, an einem Tag so ganz anders als dieser.

Dann Vera, sich langsam, kaum merklich verändernd, in ihrem abgetragenen Baumwollnachthemd, wie sie sich morgens das Haar hochsteckte, bevor sie unser Frühstück zubereitete. Dann ging sie zur Arbeit in die Fabrikkantine, eine strahlende Schönheit, der die Röcke langsam, aber sicher enger wurden, mit einer Haut wie Porzellan, und eines Abends würde sie mir eröffnen, dass sie endlich beim Arzt gewesen sei, der unseren

Verdacht bestätigt habe. Sie würde schamhaft die Augen niederschlagen, verlegen, aber überglücklich. Ich würde zu ihr treten, ihr über das geflochtene Haar streichen, und wir würden lachen, damit wir nicht weinen mussten. Sie würde mir versichern, dass sie so gesund sei wie ein Pferd, kein Grund zur Besorgnis. Tags darauf, bei der Orchesterprobe, vergaß ich das bevorstehende Ereignis immer wieder – bis es mich heiß und kalt überlief, wenn es mir plötzlich wieder einfiel. Als ich mir in der Pause meine einzige Zigarette ansteckte, zitterten mir vor Freude die Hände.

Das musste für den ersten Tag genügen. Als wir beim Steinbruch ankamen, bat ich Nasko, die Schubkarre zu schieben, während ich ihm die leidige Pflicht abnahm, die Steine zu spalten und aufzuladen, obgleich er leise protestierte, dass dies meinen Händen noch mehr schaden werde. Aber ich wollte ihm diesen Gefallen tun. Es gab schließlich etwas zu feiern.

Doch meine Freude war nicht von Dauer – an einem Ort wie diesem währte keine Freude lange. Am nächsten Morgen war ich so traurig, dass ich mir vornahm, drei Tage nicht an meinen Sohn zu denken. Erst wollte ich einen ganzen Tag lang üben, auch wenn meine Hände das eigentlich nicht erlaubten. Dann wollte ich einen Tag nur an Vivaldi und die Proben mit seinem Orchester denken. Am dritten Tag würde ich abermals üben – Etüden, Sonaten, ein Konzert. Am vierten Tag würde ich endlich beginnen, meinen Sohn großzuziehen. Wenn in der Zwischenzeit irgendetwas Schreckliches passierte, konnte ich ihn und seine Liebste am Fluss besuchen, bis es vorüber war. Dort war es stets Sommer, und der Fluss war nie mit graugrünen Eisschlieren bedeckt wie der, an dem der Weg zum Steinbruch uns entlangführte.

Ich schwor mir, diesen Ablauf strengstens einzuhalten. Am Ende dieser vier Tage würde ich wieder von vorn beginnen und den ganzen Tag nur üben. Ich spielte mit den Gedanken, Nasko zu verraten, womit ich mir die Zeit vertrieb; bei der Arbeit schien er oft entrückt, und ich fragte mich, woran er wohl gerade dachte. Er würde mich gewiss nicht wegen »Faulheit« melden. Aber ich hatte Angst, dass meine Träumereien ihre Wirkung verlieren würden, wenn ich jemandem davon erzählte.

Unterdessen war meine Stirn ganz kahl geworden, und ich spürte die Rippen unter meinem Totenhemd. Seit der ersten Entlausung hatten wir nur zweimal baden dürfen, und auf mir und in meinen Kleidern tummelten sich allerlei Insekten, nicht nur in meinem Bett.

Eines Morgens trat Momo, der Schläger mit dem Engelsgesicht, vor mich hin und blickte mir fest in die Augen. In einer Hand hielt er einen leeren Sack; er hob die Hände, spielte einen Moment lang eine unsichtbare Violine, sodass der Sack in der Luft hin und her schwang. Dann plötzlich reichte er den Sack meinem Nebenmann. Am nächsten Morgen wiederholte Momo diese Prozedur und warf mir einen belustigten Blick zu, ehe er einen anderen erwählte. Ich stand so still, wie ich nur konnte, und versuchte, mir meine Furcht nicht anmerken zu lassen, unfähig, den Todgeweihten auch nur anzusehen. Eigentlich war dieser Tag ein Vivaldi-Tag, doch ich beschloss, ihn ausnahmsweise mit meinem Sohn und seiner Liebsten zu verbringen, nur für den Fall, dass es vielleicht mein letzter war.

Vierundfünfzig

1949

Ehe ich an jenem ersten vierten Tag damit beginnen konnte, meinen Sohn großzuziehen, musste er natürlich erst einmal geboren werden. Es war eine wunderbar leichte Geburt, da ich es nicht ertragen konnte, Vera leiden zu sehen. Ich beschloss, dass sie nachmittags entbinden würde, plötzlich, wenn sie prall und reif war wie ein Pfirsich. An jenem Morgen, bevor ich zur Probe ging, klagte sie, die Schmerzen im Kreuz seien stärker geworden, und ich massierte sie, die kleine, zarte Rundung, die noch immer so elegant geschwungen war wie die Zargen eines Cellos. Ihre Haut war warm unter meinen Händen, und sie sagte, sie fühle sich schon besser, dass ihre Mutter sie besuchen werde und sie auf Vorrat backen wollten, falls demnächst die Wehen einsetzten. Bei diesem Gedanken bekam ich einen solchen Schreck, dass mir die Schubkarre aus den Händen glitt, auf meinen Fuß krachte und ihn übel quetschte; den Rest des Tages würde ich ein Humpeln verbergen müssen.

Vera lächelte, als sie die Tür hinter mir schloss; ihr Gesicht war müde, aber rosig, und ehe ich mich's versah, rief ihr Vater mich in der Pause aus der Probe, sodass ich unsere Arbeit nicht unterbrechen musste und womöglich den Dirigenten verärgerte, und wir eilten in das alte Krankenhaus, wo auch ich zur Welt gekommen war und über dessen Eingang jetzt ein roter Stern hing. Ich rannte die Treppe hinauf und flehte die Schwestern an, mich auf die Station zu lassen, obwohl ich keine Ahnung hatte, ob das überhaupt gestattet war. Vera lag in einem schmalen, sauberen Bett in der obersten Etage, und meine Schwiegermutter wich ihr keine Sekunde von der Seite. Ich küsste sie und strich ihr übers Haar; sie lächelte strahlend, stolz, aber auch furchtbar erschöpft. Das Baby lag zusammen mit anderen Babys in einem großen Raum, und die Schwester zeigte es mir. Mein Sohn war fest in eine weiße Flanelldecke gewickelt, sein Gesicht sanft und schläfrig, die Augen geschlossen. Bei seinem Anblick kamen mir die Tränen, und ich musste die Schubkarre einen Moment absetzen und mir mit dem Ärmel die Wangen trocknen. Ich fragte mich, ob ich ihn wohl auf den Arm nehmen durfte, hatte jedoch Angst, ihn fallen zu lassen. Eine Schwester führte mir vor, wie man es machte, und legte ihn mir in die Arme, worauf er die Augen aufschlug und mich ansah. Er war schrecklich leicht, aber ganz warm in meinen Armen.

Ich ging wieder zu Vera hinein. »Ich würde ihn gern Neven nennen«, sagte sie schläfrig. »Ich habe geträumt, dass er so heißt.« Ich dachte darüber nach; Neven war eigentlich eher ein Frauenname – Nevena oder Nevyena, *die Ringelblume* –, und ich hatte geglaubt, dass wir ihn der Tradition gemäß nach meinem Vater nennen würden. Aber er sah tatsächlich aus wie eine Ringelblume mit seinem runden, gelbbraunen Gesicht und den blicklosen goldenen Augen.

»Wir müssen ihn nach meinem Vater nennen«, sagte ich leise, »aber wir könnten ihn ja trotzdem Neven rufen.«

Sie war schon eingeschlafen. Ich küsste sie auf die Stirn und ging zu meinem Schwiegervater hinunter.

»Ein prächtiger kleiner Junge«, sagte ich. Wir kehrten in einer Taverne ein, tranken ein Glas herrlich scharfen *rakiya*, und dann begab ich mich zurück zu meiner Probe.

An diesem Tag gab es etwas anderes zu Mittag, als seien ihnen die Bohnen ausgegangen: zerkochte Rüben, nahezu ungenießbar, die nach Erde schmeckten. Hoffentlich war diese Änderung des Speisezettels nicht von Dauer; Vera brauchte in der Stillzeit gut und ausreichend zu essen. Als mir klar wurde, was ich da gerade gedacht hatte, bekam ich einen Schreck. Ich musste meinen Verstand auf zweifache Art und Weise wappnen, nicht nur gegen diesen Ort, sondern auch gegen sich selbst. Ich erteilte mir strikte Anweisungen: Falls ich noch einmal das Gefühl hatte, dass die Grenze zwischen meinen Gedanken und dieser schrecklichen Realität zu verwischen oder gar aufzuweichen drohte, würde ich zur Strafe einen ganzen Tag lang nur Tonleitern üben. Keine Konzerte, kein Bach, kein Vivaldi, keine Vera, kein Neven – stattdessen nichts als Tonleitern, bis alles wieder in Ordnung war.

Am nächsten vierten Tag begann ich, meinen Sohn kennenzulernen. Neven erwies sich als stilles Baby, das schon früh lächelte und lachte, obgleich er uns in den ersten Monaten durchaus die eine oder andere schlaflose Nacht bereitete. Vera hatte Angst, dass unsere Nachbarn sich wegen der dünnen

Wände durch sein Geschrei gestört fühlen könnten. Doch sie waren nachsichtig mit uns und ihm. Die alte Frau, welche die rechte Hälfte der Wohnung bewohnte, die wir einst ganz für uns allein gehabt hatten, war vollkommen vernarrt in den Kleinen und ging uns manchmal zur Hand. Vera war eine glückliche Mutter; sie hätschelte und wiegte ihn, sah ihm beim Schlafen zu, und ihre Mutter kümmerte sich rührend um die beiden.

Es heißt, Väter werden gereizt und ungeduldig wie Nachbarn, aber ich konnte ihn gar nicht oft genug auf den Arm nehmen, und ich lernte den Duft von Milch und selbst den Gestank der Windeln lieben, die in Seifenlauge auf dem Herd standen und kochten. Wenn Neven seinen Mittagsschlaf hielt, stöberte Vera in meiner kleinen Bibliothek oder putzte die Wohnung oder ruhte sich ihrerseits ein wenig aus. Sie wollte ihr Deutsch und ihr Französisch aufpolieren. Einmal kam mir in meiner Verwirrung der Gedanke, dass es für sie gewiss nicht leicht war, allein für den Kleinen zu sorgen, während ich weit weg in diesem Höllenloch verschmachtete. Am nächsten Tag spielte ich Tonleitern von früh bis spät in jeder Tonart.

Das war ein harter Tag; die Tonleitern boten keine ausreichende Ablenkung von der Grube und den Schmerzen in Händen, Beinen und Rücken. Statt uns am Ende des Nachmittags ins Lager zurück zu eskortieren, ließen Momo und zwei seiner Helfer uns antreten, zerrten zwei Skelette aus der Reihe und erschossen sie als abschreckendes Beispiel. Ich dachte, die Waffen dienten allein dazu, uns zu bewachen; sie schienen Knüppel zu bevorzugen. Einen der Männer durfte Momo eigenhändig erschießen; er ging mit der Pistole um wie ein Amateur, wie ein kleiner Junge mit einem Spielzeug, sodass wir alle den Kopf einzogen und uns duckten, während er vor uns damit herumfuchtelte. Dann wurde mir klar, dass er genau wusste, was er da tat, und sich wieder einmal einen Spaß daraus machte, uns Angst einzujagen. Sie erschossen die beiden Skelette direkt vor unseren Augen, in den Hinterkopf wie auf Zielscheiben. Das Krachen der Schüsse hallte von den Bergwänden hinter unserer Grube wider.

Mit anderen Worten: Der Chef erlaubte Momo, einen Mann zu erschießen, während ich es mir verbot, auch nur an meinen Sohn zu denken oder gar zum Fluss hinunter zu gehen, um ihm ein Ständchen zu bringen; ich gestattete mir nicht den leisesten Gedanken an Vivaldis Gang nach Hause über die Piazza oder meinen Schwur, lebend zu Vera zurückzukehren. Stattdessen zwang ich mich, mit anzusehen, wie jeder der beiden Männer einen kleinen Luftsprung machte und dann vornüberkippte. Im Stillen versprach ich den beiden, bis zum Ende über sie zu wachen und sie niemals zu vergessen, und ich stellte sie mir als Babys vor, die irgendwann vor langer Zeit schlaftrunken die Augen aufgeschlagen hatten.

Jeden dritten Tag übte ich; unterdessen schien ich mein gesamtes Repertoire mindestens zweimal durchgearbeitet zu haben. Ich suchte mir ein oder zwei Stücke aus, begann jeden Morgen mit Bach und verbrachte den Nachmittag mit dem Studium der beiden ausgewählten Stücke. Bisweilen hatte ich das Gefühl, dass meine Erinnerung an ein Werk stetig besser wurde, ebenso wie meine Phrasierung, insbesondere bei Dvořáks dritter Sinfonie, die ich über alles liebte. Nach und nach hörte ich auch die anderen Stimmen. Das Konservatoriumsorchester hatte Dvořáks Dritte in Wien mehrmals aufgeführt und einmal sogar in Prag. Die Prager hatten vor Begeisterung gepfiffen, mit den Füßen getrampelt und gejubelt – und das, obwohl sie den Komponisten als ihr Privateigentum ansahen. Die Sinfonie schien tatsächlich zu gewinnen, jedenfalls vor meinem inneren Ohr, und an manchen Tagen erfüllte ihr wogender Wohlklang die elende Grube.

Eines Nachmittags hielt Nasko mit dem Steineklopfen inne, beugte sich zu mir und flüsterte: »Was ist es heute?«

Ich erschrak, zögerte einen Augenblick und dachte dann: *Warum nicht?*

»Dvořáks dritte Sinfonie«, sagte ich leise.

Ein Lächeln streifte seine Lippen, und er nickte hochzufrieden und machte sich wieder an die Arbeit. Seine Wangen waren eingefallen, und weiße Strähnen durchzogen sein braunes Haar. Unter seinen Augen lag ein violetter Schatten; hoffentlich war es nicht der Tod. Ich weiß, dass er sich auf unser aller Gesichtern spiegelte, eine Warnung. Manchmal holte er sie des Nachts auf leisen Sohlen. Er war unser ständiger Begleiter.

Wieder ließ Nasko die Hacke sinken. »Ich habe gestern ein großes Bild fertiggestellt«, sagte er. »Ein Mann zu Pferd mit weißen Pelzstiefeln. Das Pferd war ziemlich knifflig.« Tod und Wahnsinn waren aus seinem Blick verschwunden.

»Gut«, sagte ich. Ich wusste, dass er wusste, was ich damit meinte: *Gut – vielleicht kommen wir beide lebend hier heraus.*

Wir verloren kein weiteres Wort darüber, doch von da an nickte er mir jeden Morgen vor Arbeitsbeginn zu, und ich erwiderte das Nicken, in der Hoffnung, dass uns niemand als Verschwörer denunzierte. Als der Mann aus Pirin eines Nachts verschwand und am nächsten Morgen nicht zur Arbeit antrat, hatte ich furchtbare Gewissensbisse, als hätten wir auch ihm mit unserer Freundschaft helfen müssen.

An den Tagen, die ich mit Vivaldi verbrachte, ging ich ihm oftmals bei den Proben mit seinem Kammerorchester zur Hand. Ich versuchte, nicht darüber nachzudenken, was er wohl zu Mittag aß. Eines Morgens verfolgte ich, wie er mit seinem Chor ein neues Oratorium einstudierte, und ich sah die Konzentration, die Erregung und die Ungeduld, mit der er die jungen Leute instruierte. Ich fragte mich, wie er selbst das Stück gespielt hätte, das ich mir für bessere Zeiten aufbewahrte, bat ihn jedoch nie, es für mich zu spielen.

Am meisten aber freute ich mich auf jeden vierten Tag, wenn ich Neven wachsen und werden sehen konnte. Inzwischen lernte er laufen, breitschultrig und stabil stand er auf seinen dicken Beinchen, setzte ungeschickt einen Fuß vor den anderen, wobei er sich mit beiden Händen an Veras Zeigefinger festhielt, mit dem sie ihn behutsam lenkte; sie übten in der winzigen Wohnung, aber auch im Park, während ihr Vater in seinem dezent ausgebesserten Jackett oder ihre Mutter mit einer Decke über dem Arm neben ihnen herging. Veras Schwester Irina, die von früh bis spät Wandbilder oder Porträts von Fabrikarbeitern malte, fand jetzt, wo er wusste, wer sie war, allmählich Gefallen an dem kleinen Neven. Immer wenn sie den Raum betrat, strahlte er über das ganze Gesicht und begann zu lachen, was wiederum alle anderen zum Lachen brachte. Sein gelocktes Haar war von der Farbe polierten Messings, die sich jedoch schon jetzt zu einem matten Braun verdunkelte.

Ich überlegte hin und her, welches Instrument ich ihm

schenken sollte, und wann, und wo wir eines finden würden, und ob wir uns das leisten konnten; das sei Unsinn, meinte Vera, er werde es ohnehin nur kaputtmachen, und ich erklärte mich einverstanden, damit zu warten, bis er drei war. »Vier«, sagte Vera. Auch damit erklärte ich mich einverstanden. Sie arbeitete wieder in der Kantine und sah müde aus, was mir Sorgen machte und mir das Neinsagen erschwerte.

Ich überlegte, ob wir ein zweites Kind bekommen sollten, bis mir einfiel, dass ich bereits beschlossen hatte, mir nur eines zu erträumen, da wir in so beengten Verhältnissen lebten. Zudem würde ich, wenn das Land die Grenzen wieder öffnete, wegen meiner Musik oft und viel reisen müssen, erst zurück nach Wien, dann zu allerlei Wettbewerben und schließlich auf großer Tournee durch ganz Europa. Es würde nicht leicht werden für Vera, die hier zurückbleiben und arbeiten musste, bis ich erste Erfolge erntete; sie würde alle Hände voll zu tun haben, auch wenn sie mit Neven allein war. Ich konnte sie unmöglich mitnehmen, jedenfalls nicht, bis Neven ein gewisses Alter erreicht hatte, und dann würden wir vielleicht gemeinsam auftreten. Ich stellte mir Herrn Mozart vor mit seinem kleinen Sohn und seiner Tochter wie zwei Holzpuppen so steif, und wie sie die großen Städte Europas bereisten und für gekrönte Häupter spielten.

Bisweilen hob ich den Blick von der Schubkarre und fragte mich, ob auch die Aufseher heimliche Hoffnungen hegten – Träume von einer besseren Zukunft. Ob der kleine Momo darauf hoffte, eines Tages Chef zu werden, wenn der Chef aus Versehen in die Grube stürzte oder an der Grippe starb? Träumte der Chef von einem Schreibtischposten in Sofia, einem höheren Gehalt und eleganten Kleidern für seine Frau? War er überhaupt verheiratet? Und hofften die anderen Häftlinge, daheim in ihrem Bett sterben zu können?

Ich selbst zwang mich, an Neven zu denken, der von Tag zu Tag ein wenig sicherer auf den Beinen wurde, wie er auf mich zukam, wie er strahlte, wenn ich vor ihm auf die Knie ging – noch ein Stückchen, noch ein Stückchen –, und dann mit kreischendem Gelächter in meine offenen Arme sank.

Es war ein Glück, dass Neven sich so prächtig entwickelte, denn ich spürte, dass mir langsam, aber sicher die Kräfte schwanden. Nicht weil ich krank war, Gott sei Dank, obgleich ich bisweilen das Gefühl hatte, dass die Grenze zwischen Krankheit und Gesundheit im Lager fließend war. Abends quoll Eiter aus den Wunden an meinen Händen, doch oftmals schrubbte ich sie, bis sie bluteten – ich freute mich regelrecht auf diese rituelle Waschung, das frische Blut, ja selbst den Schmerz. Es fiel mir schwer, mich nicht zu kratzen, als die Insektenstiche an meinem Oberkörper sich in entzündete Beulen verwandelten. Manchmal kämpfte ich abends gegen das Fieber, das all die kleinen Infektionen mir verursachten; es waren einfach zu viele. Ich zwang mich, nicht schwerkrank zu werden. Ein Mann in der Baracke verkaufte mir ein zweites Hemd im Tausch gegen ein Stück meines Bettzeugs, sodass ich immer ein Hemd waschen oder doch wenigstens auslüften konnte. Allmählich wurde es kalt, die Nächte waren frostig wie im Winter, aber zum Glück hatte ja ich meine Decke.

Eines Abends wurde eine neue Zugladung Männer eingeliefert; wir sahen ihre entgeisterten Gesichter im Licht der

Scheinwerfer, als wir im Dunkeln von der Arbeit kamen. Mir wurde klar, dass ich vermutlich genauso aussah wie die Männer, die ich an meinem ersten Abend gesehen hatte – hager, hohläugig, zerlumpt. Die Neuen, Junge und Alte, machten die letzte halb leere Baracke im Lager voll; ich fragte mich, ob uns die Revolution dazu verdonnern würde, weitere Baracken zu bauen, damit sie noch mehr von uns einsperren konnten, mehr und mehr und immer mehr. Wir fragten sie nicht, weshalb sie hier waren, obwohl mir ein Mann auf dem Weg zum Steinbruch erzählte, dass er keinen Schimmer habe, wie er hierhergeraten sei. Er war schwarzhaarig, Anfang zwanzig und allem Anschein nach kräftig und gesund.

»Allen anderen wurde irgendein Verbrechen vorgeworfen«, flüsterte er, als müsse er es laut aussprechen; ich verstand nicht recht, warum er sich ausgerechnet an mich wandte. »Nur mir nicht. Ich habe mir buchstäblich das Hirn zermartert, aber mir fällt beim besten Willen nichts ein, was ich mir habe zuschulden kommen lassen, und niemand hat es mir gesagt.« Er wies mit ausgestrecktem Arm auf die Männer ringsumher, und in seinem Gesicht arbeitete es. »Alle anderen wissen wenigstens, weshalb sie hier sind.«

»Nein«, gab ich schroff zurück. »Selbst wenn man es uns gesagt hätte, wüssten wir es nicht.« Der gebeugte Aufseher mit dem Knüppel kam in unsere Richtung, und wir verstummten. Ich dachte an Neven und wünschte, ich hätte dem jungen Mann ein paar tröstende Worte zugeflüstert, aber dazu war es nun zu spät. Ich hatte nicht mehr die Kraft, jemand anderen zu trösten, selbst wenn die Wärter einmal nicht hinsahen.

Fünfundfünfzig

Bobby entdeckte ein unscheinbares, am Straßenrand gelegenes Hotel nordwestlich von Plovdiv, etwa eine Stunde von der Autobahn entfernt. Auf dem teils in Englisch gehaltenen Schild am Tor prangten drei Sterne; dennoch machte Alexandra sich keine allzu großen Hoffnungen.

»Das Reden übernehme ich«, sagte Bobby, und sie ließen Stoycho im Wagen. Im Vorgarten gab es einen kleinen, in die Terrasse eingelassenen Swimmingpool mit Unterwasserbeleuchtung – der Nachthimmel war jetzt ganz schwarz und dicht mit Sternen übersät. Bobby unterhielt sich freundlich mit dem Mann an der Rezeption, während Alexandra Bobbys Hand hielt, in der Hoffnung, dass sie wie ein Ehepaar aussahen.

»*Kuche*«, sagte Bobby schließlich, und der Mann blickte erschrocken auf. Sie wechselten noch ein paar Worte, bis Alexandra begriff, dass der Mann sie in einem Zimmer im hinteren Teil des Hauses einquartieren wollte und den Hund – er hob warnend die Hände – niemand zu Gesicht bekommen durfte. Sie blätterte ein Bündel Lewa-Scheine auf den Tresen, mehr als sie auf einmal hatte ausgeben wollen, und sie fuhren auf den Parkplatz hinter dem Hotel. In dem Zimmer, das man ihnen zugewiesen hatte, stand ein Doppelbett, und die gesamte Einrichtung war braun – brauner Teppich, glänzend braune Bettdecke, braune Vorhänge, als habe jemand versucht, die ehemals sozialistische Tristesse mit frischen Stoffen aufzuhübschen.

Das an die Lobby grenzende Restaurant verschlang noch mehr Lewa, trotzdem ließ Alexandra es sich schmecken. Sie stieg in BH und Unterhose in den Pool; sie schwebte im Licht der Unterwasserscheinwerfer und hoffte, dass der schnauzbärtige Empfangschef sie nicht sah. Bobby lief derweil auf der Terrasse auf und ab und sprach leise in sein Handy. Als das Gespräch beendet war, teilte er ihr mit, dass Miss Radeva noch immer nichts gehört habe. Lenka sei nicht zu erreichen; sie scheine ihr Handy abgestellt zu haben, denn es habe wieder nur einmal geklingelt. Und auch in dem Haus in den Bergen gehe niemand an den Apparat.

In dieser Nacht schlief Alexandra mit der Urne auf ihrer Seite des Doppelbetts, Bobby wälzte sich schnarchend auf die andere Seite, sodass sein Arm ihren Rücken berührte, und Stoycho atmete leise in der Ecke. Als sie mitten in der Nacht kurz erwachte, zog sie Bobby die gemeinsame Decke über die Schultern, damit er nicht fror.

Sechsundfünfzig

1949–1950

Dann wurde es richtig Winter, und die Kälte verschlimmerte unser Elend noch. Ich begann, wieder Bach zu üben, sämtliche Stücke, die ich von ihm kannte, sogar die Violinstimmen der Messen, um mich warm zu halten. Eines Morgens vor Tagesanbruch war es vor dem Eingang zum Erdloch ungewöhnlich hell; es lag Schnee, so weit das Auge reichte, und als im Steinbruch die Sonne aufging, tauchte sie die Welt in goldenes und lavendelfarbenes Licht.

Danach schneite es alle paar Tage. Anfangs war mir das stinkende Erdloch zuwider gewesen, doch nun erfuhr ich am eigenen Leib, dass es darin weitaus wärmer war als in den hölzernen Baracken, wo ein Kranker doppelt so schnell sterben konnte. Im Steinbruch froren natürlich alle, und die Männer in den Bergwerken hatten es noch nicht einmal im Sommer warm. Die Kälte wurde, mehr noch als der Hunger, zu unserem ständigen Begleiter. Einige der Männer aus meiner Baracke verschwanden nach Schichtende mit blau gefrorenen Zehen, Fingern oder Füßen in der Krankenstation und kamen nicht mehr wieder. Der Krankenpfleger wagte sich erstmals in unser

Erdloch und riet uns zu wärmerer Kleidung – als hätten wir welche gehabt. Er war um die vierzig, mit schwarzen Augen wie Kieselsteinen in einem verwitterten Gesicht, seine Kleider nur wenig besser als die unseren, sein Fleisch noch halbwegs wohlgenährt. Die Aufseher nannten ihn Schwester Ivan. Nachdem er zu uns gesprochen hatte in einem rauen Bariton, die Augen niedergeschlagen angesichts unserer abgehärmten Leiber, schickte der Chef ihn fort und wiederholte, was er gesagt hatte, nicht ohne uns zu drohen.

Wir gaben uns alle nur erdenkliche Mühe. Wir umwickelten unsere Füße mit mehreren Schichten alter Lumpen. Meine Socken hatten sich aufgelöst, und ich trug stattdessen lange Bandagen in den Schuhen. Ich suchte verzweifelt nach einem Schutz für meine Hände, die jetzt ständig geschwollen waren und mit Schorf und Narben übersät, nach Wollresten statt der üblichen schmutzigen Baumwollwickel, ohne Erfolg. Meine Finger brannten fürchterlich, wenn sie denn tatsächlich einmal etwas wärmer wurden. Ein paar Männer hatten Handschuhe; wir verteilten sie an die Kollegen, die die vereisten Steine heben mussten. Eines Morgens im Januar zog Nasko zu meinem großen Erstaunen ein richtiges Paar Handschuhe aus der Tasche und gab es mir, kaum dass wir am Rand des Steinbruchs angekommen waren. Zwar hatten die Finger ein paar Löcher, aber die konnte ich notfalls zunähen. Ich hatte keine Ahnung, woher er sie hatte, und wollte es auch lieber gar nicht wissen.

»Aber du …«, begann ich. Vom Schwingen der Spitzhacke und dem Schleppen der Steine hing ihm die Haut in Fetzen von den Handflächen.

»Unsinn«, flüsterte er. »Du brauchst sie dringender als ich. Bitte nimm sie.«

Ich wusste, was er damit sagen wollte: *Falls wir diese verfluchte Hölle überleben, sollst du wieder spielen können.* Die Kälte steckte in jeder Faser meines Körpers, doch mein Herz war noch nicht gefroren, ebenso wenig wie das seine; warm liefen uns die Tränen über das Gesicht.

Eines Abends wurden in den Baracken ein paar alte Armeemäntel verteilt. Sie reichten nicht einmal für ein Viertel der Lagerinsassen, und so entbrannten in den Folgetagen heftige Kämpfe um die Mäntel. Die starrgesichtigen Männer, die sich schon am ersten Morgen in der Latrinenschlange vorgedrängelt hatten – echte Verbrecher, die zu uns ins Lager gepfercht worden waren –, eroberten sich einen Mantel oftmals, indem sie sich darum schlugen oder die Herausgabe schlicht forderten. Ich selbst hatte keinen Mantel, nur einen dicken Pullover, der unter den Kleidungsstücken gewesen war, die ich bei meiner Ankunft erhalten hatte.

Es gab auch seltsame Akte der Nächstenliebe. Etwa als ein kräftig gebauter Neuankömmling um die dreißig – auf dessen geschorenem Schädel graue Stoppeln wuchsen – dem alten Mann, der in der Ecke schlief, seinen Mantel schenkte. Der Alte versprach, ihn dem Jüngeren zu vermachen, wenn er starb.

»Hörst du?«, zischte er mir vor dem Zubettgehen in der stillen Baracke zu. »Das ist mein letzter Wille. Hörst du? Ich vermache ihn dem guten Mann, dem braven Jungen. Und wer es wagt, ihm dem Mantel wegzunehmen, den werde ich bis an sein Lebensende heimsuchen.«

Wir alle wandten den Blick, angewidert, aber auch ein wenig beeindruckt von seiner Vehemenz. Doch ein paar Wochen nach Einbruch des Winters glitt der alte Mann am Rand des Steinbruchs aus und stürzte hinein. Der Mantel – oder seine Leiche – wurde nie geborgen.

Der Winter brachte nicht nur Schnee und Kälte, sondern auch Wolken, und eines Morgens wurde mir bewusst, dass ich meinen Stern, Beta-49, seit über zwei Wochen nicht gesehen hatte, obwohl der Himmel keineswegs ständig bedeckt gewesen war. Ein Gefühl der Taubheit ergriff Besitz von meinem Herzen. Eines nach dem anderen wurde mir genommen – mein Stern, die Möglichkeit, mich warm zu halten, und, am schlimmsten, die Klarheit meiner Erinnerungen. Nach einer Weile merkte ich, dass mir Veras Gesicht nicht mehr so deutlich vor Augen stand wie noch ein paar Monate zuvor. Es gab Tage, an denen der Schnee mich innerlich verstummen zu lassen schien, sodass ich die Konzentration verlor, meine Gedanken auf Abwege gerieten und ich einen vollen Nachmittag nicht üben konnte. Bald blieben ganze Tage oder Wochen stumm. Ich konnte nicht spielen; ich konnte nicht so tun, als ob. Ich wollte den kleinen Neven nicht bei mir haben, dort in der Kälte, wo er ohne Weiteres krank werden konnte. Wenn ich an Vivaldi dachte, beneidete ich ihn um seine unversehrten Hände. Es fiel mir zusehends schwerer, mir Venedig vorzustellen, weil es in Venedig wärmer war; ich verschwendete keinen Gedanken mehr daran, ob ich die Stadt eines Tages mit eigenen Augen sehen würde. Solange mein Verstand mich nicht im Stich ließ, hatte ich das Gefühl, dass ich es mir leisten konnte, stumm zu bleiben. Ich war zu erschöpft, um an meine

Konzerte auch nur zu denken, und so zog ich mich eine Zeit lang in die Stille zurück. Die Stille war weiß wie Schnee, wie ein leeres Blatt Papier.

Morgens schleppten wir uns zum Steinbruch. Und abends schleppten wir uns zurück. Die majestätisch über uns aufragenden Berge waren so ganz und gar gleichgültig gegen das, was an ihrem Fuß passierte, gegen unser Frieren, unsere sinnlose Arbeit, unsere lähmende Angst, dass ich sie zu hassen begann. Die Aufseher waren ständig gereizt; obgleich sie alle zwar alte, aber richtige Stiefel trugen, haderten auch sie mit der Kälte und der wachsenden Zahl der Todesfälle, weil das mehr Arbeit bedeutete. Manche Männer gaben einfach auf und wurden von einem Augenblick zum anderen krank. Ein paar krochen aus dem Steinbruch davon und starben im Schnee, so sie nicht vorher entdeckt und erschossen wurden. Vermutlich hatten sie beschlossen, wenn schon nicht in Freiheit, dann doch wenigstens im Freien zu sterben, unter dem Himmel. In der Baracke ging das Gerücht, dass man sich auf der Krankenstation ein paar Tage wunderbar erholen könne, da Schwester Ivan einen kleinen Ofen habe, in dem stets ein warmes Feuer brenne. Auch in einigen der hölzernen Baracken gab es Öfen, die die Männer jeden Abend schürten. Dazu benutzten sie Stöcke, die sie auf dem Heimweg von der Arbeit sammelten, vor allem die Männer, die zum Holzfällen eingeteilt worden waren. Ich kannte keinen Einzigen von ihnen, hatte jedoch gehört, dass sie in kleinen Gruppen, mit einem eigens für sie abbestellten Wärter in den Wald zogen und Holz schlugen, weniger für das Lager – zum Bauen und Heizen – als vielmehr für den Export, an Bord der Züge, die beim Bergwerk hielten. Dort kamen vermutlich auch die Knüppel der Aufseher her, ein unerschöpflicher Vorrat.

Eines Morgens im Februar rissen die Wolken zum ersten Mal seit vielen Tagen auf, und ich sah Beta-49, heller und klarer denn je, am kristallkalten Himmel. Er stand höher als noch vor ein paar Monaten und strahlte geradewegs zu mir herab von seinem einsamen Platz über dem Berg; er überstrahlte die gesamte Stara Planina, Bulgarien, die Donau, die lang geschwungene Landmasse Europas, die Alpen, Wien und Venedig. Und wie ich ihn so anstarrte, leistete ich einen feierlichen Schwur: Ich würde den Winter überleben, denn wenn ich den Winter überlebte, konnte ich auch alles andere überleben. Ich wagte es nicht, Vera dasselbe zu versprechen; sie glaubte vermutlich ohnehin längst, ich sei tot. Dieser Gedanke kam mir beileibe nicht zum ersten Mal, aber zum ersten Mal beschlich mich das Gefühl, dass es besser war, wenn Vera aufhörte zu hoffen. Wenn sie zu hoffen aufhörte, konnte ich anfangen zu überleben, und dann würde ich nach Hause zurückkehren und sie überraschen, zu ihrer großen Freude und Erleichterung.

Zur Feier dieses Entschlusses brach ich mit meiner gewohnten Routine und verbrachte drei Tage hintereinander damit, Neven großzuziehen, der inzwischen ein strammes vierjähriges Bürschchen war. Ich fragte mich, ob es gut war, ihn so schnell heranwachsen zu lassen, aber ich hatte Angst, dass ich es sonst vielleicht nicht mehr erleben würde. Und so schenkte ich Neven an jenem Morgen, als ich Beta-49 sah, seine erste Violine. Eigentlich sollte er Cello lernen, aber das hatte noch ein paar Jahre Zeit, bis er ein wenig größer war. Ich erstand die Violine in einem Laden am Rande Sofias, wo ein alter Freund von mir für sämtliche Orchester Instrumente baute und reparierte. Dass er kurz vor Kriegsende festgenommen worden war, tat nichts zur Sache. In meiner Fantasie war er noch da. Er verkaufte mir eine winzige Geige, die einzige im ganzen Laden, und ich wickelte sie in eine Jacke und trug sie in meiner Notentasche vorsichtig nach Hause.

Neven spielte unter dem Küchentisch mit seiner roten Eisenbahn. Vera, die am Herd stand und kochte, drehte sich um, und ich bedeutete ihr mit Gebärden, was ich mitgebracht hatte, und sie schüttelte lachend den Kopf – die unvermeidliche Violine. Ich rief Neven unter dem Tisch hervor, befahl ihm, sich auf die Kante eines Küchenstuhls zu setzen, und zeigte ihm den kostbaren Gegenstand, den er unter keinen Umständen aus der Hand gleiten oder zu Boden fallen lassen durfte. Er erkannte ihn sofort, denn er hatte mich oft üben und einoder zweimal sogar auf der Konzertbühne gesehen. Er nickte ernst. Ich erklärte ihm, damit könne man Musik machen wie mit meiner Violine, spielte ihm jedoch nichts vor; die ersten Töne sollte er ihm selbst entlocken.

Dann drückte ich ihm die Geige in die Hand und schob sie ihm unter das weiche Kinn, ging hinter dem Stuhl in die Hocke und half ihm, den Bogen zu führen. Als der erste Ton erklang, jauchzte er vor Freude und Verblüffung; fast hätte er die Violine fallen lassen. Ich schob sie ihm wieder unters Kinn und stützte den Hals der Geige mit der Hand. Er versuchte es von neuem, allein diesmal, doch aus Angst um seine Nase verkantete er den Bogen, sodass die Saiten grässlich quietschten. Ich nahm ihm die Geige behutsam ab, kam um den Stuhl herum und betrachtete sein kleines Gesicht. Er hob lächelnd den Blick, sah mich aus goldenen Augen an, und ich küsste und umarmte ihn. Er musste sich nicht gleich am ersten Tag als Wunderkind erweisen – außerdem wusste ich, dass Wunderkinder gemacht und nicht einfach geboren werden.

Siebenundfünfzig

Alexandra und Bobby hatten verschlafen, weshalb sie nun in aller Schnelle duschen, mit Stoycho auf die Wiese hinter dem Hotel gehen und ihre Sachen zusammenklauben mussten. Das Frühstück im Hotelrestaurant bestand aus Käse und noch halb blutigem Bratenaufschnitt, Weißbrot, Tomaten, hart gekochten Eiern. Eine junge Frau mit einer grünen Blume im Haar stellte ihnen frische Teetassen hin. Bobby wickelte einen Stapel Salami in eine Serviette und verfütterte ihn auf dem Hotelparkplatz an Stoycho. Die Straße strotzte regelrecht vor Farben, Bäume rechts und links, Zichorien, die hier nicht – wie zu Hause – blau, sondern leuchtend lila blühten, und eine Weile hatte Alexandra das Gefühl, dass jetzt nichts mehr schiefgehen konnte. Solange sie nicht an Irina und Lenka dachte.

Über eine Stunde raste Bobby über abgelegene Straßen. Alexandra fiel auf, dass er des Öfteren in den Rückspiegel schielte. Einmal hielt er an, um zu telefonieren, und Alexandra drehte mit Stoycho eine Runde um den »Rastplatz«, ein rissiges Asphaltgeviert, das bewegliche Betonpoller von der Fahrbahn trennten. Am späten Vormittag bog Bobby ab in eine Stadt, deren Name Alexandra nirgendwo entdecken konnte. Sie sah im Wesentlichen genauso aus wie die vielen anderen kleinen

Orte, durch die sie gekommen waren, nur dass im Zentrum ein gigantisches Denkmal aufragte. In der Nähe des Hauptplatzes hielt er an der Bordsteinkante.

»Was willst du hier?«

»Etwas abholen«, sagte Bobby. »Es dauert nicht lange. Aber ich muss auf einen Anruf warten.«

Sie stiegen aus, ließen die Fenster offen, damit es Stoycho nicht zu heiß wurde, und sahen sich um. Alexandra hörte das Geschrei spielender Kinder. Der Hauptplatz war klein – auf der einen Seite stand eine Kirche mit schmutzigem Kuppeldach, daneben ein moderner Glockenturm – und voller Leute, die dringenden Geschäften nachzugehen schienen. Die Luft war diesig. Auf den ersten Blick sah das Denkmal aus wie ein Haufen Schutt, auf den zweiten wie ein riesiger verrosteter Roboter.

Bobby lehnte sich rücklings gegen den Wagen und betrachtete es skeptisch. »Ein Ehrenmal für die Rote Armee«, sagte er schließlich. »Siehst du die Sockelinschrift? Da steht: *Den ruhmreichen Befreiern des Jahres 1944 von den dankbaren Generationen.* 1944 hat die russische Armee uns von genau den Dingen befreit, die wir eigentlich wollten, wie zum Beispiel Demokratie und private Landwirtschaft.« Er zog ein Knie an und faltete die Hände darüber. »Andere sahen das anscheinend etwas anders«, setzte er trocken hinzu.

Alexandra begriff sofort, was er meinte. Das auf den ersten Blick abstrakte Denkmal entpuppte sich bei näherem Hinsehen als die kolossale Statue eines kantigen Soldaten, der mit beiden Füßen fest auf dem Platz verankert stand. Sein Arm schwebte bedrohlich über ihrem Kopf. Wie es schien, hatte er einst eine Flagge in der mächtigen Faust gehalten, doch die war längst verschwunden, ebenso wie sein flatternder Rockschoß, den man offenbar kurzerhand abgesägt hatte. Er war nicht zuletzt deshalb so schwer als menschliche Figur zu erkennen, weil er über und über mit Farbe beschmiert war. Jemand hatte ihn mit Rot übergossen, das in Strömen an ihm herabrann und sich wie echtes Blut bräunlich verfärbte, und seine Augen mit schaurigen weißen Ringen versehen. Er trug aufgemalte gelbe Handschuhe, und an seinem Ärmel prangte wie ein Rangabzeichen ein grünes Peace-Zeichen. Er sah aus wie eine Gestalt aus einem Albtraum, und ihr graute vor dem Moment, da er plötzlich zum Leben erwachen und sich schütteln würde, erbost, empört, gewaltig. Alexandra trat ans Wagenfenster und blickte hinein; Stoycho war wach und starrte sie an, hatte sich jedoch nicht vom Fleck gerührt. Sie streckte die Hand aus und strich ihm über die schwarze Schnauze.

»Siehst du, Bird«, sagte Bobby. »In deinem Land interessiert sich niemand für Geschichte, und in meinem kommen wir nicht von ihr los.«

»Was weißt du schon über mein Land?«, sagte Alexandra, doch in diesem Moment vibrierte sein Handy, und er las eine SMS. Sofort setzte er sich wieder hinters Steuer. Alexandra kletterte eilig auf den Beifahrersitz. Er fuhr langsam zum Ortsrand, hielt an und breitete einen Stadtplan über das Lenkrad. Dann bog er um eine Ecke.

»Hier müsste es sein«, sagte er. »Die Garage ist in Nummer 61.« Nicht lange, und sie hatten das Haus gefunden. Die »Garage« erwies sich als eine große Autowerkstatt, und Bobby fuhr geradewegs hinein. Ein junger Mann kam aus dem hinteren Teil der Werkstatt und wischte sich die Hände an einem ölgeschwärzten Lappen ab. Er war sehr muskulös, und ein zweiter Lappen hing wie ein Schweif aus der Gesäßtasche seiner Jeans. Er und Bobby gaben sich mit hörbarem Klatschen die Hand, und er nickte Alexandra zu, behielt seine fleckigen Hände jedoch zum Glück bei sich.

»Das ist Rumen«, sagte Bobby, und der junge Mann lächelte. Alexandra mochte sein Lächeln, die leicht schief stehenden Schneidezähne. »Er hat ein Auto für uns.«

Inzwischen war Alexandra mit dem Prozedere vertraut; sie holten alles aus Kirils grünem Wagen und luden es in den schwarzen Ford, der auch schon bessere Tage gesehen zu haben schien. Rumen drückte Bobbys Schulter und schnippte mit Daumen und Zeigefinger gegen dessen Wange, eine Art liebevolle Abschiedsgeste.

»Wie kriegt Kiril seinen Wagen zurück?«, fragte Alexandra.

»Ach, die beiden kennen sich. Die regeln das schon irgendwie.« Bobby setzte den Ford vorsichtig rückwärts auf die Straße.

»Welcher von den beiden ist dein Lover?«, fragte Alexandra.

Bobby lachte. »Keiner – jedenfalls nicht mehr. Rumen ist ein toller Typ. Er schreibt Romane.«

»Ich hätte es mir denken können«, sagte Alexandra. »Und Kiril?«

»Nein, Kiril arbeitet für eine Immobilienfirma in Sofia.«

Alexandra schüttelte den Kopf.

Stoycho streckte sich grunzend auf dem Rücksitz aus.

»Und jetzt?«, wollte Alexandra wissen.

Auch Bobby grunzte, fast wie Stoycho. »Und jetzt, und jetzt. Typisch Amerikaner«, sagte er.

Alexandra war gekränkt. »Was soll das heißen?«

»Vergiss es«, sagte Bobby. »Wir müssen Stoycho Wasser und uns schnellstens etwas zu essen besorgen, und ich hätte gern ein kühles Bier.«

Doch statt bei dem kleinen Café im Park zu halten, fuhr er geradewegs aus der Stadt hinaus und auf die Schnellstraße zurück.

Allmählich hatte Alexandra das Gefühl, dass sie sich in Bulgarien im Kreis bewegte; ständig kehrten sie zurück an Orte, an denen sie bereits gewesen waren. Das hatte etwas Unheimliches, und plötzlich fragte sie sich, ob sie am Ende wieder im Kloster Velin landen und die Urne selbst bestatten würden. Da fiel ihr ein, dass ihre Schwierigkeiten dort ihren Anfang genommen hatten.

Doch als sie nach Bovech hineinfuhren, kam ihr der Ort mit einem Mal gar nicht mehr so vertraut vor – sie hatten sich ihm von Osten her genähert. Im ersten Viertel, durch das sie kamen, sah sie eine verlassene, von Unkraut überwucherte Piazza, beherrscht von der überlebensgroßen Skulptur eines Mannes, der ein faltenreiches Bauerngewand aus Granit und ein – echtes – Storchennest auf dem Kopf trug. In dem Nest stand der Storch, wodurch die Figur noch größer wirkte, als trüge sie einen grotesken Hut. An ihrem Fuß döste ein Rudel Straßenhunde, die zu faul waren, auch nur den Kopf aus dem Staub zu heben; Alexandra war froh, dass Stoycho sicher im Fond des Wagens lag.

»Noch ein Denkmal«, murmelte Bobby wie als Antwort auf ihre stumme Frage. »Na schön – da steht *1923*, weil damals der erste große Kommunistenaufstand in Bulgarien stattfand. Er wurde äußerst brutal niedergeschlagen draußen auf dem Land.« Der Storch schlug einmal mit den Flügeln und machte es sich dann in seinem Nest bequem.

Als sie das Haus der Lazarovi schließlich gefunden hatten, versetzte ihr sein Anblick einen Schock, als ob sie schon viele Male und nicht erst einmal hier gewesen sei. Die hübsche Nachbarin saß häkelnd unter einem Baum, während ihre beiden Kinder auf dem Gartenweg mit Plastiklastern spielten. Im ersten Augenblick schien sie sich nicht an Bobby und Alexandra zu erinnern; dann begrüßte sie die beiden mit interesseloser Herzlichkeit, bis sie Stoycho entdeckte. Sie sah ihn scharf an und wich zurück. Sie sagte, seit ihrem letzten Besuch habe nur eine Person das Nachbarhaus besichtigen wollen, gleich nach ihnen – ein junger Mann, der es eigentlich für seine Eltern habe kaufen wollen, sich dann aber doch dagegen entschieden habe. (Der Spürhund des Zauberers, dachte Alexandra.) Welch ein Glück für die Lazarovi, dass dieses nette junge Paar nach wie vor daran interessiert sei – sie werde rasch den Schlüssel holen. Diesmal schien sie die beiden für vertrauenswürdig zu halten oder keine Lust zu haben, sie auf ihrem Rundgang zu begleiten, und so betraten sie das Haus allein.

Der Geruch war noch derselbe, verraucht, sauber und moderig zugleich, und das Licht, das durch die billigen Vorhänge drang, war genau, wie Alexandra es in Erinnerung hatte. Der einzige Unterschied bestand darin, dass sie Stoyans Gegenwart zu spüren glaubte – der einen Teil seines langen Lebens in diesem Haus verbracht hatte und aller Voraussicht nach auch hier gestorben war. Oder vielleicht doch in einem nahegelegenen Krankenhaus? Sie wollte, sie hätte Miss Radeva oder Irina danach gefragt.

In ihrer Abwesenheit schien niemand etwas angerührt zu haben, nicht einmal der Polizist, der seine Eltern vorgeschoben hatte. »Wenigstens *hier* ist alles in Ordnung«, sagte Bobby. In der Küche blieb er stehen und sah sich langsam um. An einem Hängeschrank waren mit Klebeband ein paar handgeschriebene Zettel befestigt. »Die waren schon letztes Mal hier gewesen.« Er übersetzte für Alexandra: *2 Stühle reparieren, P Schuhe und Tomaten bringen, Irina anrufen.* Altes Papier, vergilbt, eine Erinnerung an längst – oder nie – erledigte Dinge. Sie fragte sich, wessen Handschrift es wohl war; vermutlich Veras, denn die kyrillische Schrift hatte etwas eindeutig Weibliches, ganz anders als die Schrift in Stoyans Manuskript. Außerdem erstellten vor allem Frauen solche Listen.

Das Küchenbett stand schweigend da – ebenso der Holzherd, der mit einer Abdeckhaube versehen war, deren Griff wie ein Tortenheber in die Höhe ragte. Stumm auch die halb verwelkten Pflanzen auf dem Fensterbrett, der versteinerte Lappen über dem Wasserhahn. Diesmal spürte Alexandra die Gegenwart realer Menschen, einer alten Dame, die hier tausendmal gekocht und alles knochenblank gescheuert hatte, eines alten Mannes, der seine Geige wegen der Arthritis in seinen Händen schweren Herzens an den sprichwörtlichen Nagel gehängt hatte; niedergeschlagen hatte er an diesem Tisch gesessen und eine Zeitung gelesen, die von unvorstellbaren politischen Veränderungen kündete. Und irgendwann war auch der zweite alte Mann – Milen Radev, der ihr bester Freund gewesen war und nach seiner Pensionierung vermutlich keine andere Bleibe mehr gefunden hatte – hierhergezogen, um die verwitwete alte Frau zu pflegen, wie Stoyan es ihm aufgetragen hatte. Nun war die Küche für Alexandra voll, nicht leer.

Sie folgte Bobby ins Wohnzimmer; konzentriert ließ er den Blick durch den Raum wandern. Er ging in die Hocke und nahm den antiquierten Fernseher in Augenschein; die Nachbarin hatte saubere Arbeit geleistet, nirgends auch nur ein Körnchen Staub. Alexandra stellte sich Stoyan vor, wie er auf dem Diwan saß und die Abendnachrichten verfolgte, Berichte über junge Leute, die von der Regierung nicht mehr zum Arbeitseinsatz verdonnert oder daran gehindert wurden, im Ausland zu studieren. Inzwischen war er ohnehin zu alt, um noch zur Arbeit eingesetzt zu werden.

Sie gingen nach oben. »Wonach suchen wir?«, fragte sie Bobby.

»Nach allem, was wir finden können«, lautete seine wenig befriedigende Antwort, doch jetzt zog er die Handschuhe aus der Tasche. Er war so gründlich, durchsuchte jede Schublade und jeden Schrank, dass Alexandra sich dabei ertappte, wie sie die Ohren spitzte und darauf horchte, dass die Nachbarin hereinkam oder draußen ein Polizeiauto vorfuhr. Im Schlafzimmer, unter dem ordentlich gemachten Doppelbett, fand Bobby eine Dose eingetrocknete Schuhcreme und ein paar fleckige, in Zeitungspapier geschlagene Lappen. »Für schwarze Schuhe«, sagte er.

»Orchesterschuhe?«, fragte Alexandra automatisch.

Er faltete die Zeitung auseinander. »Juli 1987. *Heute begann in der Hauptstadt die Jahrestagung der Bergarbeitergewerkschaft, die bis zum 1. August dauern wird.* Okay.« In einer Nachttischschublade entdeckte er ein Foto – die Schwarz-Weiß-Aufnahme eines jungen Mannes um die zwanzig in einem Strickpullover mit Rautenmuster, das dunkle Haar schrecklich zerzaust, die langen, nervös wirkenden Hände über einem Knie gefaltet. Er saß auf einer Bank oder einer Mauer, im Hintergrund, stark verblasst, das Meer.

»Das ist Neven«, sagte Alexandra und nahm Bobby das Foto vorsichtig aus der Hand. Es war an den Rändern abgenutzt, als habe sein Besitzer es unzählige Male in Händen gehalten. Die Nachttischschublade geöffnet, es hervorgeholt, es betrachtet. *Jeden Abend vor dem Einschlafen.*

»Woher willst du das wissen?«

Doch für sie gab es nicht den geringsten Zweifel. Sie kannte die Form seines Schädels und die fein geschnittenen Züge seines Gesichts, das dichte Haar, das er eines Tages kurz tragen würde, die herrlichen Hände, die unterdrückte, aber nicht bezähmte Neugier, die aus seinen bernsteinhellen Augen sprach – die Offenheit seines Blicks, die selbst auf einem unscharfen Foto deutlich zum Ausdruck kam. Sie hatte direkt neben ihm gestanden, in seinem Schatten, und ihm ins Gesicht gesehen. Mit den Jahren mochte er etwas breiter und kräftiger geworden sein, und doch war es unverkennbar er. Kein Vermerk auf der Rückseite, kein Datum. Als Bobby sich einem anderen Teil des Zimmers zuwandte, ließ Alexandra das abgegriffene Foto in ihrer Handtasche verschwinden. Sie würde es ihnen zusammen mit der Urne zurückgeben, falls es dazu jemals kommen sollte, und ihnen alles beichten.

Die Bilder an den Wänden nahmen sie einen Moment lang gefangen; Alexandra starrte Vera und ihre Hollywood-Perlen an und wollte, sie hätte die Frau auf dem Foto fragen können, wo sie steckte. Und ihr sagen, dass sie, Alexandra, wusste, was Stoyan widerfahren war, jedenfalls in groben Zügen, was ihn so traurig gemacht und für den Rest seines Lebens hatte verstummen lassen.

Doch auch hier gab es nichts Neues zu entdecken, und mit einem enttäuschten Murren ging Bobby hinaus. Vor dem Bücherregal im Wohnzimmer blieb Alexandra stehen: Italien, Hemingway, Musikgeschichte, lauter kyrillische Titel, ein paar in anderen Sprachen. Wörterbücher. Darunter, halb verdeckt von dem kleinen Fernsehapparat, das Regalbrett mit den gestapelten Notenkladden, einige davon an den Rändern abgewetzt wie das Foto in ihrer Handtasche; vermutlich hatte Stoyan sie ebenso sehr geliebt, bei Proben unendlich oft darin geblättert.

»Seine Musik«, sagte sie laut, als sie so davorstand. Sie war seine Passion, seine Berufung gewesen, auch wenn er sein Studium in Wien nicht hatte fortsetzen können und ihm die großen Säle dieser Welt verschlossen geblieben waren. Sie dachte darüber nach, wie wenig doch vom Leben eines Menschen übrig blieb – der Leib ein Häufchen Asche, das Werk ein Regal voll toter, ungehörter Melodien.

»Bobby«, sagte sie. *»Die Geschichte meines Lebens.«*

Bobby ließ von den Sofakissen ab und sah sie an, stirnrunzelnd, verwirrt.

Alexandra zeigte auf die Noten. »Weißt du noch? Er hat gesagt, er werde die Geschichte seines Lebens in seiner Musik hinterlassen. Zu Irina. Und zu *gospodin* Angelov.« Sie schwankte, dachte an den Künstler und daran, wie er sie plötzlich auf die Stirn geküsst hatte. »Hier haben wir auch die Schachtel mit den Bandagen gefunden.«

Bobby trat neben sie und rückte das Tischchen mit dem Fernseher vorsichtig beiseite. Sie hatte geglaubt, er werde die Notenkladden aus dem Regal reißen. Stattdessen stand er einen Augenblick lang einfach da und starrte sie an, genau wie sie.

Achtundfünfzig

1950

Bis in den Frühling hinein setzte ich Nevens musikalische Erziehung fort; noch lag Schnee, und noch quälte uns auch die Kälte, und eines Nachts träumte ich wieder einmal von Vivaldi. Auch in Venedig hatte es geschneit, und der Rote Priester eilte mit frischen Noten in die Druckanstalt; er war allein, und sein langer wollener Mantel und sein Schulterumhang flatterten ihm hinterdrein. Er trug einen blauen Dreispitz auf seiner bleich gepuderten Perücke, keine Handschuhe; vermutlich brauchte er keine Handschuhe, weil es in Venedig nur selten kalt war. Seine Stiefel führten ihn geschwind über eine mir unbekannte Piazza – nicht der Markusplatz, aber nur wenig kleiner – und fügten all den anderen Fußspuren im Schnee weitere hinzu. Es war Morgen, nicht mehr ganz früh; die Sonne stand über den Häusern, die den Platz verschatteten. Er kam an einer Frau mit Kopftuch und rosigen Hängebacken vorbei, an deren Arm ein Körbchen hing. Aus irgendeinem Grunde war ich ängstlich und verzagt; er schwebte in Gefahr, und ich musste ihn warnen, konnte mich aber nicht bemerkbar machen.

Ich schien vielmehr unsichtbar oder gleich gar nicht da zu

sein. Sein Gesicht konnte ich nicht erkennen, doch zweifellos zerfurchten Sorgenfalten seine Stirn. Ich sah zu, wie er in seinem langen Mantel die Piazza überquerte, als ob ich wie ein Vogel hoch über den Dächern säße und nicht laut genug zu schreien vermochte, um seine Aufmerksamkeit auf mich zu lenken. Er ging schnell und schien Selbstgespräche zu führen. Die Last der Arbeit drückte ihn; ich kannte diese Eile aus eigener Erfahrung, denn ich selbst hatte mich oft genug bemüht, vor der unvermeidlichen Probe noch eine dringende Besorgung zu erledigen.

Jetzt läuteten die Kirchenglocken, und ich versuchte die Schläge mitzuzählen – auch dies war wichtig –, geriet jedoch schon beim vierten Schlag durcheinander, obgleich es bereits nach neun sein musste. Am anderen Ende des Platzes bog er in eine Gasse, und ich sah ihm nach, ohne ihm folgen zu können. Da bemerkte ich, dass er etwas hatte fallen lassen – ein dickes Bündel handgeschriebener Noten. Ich wollte hinunterfliegen, um es aufzulesen, doch sosehr ich mich bemühte, es wollte mir nicht gelingen. Ich wusste, dass die Tinte im Schnee schmelzen und zerrinnen würde; vielleicht würde aber auch jemand des Weges kommen und die Noten stehlen oder gar achtlos darauf treten. Da begriff ich, dass sie eine Botschaft an mich enthielten, die ich niemals würde entziffern können.

Der Frühling machte der schrecklichen, schneidenden Kälte ein Ende, und der Sommer brachte erst Wärme und dann Hitze. Mit der Hitze kam jedoch auch eine tiefe Trübsal über mich, die ich mir selbst nicht recht erklären konnte. Dann wich diese Trübsal einem Fieber. Mein Körper, der selbst die bittersten, kältesten Arbeitstage überstanden hatte, schien plötzlich morsch und kraftlos bis ins Mark; eines Morgens kam ich kaum noch aus dem Bett. Ich schaffte es nicht einmal mehr bis zur Latrine; ich brach auf dem Hof zusammen. Im Stillen sagte ich Vera, Neven und meiner geliebten Violine Lebewohl, da sie mich aller Voraussicht nach an Ort und Stelle erschießen würden wie einen nutzlosen alten Gaul. Doch der Chef schickte mir Momo und befahl dem jungen Mann unter großem Geschrei, mich auf seine Schulter zu hieven und in die Krankenstation zu tragen. Der Erdboden schien unendlich weit entfernt, der Himmel gelb, und die Berge bebten und wankten über dem Lager. Trotz meines wachsenden Fieberwahns mochte ich mich von Momo nicht berühren lassen, und ich wollte auch nicht in die Krankenstation, aus der so viele in eng verschnürten Säcken zurückkehrten. Doch mir fehlte die Kraft, mich zur Wehr zu setzen. Der Chef war offenbar der Meinung, dass mein Leben etwas wert war und ich gerettet werden konnte – vielleicht wollte er aber auch einfach nur verhindern, dass ich die anderen Männer ansteckte.

Momo schleppte mich wortlos zur Krankenstation; als wir dort ankamen, ließ er mich fast geistesabwesend auf eines der wenigen freien Betten fallen, gleich neben der Tür. Da plötzlich schien er sich meiner zu erinnern und drehte sich noch einmal um. Wie ein Riese ragte er über mir auf – die Hitze in meinem Kopf ließ ihn noch größer und engelhafter erscheinen –, und dann schlug er mir ins Gesicht, beiläufig, wie nebenher, als sei er nicht mit dem Herzen bei der Sache. Es tat höllisch weh, weil mein geschwollener Schädel ohnehin wie Feuer glühte, nicht wegen der Wucht des Schlages.

»Hoch mit dir und zurück an die Arbeit, du Simulant«, sagte er, als würde er einen einstudierten Text probieren wie ein Knabe, der den schroffen Ton der Älteren nachahmte. Ich spürte, wie meine Verachtung für ihn durch die Glut des Fiebers an die Oberfläche drang. Ich versuchte, den Kopf zu wenden, doch selbst dafür fehlte mir die Kraft. Plötzlich war er fort, wie durch Zauberei aus meinem Blickfeld verschwunden. Ein Mann, den ich für Schwester Ivan hielt, war an mein Bett getreten; ich schien schon seit Stunden dort zu liegen, und der Pfleger legte mir mit schrecklich kaltem Wasser getränkte Lappen aufs Gesicht. Kaltes Wasser tropfte mir in Ohren und Kleider. Vielleicht konnte der Schmerz, den mir das kalte Wasser verursachte, die Fieberschmerzen lindern: ein Handel. Es schien wieder Winter zu sein, vielleicht auch Frühling, dann ein brütend heißer Sommernachmittag, dann die Wiener Parks – Herbst –, umherwirbelnde rote Blätter wie Musik auf dem Gehsteig.

Ich dachte an Vera und beschloss, bei ihr zu bleiben, bis das Ende kam. Mir schien, wir hatten einen Sohn, den ich sehr liebte, aber ich konnte mich beim besten Willen nicht an den ausgefallenen Namen erinnern, bei dem wir ihn zu rufen pflegten. Vera setzte sich zu mir und streichelte mir über die Stirn, eine Behandlung, die sich unendlich viel besser anfühlte als die kalten Lappen, die ich mir eben noch herbeifantasiert hatte. Drei oder vier Tage saß sie an meinem Bett und strich mir mit kühler Hand über den Kopf und das Gesicht. Einmal fiel mir ein, dass ich recht eigentlich hätte üben müssen oder meinem kleinen Sohn – wie hieß er noch gleich? – das *tsigulka*-Spiel beibringen oder Vivaldi auf seinem Weg zur Probe durch Venedig folgen. Da kam mir der Gedanke, dass der Rote Priester vielleicht zu sehr mit Komponieren beschäftigt war, um sich in seinen Gemächern von mir bei der Arbeit stören zu lassen, und dass ich ohnehin nicht wusste, welchen Tag wir hatten. Mit Mühe setzte ich mich auf, um an die Arbeit zu gehen – sie würden mich erschießen, wenn ich mich nicht schnellstens in den Steinbruch verfügte, und dann würde ich Vera niemals wiedersehen. Jemand drückte mich zurück aufs Bett; es hatte keinen Zweck. Ich wartete auf den Tod und spürte, wie Veras Name in meinen Adern pochte.

Und eines Morgens dann erwachte ich, erschöpft und halb tot, doch ohne Fieber. Ich war benommen, aber bei klarem Verstand. Im Morgenlicht sah ich mich um und stellte fest, dass ich mich noch immer auf der Krankenstation befand. Ich hatte das seltsame Gefühl, dem Lager eine Zeit lang entronnen, zum ersten Mal seit meiner Ankunft frei und kein Gefangener zu sein. Jetzt wurde ich von neuem zum Sklaven gemacht, und Vera war nicht mehr da. Tränen traten mir in die Augen und rollten über meine Wangen, doch meine Hände waren zu schwach, um sie zu berühren. Durch vier hohe Fenster fiel ein wenig Tageslicht herein; vermutlich waren sie vernagelt. Im Zimmer war es unerträglich warm.

Wenn ich den Kopf ein wenig drehte, sah ich Männerkörper, tot oder lebendig, in den anderen Betten, einer je Bett, reglos und starr. Falls es schon Tag war, hatten sie alle, die aufrecht stehen konnten, zur Arbeit getrieben in den Steinbruch oder die Bergwerke. Ich fragte mich, wie es Nasko ging, ob er noch am Leben war, ob ich ihm gefehlt hatte, und dann, wie lange ich wohl fort gewesen war oder im Fieber gelegen hatte. Wenn ich am Leben blieb und die Lagerhaft halbwegs unversehrt überstand, lag es durchaus im Bereich des Möglichen, dass ich eines Tages entlassen würde, zu Vera und meinem Sohn Neven zurückkehren und wieder Musik würde machen können. Da fiel mir ein, dass mein Sohn ja noch gar nicht geboren war, dass meine Hände womöglich nie mehr heilen würden und Vera mich vielleicht längst aufgegeben hatte.

Schwester Ivan kam an mein Bett, noch immer eine undeutliche Gestalt, und beugte sich über mich, erst mit einer Tasse Wasser, dann mit einem Becher der üblichen dünnen Suppe. Ich konnte nichts bei mir behalten, und als ich zu trinken versuchte, hustete ich alles wieder aus auf seine Arme und Hände, und er wischte sie an meinem Bettzeug ab. Da erst wurde mir bewusst, dass es hier tatsächlich richtige Laken und Decken gab – ich hatte derlei schon so lange nicht mehr ertastet und gespürt, dass ich es kaum fassen konnte. Die Laken waren rau und vermutlich auch schmutzig, doch in diesem Augenblick waren sie wie Boten aus einer anderen Welt.

»Es hat dich übel erwischt, aber du hast überlebt«, sagte Schwester Ivan. Weder schrie er mich an, noch drohte er mir; wenn überhaupt, war es lange her, dass ein Lagerangestellter in normalem Ton mit mir gesprochen hatte. »Fünf andere hatten nicht so viel Glück. Und die Männer da drüben sind noch nicht über den Berg.« Es schien ihn nicht sonderlich zu interessieren, und mir fiel ein, dass die Leute sich erzählten, er sei gar kein richtiger Pfleger.

»Wie lange war ich krank?«, fragte ich. »Ich habe jedes Zeitgefühl verloren.«

»Ein paar Tage, glaube ich«, sagte Schwester Ivan. »Und jetzt ruh dich noch ein bisschen aus.«

Mir blieb wenig anderes übrig; ich konnte mich kaum bewegen. Er ging davon und kam stundenlang nicht mehr in meine Nähe, bis ich nach Wasser rief. Diesmal trank ich gierig; das Fieber hatte mich völlig ausgetrocknet.

Am nächsten Morgen brachte ich ein wenig mehr Suppe herunter, konnte mich aber noch immer nicht aufsetzen. Inzwischen hatte ich gelernt, in ein Glas zu urinieren, wenn Ivan es mir hinhielt, was er mit kaum verhohlenem Ekel tat – ich stank wahrscheinlich genauso erbärmlich wie die anderen. Er zog auch mein urinbeflecktes Laken ab und brachte mir ein sauberes. Ich lag da und betrachtete das Licht hinter den staubigen Fenstern und die Umrisse der Bäume, die im Wind bisweilen leise schwankten. Es war offenbar Sommer dort draußen; darum wurde es auf der Krankenstation mit jeder Stunde heißer. Ich wollte, jemand hätte die Fenster geöffnet, hütete mich jedoch, darum zu bitten. Ich wollte so langsam wie möglich wieder zu Kräften kommen, damit ich keine Sekunde früher als nötig in den Steinbruch zurückkehren musste – wenn sie mich zu früh dorthin schickten, würde mich die Arbeit vermutlich umbringen. Einfach dazuliegen, in der Horizontalen zu schweben, war so neu und ungewohnt für mich, dass ich das Gefühl hatte, immer noch zu träumen. Ein Mann in einem anderen Bett begann zu stöhnen, immer und immer wieder, und mir wurde klar, dass ich dieses Geräusch in den vergangenen Tagen oftmals gehört hatte, ohne es jedoch richtig einordnen zu können. Ich konnte nur hoffen, dass Ivan dem armen Mann zu Hilfe kommen würde; er war nirgends zu sehen.

Ich versuchte, an Venedig zu denken, doch mein Verstand

war zu geschwächt, als dass ich ein Detail eines Gemäldes oder eines Kupferstichs hätte heraufbeschwören können. Nach langem Hin und Her fasste ich den Entschluss, dass ich, so es mir denn gelang, die Krankenstation und das Lager zu verlassen, irgendwie, irgendwann nach Venedig fahren würde. In ein paar Jahren, wenn die neue Gesellschaftsordnung sich entweder fest etabliert hatte oder aber endgültig gescheitert war, würden die Grenzen gewiss wieder geöffnet sein. Venedig war der erste Ort, an den Vera und ich reisen würden, noch bevor ich mein Studium fortsetzte, an Wettbewerben teilnahm und Konzerte gab. Wir würden Neven mitnehmen. Wir würden auf der Piazza stehen, und ich würde sehen, dass alles genau so war, wie ich es mir vorgestellt hatte.

Ich musste die ganze Reise verschlafen haben, denn plötzlich war es Abend, das Licht warf lange Schatten, und ich hatte Besuch.

Neunundfünfzig

Alexandra und Bobby brauchten mindestens eine halbe Stunde, um die Kladden aus dem Notenregal zu ziehen und sie von vorn bis hinten durchzublättern. Er bat sie, sorgfältig darauf zu achten, die Reihenfolge nicht durcheinanderzubringen. Alexandra spitzte die Ohren, lauschte auf die Rückkehr der Nachbarin und machte sich Sorgen um Stoycho, der im spärlichen Schatten des Gartens an einen Baum gebunden war. Doch während sie lauschte, blätterte sie die Kladden eilig durch, bis ihr die Noten vor den Augen verschwammen. Es waren Solostücke – Bach, Partiten, Paganini – und stapelweise Orchesterpartituren – Beethoven, Tschaikowsky, Rimski-Korsakow –, deren Einbände mit kyrillischen Schriftzeichen bedeckt waren. Stoyans Orchester schienen eine Vorliebe für russische Komponisten gehabt zu haben. Unter den Kladden waren ohne Zweifel echte Antiquitäten, die ältesten brüchig und vergilbt. Nur noch die blecherne Bonbondose stand hinter ihnen im Regal, und Bobby stellte sie mit einem leisen Lächeln auf den Tisch.

»Dimchovs Spürhund war offenbar doch nicht so gut«, sagte er bescheiden. »Vielleicht hat er aber auch nur nach Menschen und nicht nach Schatzkästchen gesucht.«

Sie blätterten Seite für Seite um, fanden jedoch nichts als Musik – stumm hallte sie durchs Zimmer. *Wo war Stoyans Violine abgeblieben?*, fragte Alexandra sich zum ersten Mal. War es dieselbe, die Baba Yana ihn im Dorf hatte spielen hören, wenn die Melodien durch den Schornstein zu den Sternen emporgestiegen waren? Am Ende standen Stoyans Noten, fein säuberlich geordnet, in Stapeln auf dem Fußboden, sein Lebenswerk.

»Vielleicht habe ich mich geirrt«, sagte Alexandra.

»Vielleicht meinte er aber auch die komischen Dinger in der Dose.« Bobby streckte die Hand aus und öffnete die Blechdose auf dem Tisch, sodass das fleckige Stoffknäuel darin zum Vorschein kam. »Und wir haben alle seine Noten durchgesehen.«

»Nein«, widersprach Alexandra langsam. »Nicht alle. Es war nichts von Vivaldi darunter.«

Bobby musterte sie schweigend.

Sie wippte auf den Fersen. »Irina hat gesagt, er habe ständig Vivaldi gespielt, und Milen Radev hat seiner Nichte etwas Ähnliches erzählt – dass Stoyan die Musik irgendeines Italieners liebte. Und – Nasko Angelov. Er hat gesagt, wenn er Vivaldi spielte, sei es Stoyan gleich besser gegangen. Trotzdem gibt es hier nicht eine Note von Vivaldi.«

Und noch etwas fiel ihr ein: ein Junge und seine kleine Schwester, die im Farmhaus unter dem Esstisch lagen, während sich auf dem Teller des schon damals altmodischen Plattenspielers mit der Diamantnadel die LP mit Vivaldis *Vier Jahreszeiten* drehte. Eine Diamantnadel – diese Vorstellung gefiel ihnen deshalb so gut, weil sie sozusagen der einzige Edelstein im Haus war; selbst ihre Mutter trug nur einen schlichten goldenen Ehering. Alexandra mochte den »Frühling« am liebsten, weil er sie an Springbrunnen und Gazellen denken ließ. Jack bevorzugte den »Herbst«, der für ihn nach einem Tornado klang, und auch sie konnte ihn förmlich vor sich sehen, diesen Wirbelsturm aus roten Blättern. Sie warfen eine Münze, um zu entscheiden, wohin sie die Nadel des Plattenspielers setzen sollten, bis ihre Mutter, die den Dachboden aufgeräumt hatte, die Treppe herunterkam und sie ermahnte, dass dies der Platte schade, weil sie so verkratzen könne; sie müssten sie stets von Beginn an spielen.

»Und dem Jahr seinen Lauf lassen«, sagte ihre Mutter lächelnd, von deren Ärmel große Spinnweben hingen. Es war das erste Mal, dass Alexandra diese Wendung hörte, und noch Jahre später verstand sie darunter weiter nichts, als eine Schallplatte von Anfang bis Ende zu spielen – und irgendetwas mit Spinnweben. Immerhin war Jack in seiner liebsten Jahreszeit gestorben. Er würde ihr bis an ihr Lebensende fehlen, doch jetzt schien es, dass Menschen bisweilen Schlimmeres widerfuhr – Männern, die stöhnend auf dem Boden eines Eisenbahnwaggons lagen, der langsam in der Ferne, in der Dunkelheit verschwand.

»*Bird*«, sagte Bobby und strich ihr über die Stirn. »Du warst ohnmächtig.«

Sie spürte seine Hand in ihrem Haar. Sie lag auf dem Wohnzimmerfußboden und sah an die Decke. Sie war offenbar sanft gefallen, denn sie befand sich nur Zentimeter von der Stelle entfernt, wo sie zuvor gekniet hatte. Da wurde ihr klar, dass Bobby sie aufgefangen hatte.

»Süße Kleine«, sagte Bobby, und Alexandra wusste, dass er sie meinte. Er half ihr, sich aufzusetzen, und schmiegte ihren

Kopf mit seiner behandschuhten Hand an seine Schulter. »Was war denn los?«

»Mein Bruder«, sagte Alexandra. Sie bemerkte, dass sie leise vor sich hin schluchzte. »Er ist schon vor Ewigkeiten gestorben, und wir haben immer zusammen Musik gehört.«

»Das tut mir leid«, sagte Bobby, und sie wusste, dass er es ernst meinte, obwohl sie sich erst seit sechs Tagen kannten.

Alexandra griff nach ihrer Handtasche, die sie auf das Sofa gestellt hatte. Sie zog ihr Portemonnaie daraus hervor, wobei sie das gestohlene Foto von Neven geflissentlich überging.

»Das ist er«, sagte sie. Wieder brach ihr die Stimme. *Vielleicht ist es besser, wenn ich nach Hause fahre,* dachte sie. *Ich hätte meine Eltern nicht alleinlassen dürfen, ohne ihn und ohne mich.*

Bobby nahm das Foto mit zärtlicher Ehrfurcht entgegen. Es war ihr Lieblingsbild und, wie das von Neven, an den Ecken abgegriffen. Es steckte in einer Plastikhülle und bekam in jedem neuen Portemonnaie einen Ehrenplatz: der Abzug eines Schulfotos, das nur wenige Wochen vor ihrer Wanderung aufgenommen und ihrer Familie von dem zerknirschten Direktor der Highschool Monate später persönlich überbracht worden war. Es zeigte einen unbekümmerten, hemmungslos pubertierenden Jungen mit kurz geschorenem rotblondem Haar, der den Betrachter mit sorglosem und leicht belustigtem Blick fixierte. Bobby beugte den Kopf ein paar Sekunden über das Bild und gab es ihr dann zurück.

»So jung«, sagte er. »Danke, dass du ihn mir gezeigt hast.« Sie dachte an die Verluste, die auch er erlitten haben musste. Vor dem Tod gab es kein Entrinnen. Bobby strich sich mit dürren Fingern durch das Haar, diese nervöse Geste. »Er war – wie alt?«

»Sechzehn«, sagte sie. »Und einen Tag.«

Bobby schwieg, und sein fragender Blick glitt über ihr Gesicht. »Ihr seht euch nicht besonders ähnlich. Bis auf das Lächeln«, sagte er.

»Danke.« Sie steckte das Foto in die Hülle zurück, verstaute es in ihrem Portemonnaie und wischte sich mit dem Handrücken über die Wangen. Sie würde nicht noch einmal in Tränen ausbrechen.

»Sein Tod muss ein schrecklicher Schlag für dich gewesen sein«, sagte Bobby.

Sie sah ihn an und spürte die Salzkruste auf ihren Wangen, den Grus, der ihr die Augen verklebte. Dann rollte sie langsam den Ärmel ihrer Baumwollbluse hoch. Die lange Narbe war inzwischen verblasst, nicht mehr so rot wie in den ersten Monaten danach, bis auf die eine gezackte Stelle, wo sie einen Moment lang der Mut verlassen hatte. Wortlos hielt sie ihm den Arm hin. Da plötzlich beugte er sich zu der Narbe hinunter und küsste sie, und ihr gingen die Augen über.

»Und jetzt?« Ihre Stimme klang belegt.

Bobby nahm ihr Handgelenk und ließ den Arm behutsam sinken, als sei er gebrochen. »Sind wir Blutsbrüder«, sagte er.

Sie beugte sich vor und schlang die Arme fest um den Hals ihres Taxifahrers. Dann wischte sie sich mit dem anderen Ärmel über das Gesicht. Es gab etwas, das sie jetzt tun musste, auch wenn sie Jack damit nicht zurückholen konnte. Der Gedanke war ihr durch den Kopf geschossen, bevor sie die Besinnung verloren hatte.

»Vivaldi – es war nichts von ihm dabei«, sagte sie.

»Was?« Er wandte sich wieder den Noten zu und sah sich um, geistesabwesend, als stünde er noch immer ganz im Banne ihrer Trauer. »Stimmt. Kein Vivaldi weit und breit.«

»Und wenn er ihn irgendwo anders versteckt hat?«

»Aber wir haben das ganze Haus auf den Kopf gestellt«, sagte er. »Das Regal ist leer.«

»Ich weiß. Aber Vivaldi war sein Lieblingskomponist. Wo würdest du deine Lieblingsmusik aufbewahren?«

Bobby zuckte die Achseln, ohne den Blick von ihr zu wenden. »Ich bin kein Musiker.«

»Dann eben deinen liebsten Gedichtband.«

Er nickte. »Unter dem Bett, wo ich ihn sofort zur Hand habe, wenn ich aufwache. Aber wir haben unter die Betten geschaut, und ich habe sogar unter den Matratzen nachgesehen.«

Sie stöhnte. Was nun?

»Es wird Zeit«, sagte Bobby. »Wir müssen die ganzen Noten wieder ins Regal stellen. Wir waren schon viel zu lange hier.«

Er hatte recht, und die Nachbarin wurde vermutlich langsam misstrauisch. »Aber Vivaldi – wenn Stoyan ihn so sehr liebte, hatte er doch bestimmt einen ganzen Stapel seiner Noten.«

»Oder er hat die Musik auswendig gelernt und brauchte keine Noten mehr«, gab Bobby zu bedenken. »Vielleicht hat er sie verschenkt. Vielleicht hat er sie in dem Haus in den Bergen aufbewahrt. Das haben wir nicht so gründlich durchsucht. Wenn jemand etwas versteckt, gibt es in der Regel irgendwelche Hinweise darauf, ist etwas nicht so, wie es sein sollte. Aber in diesem Haus gibt es keinerlei Anzeichen dafür. Sie haben alles mitgenommen, bis auf die Fotos.«

Frühling, dachte Alexandra, und Jacks Herbst. All die Jahreszeiten, die spurlos vorübergegangen waren. Ihr Blick fiel auf die schrumpeligen braunen Stofffetzen, die Stoyan ihnen stattdessen hinterlassen hatte.

»Nein, nicht alles«, sagte sie. Sie rannte die Treppe hinauf und in das Zimmer mit den Fotos; Bobby folgte ihr.

Der Kalender hing noch immer an derselben Stelle: Juni 2006, vor fast zwei Jahren, der Monat, in dem Stoyan gestorben war und die jungen Mädchen in rot-weißen Trachten um den Brunnen Ringelreih getanzt hatten. Sie nahm ihn von der Wand. Zurück blieb ein pfirsichfarbener Schatten, wo die Farbe nicht so stark verblichen war. Doch der Juni 2006 lag ein wenig schwerer in ihrer Hand als die Monate, die ihm vorausgegangen waren; auf der Rückseite des dünnen Blattes, wo die Mädchen in die andere Richtung tanzten, befand sich, mit Klebeband befestigt, nicht etwa eine Partitur, sondern ein Umschlag.

Sie erkannten die zierliche Handschrift auf den ersten Blick. Bobby übersetzte für Alexandra: *Letzter Teil. Nicht zur Veröffentlichung freigegeben.*

Sechzig

1950

Mein Besucher war Momo. Ich sah ihn erst, als er dicht vor mir stand und sich dann auf dem Holzstuhl niederließ, den er an die Bettkante gerückt hatte. Er beugte sich über mich und rüttelte mich an der Schulter. Der Stuhl war schief und wackelig, und ich hatte keinen Zweifel, dass er unter dem Gewicht seines massigen, muskelbepackten Körpers zusammenbrechen würde. Doch er setzte sich und lächelte mich an mit der Zahnlücke zwischen seinen Vorderzähnen wie ein kleiner Junge. Insgeheim hoffte ich, auch er sei nur geträumt, aber er wollte nicht wieder verschwinden. Seine starken Hände, die so viele Männer getötet hatten, hielten keinen Knüppel umklammert; sie lagen artig und sittsam auf seinen Knien. Er schien unfähig, eine normale Begrüßung zu äußern, doch nach ein oder zwei Minuten sprach er mich schließlich an. »Ich habe dich hier reingetragen wie einen Sack Kartoffeln«, sagte er.

Da er darauf zu warten schien, dass ich etwas erwiderte, sagte ich nach kurzem Zögern: »Ja.«

»Ein Sack Kartoffeln«, wiederholte er lächelnd, voller Stolz auf diesen Vergleich.

»Ja«, sagte ich, in der Hoffnung, dass er dann gehen würde. Ich fragte mich, ob er mich nur besuchen kam, weil er sich etwas darauf einbildete, mich gerettet zu haben, was mir beim besten Willen nicht einleuchten mochte. Vermutlich stimmte mit seinem Selbstbild etwas nicht, er betrachtete sich eher als Retter denn als Mörder und sonnte sich in seinem Glanz. Auch fragte ich mich, woher er Zeit und Muße nahm, mich zu besuchen, wo die Häftlinge doch bald von der Schicht kamen und es unter ihnen bestimmt einige gab, die dringend getötet werden mussten. Ob der Chef ihm eine Stunde freigegeben hatte?

Er rutschte auf dem klapprigen Stuhl hin und her. »Du bist der Schlaukopf, nicht? Der Musiker?«

Ich rührte mich nicht und sah ihm ins Gesicht, das leer war wie ein blanker Teller, aber mit listigen Augen, vor allem, wenn er nicht lächelte. »Ja, zu Hause war ich Musiker«, sagte ich so gleichgültig, wie ich nur konnte.

»Ich muss für den Chef etwas erledigen«, sagte er, »und dazu brauche ich einen klugen Kopf.«

»So klug bin ich nun auch wieder nicht«, sagte ich leise. »Sonst wäre ich wohl kaum hier gelandet, oder?«

Darüber dachte er ein Weilchen nach, scheinbar ohne zu einem schlüssigen Ergebnis zu gelangen, obwohl das Flackern in seinen Augen mich in dem Verdacht bestärkte, dass seine Dummheit zumindest teilweise vorgetäuscht war. Er wischte sich mit dem Handrücken über die Nase. »Aber du bist doch klug, oder? Die anderen Männer haben gesagt, du bist ein berühmter Musiker, und es wär ein Jammer, dass du krank bist.«

Ich fragte mich, wer so etwas gesagt haben sollte – Nasko

konnte es nicht gewesen sein, denn das war unter seinem Niveau. Trotzdem blieb im Lager anscheinend nichts lange geheim.

»Ich bin nicht klüger als andere«, sagte ich.

»Die Männer behaupten das Gegenteil.« Er machte ein bockiges Gesicht und verschränkte die Arme vor der breiten Brust. »Also muss es wohl stimmen. Ich brauche jemanden, der mit mir in die Stadt fährt und gewissen Leuten dort erklärt, dass hier alles seinen gerechten Gang geht.« Wieder beschlich mich das seltsame Gefühl, dass er nicht halb so dumm war, wie er aussah. Vielleicht konnte er sich einfach hervorragend verstellen?

»Warum fährt der Chef nicht selbst?«, fragte ich und bereute es sofort. Momo blies empört die Wangen auf wie ein Frosch.

»Der Chef muss hierbleiben. Er ist ein vielbeschäftigter Mann. Er ist der Chef! Es wäre viel zu gefährlich, die Lagerleitung einem anderen zu überlassen, selbst mir.«

Das war das Intelligenteste, was ich ihn jemals hatte sagen hören. Der Mann im Nachbarbett wälzte sich, überströmt vom Fieberschweiß, unruhig im Bett; vermutlich hörte er uns im Traum.

»Warum erzählen Sie mir das alles?«, fragte ich. Das Sprechen machte mir noch immer große Mühe.

»Na ja, der Chef hat gesagt, ich könnte einen schlauen Häftling mit in die Stadt nehmen, und wenn dieser Häftling schlau genug ist, über die Sache Schweigen zu bewahren …« Er schien den Faden verloren zu haben oder tat jedenfalls so, als ob. Er schwieg ein paar Sekunden.

»Also, wenn er so schlau wäre und wüsste, dass wir ihn auch

in Zukunft im Auge behalten werden, dann, ja dann würden wir ihn vielleicht entlassen.«

Momos letztes Wort hallte in dem stillen Krankenzimmer nach, bis der Mann im Nachbarbett sich wieder in unsere Richtung drehte. Für Momo war er offenbar so gut wie tot.

»Und was genau müsste fraglicher Häftling diesen Leuten erklären?« Es fiel mir schwer, meine Stimme im Zaum zu halten.

Momo dachte nach. Seine Augen glichen denen einer Marmorstatue, weit geöffnet, doch absichtlich leer, eher durch Konturen als durch Farbe angedeutet. »Der Häftling müsste dem Kommissar, der extra aus Sofia angereist ist, vermutlich erklären, dass in unserem Lager alles seinen gerechten Gang geht. Sonst würde der Kommissar dem Lager womöglich einen persönlichen Besuch abstatten wollen, und das würde dem Chef nur unnötige Arbeit machen. Du weißt ja, wie das ist«, setzte er vertrauensvoll hinzu.

»Ihm sagen, dass hier alles seinen gerechten Gang geht?«

»Na, du weißt schon. Für die Gefangenen. Sie sind Arbeiter. Sie arbeiten hart und essen und schlafen, und wir helfen ihnen, sich wieder in die Gesellschaft einzugliedern. Wir führen ein straffes Regiment. Und ihnen geht es gut.«

»Sie meinen«, sagte ich vorsichtig und wünschte, ich hätte mich aufsetzen und ihn besser sehen können, »Sie meinen, dass wir hier gut behandelt werden.«

»Ja!« Wieder entblößte sein Lächeln die breite Lücke zwischen seinen Schneidezähnen. »Genau das möchten sie hören.«

Ich dachte an Vera und ihre Freude über meine Rückkehr;

ich dachte an den Sohn, den wir bekommen würden. Ich dachte an meine Hände, die bald verheilt den Bogen über die Saiten gleiten ließen. Dann dachte ich an Nasko und die anderen. Wer hatte seit meiner Erkrankung die Schubkarre für Nasko geschoben? Vielleicht hatte er es selbst getan, wozu ich ihn oft gedrängt hatte, damit er seine Hände schonte. Mir fiel ein, was ich getan hatte und dass ich für etwas ganz anderes bestraft wurde.

»Tut mir leid«, sagte ich. »So klug bin ich leider nicht.«

Sein Lächeln verflog. »Ach nein?«

»Nein«, sagte ich. »Ich bin ein guter Musiker, aber Sie brauchen einen klugen Kopf – einen sehr klugen Kopf –, der dem Kommissar all das erklärt.«

Verdrießlich starrte er auf seine Knie; seine gute Idee – oder sein Auftrag – war gescheitert. Oder konnte er mich am Ende gar nicht in seine Karten schauen lassen und musste weiterhin den Dummen spielen?

»Schade«, sagte er. »Ich dachte, bei dir wäre ich an der richtigen Adresse. Oder möchtest du etwa nicht nach Hause?«

»Doch, natürlich«, sagte ich. Jetzt, wo es vorbei war, verging ich fast vor Kummer und konnte kaum die Augen offen halten. Ich wollte, Schwester Ivan hätte uns gestört. »Und Sie? Möchten Sie nicht auch nach Hause?« Ich wandte den Kopf und musterte ihn eindringlich.

Er zuckte die Achseln. »Normalerweise schon. Aber ich habe eigentlich niemanden mehr.« Er inspizierte noch immer seine Knie. »Meine Eltern sind vor dem Krieg gestorben – sie waren *partizani* und haben in den Bergen gekämpft gegen die faschistische Regierung. Die Polizei des Königs hat meinen Vater gefangen genommen. Sie haben ihm den Kopf abgeschnitten, und dann haben sie meine Mutter und meine Schwestern umgebracht, weil sie ihm geholfen hatten. Aber erst haben sie sie vergewaltigt.«

Er schien vergessen zu haben, dass er sich tumb stellen, langsam sprechen musste. Er funkelte mich wütend an, als hätte ich ihm widersprochen. »*Das* haben sie mit guten Kommunisten gemacht. Wusstest du das? Sie haben ihnen den Kopf abgeschnitten und ihre Frauen vergewaltigt. Ich kam zu meinem Großvater, und als der starb, sind meine Verwandten weggezogen – wohin, weiß ich nicht. Wahrscheinlich nach Sofia, wo es genügend Arbeit gibt. Ich habe kein Zuhause mehr.«

Er lehnte sich zurück, wütend und voller Wehmut. »Die meisten Leute, die ich kenne, sind hier. Ich bin vor drei Jahren hierhergekommen, mit vierzehn. Der Chef hat mich unter seine Fittiche genommen und mir diesen Posten verschafft.«

Ein Glück, dass seine Eltern, wer auch immer sie gewesen sein mochten, nicht hatten erleben müssen, was aus ihrem Sohn geworden war. Ohne Zweifel hatten sie an die Sache geglaubt, für die sie ihr Leben hingegeben hatten, doch ich fragte mich, ob Momo überhaupt an irgendetwas glaubte, abgesehen von seiner animalischen Intelligenz. Ich begriff nicht, weshalb er mir nicht einfach Schläge androhte, falls ich seine Bitte nicht erfüllte, oder mich umbrachte, weil ich ihm nicht zu Willen war.

Doch er sann noch immer über sein Leben nach. »Weißt du was? Eines Tages werde ich eine schöne Frau heiraten, eine gute Kommunistin wie die Kommunistinnen im Kino, und wir kriegen einen Haufen Kinder. Und ich werde General.« Er lächelte nicht; es war sein voller Ernst. Dies war vermutlich der wahre Momo. Endlich. Er warf mir einen knappen Blick zu. »Du wirst dem Chef doch nichts verraten, oder?«

Plötzlich war ich davon überzeugt, dass diese seltsame Szene meinen Tod bedeutete; Momo hatte mir anvertraut, dass er General werden wollte, und das würde er mir vermutlich nie verzeihen, selbst wenn es nur Schauspielerei gewesen war. Vor Schwäche begannen meine Glieder unter der Decke zu zittern, doch ich nahm mir fest vor, bei klarem Verstand zu bleiben.

»Nein«, sagte ich. »Ich werde ihm nichts verraten, solange Sie ihm nicht verraten, dass ich nicht halb so klug bin, wie Sie angenommen hatten. Sie müssen ihm noch nicht einmal sagen, dass Sie mit mir gesprochen haben, da ich ohnehin nicht der Richtige bin.«

Er starrte mich an. »Ich muss ihm gar nichts sagen.«

»Stimmt«, sagte ich. »Sie müssen ihm gar nichts sagen, weil ich Ihnen nicht helfen kann.«

Nachdenklich verschränkte er die Hände auf den Knien. »Na schön«, sagte er. »Aber wo krieg ich jetzt einen klugen Kopf her?«

»Im Lager gibt es jede Menge kluger Köpfe. Aber vielleicht spricht der Chef ja doch persönlich mit dem Kommissar«, sagte ich. Mir schwanden die Kräfte. Zu meiner großen Erleichterung stand Momo plötzlich auf und ging hinaus, als hätten wir nie ein Wort gewechselt. Sofort verschwand er aus meinem getrübten Blickfeld.

Dann tauchte er wieder auf, und einen Moment lang befürchtete ich, dass er zurückgekommen war, um mich in meinem Bett zu töten. Aber er blickte nur suchend unter das Bett und den Stuhl, auf dem er gesessen hatte. »Ich dachte, ich hätte etwas verloren«, sagte er. »Vielleicht woanders.«

Er ging wieder hinaus. Ich hörte, wie er die Tür von innen auf- und von außen wieder zuschloss.

Ich kam nicht dagegen an; ich schlief auf der Stelle ein. Als ich erwachte, Minuten oder Stunden später, fand ich in meinem zerwühlten Bettzeug den Gegenstand, den er verloren hatte. Ich gab ihn nicht zurück. Stattdessen schob ich ihn vorsichtig in einen Riss in der Wand neben meinem Bett, aus dem ich ihn leicht wieder hervorklauben konnte und wo Schwester Ivan ihn nicht finden würde.

Nach weiteren zwei Wochen konnte ich wieder gut genug laufen, um an die Arbeit zurückzukehren – ich hätte es sogar früher schon versuchen können, hatte jedoch vorgegeben, ich sei noch zu wackelig auf den Beinen. Schließlich entließ Schwester Ivan mich in die Hölle der Erdbaracke, und ich schlief wieder auf Wollfetzen und wurde von Bettwanzen heimgesucht; ich hatte lange genug auf der Krankenstation gelegen, um mich von neuem hundeelend zu fühlen, obgleich die Wanzen und die Läuse mich die ganze Zeit begleitet hatten. Am nächsten Morgen trat ich mit den anderen zur Arbeit an. Momo marschierte mit uns zum Steinbruch, schenkte mir zu meiner Freude aber keine besondere Aufmerksamkeit – ebenso wenig wie der Chef.

Nasko stand weit hinten in der Schlange; ich hatte erst Gelegenheit, mit ihm zu sprechen, als wir in der Grube ankamen, wo man uns zwei neue Männer zugeteilt hatte. Dort ergriff er verstohlen meine Hand, und seine Freude war ihm deutlich anzusehen: *Du lebst.* Den ganzen Vormittag wand sich mein Herz in meiner Brust, plagten mich Übelkeit und Gliederschwäche. Ich war erleichtert, dass er noch da war, und glücklich, ihm in die Augen sehen zu können. Es war heiß, selbst im Halbdunkel der Grube und dem noch tieferen Schatten der Berge.

Nasko hatte die Steine aufgeladen, und ein anderer hatte die Schubkarre geschoben; jetzt kehrte ich auf meinen alten Posten zurück und quälte mich die Steigung hinauf. Ich war so schwach, dass ich für jede Fuhre dreimal so lange brauchte wie vor meiner Erkrankung. Um mich ein wenig zu entlasten, arbeitete Nasko etwas langsamer, aber immer noch schnell genug, um nicht aufzufallen. Der Schädel brummte mir so sehr, dass ich noch nicht einmal die Schreie der Aufseher oder das Zwitschern der Vögel hören konnte. Es war Hochsommer; ich war länger krank gewesen, als ich vermutet hatte. Ich beschloss, meine Routine morgen wieder aufzunehmen und einen ganzen Tag lang nur zu üben. An diesem ersten Vormittag jedoch sagte ich im Stillen nur immer wieder einen Namen: *Vera.* Nachdem ich ihn Aberdutzende von Malen vor mich hingesprochen hatte, wurde daraus: *Neven.*

Einundsechzig

Den Umschlag nahmen sie mit. Sie stellten die Noten rasch und in der korrekten Reihenfolge ins Regal zurück – Alexandra verspürte einen Anflug von Bedauern, als sie den gesamten Bach in das dafür vorgesehene Fach hievte. Bobby schob den allein gelassenen Fernseher wieder an seinen Platz. Im letzten Moment nahm er die Blechdose an sich und verstaute sie zusammen mit dem Umschlag in seiner Jackentasche.

Draußen wurde es bereits dunkel. Sie brachten der Nachbarin den Schlüssel. »Ich habe ihr erzählt, wir hätten das Haus gern genommen, aber es sei leider zu klein für unsere Möbel und die vielen Bücher«, sagte Bobby hinterher kopfschüttelnd. Sie holten Stoycho, der am Gartentor auf der Seite lag und schlief.

Im Wagen sah Bobby auf sein Handy.

»Scheiße. Eine Voicemail«, sagte er. Alexandra hatte ihn noch nie auf Englisch fluchen hören. »Und warum hat das Mistding dann nicht geklingelt? Es ist Lenkas Nummer.«

»Gott sei Dank«, sagte sie. Doch als Bobby die Aufnahme abspielte, verfinsterte sich seine Miene. Die Nachricht war sehr kurz; sie lauschte der Stimme, die leise aus dem Handy drang – nervös, gedämpft, gehetzt. Bobby sah Alexandra an.

Ihre Finger zitterten. »Was ist?«

»Sie sagt …« Er zögerte. »Sie sagt: *Sie haben uns entführt. Neven könnte wissen, wo wir sind. Er hat bei Irina in Plovdiv angerufen. Er ist in …* Dann nennt sie eine Adresse in Morsko. Das ist ein Dorf bei Burgas, am Meer. Dann legt sie auf.« Er hörte die Nachricht ein zweites Mal ab. »Sie klingt furchtbar verängstigt oder aufgeregt, und sie versucht zu flüstern.«

»Das habe ich gehört«, sagte Alexandra und ballte die Fäuste. »Wer hat sie entführt? Dimchov? Die Polizei? Warum ans Meer? Los, Bobby, wir fahren da sofort hin.«

Bobby rührte sich nicht. »Das könnte eine Finte sein.« Er fuhr sich mit den Fingern durch das Haar. »Vielleicht halten diejenigen, die hinter der Urne her sind, Irina und Lenka irgendwo fest und haben Lenka gezwungen, uns anzurufen. Damit wir es mit der Angst zu tun bekommen, weil Irina und Lenka gekidnappt wurden, und Neven die Urne bringen.« Bobbys Stimme bebte leicht. »Oder sie kennen die Adresse noch gar nicht, weil Lenka sie ihnen nicht verraten hat, und folgen uns dorthin. Warum hat Lenka nicht gesagt, wo sie und Irina sind?«

Alexandra hatte Mühe, die Ruhe zu bewahren. »Vielleicht hat sie sich nicht getraut. Oder sie weiß es nicht, weil sie nachts entführt wurden. Oder sie möchte, dass wir nicht allein, sondern mit Neven kommen, aus welchem Grund auch immer.«

»Möglich wär's«, sagte Bobby.

»Neven ist unsere einzige Chance. Wenn er wirklich in Morsko ist, kann er ihnen vielleicht helfen.« Inzwischen war sie sich nicht einmal mehr sicher, ob Neven überhaupt existierte; er war für sie zu einer Figur in einer Geschichte geworden, ein abgegriffenes Foto, ein wehmütiges Ziehen in der Brust. »Bitte, wir müssen sofort los.«

»Ich weiß«, sagte Bobby. »Aber es ist eine lange Strecke, und ich fahre lieber nachts, wenn nicht so viel Polizei unterwegs ist. Und ich darf auf keinen Fall rasen, damit wir nicht auffallen.«

Stoycho setzte sich auf und schüttelte sich.

Alexandra fasste Bobby am Arm. »Kannst du überhaupt noch fahren? Wir können uns ruhig abwechseln, wenn du willst.« Sie fragte sich, ob sie sich auch allein zurechtfinden würde, falls er einschlief.

»Na klar. Wir haben die ganze letzte Nacht geschlafen. Pass auf, ich lege mich irgendwo abseits der Autobahn zwei Stunden aufs Ohr, trinke ein paar Tassen Kaffee, und dann geht's los.«

Er ließ den Motor an. Alexandra streckte die Hand nach hinten, streichelte Stoycho und sah zu, wie die schäbigen Vororte Bovechs vorüberzogen.

Zweiundsechzig

1950

Mein Elend nahm neue Formen an. Ein paar Monate nach meiner Genesung, so man es denn Genesung nennen konnte, trat Momo beim Abendappell unvermittelt auf mich zu. Ich stand in der ersten Reihe, halb tot, nachdem ich den ganzen Tag in der brennenden Herbstsonne geschuftet hatte. Während der Chef vor uns auf und ab stolzierte und uns einen Vortrag hielt – er hatte irgendwoher neue Stiefel bekommen, und es schien ihm Spaß zu machen, in ihnen hin und her zu paradieren –, wanderte Momo von einem Häftling zum anderen, während die Männer beteten, dass er sie nicht zu seinem nächsten Opfer ausersehen würde. Dann blieb er stehen. Er baute sich demonstrativ vor mir auf, verschränkte die Hände hinter dem Rücken, wie der Chef es zu tun pflegte, und musterte mich. »Und? Meinst du, du bist schlau genug?«, fragte er mit gesenkter Stimme.

»Nein«, antwortete ich und spürte, wie mich der Mut verließ. Obgleich ich den Blick gesenkt hielt, war mir seine fast schon hoffnungsvolle Miene, die seine aggressive Körperhaltung Lügen strafte, nicht entgangen. Wie es schien, hatte er niemand anderen gefunden, der den Auftrag für den Chef ausführen mochte. Vielleicht hatte sich die ganze Sache aber auch längst erledigt und er wollte mir nur Angst einjagen.

»Bist du sicher?«, flüsterte er.

»Ja«, sagte ich so leise wie möglich. Ich hatte keine Ahnung, wie die erschöpften Männer unseren Wortwechsel deuteten, ich wusste nur, dass sich das Abendessen dadurch unnötig verzögerte. Er wandte sich ab, als wüsste er weiter nichts zu sagen, und der Chef ließ uns wegtreten. Von da an hob Momo jedes Mal den Kopf, wenn mein Name aufgerufen wurde, und starrte mich scharf an. Manchmal war es ein anerkennender, fast verschwörerischer Blick, als habe der Umstand, dass er mir das Leben gerettet und ich mich als interessant erwiesen hatte, einen neuen Stolz in ihm erregt. Dies zwang mich zu gesteigerter Wachsamkeit. Er beobachtete mich, also musste auch ich ihn beobachten, was dazu führte, dass sich mir immer dann, wenn seine massige Gestalt und sein Lockenkopf am Rand der Grube auftauchten, der Magen umdrehte. Allerdings durfte ich ihn unter keinen Umständen merken lassen, dass ich wachsam war. Und: Hatte ich recht mit meiner Vermutung, dass sich hinter seiner Idiotie so etwas wie Scharfsinn, Intelligenz verbarg? Was war gefährlicher, ein Idiot oder ein heller Kopf, der den Idioten nur spielte? Aber an einem Ort wie diesem war das vermutlich ohnehin nicht von Belang.

Ich stürzte mich wieder in meine Routine, übte das Tschaikowsky-Konzert, versuchte mich an Sibelius und arbeitete mein Orchesterrepertoire durch oder vielmehr das, was mir davon in Erinnerung geblieben war. Ich stellte eine neue Regel auf: Wenn ich Momo irgendwo erblickte oder auch nur an sein beunruhigendes Angebot dachte, musste ich einen Satz von vorn beginnen. Und wenn mein Selbsthass überhandnahm, musste ich das ganze Stück noch einmal wiederholen.

An dem Tag, als ich sah, wie Momo und seine Kumpane so lange auf einen Neuankömmling eindroschen, bis der Wangenknochen des Mannes freilag, fand ich Zuflucht an einem Ort, an dem ich lange nicht gewesen war. Ich hing so sehr an Neven als Baby, Neven als Kleinkind, dass ich den erwachsenen Mann darüber fast vergessen hatte. Doch an diesem Tag besuchte ich ihn ein weiteres Mal am Fluss, ging ich die sanft abfallende Böschung hinunter zu der Stelle, wo er mit der jungen Frau am Ufer saß. Ich sah, wie die Sonnenstrahlen auf der Wasseroberfläche tanzten, sah ihre mit einem Glorienschein bekränzten Köpfe, während sie sich leise unterhielten – sein Haar dunkel, fast schwarz, weiche, kurze Locken, doch im Nacken ausrasiert, sodass seine Haut dort beinahe weiß schien; das ihre kastanienbraun mit rotem Schimmer wie das Fell eines Pferdes. Sie hatte ein paar Strähnen, die ihr über die Schulter hingen, geistesabwesend zu einem Zopf geflochten. Lächelnd trat ich hinter die beiden und schob mir die Geige unters Kinn. Mit meinen starken, schlanken und geschmeidigen Händen führte ich den Bogen über die Saiten und brachte ihnen ein Ständchen. Selbst meine Kriegsverletzung spürte ich nicht mehr.

An den anderen Tagen spazierte ich mit dem Roten Priester durch Venedig, oder ich erteilte Neven – jetzt ein ranker achtjähriger Knabe mit großen Augen – seinen täglichen Geigenunterricht. Bisweilen fehlte ihm die rechte Lust zum Üben, und dann schärfte ich ihm ein, dass Disziplin das Erste sei, was ein Musiker zu lernen habe, und dass sie ihm im Leben noch oft zugutekommen werde. Als die gefürchtete Kälte in den Steinbruch zurückkehrte, war Neven ein warmherziger, wenn auch etwas schüchterner Zwölfjähriger, dessen hübsche Stimme am Abendbrottisch bisweilen brach. Meiner Ansicht nach war er bereit für seinen ersten Wettbewerb; eigentlich war er sogar ein wenig spät dran. Nur hatte ich leider keinen Schimmer, wie das gehen sollte unter dem Banner unserer ruhmreichen Revolution. Die Aussichten für ein musikalisch hochbegabtes Kind waren vermutlich nicht die besten. An den schlimmsten Tagen hatte ich Zweifel, ob sich überhaupt ein Wettbewerb finden lassen würde, für den ich ihn anmelden konnte – Neven, den Sohn eines verurteilten Verbrechers.

In jenem Winter war ich schwächer als im ersten und zugleich auf seltsame Weise stärker; obgleich mein Körper zusehends verfiel, hatte ich mich an gewisse Entbehrungen gewöhnt. Ich stellte mir vor, dass ich sterben und in meiner eigenen Geschichte als Geist weiterleben würde; vielleicht würde ich dem Kommissar dann verraten, was in Zelenets tatsächlich vor sich ging. Momo verließ das Lager nie, nicht einmal vorübergehend, was mich in dem Verdacht bestärkte, dass er gar nicht in die Stadt gefahren war. Mir kam der Gedanke, dass Momo sich die Geschichte womöglich nur eingebildet oder aber frei erfunden hatte, um mich zu quälen.

Vor dem ersten Schnee traf ein weiterer Schub von Neuankömmlingen ein, und als die jungen Männer mich – uns alle – erblickten, las ich in ihren Augen, dass ich exakt zu dem geworden war, was ich am ersten Tag gesehen hatte. Ich war ein Skelett, noch kein wandelnder Toter, aber viel fehlte nicht mehr. Ich hatte das Gefühl, dass ich eines Tages vielleicht in der Lage sein würde, mich von Luft zu ernähren oder mich von unserem Flöz in die Tiefe – und den sicheren Tod – zu stürzen; Platz gab es dort unten mehr als genug. Der Steinvorrat in unserem ersten Flöz war längst erschöpft, und Nasko, unsere Kollegen und ich waren zu einer größeren Felszunge beordert worden, um dort Steine zu klopfen und sie nach oben zu schaffen. Inzwischen genoss ich jeden Tag, den ich mit Nasko verbringen konnte, und wenn einer unserer Kameraden über Nacht gestorben war, verfluchte ich mich, weil ich dem Himmel dafür dankte, dass es nicht meinen einzigen wahren Freund getroffen hatte.

Wenn ich richtig gezählt habe, kamen in jenem Winter mindestens sechzig Männer um. Das Lager war schrecklich überfüllt, da man die Neuen in voll belegte Baracken gepfercht hatte. Es machte mich zusehends stutzig, dass ich noch am Leben war. Einige der anderen Skelette wurden verrückt und weigerten sich, zur Arbeit zu marschieren, selbst wenn sie deshalb geschlagen oder erschossen zu werden drohten. Stattdessen scharrten sie vor der Küchentür nach Essensabfällen, bis sie kraftlos zusammenbrachen und im Schnee krepierten. Die Köche – Häftlinge, die nur ein klein wenig besser aßen als wir anderen, obwohl sie immerhin Abfälle beiseiteschaffen konnte, ohne dabei gesehen zu werden – versuchten, die irre gewordenen Skelette zu verscheuchen, doch ohne Erfolg. Oft betete ich jetzt, zu nichts und niemandem, in Würde gehen zu können, wenn mich der Tod ereilte. Ich hoffte, dass ich eines

Abends mit den Männern und den Wanzen einschlafen, von Vera träumen und nie wieder aufwachen würde.

Ich bemühte mich, solche Gedanken zu unterdrücken, ebenso wie ich Momos verlockendes Angebot und seine prüfenden Blicke zu verdrängen suchte. War ich töricht gewesen, diese Chance ungenutzt zu lassen? Würde es eine zweite geben?

Manchmal stellte ich mir vor, wie es mir wohl ergangen wäre, hätte ich mich mit dem Kommissar getroffen. Beobachtete mich Momo, weil er mir ein anderes Angebot zu machen hatte, und wenn ja, wie würde meine Antwort ausfallen? Schließlich hatte ich schon in meiner ersten Nacht im Lager beschlossen, dass sie nicht das Recht hatten, mich für das falsche Verbrechen zu bestrafen. Jetzt begann der Zweifel an mir zu nagen, eine zusätzliche Qual; hätte ich Momos Vorschlag angenommen, wäre ich womöglich längst daheim bei Vera gewesen. Sie würde nie erfahren, was aus mir geworden war, wo ich gelebt und gearbeitet und das Zeitliche gesegnet hatte, und ich hatte ihr die letzte Chance dazu versagt. Diese Zweifel mischten sich mit einem Hass auf Momo, immer wenn ich ihn irgendwo erblickte. Überschattet wurden meine Zweifel und mein Hass von der Gewissheit, dass er sein Angebot nun nicht mehr erneuern konnte – wie hätte es wohl ausgesehen, wenn ein Skelett in der Stadt erschienen wäre und dem Kommissar versichert hätte, es sei im Lager gut behandelt worden? Obwohl ich zweifellos bereits zu krank und schwach gewesen war, als er mich gefragt hatte.

Als der Frühling kam, hatte ich Neven zu vier oder fünf Wettbewerben begleitet – sein Ton war himmlisch, pulsierend, aber verhalten und seine Technik kaum mehr zu verbessern. Ich versuchte, mir die Wettbewerbe vorzustellen, wo und wie sie abgehalten wurden, wer in der Jury saß, doch all das blieb verschwommen. Ich sah meinen Sohn auf der Bühne, sah seine dichten schwarzen Locken fliegen in vollkommenem Einklang mit dem emphatischen Strich des Bogens. Den Applaus der kleinen Gruppe von Juroren und wie sie bei der anschließenden Sitzung die Köpfe zusammensteckten. Er war jung, aber er war akribisch und voller Leidenschaft für die Musik. Mit dreizehn trat er als Solist mit den Sofioter Philharmonikern auf. Mit fünfzehn verlor er gleich zwei Wettbewerbe, gewann jedoch einen sehr viel wichtigeren dritten, und hätten wir ins Ausland reisen können, hätte er auch in Europa reüssiert. Inzwischen übte er freiwillig; sein Stundenplan wurde gekürzt, damit er Zeit hatte, sich seiner Musik zu widmen. Jeden zweiten Tag, im Steinbruch, übten wir zusammen; mal spielten wir unisono ein Konzert, mal probierten wir Duette. Als es warm wurde, trübte sich mein Verstand mit jeder neuen Woche ein wenig mehr, und der Tod liebkoste mich mit dunklen Schwingen. Ich war wild entschlossen, meinen Sohn zum Mann heranwachsen zu sehen, ehe ich starb.

Eines Tages im Spätsommer – ein Tag, den ich gewöhnlich mit Vivaldi verbrachte: Ich spielte in den Kirchen, während er dirigierte – legte ich ein feierliches Gelübde ab, das dritte seit meiner Verhaftung. Im Leben oder – wenn nötig – auch im Tod würden Neven und ich gemeinsam nach Venedig reisen.

Dreiundsechzig

Auch Alexandra musste geschlafen haben; sie erwachte gerade noch rechtzeitig, um einen Blick auf den schwachgrauen Streifen Himmel über den flachen Straßen zu erhaschen, auf die erleuchteten Fabriken in den Sümpfen und einen matten Schimmer dahinter – das Schwarze Meer, wie Bobby sagte. Sie hatte geglaubt, dass sie das Meer zum ersten Mal von einem Zug aus sehen würde – mit ihrem Rucksack neben sich und einem Buch im Schoß. Nun reckte sie den Hals, damit sie aus dem Fenster schauen konnte, und streckte die Hand nach hinten, um Stoycho zu streicheln. Auch er regte sich und wachte auf, und gemeinsam sahen sie zu, wie die Stadt im Dämmerlicht vorüberzog, Wohnsiedlungen und leere Straßen, ein Hafen mit Uhrenturm, scheinbar verlassene Vororte rechts und links der Autobahn. Bald würde es hell werden.

»Burgas«, sagte Bobby. »Hier haben die Lazarovi und die Familie von Miss Radeva gewohnt.« Alexandra kurbelte das Wagenfenster herunter und atmete salzige Luft und moorigen Industriegestank. Bobby hatte eine seiner Dylan-CDs eingelegt und die Lautstärke heruntergedreht. Obwohl sie von Musik eigentlich keine Ahnung hatte, dachte Alexandra an das Delta, die Geburtsstätte des Blues; so oder ähnlich musste es dort riechen. »*You ain't goin' nowhere*«, nuschelte Dylan. Die Straße schlängelte sich zwischen sanft abfallenden Feldern und flachem Gestrüpp hindurch, am Straßenrand hier und da ein einsames Hotel, halb gebaute Häuser wie Fertigruinen, dächerlos im ersten Morgenlicht. Der Schimmer des Wassers in der Ferne war verschwunden.

»Die Leute hier bauen wie verrückt«, sagte Bobby. »Alle wollen am Meer wohnen, darunter viele Ausländer. Manche Leute fangen einfach an zu bauen, und dann geht ihnen das Geld aus.«

Bald färbte sich der Himmel sanftgelb und rosa, und langsam ging die Sonne auf; sie kamen um eine letzte Kurve, und Bobby zeigte auf ihr Ziel – Morsko, eine rot bedachte alte Stadt auf einer hohen Halbinsel, deren Küstenwände steil ins Meer abfielen. Sie näherten sich auf einer noch höher gelegenen Straße, und sie konnte sehen, wie sich das graue Wasser am Fuß der Felsen brach. Bobby fuhr vorsichtig in die Stadt hinunter – an der Ortsgrenze stand ein Polizeiauto ohne Licht und mit abgestelltem Motor, hinter dem Steuer eine undeutliche Gestalt. Zwei Männer bauten an der Bordsteinkante einen Gemüsestand auf, und ein verirrter Tourist in Badehose und Sandalen trottete mit einem Handtuch über der Schulter an ihnen vorbei. Auf dem Dachfirst eines nahegelegenen Hauses saßen zwei Möwen, deren klagende Schreie die Stille zerrissen, schrill, durchdringend.

Bobby fuhr an einem breiten, befestigten Hafen entlang, wo Boote in der Dünung leise aneinanderstießen. Draußen im Meer sah Alexandra eine kleine Insel mit einem Leuchtturm und dahinter den weiten Horizont von farblosem Wasser, auf dem eine Handvoll Trawler trieben, deren Lichter durch die Dämmerung stachen. Bobby hatte Schwierigkeiten, die Adresse zu finden; er sei zwar schon in Morsko gewesen, als Kind und einmal auch als Erwachsener, kenne die Stadt aber nicht besonders gut. Der Wagen quälte sich die steilen Pflasterstraßen hinauf und hinunter, und Bobby kämpfte mit der Schaltung und den engen Kurven.

Häuser wie diese hatte Alexandra noch nie gesehen. Sie waren aus Holz, einige auch aus kunstvoll gemustertem altem Stein. Der scharfe Wind und das salzige Wasser hatten die Holzfassaden schokoladenbraun gebeizt; die Fensterläden waren noch geschlossen, die Balkons quollen über von bunten Blumen und an Plastikleinen aufgehängter Wäsche, die Dächer berührten sich fast über den schmalen Sträßchen, und Mauern und Zäune trennten die Vorgärten vom Gehsteig.

Am höchsten Punkt des Ortes hielt Bobby vor einem mit morschen Holzschindeln verkleideten Haus mit Balkon und grünen Fensterläden hinter einer hohen Mauer mit einer Tür darin. Die Mauerkrone war mit einem Dach versehen, das dem des Hauses glich; hier wie dort war das Rot der Keramikziegel zu allerlei Brauntönen verblasst wie Herbstlaub. Bobby zog die Handbremse an, und Stoycho krallte die Pfoten in die Lehne des Rücksitzes und streckte sich. Als sie ausgestiegen waren, suchte Bobby die Mauer und die Front des Hauses ab und spähte um die nächste Ecke. Dann erst drückte er die Klingel.

Der Mann, der die Tür öffnete, war ihnen unbekannt. Er trug grüne Flip-Flops an den Füßen und hielt eine Pflanzkelle in der Hand, als wollte er das Haus damit verteidigen. Es wunderte Alexandra, dass er so früh schon auf war. Bobby sprach auf Bulgarisch mit dem Mann und wies zu Alexandra; der Mann musterte sie – den fremden Bulgaren, die junge Ausländerin mit der schwarzen Tasche auf dem Arm und den teilnahmslosen Hund. Er stellte Bobby ein paar kurze Fragen. Dann, als sei er mit den Antworten zufrieden, winkte er sie mit der Pflanzkelle herein.

»Er und seine Familie sind alte Freunde der Lazarovi aus Burgas«, erklärte Bobby. »Ich glaube, Neven ist hierhergekommen, weil er sich hier sicher fühlt.« Sofort schlug Alexandras Herz ein wenig schneller. »Ich habe ihm gesagt, was wir bei uns haben«, setzte er hinzu.

Sie kamen in einen rechteckigen Innenhof, der von der Straße aus nicht einzusehen war – ein Zimmer unter freiem Himmel, dachte Alexandra, als sie den langen Tisch und die vielen Stühle sah, das löchrige Weinlaubdach, die rosa Topfgeranien, den offenen Schrank voller Gartengeräte und Farbdosen. Es gab keinerlei Anzeichen für Vandalismus – keine Polizeibeamten, kein Schlägertrupp, keine Irina und keine Lenka. Kein Neven. Der Mann mit der Pflanzkelle hatte in einem Gemüsebeet entlang der Mauer gegraben, wo Kartoffelpflanzen blättrige grüne Triebe schlugen. Durch eine geöffnete Tür blickte man in eine kleine Küche.

Inmitten all dieses Grüns saß eine greise Gestalt, eher wie ein Sack als wie ein Mensch. Alexandra erkannte sie sofort: Es war Milen Radev, der in seinem Rollstuhl kauerte und schlief. Die Tasche mit der Urne fest umklammernd, trat Alexandra näher und starrte ihn an. Seine Haut war grau und fleckig wie alter Zement. Seine Hände lagen in seinem Schoß, über den jemand eine Häkeldecke gebreitet hatte. Er trug dieselben verschlissenen Kleider wie bei ihrer ersten Begegnung, rostrote Jacke und passende Hose, beides ein wenig zu groß, als würde er nach und nach darin verschwinden.

Nachdem sie das Foto, auf dem er unscharf und verschwommen im Fond des Taxis saß, so oft betrachtet hatte, konnte sie es kaum fassen, dass er tatsächlich ein Mensch aus Fleisch und Blut war mit Konturen, Haut und Haaren. Er hatte faltige Hängebacken und verströmte einen deftigen Geruch wie Käserinde. Alexandra hatte eben beschlossen, ihn nicht zu wecken, als er die Lider aufschlug und sie aus blicklosen Babyaugen anstarrte. Dann straffte und glättete sich sein Gesicht, und er setzte sich in seinem Rollstuhl auf. Alexandra streckte ihm ihre freie Hand hin.

»*Gospodin* Radev«, sagte sie.

Vierundsechzig

1952

Manchmal, wenn ich beim Appell die Wärter mit ihren Waffen sah, stellte ich mir vor, wie ich selbst eine Waffe in der Hand hielt, eine lange, schwere Waffe, und einen der Aufseher damit erschoss. Dann fiel mir ein, was ich am Tag meiner Verhaftung gesehen hatte. Seither waren über zwei Jahre vergangen. Von den riesigen Wunden pochten mir die Hände, und der grenzenlose Hunger blähte mir den Magen. Selbst mit einer Waffe in der Hand hätte ich keinen Aufseher erschossen, denn es schien mir der Mühe nicht wert.

Fünfundsechzig

1952

Dem Anschein nach ging alles weiter wie gehabt, denn ich war immer noch am Leben.

Sechsundsechzig

Der alte Mann im Rollstuhl nahm kraftlos ihre Hand und hielt sie fest; er starrte Alexandra an und schien eine Erklärung zu erwarten. Sie fragte sich, was sie ihm erklären sollte: Wer sie war, was um ihn herum vor sich ging oder wo er sich befand?

»Ich bin Alexandra Boyd«, sagte sie.

Bobby kam ihr zu Hilfe. Radev ließ Alexandra los und schüttelte Bobby die Hand, hielt sie einen Moment lang fest und fixierte Bobby mit jäh erwachtem Blick. Seine Augen waren dunkel, das Weiße schimmerte gelb. Wenn man sich an diese Augen erst einmal gewöhnt hatte, sah man ihm an, dass sein Gesicht einst freundlich und verschmitzt gewesen war und von diesen Eigenschaften nichts verloren hatte. Bobby begann, sich mit ihm zu unterhalten; der Mann mit der Pflanzkelle stellte ihnen zwei Stühle hin und verschwand in der Küche, wo sie ihn rumoren hörten, als würde er Kaffee oder Frühstück machen.

Bobby deutete auf Alexandra, doch Radev nickte, schnalzte mit der Zunge – *nein* – und rang sich eine schleppende Antwort ab, suchte mit den Händen nach den richtigen Worten.

»Er kann sich nicht an dich erinnern«, sagte Bobby. »Er kann sich nicht daran erinnern, dass du ihn in Sofia fotografiert hast, obwohl er sich durchaus daran erinnert, dass sie in Sofia waren. Ich glaube nicht, dass er versteht, was dort passiert ist. Er scheint sich auch nicht entsinnen zu können, wer Irina und Lenka sind.«

Alexandra stellte die Tasche behutsam auf den Tisch. Sie fragte sich, wann er sie auffordern würde, ihm die Urne zu übergeben, oder ob sie warten sollte, bis sich auch Vera und Neven eingefunden hatten. Jetzt, wo der große Augenblick gekommen war, wäre sie am liebsten davongelaufen. Da jaulte Stoycho plötzlich auf – sie hatten ihn draußen vor der Tür angebunden, und Bobby ging ihn holen. Der Hund zerrte an seiner Leine und wand sich in Radevs Richtung. Vielleicht, mutmaßte Alexandra, hatte er noch nie einen Rollstuhlfahrer gesehen.

»Stoycho«, sagte sie. »Sei brav.« Da bemerkte sie, wie Radev, plötzlich hellwach, den Kopf wandte und sie ansah. Der alte Mann hob die Hand und zeigte auf den Hund, als habe er ihn eben erst bemerkt.

»*Ela!*«, sagte er. Er tastete erfolglos nach den Rädern seines Rollstuhls und winkte Bobby zu sich heran. Seine Augen waren jetzt riesengroß und strahlten, und er streckte den Arm aus.

»Vorsicht«, sagte Alexandra. Radev beugte sich vor, murmelte irgendetwas, und Stoycho leckte ihm, zappelnd vor Freude, die Hand.

Bobby sah Alexandra verblüfft an. »Er sagt, der Hund gehörte Stoyan.«

Sie sahen zu, wie Radevs mit Altersflecken übersäte Hände dem Hund über den Kopf strichen, ihn hinter den Ohren kraulten. Stoychos Flanken bebten, und sein Schwanz peitschte die Steinfliesen des Hofs, er hütete sich jedoch, den geliebten alten Mann anzuspringen. Radev redete erst auf den Hund, dann hektisch auf Bobby ein.

Bobby schüttelte den Kopf. »Dieser Hund hat in Stoyans letztem Lebensjahr bei ihnen gelebt«, sagte er zu Alexandra. »Sie alle haben ihn geliebt, und als Stoyan starb, ist der Hund weggelaufen. Sie dachten, er sei weggelaufen, weil Stoyans Tod ihm das Herz gebrochen hatte, oder es hätte ihn jemand gestohlen. Ich habe ihm gerade erklärt, wie wir ihm begegnet sind. *Gospodin* Radev sagt, jemand muss ihn die ganze Zeit über gefüttert haben, vielleicht in einem anderen Teil der Stadt.«

Alexandra konnte die Augen nicht von dem alten Mann und Stoycho lassen. »Darum konnte Irina Georgieva den Hund nicht kennen – sie hatte sie in Bovech, bevor *gospodin* Lazarov starb, schon seit längerer Zeit nicht mehr besucht. Trotzdem hatte sie sofort einen Draht zu Stoycho – weißt du noch? Sie mochte ihn, und er mochte sie.«

Stoycho postierte sich neben dem Rollstuhl und schmiegte den Kopf an die Knie des alten Mannes. In diesem Augenblick trat eine ältere Frau aus der Küche auf den Hof; sie trug einen Teller mit Käse, Salami und Brot. Stoycho stürmte freudig winselnd auf sie zu, hütete sich jedoch wie zuvor, sie anzuspringen.

Alexandra stand auf und musste plötzlich daran denken, wie sie mit fünf oder sechs Jahren einmal hohes Fieber bekommen hatte. Damals hatten sie in den Bergen gewohnt, und Jack hielt sich im Hintergrund, während ihre Eltern hin und her überlegten, ob sie ihre Tochter in das eine Autostunde entfernt gelegene Krankenhaus bringen sollten. »Machen wir einen letzten Versuch«, sagte ihr Vater. Alexandra erinnerte sich noch genau an das Gefühl, wie ihre Mutter sie ausgezogen, ihr die Kleider über den Kopf gezerrt hatte, und an das kalte, kalte Wasser in der Badewanne. Anfangs hatte sie sich mit Händen und Füßen gewehrt, doch dann hatte sie begriffen: Dieser Schmerz würde die anderen, größeren Schmerzen lindern – ein Handel. Und so hatte sie es tapfer über sich ergehen lassen, dass ihre Eltern ihr abwechselnd mit dem eisigen Waschlappen den Rücken schrubbten.

Die alte Dame, die auf den Hof getreten war, trug einen dunklen Rock und eine ebensolche Bluse; ihr Haar schimmerte grellrot mit einem grauen Streifen entlang des Scheitels, und ihre Beine waren krumm, aber kräftig. Sie wirkte wachsam und ahnungslos zugleich und schien den unverhofften Besuchern lediglich eine kleine Stärkung servieren zu wollen, als habe der Mann mit der Kelle ihr kein Wort gesagt. Ihr Gesicht war von tiefen Falten durchzogen, ihre Nase lang und schmal, und ihre weitstehenden Augen waren blutunterlaufen. Wie zuvor versetzte ihr Anblick Alexandra einen Schock; dies war ein lebendiger Mensch und keine bloße Idee oder ein Foto.

Der alten Frau erging es offenbar genauso – sie machte ein erschrockenes Gesicht, die Augen unter ihren lichten Brauen weiteten sich. Sie öffnete den Mund, und Alexandra sah ihr eindeutig künstliches Gebiss. Sie blickte zu Stoycho hinunter, der mit der Schnauze gegen ihre Hand stieß. Sie starrte Alexandra an und stellte den Teller auf den Tisch. *Jetzt kommt's*, dachte Alexandra. *Sie ist entweder stinkwütend. Oder sprachlos.*

Doch obwohl sie den Teller direkt danebengestellt hatte,

schien die alte Dame die Tasche mit der Urne nicht wiederzuerkennen.

Alexandra machte zögernd einen Schritt auf sie zu. Bobby war neben sie getreten. Ohne den Blick von Alexandra zu wenden, ergriff die alte Frau ihre Hand. Obwohl sie sich mit aller Macht dagegen wehrte, spürte Alexandra, wie ihr die Tränen kamen. Sie beugte sich zu der Frau hinunter und schlang ihr die Arme um den Hals.

»Sie sind Vera, ich weiß«, sagte Alexandra. »Ich bin Alexandra Boyd. Es tut mir leid, dass ich sie mitgenommen habe. Es war keine Absicht.«

Vera Lazarova erstarrte in ihrer Umarmung. Beschämt machte sich Alexandra von ihr los: Sie hatte das Falsche getan, und sie sprach die falsche Sprache. Sie zeigte auf die schwarze Tasche – sie wagte es nicht, sie der alten Frau zu überreichen; in ihrer Verblüffung hätte Vera sie womöglich fallen lassen, und auch ihr selbst bebten die Hände. Vera starrte die Tasche schweigend an. Sie glitt behutsam mit der Hand darüber und wandte sich dann zu Alexandra. In Veras Augen zitterten Tränen wie winzige Edelsteine, und einen Moment lang sah Alexandra die junge Frau, die ätherische Schönheit, die sie einst gewesen war. Vera hob den Arm und küsste Alexandra auf beide Wangen. Ihr Atem roch nach Knoblauch und etwas Süßlichem. Sie fasste Alexandra am Arm, zog sie zu einem Stuhl und bedeutete ihr, sich zu setzen. Sie wandte den Kopf und rief etwas, worauf der Mann mit einem Tablett voller Kaffeetassen statt seiner Kelle aus der Küche kam. Sie sprach mit Milen und zeigte auf die Tasche. Ihre Stimme war kräftig und kratzte leicht. Der alte Mann schien zum Leben zu erwachen, streckte kraftlos einen Arm aus und schlug sich die geäderte Hand vor die Augen. Er schob seinen Rollstuhl vorwärts, und Stoycho ging neben ihm her, als wollte er ihm helfen.

Sie setzten sich an den Tisch, in dessen Mitte die Urne stand. Erst als alle Platz genommen hatten und ihr Gastgeber ihnen Kaffee einschenkte, fiel Alexandra auf, dass Neven immer noch nicht da war. Ebenso wenig wie Irina und Lenka.

Siebenundsechzig

1953

Als von neuem der Frühling Einzug hielt, änderte sich allerhand. Zwei neue Aufseher erschienen im Lager, und der kleine, gebeugte Mann – einer der Lieblinge des Chefs – verschwand. Die neuen Aufseher waren jung und selbstbewusst und schienen bestens ausgebildet. Ich hatte das Gefühl, dass sie dem Chef nicht nur gehorchten, sondern ihm auch auf die Finger sahen – vermutlich hatte man sie zu ebendiesem Zweck geschickt. Nasko erkrankte an der Ruhr und wurde eines Abends nach dem Essen auf die Krankenstation gebracht; als ich sah, wie er auf die Trage gehievt wurde, wollte ich zu ihm eilen und seine Hand ergreifen, doch die Wärter jagten mich davon. Schwach wandte er den Blick in meine Richtung und versuchte ein Lächeln. Ich war sicher, dass ich ihn niemals wiedersehen würde.

Ich stand weinend auf dem Hof, als Momo zu mir trat. »Stimmt was nicht? Nichts, was eine ordentliche Tracht Prügel nicht wieder ins Lot bringen könnte, oder?« Sein Tonfall war herzlich, als seien wir Freunde.

Es war vermutlich eine Einladung zum Selbstmord – ich

wandte mich ab, damit ich ihm mit meiner Skeletthand nicht ins Gesicht schlug. Ohne ein weiteres Wort trottete ich zur Baracke und ging noch früher zu Bett als sonst. Als ich so dalag, dachte ich über all das nach, was ich über Nasko wusste; viel war es nicht. Ich lag auf meiner Pritsche und malte ihm ein Bild: ein großes Diptychon, auf der einen Seite die Heilige Jungfrau mit gebeugtem Haupt, auf der anderen der Engel in einem Gewand von flammendem Orange. Der Engel hatte dunkles Haar und sah Vera täuschend ähnlich; den Hintergrund bildete eine wirre Ansammlung kubistischer Felstrümmer aus dem Steinbruch, als würde der Engel in der Wüste die frohe Botschaft überbringen. Ich dachte daran, die Sveta Bogoroditsa zu bitten, mich am nächsten Morgen nicht mehr erwachen, das Lager lieber doch nicht überleben zu lassen, und dann bat ich den Engel um Vergebung für diesen sündhaften Gedanken.

Natürlich erschien Nasko am nächsten Morgen nicht zum Appell, ebenso wenig in der nächsten und den darauffolgenden Wochen. Ich sah die Säcke bei den Latrinen kommen und gehen – wenigstens wurden sie jetzt im Frühling etwas schneller fortgeschafft – und hatte kaum noch einen Zweifel, dass er in einem von ihnen steckte. In welchem, spielte keine Rolle mehr, deshalb sagte ich ihnen allen im Vorübergehen Lebewohl. Ein Neuankömmling übernahm Naskos Arbeit in der Grube, ein Mann von vierzig Jahren mit einem großen Muttermal auf der Wange, und wir sprachen kein Wort miteinander. Es kostete mich meine ganze Kraft, die Schubkarre zu schieben. Ich bemühte mich, auch weiterhin fleißig zu üben, doch es fiel mir zunehmend schwer, die Musik zu hören, ich sah sie nur noch als eine bloße Abfolge von Noten in der flirrenden Luft. Ich versuchte, an Vivaldi zu denken und an den richtigen Tagen durch Venedig zu flanieren, aber ich sah keine Stadt mehr, sondern nur noch ein Panorama von Einzelbildern wie Skizzen in einem Lexikon.

Allein Neven blieb mir treu und stand mir stets klar und lebendig vor Augen: Er war jetzt achtzehn, warmherzig und gut aussehend, ein vollkommener Musiker, der selbstständig übte und lernte, mit unglaublich reifem Ton. Manchmal arbeiteten wir gemeinsam an Duetten. Beim Spielen sah er mit seinen goldenen Augen über den Steg zu mir herüber und unterdrückte ein Lächeln. Wenn er nach der Schule in die kleine Küche kam, küsste er nicht nur seine Frau Mama, die in der Zwischenzeit nicht einen Tag gealtert war, sondern auch seinen halbtoten Tatko, das Skelett. Mir war klar, dass Neven der größere Musiker von uns beiden werden würde. Er würde mich selbst dann übertreffen, wenn meine Hände heilten und es mir gelang, meine Technik wiederzuerlernen – und in diesem Gedanken fand ich Freude. Etwas anderes allerdings bereitete mir Sorgen: Ich wusste noch immer nicht, ob man inzwischen wieder frei reisen durfte, obwohl der Krieg schon seit Jahren vorbei war. Wenn nicht, wie sollte Neven dann in Wien studieren? Wie sollten wir gemeinsam nach Venedig fahren? Oder verwechselte ich da womöglich etwas?

An meinem tausendsechzigsten Tag im Lager, die Tage auf der Krankenstation nicht mitgezählt, stand ich beim Abendappell in der ersten Reihe, halb ohnmächtig vor Hunger und Entkräftung, als der Chef verkündete, ihm sei aufgefallen, dass unsere Arbeit seit geraumer Zeit zu wünschen übrig lasse.

»Wir hinken unseren Zielen hinterher«, schrie er rot vor Zorn. Momo lauerte hinter ihm und beäugte uns aus sicherer Entfernung. Seit Naskos Verschwinden vor einigen Wochen bezeigte er kaum noch Interesse an mir, auch wenn das eine mit dem anderen vermutlich nichts zu tun hatte.

»Eure Leistungen sind ungenügend«, brüllte der Chef. »Wie wollt ihr wieder zu ordentlichen Mitgliedern der Gesellschaft werden, wenn ihr nicht arbeiten könnt?«

Wir scharrten mit den Füßen, allesamt nur noch ein fahler Schatten unserer selbst.

Er drehte sich zu Momo und machte eine wütende Geste, als habe auch Momo sich vor der Arbeit gedrückt. Momo eilte herbei, ging vor der ersten Reihe auf und ab und starrte einem nach dem anderen ins Gesicht. Er hatte sein zahnlückiges Lächeln aufgesetzt, doch trotz meiner Erschöpfung sah ich ihm an, dass er nicht recht wusste, was der Chef von ihm wollte. Vor mir blieb er stehen. Inzwischen war mir alles egal. Entweder er brachte mich um, oder ich starb früher oder später in der Baracke oder unter der Sonne im Steinbruch. Ich wünschte nur, ich hätte gewusst, wie ich Neven unterstützen konnte, wohin ich ihn schicken sollte, jetzt, wo er zum Mann und zum Musiker gereift war, solange die Regierung die Grenzen geschlossen hielt.

Momo beugte sich ein wenig vor und fixierte mich. Ich wich seinem Blick aus.

»Du«, sagte er. »Hast du noch immer das Gefühl, nicht besonders klug zu sein?«

Ich gab keine Antwort. Er würde mich so oder so erschlagen, ganz gleich, ob ich sprach oder schwieg – ich klammerte mich an diesen Gedanken als den letzten kümmerlichen Rest meines Willens. Ich würde kein Wort sagen.

»Wenn du schon nicht besonders klug bist, wie steht es dann mit ihm?« Er zeigte auf meinen Nebenmann, und ich wandte den Kopf und warf einen Blick auf den armen Kerl. Ein Skelett wie ich, das ich vom Ansehen kannte, und keiner meiner Barackenmitbewohner – wahrscheinlich ein Bergarbeiter, seinen schwarzen, brettsteifen Lumpen nach zu urteilen. Aus den Augenwinkeln bemerkte ich seine unterhalb der Knie abgerissene Hose, aus der ein leuchtend rotes, mit großen dunkleren Schorfflecken übersätes Schienbein hervorragte. Welche Farbe seine Haare einst gehabt hatten, ließ sich kaum noch bestimmen, denn er hatte keine mehr, ebenso wenig wie die Form seines Gesichts.

»Also«, sagte Momo. »Ist *er* klug – dein Freund hier?« Er beugte sich noch näher zu mir, sodass seine goldene Silhouette mein Blickfeld vollständig ausfüllte. Wie schon so häufig hatte ich das Gefühl, einem Menschen gegenüberzustehen, der seine Intelligenz geschickt verbarg. Ich schwor mir, mein Schweigegelübde einzuhalten, wenigstens so lange, bis ich in Ohnmacht fiel.

Der Mann neben mir senkte den Kopf, als ob auch er inständig hoffte, dass all das bald ein Ende hatte.

Momo hielt inne und trat scheinbar ratlos einen Schritt zurück. Ich sah, dass der Chef uns beobachtete mit vor der Brust verschränkten Armen. Vielleicht hatte er Momo neue Freiheiten gegeben? Oder fragte er sich, ob es sich lohnte, Momo weiter zu beschäftigen?

Momo deutete mit dem Knüppel auf meinen Nebenmann.

»Komm her und sage mir, wie klug du bist, aus dem *tsigulka*-Spieler ist ja kein Wort herauszukriegen.« Der Mann schlurfte vorwärts.

»Nein!«, schrie ich, ein schwacher Laut, zu spät. Momo ließ seinen Knüppel mit voller Wucht auf den Schädel des Bergarbeiters niedersausen, und der Mann sackte vornüber auf die Knie. Die anderen Aufseher sahen seelenruhig zu; eine Sekunde später war es vorbei. Keiner von ihnen würdigte mich auch nur eines Blickes; keine Hand zerrte mich aus der Reihe. Wie es schien, hatte Momo meinen Aufschrei nicht gehört. Hatte ich ihn überhaupt getan? Mir kamen Zweifel, ob ein Laut über meine Lippen gedrungen war, ja, ob ich überhaupt den Mund geöffnet hatte, um zu protestieren, obgleich ich immer noch ein Kratzen in der Kehle spürte.

Wir wurden brüsk entlassen, doch die Leiche des Bergarbeiters blieb bis zum nächsten Morgen liegen, denn beim Appell im Schein der elektrischen Lampen sahen wir ihn wieder – ein dunkler Umriss, auf der Seite liegend, der kaum noch etwas Menschliches an sich hatte. Abends war er dann verschwunden, doch die Stelle, wo er an meiner statt sein Blut vergossen hatte, war noch immer deutlich zu erkennen.

Von diesem Tag an konnte ich nicht mehr üben oder dem Roten Priester durch Venedig folgen. Auch Nevens Gesicht blieb mir verborgen. Es herrschte nur noch Stille. Die meisten Menschen scheinen zu glauben, dass Leid und Verzweiflung ein und dasselbe sind, aber das ist nicht wahr. Zwar stimmt es, dass es ohne Leid keine Verzweiflung gibt, doch im Kern ist Verzweiflung Stille, ein leeres Blatt Papier.

Achtundsechzig

Vera erzählte ihnen, Neven sei am Abend zuvor nach Plovdiv gefahren, um nach Irina und Lenka zu sehen, und noch nicht wieder zurück – aus irgendeinem Grund habe er sich Sorgen um die beiden gemacht, weil er sie einige Tage telefonisch nicht habe erreichen können. Beim Sprechen klammerte sie sich an Alexandras Hand, und Alexandra kam der Gedanke, dass Vera und Irina, Schwestern, mehr gemeinsam hatten, als die Leute glaubten. Stoycho schmiegte den Kopf an das Bein der alten Frau. Veras Lächeln war noch immer wunderschön, und in der Langsamkeit, mit der sie den Kopf wandte, lag eine seltsame Anmut. Von alldem hatte Alexandra auf der Hoteltreppe in Sofia nichts bemerkt, aber damals hatte sie Vera Lazarova ja auch noch nicht gekannt.

Bobby forderte Alexandra auf, ihre Kamera hervorzuholen und Vera das Foto zu zeigen. Vera nickte nüchtern, dann antwortete sie, und Bobby übersetzte. Erst auf halbem Weg zum Kloster Velin hatten Neven und sie bemerkt, dass die Tasche nicht mehr da war. Auf Veras Drängen hatte Neven den Taxifahrer gebeten, kehrtzumachen und zum Hotel in Sofia zurückzufahren, doch Alexandra und die Tasche waren verschwunden. Vera sagte, sie sei außer sich gewesen und habe zur Polizei gehen wollen, doch Neven habe ihr das ausgeredet. Sein Vater habe die Polizei gehasst und hätte ihre Hilfe rundweg abgelehnt.

Bevor ihnen die Urne abhandengekommen war, hatte Neven sich im Hotelrestaurant mit jemandem gestritten – er war ohnehin schon schlecht gelaunt gewesen, gereizt und aufgebracht. Milen und sie wussten nicht, worum es bei der Auseinandersetzung ging. Schließlich hatten sie an der Rezeption einen Zettel mit Nevens Namen und Telefonnummer hinterlegt. Da sie nicht in Sofia bleiben konnten, hatte Vera ihre Schwester in Plovdiv besuchen und dann in ihr Haus in Gorno zurückkehren wollen, um dort auf Nachricht zu warten. Doch Neven hatte darauf bestanden, direkt ans Meer zu fahren. Und ihr ausdrücklich verboten, die Polizei oder Irina anzurufen oder auch nur ans Telefon zu gehen.

»Ich habe ihr nichts erzählt, was ihr Angst machen könnte«, wandte Bobby sich an Alexandra. »Sie haben offenbar tatsächlich keinen Schimmer, wo ihre Schwester steckt, und sie denkt ohnehin, dass mit Neven etwas nicht stimmt – sie sagt, er sei schon die ganze Woche wütend und nervös gewesen. Aber sie glaubt, der Grund dafür sei das Verschwinden der Asche seines Vaters.«

»Und das glaubst du nicht«, riet Alexandra.

»Ich glaube, es steckt mehr dahinter«, sagte Bobby. »Ich glaube, er will den beiden alten Leuten seine wahren Sorgen verheimlichen. Er scheint gewusst zu haben, dass ihnen jemand auf den Fersen war.«

»Aber hierher ist ihnen doch hoffentlich niemand gefolgt?«

»Sie scheint niemanden bemerkt zu haben«, sagte Bobby.

»Aber Milen und sie hatten die Urne ja auch nicht. Es sei denn, jemand war vom Gegenteil überzeugt und wollte die beiden aus dem Weg räumen.«

»Du meinst …?« Sie schloss die Finger ein wenig fester um Veras Hand. Die alte Frau wirkte jetzt ganz ruhig, denn da sie kein Wort Englisch sprach, ahnte sie nichts von der Bedrohung, die auf ihnen allen lastete.

»Aber jetzt haben sie die Urne«, sagte Alexandra. »Bobby? Könnte es nicht sein, dass Neven mit Irina und Lenka verschwunden ist, bevor wir hier angekommen sind?« Ihre Kehle war wie zugeschnürt.

»Du meinst, er selbst könnte die beiden gekidnappt und die Nachricht hinterlassen haben? Das ist unmöglich – er ist zu spät in Morsko losgefahren, um vor uns in Plovdiv gewesen zu sein.«

Alexandra holte tief Luft, ohne Veras Hand loszulassen.

Als das Frühstück abgeräumt war, half Vera der alten Frau, die Urne ins Wohnzimmer des kleinen Hauses zu schaffen. Sie fragte sich, ob es nicht besser wäre, sie zu verstecken, wagte es jedoch nicht, das vorzuschlagen. Und sie fragte sich, ob Neven ihr tatsächlich so böse sein würde, wie sie es sich ausgemalt hatte, das genaue Gegenteil von Veras Herzlichkeit. Bei dem Gedanken an ein Wiedersehen mit Neven wurde ihr ganz flau im Magen; danach würde er keine Traumgestalt mehr sein, sondern ein normaler Mensch aus Fleisch und Blut, genau wie Milen und Vera. Doch zunächst einmal mussten sie Irina finden. Aber wie sollten sie das anstellen ohne die nötigen Informationen?

Da erschien eine weitere alte Frau – vierschrötig, energisch, mit kurz geschnittenen, abstehenden grauen Haaren –, eine Freundin Veras und allem Anschein nach die Mutter des Gärtners, der ihnen die Tür aufgemacht hatte. Sie war einkaufen gewesen. Vera stellte sie ihnen als Baba Vanka vor; sie seien in Sofia zusammen zur Schule gegangen und hätten sich vor fünfzehn Jahren wiedergefunden. Vera und Vanka hatten im Haus zu tun. Sie stellten zwei Vasen mit Blumen rechts und links neben die Urne – vor lauter Erleichterung darüber, dass sie Stoyans Asche endlich wiederhatte, schien Vera ihre Trauer glatt vergessen zu haben –, dann hakte Vera sich bei Vanka unter, und sie gingen die Treppe hinauf. Als die beiden Frauen verschwunden waren, wandten Alexandra und Bobby sich wieder Milen zu.

»Ich möchte ihn nach Stoyans Vorstrafenregister fragen und warum er so nervös war, als er mit seiner Nichte gesprochen hat«, sagte Bobby leise.

Milen Radev stützte die Ellbogen auf die Armlehnen seines Rollstuhls. Er hatte ein großes blaues Taschentuch hervorgeholt und wischte sich damit die Augen, die zu tränen schienen. Alexandra musste daran denken, dass Miss Radeva ihnen erzählt hatte, wie kraftvoll und lebendig er einst gewesen war.

»Sag ihm, dass wir Miss Radeva kennengelernt und uns sofort in sie verliebt haben«, sagte Alexandra.

Bobby übersetzte, und Milen Radevs Gesicht leuchtete einen Moment lang auf. Da war er wieder, der junge Mann, dachte Alexandra – der tatkräftige Wissenschaftler, der Musikliebhaber, der keinen von Stoyan Lazarovs Auftritten verpasst und dessen Genie zutiefst bewundert hatte. Seine Brauen waren grauschwarz gesprenkelt, seine vergilbten

Augen mild, vergesslich. Auf seiner Stirn ragten vier oder fünf drahtige Härchen in die Höhe wie die kraftvollen Schnurrhaare eines Walrosses oder die Haare auf dem Rücken eines Elefanten – sie musste unwillkürlich an Irina Georgievas Tiere denken. Er hatte Stoyan und Vera offenbar sehr geliebt, sonst wäre er nicht bis ins hohe Alter bei ihnen geblieben; obwohl selbst schwach und gebrechlich, hatte er seine schützende Hand über diese gestrandete Familie gehalten. Jetzt schien er einzudösen; die dampfende Tasse Tee und ein halb gegessenes Marmeladenbrot standen vor ihm auf dem Tisch. Da er so langsam aß, hatten sie sein Frühstück noch nicht abgeräumt.

»*Gospodin* Radev«, sagte Bobby mit sanfter Stimme. Der alte Mann hob langsam die Lider und blickte erstaunt drein, als habe er nicht damit gerechnet, in diesem Leben noch einmal bei seinem Namen genannt zu werden. Es war, als würde man einen Berg auffordern, gerade zu sitzen, überlegte Alexandra. Bobby griff in seinen Rucksack und holte die zerbeulte Bonbondose daraus hervor. Er breitete eine saubere Papierserviette neben Radevs Teller aus und legte die beiden zusammengerollten Stofffetzen darauf, die noch schmutziger und versteinerter wirkten als zuvor.

»*Gospodin* Radev«, wiederholte Bobby.

Milen Radev machte die Augen etwas weiter auf, hob die Hand mit dem Taschentuch und ließ sie wieder sinken. Er beugte sich ein wenig vor, streckte den Zeigefinger aus und berührte eines der beiden Fossilien. Als er schließlich zu sprechen anhob, bebte seine Stimme wie sein Zeigefinger.

»Er sagt«, übersetzte Bobby, »dass er das schon einmal gesehen hat. Stoyan hat es ihm gezeigt, vor vielen Jahren, und er hat Milen erklärt, worum es sich handelt und woher es stammt.«

»Er weiß von dem Lager?«, fragte Alexandra. Ihr Herz pochte unangenehm, denn wieder traten Milen Radev die Tränen in die Augen; diesmal war das Taschentuch vergessen. Stoycho kam angeschlichen und legte sich neben den Rollstuhl.

Bobby musterte den alten Mann einen Augenblick. »Er sagt, Stoyan habe ihm alles erzählt, vor etwa dreißig Jahren, bei einem gemeinsamen Trinkgelage. Er sagt, Stoyan sei noch zwei weitere Male verhaftet und in ein Arbeitslager gebracht worden, weit weg von Burgas. Ich glaube, eine dieser beiden Verhaftungen war die, deren Zeuge Milen geworden war und von der er seiner Nichte erzählt hat. Milen hat mit keinem Menschen, nicht einmal mit Vera, je darüber gesprochen, weil Stoyan nicht wollte, dass sie noch mehr litt als ohnehin schon. Vera wusste natürlich, was geschehen war, schließlich hatte sie gleich dreimal miterlebt, wie Stoyan abgeholt wurde und als gebrochener Mann wiederkehrte, doch er weigerte sich, mit ihr über die Einzelheiten zu sprechen. Milen ist davon überzeugt, dass Stoyan ihm das alles nur erzählt hat, um ihn zu bestrafen.«

»Um ihn zu bestrafen? Aber wofür? Ich dachte, Stoyan wollte sich selbst bestrafen.«

Bobby machte ein nachdenkliches Gesicht. »Mehr scheint er mir nicht sagen zu wollen. Aber ich werde ihn fragen, was Stoyan damit gemeint haben könnte, als er schrieb, Milen Radev wisse als Einziger Bescheid.«

Er sprach mit Radev, der sich umständlich mit der Hand über die Stirn wischte, bevor er eine Antwort gab.

»Er sagt«, übersetzte Bobby, »dass er glaubt, Stoyan habe seine Erinnerungen aufgeschrieben, aber er weiß nicht, wo das Manuskript sich jetzt befindet. Er glaubt, Stoyan habe es Nasko Angelov gegeben. Aber das wussten wir ja schon.«

»Und die Dinger, die *gospodin* Lazarov hinter seinen Noten aufbewahrte?«, fragte Alexandra.

Bobby sprach mit Milen Radev und deutete behutsam auf die schmutzigen, zusammengerollten Stofffetzen.

Doch Radev schien ihn nicht zu hören; er rollte seinen Stuhl ein paar Zentimeter nach hinten und schlief ein.

Neunundsechzig

1953

1953

Nein.

1953

1953

Dann änderte sich etwas, auch wenn ich zunächst nicht recht wusste, was.

Siebzig

Sie saßen eine Weile da und sahen Milen beim Schlafen zu, bis das Telefon in der Küche klingelte. Der Kellenmann erschien in der Tür und bat sie, an den Apparat zu gehen. Es sei Neven Lazarov.

Und wie sollen wir uns verständigen?, dachte Alexandra erschrocken, obwohl Neven mit ihr natürlich Englisch gesprochen hatte.

Aber Bobby war schon hineingegangen, um das Gespräch entgegenzunehmen und Neven zu erklären, wer sie waren und was sie hier suchten. Als er wiederkam, war sein Gesicht erstarrt zu einer ratlosen Maske. »Neven will sich in einem Dorf nicht weit von hier mit uns treffen. Er hat mir den Weg zu einem Café beschrieben. Ich habe ihn gefragt, ob er etwas von Irina und Lenka gehört hat, aber er wollte am Telefon nicht über sie sprechen. Er hat nur gesagt, dass er ihr Haus leer vorgefunden hat – genau wie wir. Das Dorf liegt eine gute Autostunde entfernt. Ich weiß nicht, was er dort macht oder warum er sich dort mit uns treffen will, aber er war nicht davon abzubringen. Er sagt, er wartet in dem Café auf uns.«

Er hat Angst, dass auch wir ihm eine Falle stellen wollen, dachte Alexandra. Sie musterte Bobby. »Und du hast ihm von der Urne erzählt?«

»Ja. Er sagt, er möchte sich persönlich bei dir bedanken. Aber er klang ziemlich besorgt wegen Irina und Lenka.«

»Hoffentlich weiß er, wo die beiden stecken«, sagte Alexandra. »Und was machen wir mit Stoycho? Meinst du, wir können ihn hierlassen?« Sie sah den Hund an, und er hob den Kopf, die braunen Augen ernst in dem samtschwarzen Gesicht, das so gar nicht zum Rest seines Körpers passen wollte.

Auch Bobby blickte Stoycho an. »Wir nehmen ihn mit«, sagte er.

Es war später Vormittag, und die kalte Sonne stand hoch über der Stadt. Als sie die steile Straße hinabrollten, sah Alexandra das Meer an ihrem Fuß, eine weite Wasserfläche, die sich bis zum steinernen Horizont erstreckte. Ein bebendes Gefühl der Angst war in ihr aufgestiegen, das immun schien gegen die Schönheit der Landschaft und des Tages. Ein paar Minuten später ließen sie auch die letzten alten Mauern der Stadt hinter sich und fuhren die gewundene Küstenstraße entlang. Bobby nahm eine scharfe Kurve etwas zu schnell, geriet ins Schlingern und fluchte in zwei Sprachen.

»O Gott!«, stieß Alexandra atemlos hervor. Auf der Straße standen zwei Männer. Hinter der Biegung und den Bäumen waren sie unmöglich zu erkennen gewesen; um ein Haar hätte Bobby sie überfahren. Sie drehte sich um und sah durch die Heckscheibe. Einer von ihnen hatte die Hände in die Hüften gestemmt, der andere unterhielt sich seelenruhig mit ihm, als stünden sie auf einem Gehsteig oder auf einem offenen Feld und nicht auf einer vielbefahrenen Straße. Sie betrachteten einen Gegenstand, den sie selbst dort aufgestellt zu haben schienen: ein mit Bändern und Plastikblumen geschmücktes Metallkreuz am Straßenrand, wo jemand sein Leben verloren hatte, weil er zu schnell in die enge Kurve gefahren war. *Oder dort herumgestanden hatte,* dachte Alexandra.

Bobby bog von der Hauptstraße in eine kleinere Nebenstraße ab, die sie ins Landesinnere führte. In einer Stunde würde sie Neven wiedersehen.

Einundsiebzig

1953

In weiter Ferne hatte sich ein Beben ereignet, erst im großen Sowjetreich, wo Stalin gestorben war, und dann in Sofia. Seine Auswirkungen reichten bis zu uns, den stummen Skeletten im Lager. Als wir an jenem Abend vom Steinbruch kamen, stand ein fremder Transporter am Tor, umringt von Männern in neueren, saubereren Uniformen, als unsere Aufseher sie trugen. Einige von ihnen traten näher und betrachteten uns interessiert, sprachen jedoch, soviel ich weiß, mit niemandem von uns ein Wort. Sie gingen in die Baracken und Latrinen; alle üblichen Aktivitäten waren bis auf Weiteres ausgesetzt. Einige schrieben in Notizbücher. Wir sahen, wie sie mit dem Chef sprachen, und wir sahen, dass der Chef Angst vor ihnen hatte. Die Köche vergaßen, uns unsere Bohnen aufzutischen. Die meisten der jüngeren Aufseher drückten sich in Ecken herum, doch Momo nahm die Besucher mit großer Geste in Empfang, führte sie durch das Lager und erdreistete sich sogar, mit ihnen zu scherzen.

Da Momo keinen Häftling hatte finden können, der bei der Kommission vorstellig wurde, war die Kommission schließlich bei uns vorstellig geworden.

Die Männer verschwanden wieder. Ein, zwei oder drei Tage später kamen größere Transporter. Männer mit größeren Sternen an der Mütze und besseren Waffen am Gürtel ließen uns antreten und verlasen Erklärungen. Sie erklärten uns, da wir unsere Strafe abgeleistet hätten – obgleich viele von uns nie zu einer Strafe verurteilt worden waren, aber das tat nun auch nichts mehr zur Sache –, würden wir nach Sofia zurückgeschafft und gesellschaftlicher Arbeit zugeführt, die uns ein sorgenfreies Leben bescheren werde, sofern wir nicht noch einmal in die Kriminalität abglitten oder Lügen über unsere Resozialisierung hier im Lager verbreiteten. Wer seine Strafe noch nicht abgesessen habe, werde in ein moderneres Lager gebracht, um den Rest dort zu verbüßen – wohin, wurde uns nicht gesagt.

Ein schwaches Raunen der Verwunderung und der Verwirrung ging durch unsere Reihen. Ich glaube, die meisten von uns begriffen nicht recht, was die großen Männer sagten. Ich wusste instinktiv, dass ich zu denen gehören würde, die in ein »moderneres Lager« kamen, doch als die Männer von den Transportern uns in zwei Reihen einteilten, stießen sie mich in die Reihe derer, die entlassen oder doch wenigstens nach Sofia geschafft werden sollten. Ich mochte noch nicht an eine Entlassung glauben. Ich spürte, wie mir die Tränen über das Gesicht liefen, aber Hoffnung war zu einem so ungewohnten Gefühl geworden, dass ich mich ernsthaft fragte, was mit meinen Augen nicht stimmte. Momo war nirgends zu entdecken, und ich wünschte, ich hätte wenigstens gewusst, wo sie Nasko verscharrt hatten, in welchem Loch im Wald.

Wir erhielten eine zusätzliche Mahlzeit, was noch nie vorgekommen war. Wir wurden – eine Woche vor der Zeit – zum Waschen geschickt und bekamen danach alte, aber unversehrte und leidlich saubere Kleidung ausgehändigt, als seien wir Neuankömmlinge. Außer meiner Blechtasse besaß ich nichts; ich ließ sie im Waschhaus stehen, vielleicht konnte sie jemand gebrauchen. In letzter Sekunde nahm ich die schmutzigen Bandagen, in denen meine Hände gesteckt hatten, und rollte sie in meiner Hosentasche fest zusammen, als die Wärter gerade nicht hinsahen. Schließlich hatten sie – und all die anderen, die ich mir gemacht hatte – meinen Händen über vier Jahre Schutz geboten.

Dann trieben sie uns zu den Transportern. Viel zu spät erst kam mir der Gedanke, dass dies ein Trick sein musste; das Lager war völlig überfüllt, und diese neuen Wärter fuhren uns in die Berge, um uns zu erschießen. Doch schließlich sagte mir der kümmerliche Rest meines Verstandes, dass sie in diesem Fall wohl kaum gute Kleider oder zusätzliche Essensrationen an uns vergeudet hätten. Wahrscheinlich sollten wir einfach nicht ganz so erbärmlich aussehen, wenn sie mit uns durchs Dorf fuhren. Einer der Männer in unserer Reihe riss sich los und rannte in heller Panik zum Tor hinaus; die Lageraufseher erschossen ihn. Seine Freiheit währte rund eine halbe Sekunde.

Dann stiegen wir auf die Transporter und verließen Zelenets.

Zweiundsiebzig

Das Dorf, in dem Neven sich mit ihnen treffen wollte, war ein gottverlassenes Nest, wie Alexandra es noch nie gesehen hatte. Die löchrigen Straßen waren ebenso leer wie die rostzerfressenen Stühle vor dem einzigen kleinen Lebensmittelladen. Störche streckten sich flügelschlagend in ihren Nestern auf den Dächern unbewohnter Häuser – das größte Nest ruhte auf dem First eines leer stehenden Gebäudes, das vermutlich einmal eine Schule beherbergt hatte. Hunde schliefen im Straßenstaub. Am Ende einer Reihe heruntergekommener Häuser hielt Bobby an, und sie stiegen, mit Stoycho an der Leine, aus und sahen sich um. Das Café war zwischen zwei Häusern eingeklemmt, die offene Tür ein schwarz gähnendes Loch. Fliegen summten um die beiden Tische auf dem unbefestigten Vorplatz.

»Das muss es sein«, sagte Bobby und setzte zögernd einen Fuß vor den anderen. Alexandra band Stoycho an einen Baum, in sicherer Entfernung von den anderen Hunden, und folgte Bobby durch den Türvorhang aus bunten Plastikbändern.

Nach dem grellen Tageslicht mussten ihre Augen sich erst einmal an die Dunkelheit in dem Lokal gewöhnen. Es diente offenbar nicht nur als Café, sondern auch als Kneipe – zwei

Fliegen mit einer Klappe, dachte Alexandra. Hinter dem hölzernen Tresen saß eine Frau mit strähnigem hellem Haar über ein Kreuzworträtsel gebeugt. Der stechende Geruch von verbranntem Kaffee lag in der Luft; ein Tablett mit Käse-Blätterteigpasteten welkte unter einer Glasglocke vor sich hin. Keine Kundschaft.

Da erhob sich ein Mann von einem Tisch in einer Ecke. Sein Kopf schien die Deckenbalken zu berühren. Im Halbdunkel konnte Alexandra seine Miene nicht erkennen, aber er wirkte so riesig, so überlebensgroß, dass es sie nicht gewundert hätte, wenn er plötzlich ein mächtiges Paar Schwingen ausgebreitet hätte. Das Herz schlug ihr bis zum Hals, sodass sie kaum noch Luft bekam. Er trat auf Bobby zu, um ihm die Hand zu schütteln, dann wandte er den Kopf und blickte sie an.

Jetzt konnte sie auch sein Gesicht sehen, die breiten Wangenknochen und das dichte, kurz geschnittene Haar, die goldenen Mandelaugen, die Fältchen um Mund und Nase. Er hatte die Schönheit seiner Mutter geerbt und war sogar noch größer, als sie ihn in Erinnerung hatte. Seine breiten Schultern waren leicht gebeugt, seine Arme und Hände schlank und grazil. Wie schon bei ihrer ersten Begegnung trug er ein weißes Hemd mit aufgekrempelten Ärmeln. Eine schwarze Windjacke und eine kleine Ledertasche hingen über seinem Stuhl. Ohne ein Wort zu sagen, machte er einen Schritt auf sie zu und blieb stehen.

Alexandra zwang sich, ihm in die Augen zu blicken. Einen Moment lang stellte sie sich vor, wie sie vor ihm auf die Knie fiel und ihn stumm um Verzeihung bat. Aber das war nur ein

Traum gewesen. Stattdessen streckte sie so bestimmt wie möglich die Hand aus.

»Neven«, sagte sie. »Ich bin Alexandra Boyd.«

»Ich weiß, wer Sie sind«, sagte Neven und ergriff ihre Hand. Jetzt entsann sie sich auch seiner Stimme – die schleppende Sprechweise, die klare Betonung, der starke Akzent.

Alexandra sah zu ihm hoch. »Ich habe etwas, das Ihnen gehört.«

»Ich weiß«, sagte er.

Sie wollte seine Hand loslassen, doch er hielt sie fest. Sie tat einen bebenden Atemzug. »Ich möchte Ihnen sagen, wie leid es mir tut. Die Urne war Ihr kostbarster …« Fast hätte sie gesagt »Besitz«, konnte sich jedoch gerade noch beherrschen. »Sie ist in Sicherheit, in Morsko, bei Ihrer Mutter. Und es tut mir wirklich leid.«

Er sah zu ihr hinunter. »Sie *ist* mein kostbarster Besitz.« Wieder schüttelte er ihr die Hand, als ob er das nicht bereits getan hätte. »Darum habe ich sie Ihnen gegeben.«

Sie starrte ihn an. »Gegeben?«

»Ja«, sagte er. »Wir wurden …« Er ließ ihre Hand sinken und wandte sich an Bobby; so weit reichte sein Englisch nicht. Bobby half ihm aus, und ein Ausdruck des Erstaunens legte sich auf sein Gesicht: »Sie wurden verfolgt. Er fürchtete um das Leben seiner Mutter und Milen Radevs, und er wusste, dass er die Urne auf der Stelle irgendwo verstecken musste.« Er hielt inne, und Neven sprach weiter. »Als er sah, dass du die Taschen vertauscht hattest, dachte er, bei dir ist sie vielleicht gut aufgehoben. Es hat ihm das Herz gebrochen, sie aus der Hand zu geben.« Neven deutete auf Alexandra. »Er konnte natürlich nicht wissen, dass du keine gewöhnliche Touristin bist. Nie im Leben wäre ihm eingefallen, dass du dich auf die Suche nach den dreien machen würdest, um ihnen die Urne zurückzugeben. Aber das war nicht das einzige Problem. In der Eile kam er auch nicht auf die Idee, dass du damit zur Polizei gehen könntest.«

Alexandra war sprachlos.

»Was wissen Sie über Irina und Lenka?«, erkundigte Bobby sich bei Neven. »Sind sie in Sicherheit?«

Neven schüttelte den Kopf. »Ich weiß gar nichts. Ich warte auf Nachricht, wo die beiden zu finden sind – gestern Nacht hat mich ein Mann angerufen und gesagt, er würde mir die Adresse gegen Mittag telefonisch durchgeben.«

Alexandras Magen zog sich zusammen. Die Adresse, wo sie *was* finden würden?

»Bis dahin ist es noch eine Dreiviertelstunde«, sagte Neven. »Vorher können wir nichts unternehmen. Aber jetzt lassen Sie uns erst einmal von hier verschwinden.« Er machte der Kellnerin ein Zeichen, und sie hob den Blick von ihrem Kreuzworträtsel. Neven legte zwei Geldscheine unter seine Kaffeetasse. »Ich muss Ihnen dringend etwas sagen, aber nicht hier. Können wir?«

Alexandra sah Bobby an. Er nickte, und sie gingen hinaus. Das Licht war blendend hell, und es wimmelte von Fliegen. Stoycho beobachtete die Hunde auf der Straße, die von Zeit zu Zeit aufstanden und ihn anbellten. Hier draußen wirkte Neven sogar noch größer, hochgewachsen, mit breiten Schultern, das Haar in der Sonne dunkel und an den Schläfen schon leicht angegraut.

Plötzlich sprang Stoycho auf und zerrte winselnd an seiner Leine.

»Hä?« Neven starrte den Hund ungläubig an.

»Ich glaube, Sie kennen ihn«, murmelte Alexandra.

Doch Neven war bereits vor Stoycho auf die Knie gegangen, sah ihm ins Gesicht und kraulte ihm den Hals. »Antonio«, sagte er. »Das ist unser Antonio. Wie Vivaldi, verstehen Sie?«

»Stoycho heißt in Wirklichkeit Antonio?« Alexandra konnte sich ein Lachen nicht verkneifen, und Neven wandte lächelnd den Kopf und sah sie an. Er zeigte auf die andere Straßenseite, wo ein schmaler Pfad zwischen den Bäumen hindurch auf eine Wiese führte.

»Da können wir uns setzen und uns in Ruhe unterhalten«, sagte er zu Alexandra. »Ich möchte Ihnen etwas erzählen, das meinem Vater viel bedeutete.«

»Und erzählen Sie uns dann auch«, sagte Bobby in scharfem Tonfall, »warum sich die Polizei so sehr dafür interessiert?«

Neven nickte. »Ja. So gut ich kann. Ich glaube nicht, dass uns dort jemand suchen wird. Auf diese Weise bleibt uns wenigstens ein bisschen Zeit.«

Alexandra zögerte. »Wenn Sie möchten, kann Bobby für Sie übersetzen.«

»Und nicht nur das«, sagte Bobby entschieden. »Ich lasse ihn keine Sekunde aus den Augen.«

Der Pfad führte sie zwischen krüppeligen Kiefern hindurch, wo jemand mehrere weiße Plastikbecher, eine leere Cola-Flasche und ein verschrumpeltes Kondom zurückgelassen hatte. Doch als sie auf die offene Wiese kamen, sah Alexandra, dass sie unberührt war – hohe Grashalme im warmen Schein der Sonne. Vor ihnen lag ein glitzernder graugrüner Fluss, so schmal, dass sie ihn mit wenigen Schritten hätte überqueren können, gesäumt von Schilfrohren und Steinen.

Am Ufer breitete Neven sein Jackett aus und winkte Alexandra, sich zu setzen. Seine Ledertasche stellte er neben sich. Stoycho drängte es bellend zu Neven, doch Alexandra brachte ihn zum Schweigen. Bobby legte sich neben ihnen ins Gras, zündete sich eine Zigarette an, rauchte hektisch, und Alexandra fragte sich, ob die Pistole jetzt in seiner Jackentasche steckte.

Dreiundsiebzig

1953

Die Transporter, in die man uns verladen hatte, rollten ohne anzuhalten durch das Dörfchen Zelenets. Die Leute standen vor ihren Häusern und starrten uns an. Wir fuhren weiter in eine größere Stadt, die damals noch Yugovo hieß und später einen anderen Namen bekam. Dann wurden wir in einen Zug verfrachtet, in die gleichen leeren Güterwagen, auch wenn man den Häftlingen diesmal etwas mehr Platz zugestand und wir alle fünf Stunden anhielten, damit wir uns draußen auf offenem Feld erleichtern konnten – wobei die Männer uns mit vorgehaltener Waffe bewachten. Sogar Wasser gaben sie uns. Beim ersten Halt lagen die Berge bereits in weiter Ferne; beim zweiten befanden wir uns in einem anderen Landesteil, und als wir am nächsten Morgen hielten, konnten wir die Gipfel rings um Sofia sehen. Einige Häftlinge weinten; andere lagen brabbelnd auf dem Boden des Waggons und konnten es immer noch nicht fassen. Ein Mann in der Ecke war offenbar tot. Ich versuchte, meine Hoffnung im Zaum zu halten; es bestand schließlich durchaus die Möglichkeit, dass dies entweder eine Finte war oder ein Traum oder dass ich längst tot war wie der Mann, der den Waggon kein einziges Mal verlassen hatte.

Am Rande Sofias machte der Zug plötzlich Halt, und wir wurden von neuem auf Transporter verladen, was mir einen gehörigen Schock versetzte, bis mir klar wurde, dass sie uns schwerlich am Hauptbahnhof absetzen und am helllichten Tag durch das Gedränge marschieren lassen konnten. Die Transporter brachten uns zu einem Gebäude, das ich noch nie gesehen hatte, in einem Außenbezirk der Stadt, wo wir von Kopf bis Fuß mit einem starken Desinfektionsmittel behandelt wurden, das uns Augen, Lippen und Weichteile verätzte. Dann schliefen wir fast eine Woche auf Matten auf dem Fußboden einer großen Gemeinschaftszelle und bekamen drei halbwegs genießbare Mahlzeiten am Tag. Ich hatte schon so lange kein richtiges Essen mehr gesehen, dass sein Anblick und sein Duft mir fast den Verstand raubten. Einige aßen zu schnell und mussten sich stundenlang übergeben oder verbrachten die halbe Nacht auf der Latrine. Ich achtete darauf, zunächst eher sparsam zu essen und mich auszuruhen, sooft es ging.

Ich betrachtete meine Hände voller Neugier; seit ich keine Schubkarre mehr schieben oder Steine klopfen musste, hatten sie zu heilen begonnen von innen heraus, wenn auch nur ein kleines bisschen, denn sie sahen genauso schlimm aus wie zuvor und taten noch immer höllisch weh. Tagsüber wurden wir einzeln dazu befragt, wie unsere Resozialisation verlaufen sei; die Antwort, die wir gleich mitgeliefert bekamen, lautete: Sie sei erfolgreich abgeschlossen, und wir wollten unser Bestes tun, um dies glaubhaft unter Beweis zu stellen. Wir wurden nicht geschlagen, aber der Beamte, der mich verhörte – ein fetter Kerl mit Pockennarben auf der Nase, der zu alt schien, um anderswo Dienst zu tun als hinter dem großen Tisch, an dem er saß –, schärfte mir ein, dass jeder Verbrecher bis an sein Lebensende überwacht werden müsse, um Schaden von der Gesellschaft abzuwenden. Ich würde eine entsprechende Einverständniserklärung unterzeichnen. Ob ich das verstanden habe?

Ich hatte verstanden. Oder glaubte es zumindest. Ja, ich habe verstanden, sagte ich. Vor allem aber dachte ich an Vera, von der mich jetzt nur noch ein paar Kilometer trennten, und an meine leidgeprüften Eltern – dabei wusste ich noch nicht einmal, ob sie und Veras Eltern noch am Leben waren.

In der ersten Nacht starb in einer der anderen Gemeinschaftszellen ein Mann friedlich im Schlaf ohne ersichtlichen Grund. Wie vor ihm der Mann im Zug. Am nächsten Morgen holten die Wärter den Toten ab und fragten uns, ob wir etwas über sein Ableben wüssten. Da sein Leichnam keinerlei Verletzungen aufwies, drangen sie nicht weiter in uns. Mir kam der Gedanke, dass er womöglich vor Glück gestorben war, vielleicht aber auch an gebrochenem Herzen, und ich nahm mir vor, meine Gefühle für mich zu behalten, damit sie meinen Körper nicht in letzter Minute noch im Stich ließen. Wieder dachte ich an Nasko Angelov und die Jahre der Freundschaft, die man uns genommen hatte. Damals wusste ich noch nicht, dass er die Krankenstation in Zelenets überlebt hatte und sich bereits in Sofia befand, in einem anderen Gefängnis, wo er weitere drei Jahre verbüßen sollte.

Tags darauf wurden wir einer nach dem anderen in die Stadt entlassen mit nichts als den Kleidern, die wir am Leibe trugen.

Vierundsiebzig

Durch das hohe Röhricht konnte sie den Fluss sehen, vor allem aber konnte sie ihn hören und riechen. Hinter den Blumen, die dem Bärenklau zu Hause glichen, tanzte das Sonnenlicht auf einer grünen Oberfläche. Sie ließ die Hände zwischen den Knien baumeln.

Neven fuhr sich mit den Fingern durch das Haar. Er verströmte einen Geruch wie der Fluss, wenn auch weitaus angenehmer; sie hatte das Gefühl, dass er sich unter seinem Hemd, das sie natürlich niemals berührt hätte, noch wärmer anfühlte als die glühend heiße Erde. Fast schien es, als säßen sie händchenhaltend im Gras. Als sie das nächste Mal zu ihm hinüberblickte, sah sie, dass er den Kopf hängen ließ, die dunklen Schläfen. Fast wünschte sie sich, er würde schweigen. Damit sie all die Grausamkeiten nicht zu erfahren brauchte.

Ohne sie anzusehen, sagte er: »Mein Englisch ist nicht sehr gut.«

»Ach was«, versicherte sie hastig.

»Doch, doch. Es ist holprig. Ohne … System. Zu meiner Schande muss ich gestehen … ich wollte auf die englischsprachige Schule gehen, aber ich wurde nicht genommen. Wegen meinem Vater. Ich habe viel von meinen Freunden gelernt und viel von Filmen. Und Musik.« Er sah sie stirnrunzelnd an, unzufrieden mit sich selbst.

»Das macht doch nichts«, sagte Alexandra. »Außerdem können wir notfalls Bobby um Hilfe bitten.« Zum ersten Mal, seit sie ihm im Café die Hand geschüttelt hatte, berührte sie ihn, verstohlen – den Aufschlag seines warmen, weichen Ärmels.

»Mein Vater«, sagte er und geriet auch schon ins Stocken. »Mein Vater war ein sehr guter Mensch, der sich für einen sehr schlechten Menschen hielt. Das ist eine … schwierige Kombination. Verstehen Sie?«

Er beugte sich vor, als würde er dem Fluss lauschen, und zog mit geübten Fingern einen Grashalm aus der Blattscheide. »Manchmal … manchmal begegnen wir jemandem, der ein sehr schlechter Mensch ist, sich aber für einen guten Menschen hält. Das ist vielleicht noch schlechter. Noch *schlimmer*. Schlimmer, weil der schlechte Mensch, der sich für gut hält, davon überzeugt ist, dass er mit anderen Menschen tun kann, was er will. Aber manchmal denkt ein sehr guter Mensch: *Ich bin sehr schlecht*, und das … zerstört sein Leben, alles. Weil er glaubt, dass er kein Recht hat, etwas zu tun, und darum tut er immer weniger und weniger. Genauso erging es meinem Vater. Er dachte ständig: *Je n'ai pas le droit*.«

Dunkel wurde ihr bewusst, wie absurd die Situation doch war: *Ich bin weit weg von zu Hause, sitze an einem Fluss, und jemand spricht Französisch – und das ausgerechnet in Bulgarien, dem Land, in das Jack immer reisen wollte.* Es war, als könnte sie Musik hören, wo keine war.

Neven schüttelte den Kopf und strich mit dem Grashalm über die Spitze seines frisch geputzten Schuhs. »Nach der ersten … *katastrofa* … ging alles ganz langsam, die Zerstörung des Lebens meines Vaters. Und er ertrug es still und tapfer. Weshalb kaum jemand etwas davon bemerkte, bis er tot war.«

Neven wandte den Kopf. Er blickte so traurig drein wie ein Löwe, der seine Erhabenheit als schreckliche Last empfand. Sie versuchte, ihn zu trösten.

»Ihr Vater hatte *Sie.*« Sie überlegte, wann sie ihm das geben sollten, was sie hinter Stoyans Kalender gefunden hatten: *Juni 2006.*

»Ach, mich.« Er zuckte mit den Schultern. »Ja, er hatte mich.« Er spielte mit dem Grashalm, ließ ihn fallen und rupfte den nächsten aus der Erde: lange Finger, erstaunlich schlank, aber mit dicken Knöcheln, als hätte er mehr mit den Händen gearbeitet als die meisten anderen Leute, die sie kannte. Keine Ringe.

»Ich will Ihnen verraten, was er zu mir gesagt hat, weil ich finde, dass Sie das Recht haben, es zu erfahren.« Er sah hilfesuchend zu Bobby, weil ihm die richtigen Worte fehlten. »Bevor er starb, habe ich in Burgas gearbeitet. Als er krank wurde, hat er mich angerufen. Er bat mich, ihn und meine Mutter ein oder zwei Wochen zu besuchen. Er wollte, dass ich mich um meine Mutter kümmere. In Wahrheit aber wollte er mich um *sich* haben. Er lag fast die ganze Zeit im Bett. Meistens war er so krank, dass er nicht aufstehen konnte. Dann wieder ging es ihm besser, und er saß in einem Stuhl im Garten. In ihrem Haus in Bovech. Ein paar Monate vor meinem Besuch hatte er Milen Radev gebeten, zu ihnen zu ziehen, um meiner Mutter zu helfen.«

Neven schwieg einen Augenblick und schien sich zu sammeln. »Meine Mutter hatte Angst, dass mein Vater irgendwann so schwach werden würde, dass er die Treppe nicht mehr hinunterkam, aber er wollte unbedingt in seinem Zimmer liegen bleiben. Ich dachte: *Sie werden ihn tot zur Tür hinaustragen – was spielt es da für eine Rolle, ob er allein die Treppe hinuntergehen kann?* Und ich sollte recht behalten. Mein Vater hasste Krankenhäuser, und für ein gutes fehlte uns das Geld. Ich dachte, ich würde ihm stattdessen einen Haufen ... Tabletten geben, wenn er seinem Leben ein rasches Ende machen wollte. Ein paarmal waren wir beim Arzt, aber der hat nur ...«

Neven ahmte die Reaktion des Arztes nach und schüttelte den Kopf. Alexandra glaubte, verstanden zu haben – der Arzt hatte Stoyan Lazarov abgeschrieben, ein hoffnungsloser Fall, zu alt, zu unbedeutend, der Krebs ungleich stärker als der Körper, der ihn beherbergte. Sie fragte sich, wie sie es geschafft hatten, für die Behandlung aufzukommen.

Neven wischte unsichtbaren Staub von seinem Ärmel. »Er hat mir oft gesagt, er wolle mit mir reden, mir aus seinem Leben erzählen. Aber wenn ich zu ihm ging, sah er mich bloß an, stundenlang, und sprach kein Wort. Er hatte wunderschöne dunkle Augen. Wunderschön, selbst als er längst todkrank war. Einmal bat er mich, ihm seine Violine zu bringen, und er setzte sich in seinen Sessel und spielte sie zum letzten Mal, Bach, etwas von Brahms und natürlich Vivaldi.«

»Ach«, sagte Alexandra leise.

Aber Neven hörte nur noch die Musik in seinem Kopf. »Schließlich bat mich mein Vater, meine Mutter dazu zu überreden, ein paar Tage wegzufahren, damit sie ein wenig Abwechslung bekam und sich erholen konnte. Sie fuhr einen ganzen Tag mit dem Bus, um ihre Schwester in Plovdiv zu besuchen. Sie ließ meinen Vater nur ungern allein, weil sie Angst hatte, dass er sterben könnte, während sie fort war, aber sie trocknete ihre Tränen und spielte die Tapfere. Sie küsste ihn zum Abschied … auf den Mund«, sagte er beinahe entschuldigend. »Für den Fall, dass sie ihn nicht mehr lebend wiedersehen würde.«

Alexandra spürte, dass auch ihre Augen zu brennen begannen, und schüttelte den Kopf, um ihre Tränen zu unterdrücken. Lange Tage, lange Reise, wenig Schlaf. Es war seine Vergangenheit, nicht ihre.

»Während meine Mutter fort war, brachte ich meinem Vater Wasser und Suppe ans Bett, und er versuchte, etwas zu essen. Er sagte, er wolle ein wenig schlafen und dann werde er mir eine Geschichte erzählen. Ich setzte mich an sein Bett und sah ihm beim Schlafen zu. Sein Atem ging laut und keuchend. Ich ließ ihn keine Sekunde aus den Augen, weil ich Angst hatte, er würde aufhören zu atmen, bevor er aufwachen und mir die Geschichte erzählen konnte. Aber er wachte auf, und als er mich an seinem Bett sitzen sah, fing er sofort an zu reden. Er sagte: ›Neven, es gibt da etwas, das du wissen sollst.‹

Ich wollte es hören, aber sein Gesicht war so … furchtbar, dass ich es lieber doch nicht hören wollte. Stattdessen bat ich ihn, sich auszuruhen.«

Neven streckte den Arm aus und nahm Alexandras Hand. Sie wusste nicht, ob er wusste, wo ihre Hand sich in diesem Augenblick befand, und sie hatte den Eindruck, dass er lediglich eine Geste aus seiner Erinnerung wiederholte, beinahe geistesabwesend. Vielleicht hatte sein Vater ihn auf die gleiche

Weise berührt. Doch das Gefühl in seiner Hand durchströmte nun auch die ihre; selbst wenn sie gewollt hätte, sie hätte sie ihm nicht entziehen können. Sie starrte auf seine gepflegten viereckigen Fingernägel und fragte sich, ob Bobby vielleicht etwas dagegen hatte, dass sie händchenhaltend im warmen Gras saßen; als sie aufblickte, sah sie, dass er sie beobachtete – aufmerksam, mit gespitzten Ohren, aber taktvoll, jeden Augenblick bereit, ihr mit einer Übersetzung auszuhelfen oder sie zu retten. Sie stellte sich Stoyan Lazarovs Gesicht vor, wie es fast im Kissen versank, seine trockenen Lippen, die mühsam eine Geschichte formten, sein Geheimnis in die Erde flüsterten.

»*Du sollst es wissen,* hat mein Vater gesagt.« Neven wandte den Kopf und blickte zum Fluss.

»Halt, warten Sie«, sagte Alexandra. »Erst müssen wir Ihnen etwas geben. Wir haben es nicht geöffnet.«

Sie machte Bobby ein Zeichen, worauf er einen Umschlag aus der Innentasche seiner Jacke zog und ihn Neven überreichte: *Letzter Teil.*

Neven hielt den Umschlag einen Moment lang in beiden Händen und betrachtete die Handschrift, dann zog er die Seiten heraus und begann schweigend zu lesen. Als er fertig war, hob er den Blick; in seinen Augen standen bernsteinhelle Tränen.

»Sie können es Alexandra vorlesen«, sagte er zu Bobby.

Fünfundsiebzig

1953

Letzter Teil.
Nicht zur Veröffentlichung freigegeben.

Mit verschorften, roten Händen, die doppelt so groß waren wie meine alten Hände, sauberen Kleidern, die mir zwar nicht passten, aber keine Löcher hatten, und frischen Haarstoppeln an Kopf und Kinn trat ich auf die Straßen Sofias hinaus und versuchte zu begreifen, dass ich frei war. Ich hatte kein Geld in der Tasche, nichts außer den schmutzigen Bandagen aus dem Lager und einem weiteren Gegenstand, den ich erst in meinen alten und dann meinen neuen Kleidern versteckt hatte. Ich ging in Richtung Stadtmitte und weiter in Richtung unseres Viertels. Alle zehn Minuten hielt ich an und ruhte mich aus, damit mir das Herz nicht stehen blieb.

Mit einem Mal war meine Angst so groß wie nie zuvor – was, wenn sich meine Befürchtungen bewahrheiteten? Sie hatte mich vergessen oder glaubte nicht mehr an meine Rückkehr, hielt mich für tot. Sie liebte mich nicht mehr. Vielleicht war sie selbst gestorben. Was, wenn sie in meiner Abwesenheit eine

Trauerfeier für mich abgehalten hatten und dann zur Tagesordnung übergegangen waren, weil ihnen nichts anderes übrig blieb? Oder was, wenn man mich auf die Probe stellen wollte, wenn mir die Aufseher vom Bahnhof folgten und darauf warteten, dass ich sie zu Vera führte, meinen Eltern, damit sie auch die verhaften konnten? Was, wenn man sie längst verhaftet hatte und Vera in einem Lager für Frauen gelandet war?

Jetzt erst begann ich die Leute ringsum richtig wahrzunehmen – bis zu diesem Moment hatten sie wie Gespenster ausgesehen, aber jetzt bemerkte ich, dass sie quicklebendig waren oder doch wenigstens Menschen mit ganz normalen Sorgen und Nöten. Die jungen Mädchen trugen ihre Frühlingskleider, die Frauen kauften Lebensmittel ein, die jungen Männer strebten einem Ziel entgegen, die alten Männer in ihren alten Jacken blieben stehen und hielten ein Schwätzchen. Keiner von ihnen wusste von uns, einem Lager voller Skelette. Oder doch? Ein Matrose in Uniform erzählte einem anderen Mann einen Witz, und sie schütteten sich darüber förmlich aus vor Lachen. Das Gespenst war ich; ich sah mich selbst mit großen leeren Augen im Fenster eines Restaurants. Ich bemerkte, wie mich die Leute anstarrten, neugierig oder voller Mitgefühl: ein sehr kranker Mann, arm, wacklig, vorzeitig kahl, der in grotesk großen Schuhen vorwärtsschlurfte.

Vertraute Straßen, ein wunderschöner Platz, den ich in allen Einzelheiten kannte, das gelbe Pflaster im Stadtzentrum, der alte Palast, an dem sich blühende Glyzinien emporrankten, die Kirchenkuppeln, die durch die Baumkronen lugten, das Mausoleum des Großen Führers, das in der Sonne glänzte. Am Rande eines Parks setzte ich mich zum Ausruhen auf eine Bank. Nicht nur die Straße und den Park, sondern auch die Bank kannte ich seit frühester Kindheit. Ich schloss meine schmerzende Hand um ihre Kante.

Als ich wieder stehen konnte, ging ich weiter in unser Viertel, wo mir jederzeit alte Bekannte über den Weg laufen konnten, auch wenn sie mich umgekehrt vermutlich nicht erkennen würden. Doch ich traf niemanden. Die Bäume waren wunderschön – die Linden, die alles mit einem Blütenschleier bedeckten, die frischen grünen Blätter der Eichen und Ahornbäume und die ausladenden Äste der Rosskastanien, die von der Vormittagssonne, knorrigen Kandelabern gleich, entzündet wurden. Das Fest der heiligen Kyrill und Method stand kurz bevor; erst im Gefängnis außerhalb von Sofia hatten wir das genaue Datum erfahren. Die Häuser am Ende eines im Krieg zerbombten Straßenzugs waren während meiner Abwesenheit endlich wiederaufgebaut worden. Alles wirkte seltsam irreal: die überwältigenden Essensdüfte, die mir aus Fenstern und Hauseingängen in die Nase stiegen, die Gemütsruhe einer alten Frau, die auf ihrem Balkon im ersten Stock saß und etwas Weißes häkelte. Der liebliche Wohlgeruch der Luft nach den Auspuffgasen der Busse auf dem Boulevard. Der Wind in den Blättern über meinem Kopf. Dass ich in einem Paradies lebte, war mir vorher nicht bewusst gewesen. Jetzt konnte ich auch unser Haus sehen, die schmiedeeisernen Gitter vor den Fenstern. Neben der Vortreppe wuchs ein neuer, noch kaum mannshoher Baum, und einen Augenblick lang fragte ich mich, ob man ihn zu meinem Gedenken gepflanzt hatte. Abgesehen davon schien das Haus völlig unverändert.

Obgleich mein Herz wie wild pochte, nahm ich all meinen

Mut zusammen und drückte die Klinke. Die Tür war unverschlossen wie so oft tagsüber, wenn ständig jemand ein und aus ging. Irgendwoher nahm ich die Kraft, die Treppe hinaufzusteigen. Hinter einer Tür im ersten Stock schrie jemand wütend auf jemanden ein, der sich nicht wehrte – an die Stimme konnte ich mich nicht entsinnen, vermutlich neue Nachbarn. Ich ruhte mich ein paar Minuten aus und hoffte inständig, dass keine Tür aufgehen würde. Dann schleppte ich mich in den nächsten und den übernächsten Stock. Vor unserer Wohnungstür blieb ich stehen, in der Hoffnung, dass auch sie ungeöffnet blieb, bis ich den Mut fand, anzuklopfen. Mein Hemd war schweißgetränkt, mein Herz galoppierte. Ich fragte mich, ob ich vom Treppensteigen womöglich einen Infarkt bekommen hatte. Doch wo hätte ich sonst hingehen sollen? Ich hob die Hand und klopfte, eine Tortur für meine geschwollenen Knöchel.

Eine Frau machte die Tür auf. Sie lächelte, allem Anschein nach über eine Bemerkung der Person, die sich bei ihr im Zimmer befand. Ihr dunkles Haar hatte sie hochgesteckt, und ihre Augen waren wie dunkle Blumen. Sie trug ein verwaschenes Baumwollkleid mit blauen Streifen, einen braunen Gürtel. Sie war nicht ganz so schlank, wie ich sie in Erinnerung hatte, vielmehr rundlich und feminin, und kräftige Arme ragten aus ihren umgeschlagenen Ärmeln. Ihr Lächeln verschwand, und ihr fiel die Kinnlade herunter. Irre Freude, ja Schrecken sprach aus ihrem Blick. Dann sackte ihr Kopf nach hinten, ihre Beine gaben nach, und sie sank zu Boden.

Ich streckte die Arme aus, um sie aufzufangen, aber ich war zu schwach; ich stürzte ins Zimmer und wäre beinahe mit ihr ohnmächtig geworden. Zum Glück standen keine Möbel in der Nähe der Tür, an denen sie sich hätte verletzen können. Ich hauchte einen schwachen Kuss auf ihre Wange und kletterte mühsam von ihr herunter. Sie schlug die Augen auf und starrte mich an. Jetzt sah ich, dass ihre Schwester vom Tisch aufgestanden war mit ihrem Teelöffel in der Hand. Hinter ihr, neben dem Herd, wo das Licht, das durch das einzige Fenster drang, ihn nicht erreichte, stand ein Kinderwagen, und in dem Wagen lag ein Baby, und das Baby erwachte und begann zu schreien.

Sechsundsiebzig

Irina ließ den Löffel fallen, beeilte sich, Vera aufzuhelfen und brachte ihr einen Schluck Wasser. Ich setzte mich auf einen Stuhl und sah von ihr zu den rudernden Armen des Babys. Es schrie noch immer. Vera stützte sich auf ihre Schwester, rappelte sich hoch und starrte mich an. Sie schien das Baby gar nicht wahrzunehmen. Sie war noch genauso wunderschön wie damals, matter, zitternd, etwas älter, aber ungebrochen.

Ich sah Irina an. »Ist das dein Baby?«, fragte ich mit bebender Stimme.

»Nein, meins«, sagte Vera, ohne sich vom Fleck zu rühren. »Wir dachten, du bist tot.«

Und mit diesem letzten Wort brachen alle Dämme; mit einem Mal begann sie heftig zu schluchzen. Sie beugte sich vornüber, als müsse sie sich übergeben. Ich war verwirrt. Ich rief mir ins Gedächtnis, was für einen schrecklichen Anblick ich abgeben musste: eine wandelnde Leiche. Und dann auch noch dieses Baby, das zwar von Vera war, aber nicht von mir. Ich stand auf, meine Hände vollführten eine Bewegung, und ich dachte, sie wollten sich etwas vom Tisch schnappen und es gegen die Wand schleudern – Irinas Kaffeetasse, beispielsweise. Doch stattdessen schlangen meine Arme sich um Vera, und sie schluchzte an meinem Hals. Sie war so ungeheuer lebendig, so viel stärker als ich, und sie umarmte ein Skelett. Sie betrachtete mein Gesicht, strich mir über den stoppeligen Kopf, nahm meine verkrüppelten Hände und starrte sie an. Sie weinte und weinte. Ich brachte kein Wort heraus; ich wollte weiter nichts als ihre Berührung spüren und sie meinerseits anstarren.

Irina stand wie versteinert da und sah uns zu. Nach ein paar Sekunden nahm sie das Baby auf den Arm, das sofort zu weinen aufhörte und uns sein tränenüberströmtes, gerötetes Gesicht zuwandte. Es trug ein Hemd und eine Strickhose. Es schien etwa ein halbes Jahr alt zu sein, auch wenn ich mich mit dem Schätzen schon immer etwas schwertat, und hatte Veras bemerkenswerte Augen. Es streckte die Ärmchen nach ihr aus, und sie nahm es Irina ab. Irina duckte sich ängstlich in die Ecke der Küche, das einzige Mal, dass ich sie habe zurückweichen sehen. Vera blickte mich über den Kopf des Babys hinweg an, und dann fuhr auch der Kleine herum und starrte zu mir herüber.

»Es tut mir leid«, sagte sie, und ihre Mundwinkel bebten. Neben ihr sah der Kleine eher aus wie er selbst und nicht so sehr wie seine Mutter. »Wir haben geglaubt, du wärst tot.«

»Hast du wieder geheiratet?« Ich hielt mich mit einer Hand an der Tischkante fest. Irina stahl sich an uns vorbei zur Tür hinaus. Ich kannte sie – wir würden uns später wiedersehen und dann miteinander sprechen. Immerhin schien sie darauf zu vertrauen, dass ich ihrer Schwester nichts antun würde, denn sie ließ mich mit Vera allein; das bestärkte mich in meiner Zuversicht.

»Nein«, sagte sie mit leiser Stimme.

Fast hätte ich nach dem Namen des Mannes gefragt, aber dann sagte ich nur: »Liebst du seinen Vater?«

Sie senkte den Kopf, bis ihre Stirn die des Babys berührte. Der Kleine sah mich aus wunderschönen Augen an. »Nein. Aber er hat mir sehr geholfen, nachdem sie mir gesagt hatten, dass du tot bist und ich dich vergessen soll. Er war gütig und anständig und in mich verliebt. Er ist nicht mehr hier. Er ist aus beruflichen Gründen in eine andere Stadt gezogen. Er wollte mich heiraten und mich und das Baby zu sich nehmen, aber das habe ich abgelehnt.«

»Wer hat dir gesagt, ich wäre tot?«

»Die Polizei, acht Monate nachdem du verschwunden warst. Sie haben gesagt, sie hätten herausgefunden, dass du ein Verbrecher bist, und du seist deiner gerechten Strafe zugeführt worden. Deine Leiche dürften sie nicht herausgeben, haben sie gesagt, und ich sollte dich so schnell wie möglich vergessen. Nach einer Weile war ich davon überzeugt, dass du wirklich tot bist, denn sonst wärest du zu uns zurückgekommen.« Wieder begann sie zu weinen. »Ich habe keinen Moment geglaubt, dass du ein Verbrecher bist.«

Ich stand zitternd da, auf wackeligen Beinen. »Und warum bist du dann hiergeblieben?«

Sie hob den Kopf, und da war sie wieder, die stolze, gefasste Vera, das Schulmädchen. »Später, als ich wusste, dass ich schwanger war, da … da habe ich geträumt, dass du zurückkommen würdest, um das Baby zu sehen. Also habe ich aller Welt erzählt, du wärest noch am Leben und ich hätte dich heimlich besucht, draußen auf dem Land, wo du zum Arbeitsdienst eingeteilt seist – damit sie glaubten, das Kind wäre …« Wieder wich sie verwirrt zurück und streichelte die schmalen Schultern des Babys.

Plötzlich beugte das Baby sich zu mir, so weit, dass ich schon glaubte, es werde seiner Mutter aus den Armen gleiten. Der Kleine streckte die Hände aus, und ich trat vor ihn hin und senkte den Kopf. Er strich über meinen rauen Schädel und beugte sich noch näher zu mir, bis ich die Hände ausstreckte und ihn an mich nahm.

Ich hatte noch nie ein Baby in den Armen gehalten. Ich spürte die Wärme seiner Glieder selbst durch die dicken Kleider. Sein Hemd war hochgerutscht, und darunter sah man seinen runden Bauch, und sofort zog Vera den Saum wieder herunter und steckte ihn fest. Der Kleine starrte mich an, düster, aber interessiert. Er legte mir die Hand auf die Schulter und ließ sie dort liegen. Seine Nase war klein und flach, seine Wangen breit und glatt. Als er den Kopf hob, sah ich die feuchten Spuren, die seine Tränen dort hinterlassen hatten. Selbst seine Tränen mussten winzig gewesen sein. Es war seltsam, sein gerötetes Gesicht aus der Nähe zu betrachten, nachdem ich viele Monate lang in die Gesichter der Toten – der lebenden Toten – gestarrt hatte. Sein kleiner Körper schmiegte sich an den meinen, die abgezehrten Rippen und Schultern. Ich musste verrückt geworden sein, das Kind eines anderen Mannes so an mein Herz zu drücken. Ich wollte gar nicht wissen, wer er war; das Lager hatte mich sämtlicher Fragen beraubt, bis auf die eine, die Frage, wie ich weiterleben sollte. Und eine zweite.

»Wie hast du ihn genannt?«

Zum ersten Mal lächelte sie und trocknete ihre Tränen. »Er trägt den Namen deines Vaters, aber ich nenne ihn nur Neven.«

Siebenundsiebzig

Ich war ein innig geliebtes Kind, erzählte Neven. Ich wusste nur, dass mein Vater vor meiner Geburt eine Zeit lang fortgegangen war, und später noch zweimal während meiner Schulzeit, und dass meine Mutter sich Sorgen machte und oft weinte. Ich weiß noch, wie er uns das zweite Mal verließ, auch wenn ich nicht dabei war. Aber meine Mutter war großherzig und temperamentvoll, jünger als mein Vater, eine sehr starke Persönlichkeit, und alle meine Großeltern waren noch am Leben und unterstützten uns nach Kräften. Einmal, ich war etwa acht Jahre alt, kam mein Vater überraschend nach Hause; er besuchte uns drei Tage lang in Burgas und sagte, er müsse noch eine Weile in einem Dorf arbeiten, weil er dort dringend gebraucht werde, und ich solle mich um meine Mutter kümmern, solange er fort sei.

Immer wenn er wiederkehrte, waren seine Hände von der Arbeit schrecklich lädiert; er war ein hervorragender Musiker, hatte aber häufig Probleme mit den Fingern – Arthritis, wie er sagte. Nach jeder Rückkehr begann er ganz langsam zu üben, bis er wieder im Orchester spielen konnte, erst in Sofia und dann, nachdem Onkel Milen uns mit dem Umzug ans Meer geholfen hatte, in Burgas. Dort fand mein Vater eine Anstellung in einer Konservenfabrik. Ich wusste, dass er nicht als Musiker arbeitete, denn wenn er fortging, ließ er seine Violine stets zu Hause, und meine Mutter verstaute sie unter einem Stapel alter Decken in unserem großen Kleiderschrank. Einmal hörte ich, wie er meiner Mutter anvertraute, dass er nur deshalb immer wieder im Orchester spielen dürfe, weil er so gut sei und man deshalb nicht auf ihn verzichten könne – die Bitterkeit in seiner Stimme versetzte mir einen Schock. So hatte ich ihn noch nie reden hören.

Manchmal, wenn mein Vater krank und schwach war und ein paar Tage Urlaub hatte, drängte meine Mutter ihn, seinen Freund Nasko Angelov zu besuchen, einen Maler, den mein Vater bei seiner Arbeit auf dem Land kennengelernt hatte vor meiner Geburt. Nasko hatte eine Zeit lang in Sofia gelebt und war nach seiner Eheschließung in sein Heimatdorf in den Rhodopen zurückgekehrt. Er arbeitete in einer kleinen Fabrik unweit des Dorfes. Meine Eltern hatten nicht viele Freunde, aber diese beiden Männer, Nasko und Onkel Milen, hielten uns die Treue.

Mein Vater wollte mir das Violinspiel beibringen, doch unsere Stunden blieben ohne den erhofften Erfolg. Selbst wenn er ausnahmsweise einmal nicht fort war, litt er an Krankheit und chronischer Erschöpfung – über Jahre hielt ich ihn für weitaus älter, als er war – und konnte sehr still, ja verschlossen sein. Seine Versuche, mich an der Geige auszubilden, wurden durch seine Abwesenheit so häufig unterbrochen, dass es mir unmöglich war, die erwünschten Fortschritte zu erzielen. Ich glaube, es wäre ohnehin nicht viel aus mir geworden, aber vielleicht bot ihm der Gedanke Trost, dass in mir ein verborgenes Talent schlummerte.

Stattdessen glänzte ich in Mathematik und Sport; ich war ein guter Läufer, schnell, aber nicht schnell genug, um große Wettbewerbe zu gewinnen. Und ich war ein braver Junge. Ich glaube, ich habe mir in meiner Kindheit nie etwas zuschulden kommen lassen, wenn man davon absieht, dass ich – wie alle Jungs – ein paarmal heimlich Nägel unter Autoreifen legte, und einmal habe ich aus einem Buch, das ich mir in der Bibliothek geliehen hatte, eine Landkarte gestohlen, eine große Europakarte aus einem alten Buch, für das sich ohnehin niemand zu interessieren schien, und sie in meinem kleinen Zimmer aufgehängt. Sie nahm fast die gesamte Wand ein. Mein Lieblingsland war Bulgarien, ein hellgrüner Fleck; alles andere blieb mir fremd. Ich erzählte meinem Vater, ich hätte die Karte für ein paar Stotinki in einem Buchladen erstanden, aber er sagte nichts; er starrte sie nur schweigend an und ging dann aus dem Zimmer. Und so durfte ich sie behalten.

Als ich zehn oder elf war, rief mein Vater mich zu sich und zeigte mir ein Buch, ein seltenes russisches Buch, das er sich von seinem Ersparten in der *antikvarna* in Burgas gekauft hatte. Es war eine illustrierte Geschichte der italienischen Architektur, und er erklärte mir, dass er als junger Mann ein Konzert in Rom gegeben und bei dieser Gelegenheit auch ein paar Tage in Florenz verbracht habe, und er zeigte mir die Bilder. Ich hatte Fremden gegenüber nie erwähnt, dass mein Vater im dekadenten Westen Musik studiert hatte. Darum fand ich es umso aufregender – und auch ein wenig beängstigend –, ihn jetzt davon erzählen zu hören. Dies sei das Kolosseum, wo Männer mit wilden Tieren gekämpft hatten – so viel wusste ich aus der Schule. Das sei der sogenannte *duomo,* die von Brunelleschi erbaute Kuppel der Kathedrale von Florenz. Mein Vater hatte diese Dinge mit eigenen Augen gesehen.

Und das hier, sagte mein Vater und blätterte behutsam eine Seite um, sei Venedig, die Königin der Adria, *La Serenissima,* eine großartige Stadt, die er in seiner Jugend leider nicht habe besuchen können. Sie sei etwas ganz Besonderes, sagte er, weil sie auf Inseln und Marschland erbaut sei, also quasi auf Wasser. Ich betrachtete die Illustration, den farbigen Abdruck eines Gemäldes. Es zeigte hohe Häuser, die sich rings um einen Platz gruppierten, und die Kuppeln einer großen Kirche, und am Rand des Platzes schaukelte eine Flotte kleiner Boote. Weiter draußen auf dem Wasser waren Segelschiffe zu erkennen. Die winzigen Figuren, die den Platz bevölkerten, trugen Umhang und Dreispitz oder lange, ausladende Kleider. Noch Jahre später stellte ich mir Venedig als eine Stadt vor, wo die Straßen aus Wasser waren und, seltsamer noch, die Leute groteske, altmodische Kleidung trugen.

Dann sagte mein Vater, ich dürfe niemandem davon erzählen, aber eines Tages würden er und ich gemeinsam nach Venedig reisen. Dann könne er endlich sehen, wo sein Lieblingskomponist Vivaldi gelebt und gearbeitet habe, und er werde mich mitnehmen, denn Vivaldi und ich hätten ihm das Leben gerettet. Ich stutzte; er zog mich an sich, küsste mich auf die Wange und zerzauste mir das Haar. Er bat mich, ihm seine Violine zu bringen, und er spielte mir ein Stück aus dem Gedächtnis, ein Stück so groß und schön und strahlend wie die Kathedrale in Sofia.

»Das ist unser Freund Vivaldi«, sagte er, als er zu Ende gespielt hatte. »Wenn ich einst nicht mehr bin, wird dieses Stück dir gehören.« Sein Gesicht war voller Freude, was mich wiederum ein wenig stutzig machte, denn er sprach von seinem Tod – außerdem war er noch jung, auch wenn er älter aussah. Ich wollte nicht, dass er starb, niemals.

Erst mit dreizehn begriff ich, dass mein Vater anders war als andere Menschen, und das nicht nur, weil er den Westen bereist hatte und ständig Violine übte und im Laufe meiner Kindheit mehrmals wie ein Zauberkünstler spurlos verschwunden war. Wenn er bei uns zu Hause lebte, musste er sich einmal im Monat auf dem Polizeirevier in Burgas melden – »dienstlich«, wie er zu sagen pflegte. Manchmal wurde er ganz plötzlich dorthin zitiert, und wenn er dann aus dem Haus ging, küsste er meine Mutter zum Abschied leidenschaftlich, was ich nicht nur merkwürdig, sondern vor allem peinlich fand. Meine Mutter lief in der Küche nervös auf und ab, bis er eine Stunde später nach Hause kam, es sei denn natürlich, er blieb monatelang verschwunden.

Einmal nahm er mich beiseite und sagte, wenn er je wieder zur Arbeit in einen anderen Teil des Landes beordert werde, solle ich umgehend Milen Radev anrufen, denn Onkel Milen sei absolut vertrauenswürdig und loyal und werde meiner Mutter und mir immer helfen. Das hätten sie so abgemacht, sagte er. Mindestens einmal jährlich holte mein Vater sein Buch hervor und zeigte mir Venedig und versprach mir, dass wir es eines Tages mit eigenen Augen sehen würden, er und ich.

Mit neunzehn zog ich von zu Hause aus und ging zur Armee wie wir alle, und meine Mutter schickte mir selbst gestrickte Socken und Stoffreste, die ich mir um die Füße wickeln sollte, damit sie in den Stiefeln trocken blieben. Trotzdem bekam ich

Blasen und Pilze, und mir fielen die Zehennägel aus. Bei der Armee war es schrecklich, das Essen war entsetzlich, und in der Kaserne war es bitterkalt. Aber ich war jung, und so spielte all das letztlich keine große Rolle. Ich fand dort gute Freunde. Nach dem Wehrdienst wollte ich an der Sofioter Universität Mathematik studieren – und nicht etwa aufs Konservatorium gehen, wie mein Vater gehofft hatte. Doch obwohl ich mich wacker geschlagen hatte, war meine Abiturnote nicht gut genug. Darum musste ich mit dem Institut für Chemietechnik in Burgas vorliebnehmen, wo ich Petrochemie studierte. Ich wohnte zu Hause, in unserer Wohnung in der neuen Siedlung unweit des Stadions, und erledigte mein Lernpensum am Küchentisch. Danach arbeitete ich wie alle in der Raffinerie und später in einer kleineren Fabrik.

Obwohl er von alldem – und, mehr noch, von *mir* – enttäuscht war, liebte mich mein Vater wie schon seit meiner frühesten Kindheit ohne jeden Vorbehalt. Er lächelte, wenn ich ins Zimmer trat, küsste und umarmte mich jedes Mal, wenn er mich sah. Auch meine Mutter liebte er und betrachtete sie mit leuchtenden Augen, und doch war er im Umgang mit ihr schweigsam und reserviert, selbst in meiner Gegenwart. Wenn er zu Hause war, ging es ihr gut, war sie aufgeräumt und fröhlich, auch wenn eine Sorgenfalte ihre Stirn zerfurchte, die älter aussah als sie selbst, wie dem verbrauchten Gesicht meines Vaters entliehen. Ich glaube, sie sprachen nur selten darüber, wo er gewesen war. Wenn Sie mich fragen, war das Furchtbare am Kommunismus nicht, dass wir uns gegeneinander gewendet, sondern dass wir uns voneinander abgewandt haben.

Nach dem Zusammenbruch des Kommunismus wurde die

Fabrik, in der ich angestellt gewesen war, geschlossen. Ich fand Arbeit auf dem Bau, zumeist als Maurer, ich schleppte Steine und mischte Zement; mein Vater war entsetzt über meine schwieligen, zerschundenen Hände, aber was blieb mir anderes übrig? Ich glaube, die jungen Leute heutzutage wissen nicht mehr viel über diese Zeit und machen sich gar keine Vorstellung davon – sie denken, es war schon immer so wie heute, alle haben Handys, Unmengen von Facebook-Freunden und gehen zum Arbeiten ins Ausland. Bald hatten wir sogar noch weniger Geld. Mit dem Regierungswechsel schrumpfte das Orchester, weil niemand für die Kosten aufkommen wollte. Mein Vater hatte sich ohnehin längst zur Ruhe gesetzt. Er wollte Musikunterricht geben, aber den konnte sich außerhalb Sofias kaum jemand leisten. Meine Eltern zogen von der Küste fort und kamen bei einer Cousine meiner Mutter in Bovech unter, bis diese starb und ihnen das Haus vermachte. Dort ließ es sich viel billiger leben. Manchmal fuhren sie natürlich nach Gorno. Ich kratzte all meine Ersparnisse zusammen, ging nach Sofia und belegte einen Kurs in Buchhaltung, in der Hoffnung, auf diese Weise vielleicht einen Online-Job zu finden. Fast hätte ich sogar geheiratet, aber daraus ist dann doch nichts geworden. Das hat vor allem meine Mutter schwer getroffen, denn sie hat keine Enkelkinder.

Mein Vater fühlte sich in Bovech zwar nicht besonders wohl, verlor aber kaum je ein Wort darüber. Er spielte jeden Tag auf seiner Geige und las in seinen Büchern, und kurz bevor er krank wurde, lief ihm dieser Hund zu, der ihn über alles liebte. Wie ich schon sagte, war er ein eifriger Leser – ich glaube, er las sich noch einmal durch seine ganze Bibliothek.

Milen Radev half ihnen mit Geld aus, wenn die Verhältnisse es ihm erlaubten, und er kam sie oft besuchen und zog nach seiner Pensionierung zu ihnen.

Als mein Vater krank wurde, sprach er mit niemandem darüber, nicht einmal mit mir, bis es bereits zu spät war. Wir hätten ihn ohnehin nicht retten können, sagte der Arzt. Darum rief mich mein Vater an sein Sterbebett. Und an diesem Tag, als er meine Mutter zur Erholung nach Plovdiv schickte, erzählte er mir von Zelenets, wo Vivaldi und ich ihm das Leben gerettet hatten, weil der Gedanke an uns beide stärker war als alle Qualen, die sie ihm dort hätten zufügen können. Er erzählte mir, warum er verhaftet worden war und wie er hatte Buße tun wollen. Ich weinte, als er schilderte, was er durchlitten hatte. Und ich war verwirrt, weil mir klar wurde, dass er im Lager gesessen hatte, als ich gezeugt und geboren worden war. Doch er sagte, er habe sich darauf gefreut, einen Sohn zu bekommen, und er habe gewusst, dass er ihn lieben würde, wie er mich liebte. Das waren seine Worte, und plötzlich begriff ich die Bedeutung seiner Geschichte. Meine Mutter hatte ihm seinen Wunsch erfüllt und ihm einen Sohn geschenkt, und Stoyan Lazarov war mein Vater geworden. Für mich war er mein wahrer Vater, auch wenn ich mir denken konnte, wem ich meine Existenz verdankte.

Dann erzählte er mir, dass er zwei Männer aus Zelenets bis heute kenne. Ich weiß noch, wie viel Kraft ihn das Reden kostete. Er lag eine Weile still, und sein Gesicht war weiß auf seinem Kissen und schweißüberströmt. Ich brachte ihm Wasser und seine Schmerztabletten, aber er sagte, er wolle nicht zu viele davon nehmen, weil sie ihn müde machten und er bei klarem Verstand bleiben müsse, um mir den Rest der Geschichte zu erzählen. Es war Frühsommer wie jetzt, aber schon Juni, und ich öffnete sein Schlafzimmerfenster, um die Wärme hereinzulassen. Er lächelte und sagte, zum Glück habe er im Kalender vorgeblättert, sodass er den richtigen Monat anzeigen würde, wenn er starb.

Ich setzte mich an sein Bett, und er streckte die Hand aus. Früher war es ihm stets unangenehm gewesen, wenn ich seine Hand hielt. Er war immer schon dünn gewesen, und seit er im Bett lag, war er noch dünner geworden. Ich saß bei ihm und spürte, dass er bald nicht mehr da sein würde, und ich konnte es kaum fassen.

Da wurde er unruhig und sagte: »Ich möchte dir von den beiden Männern aus Zelenets erzählen. Der eine ist ein Heiliger und der andere ein Teufel. Der Heilige ist natürlich …« Er hob die Hand, als würde er auf jemanden zeigen. »… Nasko Angelov. Du weißt ja jetzt, wie wir uns kennengelernt haben. Er hat mehr Kraft als ich, und er wird bis an sein Lebensende dein Freund sein. Der Tag, an dem ich ihn in Sofia – lebend – wiederfand, war einer der glücklichsten Tage meines Lebens.«

Er leckte sich die Lippen, und ich brachte ihm frisches Wasser und sah, dass ihm die Lider zufielen. »Bitte ruh dich aus, Tatko«, sagte ich. »Das kannst du mir auch morgen noch erzählen.«

»Nein«, sagte er und riss die Augen auf. »Nicht wenn deine Mutter hier ist. Sie hat schon genug gelitten. Ich werde mich so still und leise davonstehlen, wie ich nur kann, um es ihr leichter zu machen. Sie weiß, wo ich war. Alles andere braucht sie nicht zu erfahren.«

Er hielt die Augen auf mich gerichtet. Sie waren heller als sein übriges Gesicht – ich liebte diese tiefen, dunklen Augen, die stets zärtlich und voller Zuneigung auf mir ruhten. »Ich muss dir noch etwas erzählen. Vor zwei Jahren war ich das letzte Mal in Gorno mit deiner Mutter. Es war noch früh am Morgen – ein wunderschöner Frühlingsmorgen.« Er drückte meine Hand, als habe er einen neuerlichen Schmerzanfall, und ich wollte schon nach den Tabletten auf der Kommode greifen. »Ich ging wie so oft allein die Hügelstraße entlang. Ich verließ die Straße, um mir die Blumen anzusehen, die sich im Frühling zwischen den Bäumen verstecken. Und als ich so dort stand, kam ein Auto die Straße entlang, ein großer, teurer Wagen, den ich oben in Gorno noch nie gesehen hatte, und ich wusste sofort, dass er dem Geschäftsmann gehörte, der das riesige Haus auf der anderen Seite des Berges gebaut hatte – vielleicht war es aber auch einer seiner Freunde, die ihn dort besuchten.

Plötzlich hielt der Wagen an, und jemand öffnete den Fond, lehnte sich heraus und zerrte am Sicherheitsgurt, der sich in der Tür verfangen hatte. Ich konnte das Gesicht des Mannes deutlich sehen, er hingegen schien mich nicht zu bemerken, wie ich in Hut und Arbeitskluft unter den Bäumen stand. Und wenn doch, ignorierte er mich – ich war schließlich weiter nichts als ein tumber Bauer. Uns trennten höchstens fünf oder sechs Meter. Sein Gesicht bedeckte ein dichter Bart, und die Wangen darüber waren runzlig und vernarbt wie von einem alten Unfall, die Augen gelb. Er trug eine sonderbare Frisur – steif, gepflegt, aber lang, fast bis auf die Schultern, und braun gefärbt. Für mich sah es aus wie eine Perücke.

Da hörte ich, wie der Chauffeur aus dem Wagen »*Gospodin*

Kurilkov!« rief und etwas, das ich nicht verstand. Was auch immer der Fahrer gesagt haben mochte, es entlockte dem Mann ein Lächeln, und ich sah, wie seine Augen hellblau blitzten und die Lücke zwischen seinen oberen Schneidezähnen und seine breiten Wangenknochen. Es war der Teufel Momo, von dem ich dir erzählt habe, sehr viel älter und gut getarnt, aber er war's. So ein Gesicht vergisst man nicht. Einen Augenblick später schloss er die Wagentür, und sie fuhren davon. Ich stand da wie angewurzelt und rührte mich eine halbe Ewigkeit nicht von der Stelle.

Mir fiel ein, dass ich in der Zeitung gelesen hatte, Kurilkov sei in jungen Jahren vom Wachmann zum Assistenten eines wichtigen Politbüromitglieds aufgestiegen, viele Jahre vor der Wende. Nach der Wende hatte er eine Menge Geld gemacht und damit alte Bergwerke aufgekauft – wie, werde ich wohl nie erfahren. Wahrscheinlich unter der Hand, über Strohmänner. Danach verschwand er für eine Weile aus der Politik, vermutlich tauchte er unter und wartete auf eine günstige Gelegenheit. Dann wurde er stellvertretender Minister und gründete eine Partei – *Bez Koruptsiya.*«

Mein Vater begann zu husten und machte eine lange Pause, während ich ihm Wasser gab.

»Das genügt«, sagte er nach einem Schluck. Er sprach mit geschlossenen Augen. »Zelenets wurde in den Artikeln über ihn mit keinem Wort erwähnt, keine Silbe über die Morde, die sie dort begangen haben. Bis zu diesem Tag hatte ich noch nicht einmal gewusst, dass er – oder irgendein anderer Aufseher – noch am Leben war. Dabei war er quicklebendig und berühmt und reich und mächtig – und er besaß eine Villa mitten in unserem Dorf, meinem liebsten Ort in ganz Bulgarien. Ich erinnerte mich an einen Leitartikel, in dem ich gelesen hatte, dass dieser Mann es eines Tages zum Premierminister, wenn nicht gar zum Präsidenten bringen werde, dass er für einen Politiker zwar schon recht alt, aber sehr intelligent sei und, im Unterschied zu vielen anderen Politikern, eine reine Weste habe. Er habe Verständnis für alte Menschen und ihre Bedürfnisse und werde Bulgarien in eine ruhmreiche Zukunft führen.«

Steif bewegte mein Vater die Zehen unter der Decke. »Nach diesem Spaziergang setzte ich keinen Fuß mehr vor die Tür, und zwei Tage später kamen wir hierher zurück, nach Bovech. Als deine Mutter das nächste Mal mit mir nach Gorno fahren wollte, log ich, dafür sei ich zu krank, was ja bald darauf denn auch der Wahrheit entsprach. Ich bin nie wieder dorthin gefahren. Ich musste immerzu an ihn denken. Schließlich schrieb ich einen Leserbrief an die Sofioter Zeitung, in der ich zum ersten Mal von seinem kometenhaften Aufstieg gelesen hatte. Darin schilderte ich meine Erlebnisse in Zelenets. Schon kurz nach der Wende hatten sich andere zu Wort gemeldet und von ihrer Zeit im Lager berichtet – vielleicht hätte ich damals mutiger sein sollen, aber ich hatte Angst um dich und deine Mutter. Ich fürchte, meine Bemühungen kamen zu spät – der Brief wurde nicht abgedruckt.«

Er hielt inne, um Atem zu schöpfen. Sein Gesicht war grau wie nie zuvor, und Schweiß perlte auf seiner Stirn. »Die Zeitung hat sich nie bei mir gemeldet – ich erntete nur Schweigen, selbst als ich es ein zweites Mal versuchte.«

Wieder hielt er inne. »Momo ist tot, aber der Mann, in den

er sich verwandelt hat, ist noch am Leben. Dieser Kurilkov, er nennt sich der Bär.«

Als er meine Hand umfasste, war es, als sei seine alte Kraft zurückgekehrt, und ich beugte mich über ihn. Ich riet ihm, ein wenig zu schlafen. Ich riet ihm, die Vergangenheit ruhen zu lassen – es mochte schrecklich gewesen sein, aber jetzt sei es vorbei, und es habe keinen Sinn, sich deswegen den Kopf zu zerbrechen. Er sah mich an und drückte meine Hand.

»Bitte«, sagte er. »Bitte, du darfst keinem Menschen je verraten, wessen Sohn du bist.«

Ich beugte mich zu ihm hinunter und küsste ihn auf die schweißglänzende Stirn. »Die Zeiten haben sich geändert«, sagte ich. »Und ich bin stolz, dein Sohn zu sein. Warum sollte ich daraus ein Geheimnis machen?«

Er lächelte einen Augenblick, und ich hörte, wie sein Atem durch seine Nase pfiff. »Ich habe mich nie wieder an die Presse gewandt, aber ich habe alles aufgeschrieben und das Manuskript an einem sicheren Ort verwahrt.« Er wirkte furchtbar schwach, und ich dachte, er redet wirr. »Leider habe ich vergessen, wo. Nasko hat das für mich erledigt. Und den zweiten, nicht zur Veröffentlichung bestimmten Teil, wo habe ich den gelassen?«

»Keine Sorge, Tatko«, sagte ich. »Wo es auch sein mag, zusammen werden wir es schon finden. Und nun schlaf.«

Er bewegte den Kopf hin und her. »Als ich das letzte Mal in der Zeitung etwas über ihn gelesen habe, hatte er dem Innenministerium gerade einen Plan unterbreitet. Für mehr Gefängnisse, in denen die Häftlinge durch Zwangsarbeit einen Beitrag zur Gesellschaft leisten sollten. Er weiß, wie man mit uns Häftlingen umspringt. Steht er da drüben, neben dem Kalender?« Sein Blick schnellte durchs Zimmer.

»Tatko, das bin nur ich«, sagte ich. »Ich bin hier bei dir. Keine Angst, so weit wird es nicht kommen, das verspreche ich dir.«

Er sackte in sich zusammen, sein Gesicht erschlaffte, und er schlief ein. Die Sonne sank; bald würde meine Mutter mit dem Bus aus Plovdiv eintreffen, und ich musste ihr etwas zu Abend kochen und versuchen, auch meinen Vater zum Essen zu bewegen. Milen Radev wollte übers Wochenende zu Besuch kommen. Ich wusste, dass Milen immer, wenn er sich von ihm verabschiedete, Angst hatte, er werde meinen Vater nicht mehr lebend wiedersehen. Bald würde Milen Radev der einzige Vater sein, der mir noch blieb.

»Warte«, sagte mein Vater und hob schwerfällig die Lider. »Verzeih mir, dass wir nie nach Venedig gefahren sind. Ich hatte es dir fest versprochen, aber als die Grenzen dann offen waren, fehlte mir das Geld. Ich wollte, ich hätte dir wenigstens einen Pass besorgt. Oder wäre etwas sparsamer gewesen.«

»Bitte, Tatko, ruh dich aus«, sagte ich. »Du hast getan, was du konntest. Wir hatten ja unsere Bücher und unsere Träume.«

»Ich habe noch etwas für dich, etwas Wertvolles, aber es steht nicht bei meinen anderen Noten. Es liegt im obersten Fach der *garderob.*«

Er hob die Hand und versuchte, darauf zu zeigen. »Auf der letzten Seite findest du eine Signatur, die vermutlich von Vivaldi stammt. Ich habe es in Prag erstanden, kurz vor meiner Rückkehr nach Bulgarien. Wenn du es verkaufst, kannst du vielleicht nach Venedig fahren. Und meine Asche mitnehmen und sie dort begraben.« Wieder lächelte er matt. »Wenn ein

Armengrab in Wien für Vivaldi gut genug war, werde ich ja wohl mit einem in Venedig vorliebnehmen können.«

Bald darauf gab ich ihm seine Schmerztabletten, und er schlief ein, und erst traf meine Mutter ein und dann Milen. An diesem Abend bat er mich mit schwacher Stimme, seinen Hund ins Zimmer zu lassen, damit er bei ihm wachen konnte. Dann trug er mir auf, seine Violine zu holen und sie neben ihm aufs Bett zu legen, sodass er sie spüren konnte. »Aber nimm sie nicht aus dem Kasten«, wisperte er. Selbst jetzt durfte niemand sie berühren. Heute verstehe ich, weshalb er sein Leben lang solche Angst hatte, dass der Staat sie konfiszieren könnte – weil sie schön und wertvoll war und er sie noch vor dem Krieg gekauft hatte.

Am nächsten Morgen, bei Sonnenaufgang, starb mein Vater, mit der Violine neben sich. Es war ein schwerer Schlag für meine Mutter, aber wir alle sahen die tiefe Ruhe und Gelassenheit in seinen Zügen. Ich freute mich für ihn, obwohl er mir schon jetzt fehlte; nie wieder würde er mit solchen Erinnerungen leben.

Ich erzählte meiner Mutter und Milen nichts von Zelenets – ich glaube, sie wussten ohnehin davon, jeder auf seine Weise –, aber von dem Vivaldi-Manuskript und von seinem Wunsch, eingeäschert und in Venedig bestattet zu werden. Meine Mutter wollte ihn nicht einäschern lassen, tat es aber trotzdem, weil es sein letzter Wunsch gewesen war. Nasko Angelov brachte uns eine Urne, die er auf Bitten meines Vaters angefertigt und mit kunstvollen Schnitzereien versehen hatte, Gesichtern aus dem Märchen vom Wolf und dem Bären. Bei seinem Besuch erzählte ich ihm unter vier Augen, dass ich über Zelenets Bescheid wusste, und fragte ihn, ob er sich entsinnen könne, dass mein Vater seine Erinnerungen aufgeschrieben habe, doch er schüttelte wortlos den Kopf. Meine Mutter behielt die Urne, für den Fall, dass wir eines Tages nach Venedig kommen würden. Wir sahen im obersten Fach des Kleiderschranks in ihrem Schlafzimmer nach und fanden mehrere gedruckte Ausgaben von Vivaldi-Stücken, die er manchmal gespielt hatte. In einer von ihnen befand sich ein Notenmanuskript, sehr alt und mit denselben Initialen versehen, die er mir beschrieben hatte. Ich bin kein Musiker, aber selbst ich fand es bemerkenswert.

Wir fuhren mit dem Vivaldi-Manuskript nach Sofia, zu einem Händler für seltene Bücher, und der behielt es ein paar Tage zur Prüfung. Bei unserer Rückkehr erklärte er uns, dass sich nicht zweifelsfrei nachweisen lasse, dass es tatsächlich von Vivaldi stammte. Vivaldi habe seine Kompositionen normalerweise mit einer ganz anderen Signatur versehen. Es tue ihm sehr leid. Aber es handele sich eindeutig um ein Originalmanuskript, noch dazu aus dem 18. Jahrhundert, und er könne es im Internet meistbietend versteigern.

Was er uns am Ende dafür gab, war genug, um meine Mutter und Milen zehn Monate lang mit Heizung, Strom und Lebensmitteln zu versorgen. Ihre Rente reichte entweder für Heizung oder Lebensmittel, aber nicht für beides. Vier Wochen später verkauften wir die Violine meines Vaters, obwohl ich wusste, dass der Erlös sie bestenfalls über weitere zwei Jahre bringen würde, nicht zuletzt wegen der Krankenhausrechnungen, die bald schon fällig wurden – für Milen Radev. Ich unterstützte sie mit jedem Stotinka, den ich entbehren konnte. Nach dem Tod meines Vaters alterte Milen rasend schnell.

Dann hatte er einen Herzanfall, und wir dachten schon, auch er würde sterben; meine Mutter war außer sich. Doch er überlebte, ist jetzt aber sehr viel schwächer und gebrechlicher als früher. Dieses Jahr hat meine Mutter das Haus in Bovech zum Verkauf ausgeschrieben, und um Geld zu sparen, sind sie nach Gorno umgezogen, aber kein Mensch kauft ein Haus in Bovech. Da packte mich der Zorn, und ich suchte überall nach den Aufzeichnungen, von denen mein Vater gesprochen hatte, in der festen Absicht, sie zu veröffentlichen um jeden Preis. Ich wollte, ich hätte meinen Vater noch einmal danach gefragt, denn ich konnte sie nirgends finden – vielleicht, dachte ich schließlich, hatte er sich nur eingebildet, alles aufgeschrieben zu haben.

Inzwischen war er zwei Jahre tot, und wir hielten es für sinnlos, noch länger zu warten – wir würden es uns niemals leisten können, nach Venedig zu reisen, geschweige denn ihn dort begraben zu lassen –, darum beschlossen wir, seine Asche ins Kloster Velin zu bringen; eine der letzten noch lebenden Cousinen meiner Mutter kannte den Priester dort und besorgte die Genehmigung. Mein Vater liebte dieses Kloster – die friedliche Atmosphäre, die alten Bäume. Und meine Mutter fand, der Klosterfriedhof sei ein würdiger Platz für meinen Vater. Wir fuhren mit dem Zug nach Sofia zu ihrer Cousine, um ihr zu danken. Außerdem hatte die Cousine uns erzählt, ihr Sohn sei Taxifahrer, und er könne uns jederzeit umsonst zum Kloster Velin bringen.

Doch als ich im Zug saß, mit der Urne neben mir, fiel mir ein, dass mein Vater gesagt hatte, Nasko hätte das Manuskript an einem sicheren Ort für ihn verwahrt. Als wir in Sofia ankamen, öffnete ich in einem unbeobachteten Moment die Urne und entdeckte das Geheimfach im Boden. Ich las, was ich dort fand, und wusste sofort, dass ich es unter allen Umständen veröffentlichen musste.

Tags darauf fotokopierte ich das Geständnis meines Vaters und legte das Original wieder an seinen Platz zurück, schon aus Respekt vor seiner Person. Ich rief eine Zeitung an – nicht diejenige, die sich geweigert hatte, den Brief meines Vaters abzudrucken –, sprach mit einem Redakteur und ließ vorsichtig durchblicken, ich hätte da eine Geschichte. Er wollte sich mit mir im Hotel Forest treffen. Ich dachte, es könnte nicht schaden, wenn auch meine Mutter und Milen dabei wären, damit sie notfalls mit ihm sprechen konnten, und so setzten sie sich mit unserem gesamten Gepäck in die Hotelhalle und warteten. Als besagter Redakteur eintraf, erzählte ich ihm, was mein Vater in Zelenets erlebt hatte, und gab ihm eine Kopie seines Manuskripts. Ich erklärte ihm, meinem Vater habe so viel daran gelegen, dass er es erst veröffentlichen und dann zusammen mit seiner Asche bestatten lassen wollte. Ich sagte, ich würde es lieber veröffentlichen als bestatten, am liebsten jedoch beides.

Zu meinem großen Ärger war der Redakteur ziemlich herablassend und meinte, ich hätte keinerlei handfeste Beweise für diese Behauptungen und werde womöglich verhaftet, wenn ich mich öffentlich zu Kurilkov äußerte, der schon so viel Gutes für unser Land geleistet habe. Ich wolle einem angesehenen Elder Statesman schaden mit einer Geschichte, die den Tatbestand der üblen Nachrede erfülle. Der Redakteur drohte, mich gewissen Leuten zu melden, die dafür sorgen würden, dass ich nie wieder den Mund aufmachte. Ich brüllte ihn an, es stehe ihm nicht zu, jemanden zu bedrohen, der solches Leid habe erdulden müssen, worauf er entgegnete, meine Mutter werde noch sehr viel größeres Leid erdulden müssen, wenn ich die Angelegenheit öffentlich zur Sprache brachte. Er stürmte stinkwütend aus dem Restaurant mit meiner Kopie des Manuskripts in seinem Aktenkoffer und drohte, auf der Stelle die Polizei zu rufen. Ich sah, wie er eilig durch den Hinterausgang des Hotels verschwand.

Ich wusste sofort, dass ich mit ziemlicher Sicherheit beschattet werden und er um das Gebäude herum zum Haupteingang des Hotels zurückgehen würde. Wer weiß, vielleicht würde er mich nicht nur beschatten, sondern obendrein meine Familie ermorden lassen, deshalb durften wir unter keinen Umständen mit der Urne erwischt werden. Ich lief, so schnell ich konnte, zum Haupteingang und wollte meine Mutter und Milen in das Taxi des Sohnes ihrer Cousine setzen. Ich wusste, dass wir auf schnellstem Weg nach Velin fahren mussten, um seine Asche zu bestatten, wenn nötig anonym.

Da erhielt ich einen Anruf der Cousine, die mir mitteilte, dass ihr Sohn uns leider doch nicht abholen könne, und auf der Treppe hinunter zum Taxistand kam es zu einem kleinen Durcheinander. Ich konnte es nicht riskieren, auf einen Bus zu warten. Da kam uns zum ersten Mal jemand zu Hilfe. Und ich gab meinen Vater weg, in die Obhut einer jungen Frau, die er sehr gemocht hätte. Ich sah, dass Sie die Urne in Händen hielten, Alexandra, ohne es zu ahnen. Der Inhalt der Urne hatte meine Mutter und Milen schon jetzt in Gefahr gebracht – nichts hätte meinem Vater ferner gelegen –, und so gab ich ihn weg.

Doch als er fort war, wurde mir klar, dass Sie mit der Urne wahrscheinlich zur Polizei gehen würden. Wir mussten verschwinden. Ich konnte nur hoffen, dass Sie nicht auch in Schwierigkeiten geraten würden. Nie wäre ich auf die Idee gekommen, dass Sie so anständig – und so beharrlich – sein würden, uns überall zu suchen.

Achtundsiebzig

Die Sonne stand in der Himmelsmitte und schien warm auf Alexandras Haar. Neven erwachte aus seiner Starre, schüttelte den Kopf und entzog ihr seine Hand. Jäh bemerkte sie ihre Tränen. Schweigend zog er eine zerknüllte Papierserviette aus der Hosentasche und tupfte ihr damit die Wangen. Bobby wurde unruhig, schritt jedoch nicht ein.

»Wo haben Sie denn die ganze Zeit gesteckt?«, fragte sie. »Wir haben Sie überall gesucht.«

Er nickte und bat Bobby, zu übersetzen. »Ich konnte meiner Mutter natürlich nicht sagen, dass ich die Urne weggegeben hatte. Wir nahmen ein anderes Taxi in Richtung Velin, obwohl ich wusste, dass die Fahrt furchtbar teuer werden würde. Als sie bemerkte, dass die Urne nicht mehr da war, kehrten wir ins Hotel zurück, fanden dort aber natürlich nichts – zu meiner Erleichterung war auch der Redakteur nirgends zu sehen. Dann fuhr ich mit ihr und Milen für ein paar Tage in Nasko Angelovs Haus in den Bergen. Das war noch vor Ihrem Besuch dort.« Er machte ein ernstes Gesicht. »Sie haben vermutlich gehört, dass er tot ist.«

»Ja«, sagte Alexandra. »Sein Sohn hat Irina sofort verständigt, und sie hat uns angerufen.«

»Nasko versprach, niemandem zu verraten, dass wir bei ihm gewesen waren – nicht einmal Irina. Bei unserem Besuch erzählte ich ihm unter vier Augen, dass ich das Geständnis meines Vaters gefunden hatte. Und auch die Geschichte mit dem Redakteur in Sofia erzählte ich ihm. Er schien sehr besorgt und sagte, manche Dinge seien wohl dazu bestimmt, geheim zu bleiben, bis die rechte Zeit gekommen ist, und vielleicht habe mein Vater sein Geheimnis letztlich ja doch mit ins Grab nehmen wollen. Er muss gewusst haben, dass ich ihn in Gefahr gebracht hatte, denn in dem Geständnis stand sein Name. Ich werde mir das nie verzeihen.« Neven ballte die Fäuste. »Dann sagte Nasko, er werde mir etwas anderes geben, falls ich es jemals brauchen sollte. Ich glaube, er wollte nicht, dass es in seinem Nachlass gefunden wird. Er sagte, Stoyan habe es Milen Radev anvertraut, und Milen habe es ihm gegeben.«

Er öffnete seine Ledertasche und holte einen Umschlag daraus hervor, und aus dem Umschlag zog er eine Schwarz-Weiß-Fotografie. Es war ein Abzug auf hochauflösendem Papier, und die Figuren darauf wirkten plastisch und lebendig. Neven hielt das Bild an die Sonne, und Bobby rückte näher und spähte Alexandra über die Schulter. Es zeigte drei Männer, die lächelnd Arm in Arm unter einem Torbogen standen. Zwei von ihnen trugen Uniform und Mütze; der Dritte, sehr viel jünger, steckte in einem weiten Hemd und einer dunklen Weste. Das Haar der beiden älteren Männer glänzte schwarz, und der Jüngere hatte eine dichte Mähne blonder Locken; sein Lächeln war breit mit einer Lücke zwischen den oberen Schneidezähnen. Der Fotograf hatte sorgfältig darauf geachtet, den Schriftzug an dem Bogen über ihnen ins Bild zu rücken. Bobby übersetzte automatisch, doch Alexandra ahnte bereits, was dort stand: VORWÄRTS IN EINE RUHMREICHE ZUKUNFT.

Neven drehte das Foto um. Jemand hatte etwas auf die Rückseite geschrieben in fein säuberlicher, ausgebleichter Schrift, und Neven zeichnete die Worte mit der Fingerspitze nach. »*Lager Zelenets, S. Nedyalkov, Vasko Hristov, Momo Kurilkov, 1952.* Wie Sie sich vielleicht erinnern, schreibt mein Vater, dass Kurilkov – Momo – ihn damals auf der Krankenstation besucht hat. Dabei ist Momo das Bild aus der Tasche gefallen. Er muss es ständig bei sich getragen haben – und mein Vater hat es an sich genommen und es versteckt. So hat er es Nasko erzählt.«

»Und er hat es mit nach Hause genommen. Verstehe.« Bobby schüttelte den Kopf; er wirkte blass. »Fotos dieser Art sind sehr selten«, sagte er. »Und wenn diese Leute wüssten, dass wir es gesehen haben, würden wir vermutlich alle umgebracht.«

»Ja«, sagte Neven. »Ich glaube, jemand wusste, dass Nasko dieses Foto hatte. Sein Sohn hat mir erzählt, dass Nasko kurz nach Ihrer Abreise einen Anruf erhalten hat, über den er nicht sprechen wollte. Er muss irgendwie versucht haben, Sie zu schützen.«

Nur sich selbst konnte er nicht schützen, dachte Alexandra.

Neven sah auf den Fluss hinaus. »Er hatte die gleichen Pläne mit dem Geständnis meines Vaters wie ich – er gab mir dieses Foto, damit ich es sicher aufbewahrte. Und es veröffentlichte, wenn er tot war, wie mein Vater.«

»Die Geschichte Ihres Vaters, zusammen mit dem Foto«, sagte Bobby. »Das wäre mehr als genug.«

Plötzlich klingelte Nevens Handy.

»Irina«, rief Alexandra, doch Bobby hob einen Finger an die Lippen. Nach kurzem Zögern nahm Neven das Gespräch entgegen und lauschte ein paar Sekunden, und dann konnten sie hören, wie am anderen Ende aufgelegt wurde. Nevens Blick war starr.

»Das war nun schon der zweite Anruf dieses Mannes, den ich nicht kenne. Wie gesagt, hat er mir beim ersten Mal versprochen, mir um zwölf Uhr mittags mitzuteilen, wo Irina und Lenka sind. Jetzt hat er es mir gesagt.«

Alexandra schloss die Hand um Bobbys Arm. »Wo?«

»Er sagt, sie sind in Zelenets.«

Neunundsiebzig

Alle drei sprangen auf, und Stoycho gesellte sich zu Alexandra.

»Wer würde Irina und Lenka nach Zelenets verschleppen?« Alexandra versuchte, nicht an Nasko Angelov zu denken. »Und wir wissen noch nicht einmal, wo genau das eigentlich ist.«

Neven baute sich vor ihnen auf und stemmte die Hände in die Hüften. »Haben Sie von Kurilkovs Plan gehört, im Fernsehen? Viele Leute reden darüber, die einen sind dafür, die anderen dagegen. Er will das Bergwerk in Chopek bei Novlievo wieder in Betrieb nehmen, das immer noch bedeutende Metallvorkommen birgt, und dadurch jede Menge Arbeitsplätze schaffen. Es geht zwar auch um die Ankurbelung der Wirtschaft, aber vor allem will er sich natürlich die Taschen füllen, denn ihm gehört ein Teil des Landes, unter dem die Bergwerke liegen. Außerdem hat er angekündigt, Gefangene als Arbeiter einzusetzen, so viele neue Arbeitsplätze wird es also gar nicht geben, auch lassen sich auf diese Weise Lohnkosten sparen.«

»Und wenn er Premierminister wird«, sagte Bobby, »wandert vermutlich jeder ins Gefängnis, dessen Nase ihm nicht passt.«

»Genau«, bekräftigte Neven. »Dabei hat dieses Bergwerk bis heute so gut wie niemand zu Gesicht bekommen. Die Protestierer wurden nicht in seine Nähe gelassen, die umliegenden Straßen gesperrt.«

»Deshalb beschränkt der Protest sich hauptsächlich auf Sofia.« Bobby fuhr sich mit den Fingern durch das Haar. »Und – die Demonstranten werden fast immer verhaftet.«

»Ihr glaubt, das Bergwerk ist in Zelenets«, sagte Alexandra.

Die beiden sahen sie an, und Neven nickte knapp.

»Es gibt in der Regierung noch eine Handvoll Leute, die sich dem Plan widersetzen«, sagte Bobby nachdenklich. »Ich glaube, wenn die Protestierer handfeste Beweise dafür hätten, dass sich das Bergwerk auf dem Gelände eines früheren Arbeitslagers befindet, könnte die Opposition schon bald sehr viel größer werden.«

»Ja«, sagte Alexandra, »vor allem, wenn jemand Beweise dafür hätte, dass Kurilkov dort als Mörder und Folterknecht tätig war.«

»Wie Sie wissen, fährt seine Partei eine Sauberkeitskampagne«, fuhr Neven fort. »Der Bär – ›ohne Korruption‹.«

Bobby hatte die Hände in den Taschen vergraben. »Wenn Kurilkov das Bergwerk in Zelenets wieder in Betrieb nehmen und dort Zwangsarbeiter schuften lassen will, wird er vermutlich ein neues Lager errichten. Dem einen Lager werden andere folgen. Und das alles ganz legal, befördert durch seine Sauberkeitskampagne.«

»Das glaube ich auch«, sagte Neven. »Und Schritt für Schritt verwandelt sich das Land in ein Bulgarien wie zu Zeiten meines Vaters. Sie und ich, mein Freund, werden unter den Ersten sein, die in einem der neuen Lager landen.«

Wieder ergriff Alexandra Nevens Hand. Sie hatte das Gefühl, dass ihr früheres Leben niemals stattgefunden hatte; es war, als sei sie von einer Brücke in weiß schäumendes Wasser gestürzt und in die Tiefe gerissen worden. »Was hätte Ihr Vater gewollt?«, fragte sie.

Neven blickte auf ihre verschränkten Hände.

Bobby tastete hektisch seine Taschen ab, als wollte er eine Bestandsaufnahme vornehmen. »Ich habe schon mal einen Blick auf die Landkarte geworfen«, sagte er zu Neven. »Im Fernsehen gab es noch keine Fotos von diesem Bergwerk – nur Aufnahmen von Baggern, die irgendwelche Gruben aushoben, und eine sehr vage Ortsangabe.«

»Und Zelenets ist auf keiner Karte verzeichnet«, sagte Neven, »aber es werden häufig Orte umbenannt. Im Internet habe ich allerdings ein paar Hinweise gefunden, auf einer Website über die Zeit des bulgarischen Kommunismus. Der genaue Standort des Lagers ließ sich leider nicht ermitteln, aber ich habe gelesen, dass Zelenets in den Bergen der zentralen Stara Planina lag, in der Nähe von Chopek und Novlievo.«

»Na also«, sagte Bobby. »Fahren wir.«

»Nein.« Neven hatte Alexandras Hand losgelassen und marschierte in Richtung Straße; sie folgten ihm. »Sie hatten schon genug Ärger wegen meiner Familie. Sie müssen nach Sofia zurückfahren. Ich rufe Sie an, wenn ich die beiden gefunden habe.«

Alexandra blieb stur. »Aber Irina ist jetzt auch unsere Freundin.«

»Ich könnte Ihnen eine große Hilfe sein«, gab Bobby zu bedenken.

»Nein«, sagte Neven. »Danke.«

Bobby heftete sich an seine Fersen.

»Bobby«, rief Alexandra. »Bitte bleib in Sichtweite.«

Stoycho hetzte Neven hinterdrein. »Nach Chopek sind es vier Stunden«, sagte Neven schließlich, »wenn nicht mehr, über die schmalen Bergstraßen. Wir können uns während der Fahrt unterhalten. Aber Alexandra muss im Wagen bleiben, wenn wir dort sind.«

Bobby bedeutete ihr, Neven nicht zu widersprechen.

Auf Bobbys Landkarte lag Chopek in nordwestlicher Richtung in den Bergen. Sie stellten Nevens Auto in einem kleinen Hain unweit des Dorfes ab, wo man es von der Straße aus nicht sehen konnte, und zwängten sich in den Ford. Neven saß vorne neben Bobby. Alexandra, die mit Stoycho in den Fond geklettert war, betrachtete Nevens Schulter und Profil. Es war schon seltsam, dachte sie; Stoyan Lazarovs Blut floss nicht in seinen Adern, durch diese langen, ruhigen Glieder, und dennoch war er Stoyans Vermächtnis an die Welt. Stoyan Lazarov hatte nie eine Platte aufgenommen, nie für Staatsoberhäupter gespielt, war nie auf Welttournee gegangen. Dafür hatte er andere Dinge gehabt: seine Violine, seinen Vivaldi, seine Liebe zu der einen Frau. Und diesen wunderbaren Sohn, den er trotz seiner mangelnden musikalischen Begabung bedingungslos geliebt hatte. Wie Radev hatte Neven ein Talent für Zahlen und das Talent, die Herzen anderer Menschen zu gewinnen. Sie legte die Hand auf Stoychos Rücken und nickte unwillkürlich ein, von der Straße in den Schlaf gewiegt.

Als sie erwachte, waren sie in den Bergen. Die starke Steigung hatte sie geweckt; sie erklommen eine lange Passstraße durch einen Wald, in eine Nebelbank hinein. Die weite Ebene von Thrakien, die sich in der Ferne in einem Dunst verlor, der sich auf den zweiten Blick als ein weiterer Gebirgszug entpuppte, lag längst hinter ihnen. Die Straße war leer, bis auf Wolkenfetzen, die über der Fahrbahn hingen oder lautlos darüber hinwegtrieben und vom Wald verschluckt wurden. Der Himmel war verschwunden, als hätte es den Tag – den hellen Morgen an der Schwarzmeerküste, die mächtige Sonne über der Ebene – nie gegeben. Es musste bereits früher Nachmittag sein, doch Alexandra hatte das Gefühl, sich durch ein Vakuum zu bewegen, in dem es keine Zeit gab, keine Sonne und kein Licht, an dem sie sich hätte orientieren können. Schaudernd vor Angst zog sie ihre Strickjacke über: *Irina, Lenka, Zelenets.* Auch Stoycho reckte steif die Glieder, wandte den Kopf und blickte sie an.

Auf dem Gipfel des Passes sagte Bobby, er brauche eine kleine Pause, und lenkte den Wagen auf einen Parkplatz am Straßenrand. Alles ringsum war wolkenverhangen, und als sie ausstiegen, zerrte der Wind an ihren Kleidern. Alexandra hatte den Eindruck, noch nie auf einem so hohen Berg gewesen zu sein. Der Wind fegte sie zu den öffentlichen Toiletten, und sie sah Leute in dicken Jacken mit Mützen oder Schals, die ins Tal hinabschauten, das jetzt aus dem Wolkenmeer auftauchte.

Plötzlich verzog sich der Nebel und gab den Blick frei auf ein gewaltiges Denkmal. Es ruhte gleich hinter dem Parkplatz auf einem Betonsockel – eine riesenhafte Weltraumrakete aus Stein und Bronze, die aussah, als könne sie jeden Augenblick abheben. Im Sockel befand sich eine Tür, doch die war fest verriegelt und mit einem Vorhängeschloss gesichert, als habe sie seit Jahren niemand mehr geöffnet. Die Spitze der Rakete verschwand acht Stockwerke über ihnen in den dahinjagenden Wolken, als strebte sie bereits dem All entgegen. Jemand hatte einen Kranz und eine Flagge an die Tür gelehnt, Wind und Wetter schutzlos ausgeliefert.

»Was ist das?«, wollte Alexandra von Bobby wissen.

Bobby hatte die Arme um seinen Körper geschlungen. »Ein Ehrenmal – ZUM 40. JAHRESTAG DER REVOLUTION, 1984. In ganz Bulgarien wurden Schulkinder dazu verdonnert, das Geld für das Projekt zu beschaffen – ich war damals noch zu klein, aber ich kannte Kinder aus unserer Siedlung, die Alteisen und Spenden sammelten, ein paar Stotinki hier, ein paar Stotinki dort. Und alle Werktätigen kauften Sonderbriefmarken, um den Bau zu unterstützen.« Er klappte den Kragen seiner Jacke hoch. »Die große Einweihungsfeier wurde live im Fernsehen übertragen.«

Neven hatte den Kopf in den Nacken gelegt und starrte mit entblößter Kehle zu der Rakete hinauf. »Ich weiß es noch wie heute«, sagte er. »Mein Vater weigerte sich, den Apparat einzuschalten.« Er rieb sich die Arme, und Alexandra hatte den Eindruck, dass er nicht vor Kälte zitterte, sondern vor Wut. »Jetzt ist er tot, und Kurilkov hat sein Ziel erreicht.« Dann sagte er etwas auf Bulgarisch und ging eilig zurück zum Auto.

»Was?« Alexandra fasste Bobby am Ellbogen.

Auch Bobby machte kehrt. »Er hat gesagt: *Was hat solches Leid für einen Sinn?* Beeilung, Bird.«

Auf der anderen Seite des Passes ging es genauso steil bergab, wie es zuvor bergan gegangen war, und dann eine andere Gebirgsstraße hinauf, die sich durch dichten Fichtenwald schlängelte, vorbei an ein paar verschlafenen Dörfern und dem einen oder anderen kleinen Chalet-Hotel. Bobby hatte eine Karte über das Armaturenbrett gebreitet und warf immer wieder einen Blick darauf; Neven und er ignorierten den Wegweiser nach Chopek und bogen stattdessen links ab in ein Tal, auf einer Straße, die sich erst zu einer Schotterpiste und schließlich zu einem Feldweg verengte.

»Hier verläuft die Bahnlinie«, sagte Bobby, und sie betrachteten den Schienenstrang neben der Straße und den schmalen Fluss dahinter. »Ich glaube, von hier aus gelangt man zum Hintereingang des Bergwerks – Chopek liegt oben am Haupteingang, hinter uns. Ich hoffe, die Straße, die wir brauchen, ist noch da.«

Nach ein paar Kilometern ließen die Straße und die Gleise den Fluss links liegen und zweigten nach rechts ab in das erste Dorf seit einer halben Stunde. Einige Häuser waren eingestürzt, und nur ein paar sahen bewohnt aus. In dem nahegelegenen Wald, außer Sichtweite des Dorfes, blockierte eine hölzerne Sperre die Straße. Bobby stieg aus und blickte sich forschend um. Neven tat es ihm nach, und mit vereinten Kräften schafften sie die schwere Sperre von der Fahrbahn. Im Fond setzte sich Stoycho auf und reckte die schwarze Nase, und Alexandra musste ihn am Halsband festhalten, damit er nicht hinaussprang und den beiden Männern nachlief. Bobby fuhr ein paar Meter, hielt an, und sie stellten die Sperre an ihren Platz zurück. Ein paar hundert Meter weiter kamen sie zu einer zweiten, die sich jedoch problemlos umfahren ließ. Alexandra sandte ein kleines Stoßgebet an ihre Eltern und bat sie, ihr zu vergeben, falls ihr etwas zustieß.

Die Straße führte auf Umwegen zum Fluss zurück, durch einen dichten Wald, und mündete schon bald auf eine große, gestrüppbewachsene Lichtung. Alexandra sah einen Holzstapel und zwischen den Bäumen ein verfallenes Gebäude mit flachem Dach. Daneben standen ein Bulldozer und ein Schaufellader. Keine weiteren Lebenszeichen. Bobby parkte den Wagen hinter einem Gebüsch, Alexandra nahm Stoycho an die Leine, und sie stiegen aus. Diesmal sagte niemand ein Wort, und sie gaben sich alle Mühe, keinen Lärm zu machen. Bobby und Neven gingen voran, und sie überquerten eine rissige Zementfläche. Bobby blieb ein paarmal stehen und starrte zu Boden; eine Reihe schlammiger Fußspuren zog sich quer über den Zement. Alexandra fiel auf, dass der Schlamm noch frisch war.

Als sie um eine Biegung kamen, erkannten sie zwischen den Bäumen eine Ansammlung ein- und zweistöckiger Holzbauten, die am Rande eines großen, unkrautüberwucherten Platzes vor sich hin rotteten. Die alte Ordnung war noch zu erahnen: Die Gebäude standen exakt rechtwinklig zum Platz und umschlossen ihn von drei Seiten. Ein Turm auf verwitterten Ständern bewachte den Eingang zu dem Hof. Den meisten Gebäuden fehlte das Dach, doch die Mauern waren solide gebaut. Eingänge klafften dunkel, den Elementen preisgegeben, und an einigen von ihnen rankten sich Kletterpflanzen empor und hingen wie grüne Zungen aus den Fenstern im oberen Stock. Am anderen Ende des Platzes befand sich ein Hügel, wie eine Erdaufschüttung, der an der Vorderseite, rings um einen niedrigen Holzrahmen, eingesunken war. Alexandra spürte, wie sich die Härchen an ihren Armen aufrichteten, und Stoycho bewegte sich nur widerstrebend vorwärts. Es war weit und breit kein Mensch zu sehen, geschweige denn Irina und Lenka oder gar ihre Entführer.

Neven starrte mit den Händen in den Taschen auf die verfallenen Gebäude. »Was meinen Sie?«

»Ja, das könnte es sein.« Doch Bobbys Stimme klang zweifelnd. Er würde Beweise brauchen, überlegte Alexandra. Er sah sich um, nervös und mit gespitzten Ohren.

Sie gingen zur Platzmitte, umringt von den leeren Augen der Baracken oder was auch immer diese Ruinen einst gewesen sein mochten. Vorsichtig näherte Alexandra sich einer von ihnen und warf einen Blick hinein. Es standen keine Holzpritschen darin, obgleich sie durch die Fensteröffnung zwei uralte Waschbecken sehen konnte, die mit Bolzen an der Wand befestigt waren. Die Vortreppen waren weggefault; wenn sie ins Innere gelangen wollte, musste sie durch ein Fenster klettern. Die ganze Anlage versank langsam im Erdreich. Der eine oder andere Stoß mit dem Bulldozer, und das Lager war endgültig Vergangenheit.

Da sah sie, dass Neven auf eigene Faust umhergestreift war. Er stand im gegenüberliegenden Gebäude und starrte aus der leeren Tür. Seine Hände hingen schlaff herab. Er hatte dort hinaufklettern müssen, dachte sie – er hatte, wenigstens einen Augenblick lang, von drinnen nach draußen sehen wollen. Reglos, kerzengerade stand er da und blickte in die Ferne. Sie verspürte den Drang, zu ihm zu eilen, sich zu vergewissern, dass sein Körper noch Wärme verströmte. Doch dieser Moment war Teil einer Welt, in der sie keinen Platz hatte. Sie zog Stoychos Seil straff und befahl ihm, sich still neben sie zu setzen.

Nach ein paar Minuten winkte Bobby sie zurück zum Auto. »Ihr Vater schreibt, sie seien jeden Morgen etwa zwei Kilometer zu einem Steinbruch marschiert. Da hier im Lager niemand ist, sollten wir uns vielleicht dort oben umsehen.«

Der Wagen holperte über einen breiten Feldweg, der einst eine Straße gewesen sein mochte. Er führte um die Gebäude herum und wand sich bergauf durch den Wald, vorbei an einer steilen Felswand. Zu ihrer Linken sahen sie die Eisenbahngleise, ein stillgelegter Strang, gespickt mit Kiefern- und Birkenschösslingen. Sie fuhren schweigend, und einmal wandte Bobby den Kopf und warf Alexandra einen beschwichtigenden Blick zu. Eine Faust schloss sich um ihr Herz, und am liebsten hätte sie auf der Stelle kehrtgemacht, am liebsten wäre sie mit ihnen allen – Bobby, Neven, Irina und Lenka – den Berg wieder hinabgefahren. Neven spähte durch die Windschutzscheibe; plötzlich gab er Bobby das Zeichen zum Anhalten. Der stellte den Motor ab, und sie stiegen vorsichtig aus; Neven ging voraus, den Arm warnend erhoben.

Nur etwa fünf Meter vor ihnen ragten junge Bäume ins Leere – eine riesige Grube mitten im Wald, an deren Rändern noch immer vergessene Felsquader lagen. Alexandra musste an das römische Theater in Plovdiv denken, die uralten, behauenen Steine. Sie sah über die Kante; unter ihr erstreckte sich ein tiefer Abgrund, gesäumt von Büschen und Felsen. Der Grund war mit Bäumen und Gestrüpp bewachsen, dazwischen, halb verschlungen, weitere riesige Steinblöcke.

Bobby fotografierte alles mit seinem Handy; ihr fiel ein, dass ihre Kamera in der Tasche ihrer Strickjacke steckte, und sie zog sie heraus. Irina oder Lenka waren nirgends zu entdecken.

Eine Straße schlängelte sich am Rand des Steinbruchs entlang, parallel zu der überwucherten Bahntrasse, und verschwand im Wald. In dieser Richtung mussten die Bergwerke liegen. Ihr Magen krampfte sich zusammen. Hatten die Entführer Irina und Lenka dorthin verschleppt?

Sie wollte sich eben umdrehen und Bobby etwas fragen, da ging plötzlich alles ganz schnell. Von hinten näherte sich ein Wagen, der am Lager vorbei-, wenn nicht sogar durch es hindurch gefahren sein musste, und rollte schlingernd auf den Steinbruch zu. Im ersten Augenblick wusste Alexandra nicht, wie ihr geschah; sie hatte das Gefühl, in einen Actionfilm geraten zu sein: ein Auto, das über den Rand des Steinbruchs hinausschoss und in die Tiefe stürzte. Doch dann hielt der Wagen mit quietschenden Bremsen – eine graue Limousine, nur ein paar Schritte entfernt.

Der Limousine folgte ein schwarzer BMW mit getönten Scheiben, dessen Räder und Kotflügel derart verdreckt waren, dass die auf Hochglanz polierte Karosserie dagegen geradezu grotesk wirkte. Zwei Männer sprangen aus dem ersten Wagen und öffneten den Fond. Vom Rücksitz zerrten sie erst eine Frau mit dunklen Zöpfen, die sich heftig zur Wehr setzte – Lenka –, und dann eine ältere Frau, die sich ebenfalls wehrte, aber aussah, als würde sie jeden Augenblick ohnmächtig werden. Alexandra wollte auf sie zugehen, doch Bobby schloss die Hand so fest um ihren Arm, dass es wehtat. Dann trat Neven neben sie, und plötzlich kam sie sich winzig klein vor. Lenka hatte sie offenbar gesehen; aus ihrer Nase rann Blut, aber sie rief Irina etwas zu, worauf diese den Kopf in ihre Richtung wandte. Einer der Männer stützte Irina, sodass sie sich gegen den Wagen lehnen konnte, und setzte ihr ein Messer an die Kehle, ein langes Messer mit schwarzem Griff. Lenka versuchte, sich aus der Umklammerung des anderen Mannes zu befreien, und er schlug ihr mit der Faust auf die Nase, so routiniert, als hätten sie es einstudiert.

Plötzlich öffnete sich die Fahrertür des BMW, und ein dickleibiger Mann trat auf sie zu und hielt sie mit einer Waffe in Schach – die Wendung schoss Alexandra unwillkürlich durch den Kopf: dass er sie *in Schach hielt,* obwohl er sie in Wahrheit natürlich bedrohte. Neven und Alexandra hoben die Hände, und sie sah, wie Bobby verstohlen in seine Jackentasche griff, einen Gegenstand daraus hervorzog und schoss. Der Mann, der auf sie zugekommen war, machte einen Satz rückwärts, schlug der Länge nach hin und betrachtete die Bäume und den Himmel. Er war ein muskelbepackter Hüne mit einem Holster über seinem schwarzen Hemd. Alexandra sah, dass er noch lebte und sich die Schulter hielt. Warum hatte sie davon nichts gewusst – dass Bobby ein geübter Schütze war, der ohne Zögern zur Waffe griff, aber niemals jemanden erschossen hätte?

Doch jetzt öffnete sich der Fond des BMW, und zwei Männer stiegen aus. Alexandra merkte, dass sie den Atem anhielt. Sie kannte die beiden – der eine war der Zauberer, dessen Schädel im mattsilbrigen Nachmittagslicht schimmerte. Der andere war steifer, würdevoller, die Ruhe selbst in seinem perfekt geschnittenen Maßanzug – Kurilkov, der Bär. Sie sah das blank polierte Oberleder seines Stiefels, seine betonharte, gefärbte Mähne, den unnatürlich braunen Bart, die fahlen Augen. Er würdigte den verwundeten Mann am Boden oder Bobbys Waffe keines Blickes.

Stattdessen sah er Neven an und streckte ihm die offene Hand hin – *Her damit.* Dann drehte er sich um und musterte Irina, bleich und entkräftet, mit dem Messer an der Kehle. Alexandra sah das Funkeln der Brosche unterhalb der Klinge. *Er macht es wirklich,* dachte sie. *Wenn Kurilkov es ihm befiehlt, bringt dieser Mann, dieser Fremde, Irina vor unseren Augen um.* Plötzlich spürte sie die Nähe des Steinbruchs, des felsigen Abgrunds in ihrem Rücken. Der Bär trat näher, und sie hatte das Gefühl, ihn riechen zu können. Alexandra fragte sich, ob Bobby es wagen würde, ein zweites Mal zu schießen. Stoycho hatte zu knurren begonnen, ein warnender, urzeitlicher Laut, wie sie ihn von einem Hund noch nie gehört hatte. Sie spürte, wie ihr die Leine aus der erhobenen Hand glitt, oder hatte sie sie losgelassen?

Auch der Zauberer machte einen Schritt auf sie zu – sie musste an sein Gesicht auf dem Polizeirevier denken, bei ihrem gemeinsamen Mittagessen, sein verschwiegenes Lächeln, doch diesmal lächelte er nicht. Stattdessen brüllte er irgendetwas, und in diesem Moment der Verwirrung zog der Bär seinerseits eine Waffe, eine kleine Pistole, und schoss damit auf Bobby. Alexandra schrie, doch kein Laut drang über ihre Lippen. Sie hörte nur den dumpfen Aufprall eines menschlichen Körpers; stumm lag er da und rührte sich nicht. Der Bär baute sich vor ihnen auf, und als Alexandra den Blick hob, sah sie, dass auch der Zauberer eine Waffe in der Hand hatte und sie auf den Bären gerichtet hielt. Sie wusste nicht, ob er bereits abgedrückt hatte, denn in diesem Augenblick nahm Stoycho Anlauf und sprang dem Bären an die Kehle. Seine gefletschten Fänge bohrten sich in das weiche Fleisch, die Kehle klaffte auf, nacktes Rot und Weiß, und sie stürzten über den Rand des Steinbruchs in die Tiefe.

Eigentlich hätte man irgendeinen Laut hören müssen, brechende Knochen, den Schrei eines Menschen oder das Winseln eines Hundes, doch Alexandra war wie taub. Wie durch einen Schleier nahm sie den Zauberer wahr, der ihnen mit gesenkter Waffe gegenüberstand. Dann erst merkte sie, dass sie auf Bobby lag und dass er atmete, einmal, zweimal und dann nicht mehr, und dass sie sein Hemd aufriss und ihren Mund auf seine Lippen presste, ein halb vergessenes Ritual. Und dass Neven neben ihr auf dem Boden kauerte und Bobbys Kopf festhielt.

Achtzig

Plötzlich, während sie noch den Mund auf seine Lippen presste, schnappte Bobby gierig nach Luft, und sie spürte, wie seine Brust sich blähte. Frische Farbe stieg ihm ins Gesicht; sie riss sich die Strickjacke vom Leib und band sie – ungeschickt, aber fest – um seinen Schenkel, um die Blutung zu stillen. Als sie den Blick hob, sah sie, dass Neven aufgestanden war und auf die graue Limousine zulief. Irinas Bewacher hatte sie losgelassen. Alexandra sah, wie sie zu Boden sank und wie Neven sie auffing und an sich drückte. Der andere Mann stieß Lenka von sich. Die beiden Männer sprangen in die Limousine; sie setzten zurück, wendeten und rasten davon. Neven trug Irina zu Bobbys Wagen und bettete sie auf den Rücksitz. Alexandra ließ Bobby einen Augenblick allein und ging zu ihnen; Lenka beugte sich schlammbeschmiert über die alte Dame.

»Mir fehlt nichts«, sagte Irina mit schwacher Stimme. »Asparuh?«

Alexandra lief zurück zu Bobby. Er hielt die Augen geöffnet, und sein Blick war wachsam, aber er sprach kein Wort. Von Zeit zu Zeit verzog er schmerzhaft das Gesicht. Sie nahm seine Hand und sah zu, wie der Zauberer ihm erst eine richtige Aderpresse, dann einen Verband anlegte und ihm schließlich eine Spritze gab. Letzteres versetzte sie in Panik, doch der Zauberer nickte beschwichtigend. »Nur ein Schmerzmittel. Er hat nicht allzu viel Blut verloren. Ich würde sagen, Sie haben ihm das Leben gerettet, junge Frau. Aber er muss schnellstens in ein Krankenhaus. Das nächste ist in Novlievo. Warten wir noch einen Augenblick, bevor wir ihn bewegen.« Sie schauten in den Steinbruch hinab, aber es gab nichts zu sehen, nur die Steine und die Bäume in der Tiefe.

»Was ist mit dem Bären?«, fragte Alexandra. Er wirkte jetzt eher wie ein Mensch als wie ein Zauberer in seinem weißen Unterhemd, befleckt mit Bobbys Blut.

»Es ist vermutlich besser so«, sagte der Zauberer. »Er hätte es wohl nicht überlebt, wenn Sie seine Geschichte publik gemacht hätten.«

»Sie wussten davon?«, schrie Alexandra und erschrak über den schrillen Klang ihrer Stimme. Sie sank auf die Knie und bedeckte Bobbys Gesicht mit Küssen. Seine Augen waren geschlossen, doch sein Brustkorb hob und senkte sich. Neven trat wieder neben sie und blicke den Zauberer an.

»Ja«, sagte der Zauberer. »Warten Sie.« Er eilte zu dem Mann, den Bobby in die Schulter geschossen hatte, versorgte ihn und kehrte dann ebenso schnell zurück. »Kurilkov bat mich, nach bestimmten Namen zu suchen, und wir markierten sie in unserem System. Bei der Suche nach Stoyan Lazarov stellte ich fest, dass auch sein Name markiert war. Ich erzählte Kurilkov davon, obwohl ich es für nicht weiter wichtig hielt, und er wurde sofort hellhörig. Er wies mich an, Ihnen zu folgen und Ihnen Angst zu machen, wollte mir aber nicht sagen, warum. Da fragte ich mich, was er mir verheimlichte.«

Der Zauberer wischte sich die Hände an seiner Hose ab. Er wies mit ausgestrecktem Arm zu Bobby. »Kommen Sie, helfen Sie mir tragen. Ich bin sicher, Kurilkov hätte die ganze Sache mir und der Polizei in die Schuhe geschoben. Wahrscheinlich wollte er der Presse weismachen, ich hätte die Geschichte über ihn erfunden. Vorgestern habe ich dann erfahren, dass er vorhatte, mich umzubringen, nachdem er Sie umgebracht hatte. Seine Leute sind uns jetzt natürlich entwischt, aber darum kümmere ich mich später.«

»Wir werden Ihnen niemals geben, was Sie von uns haben wollen«, sagte Alexandra. Ihre Stimme zitterte, aber es musste heraus. Neven hatte Bobby hochgehievt, und sie schlang sich Bobbys freien Arm um die Schultern, doch der Zauberer stieß sie beiseite und nahm ihren Platz ein.

»Junges Fräulein«, sagte er. »Ich will überhaupt nichts von Ihnen. Ich habe jahrelang mit Asparuh Iliev zusammengearbeitet, und es würde mich doch sehr wundern, wenn er den einschlägigen Blättern nicht längst eine Kopie von Stoyan Lazarovs Geschichte hätte zukommen lassen – in welcher Form auch immer. Im Übrigen bin ich ziemlich sicher, dass Kurilkovs Tod zum Selbstmord erklärt werden wird.«

Alexandra streckte die Hand aus und strich Bobby übers Haar. Er hatte die Augen aufgeschlagen und schien sie zu erkennen. Natürlich hatte er die Geschichte an die Presse gegeben, er hatte schließlich auch Freunde, die ohne Weiteres bereit waren, ihm ein Auto zu beschaffen, wenn er eines brauchte. Vermutlich hatte er in dem Hotel, in dem sie mit Stoycho übernachtet hatten, eine Kopie angefertigt und sie mit der Post geschickt. Typisch Bobby. Und nun hatten sie auch noch ein Foto, das die ganze Sache komplett machte.

Jetzt erst begriff sie, dass Stoycho tatsächlich nicht mehr da war und warum.

Der Zauberer legte Bobby die Hand auf die Stirn, als wollte er ihm die Temperatur fühlen. »Ich muss zurück nach Sofia und mit der Presse sprechen. Ich verständige das Krankenhaus in Novlievo. Noch ist unser bester Taxifahrer nicht verloren.«

Neven setzte Bobby behutsam auf den Rücksitz des Ford. Irina und Lenka nahmen ihn zwischen sich, und Alexandra stieg mit Neven vorne ein.

»Geben Sie Gas«, sagte sie.

Später erinnerte sie sich nur an einen einzigen Augenblick der Rückfahrt durch den Wald, und fast kam es ihr vor, als hätte sie's geträumt: ein geschecktes Etwas zwischen den Bäumen, ein Tier, das in die Wildnis zurückkehrte, aus der es gekommen war.

Einundachtzig

Am nächsten Abend saßen sie in Baba Vankas Küche vor dem Fernseher und verfolgten die Nachrichten. Auf dem Bildschirm erschien der Quadratschädel des Sofioter Polizeichefs. Er verlas eine Stellungnahme zu Minister Kurilkov, der in einem Steinbruch unweit eines ehemaligen Arbeitslagers namens Zelenets durch einen tragischen Unfall – oder, wahrscheinlicher, Selbstmord – zu Tode gekommen sei. Die laufenden Ermittlungen hätten ergeben, dass Kurilkov dort einst als Aufseher tätig gewesen sei; er habe sich vermutlich seine frühere Wirkungsstätte anschauen wollen. Auch habe er offenbar schon vor Jahren das Land erworben, auf dem sich der Steinbruch und die Bergwerke befanden. Hätte Kurilkov sich nicht das Leben genommen, sprach der Zauberer mit düsterer Miene in die Kamera, wäre er wegen seiner Verbrechen vermutlich zur Rechenschaft gezogen worden, Verbrechen, die in der Presse, anhand des Augenzeugenberichts des verstorbenen Musikers Stoyan Lazarov, demnächst ausführlich dokumentiert würden. Das Bergwerkprojekt sei zwecks weiterer Ermittlungen auf Eis gelegt. Es folgte ein Bericht über die Entdeckung von Massengräbern in den Wäldern rings um den Steinbruch. Endlich schwärmten Scharen von Journalisten aus, schlugen sich mit ihren Kameras durch das Dickicht und schritten an den Gebäuden entlang, wo Neven stumm aus einem Türeingang geblickt hatte.

Alexandra saß zwischen Bobby und Neven und hatte die Hand auf Bobbys gesundes Bein gelegt. Sie wusste, dass sie bald wieder schreiben würde; schon spürte sie, wie dieselbe Hand über die Seiten glitt, wie ihre Finger über die Tasten ihres Laptops huschten. Diesmal würde es in ihren Geschichten und Gedichten um eine neue Welt gehen. Vielleicht würde sie aber auch Essays verfassen, Aufsätze, Artikel – die Feder als Waffe.

Am nächsten Morgen fuhr Alexandra nach Morsko, um sich von Irina und Lenka zu verabschieden. Baba Vankas Sohn hatte sich bereit erklärt, die beiden Frauen nach Plovdiv zurückzubringen. Sie sprachen nicht über Stoyan Lazarovs Geschichte, doch als sie so beisammensaßen, sagte Irina: »Er hätte Sie sehr geliebt. Sie sind eine couragierte Frau, und er hielt viel von Mut und Tapferkeit, musste er sie doch sein Leben lang immer wieder selbst unter Beweis stellen.« Als sie Irina zum Abschied küsste, fiel Alexandras Blick auf die funkelnde Brosche an der Brust der alten Frau. In ihrer Mitte, zwischen Ranken und Blumen, glaubte sie einen blassen Schemen zu erkennen wie das Gesicht eines Apostels.

Als sie zum Abendessen mit den Lazarovi nach Gorno zurückkamen, sah das Haus fast genauso aus wie bei ihrem ersten Besuch – mit dem Unterschied, dass die Vorhänge aufgezogen waren, wie Bobby schwach lächelnd feststellte. Sie klopften an die Tür, und Neven machte ihnen auf, wie Alexandra es so oft geträumt hatte. Er küsste sie auf beide Wangen und half Bobby dann, sich mit seinen Krücken durch die Tür zu zwängen. Sie hatte sich auf das Wiedersehen mit Neven gefreut, seit er mit seinen Eltern vor zwei Tagen aus Morsko abgereist war – man durfte sie jetzt wohl mit Fug und Recht seine Eltern nennen –, doch er gab sich förmlich, reserviert; Vera hingegen eilte Alexandra entgegen, schloss sie in die Arme und strich ihr übers Haar. Milen Radev im Rollstuhl drückte ihr die Hand. Vera platzierte Bobby auf dem Bett in der Küche, damit er die Beine hochlegen konnte.

Sie setzten sich zu Tisch; Neven schenkte *rakiya* ein und stieß auf Bobby und Alexandra an und das Gedenken Stoyan Lazarovs. Alexandra beobachtete ihn fasziniert – seine Schönheit, seine altmodische Zurückhaltung. Wie, überlegte sie, würde der Rest seines Lebens wohl verlaufen, in dieser Welt, in der es kaum Arbeit und viel Armut gab und wenige vulgären Reichtum anhäuften? Trotz Stoyan Lazarovs Talenten, seiner Courage und seiner Enthüllungen blieb Leuten wie den Lazarovi weiter nichts als ihre Würde, in der sie langsam verdämmerten. Beim Essen erzählte Neven ihr, dass er an seine Arbeitsstelle in Burgas zurückgekehrt sei, sich aber nicht recht konzentrieren könne, und endlich sah er sie über den Tisch hinweg aus goldenen Augen an.

Als sie den Hauptgang beendet hatten und Vera Kuchen servierte, hob Alexandra zu einer kleinen Rede an. »Ich habe nachgedacht«, begann sie und geriet auch schon ins Stocken. Plötzlich sah sie Jack vor sich. Er saß an einer Ecke des Tisches und brütete Unheil aus.

Sie wandte sich an Vera und Neven. »Von meinem Reisebudget für dieses Jahr ist noch ein wenig Geld übrig.« Wieder hielt sie inne; es fiel ihr schwer, offen zu sprechen. »Wenn es Ihnen recht ist, würde ich es Ihnen gern schenken, damit Sie *gospodin* Lazarovs Asche in Venedig beisetzen können. Ich weiß nicht, wie man dort an eine entsprechende Genehmigung kommt, aber es gibt sicher eine Möglichkeit.«

Bobby starrte sie an – sie hatte ihm von ihrem Vorhaben erzählt –, und dann übersetzte er für Vera und Milen. Veras Augen wurden riesig, dunkel. Neven machte eine wegwerfende Handbewegung und schüttelte den Kopf, doch sein Blick war glasig.

»Es ist vermutlich nicht genug für Sie alle«, sagte Alexandra, »aber für zwei sollte es reichen.«

Sie wechselten halblaut ein paar Worte auf Bulgarisch, Vera schlug sich die Hand vor das Gesicht, und Milen tätschelte resigniert seinen Rollstuhl.

Neven nickte. »Meine Eltern können nicht mehr so weit reisen«, sagte er leise. »Das wäre einfach zu viel für sie. Aber ich … ich könnte durchaus hinfahren. Wenn es Ihnen nichts ausmacht, mich zu begleiten.«

Zweiundachtzig

Ein Laden in Prag, irgendwann im Jahre 1937 oder 1938, eine antikvarna, *die sich auf Noten spezialisiert hat. Der Mann, der die Tür aufstößt, ist Anfang zwanzig, ein Ausländer mit einem Geigenkasten in der Hand. Er ist groß und dunkelhaarig und hat einen derart energischen Gang, dass der Händler unwillkürlich von seinem Katalog aufblickt. Die Sorte kennt er: Gewöhnlich sind es arme Studenten, die jedoch bisweilen ein wenig Geld beiseitegelegt haben und über ausreichend Leidenschaft verfügen, um sich davon eine kleine Kostbarkeit zu leisten. Er beugt sich über den Ladentisch und wirft erst einen Blick auf den Geigenkasten des jungen Mannes, der gewiss nicht billig war, und dann auf seine Schuhe, die zwar schon etwas abgetragen, aber gleichfalls von exzellenter Qualität sind. Und blitzblank poliert.*

Der junge Mann lüftet den Hut und setzt ihn ab. »Wie ich Ihrem Schild entnommen habe, verkaufen Sie antiquarische Noten«, sagt er auf Französisch.

Nun, wenn sie keine andere gemeinsame Sprache sprechen, müssen sie eben mit dieser vorliebnehmen.

»Ja«, sagt der Händler. »Was suchen Sie denn?«

»Nichts Bestimmtes.« Die Augen des jungen Mannes glänzen. »Geiger, wie ich sehe?«

»Ja.«

»Sammler?«

Der junge Mann lacht. »Von Melodien, ja. Teure Noten – bedaure, nein.«

Sein Lächeln ist so charmant, sein ungemein energisches und wohlgelauntes Auftreten so einnehmend, dass auch der Händler lächelt und den Katalog zuschlägt. »Ich habe ein paar Sachen, die zwar sehr erlesen, aber nicht unbedingt teuer sind«, sagt er vorsichtig. »Und für Violine.«

Mit einer höflichen Geste legt der junge Mann seinen Geigenkasten auf den Ladentisch, wo er nicht im Wege ist. »Danke«, sagt er. »Das könnte mich interessieren.«

Doch die Neugier des Händlers ist noch nicht gestillt. »Kommen Sie zufällig aus Wien?« Obgleich er am Akzent des jungen Mannes selbstredend sofort erkannt hat, dass er kein Wiener ist.

Wieder lacht Stoyan Lazarov. »Ja«, sagt er.

Der Händler stößt einen Pfiff aus. »Ich habe mir Ihr Konzert gestern Abend angesehen. Ich hätte es um keinen Preis der Welt versäumen mögen. Ich würde sagen, es war ein durchschlagender Erfolg.«

Stoyan grinst. Die Philharmoniker hatten Tschaikowskys Streicherserenade aufgeführt, und am Ende hatten die Studenten auf den oberen Rängen volle fünf Minuten gejubelt und gestampft. Dann hatte Stoyans Streichquartett das Wagnis unternommen, Dvořáks »Amerikanisches Quartett« zu geben, hier in der Heimatstadt des Komponisten, und die Prager Studenten hatten verrücktgespielt und ihre Hüte und, ja, sogar ihre Mäntel in die Luft geworfen. Danach hatte ein alter Mann, der mit Dvořák persönlich bekannt gewesen war, dem Dirigenten einen Band Memoiren überreicht, und Frauen hatten ihnen Blumen zugeworfen, als sie von der Bühne gegangen waren. Heute Abend werden sie Dvořáks dritte Sinfonie spielen, ihr letzter Auftritt.

»Ich habe da etwas, das Sie interessieren könnte«, sagt der Händler. »Ich zeige es beileibe nicht jedem, aber Sie sind Geiger, und es wird im Wert sogar noch steigen.« Er geht zu einem Schrank hinter dem Ladentisch, schließt ihn auf und sieht mehrere Stapel brüchiger, vergilbter Notenkladden durch. Was er sucht, ist in braunes Papier gewickelt und mit einer Kordel verschnürt, schon das ist etwas Besonderes. Er löst die Verpackung und legt es aufgeschlagen vor den jungen Mann hin auf den Ladentisch. »Es ist sehr alt, müssen Sie wissen.«

Stoyan Lazarov beugt sich vor, um die Noten, die da in ihrer ganzen Blöße vor ihm liegen, aus der Nähe zu betrachten. Das angelaufene Papier wirkt trotz allem recht robust und ist mit verblassten Notenlinien versehen. Zu seinem Erstaunen handelt es sich um ein Autograf, ein Manuskript. Die Schrift, in der es verfasst ist, versetzt ihn in einen inneren Taumel – sie rast über die Linien, ist hastig, in krakeligen, ausholenden Schnörkeln aufs Papier geworfen. Aus seiner Beschäftigung mit Bach und Händel weiß er, dass dieses Blatt aus der Barockzeit stammt, und doch hat er dergleichen nie zuvor gesehen. Ein virtuoses Werk, was immer es auch sein mag, und nur ein Virtuose würde es spielen können, zumal in dem Tempo, das ihm in seiner Vorstellung gebührt.

Er sieht den Händler an, der ihn seinerseits eindringlich mustert. »Was ist das?«

Der Händler schlägt die nächste Seite auf – das Stück scheint nur drei Seiten lang zu sein, doch die bieten reichlich Gelegenheit zur Wiederholung und für Ausschmückungen und Fiorituren. Die Blätter sind an einer Ecke notdürftig geheftet. Stoyan hört schon beim Lesen vom Blatt einige der Melodien; das Stück rast, in der Tat, aber es brennt auch vor Gefühl und Leidenschaft. Ganz anders als sein geliebter Bach.

Der Händler dreht die letzte Seite um und deutet auf eine winzige Signatur: PV, 1715 *steht da in fein säuberlichen Lettern, die so gar nichts gemein haben mit der gezähmten Wildheit der Notenschrift.*

»Wenn Sie mich fragen«, sagt der Händler, »dann steht dieses Symbol hier für Vivaldi, Antonio Vivaldi, den venezianischen Komponisten. Das Stück trifft seinen Stil genau, und Vivaldi war Priester, sprich das P *könnte* Prete *bedeuten.«*

Sacht fährt Stoyan mit der Fingerspitze über den unteren Rand der letzten Seite. »Ja, ich kenne den Namen und das eine oder andere Stück für Kammerorchester.« Er denkt einen Augenblick nach. Er weiß seit Langem, dass Bach einige seiner Konzerte denen Vivaldis nachempfunden hat. Auch gab es eine Komposition, die der große Fritz Kreisler anfangs Vivaldi zugeschrieben und vor ein paar Jahren erst als seine eigene offenbart hatte. Aus irgendeinem Grund hat Stoyan den Namen stets mit süßlichem Geklimper verbunden, nicht mit dem passionierten Eifer, der ihm hier aus jeder Zeile entgegenspringt.

»Mein Kollege in Rom hat mir bei der Begutachtung anderer Manuskripte geholfen, aber dieses habe ich ihm leider nicht mehr zeigen können. Er musste Prag verlassen, bevor ich es bekommen habe. Er hat mir geschrieben, dass in Italien noch viele weitere seiner Werke entdeckt wurden, auch wenn sie sich fast alle in Bibliotheken und Privatsammlungen befinden.«

»Und wo haben Sie das her?« Stoyan kann den Blick nicht von dem Manuskript wenden. Die schiere Energie des Stückes haucht

den Noten Leben ein, als sei die Tinte noch kaum trocken. Nur die beiden Initialen am Ende stehen still – vielleicht hatte der Komponist sie später in gefassterer Stimmung hinzugesetzt.

»Ich habe es in einem Buch gefunden, in einer Mappe mit Stichen von Venedig, die ich vor einigen Jahren verkauft habe. Zu einem guten Preis übrigens. Aber diese Blätter habe ich herausgenommen, weil der Käufer für Musik nichts übrighatte.«

»Ich glaube«, sagt Stoyan nachdenklich, »es ist eine Kadenz.«

Der Händler hört aufmerksam zu.

»Ja«, sagt Stoyan. »Sehen Sie, das Stück trägt weder Titel noch Nummer, und wenn ich mir die Melodie so ansehe, kommt es mir vor, als gehörte es zu einem größeren Werk. Eine Art Nachsatz zu einem bereits fertiggestellten Stück, das Finale furioso, wenn Sie so wollen – und eine besondere Herausforderung an den Solisten.«

»Möchten Sie es spielen?«, fragt der Händler unvermittelt. Es ist niemand sonst im Laden.

»Das erste Mal dürfte ziemlich schwierig werden. Haben Sie einen Notenständer?«

Er hat – einen Notenständer, der fast so alt und elegant ist wie das Manuskript. Zusammen stellen sie ihn auf, und Stoyan stimmt seine Violine.

Es ist in der Tat ziemlich schwierig. Sie scheint ihn zu verspotten – die Hand des Meisters, die, der seinen stets voraus, über das Papier eilt. Dieser venezianische Pfaffe konnte anscheinend nicht nur komponieren wie ein Engel, sondern auch Geige spielen wie der Teufel. Die Melodie lässt Stoyans Herzschlag schneller gehen. Da noch immer niemand im Laden ist, versucht er es gleich ein zweites Mal. Das Stück ist sehr kurz und hat einen enormen Tonumfang; einige Noten liegen so weit oben auf dem Griffbrett, dass er trotz seines geschulten Gehörs Mühe hat, den rechten Ton zu treffen. In seiner kunstvollen Komplexität widerspricht es seiner eigenen inneren Logik, und doch verströmt es einen sonderbaren Liebreiz. Es wird Wochen dauern, bis er es seinen Händen eingehämmert hat, und Monate, es ordentlich auswendig zu lernen. Es ist, überlegt er, die Sorte Juwel, die ein großer Geiger zu seiner Visitenkarte, seiner Zugabe machen könnte. Und er hat es noch nie gehört – womöglich hat seit zwei Jahrhunderten es kein Mensch mehr gehört.

Natürlich würde er sich eine Weile von Wasser und trocken Brot ernähren müssen. Er sieht den Händler fragend an; der nickt.

»Wie viel?«, sagt Stoyan Lazarov.

Dreiundachtzig

Die Zugreise von Mailand zum Bahnhof Santa Lucia und die anschließende Fahrt mit dem Vaporetto über den Canal Grande hatten Alexandra in einen Rausch versetzt. Trotz – oder vielleicht auch gerade wegen – ihrer Erschöpfung war es ein Rausch der Schönheit. Neven saß neben ihr im Bug des Bootes, und gemeinsam betrachteten sie die beigefarbenen und schieferblauen Gebäude, die sich dicht gedrängt aus der Lagune erhoben. Zwischen seinen Füßen stand eine Reisetasche mit einer schweren Urne aus poliertem Holz und der federleichten Asche eines Menschen. Es war ein später Nachmittag, fast schon ein früher Abend Ende Mai 2008. Neven hatte seinen Koffer, der aussah, als sei er vierzig Jahre alt, und Alexandra an die Koffer ihrer Großeltern erinnerte, auf den Sitz neben sich gestellt.

Alexandra hatte alles bei sich, was sie nach Bulgarien mitgenommen hatte, abgesehen von ein paar Kleidungsstücken, die sie nicht mehr brauchte; sie hatte sie in einem ordentlichen Stapel auf eine Bank vor ihrem Hostel in Sofia gelegt. Sie trug Bobbys Halskette mit den Karneolen über ihrer Bluse und nestelte von Zeit zu Zeit daran; es würden Jahre vergehen – ein halbes Leben als Autorin, Lehrerin und Mutter –, bis sie die

Kette nicht mehr täglich trug. In der Tasche ihrer Strickjacke steckte, zu einem dicken Rechteck gefaltet, ein Gedicht, Bobbys jüngstes Geschenk.

»Ich habe zum ersten Mal etwas auf Englisch geschrieben«, hatte er gesagt. »Von vorn bis hinten. Und nicht übersetzt.«

Das Gedicht hieß »A Bird«, und den Anfang konnte sie schon auswendig: der verblüffende erste Vers, der in eine gleichermaßen pointierte zweite und dritte Zeile überging, der verhaltene Fluss der Trauer, die sich allmählich in Geschichte verwandelte, das ebenso schöne wie wundersame Verb, das er gewählt hatte, um Jacks letzte Augenblicke zu imaginieren.

Jetzt kommen Kirchtürme in Sicht, Kathedralen, die ganze Inseln einnehmen, mit gewundenen Ornamenten, die an Schneckenhäuser erinnern. Statt Land überall nur plätscherndes, glitzerndes Wasser. Sie reibt sich das müde Gesicht und sieht Neven an, und er nimmt ihre Hand, wie auch Bobby es getan hätte. So sitzen sie eine Weile nebeneinander, und Alexandras Herz schlägt nur ein ganz klein wenig schneller als sonst. Der Vaporetto fährt an Gondeln vorüber wie ein Bus an Fußgängern. Jetzt bewundern sie Paläste, die am Ufer auf und ab zu tanzen scheinen.

Plötzlich lacht Neven. Er deutet auf die Gehsteige, die Menschenmassen, die sich über die kleinen Brücken und Piazzas schieben. »Sieh mal«, sagt er.

»Was?« Alexandra reckt den Hals, ohne seine Hand loszulassen.

»Die Leute«, sagt Neven. »Sie sind modern gekleidet.«

Am Markusplatz legen sie an, betreten venezianischen Boden, uraltes Pflaster, und müssen erst einmal ihr Gepäck zusammenklauben und sich sammeln. Alexandra hat in einem kleinen Hotel ein paar Straßen weiter ein Zimmer für sie gebucht, was auch immer man sich in Venedig unter »Straßen« vorzustellen hat. Erst wandern sie ein Weilchen ziellos vor sich hin, bestaunen die rosafarbene Fassade des Dogenpalasts und setzen mehrmals ihre Koffer ab, um sich einen Moment auszuruhen. Der Platz ist sehr viel größer, als sie angenommen hatte, und die Taubenschwärme, die sich dort tummeln, sind so riesig wie die Vogelkolonien an der Antarktisküste. Sie erkennt den Campanile und die endlos langen Kolonnaden. Über alldem wacht der Markusdom, wo Vivaldis Vater schon vor der Geburt seines Sohnes im Orchester spielte. Alexandra muss daran denken, wie sie mit Bobby die Kirche im Velinski *manastir* betreten hat. Sobald sie das Hotel gefunden haben, möchte sie auch den Markusdom besichtigen, für ihn und für Stoyan. Sie überlegt, ob man auch in katholischen Kirchen Kerzen kaufen und entzünden kann. Sie versucht, sich Jacks Gesicht ins Gedächtnis zu rufen, und stellt fest, dass ihre Erinnerung langsam verblasst.

Neven schweigt, und als sie ihn fragt, woran er gerade denke, sagt er nüchtern: »Mir ist eben klar geworden, dass ich noch nie verreist bin.«

Ihr Hotel ist in der Tat sehr klein, kaum breiter als die Eingangstür. Neben der Tür steht ein Orangenbaum in einem großen Kübel, der die halbe Gasse einnimmt, sodass ihm die Passanten ausweichen müssen. Ein paar Schritte weiter verbindet eine überdachte Brücke zwei Gebäude. Alexandra wünschte, die Brücke gehörte zum Hotel, aber vielleicht kann man sie von ihrem Zimmer aus sehen. Ein Einzelzimmer – sie hat nur eines reserviert, für vier Nächte, zu einem horrenden Preis. Ihr Geld reicht gerade noch für die Flugtickets und ein paar Restaurantbesuche, dann sind ihre Ersparnisse der vergangenen drei Jahre aufgebraucht.

Der Hotelbesitzer führt sie in den zweiten Stock, und die Aussicht ist besser als erwartet: Von ihrem Zimmer blickt man auf reich verzierte Fenster und hinab in einen Kanal, der so schmal ist, dass nur winzige Motorboote ihn im Schritttempo passieren können. Er verströmt den lieblichen Duft von Kloake, Fisch und Schimmel, ein scharfer Kontrast zu der frischen Luft von Morsko; sie hört das Klatschen kleiner Wellen, die vom Kielwasser größerer Boote auf größeren Kanälen in die enge Rinne gepresst werden. Trotz des Gestanks atmet Alexandra erst einmal tief durch. Das Zimmer ist entsprechend klein und wird nicht etwa von den beiden Einzelbetten beherrscht, um die sie ausdrücklich gebeten hatte, sondern von einem monströsen Himmelbett – eine Art Sänfte mit goldenen Samtvorhängen, in ähnlich ramponiertem Zustand wie der Rest der Stadt. Zu Hause würde es unmöglich aussehen, denkt sie, und in Bulgarien seltsam. Hier ist es perfekt und für Alexandra eine Katastrophe. Sie fragt den Hotelbesitzer, ob er vielleicht ein anderes Zimmer für sie habe; nein, *signora* – die übliche Anrede für eine verheiratete Frau. Er geht lächelnd aus dem Zimmer und unternimmt nicht einmal den Versuch, sich zu entschuldigen.

Neven stellt Stoyan Lazarovs Urne auf den Boden, neben die auf antik getrimmte Kommode. Sie hängt ihre Strickjacke an einen Haken und nimmt sie gleich wieder herunter.

Sie wäscht sich die Hände in dem Becken neben dem winzigen Kleiderschrank und wagt es nicht, Neven anzusehen. Er hat seinen Koffer aufgeklappt, verstaut seine Sachen in der untersten Schublade der Kommode und überlässt die oberen Fächer höflich ihr, als wollten sie wochenlang hierbleiben. In dem beengten Zimmer wirkt er noch größer als sonst – breiter, die Arme länger; er scheint mit dem Kopf an die Decke zu stoßen.

»Komm, wir gehen etwas essen«, sagt sie. Die Sache mit dem Bett und dem winzig kleinen Zimmer ist schon unangenehm genug, aber das weitaus größere Problem sind die herrlich entspannte Atmosphäre, die schläfrige Schönheit vor dem Fenster, die Wandbehänge aus Damast, die laue Luft.

Draußen in den Gassen und auf den Plätzen ist es sogar noch schlimmer. Romantisches Dämmerlicht liegt über der Stadt, und über den Eingängen der Hotels und Restaurants brennen sanft leuchtende Laternen. Das Schwappen des Wassers gegen die Kanalmauern ist wunderschön, und es weht ein leiser Wind. Vor einem Fenster voller *frutti di mare* bleibt Alexandra stehen: ein rosiger Hügel aus Fangarmen, Tentakeln und scharfkantigen Muscheln. Sie und Neven lächeln sich an, leicht verlegen angesichts der reichen Fülle und ihrer mageren Finanzen. Schließlich finden sie ein gut besuchtes Straßenrestaurant, wo sie Spaghetti und lange, dünne Brotstangen essen. Sie bestellen sich erst nur ein Glas, dann eine ganze Flasche Wein; er schmeckt wie flüssiger Rubin.

»Du bist hungrig wie ein Rudel Wölfe«, bemerkt Neven. »Sagt man das auch auf Englisch?«

Wieder schlendern sie über den riesigen Platz, um ihn in seinem Lichterkleid zu betrachten, ein prächtiger Glanz, der sich in der Lagune spiegelt. Alexandra hat noch nie so viele schöne Menschen an einem Ort versammelt gesehen – Touristen, ja, aber auch Italienerinnen in Pumps und engen Röcken und Italiener in schmal geschnittenen Anzügen und am Hals aufgeknöpften Hemden. Durch das offene Portal des Markusdoms fällt Licht auf das dunkle Ende des Platzes, und sie gehen hinein, unter den tänzelnden Bronzepferden hindurch, die Alexandra immer schon fotografieren wollte.

Im Innern ist es heller als in bulgarischen Kirchen – Kerzen und elektrische Kronleuchter bringen die goldene Decke zum Funkeln –, doch hier wie dort wimmelt es von byzantinischen Gesichtern. Wieder nimmt Neven ihre Hand; ihr wird klar, dass sie nur darauf gewartet hat, und ihr Magen macht einen Satz. Langsam, gemächlich durchqueren sie die Kathedrale und versuchen zu erraten, wo zu Vivaldis Zeiten das Orchester saß. Vom vielen Wein droht ihr die Kirchendecke vor den Augen zu verschwimmen, und sie bleibt stehen und starrt in eine der Kuppeln hinauf. Neven tritt neben sie und legt stumm den Arm um ihre Schultern. Dann verlassen sie den Dom und irren eine Zeit lang ziellos durch das wirre Gassenlabyrinth. Als sie ihr Hotel endlich wiedergefunden haben, tritt Alexandra als Erste durch die Tür und steigt die schmale Wendeltreppe hinauf.

In ihrem Zimmer macht sie das Licht an, und Neven schließt die Vorhänge, zieht die Schuhe aus und stellt sie ordentlich nebeneinander vor die Kommode. Alexandra verschwindet für ein paar Minuten im Bad, wäscht sich das Gesicht und versucht ihre Gedanken zu ordnen. Als sie wieder heraustritt, steht er noch immer vollständig bekleidet neben dem Bett, groß und ernst, und fixiert sie mit bernsteinhellem Blick. Sie weiß nur wenig über ihn, doch weil sie so viel über das Land weiß, aus dem er stammt, scheint ihr das nicht weiter von Belang. Er streicht ihr das Haar hinter die Ohren. Und wieder ist da dieses leise Summen, auch wenn sie nicht recht zu sagen weiß, ob es aus der Stadt vor ihrem Fenster kommt oder von der Urne in der dunklen Zimmerecke.

Morgen, denkt sie, werden sie das Portal der Taufkirche des Roten Priesters sehen. Sie verspürt ein leises Zittern unterhalb des Rippenbogens. Sie werden stundenlang umherstreifen, die Palazzi und Museen besuchen, nach denen Stoyan Lazarov sich so sehr sehnte, und im Schatten von Gebäuden ausruhen, wo vermutlich schon Vivaldi vor der Sonne Zuflucht suchte. Sie werden die Akustik der großen Kirche des Ospedale della Pietà bewundern, die zwei Jahrzehnte nach Vivaldis Tod errichtet wurde und in der Stoyan Lazarov seine Violine gespielt hätte, wären die Grenzen Europas anders gezogen. Unzählige Schritte werden sie gehen, wie es alle Venedig-Reisenden zu tun pflegen, vorwärtsgelockt von ihrer Neugier und von Geistern.

Nachbemerkung

Das erste Mal kam ich 1989 nach Bulgarien – ein Land von atemberaubender Naturschönheit –, genauer gesagt, eine Woche nach dem Fall der Berliner Mauer, der auch das Ende von fünfundvierzig Jahren bulgarischer kommunistischer Diktatur bedeutete. Als mein Zug an jenem Morgen die Grenze zu diesem geheimnisvollen Land überquerte, das so lange hinter dem Eisernen Vorhang verborgen gelegen hatte, blickte ich schlaftrunken aus dem Fenster und sah Felder, Dörfer und bewaldete Berge unter einem grauen Himmel. Als ich in der Hauptstadt Sofia eintraf, staunte ich über das Nebeneinander von historischer Eleganz und der Tristesse des Ostblock-Kommunismus. Wie die junge Protagonistin von *Ein dunkles Land* hatte ich irgendwie das Gefühl, zu Hause angekommen zu sein.

Bulgarien mit seinen derzeit etwa sieben Millionen Einwohnern ist ein altes Land – der erste bulgarische Staat auf diesem Territorium wurde 681 gegründet –, dessen Geschichte von Jahrhunderten der Okkupation und der Kulturvermischung geprägt ist, insbesondere durch die Byzantiner und Osmanen. Archäologisch gesehen ist Bulgarien eines der reichsten Länder Europas – hier befinden sich einige der ersten vom Homo sapiens besiedelten Stätten sowie unzählige Schätze und Zeugnisse aus thrakischer, griechischer, römischer, byzantinischer, altbulgarischer und osmanischer Zeit. Das moderne Bulgarien hingegen ist verhältnismäßig jung;

seine Geschichte beginnt im Jahre 1878 mit der Befreiung von der Fremdherrschaft durch die Osmanen.

Seit über zwanzig Jahren kehre ich immer wieder in dieses postkommunistische Land zurück. Ich habe einen Bulgaren geheiratet und in meiner neuen Heimat eine Familie, Freunde und Kollegen gefunden. Dabei reifte in mir der Wunsch, einen Roman zu schreiben, der zur Gänze in Bulgarien spielt – und sich unter anderem mit seiner kommunistischen Vergangenheit befasst, von der die jüngere Generation schon heute kaum noch etwas weiß. Doch erst als ich in den der Öffentlichkeit unzugänglichen Ruinen eines Zwangsarbeitslagers stand, entdeckte ich das Herz meiner Geschichte.

Zwischen 1944 und 1989, hauptsächlich jedoch in der Zeit vor 1962, dienten (manchen Schätzungen zufolge) an die hundert solcher Lager dem kommunistischen Regime als Instrument zur Wahrung der Macht und der Kontrolle. Das Spektrum der dort Inhaftierten, Gequälten und Gefolterten reichte vom Nazikollaborateur bis zum getreuen Kommunisten, von politischen Dissidenten bis zu Jugendlichen, die sich belangloser Kulturvergehen schuldig gemacht hatten – und anderen, die man unter einem Vorwand festnahm und oft ohne Verfahren oder Urteil über Jahre internierte. Die Lager wurden nach Plänen und Maßgaben des Sowjetsystems errichtet und geführt. Ein Großteil der Bevölkerung ahnte nichts von ihrer Existenz, doch wer von ihnen wusste, der fürchtete sie auch. Die genaue Zahl der Häftlinge konnte bis heute nicht ermittelt werden; die Historiker sind sich weitgehend einig, dass es etliche zehntausend waren, wenn nicht mehr.

Über die meisten dieser Lager ist im wahrsten Wortsinn

Gras gewachsen, und das Gedenken an ihre Opfer spielt in Bulgarien eine erschreckend geringe Rolle. Wie, fragte ich mich, als ich die verlassenen Ruinen von Baracken und Wachhäuschen sah, konnte ein Mensch an einem Ort wie diesem seinen Überlebenswillen bewahren? Und wie konnte ich mit meinen bescheidenen Mitteln einen Beitrag zur Bewältigung der jüngeren Geschichte meiner geliebten Wahlheimat leisten? Als ich so dort stand, wusste ich, dass meine Figuren und ich uns dieser Vergangenheit würden stellen müssen.

Die in diesem Buch geschilderten Begebenheiten sind zu großen Teilen frei erfunden – und auch sämtliche Figuren sind fiktiv. Ich beschreibe darin imaginäre Orte, die echten bulgarischen Dörfern, Städten, Flüssen und Bergen nachempfunden sind. Und ich habe versucht, mich streng an die historischen Tatsachen zu halten – insbesondere was die Lagerwirklichkeit betrifft, von der Überlebende und deren Familien später berichteten –, ohne allzu sehr an die Unverletzlichkeit individueller Erfahrungen zu rühren. Bei meinen Bemühungen war mir Tzvetan Todorovs Buch *Voices from the Gulag: Life and Death in Communist Bulgaria* (übersetzt von Robert Zaretsky, Philadelphia: Penn State Press 1999) eine unschätzbare Hilfe, ebenso wie die Menschen, die mir persönliche Interviews gewährten, und die Organisationen, Journalisten, Künstler und Schriftsteller, die mutig und unerschrocken ein schwieriges Erbe aufarbeiten. Sie alle möchte ich meiner aufrichtigen Hochachtung und Dankbarkeit versichern.

Danksagung

Ich möchte den vielen Menschen in Bulgarien und den USA – Verwandten, Freunden und Kollegen – danken, ohne die ich dieses Buch nicht hätte schreiben können. Die Namen derer, die mein Manuskript gelesen, begutachtet und seine Entstehung mit kritischem Wohlwollen begleitet haben, sind zu zahlreich, um sie hier zu nennen, und eine vollständige Liste der Gefälligkeiten, die mir während der jahrelangen Schreibarbeit zuteilgeworden sind, würde den Rahmen dieser Danksagung sprengen. Gleiches gilt für die vielen Schriftsteller, Historiker, Journalisten und Musiker, deren Arbeit diesen Roman beeinflusst und inspiriert hat. Dennoch möchte ich einigen Leuten, die mich bei der Recherche und auf meinen Reisen unterstützt haben, meinen persönlichen Dank aussprechen: Dimana Trankova, Boris Deliradev, Anthony Georgieff, Jeremiah Chamberlin, Lily Honigberg, Corina Kesler, Georgi Gospodinov und Vanya Tomova. Auch danke ich meiner unvergleichlichen Agentin Amy Williams.

Zuletzt und zuerst jedoch gilt mein tief empfundener Dank Jennifer Hershey, meiner Lektorin bei Ballantine, Mentorin und Schutzengel dieser Geschichte.

Dieses Buch ist entstanden im Geist der respektvollen Trauer um jene, deren Leben von den tatsächlichen Ereignissen geprägt wurde, die ihm zugrunde liegen.

»Bulgarien ist ein großes Abenteuer abseits der üblichen Reiserouten«

Elizabeth Kostova brachte ein Traum auf die Idee zu *Das dunkle Land.* Im Interview erzählt die amerikanische Schriftstellerin, was sie an Bulgarien, dem Schauplatz ihres neuen Romans, fasziniert und warum sie seit 28 Jahren immer wieder dorthin fährt.

Ihr jüngster Roman »Das dunkle Land« spielt in Bulgarien. Wie kamen Sie auf die Idee, Ihren Roman mit einem Missgeschick beginnen zu lassen?

Tatsächlich kam ich recht überraschend auf den Einfall zu »Das dunkle Land«. Ich dachte schon länger darüber nach, einen Roman zu schreiben, der ausschließlich in Bulgarien spielen sollte, ein Land, das ich seit 28 Jahren immer wieder besuche – aber ich konnte mir nicht darüber klarwerden, welches die richtige Geschichte wäre, um den all den Stoff aufzunehmen, den ich dort gesammelt hatte. Während ich darüber nachsann, wie ich das Thema anpacken könnte, hatte ich eines Morgens kurz vor dem Erwachen einen Traum, in dem mir eine junge Amerikanerin erschien, die gerade in Sofia angekommen war. Ich sah, wie sie einem älteren Ehepaar in ein Taxi half und dabei versehentlich eine seiner Taschen behielt, und es stellte sich heraus, dass sich darin menschliche Überreste befanden. Daraufhin musste sie sich auf eine Reise quer durchs Land und die bulgarische Geschichte begeben, um diese Familie wiederzufinden. Außerdem sah ich ein hochdramatisches Ende und sogar den Titel des Buchs, wie es auf dem Regal lag. Im Moment des Erwachens wusste ich, dass ich endlich meine Geschichte gefunden hatte.

Können Sie uns etwas mehr über Ihre Faszination für dieses osteuropäische Land erzählen?

Ich kam zum ersten Mal 1989 nach Bulgarien, eine Woche nach dem Fall der Berliner Mauer, um dort dörfliche Liedkultur aufzunehmen und zu studieren. Traditionelle bulgarische Musik ist wirklich vielschichtig und der Gesang ist besonders eindringlich. Zwei amerikanische Freunde begleiteten mich; wir verbrachten eine unvergleichliche Zeit, besuchten Sänger in Bergdörfern und erfuhren etwas über die angestammte Kultur, die an einigen Orten mitten in der kommunistischen Ära teilweise lebendig geblieben war. In dieser Zeit begegnete ich meinem künftigen Ehemann, und wir sind seither etliche Male zurückgekehrt, in jüngerer Zeit mit unseren Kindern. Bulgarien ist ein überwältigend schönes kleines Land mit Bergen, Klöstern, Küsten, archäologischen Fundstätten und eigenartigen kommunistischen Denkmälern – ein großes Abenteuer abseits der üblichen Reiserouten.

Alexandra Boyd, eine Ihrer Hauptfiguren, kommt im Alter von 26 Jahren als Englischlehrerin aus den Vereinigten Staaten nach Bulgarien. Warum erschien Ihnen Alexandra besonders geeignet, das tragische Schicksal des Violinisten Stoyan Lazarov aufzudecken und dabei die bulgarische Geschichte der letzten hundert Jahre zu beleuchten?

Alexandra ist jung, leicht zu beeindrucken und begeistert von allem, was ihr in Bulgarien begegnet, genauso wie ich, als ich zum ersten Mal dort war – aber (anders als ich) versucht sie zugleich, einem tragischen Ereignis zu entfliehen, das sich in ihrer Familie in Amerika zugetragen hatte. Sie schien mir deshalb genau die Richtige, um Stoyans Schicksal zu enthüllen, weil sie anderen gegenüber tiefes Mitgefühl und eine moralische Verpflichtung empfindet und weil sie zu Hause nie die Möglichkeit hatte, ihren geliebten Bruder beerdigen, der im Alter von 16 Jahren auf tragische Weise spurlos verschwunden war. Dies müsste für mein Empfinden besonderen Eifer in ihr wecken, Stoyan Lazarovs Asche seiner Familie zurückzugeben, damit er in Würde beigesetzt werden kann – und tatsächlich habe ich meinem Buch ein Zitat aus der Tragödie »Antigone« von Sophokles vorangestellt, womöglich das bedeutendste literarische Werk, das je über die Bestattung eines Familienmitglieds geschrieben wurde.

Auf ihrer Reise durch Bulgarien wird Alexandra von Bobby, einem jungen Taxifahrer, begleitet. Was macht ihn für Alexandra bei ihren Recherchen zur perfekten Ergänzung?
Bobby entwickelte sich im Roman zu meiner Lieblingsfigur! Ich mag die Vorstellung, dass er Alexandra dabei hilft, den Verlust ihres Bruders zu verarbeiten – zwischen Bobby und Alexandra entwickelt sich eine ungewöhnliche Liebesgeschichte. Außerdem gleicht er ihren Charakter aus. Er ist ziemlich zynisch, wohingegen sie optimistisch und manchmal naiv ist, er geht logisch vor, wo sie emotional reagiert. Sie bilden als Detektive ein Team, über das ich wahnsinnig gern geschrieben habe.

In Ihrem Roman spielt die Ebene die Vergangenheit eine zentrale Rolle. Warum haben Sie sich auf dieser Zeitebene ausgerechnet für einen Musiker, einen begnadeten Geiger, als Hauptfigur entschieden?
Ich liebe Musik, vor allem klassische Kammermusik, und ich wollte herausfinden, ob es mir gelingen würde, Klänge in Worte zu fassen. (Es ist schwer!) Am wichtigsten war mir, Stoyan Lazarov mit einer Gabe auszustatten, die ihn mit solcher Leidenschaft und

solchem Trost erfüllt, dass sie ihn durch eine der schlimmsten Situationen tragen könnte, die ein Mensch zu erleiden vermag. Ich habe mich gefragt, was einen Menschen befähigen könnte, derartige Verhältnisse zu überleben, ohne völlig vernichtet zu werden. Die Musik schien mir darauf eine richtige Antwort zu sein.

Haben Sie für Ihren Roman ausgiebig vor Ort recherchiert und sich mit vielen Zeitzeugen getroffen?

Ja, für »Das dunkle Land« habe ich eine Menge recherchiert, wie für alle anderen Romane auch. Ich habe viele geschichtliche Werke gelesen und Filme angesehen, darüber hinaus habe ich in Bulgarien etliche Orte besucht, über die ich vorhatte zu schreiben, selbst wenn ich früher schon einmal dort gewesen war. Ich sprach mit Freunden und Verwandten, die als Kinder in Bulgarien den Zweiten Weltkrieg und die Anfangsjahre des Kommunismus erlebt hatten. Am hilfreichsten waren für mich Schilderungen von Zeitzeugen, die unter dem kommunistischen Regime in Arbeitslager interniert waren. Man hatte ihre Aussagen in den frühen 1990er Jahren in einer Serie aufgezeichnet. Einige berichteten gegen Ende ihres Lebens mutig über ihre Erfahrungen. Ich habe darauf geachtet, keine ihrer persönlichen Geschichten zu verwenden, da sie mir heilig waren und zu nahe an der Realität erschienen, aber diese mündlichen Berichte trugen dazu bei, dass ich von jener schrecklichen Zeit ein genaueres Bild zeichnen konnte.

Die bulgarische Bevölkerung war traumatisiert aus dem Zweiten Weltkrieg hervorgegangen, aber damit hatte ihr Leiden noch kein Ende gefunden. Es setzte sich unter der kommunistischen Herrschaft fort, wie das Schicksal von Stoyan Lazarov im Roman illustriert. Können Sie uns etwas darüber erzählen, wie die Leute in Bulgarien

mit den dunklen Kapiteln ihrer Geschichte umgehen? Welche Erfahrungen haben Sie bei Ihrer Recherche und auf Ihren Lesereisen dort gemacht?

Wie viele Osteuropäer, die allerorts im Zweiten Weltkrieg und der darauf folgenden kommunistischen Ära gelitten hatten, sind die Menschen in Bulgarien sehr leidensfähig. Die Ereignisse haben bei ihnen und in ihrer Kultur schreckliche Wunden hinterlassen, aber sie vermochten es nicht, die Güte, den Humor und das spezielle Lebensgefühl auszulöschen, dem man dort immer noch begegnet. Als ich 1989 zum ersten Mal in bulgarische Dörfer kam, war ich überwältigt davon, wie nett und gastfreundlich mir die älteren Leute begegneten, die ihr Leben unter härtesten Bedingungen zugebracht hatten.

2007 haben Sie in Bulgarien die Elizabeth Kostova Foundation gegründet. Welches Ziel verfolgt diese Stiftung und welche Erfolge verzeichnet sie?

Dieses Projekt macht mir riesigen Spaß. Die Elizabeth Kostova Foundation bietet bulgarischen Schriftstellern und Übersetzern die Chance, sich an Wettbewerben zu beteiligen, und englischsprachigen Schriftstellern aus anderen Landern gibt sie die Möglichkeit, bei Autorenworkshops in Bulgarien mitzumachen. Ich habe die Stiftung 2007 gemeinsam mit einem bulgarischen Verleger gegründet, weil mir aufgefallen war, dass es nach der Öffnung des Eisernen Vorhangs dort kaum Preise und Tagungen für Schriftsteller gab. Die Stiftung verzeichnet großartige Erfolge: Bis heute haben über 500 Leute an unseren Workshops teilgenommen und Stipendien erhalten, und gegenwärtig werden deutlich mehr Romane und Geschichten aus Bulgarien auf Englisch veröffentlicht als noch vor zehn Jahren. Viele internationale Gäste, die mithilfe unserer Initiative nach Bulgarien kommen, begeistern sich für das Land und kehren hierher zurück. Unser Angebot findet man übrigens auf folgender Website: www.ekf.bg

Mit Ihrem Debütroman »Der Historiker« landeten Sie 2005 einen überwältigenden Erfolg: Er stand auf Platz 1 der New-York-Times-Bestsellerliste und wurde in 40 Sprachen übersetzt. Seither werden Ihre Romane auf der ganzen Welt mit Spannung erwartet. Hoffen Sie, dass Ihr jüngster Roman auch über die Lektüre hinaus Interesse an Bulgarien weckt?
Es war für mich eine erstaunliche Erfahrung, die Veröffentlichung von »Das dunkle Land« rund um den Globus mitzuverfolgen – der Roman erscheint sogar in China. Unter anderem erlebe ich sehr häufig, dass bei einigen Lesern nicht nur Interesse an Bulgarien geweckt wird, sondern dass sie sogar beschließen, eine Reise dorthin zu unternehmen, obwohl sie vorher nie auf diese Idee gekommen wären. Das freut mich wirklich. Das Buch wurde auch in Bulgarien begeistert aufgenommen, trotz (oder vielleicht gerade wegen) der umstrittenen und problembehafteten historischen Ereignisse im Zentrum meiner Geschichte.

Können Sie schon etwas über Ihr nächstes Buch verraten?
Seit letztem Jahr arbeite ich an einem neuen Roman. Das Buch steckt so tief in den Anfängen, dass ich vielleicht lieber noch nicht mehr darüber erzählen sollte. Aber es macht mir riesigen Spaß.

Unsere Leseempfehlung

640 Seiten
Auch als E-Book erhältlich

816 Seiten
Auch als E-Book erhältlich

795 Seiten
Auch als E-Book erhältlich

London 1904: Lady Celia Lytton betört die englische Society mit ihrer Intelligenz und Schönheit zugleich. Sie ist die perfekte Gastgeberin, veröffentlicht im eigenen Verlag einen Bestseller nach dem anderen und genießt ihr junges Familienglück – ein privilegiertes Leben. Doch dramatische Ereignisse kündigen sich an, und als ihr Mann Oliver in den Krieg eingezogen wird, können die Lyttons nicht mehr die Augen vor der Realität verschließen. Die makellose Fassade bekommt erste Risse, und Celia beginnt zu verstehen, dass sie einen Preis zahlen muss, für die Entscheidungen, die sie getroffen hat, und die Geheimnisse, die sie bewahrt …

www.goldmann-verlag.de
www.facebook.com/goldmannverlag

GOLDMANN
Lesen erleben